FANTASY

Buch

Die Anthologie versammelt zahlreiche Stories aus dem breiten Spektrum der phantastischen Literatur, darunter zum größten Teil bisher in Deutschland unveröffentlichte. Dabei wird eine Brücke von den großen stilbildenden Meistern der Phantastik im 19. und frühen 20. Jahrhundert bis hin zu den Kultautoren der Fantasy in unseren Tagen geschlagen. Lewis Carroll trifft Terry Pratchett! Ungebremstes Lesevergnügen und fachkundige Einführung inbegriffen.

Herausgeber

Joachim Körber, geboren 1958 in Karlsruhe, ist renommierter Übersetzer (Stephen King, Peter Straub, Dean Koontz), Herausgeber mehrerer Anthologien und des Lexikons der utopisch-phantastischen Literatur, außerdem selbst Verleger von bibliophilen Ausgaben der phantastischen Literatur in der Edition Phantasia. Sein Debütroman WOLF erschien 1998. Körber, einer der hervorragenden Vermittler der phantastischen Literatur in Deutschland, lebt in Bellheim bei Karlsruhe.

SF- und Fantasy-Anthologien bei Goldmann

Lester Del Rey und Risa Kessler (Hrsg.):
Das große Märchen-Lesebuch der Fantasy (24570)
Melissa Andersson (Hrsg.):
Das große Lesebuch der Fantasy (24665)
Jonathan Gates (Hrsg.): Die 20 besten SF-Stories (25029)

JOACHIM KÖRBER (Hrsg.)

Das große Lesebuch der klassischen Fantasy

Stories von
Lewis Carroll, J. R. R. Tolkien,
Marion Zimmer Bradley,
Terry Pratchett u. a.

GOLDMANN

Die Angaben zu den Übersetzungen
und die Quellennachweise der einzelnen Texte
finden Sie am Ende des Bandes.

Umwelthinweis:
Alle bedruckten Materialien dieses Taschenbuches
sind chlorfrei und umweltschonend.
Das Papier enthält Recycling-Anteile.

Originalausgabe 11/98

Umschlaggestaltung: Design Team München
Umschlagmotiv: Agt. Schlück/Walotsky
Satz: deutsch-türkischer fotosatz, Berlin
Druck: Elsnerdruck, Berlin
Verlagsnummer: 24818
Redaktion: Dr. Jutta Greis
V. B. · Herstellung: Peter Papenbrok
Printed in Germany
ISBN 3-442-24818-3

1 3 5 7 9 10 8 6 4 2

Inhalt

Anstelle eines Vorworts

Vom Wesen des Elfenlands

Gene Wolfe

Eine Einführung in die vielen Welten der Fantasy

Für die deutsche Ausgabe eingerichtet von Joachim Körber

Komm herein, tritt dir die Stiefel ab. Du mußt mir nicht sagen, was dich hierherführt; das Schwert und die Feder am Hut verraten es. Das gewaltige Reich der Fantasy erstreckt sich von meinem Grenzland und Haus nach Osten, wie du sehr wohl weißt. Im Süden lodert und schwelt das Königreich des Horrors, verrottet und mannigfaltig. Im Norden funkeln die eisigen Fundamente der Science-fiction. Ich kenne sie alle, und für ein kleines Entgelt –

Danke. So erfahre denn, daß die Fantasy das älteste aller Länder ist, als einziges Land noch älter als die Sintflut. Dort schüttelte Gilgamesch die Hände mit Enkidu, während Männer davon sprachen, Babylon zu befestigen; dort sang der blinde Homer zu den Zeitaltern – was dich alles nicht weiter betrifft, es sei denn, du nimmst für dich in Anspruch, von menschlicher Abstammung zu sein. Den Gesetzen deines Landes zufolge sollte Fantasy in Trümmern liegen. Zweifellos glaubst du, daß es so ist, aber nichts könnte der Wahrheit ferner sein. Wahrhaftig sahen wir zweihundertdreiundsechzig neue Fantasy-Romane allein im letzten Jahr, um die Hälfte mehr als im Jahr zuvor. Da läuft einem das Wasser im Mund zusammen.

Unglaublich? Fürwahr, denn alle tragen die Spuren des Landes in sich, das sie hervorgebracht hat. Manche behaupten gar, daß

Gilgamesch selbst zurückgekommen ist, in Geschichten von Harald Braem, Thomas Mielke und Robert vom Silbernen Berge, Bob Silverberg in deiner Sprache. Gilgamesch, stell dir das vor! Nicht, daß ich es glauben würde, ich doch nicht! Auch Gutgläubigkeit hat ihre Grenzen, was? Doch daß so eine Geschichte erzählt werden kann, beweist schon etwas.

Fakten? Wahrlich, die mußt du haben, wenn du hier deine Spuren hinterlassen willst. Zuerst Geographie. Wie ich schon sagte, grenzt die Fantasy an den Horror; besser gesagt, überlappt ihn, denn vieles in King Stephens Reich beansprucht die Fantasy für sich und umgekehrterich. Verzeih mir das letzte Wort, es ist albern; ich habe es von den Fiedels aufgeschnappt, und es geht mir nicht mehr aus dem Sinn. Aber ich wurde im Lande Fantasy großgezogen und fürchte, das merkt man.

Dort gelten andere Gesetze, mußt du wissen. Die Themen der Fantasy sind alle Subjekte, die angezweifelt werden: Drachen und Gespenster, Einhörner, barbarische Schwertkämpfer, Proteus und alle anderen Gestaltwandler, Riesen und Zwerge, Prinzessinnen und Faune, Gnome, Trolle und vergessene Länder. Der alte Chesterton[1] nannte es Elfenland, nach dem Teil, der ihm am besten gefiel. Manche sprechen auch von Feen. Den meisten Lesern ist es einerlei, solange es Wunder und Weisheit gibt.

Judy-Lynn[2]? Hast du sie gekannt? Odin, wie sehr wir sie vermissen! Ja, sie war eine Zwergin, die größte von allen, Lektorin bei Del Rey und Bewohnerin von Fantasyland seit Geburt. Sie eroberte das Land Oz, nicht nur die Geschichten von Baum, auch die von Thompson. Du dachtest, es gäbe nur eine? Wie kläglich. Du hast viel zu lernen.

Dem Horror fehlen alle eingeborenen Subjekte, wie ich dir

[1] K. Chesterton (1874–1936), britischer Journalist und Kritiker, Verfasser von zahlreichen Fantasy-Romanen, darunter *Der Mann, der Donnerstag war, Die Rückkehr des Don Quichotte* und *Der Held von Notting Hill.*

[2] Judy-Lynn del Rey (1943–1986), Vizepräsidentin und Cheflektorin von Del Rey Books (ein Verlag der Ballantine Books/Random House-Gruppe), veröffentlichte J. R. R. Tolkien, Stephen R. Donaldson, Marion Zimmer Bradley, Terry Brooks und viele andere bekannte Schriftsteller.

schon sagte – die Zugehörigkeit wird vom Geiste definiert. Horror wird von Schrecken inspiriert, wie bestätigen kann, wer den Großen Bruder von Ozeanien wahrlich liebt. Orwells Buch[3] liegt im Bereich von Horror – manche sprechen von Dark Fantasy – *und* Science-fiction, und viele zeitgenössische Bücher stehen mit einem Fuß in der Fantasy und strecken eine Hand zum Horror aus. *Der Märchenhügel*[4] ist ein gutes Beispiel.

Erfahre, was mir Tom von Tor[5] dazu gesagt hat: Fantasy ist ein heidnisches Imperium; Horror ein christliches Reich, das die Hölle akzeptiert. Das ist weise, dennoch gibt es dutzendfach Ausnahmen. Was ist mit dem Gastgeber, der das Banner von Narnia[6] trägt, frage ich dich? Durch und durch christlich, mit dem ans Kreuz genagelten Löwen Aslan. Was ist mit Tolkien-Lebensspender? Fantasy lag darnieder, bis er uns *Der Hobbit* brachte, Zwerge und Elben, alle drei sprechenden, mit den Menschen verbundenen Völker in *Der Herr der Ringe*.

Elfen? Aye, es gibt noch Elfen in der Fantasy, wenn auch nicht das hochgewachsene Feenvolk von Lorien. Sie schrumpfen jedes Jahr zwei Zentimeter, werden kleiner und dümmer – blasse Schlümpfe, so nenne ich sie. Wenn man sich vorstellt, daß sie sich erdreisten, »Im Stil von J. R. R. Tolkien« auf diese Bücher zu schreiben! Aber sie tun es, mein Freund! Er dreht sich darob wie eine Windmühle in seinem Grab herum, dessen kannst du sicher sein. Eines Tages wird er sie dafür alle zum Horror schicken – Verzeihung, zur Hölle. *Weird Tales*[7] kehrt zurück. Das ist ein Zeichen, bedenke meine Worte. Ja, das alte Pulp-Heft.

Doch wie ich schon sagte, für mich herrscht ein zu großes Durcheinander des Glaubens. Ich würde lieber sagen, Fantasy ist das Land der Götter – und Gott über allen –, wo die Cherubim zu-

[3] Gemeint ist natürlich *1984*.
[4] *Der Märchenhügel* von Raymond E. Feist (Bergisch Gladbach 1991), ein Fantasy-Roman um übernatürliche Ereignisse im Schatten eines legendären Hügels.
[5] Tom Doherty, Herausgeber von Tor Books.
[6] *Die Chroniken von Narnia*, C. S. Lewis' klassischer Fantasy-Zyklus für Kinder.
[7] Das legendäre Pulp-Magazin unheimlicher Literatur, das gerade seine vierte Inkarnation erlebt [und mittlerweile leider schon wieder eingestellt ist – A. d. H.].

sammen mit Amor Pfeile verschießen. Im Horror besiegt der große Cthulhu Satan und wird besiegt. Wie gefällt dir das?

Die gute Queen Beth[8] unterteilt Fantasy in drei Kategorien. Du solltest gut zuhören, denn niemand kennt das Land besser als sie:

»Die erste ist Horror. Sie wurde zu einem bedeutenden Segment des Marktes (Etiketten, nur eine Frage von Etiketten) und wird von allen anderen Spielarten der Fantasy abgegrenzt, obwohl sich literarische Werte überschneiden. Wenn Stephen King einen Science-fiction-Roman schreibt, wird er trotzdem als Horror vermarktet, von den Lesern als Horror gekauft und mit größtem Vergnügen von Leuten gelesen, die ›keine SF lesen‹.

Die zweite ist ›Genre-Fantasy‹, wird von den guten alten High Fantasy- und Sword-and-Sorcery-Reihen bei Del Rey und Ace repräsentiert. Diese betrachte ich als romantisch verklärten Eskapismus und dadurch charakterisiert, daß der Arsch des Helden oder der Heldin durch das Eingreifen einer übernatürlichen Macht gerettet wird – der Subtext dieser Bücher handelt für gewöhnlich davon, daß man seine eigenen Begierden im Dienste eines anderen zurückstellen muß und dadurch reifer wird.

Zuletzt haben wir eine Gruppe literarisch höchst anspruchsvoller und (normalerweise) sehr erfindungsreicher und schrulliger Bücher, die lediglich Elemente des Phantastischen gemein haben und sich nicht so leicht klassifizieren lassen. Beispiele wären John Crowleys *Little Big*, die Romane des alten Thorne Smith, Pat Murphys *The Falling Woman*, Tom Disch, Italo Calvino, Borges, Fuentes ... Sie können sich Ihre eigene Liste zusammenstellen.

Das Problem besteht darin, daß eine klare Trennlinie zwischen Horror und allem anderen gezogen wurde, aber keine Marketingunterscheidungen getroffen werden zwischen Genre-Fantasy und dem, was ich als *zeitgenössische* Fantasy bezeichne (auch wenn es eine schlechte, in vieler Hinsicht irreführende Bezeichnung ist).

[8] Beth Meacham, Cheflektorin bei Tor Books.

Es gibt wirklich keine Möglichkeit, wie der Leser wissen kann, was sich zwischen den Buchdeckeln abspielt ...«

Letzteres ist reichlich fragwürdig, oder nicht? Das Problem ist, jeder Schriftsteller ist Herr über sein eigenes Land, und manche besitzen gleich zwei oder drei. Oder Herrin ihres eigenen Landes, denn es gibt viele Maiden: Judith Tarr, Sherri Tepper, Barbara Hambly und Esther Friesner, um nur einige zu nennen. Jede einzelne eine wahre Mänade, an feinen Abenden von göttlichem Wahnsinn beseelt. Marion Zimmer Bradley ist ihre Königin und Andre Norton die Königinmutter, ja, eine Lady, eigentlich nämlich Alice Norton.

Jane Yolen ist aller Kriegsherrin, sie ist auch Hans Christian Andersen, von den Toten auferstanden, um sein Volk zu retten.[9]

Drüben auf Merlins Insel haben wir Tanith Lee und Diana Wynne Jones. Jo, die Pfeilmacherin[10], behauptet, daß Fantasy dort im Aufwind ist, seit Corgi die Belgariad-Saga von David Eddings mit atemberaubenden Umschlägen veröffentlicht hat, aber drei Viertel des Lesefutters immer noch aus unserem westlichen Land stammen. Century Hutchinson hat sich auf Hardcover von Ramsey Campbell, John Maxim und Chris Rowley spezialisiert. Macdonald/Futura bringt im August eine Hardcover-Reihe heraus. W. H. Allen/Star scheint sich auf Splatter zu konzentrieren – schrecklich brutalen Horror, mußt du wissen; Collins hat Clive Barker eine halbe Million Pfund für ein ungeschriebenes Buch bezahlt. Gollancz, die seit ewigen Zeiten Hardcover verlegen, werden C. J. Cherryh herausbringen, die Herzogin von Oklahoma.

Dabei fällt mir ein, daß es da drüben auch die Women's Press gibt; die meisten Frauen sind Yankees wie Suzette Haden Elgin und Joanna Russ. Auch Jos eigener Verlag Headline House hat sich der Fantasy verschrieben. Darum haben die klugen Leute Jo eingestellt.

[9] Jane Yolen, eine anerkannte Expertin des Geschichtenerzählens, ist Autorin von über hundert Büchern – vorwiegend Fantasy – und wurde jüngst zur Präsidentin der Science-fiction Writers of America wiedergewählt.
[10] Jo Fletcher, Mitbegründerin der British Fantasy Society.

Habe ich Anne McCaffrey erwähnt, in County Wicklow? Sie schreibt Science-fiction, aber ihre Figuren reiten auf Drachen; wie auch immer, ihre Bücher verkaufen sich tonnenweise.

In Germanien feiert »Das Schwarze Auge« triumphale Erfolge – Hans Joachim Alpers, Bernhard Hennen, Ulrich Kiesow, Ina Kramer und Lena Falkenhagen sind nur einige, die regelmäßig jenes legendäre Land bereisen. Hubertus von der schmalen Gasse, sprich: Hubert Straßl, war es, der das Genre in Deutschland wie nur wenige andere gefördert und als »Riesiger Läufer« (Hugh Walker für dich) selbst einiges beigesteuert hat. Wolfgang Hohlbein bricht alle Auflagenrekorde mit Fantasy, Dark Fantasy, Horror und Science-fiction. Eva Eppers schrieb Geschichten von Schwert und Magie und verdeutscht vieles aus fremden Zungen. Uschi Zietsch veröffentlichte ihre Fantasy bei Fabylon, auch wenn sie sich in letzter Zeit nur noch im Lande Science-fiction herumtreibt!

Verwirrt? Natürlich bist du verwirrt. Nimm einfach deinen Hut ab, wenn du dem *Magier der Erdsee* begegnest, und alles wird gut. Hier ist ein Reiseführer für dich: *Fantasy – Theorie und Geschichte* von Helmut Pesch. Schau dir die Karten genauestens an.

Nur Frauen? Keineswegs! Sagte ich dir nicht, daß *ich* im Lande Fantasy aufgewachsen bin? Jack Vance hat mich mit der *Sterbenden Erde* dorthin gelockt. Er ist immer noch da und wälzt *Die grüne Perle* vor sich her. Clark Ashton Smith hat ihn ins Land gelockt, und ich könnte mir vorstellen, Mike Moorcock und Steve Donaldson haben Tausende mehr angezogen.

Was läuft momentan in der Fantasy? Also wirklich, da würde ja der alte Bottom lachen! Ist dir nicht aufgefallen, daß die Fantasy in dein eigenes Reich eindringt? Stimmt aber. Vielleicht solltest du deinen Verwandten schreiben und ihnen sagen, daß sie Vorräte hamstern sollen. Sieh dir *The Sun, the Moon and the Stars; The Mask of the Sun* und *New York By Knight* an.[11] Allesamt fest in deiner eigenen Welt und deiner eigenen Zeit verwurzelt.

[11] *The Sun, the Moon and the Stars* von Steven Brust, *The Mask of the Sun* von Fred Saberhagen und *New York By Knight* von Esther M. Friesner.

Wer Fantasy liest? Wer nicht! Ich habe Hrolf vom Bingenheim[12] gefragt – oh, das verstehst du, ja? Siehst du, wie weise du wirst? Ich habe also Rolf und viele andere Buchhändler gefragt und folgende Antwort bekommen: Horror lesen überwiegend Frauen, Sciencefiction lesen überwiegend Männer. Aber die Fantasy erwischt sie alle, vom Halbwüchsigen, bei dem du Angst hast, er könnte dich überfallen, bis zum pensionierten Lehrer.

Warum ist sie seit Tolkien so beliebt? Das ist vielleicht die falsche Frage. Sie ist alt, das sagte ich dir schon, vielleicht so alt wie das Schreiben selbst, vielleicht so alt wie das Geschichtenerzählen. Wenn du jemanden mit einem Buch von Jack Chalker aus dem Supermarkt kommen siehst, ist dir vielleicht nicht klar, daß er prinzipiell nichts anderes liest als das, womit sich schon Caracalla[13] im Bad die Zeit vertrieb, aber es ist so. Wenn du das nächste Mal zu deinem Buchhändler gehst, dann frage dich, was er vorrätig hat, bei dem sich Brian Boru und Richard Löwenherz heimisch fühlen würden. Die Frage ist vielleicht nicht, warum Fantasy sich derzeit so gut verkauft, sondern warum sie früher nicht besser ging, wo sie doch schon seit der Steinzeit existiert.

Meine Theorie ist, daß Tolkien etwas aufweckte, als er in den alten Sagas herumgestochert hat. Wie ich sehe, überzeugt dich das nicht besonders; vielleicht denkst du anders, wenn du längere Zeit hier gewesen bist. Bereit sein ist alles, sagen einige, denn vieles kehrt zur Erde heim, was nie wirklich da gewesen ist. Nein, das hat mir kein Schriftsteller gesagt; ich habe es in *Scientific American* nachgeschlagen, über Gensplitting und dergleichen.

Aber die beste Erklärung könnte sein, was Algis Budrys – er ist John Sentry – über Geschichten der anderen Art in *Fantasy and Science Fiction* geschrieben hat: »Ein zwanghaftes Leugnen des

[12] Rolf Bingenheimer, Inhaber der Versandbuchhandlung Transgalaxis, spezialisiert auf Fantasy, SF, Horror: Postfach 1127, 61362 Friedrichsdorf/Ts.

[13] Der römische Kaiser Markus Aurelius Antonius; sein ursprünglicher Name lautete Septimus Bassianus Caracalla.

Übernatürlichen, so vehement, daß man es als Bestätigung seiner Macht ansehen könnte; ein Zeugnis für den Schrecken, der der Vorstellung innewohnt, die scheinbare Realität könnte vergänglich und die korrekten Verhaltensmaßregeln jeden Moment überholt sein. Das heißt, beschreibende Literatur könnte weitgehend eine wahnsinnige Kunst sein und dazu dienen, einem selbstdefinierten Universum eine verlogene Permanenz zu leihen.« Er ist Herausgeber der *Writer's of the Future*-Serie; da macht man sich so seine Gedanken, was?

Du möchtest vielleicht die Fachpresse lesen. *Science Fiction Media*[14] und *Fantasia*[15] sind beide gut. Der *Quarber Merkur*[16] ist ziemlich akademisch, aber manchen gefällt er ja vielleicht. Es lohnt sich auf jeden Fall, dem Ersten Deutschen Fantasy Club[17] beizutreten, und sei es nur, um seine vorzüglichen Publikationen zu bekommen.

Leb wohl und eine sichere Weiterreise zu den Grauen Anfurten! Du kannst deine Feder mit diesem Schwert spitzen, wenn du kein Messer hast. Aber hüte dich vor den Messern anderer! Orientiere dich an den Meistern, aber wähle stets deine eigenen Themen. Mit Rauch geschwärztes Blut ist eine gute Tinte, aber bedenke, es muß dein Blut sein. Arbeite hart und vergiß niemals, daß man dich an Homer messen wird.

[14] Branchenfachblatt, das sich trotz des Titels auch mit Fantasy und Horror beschäftigt. Zu beziehen bei Verlag Thomas Tilsner, Postfach 1829, 83637 Bad Tölz.

[15] Zu beziehen über den Ersten Deutschen Fantasy Club.

[16] Zu beziehen über den Ersten Deutschen Fantasy Club.

[17] Erster Deutscher Fantasy Club, Postfach 1371, 94003 Passau. Dort erscheinen neben den obengenannten regelmäßig weitere interessante Publikationen für Fantasy-Interessierte, darunter das Magazin *Magira*.

Tagjunge und Nachtmädchen

GEORGE MACDONALD

George MacDonald (1824–1905) gehört zu den innovativsten frühen Verfassern von Fantasy-Geschichten. Der schottische Dichter und Schriftsteller, der kurze Zeit auch als Priester tätig war, wird heute als Klassiker des Genres geschätzt, wogegen seine realistischen Romane die Zeit nicht überdauert haben. In fast allen seinen Fantasy-Storys verbindet MacDonald Allegorisches, Symbolistisches und Mythisches zu didaktischen Erzählungen. Zu seinen bekanntesten Büchern, die auch ins Deutsche übertragen wurden, gehören At the Back of the North Wind *(1871),* The Princess and the Goblin *(1872),* The Princess and Curdie *(1883) und* Lilith *(1895).*

Watho

Es war einmal eine Hexe, die alles wissen wollte. Aber je weiser eine Hexe ist, desto härter stößt sie sich den Kopf an der Wand, wenn sie so weit kommt. Ihr Name war Watho, und sie hatte einen Wolf im Kopf. Sie interessierte sich für nichts um seiner selbst willen – nur für die Erkenntnis. Sie war nicht von Natur aus grausam, aber der Wolf hatte sie grausam gemacht.

Sie war hager und zierlich, mit weißer Haut, roten Haaren und schwarzen Augen, in denen rotes Feuer glühte. Sie war aufrecht und stark, aber hin und wieder sank sie in sich zusammen, erschauerte und saß einen Augenblick da, den Kopf rückwärts über die Schulter gewandt, als habe der Wolf ihn verlassen und säße ihr nun im Genick.

Aurora

Diese Hexe erhielt Besuch von zwei Damen. Eine davon gehörte dem Hof an, und ihren Gatten hatte man auf eine weite und schwierige Botschaftsreise geschickt. Die andere war eine junge Witwe, deren Mann kürzlich gestorben war und die seitdem das Augenlicht verloren hatte. Watho brachte sie in verschiedenen Teilen ihres Schlosses unter, und sie wußten nicht voneinander.

Das Schloß stand am Hang eines Hügels, der sanft in ein enges Tal abfiel, durch das sich ein Fluß mit kieseligem Bett und immerwährendem Gesang zog. Der Garten reichte bis zum Ufer des Flusses hinunter und war von hohen Mauern umgeben, die den Fluß kreuzten und dann endeten. Jede Mauer hatte eine doppelte Zinnenreihe, und zwischen den Reihen verlief ein schmaler Gang.

Im obersten Stockwerk des Schlosses bewohnte Lady Aurora eine geräumige Suite mit mehreren großen Zimmern, die nach Süden lagen. Die Fenster schoben sich erkerförmig über den Garten darunter, und von ihnen aus hatte man einen prächtigen Blick flußaufwärts, flußabwärts und auch über den Fluß hinweg. Die gegenüberliegende Seite des Tales war steil, aber nicht sehr hoch. In der Ferne sah man Schneekuppen. Diese Räume verließ Aurora nur selten, und ihre luftigen Höhen, die herrliche Landschaft und der Himmel, das helle Sonnenlicht, die Musikinstrumente, Bücher, Bilder, Kuriositäten, zusammen mit der Gesellschaft Wathos, die sich äußerst liebenswürdig gab, ließen keine Langeweile aufkommen. Sie bekam Wildbret und Wildgeflügel zu essen, Milch und funkelnden Weißwein zu trinken.

Sie hatte goldgelbes, welliges und lockiges Haar; ihr Teint war hell, nicht weiß wie Wathos, und ihre Augen waren so blau wie der Himmel, wenn er am blausten ist; ihre Züge waren fein, aber kräftig, ihr Mund breit und zart geschwungen, und oft glitt ein Lächeln darüber.

Vesper

Hinter dem Schloß stieg der Hügel jäh an, ja, der Nordostturm hatte Berührung mit dem Felsen und war mit seinem Inneren verbunden. Denn in dem Felsen befand sich eine Zimmerflucht, nur Watho und der einen Dienerin bekannt, der sie traute, Falca genannt. Einer der Vorbesitzer hatte diese Räume nach dem Vorbild einer ägyptischen Königsgruft und vermutlich in derselben Absicht angelegt, denn in der Mitte eines von ihnen stand etwas, was nur ein Sarkophag sein konnte, aber dieses und andere Zimmer waren zugemauert. Die Wände und Decken dieser Räume waren mit Flachreliefs ausgestattet und seltsam bemalt. Hier brachte die Hexe die blinde Dame unter, deren Name Vesper war. Ihr Augen waren schwarz, mit langen schwarzen Wimpern; ihre Haut sah aus wie angelaufenes Silber, war aber von reinstem, glattestem Teint; ihr Haar war schwarz, weich und ganz glatt; ihre Züge waren edel geformt, und wenn auch durch Traurigkeit weniger schön, so doch um so liebreizender; sie sah immer aus, als wolle sie sich hinlegen und nie wieder aufstehen. Sie wußte nicht, daß sie in einer Gruft untergebracht war, doch ab und zu wunderte sie sich, niemals ein Fenster zu ertasten. Überall standen Sofas mit der prächtigsten Seide bezogen, auf die sie sich legen konnte und die weich waren wie ihre eigenen Wangen, und die Teppiche waren so dick, daß sie sich überall hätte fallen lassen können – wie es sich für eine Gruft gehört. In den Räumen war es trocken und warm, die Belüftung funktionierte ausgezeichnet, so daß die Luft immer frisch war, wobei ihr nur das Sonnenlicht fehlte. Dort ernährte die Hexe sie mit Milch und Wein, dunkel wie ein Karbunkel, mit Granatäpfeln, roten Trauben und Sumpfvögeln; und sie spielte ihr traurige Weisen vor, ließ sich durch klagende Geigen begleiten und erzählte ihr schwermütige Geschichten, kurz, hielt sie immer in einer Atmosphäre seliger Traurigkeit.

Photogen

Watho hatte schließlich ihren Willen, denn Hexen bekommen oft, was sie wollen: Der blonden Aurora wurde ein prächtiger Knabe geboren. Genau bei Sonnenaufgang erblickte er das Licht der Welt. Watho trug ihn sofort in einen abgelegenen Teil des Schlosses und machte die Mutter glauben, er habe nur ein einziges Mal geschrien, da er bei seiner Geburt gestorben sei. Von Trauer überwältigt, verließ Aurora das Schloß, sobald sie dazu in der Lage war, und Watho lud sie nie wieder ein.

Und jetzt war die Hexe darauf bedacht, daß der Knabe niemals die Dunkelheit kennenlernte. Unermüdlich arbeitete sie an ihm, bis er schließlich niemals tagsüber schlief und niemals über Nacht wach war. Sie ließ ihn nie etwas Schwarzes sehen und versteckte sogar alle dunklen Gegenstände vor ihm. Wenn es ging, ließ sie nie einen Schatten auf ihn fallen und schützte ihn gegen Schatten, als seien sie Lebewesen, die ihn verletzen konnten. Den ganzen Tag über sonnte er sich im hellen Glanz derselben großen Räume, die seine Mutter bewohnt hatte. Watho gewöhnte ihn so an die Sonne, daß er schließlich mehr davon ertragen konnte als jeder dunkelhäutige Afrikaner. Wenn es tagsüber am heißesten war, zog sie ihn aus und legte ihn in die Sonne, als ob er reifen sollte wie ein Pfirsich; und der Junge fühlte sich wohl dabei und wollte gar nicht wieder angezogen werden. Sie setzte ihr ganzes Wissen darein, daß seine Muskeln stark, elastisch und reaktionsschnell wurden – so daß seine Seele, meinte sie lachend, in jeder Fiber sitzen, überall gleichzeitig sein und auf Abruf erwachen konnte. Seine Haare waren rotgolden, aber seine Augen wurden mit zunehmendem Alter immer dunkler, bis sie so schwarz waren wie die Vespers. Er war das ausgelassenste aller Geschöpfe, immer fröhlich, immer liebenswürdig, im Moment aufbrausend, aber dann gleich wieder lachend. Watho nannte ihn Photogen.

Nycteris

Fünf oder sechs Monate nach der Geburt Photogens brachte auch die dunkle Dame ein Baby zur Welt: In der fensterlosen Gruft einer blinden Mutter, im Tod der Nacht, unter den schwachen Strahlen einer Lampe in einer Alabasterkugel kam ein jammerndes Mädchen an die Dunkelheit. Und genau, als es zum ersten Mal geboren wurde, ward Vesper zum zweiten Mal geboren und ging in eine Welt über, die ihr so unbekannt war wie diese ihrem Kind – das noch einmal geboren werden mußte, bevor es seine Mutter sehen konnte.

Watho nannte sie Nycteris, und sie wurde Vesper so ähnlich wie nur möglich – in allem, außer einer Kleinigkeit. Sie hatte die gleiche dunkle Haut, dunkle Wimpern und Lider, dunkles Haar und einen sanften, traurigen Blick, aber sie hatte genau die Augen von Aurora, der Mutter Photogens, und wenn sie auch mit zunehmendem Alter dunkler wurden, so war es nur ein dunkleres Blau. Watho widmete ihr mit Falcas Hilfe die größtmögliche Sorgfalt – natürlich nur im Rahmen ihrer Pläne –, wobei das Wichtigste war, daß sie nie Licht sehen sollte, außer dem, das von der Lampe kam. So wurden ihre Sehnerven, ja, ihr ganzer Gesichtssinn immer ausgeprägter und empfindlicher; und ihre Augen hörten erst ganz kurz vor dem Punkt auf zu wachsen, an dem sie zu groß geworden wären. Unter ihrem dunklen Haar, der dunklen Stirn und den Augenbrauen sahen sie aus wie zwei Risse in einem bewölkten Nachthimmel, hinter dem das Firmament hervorlugt, wo nur Sterne und keine Wolken leben. Sie war ein traurig feinsinniges kleines Geschöpf. Niemand in der Welt, außer diesen beiden, wußte von der Existenz dieser kleinen Fledermaus. Watho gewöhnte sie daran, tagsüber zu schlafen und nachts zu wachen. Außer der Musik, worin sie selbst eine Meisterin war, brachte sie ihr kaum etwas bei.

Wie Photogen aufwuchs

Die Vertiefung, in der Wathos Schloß lag, war eher ein Spalt in der Ebene als ein Tal zwischen Hügeln, denn an der Spitze ihrer Steilhänge befand sich sowohl südlich als auch nördlich ein weites und breites Tafelland. Es war üppig mit Gras und Blumen bewachsen, hier und da standen Baumgruppen als Vorposten eines großen Waldes. Diese grasbewachsenen Ebenen waren die schönsten Jagdgründe der Welt. Große Herden von kleinen, aber wilden Tieren mit Höckern und zottigen Mähnen tobten darauf herum, auch Antilopen, Gnus und die zierlichen Rehe, während es in den Wäldern von Wild nur so wimmelte. Im Schloß bestanden die meisten Mahlzeiten daraus. Der Anführer von Wathos Jägern war ein toller Bursche, und als Photogen anfing, über die Ausbildung, die sie ihm geben konnte, hinauszuwachsen, schickte sie ihn zu Fargu. Der machte sich sofort eifrig daran, ihn alles zu lehren, was er wußte. Er gab ihm ein Pony nach dem anderen, mit zunehmendem Alter immer größer und jedes schwieriger zu meistern als das vorige, schulte ihn so vom Pony auf das Pferd und von Pferd auf Pferd, bis er allem gewachsen war, was das Land in dieser Hinsicht hervorbrachte. Ganz ähnlich übte er ihn im Gebrauch von Pfeil und Bogen, wobei er alle drei Monate einen stärkeren Bogen und längere Pfeile einsetzte, und bald wurde Photogen selbst zu Pferde ein großartiger Bogenschütze. Er war erst vierzehn, als er seinen ersten Bullen erlegte, was unter den Jägern, ja, überall im Schloß Jubel auslöste, denn auch hier war er aller Liebling. Jeden Tag ging er kurz nach Sonnenaufgang auf die Jagd und blieb gewöhnlich fast den ganzen Tag draußen. Aber Watho hatte Fargu nur eine Bedingung auferlegt: Photogen durfte unter keinen Umständen, was auch geschah, bis Sonnenuntergang oder so kurz davor draußen bleiben, daß in ihm der Wunsch hätte wach werden können, zu sehen, was nun folgen würde; und Fargu achtete ängstlich darauf, dieses Gebot nicht zu überschreiten; denn obwohl er nicht gezittert hätte, wäre eine ganze Bullenherde in vollem Tempo über die Ebene auf ihn zugedonnert, ohne daß sich noch ein Pfeil in seinem Köcher befunden hätte, so hatte er doch vor seiner Herrin mehr als Furcht. Wenn sie ihn in einer bestimmten Weise ansah, dann fühlte er sich, so sagte er, als verwandle sich das Herz in seiner Brust zu Asche und als fließe in seinen Adern nicht mehr Blut, sondern Milch und Wasser. So hatte Fargu schon bald zu zittern, denn als Photogen älter wurde, fiel es ihm immer schwerer, sich gegen den Knaben durchzusetzen. Photogen war, wie Fargu zu seiner Herrin sagte, so voller Lebenskraft – was diese zutiefst befriedigte –, daß er eher einem lebendigen Donnerkeil als einem menschlichen Wesen glich. Er wußte nicht, was Furcht war, und das keineswegs, weil er keine Gefahr kannte; denn er hatte einen schweren Riß durch den rasiermesserscharfen Hauer eines Ebers abbekommen – dessen Rückgrat er jedoch mit einem Schlag seines Jagdmessers gebrochen hatte, bevor Fargu ihm zu Hilfe kommen konnte. Wenn er sein Pferd mitten in eine Bullenherde trieb, nur mit dem Bogen und einem kurzen Schwert bewaffnet, oder einen Pfeil in eine Herde schoß und dann nachjagte, als wolle er nur einen Ausreißer zurückholen, rechtzeitig ankam, um noch einen Speerstoß nachzuschicken, bevor das verwundete Tier wußte, in welche Richtung es ausweichen konnte, dachte Fargu mit Schrecken daran, wie es erst sein würde, wenn er die Versuchung der scheckigen Leoparden und der scharfkralligen Luchse kennenlernte, vor denen es im Wald wimmelte. Denn der Junge war durch die Sonne so abgesotten, von Kindheit an so sehr mit ihrem Einfluß gesättigt, daß er jede Gefahr von einer höheren Warte des Muts aus betrachtete. Als er nun kurz vor seinem sechzehnten Lebensjahr stand, wagte es Fargu deshalb, Watho zu bitten, dem Jungen ihre Gebote selbst einzuschärfen und ihn aus der Verantwortung für seinen Zögling zu entlassen. Er sagte, es sei leichter, einen Löwen mit lohfarbener Mähne zu hüten als Photogen. Watho rief den Jungen und legte ihm im Beisein Fargus ihr Verbot auf, sich niemals draußen aufzuhalten, wenn der Rand der Sonne den Horizont berührte, wobei sie für einen Verstoß Konsequenzen andeutete, die nicht weniger schrecklich als undurchsichtig waren. Photogen hörte respektvoll zu, aber da er weder das Gefühl der Angst noch den Reiz der Nacht kannte, waren ihre Worte für ihn nur Schall und Rauch.

Wie Nycteris aufwuchs

Die geringe Ausbildung, die Watho Nycteris zugedacht hatte, vermittelte sie ihr durch das gesprochene Wort. Da sie nicht meinte, das vorhandene Licht könne ihr zum Lesen genügen, von anderen Gründen einmal ganz abgesehen, gab sie ihr nie ein Buch in die Hand. Nycteris sah jedoch weit besser, als Watho dachte; und das schwache Licht genügte ihr durchaus. Sie konnte Falca beschwatzen, ihr die Buchstaben beizubringen, worauf sie selbst Lesen lernte, und Falca brachte ihr ab und zu ein Kinderbuch. Aber die größte Freude hatte sie an ihrem Instrument. Selbst ihre Finger liebten es und glitten über die Saiten wie äsende Schafe. Sie war nicht unglücklich. Von der Welt kannte sie nur die Gruft, in der sie lebte, und sie fand Gefallen an allem, was sie tat. Gleichwohl sehnte sie sich nach mehr oder nach etwas anderem. Sie wußte nicht, was es war, und konnte es für sich selbst auch nicht genauer ausdrücken als in dem Gedanken, daß sie mehr Platz brauchte. Watho und Falca verschwanden immer jenseits des Scheins der

Lampe und kamen von dorther zurück; irgendwo mußte es also mehr Raum geben. Sooft sie allein war, machte sie sich daran, die farbigen Flachreliefs an den Wänden zu untersuchen. Die sollten verschiedene Naturkräfte allegorisch darstellen, und da nichts hergestellt werden kann, das nicht dem allgemeinen Schema angehört, konnte ihr schließlich das Aufflackern einer Beziehung zwischen einigen von ihnen nicht entgehen, und so fand ein Schatten der Realität von Dingen seinen Weg zu ihr.

Etwas bewegte und belehrte sie jedoch mehr als alles andere – die Lampe nämlich, die von der Decke herabhing und die sie immer erleuchtet sah, obwohl sie niemals die Flamme sehen konnte, sondern nur die leichte Verdichtung zur Mitte der Alabasterkugel hin. Und neben dem Wirken des Lichts selbst in seiner Art waren die Verschwommenheit der Kugel und die Schummerigkeit des Lichts, die ihr das Gefühl gaben, ihre Augen könnten sich ganz in das Weiß versenken und darin auflösen, für sie auch irgendwie mit der Idee von Platz und Raum verbunden. Oft saß sie stundenlang vor der Lampe und starrte zu ihr hinauf, und dabei wurde ihr ganz beklommen ums Herz. Sie fragte sich, was sie traurig gemacht hatte, wenn sie ihr Gesicht tränennaß spürte, und dann wunderte sie sich, wie sie etwas traurig gemacht haben konnte, ohne daß sie es gemerkt hätte. Deshalb schaute sie die Lampe nur an, wenn sie allein war.

Die Lampe

Da Watho ihre Anweisungen gegeben hatte, hielt sie es für selbstverständlich, daß sie befolgt wurden und daß Falca die ganze Nacht bei Nycteris blieb, deren Tag ja die Nacht war. Aber Falca konnte sich nicht daran gewöhnen, tagsüber zu schlafen, und ließ ihren Schützling oft die halbe Nacht allein. Dann kam es Nycteris so vor, als wache die weiße Lampe über ihr. Da diese niemals ausgehen durfte – zumindest während sie wach war –, wußte Nycteris, außer wenn sie die Augen schloß, weniger über die Dunkelheit als über das Licht. Da die Lampe überdies weit oben und in der Mitte von allem angebracht war, wußte sie auch nicht viel von Schatten. Die wenigen, die es gab, fielen fast ausnahmslos auf den Boden oder hielten sich wie Mäuschen am Fuß der Wände.

Einmal, als sie so allein gelassen war, drang das Geräusch eines weit entfernten Donnerns zu ihr ein; sie hatte noch nie zuvor einen Klang gehört, dessen Ursprung sie nicht kannte, und daher war dies ein neues Zeichen für etwas jenseits ihrer Gemächer. Dann kam ein Beben und dann eine Erschütterung; die Lampe fiel mit großem Getöse zu Boden, und Nycteris fühlte sich, als seien ihre beiden Augen fest geschlossen und dazu noch beide Hände darübergelegt. Sie schloß, daß das Donnern und Beben von der Dunkelheit verursacht worden war, die in den Raum eingedrungen sein und die Lampe heruntergeworfen haben mußte. Zitternd saß sie da. Das Geräusch und das Beben hörten auf, aber das Licht kehrte nicht zurück. Die Dunkelheit hatte es geschluckt!

Ohne die Lampe erwachte in ihr sofort der Wunsch, *aus* diesem Gefängnis zu entfliehen. Kaum wußte sie, was *aus* bedeutete, aus einem Raum hinaus und in einen anderen, zwischen denen sich noch nicht einmal eine Trenntür, sondern nur ein offener Türbogen befand, war alles, was sie von der Welt kannte. Aber plötzlich erinnerte sie sich daran, daß Falca einmal davon gesprochen hatte, die Lampe könne *ausgehen*: War es das, was sie gemeint hatte? Und wenn die Lampe ausgegangen war, wohin war sie dann gegangen? Bestimmt dorthin, wohin auch Falca ging, und sie würde gleich dieser wiederkehren. Aber Nycteris konnte nicht warten. Der Wunsch auszugehen wurde unwiderstehlich. Sie mußte ihrer schönen Lampe folgen! Sie mußte sie finden! Sie mußte sehen, was los war!

Nun gab es einen Vorhang, der eine Wandnische bedeckte, worin einige ihrer Spielsachen und Übungsgeräte verstaut waren; und hinter diesem Vorhang kamen Watho und Falca immer hervor, und sie verschwanden auch stets wieder dahinter. Wie sie aus der festen Wand kommen konnten, das war ihr völlig rätselhaft, denn alles bis zu der Wand hin war offener Raum, und alles dahinter schien

Wand zu sein; aber natürlich war das erste und einzige, was sie tun konnte, sich den Weg hinter den Vorhang zu ertasten. Es war so dunkel, daß eine Katze selbst die allergrößte Maus nicht hätte fangen können. Nycteris sah besser als jede Katze, aber jetzt waren ihre großen Augen zu nichts nutze. Beim Gehen trat sie auf ein Stück der zerbrochenen Lampe. Sie hatte nie Schuhe oder Strümpfe getragen, und obwohl die Scherbe aus weichem Alabaster war, schnitt sie zwar nicht, verletzte aber ihren Fuß. Sie wußte nicht, was es war, doch da es noch nicht dagelegen hatte, bevor die Dunkelheit kam, vermutete sie, daß es mit der Lampe zu tun hatte. Deshalb kniete sie sich hin, suchte mit den Händen, und als sie zwei große Stücke zusammenfügte, erkannte sie die Gestalt der Lampe wieder. Daher blitzte es in ihr auf, daß die Lampe tot war, daß dieses Zerbrochensein der Tod war, von dem sie verständnislos gelesen hatte; daß die Dunkelheit die Lampe getötet hatte. Was konnte Falca also gemeint haben, wenn sie davon sprach, daß die Lampe *ausging*? Hier war die Lampe – allerdings tot und so verändert, daß Nycteris sie niemals für eine Lampe gehalten hätte, wäre die Form nicht gewesen! Nein, jetzt, wo sie tot war, konnte es keine Lampe mehr sein, denn alles, was sie zu einer Lampe machte, nämlich ihr heller Schein, war verschwunden. Dann mußte es also der Schein, das Licht sein, das ausgegangen war! Das mußte Falca gemeint haben – und es mußte irgendwo anders in der Wand sein. Nycteris richtete sich wieder auf und ertastete sich ihren Weg zum Vorhang.

Nun hatte sie noch nie in ihrem Leben versucht hinauszukommen und wußte nicht, wie sie das anstellen sollte; aber instinktiv fing sie an, ihre Hände über eine der Mauern hinter dem Vorhang gleiten zu lassen, wobei sie halb damit rechnete, sie würden dort eindringen, wie es Watho und Falca doch offenbar taten. Aber die Wand stieß sie mit unerbittlicher Härte zurück, und so wandte sie sich der gegenüberliegenden zu. Dabei setzte sie ihren Fuß auf einen Elfenbeinwürfel, und da dieser genau dieselbe Stelle traf, die schon durch die Alabasterscherbe verletzt war, fiel sie mit ausgestreckten Händen vornüber gegen die Wand. Etwas gab nach, und sie stürzte aus der Höhle hinaus.

Draußen

Aber ach! *Draußen* war es ganz genau wie *drinnen*, denn derselbe Feind, die Dunkelheit, war auch hier zugegen. Jedoch schon im nächsten Augenblick überkam sie ein großes Glücksgefühl – eine Feuerfliege hatte sich aus dem Garten nach drinnen verirrt. In der Ferne sah sie das winzige Leuchten. Mit langsam pulsierenden Lichtebben und -fluten stieß sie sich, immer näher kommend, mit jener Bewegung durch die Luft, die eher einem Schwimmen als einem Fliegen gleicht, und das Licht selbst schien die Quelle ihrer eigenen Bewegung zu sein.

»Meine Lampe! Meine Lampe!« rief Nycteris. »Es ist der Schein meiner Lampe, den die grausame Dunkelheit vertrieben hatte. Meine gute Lampe hat die ganze Zeit auf mich gewartet! Sie wußte, daß ich nach ihr suchen würde, und hat darauf gewartet, mich mitnehmen zu können.«

Sie folgte der Feuerfliege, die wie sie selbst den Weg nach draußen suchte. Wenn sie auch den Weg nicht kannte, so war sie doch Licht; und weil alles Licht eins ist, kann jedes Licht dazu dienen, daß man zu mehr Licht geleitet wird. Wenn sie zwar unrecht mit dem Gedanken hatte, daß die Fliege der Geist ihrer Lampe war, so war sie doch vom selben Geist wie ihre Lampe – und hatte Flügel. Das lichtgetriebene goldgrüne Düsenboot glitt pulsierend durch einen langen, schmalen Gang vor ihr her. Plötzlich stieg es höher, und im gleichen Augenblick fiel Nycteris auf eine nach oben führende Treppe. Sie hatte vorher noch nie eine Treppe gesehen, und das Aufsteigen kam ihr seltsam vor. Gerade als sie anscheinend den Höhepunkt erreichte, hörte die Feuerfliege zu leuchten auf, so daß sie verschwand. Nycteris stand also wieder völlig im Dunkeln. Aber wenn wir dem Licht folgen, ist selbst sein Verlöschen ein Wegweiser. Hätte die Feuerfliege weiter geleuchtet, dann hätte Nycteris eine Windung der Treppe gesehen und wäre in Wathos Schlafzimmer gelandet; so aber, da sie sich geradeaus vorwärts tastete, gelangte sie an eine geschlossene Tür, die es ihr nach einigen mühevollen Versuchen zu öffnen gelang – und dann stand sie in einem Labyrinth aus überraschender Verwirrung, Furcht und Wonne. Was war es? War es außerhalb ihrer selbst oder etwas, das sich in ihrem Kopf abspielte? Vor ihr lag ein sehr langer und sehr schmaler Gang, der auf geheimnisvolle und unergründliche Weise aufgebrochen war und der sich nach oben, ja nach allen Seiten hin zu einer unendlichen Höhe, Breite und Entfernung ausweitete – als ob der Raum selbst aus einem Trog herauswüchse. Es war heller, als ihre Zimmer jemals gewesen waren – heller, als wenn darin sechs Alabasterlampen geleuchtet hätten. Eine Menge seltsamer Streifen und Schecken irrten hier umher, die sich stark von den Figuren an ihren Wänden unterschieden. Sie schwelgte in einem Traum angenehmer Verwirrung und wonnevoller Verblüffung. Sie wußte nicht, ob sie auf dem Boden stand oder wie die Feuerfliege umherschwirrte, angetrieben von den Schüben einer inneren Glückseligkeit. Aber bisher wußte sie noch wenig über ihre Herkunft. Unbewußt ging sie von der Schwelle aus einen Schritt nach vorn, und das Mädchen, das von Geburt an ein Höhlenmensch gewesen war, stand in der überwältigenden Pracht einer südlichen Nacht, erhellt durch einen strahlenden Vollmond – nicht der Mond unseres nördlichen Himmelsstrichs, sondern ein Mond wie Silber, das in einem Ofen glüht – ein Mond, dem man die Kugel ansah –, nicht weit entfernt, nichts als eine flache Scheibe auf dem ausgedehnten Blau, aber halb nach unten hängend und mit einem Aussehen, als könne man durch eine bloße Beugung des Kopfes ganz um ihn herumschauen.

»Es ist meine Lampe«, sagte sie und blieb mit halb geöffneten Lippen sprachlos stehen. Es war ihr, als habe sie vom Uranfang an in schweigender Ekstase dort gestanden.

»Nein, es ist nicht meine Lampe«, sagte sie nach einer Weile, »es ist die Mutter aller Lampen.«

Und dabei fiel sie auf die Knie und breitete die Arme zum Mond hin aus. Sie hätte auch nicht im geringsten sagen können, was in ihr vorging, aber die Geste war in Wirklichkeit nur eine flehende Bitte an den Mond, genau das zu sein, was er war – genau die unglaubliche Pracht, die an der weit entfernten Decke hing, genau jener Glanz, der für arme in Höhlen geborene und aufgewachsene Mädchen so lebenswichtig ist. Für Nycteris war es eine Auferstehung – nein, es war die eigentliche Geburt. Was konnte der riesige blaue Himmel sein, der mit winzigen Funken gleich den Köpfen von diamantenen Nägeln übersät war; und was der Mond, der mit dem Licht so absolut zufrieden aussah – nun, sie wußte weniger darüber als du und ich! Aber der größte aller Astronomen hätte auf dieses Entzücken eines ersten Eindrucks im Alter von sechzehn Jahren neidisch sein können. Er war unermeßlich unvollkommen, aber falsch konnte der Eindruck nicht sein, denn sie sah mit den Augen, die für das Sehen gemacht waren, und sie sah sogar, was viele Menschen wegen ihrer zu großen Klugheit gar nicht sehen können.

Als sie niederkniete, gab ihr etwas einen sanften Schubs, umarmte sie, streichelte sie, hätschelte sie. Sie erhob sich, sah aber nichts und wußte nicht, was es war. Am meisten glich es dem menschlichen Atem. Denn sie wußte ja nichts von der Luft, hatte noch nie die stets neugeborene Frische der Welt eingeatmet. Die Atemluft war ihr immer durch lange Gänge und Windungen in dem Felsen zugeführt worden. Noch weniger wußte sie von der Luft, die durch Bewegung belebt ist – von jenem dreifach gesegneten Geschenk, dem Wind einer Sommernacht. Es war wie geistiger Wein, der jede Pore ihres Seins mit einer Droge reinster Wonne füllte. Zu atmen war ein vollkommener Seinszustand. Ihr kam es so vor, als zöge sie das Licht selbst in ihre Lungen ein. Besessen von der überwältigenden Schönheit der prächtigen Nacht, schien sie in ein und demselben Moment ausgelöscht und verklärt zu sein.

Sie befand sich in dem offenen Gang oder der Galerie, die oben auf den Gartenmauern ringsum zwischen den Zinnenreihen verlief, aber sie schaute nicht einmal nach unten und sah nicht, was darunter lag. Ihre Seele fühlte sich zu dem Gewölbe über ihr mit seiner Lampe und mit seinem endlosen Raum hingezogen. Schließlich brach sie in Tränen aus, und ihr Herz war erleichtert, wie sich die Nacht selbst durch Blitze und Regen erleichtert.

Und dann wurde sie nachdenklich. Sie mußte diese Pracht horten! Was für ein kleines Dummchen ihre Wärterinnen aus ihr gemacht hatten! Das Leben war ein unermeßlicher Segen, und sie hatten das ihre bis auf den nackten Knochen abgenagt! Sie durften nicht wissen, daß sie wußte. Sie mußte ihr Wissen verheimlichen – es selbst vor ihren eigenen Augen verbergen und es ganz innen im Busen bewahren, zufrieden mit dem Wissen, daß sie es hatte, selbst wenn sie nicht seiner Gegenwart nachhängen konnte, indem sie ihre Augen an seiner Pracht weidete. Daher wandte sie sich mit einem Seufzer voller Glückseligkeit ab und schlich auf leisen Sohlen und mit tastenden Händen zurück in das Dunkel des Felsens. Was war die Dunkelheit oder die Trägheit der zeitlichen Schritte für eine, die gesehen hatte, was ihr diese Nacht zu Augen gekommen war? Sie war über alle Schwermut, über alles Falsch erhaben.

Als Falca eintrat, entfuhr ihr ein Schrei des Entsetzens. Aber Nycteris rief ihr zu, sich keine Sorgen zu machen, und erzählte ihr, wie es zu einem Donner und Beben gekommen war, das die Lampe hatte zu Boden fallen lassen. Darauf ging Falca und erstattete ihrer Herrin Bericht, und in nicht weniger als einer Stunde hing eine neue Kugel an der Stelle der alten. Nycteris meinte, sie sähe nicht so hell und klar aus wie die alte, aber sie beschwerte sich nicht über die Veränderung; sie war viel zu reich, um sich daran zu stören. Denn jetzt, da sie wußte, daß sie eine Gefangene war, war ihr Herz voll Freude und Glück; zuweilen mußte sie sich davor zurückhalten, aufzuspringen und singend und tanzend durch den Raum zu wirbeln. Wenn sie schlief, hatte sie trotz dunkler Träume herrliche Gesichter. Natürlich wurde sie manchmal unruhig und sehnte sich ungeduldig danach, ihre Reichtümer anzuschauen, aber dann brachte sie sich zur Vernunft und sagte: »Was macht es schon, wenn ich hier ewig mit meiner armseligen bleichen Lampe sitze, wo doch draußen eine Lampe brennt, an der zehntausend kleine Lampen wie im Wunder glühen?«

Sie zweifelte niemals daran, den Tag und die Sonne gesehen zu haben, von denen sie gelesen hatte; und immer, wenn sie vom Tag und der Sonne las, stellte sie sich dabei die Nacht und den Mond vor; wenn sie aber von der Nacht und vom Mond las, dann dachte sie nur an die Höhle und an die Lampe, die dort hing.

Die große Lampe

Es dauerte einige Zeit, bis sie erneut Gelegenheit hatte, nach draußen zu kommen, denn seitdem die Lampe heruntergefallen war, paßte Falca etwas besser auf und ließ sie nur selten länger allein. Eines Abends jedoch, als sie leichte Kopfschmerzen hatte, legte sich Nycteris auf ihr Bett und blieb dort mit geschlossenen Augen liegen, worauf sie hörte, daß Falca zu ihr kam, und spürte, wie diese sich über sie beugte. Falca war froh, daß sie schlief, und ließ sie allein, wobei sie sich so vorsichtig bewegte, daß Nycteris gerade wegen dieser Behutsamkeit die Augen öffnete und ihr nachsah – gerade noch rechtzeitig, um sie verschwinden zu sehen –, als sie den Raum durch ein Bild, wie es schien, verließ, das weit entfernt von dem gewöhnlichen Ausgang an der Wand hing. Sie sprang auf, die Kopfschmerzen waren vergessen, und lief in die entgegengesetzte Richtung; gelangte nach draußen, tastete sich den Weg zur Treppe, stieg hinauf und erreichte den Mauersims. – O weh! Der große Raum war noch nicht einmal so hell wie der kleine, den sie verlassen hatte! Warum? – Leid über Leid! Die große Lampe war verschwunden! War ihre Kugel heruntergefallen? War ihr liebliches Licht auf großen Schwingen ausgegangen, auf einer leuchtenden Feuerfliege, die durch einen noch großartigeren und noch lieblicheren Raum ruderte? Sie blickte nach unten, um zu sehen, ob die Kugel dort irgendwo zerborsten auf dem Teppich lag; aber sie konnte nicht einmal den Teppich erkennen. Doch es konnte gewiß nichts ganz Schreckliches passiert sein – kein Donnern oder Beben; denn all die kleinen Lampen leuchteten heller als zuvor, und nicht eine von ihnen sah aus, als sei etwas Ungewöhnliches eingetreten. Was, wenn jede dieser kleinen Lampen zu einer großen Lampe heranwuchs und dann, nachdem sie für eine Weile eine große Lampe gewesen war, ausgehen und eine noch größere Lampe werden mußte – aus, wohin, noch über dieses *Draußen* hinaus? Ah! Da war wieder das unsichtbare Lebendige – und heute nacht noch größer! Es küßte sie so liebevoll, streichelte ihre Wangen und die Stirn so weich und sanft, zerzauste ihr Haar und spielte aufs Angenehmste damit! Aber es hörte auf, und alles war still. War es ausgegangen? Was würde als nächstes passieren? Vielleicht mußten die kleinen Lampen nicht zu großen heranwachsen, sondern eine nach der anderen fallen und zuerst ausgehen? – Dabei kam von unten ein süßer Duft, noch einer und dann noch einer. Ah, wie köstlich! Vielleicht kamen sie alle nur auf ihrem Weg hinaus, der großen Lampe nach, zu ihr! – Dann lauschte sie der Musik des Flusses, die sie zuerst nicht bemerkt hatte, weil sie zu sehr mit dem Himmel beschäftigt war. Was war es? O weh! O weh! Noch etwas Lebendiges auf seinem Weg hinaus. Sie alle marschierten langsam in einer langen, wohlgeordneten Reihe, eins nach dem anderen hinaus, wobei jedes einzelne im Vorübergehen von ihr Abschied nahm! So mußte es sein: Hier ergaben sich immer neue Wohlklänge, die aufeinander folgten und verschwanden! Das ganze *Draußen* ging nochmals aus; es ging insgesamt der schönen großen Lampe nach! Sie würde als einziges Geschöpf in dem einsamen Tag zurückbleiben! War denn niemand da, der eine neue Lampe anstelle der alten aufhängen und die Geschöpfe daran hindern konnte, alle wegzugehen? – Sehr traurig schlich sie zu ihrem Felsen zurück. Sie versuchte, sich dadurch zu trösten, daß da draußen irgendwie doch noch Raum sein müsse; aber als sie es aussprach, erschauerte sie bei dem Gedanken an einen *leeren* Raum.

Als es ihr das nächste Mal gelang hinauszukommen, hing im Osten ein Halbmond: Eine neue Lampe war gekommen, dachte sie, und alles würde wieder gut. Es wäre ein endloses Unterfangen, alle Phasen des Empfindens zu beschreiben, die Nycteris durchlief; sie waren zahlreicher und feiner als die von tausend sich wandelnden Monden. Bei jedem neuen Anblick der unendlichen Natur blühte ein neues Glücksgefühl in ihrer Seele auf. Schon nach kurzer Zeit begann sie zu vermuten, daß der neue Mond der alte

Mond war, der ausgegangen und wieder hereingekommen war, wie sie selbst; und daß er sich, anders als sie, auflöste und wieder von neuem wuchs; daß er natürlich ein Lebewesen war wie sie selbst, Höhlen, Wächtern und Einsamkeiten ausgesetzt, dann aber floh und leuchtete, wenn er konnte. War er in einem ähnlichen Gefängnis eingekerkert wie sie? Und wurde es dunkel, wenn die Lampe es verließ? Wo konnte der Weg sein, der hineinführte? – Dabei schaute sie zuerst nach unten, nach oben und dann um sich herum; und da bemerkte sie zum ersten Mal die Baumwipfel zwischen sich und dem Boden. Es gab Palmen mit ihren rotfingrigen Händen, die voller Früchte hingen; Eukalyptusbäume, voll mit kleinen Hülsen von Puderquasten; Oleander mit ihren Mischlingsrosen und Orangenbäume mit ihren Wolken von jungen Silbersternen und ihren betagten Goldballen. Ihre Augen sahen im Mondlicht Farben, die unseren unsichtbar sind, und sie konnte alles gut unterscheiden, obwohl sie es zuerst für die Formen und Farben des Teppichs hielt, der in dem großen Raum lag. Sie sehnte sich danach, dort unten inmitten von ihnen zu sein, sah sie doch jetzt, daß es wirkliche Lebewesen waren, aber sie wußte nicht, wie sie dorthin gelangen sollte. Sie lief die ganze Mauer ab, bis hin zu der Seite, die den Fluß kreuzte, fand aber keinen Weg, der nach unten führte. Oberhalb des Flusses blieb sie stehen, um angstvoll auf das rauschende Wasser zu starren. Sie kannte das Wasser nur vom Trinken und Baden her; und da der Mond auf den dunklen, hurtigen Strom schien, der beim Fließen lustig sang, zweifelte sie nicht daran, daß der Fluß lebte, eine geschwind dahineilende Lebensschlange; aber wohin ging sie? – Etwa aus? Wohin dann? Und jetzt fragte sie sich, ob man das, was ihr immer ins Zimmer gebracht wurde, getötet hatte, damit sie es trinken und darin baden konnte.

Einmal, als sie auf die Mauer hinaustrat, geriet sie mitten in einen heftigen Sturm. Alle Bäume knarrten. Große Wolken zogen an den Himmeln entlang und purzelten über die kleinen Lampen: Die größere Lampe war noch nicht gekommen. Alles war in Aufruhr. Der Wind ergriff ihre Kleider und Haare und schüttelte sie, als wollte er sie von ihr reißen. Was konnte sie getan haben, um das sanfte Geschöpf so wütend zu machen? Oder war es ein völlig anderes Geschöpf – derselben Art, nur viel, viel größer und von ganz anderem Gemüt und Verhalten? Aber der ganze Ort war wütend! Oder verhielt es sich so, daß die darin lebenden Geschöpfe, der Wind, die Bäume, die Wolken und der Fluß, Streit miteinander hatten, und zwar jedes einzelne mit dem ganzen Rest? Würde das Ganze in Verwirrung und Unordnung geraten? Als sie aber, staunend und beunruhigt, vor sich hin starrte, schob sich der Mond, größer als sie ihn je gesehen hatte, über den Horizont und sah ganz dick und rot aus, als ob auch er vor Wut darüber angeschwollen war, daß man ihn durch den Lärm aus seiner Ruhe aufgestört und gezwungen hatte hinaufzueilen, um nachzusehen, was seine Kinder machten, die in seiner Abwesenheit dermaßen randalierten, damit sie nicht das ganze Gefüge der Dinge aus dem Gleichgewicht brachten. Und als er anfing, wurde der laute Wind ruhiger und zankte weniger heftig, die Bäume wurden leiser und stöhnten mit nachlassender Klage, und die Wolken jagten und schwirrten weniger wild über den Himmel. Und als ob er sich darüber freute, daß seine Kinder schon bei seiner bloßen Anwesenheit gehorchten, wurde der Mond beim Besteigen der Himmelstreppe immer kleiner; seine aufgeblähten Wangen sanken ein, die Hautfarbe wurde heller, und ein zufriedenes Lächeln breitete sich auf seinen Zügen aus, während er ganz friedlich immer höher stieg. Aber an seinem Hof herrschten Verrat und Rebellion; denn bevor er noch das Ende seiner großen Treppe erreicht hatte, taten sich die Wolken zusammen, vergaßen ihren jüngsten Krieg, steckten ganz verstohlen die Köpfe zusammen und schmiedeten Pläne. Dann verbanden sie sich, legten sich still auf die Lauer, bis er in die Nähe kam, warfen sich auf ihn und verschluckten ihn. Vom Dach kamen nasse Stellen herunter, folgten immer schneller aufeinander und benetzten Nycteris' Wangen; und was konnten sie schon sein als die Tränen des Mondes, der weinte, weil seine Kinder ihn erstickten? Nycteris weinte ebenfalls und stahl sich, weil sie nicht wußte, was sie davon halten sollte, voller Entsetzen zurück in ihr Zimmer.

Das nächste Mal kam sie mit Furcht und Zittern nach draußen. Der Mond war noch da! Weit drüben im Westen – aber eingefallen, alt und schrecklich abgehärmt aussehend, als hätten alle wilden Tiere des Himmels an ihm herumgefressen –, aber er war da, lebte noch und konnte sogar scheinen!

Der Sonnenuntergang

Ohne von der Dunkelheit, von den Sternen oder vom Mond zu wissen, verbrachte Photogen seine Tage bei der Jagd. Auf einem großen Schimmel fegte er, in der Sonne frohlockend, über die grasbewachsenen Ebenen, kämpfte gegen den Wind und erlegte die Büffel.

Eines Morgens, als er zufällig etwas früher als gewöhnlich und vor seinen Begleitern draußen war, erspähte er ein ihm unbekanntes Tier, das sich aus einer Höhle stahl, in welche die Sonnenstrahlen noch nicht eingedrungen waren. Wie ein huschender Schatten sauste es über das Gras und machte sich südwärts in Richtung Wald aus dem Staub. Er nahm die Verfolgung auf, bemerkte den Kadaver eines Büffels, den es halb gefressen hatte, und jagte ihm nur um so schneller nach. Aber das Geschöpf entfernte sich mit großen Sprüngen und Sätzen immer weiter von ihm und war plötzlich verschwunden. Niedergeschlagen zurückkehrend, stieß er auf Fargu, der ihm so schnell gefolgt war, wie sein Pferd ihn tragen konnte.

»Was für ein Tier war das, Fargu?« fragte er. »Wie es laufen konnte!«

Fargu antwortete, es könne ein Leopard gewesen sein, aber nach der Spur und dem Aussehen hielt er es eher für einen jungen Löwen.

»Wie feige es sein muß!« sagte Photogen.

»Sei dir nicht so sicher«, gab Fargu zurück. »Es ist eins von den Geschöpfen, die sich in der Sonne nicht wohl fühlen. Sobald die Sonne untergegangen ist, wird es mutig genug sein.«

Kaum hatte er das ausgesprochen, als er es auch schon bereute; und er bedauerte es auch nicht weniger, als er feststellte, daß Photogen keine Antwort gab. Doch ach! Gesagt war gesagt.

»Also«, sprach Photogen zu sich selbst, »ist dieses verächtliche Vieh einer der Schrecken des Sonnenuntergangs, von denen Madame Watho erzählte!«

Er jagte den ganzen Tag lang, war aber nicht wie gewöhnlich bei der Sache. Er ritt nicht so wild und tötete nicht einen Büffel. Fargu beobachtete zu seinem Entsetzen auch, daß er jeden Vorwand benutzte, um sich weiter südwärts zu bewegen, näher zum Wald hin. Aber ganz plötzlich, als die Sonne jetzt im Westen unterging, schien er anderen Sinnes zu werden, denn er wandte sein Pferd und ritt so schnell nach Hause, daß ihn die anderen aus dem Blick verloren. Als sie ankamen, fanden sie sein Pferd im Stall und schlossen daraus, daß er nach drinnen gegangen war. Aber in Wirklichkeit hatte er das Schloß an der Rückseite wieder verlassen. Er überquerte den Fluß ein gutes Stück talaufwärts und kam wieder an der Stelle heraus, die sie verlassen hatten, so daß er den Waldrand kurz vor Sonnenuntergang erreichte.

Die tiefstehende Sonne schien direkt zwischen den kahlen Stämmen hindurch, und da Photogen sich sagte, er müsse das Tier einfach finden, eilte er in den Wald. Doch noch als er eindrang, wandte er sich um und schaute nach Westen. Der Rand des Roten berührte den Horizont, welcher von den zackigen Bergen ganz zerklüftet war. »Jetzt«, sagte sich Photogen, »wollen wir mal sehen«; aber er sagte es angesichts einer Dunkelheit, die er noch nicht erprobt hatte. In dem Augenblick, als die Sonne zwischen den Spitzen und Zacken zu sinken begann, befiel den Jüngling mit einer Art plötzlichem Herzflattern eine unerklärliche Angst; und da er noch nie zuvor etwas dergleichen empfunden hatte, entsetzte ihn allein schon die bloße Angst. Als die Sonne unterging, wuchs die Angst wie der Schatten der Welt und wurde immer tiefer und düsterer. Er konnte nicht einmal darüber nachdenken, was es sein mochte, so vollkommen schwächte und lähmte sie ihn. Als die letzte aufflammende Säbelkante der Sonne erlosch wie eine

Lampe, schien sein Entsetzen in den puren Wahnsinn auszuarten. Wie Augenlider, die sich schließen – denn es kam keine Dämmerung auf, und in dieser Nacht gab es keinen Mond –, schossen das Entsetzen und die Dunkelheit zusammen, und er hielt sie für ein und dasselbe. Er war nicht mehr der Mann, den er gekannt, oder besser, für den er sich gehalten hatte. Der Mut, den er gehabt hatte, war in keiner Weise sein eigener gewesen – er hatte nur Mut gehabt, war aber niemals mutig; er hatte ihn verlassen, und er konnte kaum noch stehen – mit Sicherheit nicht mehr gerade stehen, denn er konnte nicht ein einziges seiner Gelenke ruhig halten oder am Zittern hindern. Er war nur ein Funken der Sonne, an sich selbst war er nichts.

Das Biest war hinter ihm her – pirschte sich heran. Er wandte sich um. Im Wald war alles dunkel, aber in seiner Phantasie wurde die Dunkelheit hier und dort durch grüne Augenpaare durchbrochen, und er hatte nicht einmal die Kraft, die Bogenhand von der Hüfte anzuheben. Mit der Stärke der Verzweiflung versuchte er, genügend Mut aufzubringen, um – nein, nicht zu kämpfen, das wollte er nicht einmal, sondern zu rennen. Der Mut, nach Hause zu entfliehen, war das einzige, was er sich auch nur vorstellen konnte, und den hatte er nicht. Aber was er nicht hatte, wurde ihm auf schändliche Weise gegeben. Ein Schrei im Wald, halb ängstlich, halb grollend, ließ ihn davonrennen wie ein vom wilden Watz gebissener Köter. Es war noch nicht einmal er selbst, der da rannte, sondern die in seinen Beinen lebendig gewordene Furcht; er wußte gar nicht, daß sie sich bewegten. Doch als er rannte, gewann er auch wieder die Fähigkeit zu laufen – bekam er zumindest den Mut, ein Feigling zu sein. Die Sterne gaben ein wenig Licht. Er eilte über das Gras, und nichts folgte ihm. »Wie tief gesunken, wie sehr verändert«, und das war einmal der Jüngling, der den Berg bestieg, als die Sonne unterging! Er bestand nur noch aus Selbstverachtung, wobei das verachtende Selbst noch zu feige für das Verachtete war! Dort lag das formlose Schwarz eines Büffels, aus dem Gras hervorragend: Er machte einen großen Bogen darum und eilte weiter wie ein vom Wind getriebener Schatten. Denn Wind war aufgekommen, und das verstärkte sein Entsetzen noch: Er wehte ihn von hinten an. Er erreichte den Rand des Tals und schoß den steilen Abhang hinab wie ein fallender Komet. Sofort erhob sich das gesamte Hochland hinter ihm und setzte ihm nach! Der Wind heulte hinter ihm her, durchsetzt mit Schreien, Kreischen, Heulen, Brüllen, Lachen und Zähneklappern, als ob alle Tiere des Waldes mit ihm einherrasten. In seinen Ohren dröhnte ein ungestümes Trampeln, der Donner der Hufe aller Tiere, die von jeder Ecke der weiten Ebene zu dem Berghang über ihm stürmten. Er floh geradewegs auf das Schloß zu und hatte kaum Luft genug zu keuchen.

Als er die Talsohle erreichte, tauchte gerade der Mond über dem Rand auf. Er hatte den Mond noch nie gesehen – außer bei Tag, und da hatte er ihn für eine dünne helle Wolke gehalten. Er war jetzt ein neuer Schrecken für ihn – so gespenstisch und so grausig! So schauerlich! – Und er schaute so wissend über den Rand seiner Gartenmauer auf die Außenwelt! Das war also die Nacht, die lebendige Dunkelheit! – Und ihm auf den Fersen! Der Schrecken aller Schrecken kam vom Himmel hernieder, um sein Blut gerinnen zu lassen, um sein Gehirn in ein Stück ausgeglühte Kohle zu verwandeln! Er schluchzte auf und eilte geradewegs auf den Fluß zu, wo er im Gartengrund zwischen den beiden Mauern hindurchströmte. Er sprang hinein, kämpfte sich durch, erklomm das Ufer und fiel besinnungslos ins Gras.

Der Garten

Obwohl Nycteris jedesmal darauf achtete, nicht zu lange draußen zu bleiben, und alle Vorsicht walten ließ, hätte sie doch kaum so lange der Entdeckung entgehen können, wären die seltsamen Anfälle, unter denen Watho litt, in der letzten Zeit nicht häufiger geworden und hätten sie sich nicht schließlich zu einer Krankheit verdichtet, die sie ans Bett fesselte. Allerdings setzte es sich Falca, sei es aus einer Anwandlung von Vorsicht oder weil sie Verdacht geschöpft hatte, nach einiger Zeit, da sie nun tagsüber und nachts viel bei ihrer Herrin sein mußte, in den Kopf, die Tür jedesmal, wenn sie den gewöhnlichen Ausgang benutzte, fest zu verschließen, so daß Nycteris eines Abends zu ihrer Überraschung und zu ihrem Entsetzen feststellte, daß die Wand sie zurückstieß und sie nicht durchlassen wollte; trotz aller Suche konnte sie die Ursache der Veränderung nicht herausfinden. Dabei empfand sie zum ersten Mal den einengenden Druck ihrer Gefängniswände, drehte sich um und ertastete sich, halb in Verzweiflung, den Weg zu dem Bild, an dem sie Falca einmal hatte verschwinden sehen. Dort fand sie bald die Stelle, auf die man drücken mußte, damit die Wand nachgab. Von dort aus gelangte sie in eine Art Keller, wo Lichter eines Himmels glitzerten, dessen Blau durch den Mond gedämpft war. Von dem Keller aus gelangte sie in einen langen Gang, in den der Mond hineinschien, und dort kam sie an eine Tür. Es gelang ihr, diese zu öffnen, und zu ihrer großen Freude befand sie sich an *dem anderen Ort*, jedoch nicht oben auf der Mauer, sondern in dem Garten, nach dem sie sich schon lange gesehnt hatte. Geräuschlos wie ein flaumiger Nachtfalter schwirrte sie davon in den Schutz der Bäume und Sträucher, wobei ihre bloßen Füße von dem weichesten aller Teppiche aufgenommen wurden, den ihre Füße nur aufgrund der Berührung sofort als lebendig erkannten, woher es nämlich kam, daß er so sanft und freundlich zu ihnen war. Eine zarte Brise war zwischen den Bäumen unterwegs, eilte hierhin und dorthin wie ein Kind, das seinen eigenen Willen hat. Sie eilte tanzend über das Gras, und dabei schaute sie hinter sich auf ihren Schatten. Zuerst hatte sie ihn für ein kleines schwarzes Geschöpf gehalten, das ein Spiel mit ihr trieb, als sie aber merkte, daß er nur da war, wo sie den Mond absperrte, und daß jeder Baum, wie groß und mächtig er auch war, ebenfalls einen dieser seltsamen Begleiter hatte, lernte sie es bald, sich deswegen keine Sorgen zu machen, so daß er ihr nach und nach eine ebensolche Quelle des Vergnügens wurde, wie es der Schwanz für ein junges Kätzchen ist. Das war jedoch lange, bevor sie sich ganz mit den Bäumen angefreundet hatte. Diese schienen sie einmal zu mißbilligen; ein andermal überhaupt nicht zu bemerken, daß sie da war und ganz in ihre eigenen Angelegenheiten vertieft zu sein. Plötzlich, als sie vom einen zum anderen ging und angstvoll zu dem murmelnden Geheimnis ihrer Zweige und Blätter aufschaute, erspähte sie nicht weit entfernt einen, der sich sehr von allen anderen unterschied. Er war weiß, dunkel, funkelnd und ausgebreitet wie eine Palme – eine kleine, schlanke Palme mit einer ziemlich schmalen Krone; und er wuchs sehr schnell und sang beim Wachsen. Aber er wurde überhaupt nicht größer, denn so schnell sie ihn wachsen sehen konnte, so schnell zerfiel er auch immer wieder. Als sie ganz nahe herankam, entdeckte sie, daß es ein Wasserbaum war – genau aus dem Wasser, mit dem sie sich wusch, nur war er natürlich lebendig wie der Fluß –, zweifellos handelte es sich aber um eine andere Art Wasser als bei diesem, kroch der doch hurtig über den Boden, während das andere geradewegs nach oben schoß, dann fiel, sich selbst schluckte und schließlich wieder aufstieg. Sie steckte ihre Füße in das Marmorbecken, den Blumentopf, in dem es wuchs. Er war voll mit richtigem Wasser, lebendig und kühl – wie angenehm, denn die Nacht war heiß!

Aber die Blumen – ach, die Blumen! Mit ihnen hatte sie sich sofort angefreundet. Welch wundervolle Geschöpfe das waren! – So lieb und schön! Sie sandten immer solche Farben und Düfte aus – roten Duft, weißen Duft und gelben Duft –, die für die anderen Geschöpfe bestimmt waren! Das eine, das unsichtbar und allgegenwärtig war, nahm eine riesige Menge von ihren Düften auf und trug sie davon! Aber das schien ihnen nichts auszumachen. Das war ihre Sprache, um zu zeigen, daß sie lebten und nicht gemalt waren wie jene an den Wänden ihrer Räume und auf den Teppichen.

Sie schlenderte durch den Garten hinunter, bis sie an den Fluß kam. Da konnte sie nicht weiter – denn sie fürchtete sich zu Recht ein wenig vor der hurtigen Wasserschlange – und ließ sich auf das grasige Ufer fallen, steckte ihre Füße ins Wasser und spürte, wie es dagegen spülte und wogte. So blieb sie lange sitzen, und ihr

Glück schien vollkommen, als sie auf den Fluß schaute und das gebrochene Bild der großen Lampe da oben sah, die sich an der einen Seite der Decke hinaufbewegte, um an der anderen abzusteigen.

Etwas ganz Neues

Ein schöner Nachtfalter schwirrte vor ihren großen blauen Augen vorüber. Sie sprang auf, um ihm zu folgen – nicht im Geiste des Jägers, sondern in dem des Liebhabers. Ihr Herz – wie jedes Herz, wenn man nur über seine gefallenen Seiten hinwegsieht – war ein unerschöpflicher Quell der Liebe: Sie liebte alles, was sie sah. Doch als sie dem Falter folgte, sah sie etwas am Ufer liegen, und da sie es noch nicht gelernt hatte, sich vor irgend etwas zu fürchten, lief sie direkt darauf zu, um zu sehen, was es war. Dort angekommen, blieb sie verwirrt stehen. Noch ein Mädchen wie sie! Aber was für ein seltsam aussehendes Mädchen! – Und auch so komisch angezogen! – Und dann noch bewegungsunfähig! War es tot? Plötzlich von Mitleid erfüllt, setzte sie sich hin, hob Photogens Kopf an, legte ihn auf ihren Schoß und fing an, sein Gesicht zu streicheln. Ihre warmen Hände brachten ihn wieder zu sich. Er öffnete seine schwarzen Augen, in denen alles Feuer erloschen war, und blickte mit einem seltsamen Angstlaut, halb Stöhnen und halb Keuchen, auf. Doch als er ihr Gesicht sah, atmete er tief ein und blieb reglos liegen – starrte sie an: Diese blauen Wunderdinge über ihm schienen sein Entsetzen wie ein besserer Himmel mit neuem Mut zu versehen und zu lindern. Schließlich sagte er mit bebender, eingeschüchterter Stimme, halb flüsternd: »Wer bist du?«

»Ich bin Nycteris«, antwortete sie.

»Du bist ein Geschöpf der Dunkelheit und liebst die Nacht«, sprach er, wobei sich seine Furcht wieder zu regen begann.

»Ich mag wohl ein Geschöpf der Dunkelheit sein«, gab sie zurück. »Ich kann mir aber kaum vorstellen, was du meinst. Doch ich liebe die Nacht nicht. Ich liebe den Tag – von ganzem Herzen; und ich schlafe die ganze Nacht über.«

»Wie kann das sein?« fragte Photogen, der sich auf seine Ellbogen stützte, aber den Kopf wieder auf ihren Schoß sinken ließ, sobald er den Mond erblickte, »wie kann es sein«, wiederholte er, »wo ich doch deine Augen dort sehe – und hellwach?«

Sie lächelte nur und streichelte ihn, denn sie verstand ihn nicht und glaubte, er wisse nicht, was er sagte.

»War es also nur ein Traum?« fing Photogen wieder an und rieb sich die Augen. Aber dabei wurde seine Erinnerung klar, er erschauerte und rief: »O wie schrecklich, wie schrecklich! So plötzlich in einen Feigling verwandelt zu sein! In einen schändlichen, verächtlichen, ehrlosen Feigling! Ich schäme mich – schäme mich – und habe eine *solche* Angst! Es ist alles so fürchterlich!«

»Was ist so fürchterlich?« fragte Nycteris und lächelte wie eine Mutter, deren Kind aus einem bösen Traum erwacht ist.

»Alles, alles«, erwiderte er, »diese ganze Dunkelheit und das Dröhnen.«

»Mein Liebes«, sagte Nycteris, »es gibt kein Dröhnen. Wie feinfühlig du sein mußt! Was du hörst, ist nur der Gang des Wassers und das Herumeilen des lieblichsten aller Geschöpfe. Es ist unsichtbar, und ich nenne es Überall, denn es durchdringt alle anderen Geschöpfe und tröstet sie. Jetzt macht es sich und auch ihnen gerade die Freude, sie zu schütteln und zu küssen und ihnen ins Gesicht zu blasen. Still: Nennst du das Dröhnen? Aber du solltest es mal hören, wenn es ziemlich wütend ist! Ich weiß nicht, warum, aber manchmal ist es wütend, und dann dröhnt es ein wenig.«

»Es ist so schrecklich dunkel!« sagte Photogen, der, während sie sprach, gelauscht und sich dann damit beruhigt hatte, daß kein Dröhnen da war.

»Dunkel!« wiederholte sie. »Du solltest mal in meinem Raum sein, wenn ein Erdbeben meine Lampe getötet hat. Ich verstehe dich nicht. Wie *kannst* du das dunkel nennen? Laß mich sehen: Ja, du hast Augen, und sogar große, größere als Madame Watho und

Falca – aber wohl nicht so groß wie meine. Nur habe ich meine noch nie gesehen. Aber dann – o ja! – jetzt weiß ich, was los ist! Du kannst mit ihnen nicht sehen, weil sie so schwarz sind. Dunkelheit kann natürlich nicht sehen. Keine Sorge: Ich werde deine Augen sein und dich sehen lehren. Sieh hier – diese reizenden kleinen Dinger im Gras mit den roten spitzen Enden, die alle zu einem zusammengefaltet sind. Oh, die liebe ich ja so sehr! Ich könnte den ganzen Tag lang nur dasitzen und sie anschauen, die Allerliebsten!«

Photogen sah sich die Blume genau an und meinte, früher schon einmal etwas Ähnliches gesehen zu haben, aber er konnte sie nicht bestimmen. Wie Nycteris noch nie ein offenes Gänseblümchen gesehen hatte, so hatte er noch nie ein geschlossenes gesehen.

So versuchte Nycteris instinktiv, ihn von seiner Furcht abzulenken: Und die sonderbaren liebevollen Worte des schönen Geschöpfes trugen nicht wenig dazu bei, daß er sie vergaß.

»Du nennst das dunkel!« sagte sie wieder, als könne sie nicht über die Absurdität dieser Vorstellung hinwegkommen. »Nun, ich könnte jeden Halm des grünen Haars – ich nehme an, es ist das, was sie in den Büchern Gras nennen – im Umkreis von zwei Metern zählen! Und schau doch nur die große Lampe! Sie ist heute heller als gewöhnlich, und ich verstehe einfach nicht, warum du dich fürchten oder das dunkel nennen solltest!«

Während sie sprach, streichelte sie weiter seine Wangen und Haare und versuchte, ihn zu trösten. Aber er fühlte sich ja so elend, und man sah es ihm deutlich an! Er war schon drauf und dran zu sagen, daß ihre große Lampe fürchterlich für ihn war und aussah wie eine Hexe, die im Schlaf der Toten wandelt; aber er war nicht so naiv wie Nycteris und wußte selbst im Mondlicht, daß sie eine Frau war, obwohl er noch nie eine so junge und reizende gesehen hatte; und während sie ihn wegen seiner Furcht tröstete, schämte er sich in ihrer Anwesenheit immer mehr dafür. Da er überdies ihr Wesen nicht kannte, hätte er sie vielleicht verdrießen können, so daß sie ihn allein mit seinem Elend zurückließ. Deshalb blieb er still liegen und wagte kaum, sich zu bewegen. Das ganze bißchen

Leben, das er hatte, schien von ihr zu kommen, und wenn er sich bewegen sollte, könnte sie sich bewegen, und wenn sie ihn verlassen sollte, dann müßte er weinen wie ein Kind.

»Wie bist du hierhergekommen?« fragte Nycteris und nahm sein Gesicht zwischen ihre Hände.

»Den Berg herunter«, war seine Antwort.

»Wo schläfst du?« fragte sie.

Er deutete in Richtung des Hauses. Sie stieß ein kleines entzücktes Lachen aus.

»Wenn du gelernt hast, dich nicht mehr zu fürchten, dann wirst du immer mit mir nach draußen kommen wollen«, sagte sie.

Bei sich selbst dachte Nycteris, sie wolle das Mädchen gleich, wenn es etwas zu sich gekommen war, fragen, wie ihm die Flucht gelungen sei, denn es mußte natürlich, wie sie selber, aus einer Höhle gekommen sein, in der Watho und Falca es festgehalten hatten.

»Schau nur die schönen Farben«, fuhr sie fort und zeigte auf einen Rosenstrauch, an dem Photogen nicht eine einzige Blüte erkennen konnte. »Sie sind tausendmal schöner als jede der Farben an unseren Wänden – nicht wahr? Und dann sind sie lebendig und duften so süß!«

Er wünschte, sie würde ihn nicht ständig dazu bringen, seine Augen zu öffnen, um nach Dingen zu schauen, die er nicht sehen konnte; und ein ums andere Mal fuhr er auf und hielt sich an ihr fest, wenn ihn ein neuer Schub des Entsetzens durchfuhr.

»Komm, komm, Liebes!« sagte Nycteris. »So geht das nicht weiter. Du mußt ein tapferes Mädchen sein und –«

»Ein Mädchen!« brüllte Photogen und sprang wutentbrannt auf. »Wenn du ein Mann wärst, würde ich dich töten.«

»Ein Mann?« wiederholte Nycteris. »Was ist das? Wie könnte ich so etwas sein? Wir sind doch beide Mädchen – oder nicht?«

»Nein, ich bin kein Mädchen«, gab er zurück, » obwohl«, fügte er mit verändertem Tonfall hinzu und warf sich ihr zu Füßen auf den Boden, »ich dir nur allzu gute Gründe gegeben habe, mich dafür zu halten.«

»Oh, ich verstehe!« erwiderte Nycteris. »Nein, natürlich! – Du kannst kein Mädchen sein: Mädchen fürchten sich nicht – ohne Grund. Jetzt ist mir alles klar: Du fürchtest dich deshalb so sehr, weil du kein Mädchen bist.«

Photogen krümmte sich händeringend im Gras.

»Nein, das ist nicht der Grund«, sagte er schmollend, »es ist diese schreckliche Dunkelheit, die in mich hineinkriecht und mich bis ins Mark durchdringt – das ist es, weshalb ich mich aufführe wie ein Mädchen. Wenn doch nur die Sonne aufginge!«

»Die Sonne! Was ist das?« rief Nycteris, die nun ihrerseits eine dumpfe Angst verspürte.

Darauf verfiel Photogen in einen Wortschwall, mit dem er vergeblich versuchte, seine Angst zu vergessen.

»Es ist die Seele, das Leben, das Herz, der Glanz des Universums«, hob er an. »Die Wellen tanzen wie Stäubchen in ihren Strahlen. Das menschliche Herz ist stark und tapfer in ihrem Licht, und wenn es schwindet, dann verläßt ihn sein Mut – geht mit der Sonne dahin, und der Mensch wird so, wie du mich jetzt vor dir siehst.«

»Dann ist das also nicht die Sonne?« brachte Nycteris nachdenklich heraus und deutete auf den Mond.

»Das!« schrie Photogen voller Verachtung. »*Das* kenne ich überhaupt nicht, ich weiß nur, daß es häßlich und fürchterlich ist. Bestenfalls kann es nur das Gespenst einer toten Sonne sein. Ja, das ist es! Genau deshalb sieht es so furchterregend aus.«

»Nein«, sagte Nycteris nach einer langen grüblerischen Pause, »da mußt du dich irren. Ich glaube, die Sonne ist das Gespenst eines toten Mondes, und deshalb ist sie so viel strahlender, wie du sagst. – Gibt es denn noch einen anderen großen Raum, wo die Sonne an der Decke lebt?«

»Ich weiß nicht, was du meinst«, erwiderte Photogen. »Aber du meinst es gut, das weiß ich, nur solltest du einen armen Jungen im Dunkeln nicht als Mädchen bezeichnen. Wenn du mich hier mit dem Kopf in deinem Schoß liegen läßt, dann würde ich gerne schlafen. Wirst du mich behüten und auf mich aufpassen?«

»Ja, das werde ich«, antwortete Nycteris und vergaß ganz ihre eigenen Sorgen.

So schlief Photogen ein.

Die Sonne

Da saß Nycteris, und da lag der Jüngling die ganze Nacht über inmitten des großen Kegelschattens der Erde wie zwei Pharaonen in einer Pyramide. Photogen schlief und schlief; und Nycteris blieb reglos sitzen, um ihn nicht zu wecken und ihn so seiner Furcht auszuliefern.

Der Mond stieg hoch auf in die blaue Ewigkeit, es war eine überwältigend prächtige Nacht; der Fluß stürmte und murmelte plätschernd in tiefen weichen Silben; der Springbrunnen spritzte weiter mondwärts und blühte jeden Augenblick zu einer großen Silberblume auf, deren Blätter dann für immer wie Schnee, aber mit einem fortwährenden wohlklingenden Platschen, in das Bett ihrer Erschöpfung darunter fielen; der Wind erwachte, sauste einmal zwischen den Bäumen durch, ging schlafen und erwachte wieder; die Gänseblümchen schliefen im Stehen an ihrer Seite; aber sie wußte nicht, daß sie schliefen; die Rosen schienen hellwach zu sein, denn ihre Düfte erfüllten die Luft, aber in Wirklichkeit schliefen auch sie, und der Duft war der ihrer Träume; die Orangen hingen wie goldene Lampen in den Bäumen, und ihre silbernen Blüten waren die Seelen ihrer noch nicht verkörperten Kinder; Akaziendüfte durchzogen die Luft, und sie waren wie der Geruch des Mondes selbst.

Schließlich wurde Nycteris, die nicht an die lebendige Luft gewöhnt und vom langen Sitzen ermüdet war, etwas schläfrig. Die Luft begann abzukühlen. Der Zeitpunkt rückte näher, an dem auch sie gewohnt war, schlafen zu gehen. Sie schloß die Augen nur für einen kurzen Moment und nickte ein – öffnete sie plötzlich wieder weit, denn sie hatte ja versprochen aufzupassen.

In diesem Augenblick war eine Veränderung eingetreten. Der

Mond hatte die Runde gemacht und blickte ihr vom Westen entgegen, und sie sah, daß sich sein Antlitz verändert hatte, daß er blaß geworden war, als ob auch er, schreckensbleich, aus seiner erhöhten Stellung ein kommendes Unheil erspähte. Das Licht schien sich aus ihm zu verflüchtigen; er starb – er ging aus! Und doch sah alles ringsum sonderbar klar aus – klarer, als sie je etwas gesehen hatte; wie konnte die Lampe mehr Licht spenden, wo sie doch selbst weniger hatte? Ah, genau das war es! Man mußte nur sehen, wie matt sie aussah! Weil das Licht sie verließ und sich über den Raum verteilte, wurde sie so mager und bleich! Sie gab alles auf! Sie schmolz von der Decke fort wie ein Stück Zucker im Wasser.

Nycteris wurde schnell ängstlich und suchte Trost bei dem Gesicht auf ihrem Schoß. Wie schön das Geschöpf war! – Wie sie es nennen sollte, wußte sie nicht, denn es war wütend geworden, als sie es so nannte, wie Watho sie nannte. Und Wunder über Wunder! Jetzt, selbst bei der kalten Veränderung, die mit dem großen Raum vor sich ging, stieg die Farbe wie von einer roten Rose in der bleichen Wange auf. Welch schöne blonde Haare waren es, die über ihren Schoß fielen! Was für große, mächtige Atemzüge das Geschöpf machte! Und was waren die seltsamen Dinge, die es trug? So etwas hatte sie schon einmal an ihren Wänden gesehen, das war sicher.

So sprach sie mit sich selbst, während die Lampe blasser und blasser und dabei alles immer klarer wurde. Was konnte das bedeuten? Die Lampe starb – ging aus zu dem anderen Ort, von dem das Geschöpf in ihrem Schoß gesprochen hatte, um dort eine Sonne zu sein! Aber warum wurden die Dinge klarer, noch bevor sie eine Sonne war? Das war der Punkt. Lag es an dieser Verwandlung in eine Sonne? Ja! Ja! Es war der kommende Tod! Sie wußte es, denn er überkam auch sie! Sie fühlte ihn kommen! Wozu würde sie werden? Zu etwas Schönem wie das Geschöpf in ihrem Schoß? Das konnte sein! Jedenfalls mußte das der Tod sein, denn alle Kräfte verließen sie, während ringsum alles so hell wurde, daß sie es nicht ertragen konnte! Bald mußte sie blind sein! Würde sie zuerst erblinden oder sterben?

Denn hinter ihr ging die Sonne auf. Photogen erwachte, hob den Kopf aus ihrem Schoß und sprang auf. Sein Gesicht war ein einziges strahlendes Lächeln. Sein Herz war voller Tatendrang – wie das des Jägers, der in die Höhle des Tigers schleichen will. Nycteris schrie auf, bedeckte das Gesicht mit den Händen und preßte die Augenlider zusammen. Dann streckte sie Photogen blindlings die Arme entgegen und rief: »Oh, ich fürchte mich *so*! Was ist das? Es muß der Tod sein! Ich will noch nicht sterben. Ich liebe diesen Raum und die alte Lampe. Ich mag den anderen Ort nicht. Das ist schrecklich! Ich will mich verstecken. Ich möchte in den süßen, weichen, dunklen Händen der ganzen anderen Geschöpfe liegen. Weh mir! Weh mir!«

»Was ist los mit dir, Mädchen?« fragte Photogen mit der Arroganz aller männlichen Wesen, die erst zusammenbricht, wenn sie vom anderen Geschlecht erzogen worden sind. Er blickte stehend über seinen Bogen, dessen Sehne er untersuchte, auf sie herab. »Du brauchst jetzt vor nichts mehr Angst zu haben, Kind! Es ist Tag. Die Sonne ist fast aufgegangen. Schau! Sie wird jeden Augenblick über den Rand des Hügels dort treten! Tschüs. Danke für das Nachtlager. Ich muß weg. Sei keine Gans. Wenn ich jemals etwas für dich tun kann – und so weiter, du weißt schon!«

»Laß mich nicht allein; oh, laß mich nicht allein!« rief Nycteris. »Ich sterbe! Ich sterbe! Ich kann mich nicht bewegen. Das Licht saugt alle Kraft aus mir heraus. Und, oh, ich habe eine *solche* Angst!«

Aber Photogen war schon durch den Fluß geplanscht, wobei er seinen Bogen hochhielt, um ihn nicht naß werden zu lassen. Er sauste über die Ebene und stürmte den gegenüberliegenden Hügel hinauf. Da sie keine Antwort bekam, zog Nycteris ihre Hände vom Gesicht. Photogen hatte die Spitze erreicht, und im selben Augenblick fielen die Strahlen der Sonne auf ihn; die Pracht der Tageskönigin versammelte sich gleißend auf dem goldhaarigen Jüngling. Strahlend wie Apoll stand er in mächtiger Kraft da, eine blitzende Gestalt inmitten der Flammen. Er legte einen glühenden Pfeil in einen leuchtenden Bogen. Der Pfeil verließ die Sehne mit einem scharfen, wohlklingenden Sirren, und Photogen, der ihm nachschoß, verschwand mit einem Jagdruf. Apoll selbst schoß auf in die Lüfte, und aus seinem Köcher verbreiteten sich Überraschung und Frohlocken.

Aber das Gehirn der armen Nycteris war restlos durchbohrt. In völliger Umnachtung fiel sie zu Boden. Alles um sie herum war ein brennender Ofen. In Verzweiflung, Schwäche und Pein schlich sie zurück und ertastete sich ihren Weg unsicher, mühevoll und mit letzter Kraft zurück in ihre Zelle.

Als sich schließlich die freundliche Dunkelheit ihrer Kammer mit ihren kühlen und tröstenden Armen um sie legte, warf sie sich auf ihr Bett und schlief sofort ein. Und dort schlief sie weiter wie eine lebendig Begrabene, während Photogen oben in der Sonnenpracht die Büffel auf der Hochebene verfolgte und nicht ein einziges Mal an sie dachte, die dunkel und vergessen da unten lag, deren Gegenwart in der Nacht seine Zuflucht, deren Augen und Hände seine Hüter gewesen waren. Stolz war er wieder ganz in seinem Element; und die Dunkelheit mit ihrer Schande war für eine Zeitlang verschwunden.

Der feige Held

Aber kaum hatte die Sonne den Zenit erreicht, als sich Photogen auch schon im Schatten der bevorstehenden Nacht an die vergangene zu erinnern begann, und dabei schämte er sich arg. Er hatte sich – und nicht nur vor sich selbst, sondern auch noch vor einem Mädchen – als Feigling erwiesen! Als einer, der bei Tageslicht, wo es nichts zu fürchten gab, kühn war, aber zitterte wie der armseligste Wicht, wenn die Nacht hereinbrach. Daran war etwas faul, anders konnte es nicht sein! Man hatte ihn verzaubert! Er hatte etwas gegessen oder getrunken, das sich nicht mit dem Mut vertrug! Jedenfalls war er unvorbereitet überrascht worden! Woher sollte er denn wissen, was beim Sonnenuntergang passierte? Kein Wunder, daß er zu Tode erschrocken war, als er sah, was sich abspielte – dieses zutiefst schreckliche Schauspiel! Außerdem konnte man nicht sehen, wo überall Gefahren lauerten! Man konnte in Stücke gerissen, fortgeschleppt oder verschlungen werden, ohne auch nur zu sehen, in welche Richtung ein Hieb zu führen war! Er klammerte sich an jede nur mögliche Entschuldigung, gierig wie ein selbstverliebter Mensch, der seine Selbstverachtung lindern will. An diesem Tag verblüffte er die Jäger – entsetzte sie durch seinen draufgängerischen Wagemut –, nur um sich selbst zu beweisen, daß er kein Feigling war. Aber nichts milderte sein Schamgefühl. Nur eins gab ihm Hoffnung – der Entschluß, dem Dunkel in heiligem Ernst zu begegnen, jetzt, wo er ein wenig darüber wußte, was es war. Es war ehrenhafter, sich einer anerkannten Gefahr zu stellen, als geringschätzig in etwas hineinzustürmen, das nach nichts aussah – noch ehrenhafter aber, einem namenlosen Schrecken entgegenzutreten. Er konnte die Furcht besiegen und sich gleichzeitig von der Schande reinwaschen. Eine Niederlage gab es nicht. Jetzt kannte er die Dunkelheit, und wenn sie kam, würde er ihr so furchtlos und gelassen begegnen, wie er sich nunmehr fühlte. Und wieder sagte er: »Wir werden sehen!«

Er stand unter den Ästen einer großen Buche, als die Sonne weit entfernt über den zerklüfteten Bergen unterging; noch ehe sie halb verschwunden war, zitterte er wie eins der Blätter hinter ihm im ersten Seufzen des Nachtwindes. In dem Augenblick, als das letzte Stückchen der glühenden Scheibe verschwand, raste er voller Entsetzen davon, um ins Tal zu gelangen, und beim Laufen wurde seine Furcht immer größer. Den Berghang sauste er, ein Elender, springend, sich kugelnd und rennend hinunter; stürzte eher in den Fluß, als hineinzuspringen, und kam wie zuvor am grasigen Ufer im Garten liegend wieder zu sich.

Als er aber die Augen öffnete, waren da keine Mädchenaugen, die in die seinen blickten; er sah nur die Sterne in der Einöde einer sonnenlosen Nacht – dieser schrecklichen, allgegenwärtigen Feindin, der er sich wieder gestellt hatte, die er aber nicht bekämpfen konnte. Vielleicht war das Mädchen noch nicht aus dem Wasser herausgekommen! Er wollte versuchen zu schlafen, denn er wagte sich nicht vom Fleck zu rühren, und vielleicht würde er beim Erwachen seinen Kopf auf ihrem Schoß und das schöne dunkle Gesicht mit seinen tiefblauen Augen über sich gebeugt finden. Aber als er aufwachte, lag sein Kopf im Gras, und obwohl er mit seinem ganzen Mut aufsprang, sozusagen wiederhergestellt war, machte er sich nicht mit dem gleichen Elan auf die Jagd wie am Tag zuvor; und trotz der Sonnenpracht in seinem Herzen und in seinen Adern jagte er an diesem Tag weniger eifrig; er aß wenig und war von Anfang an nachdenklich bis hin zur Traurigkeit. Ein zweites Mal besiegt und entehrt! War sein Mut nicht mehr als das Spiel des Sonnenlichts auf seinem Gehirn? War er bloß ein Spielball zwischen Licht und Dunkel? Was für ein elendes, verächtliches Geschöpf er dann war! Aber vor ihm lag eine dritte Chance. Scheiterte er ein drittes Mal, dann wagte er nicht, sich auszudenken, was er daraufhin von sich zu halten hatte! Er war ja jetzt schon elend genug – aber dann!

O weh! Es ging nicht besser. Sobald die Sonne untergegangen war, floh er wie von allen Teufeln gehetzt.

Siebenmal insgesamt versuchte er, der kommenden Nacht mit der Kraft des vergangenen Tages standzuhalten, und siebenmal scheiterte er – scheiterte mit einer solchen Verschärfung des Scheiterns, mit einem so stark anwachsenden Gefühl der Schändlichkeit, wodurch schließlich alle sonnigen Stunden überschattet wurden – Nacht reihte sich an Nacht –, daß sein Tagesmut bei diesem Elend, dieser Selbstverachtung und diesem Verlust an Selbstvertrauen zu schwinden begann; und zum Schluß ließ ihn bei aller Erschöpfung, bei allem Naßwerden und dann Nacht für Nacht draußen Herumliegen – und schlimmer noch, bei der verzehrenden tödlichen Furcht und der Scham über seine Schande – sein Schlaf im Stich, so daß er am siebenten Morgen, anstatt auf die Jagd zu gehen, ins Schloß taumelte und sich zu Bett legte. Die stählerne Gesundheit, für die sich die Hexe so sehr abgemüht hatte, war dahin, und nach ein oder zwei Stunden stöhnte und schrie er im Delirium auf.

Eine böse Wärterin

Watho war, wie schon gesagt, selbst krank und äußerst übel gelaunt; überdies ist es eine Eigenart der Hexen, daß alles, was bei anderen Sympathie hervorruft, bei ihnen Ekel erregt. Auch hatte Watho noch ein armseliges, hilfloses, bruchstückhaftes Restchen Grips, gerade genug, um sie unzufrieden und daher noch verschlagener zu machen. Als sie nun hörte, daß Photogen krank war, wurde sie wütend. Krank, auch das noch! Nachdem sie alles getan hatte, um ihn mit dem Leben des Systems aufzuladen, mit der Sonnenenergie selbst! Er war ein kümmerlicher Reinfall, der Junge! Und weil er *ihr* Reinfall war, ärgerte sie sich über ihn, fing an, ihn zu verachten, und haßte ihn schließlich sogar. Sie betrachtete ihn, wie ein Maler ein Bild oder ein Dichter ein Gedicht betrachten mochte, das er nur fertigstellen konnte, indem er in einen nicht wiedergutzumachenden Schlamassel geriet. In den Herzen von Hexen liegen Liebe und Haß dicht nebeneinander, und oft stolpern sie übereinander. Und ob es daran lag, daß ihr Reinfall mit Photogen auch ihre Pläne in bezug auf Nycteris zunichte machte oder daß sie durch ihre Krankheit noch mehr zum Teufelsweib wurde, jedenfalls hatte Watho jetzt auch das Mädchen satt und haßte den Gedanken, daß es sich im Schloß herumtrieb.

Sie war jedoch nicht zu krank, um in das Zimmer des armen Photogen zu gehen und ihn zu peinigen. Sie sagte ihm, daß sie ihn haßte wie eine Schlange, und dabei zischte sie selbst wie eine, mit ihrer spitzen Nase, dem spitzen Kinn und der fliehenden Stirn. Photogen glaubte, sie wollte ihn töten, und wagte es kaum, etwas von dem zu essen, was man ihm brachte. Sie ordnete an, daß man jeden Lichtstrahl aus seinem Zimmer verbannte; aber dadurch gewöhnte er sich etwas an die Dunkelheit. Dann nahm sie oft einen seiner Pfeile und kitzelte ihn einmal mit dem Federende, ein andermal stach sie ihn mit der Spitze, bis das Blut floß. Was sie schließlich vorhatte, kann ich nicht sagen, doch sie brachte Photogen schnell zu dem Entschluß, aus dem Schloß zu fliehen: Was er dann tun würde, darüber wollte er hinterher nachdenken. Vielleicht würde er irgendwo jenseits des Waldes seine Mutter finden! Wären da nicht die breiten dunklen Flecken, die Tag von Tag schieden, er hätte nichts zu fürchten gehabt!

Aber jetzt, als er hilflos im Dunkeln lag, erschien ihm immer wieder das Gesicht des lieblichen Geschöpfs, das ihn in jener ersten schrecklichen Nacht so zärtlich behütet hatte: Sollte er sie niemals wiedersehen? War sie, wie er sich ausgedacht hatte, die Flußnymphe? Warum war sie dann nicht wieder aufgetaucht? Sie hätte ihn lehren können, sich nicht vor der Nacht zu fürchten, denn offenbar hatte sie selbst keine Angst davor! Aber dann, als der Tag kam, da schien sie Furcht zu bekommen – warum nur, wo es doch dann nichts mehr zu fürchten gab? Vielleicht hatte eine, die sich in der Dunkelheit so wohl fühlte, entsprechend große Angst vor dem Licht! Dann hatte seine selbstsüchtige Freude am Sonnenaufgang, die ihn für ihre Verfassung blind machte, dazu geführt, daß er sich ihr gegenüber – schlechter Lohn für ihre Freundlichkeit – so grausam verhalten hatte, wie es Watho ihm gegenüber tat! Wie süß und lieb und bezaubernd sie war! Wenn es wilde Tiere gab, die nur bei Nacht herauskamen und das Licht scheuten, warum sollte es dann nicht auch Mädchen geben, die ebenso veranlagt waren – die das Licht nicht ertragen konnten, so wie er die Dunkelheit nicht aushielt? Wenn er sie doch nur wiederfinden konnte! Ach, wie ganz anders er sich zu ihr verhalten würde! Aber ach! Vielleicht hatte die Sonne sie getötet – geschmolzen – verbrannt! – ausgetrocknet – genau das war es, wenn sie die Flußnymphe war!

Wathos Wolf

Seit diesem schrecklichen Morgen war Nycteris nie wieder sie selbst geworden. Das plötzliche Licht hatte sie fast umgebracht; und jetzt lag sie wieder im Dunkeln mit der Erinnerung an eine entsetzliche Schärfe – ein Etwas, an das sie kaum zu denken wagte, denn allein der Gedanke daran quälte sie bis zum Wahnsinn. Aber das war noch gar nichts, verglichen mit dem Schmerz, den ihr die Erinnerung an die Grobheit des leuchtenden Wesens bereitete, das sie in seiner Angst getröstet und behütet hatte; denn sobald sein Leiden auf sie übergegangen und es frei war, hatte es sofort mit seiner wiederkehrenden Kraft nichts Besseres anzufangen gewußt, als sie zu verspotten! Sie grübelte und grübelte; aber das alles ging über ihren Verstand.

Schon bald führte Watho Böses gegen sie im Schilde. Die Hexe war wie ein krankes Kind, dem sein Spielzeug nicht mehr gefällt. Sie wollte Nycteris in Stücke reißen und sehen, wie es ihr bekam. Sie wollte sie in die Sonne setzen und sie sterben sehen wie eine Qualle aus dem salzigen Ozean, die auf einen heißen Felsen geworfen wird. Das wäre ein Anblick, der ihren Wolfsschmerz lindern konnte. Eines Tages ließ sie daher kurz vor Mittag, als Nycteris gerade ganz fest schlief, eine abgedunkelte Sänfte zu der Tür bringen, worin zwei ihrer Männer Nycteris zu der Hochebene trugen. Dort holten sie das Mädchen heraus, legten es ins Gras und verschwanden.

Watho beobachtete alles von der Spitze ihres hohen Turms aus durch ihr Teleskop; und kaum hatte man Nycteris allein gelassen, da sah sie auch schon, wie sie sich aufsetzte und sich sofort wieder mit dem Gesicht zu Boden warf.

»Sie wird einen Hitzschlag bekommen«, frohlockte Watho, »und das ist ihr Ende.«

Doch in diesem Moment kam ein riesiger buckeliger Büffel, den eine Fliege gepeinigt hatte, mit mächtiger zottiger Mähne genau auf die Stelle zugaloppiert, wo Nycteris lag. Beim Anblick des Dings im Gras fuhr er auf, wich einige Meter zur Seite aus, blieb wie angewurzelt stehen und kam dann bösartig blickend langsam näher. Nycteris lag ganz still und sah das Tier nicht einmal.

»Jetzt wird sie totgetrampelt!« jubelte Watho. »Das machen diese Biester doch so gerne.«

Als der Büffel sie erreichte, schnüffelte er sie ganz ab und verzog sich; dann kam er zurück und schnüffelte noch einmal. Darauf stob er urplötzlich davon, als ob ihn ein Dämon am Schwanz gepackt hätte.

Danach kam ein Gnu, ein noch gefährlicheres Tier, und verhielt sich ganz genauso; dann ein elendes Wildschwein. Aber kein Geschöpf tat ihr etwas. Watho war wütend auf die Schöpfung.

Schließlich fingen Nycteris' blaue Augen im Schatten ihrer Haare an, ein wenig zu sich zu kommen, und das erste, was sie sahen, war ihnen ein Trost. Ich habe bereits erzählt, wie sie die Nacht-Gänseblümchen kennenlernte, jedes ein scharf zugespitzter Kegel mit einem roten Endpünktchen; und einmal hatte sie schon die Strahlen von einem von ihnen auseinandergefaltet, wobei ihre Finger zitterten, da sie fürchtete, schrecklich grob zu sein und es vielleicht zu verletzen; aber sie wollte doch sehen, sagte sie sich, welches sorgsam gehütete Geheimnis es in sich trug, und so fand sie sein goldenes Herz. Aber jetzt stand direkt unter ihren Augen im Schleier ihres Haars, dessen Schwärze ein so schönes Zwielicht ergab, daß sie es genau sehen konnte, ein Gänseblümchen mit weitgeöffneter roter Spitze, woraus sich ein karminroter Ring ergab, in dessen Mitte sein goldenes Herz auf einem silbernen Kelch erstrahlte. Zuerst erkannte sie es nicht als einen dieser – inzwischen nun erwachten – Kegel, aber bei näherem Hinsehen wußte sie, was es war. Wer konnte denn nur so grausam zu dem lieblichen kleinen Geschöpf gewesen sein, es mit aller Brutalität zu öffnen und es bloßen Herzens vor der schrecklichen Todeslampe auszubreiten? Wer es auch war, es mußte derselbe gewesen sein, der sie da hinausgeworfen hatte, damit sie in ihrem Feuer zu Tode verbrannt wurde! Aber sie hatte ja ihr Haar, konnte den Kopf hängen lassen und ihre eigene wohltuende kleine Nacht um sich herum erzeugen! Sie versuchte, das Gänseblümchen von der Sonne wegzubiegen und die Blütenblätter so um es herumhängen zu lassen wie ihre Haare, aber sie vermochte es nicht. O weh! Es war schon verbrannt und tot! Sie wußte nicht, daß es sich ihrer sanften Gewalt nicht beugen konnte, weil es mit aller Begehrlichkeit des Lebens aus dem, was sie die Todeslampe nannte, Leben trank. Oh, wie die Lampe sie verbrannte!

Aber sie dachte weiter nach – wie, das wußte sie nicht; und nach und nach kam sie darauf, daß der Raum ja nur die Decke hatte, an der das große Feuer entlangrollte, so daß die kleine Rotspitze die Lampe schon Tausende von Malen gesehen haben und sie ganz gut kennen mußte! Und die Lampe hatte sie nicht getötet! Als sie dann noch weiter nachdachte, begann sie, sich die Frage zu stellen, ob das, worin sie das Blümchen jetzt sah, nicht seine vollkommenere Verfassung sein könnte. Denn das Ganze sah jetzt nicht nur vollkommen aus, wie ja vorher auch, sondern jeder Teil zeigte auch seine eigene individuelle Vollkommenheit, welche Vollkommenheit es ihm erlaubte, sich mit dem Rest zu der höheren Vollkommenheit eines Ganzen zu verbinden. Die Blume war selbst eine Lampe! Das goldene Herz war das Licht, und der silberne Rand war die Alabasterkugel, kunstvoll gebrochen und weit geöffnet, um die Pracht nach draußen zu lassen. Ja: Gewiß war die strahlende Form seine Vervollkommnung! Wenn es also die Lampe zu dieser Form geöffnet hatte, dann konnte die Lampe nicht unfreundlich zu ihm sein, sondern mußte seiner eigenen Art angehören, da sie ja für seine Vollkommenheit sorgte! Und als sie nun nochmals darüber nachdachte, bestand eindeutig keine geringe Ähnlichkeit zwischen ihnen. Was, wenn die Blume das kleine Ururenkelchen der Lampe war und diese es die ganze Zeit über liebte? Und was, wenn die Lampe ihr gar nicht weh tun wollte, sondern nur nicht anders konnte? Die roten Spitzen sahen so aus, als sei die Blume schon das eine oder andere Mal verletzt worden: Was, wenn die Lampe das Bestmögliche aus Nycteris machte – sie irgendwie öffnete wie die Blume? Sie wollte es geduldig tragen und abwarten. Aber wie grell die Farbe des Grases war! Vielleicht waren ihre Augen jedoch nicht für die helle Lampe geschaffen, und sie sah es nicht so, wie es wirklich aussah! Dann erinnerte sie sich daran, wie anders die Augen des Geschöpfs waren, das kein Mädchen war und sich vor der Dunkelheit fürchtete! Ach, wenn nur die Dunkelheit wiederkäme und sich mit allen Armen freundlich und weich überall um sie legte! Sie wollte warten und warten, es ertragen und geduldig sein.

Sie blieb so ruhig liegen, daß Watho fest überzeugt war, sie habe die Besinnung verloren. Sie war ziemlich sicher, daß Nycteris tot sein würde, bevor die Nacht kam, um sie wiederzubeleben.

Zuflucht

Nachdem sie ihr Teleskop fest auf die reglose Figur eingestellt hatte, um sie gleich bei Tagesanbruch sehen zu können, ging Watho von dem Turm in Photogens Zimmer hinunter. Es ging ihm jetzt schon besser, und bevor sie ihn verließ, hatte er sich entschlossen, das Schloß in der kommenden Nacht zu verlassen. Zwar war die Dunkelheit wirklich schrecklich, aber Watho war noch schlimmer als die Dunkelheit, und am Tag konnte er nicht entkommen. Sobald im Haus alles still zu sein schien, legte er daher seinen Gürtel um, hängte sein Jagdmesser daran, steckte eine Flasche Wein und etwas Brot in die Tasche und nahm Pfeil und Bogen. Er verließ das Haus und schlug den Weg in Richtung Hochebene ein. Aber sei es wegen seiner Krankheit oder wegen seiner Furcht vor den wilden Tieren, als er zu der Ebene gelangte, konnte er nicht einen Schritt weitergehen, sondern ließ sich nieder und wollte lieber sterben als leben. Trotz seiner Ängste schaffte es der Schlaf doch, ihn zu überwältigen, und er sank der Länge nach in das weiche Gras.

Er hatte noch nicht lange geschlafen, als er mit einem so sonderbaren wohligen Gefühl der Geborgenheit erwachte, daß er meinte, zumindest die Morgendämmerung müsse schon angebrochen sein. Aber um ihn herum war dunkle Nacht. Und der Himmel – nein, es war nicht der Himmel, sondern die blauen Augen seiner Najade, die auf ihn niederblickten! Wieder lag er mit seinem Kopf in ihrem Schoß, und alles war gut, denn offensichtlich fürchtete das Mädchen die Dunkelheit so wenig wie er den Tag.

»Danke«, sagte er. »Du bist wie eine lebendige Rüstung für mein Herz; du hältst die Furcht von mir ab. Ich bin seitdem sehr krank gewesen. Bist du aus dem Fluß aufgestiegen, als du mich ihn durchqueren sahst?«

»Ich lebe nicht im Wasser«, antwortete sie. »Ich lebe unter der bleichen Lampe, und ich sterbe unter der hellen.«

»Ah ja! Jetzt verstehe ich«, gab er zurück. »Ich hätte mich beim letzten Mal ganz anders verhalten, wenn ich gewußt hätte; aber ich dachte, du machst dich über mich lustig, und ich bin so veranlagt, daß ich mich im Dunkeln einfach fürchten muß. Bitte verzeih mir, daß ich dich allein gelassen habe, aber, wie schon gesagt, ich hatte keine Ahnung. Jetzt glaube ich, daß du wirklich Angst hattest. Oder hattest du keine?«

»O doch, natürlich«, erwiderte Nycteris, »und so wird es mir auch wieder gehen. Aber wovor du Angst haben solltest, das kann ich überhaupt nicht verstehen. Du mußt doch wissen, wie lieb und zart die Dunkelheit ist, wie nett und freundlich, wie weich und samten! Sie nimmt dich an die Brust und hält dich lieb. Vor kurzer Zeit lag ich schwach und sterbend unter deiner heißen Lampe – wie nennst du sie noch mal?«

»Die Sonne«, murmelte Photogen. »Wie sehr ich sie herbeisehne.«

»Ach! Sehne sie doch nicht herbei. Dränge sie mir zuliebe nicht. Ich kann dich vor der Dunkelheit beschützen, aber ich habe niemanden, der mich vor dem Licht beschützt. – Wie ich dir schon sagte, lag ich sterbend in der Sonne. Plötzlich holte ich tief Atem. Ein kühler Wind kam und strich über mein Gesicht. Ich schaute auf. Die Pein war vorüber, weil die Todeslampe selbst verschwunden war. Ich hoffe, sie stirbt nicht und wird noch heller. Meine schlimmen Kopfschmerzen waren ganz weg, und ich konnte wieder sehen. Ich fühlte mich wie neu geboren. Aber ich stand nicht sofort auf, denn ich war noch müde. Das Gras rings um mich herum wurde kühl, und seine Farbe milderte sich. Etwas Neues fiel darauf nieder, und es war jetzt so angenehm für meine Füße, daß ich aufstand und herumrannte. Und als ich lange Zeit herumgerannt war, sah ich dich plötzlich daliegen, genau wie ich selbst noch vor kurzem gelegen hatte. Also setzte ich mich neben dich, um auf dich aufzupassen, bis dein Leben – und mein Tod – wiederkehren würde.«

»Wie gut du bist, du schönes Wesen. – Und du hast mir verziehen, bevor ich dich darum bat!« rief Photogen aus.

So kamen sie ins Gespräch, und er erzählte ihr, was er von seiner Geschichte wußte, und sie erzählte ihm, was sie von der ihren wußte, und dann waren sie sich darüber einig, daß sie Watho so weit wie möglich hinter sich lassen mußten.

»Und wir müssen uns sofort aufmachen«, sagte Nycteris.

»Sobald der Morgen kommt«, erwiderte Photogen.

»Wir dürfen nicht bis zum Morgen warten«, sagte Nycteris, »denn dann werde ich mich nicht bewegen können, und was würdest du dann am nächsten Abend machen? Außerdem sieht Watho tagsüber am besten. Doch, du mußt jetzt mitkommen, Photogen. – Du mußt.«

»Ich kann nicht; ich traue mich nicht«, sagte Photogen. »Ich kann mich nicht bewegen. Wenn ich nur den Kopf von deinem Schoß hebe, packt mich das ganze Elend des Entsetzens.«

»Ich bin doch bei dir«, sagte Nycteris tröstlich. »Ich werde auf dich aufpassen, bis deine fürchterliche Sonne kommt, und dann darfst du mich verlassen und abhauen, so schnell du kannst. Bringe mich nur bitte zuerst an einen dunklen Ort, wenn sich einer finden läßt.«

»Ich werde dich nie wieder verlassen, Nycteris«, rief Photogen. »Warte nur, bis die Sonne herauskommt und mir meine Kraft zurückgibt, dann werden wir zusammen fliehen und einander nie, nie wieder verlassen.«

»Nein, nein«, beharrte Nycteris, »wir müssen jetzt aufbrechen. Und du mußt lernen, im Dunkeln genauso stark zu sein wie bei Tag, sonst wirst du immer nur halb mutig sein. Ich habe schon angefangen – nicht gegen deine Sonne anzukämpfen, sondern zu versuchen, meinen Frieden mit ihr zu machen und zu verstehen, was sie in Wirklichkeit ist und was sie mit mir vorhat – ob sie mir weh tun oder das Beste aus mir machen will. Dasselbe mußt du mit deiner Dunkelheit tun.«

»Aber du weißt ja gar nicht, was für grausige Tiere sich da im Süden herumtreiben«, sagte Photogen. »Sie haben riesige grüne

Augen und würden dich auffressen wie ein Stückchen Sellerie, dich schönes Wesen!«

»Komm, komm! Du mußt«, sagte Nycteris, »oder ich muß so tun, als wolle ich dich verlassen, damit du mitkommst. Ich habe die grünen Augen gesehen, von denen du sprichst, und ich werde dich vor ihnen beschützen.«

»Du! Wie willst du das denn machen? Wäre jetzt Tag, dann könnte ich dich vor den Schlimmsten von ihnen in Schutz nehmen. Aber so kann ich sie bei dieser scheußlichen Dunkelheit noch nicht einmal erkennen. Ich sehe deine schönen Augen nur, weil Licht in ihnen ist; so kann ich durch sie direkt in den Himmel schauen. Sie sind Fenster zu der Unendlichkeit, die noch jenseits des Himmels liegt. Ich glaube, sie sind genau der Ort, an dem die Sterne gemacht werden.«

»Dann komm endlich, oder ich mache sie zu«, sagte Nycteris, »und du wirst sie nicht mehr sehen, bis du dich besserst. Komm. Wenn du die wilden Tiere nicht sehen kannst, ich sehe sie schon.«

»Du siehst sie! Und forderst mich auf mitzukommen!« schrie Photogen.

»Ja«, antwortete Nycteris. »Und noch mehr, ich sehe sie, lange bevor sie mich sehen können, also kann ich auf dich aufpassen.«

»Aber wie denn«, beharrte Photogen. »Du kannst weder mit Pfeil und Bogen schießen noch mit einem Jagdmesser zustechen.«

»Nein, aber ich kann ihnen allen aus dem Weg gehen. Na, und gerade als ich dich fand, hatte ich eine Begegnung mit zweien oder dreien von ihnen gleichzeitig; ich sehe und rieche sie auch, lange bevor sie in meiner Nähe sind – lange bevor sie mich sehen oder riechen können.«

»Du siehst oder riechst jetzt keine, oder?« fragte Photogen, der sich etwas nervös auf seinen Ellbogen stützte.

»Nein – im Augenblick nicht. Ich werde Ausschau halten«, erwiderte Nycteris und sprang auf.

»Oh, oh! Laß mich nicht allein – nicht einen Augenblick«, schrie Photogen und strengte seine Augen an, um ihr Gesicht in der Dunkelheit nicht aus dem Blick zu verlieren.

»Sei still, sonst hören sie dich«, gab sie zurück. »Der Wind weht vom Süden, und sie können uns nicht wittern. Ich habe das alles herausgefunden. Seitdem die liebe Dunkelheit gekommen ist, habe ich mich ständig mit ihnen amüsiert und mich ab und zu in den Rand des Windes gestellt, so daß eins mich kurz schnuppern konnte.«

»Oh, schrecklich!« stöhnte Photogen. »Ich hoffe, du bestehst nicht darauf, das weiter zu treiben. Was passierte dann?«

»Es drehte sich immer sofort mit blitzenden Augen um und raste auf mich zu – nur konnte es mich nicht sehen, das mußt du bedenken. Da aber meine Augen so viel besser waren als seine, konnte ich es sehr gut sehen und rannte um es herum, bis ich es roch, und dann wußte ich, daß es mich überhaupt nicht mehr finden konnte. Sollte der Wind jetzt drehen und in die Gegenrichtung blasen, dann könnte dort eine ganze Armee von ihnen hinter uns her sein und wir könnten nirgendwohin entweichen. Du kommst also besser mit.«

Sie nahm ihn bei der Hand. Er gab nach und stand auf, und sie führte ihn weg. Aber seine Schritte waren schwach, und bei fortschreitender Nacht schien er immer häufiger hinsinken zu wollen.

»Mein Gott! Ich bin so müde! Und habe solche Angst!« stöhnte er immer wieder.

»Stütz dich auf mich«, erwiderte Nycteris dann, legte ihren Arm um ihn oder tätschelte seine Wange. »Nur noch ein paar Schritte. Jeder Schritt vom Schloß weg ist doch ein klarer Gewinn. Stütz dich fester auf mich. Ich fühle mich jetzt stark und sehr wohl.«

So liefen sie weiter. Nycteris' durchdringende Nachtaugen erspähten nicht wenige Paare von grünen, die in der Dunkelheit wie Höhlen schimmerten, und sie machte so manche Runde, um ihnen weit aus dem Weg zu gehen; aber sie verriet Photogen nie, daß sie etwas sah. Sorgsam hielt sie ihn auf dem weichesten und saftigsten Gras von allen Unebenheiten fern, und die ganze Zeit über erzählte sie ihm schöne Dinge – von den lieblichen Blumen und den Sternen –, wie tröstlich die Blumen aussähen, da unten in ihren grünen Betten, und wie glücklich die Sterne in ihren blauen Betten wirkten!

Als der Morgen zu dämmern begann, ging es ihm langsam besser, aber er war schrecklich müde, weil er, besonders nach seiner langen Krankheit, so lange laufen mußte, anstatt zu schlafen. Auch Nycteris, die ihn ja die ganze Zeit gestützt hatte und die immer mehr Angst vor dem vom Osten einströmenden Licht bekam, war sehr müde. Schließlich waren beide gleichermaßen erschöpft, und keins konnte mehr dem anderen helfen. Wie verabredet blieben sie stehen. Einander umarmend standen sie inmitten des weiten grasigen Landes, keins von beiden war in der Lage, noch einen Schritt zu gehen, jedes nur durch die sich anlehnende Schwäche des anderen gestützt und bereit zu fallen, wenn sich das andere bewegen sollte. Aber während sie noch schwächer wurde, hatte er angefangen, stärker zu werden. Als die Flut der Nacht zu verebben begann, kam die des Tages auf; und jetzt eilte die Sonne, von ihren schäumenden Wogen getragen, auf den Horizont zu. Und je näher sie kam, desto mehr lebte Photogen auf. Schließlich schoß die Sonne in die Höhe wie ein Vogel aus der Hand des Vaters aller Lichter. Nycteris stieß einen Schmerzensschrei aus und verbarg ihr Gesicht in den Händen.

»O weh!« seufzte sie, »ich habe *solche* Angst! Das schreckliche Licht sticht so!«

Aber im gleichen Augenblick hörte sie durch ihre Blindheit hindurch Photogen ein leises frohlockendes Lachen ausstoßen, und im nächsten fühlte sie sich aufgefangen: Sie, die ihn die ganze Nacht über gestützt und behütet hatte wie ein Kind, lag jetzt in seinen Armen, wurde, den Kopf auf seine Schulter gelegt, davongetragen wie ein Baby. Aber sie war die größere, denn sie litt mehr und fürchtete nichts.

Der Werwolf

Genau in dem Augenblick, als Photogen Nycteris auffing, glitt Wathos Teleskop wütend über das Tafelland. Sie schleuderte es zornig von sich, eilte in ihr Zimmer und schloß sich ein. Dort rieb sie sich von oben bis unten mit einer gewissen Salbe ein, schüttelte ihre langen roten Haare herunter und band sie um die Hüfte; dann fing sie an zu tanzen, wirbelte immer schneller herum, wurde dabei immer wütender und hatte schließlich in ihrer Raserei Schaum vorm Mund. Als Falca nach ihr suchte, war sie nirgends zu finden.

Bei Sonnenaufgang drehte der Wind langsam, bis er schließlich genau von Norden blies. Photogen und Nycteris näherten sich dem Waldrand, er trug sie noch immer, und sie zuckte aufgeregt ein wenig auf seiner Schulter und murmelte ihm ins Ohr.

»Ich rieche ein wildes Tier – dort, in der Richtung, aus der der Wind kommt.«

Photogen drehte sich um, blickte zurück in Richtung Schloß und sah einen dunklen Fleck auf der Ebene. Beim Hinsehen wurde er größer. Er kam mit der Geschwindigkeit des Windes durch das Gras. Er kam näher und näher. Er sah lang und niedrig aus, aber das konnte daran liegen, daß er weit gestreckt rannte. Er setzte Nycteris unter einem Baum, im schwarzen Schatten seines dicken Stammes ab, spannte seinen Bogen und nahm seinen schwersten, längsten und schärfsten Pfeil heraus. Als er gerade die Kerbe in die Sehne setzte, sah er, daß das Geschöpf ein gewaltiger Wolf war, der geradewegs auf ihn zuschoß. Er lockerte das Messer in seiner Scheide, zog einen weiteren Pfeil halb aus dem Köcher, falls der erste nicht treffen sollte, und zielte – auf gute Entfernung, um noch Zeit für einen zweiten Schuß zu haben. Er schoß. Der Pfeil stieg auf, flog geradeaus, sank, traf das Biest und flog wieder in die Luft, verdoppelt wie ein Buchstabe V. Schnell griff Photogen den anderen, schoß, warf den Bogen von sich und zog sein Messer. Aber der Pfeil steckte bis zur Feder in der Brust des Untiers; es stürzte Hals über Kopf mit einem dumpfen Dröhnen des Rückens zu Boden, röhrte auf, wand sich noch ein- oder zweimal im Todeskampf und blieb dann regungslos ausgestreckt liegen.

»Ich habe es getötet, Nycteris«, rief Photogen. »Es ist ein großer roter Wolf.«

»Oh, ich danke dir!« antwortete Nycteris schwach von der Rückseite des Baums aus. »Ich war sicher, du würdest es schaffen. Ich hatte kein bißchen Angst.«

Photogen ging zu dem Wolf hin. Es *war* ein Monstrum! Aber er war verärgert, weil sich sein erster Pfeil so übel benommen hatte, und um so weniger wollte er den zweiten verlieren, der ihm so gute Dienste geleistet hatte: Mit einem langen und heftigen Ruck zog er ihn aus der Brust des Untiers. Konnte er seinen Augen trauen? Da lag – kein Wolf, sondern Watho, deren Haar um die Hüfte gewickelt war! Die dumme Hexe hatte sich, wie sie annahm, unverletzbar gemacht, dabei aber vergessen, daß sie, um Photogen damit zu quälen, einen seiner Pfeile behandelt hatte. Er eilte zurück zu Nycteris und erzählte ihr alles.

Sie erschauerte und weinte und wollte es sich nicht ansehen.

Alles ist gut

Jetzt bestand kein Anlaß mehr, auch nur einen Schritt weiter zu fliehen. Keiner von beiden fürchtete irgendwen, außer Watho. Die ließen sie dort liegen und gingen zurück. Eine große Wolke schob sich vor die Sonne, ein schwerer Regen begann niederzugehen, und Nycteris erholte sich so weit, daß sie ein wenig sehen konnte und mit Photogens Hilfe langsam über das kühle nasse Gras lief.

Sie waren noch nicht weit gekommen, als sie Fargu und die anderen Jäger trafen. Photogen erzählte ihnen, daß er einen großen roten Wolf getötet hatte und daß es Madame Watho war. Die Jäger sahen betreten aus, doch die Erleichterung schien durch.

»Dann«, sagte Fargu, »will ich meine Herrin begraben gehen.«

Aber als sie an die Stelle kamen, stellte sich heraus, daß Watho schon begraben war – nämlich in den Mägen vieler Vögel und Tiere, die sich ein Frühstück aus ihr gemacht hatten.

Dann wollte Fargu, der sie wieder einholte, Photogen sehr weise dazu bringen, daß er zum König ging und ihm alles erzählte. Aber Photogen, noch weiser als Fargu, wollte sich nicht aufmachen, bevor er Nycteris geheiratet hatte; »denn dann«, sagte er, »kann uns selbst der König nicht mehr trennen; und wenn je zwei Menschen aufeinander angewiesen waren, dann sind diese beiden Nycteris und ich. Sie muß mich lehren, im Dunkeln ein tapferer Mann zu sein, und ich muß auf sie aufpassen, bis sie die Sonnenhitze ertragen kann und bis ihr die Sonne beim Sehen hilft, anstatt sie zu blenden.«

Noch am gleichen Tag wurden sie vermählt. Und am nächsten Tag gingen sie zusammen zum König und erzählten ihm die ganze Geschichte. Aber wen anders fanden sie bei Hofe als Vater und Mutter Photogens, die beide hohe Günstlinge des Königs und der Königin waren. Aurora starb fast vor Freude und erzählte ihnen, wie Watho gelogen und sie glauben gemacht hatte, daß ihr Kind tot sei.

Niemand wußte etwas über Nycteris' Eltern; aber als Aurora sah, wie ihre eigenen azurblauen Augen bei dem liebreizenden Mädchen durch Nacht und ihre Wolken leuchteten, kamen seltsame Gedanken in ihr auf, und sie wunderte sich darüber, daß sogar die Bösen selbst ein Bindeglied zwischen den Guten sein können. Durch Watho hatten die Mütter, die einander nie gesehen hatten, in ihren Kindern Blicke getauscht.

Der König gab ihnen das Schloß und die Ländereien Wathos, und dort lebten sie und lernten voneinander, wobei ihnen die vielen Jahre nicht lang wurden. Doch kaum war eins vergangen, da liebte Nycteris schon den Tag am meisten, weil er das Element und die Krone ihres Photogen war, und sie erkannte, daß der Tag größer war als die Nacht, die Sonne erhabener als der Mond; und Photogen liebte mittlerweile die Nacht am meisten, weil sie die Mutter und Heimat seiner Nycteris war.

»Aber wer weiß«, sagte Nycteris oft zu Photogen, »ob wir nicht, wenn wir einmal ausgehen, in einen Tag eintreten, der so viel größer ist als dein Tag, wie dein Tag größer ist als meine Nacht?«

Die Legende von Schottland

Lewis Carroll

Lewis Carroll war das Pseudonym des Schriftstellers und Mathematikers Charles Lutwidge Dodgson (1832–1898), der als Professor der Mathematik unterrichtete und unter seinem richtigen Namen mathematische Schriften veröffentlichte. Unter dem Namen Lewis Carroll erschienen seine bahnbrechenden Alice-Bücher, Alice's Adventures in Wonderland *(1865) und* Through the Looking-glass and What Alice Found There *(1871). Das Bemerkenswerte an diesen Büchern, die zu Kinderbuchklassikern wurden und bis heute Millionenauflagen erzielten, ist die Tatsache, daß ihr Verfasser sich über die bis dahin vorherrschende Konvention hinwegsetzte, wonach Kinderbücher stets eine didaktische Moral vermitteln mußten. Er schildert in beiden Bänden eine Nonsens-Welt, in denen »Erwachsene auf eine Art und Weise verspottet werden, die Kinder nachvollziehen können«* (The Encyclopedia of Fantasy). *Weitere erwähnenswerte Fantasy-Romane aus seiner Feder sind das umfangreiche* Sylvie and Bruno *(1889) nebst Fortsetzung* Sylvie and Bruno Concluded *(1893).*

Wahrer und schrecklicher Bericht, die Zimmer von Auckland Castle, Schottland genannt, betreffend, und der dort von Matthew Dixon, Haendler, erlittenen Unbill sowie einer gewissen Lady, von manchen Gwandloos genannt, und wie niemand in jenen Tagen dort schlafen wollt (vermuthlich aus Furcht) – all welche Dinge sich zutrugen in den Tagen des Bischof Bach, froehlichen Angedenkens, und von mir mit eigener Hand niedergeschrieben wurden im Jahr des Herrn Eintausend Dreihundert und Fuenfundzwanzig, im Monat Februar an einem bestimmten Dienstag und anderen Tagen.

Edgar Cuthwellis

Der besagte Matthew Dixon also, der Waaren zu jenem Schlos gebracht, wurde von meinen Herren gelobt, und sie baten sich aus das er an jenem Abend gut bewirtet ward (was auch geschah, er aas mit groosem Appetit) und in einem bestimmten Zimmer jenes Fluegels schlafe, der heute Schottland genannt wird – Aus dem er um Mitternacht mit einem solch wilden Geschrey hervorgestuertzt kam das er alle Maenner weckte, und als sie hastig in jenen Teil des Schlosses liefen und ihn dermaasen schreyend antrafen, fiel er ohnmaechtig zu Boden.

Woraufhin sie ihn in den Empfangsraum meines Herrn schafften und ihn mit viel Muehe auf einen Stuhl setzten, von wo er drei verschiedene Male glatt auf den Boden fiel, zum groosen Erstaunen aller Maenner.

Aber nachdem er mit verschiednen starcken Getraenken gekraefftigt (und in der Hauptsache mit Gin), lies er in einem klaeglichen Ton die folgenden Einzelheyten verlauten, welche sogleich alle von neun fleisigen und tapferen Bauern, die ganz in der Naehe wohnten, beschworen wurden und deren Zeugniss ich hier der guten Ordnung halber niederlegen will.

Zeugniss von Matthew Dixon, Haendler, der ich bey klarem Verstand und mehr als Vierzig Jahre alt, obschon boese erschrocken durch Gesichter und Geraeusche die ich in diesem Schlos ertragen habe, wie zum beyspiell die Erscheinung von Schottland, und den Geistern, allen beyden, die darin enthalten, und der einer gewissen merckwuerdigen Lady und der beklagenswerten Dinge die sie von sich gab, zusammen mit anderen traurigen Weisen und Liedern, ersonnen von ihr und andern Geistern, und von der Kaelte und dem Zittern meiner Gebeyne (durch schlimme groose Furcht), und von andern Dingen sehr angenehm zu wissen, vor allem von einem Bildniss das rasch hiernach gemacht werden solle, und was sich daraufhin zutragen wird (als wahrhaft verkuendet von Geistern) und durch die Dunkelheyt, zusammen mit anderen Dingen schrecklicher als Worte, und durch das, was die Menschen Schimaere nennen.

Matthew Dixon, Haendler, bezeugt: »das er gut zu Abend gegessen hatte, eine junge Gans, eine Pastete und andere Leckereien die er der groosen Mildthaetigkeyt des Bischofs verdankt (wobey er, wie er sprach, meinen Herrn ansah und versuchte seynen Hut vor ihm abzuziehen, was ihm aber nicht gelang, da er ihn nicht auf seynem Kopff hatte), und sodann zu Bett gegangen war, wo er eine lange Zeit von hefftigen und furchtbaaren Traeumen geplagt wurde. Das er in seynem Traum eine junge Lady sah die (wie es schien) kein Gewand trug, sondern eine Art Umhang, vielleicht einen Ueberrock.« (Hierauf versicherte eine Magd des Hauses das keine Lady so etwas tragen wuerde, und er antwortete: »Ich stelle mich dieser Berichtigung«, und erhob sich thatsaechlich von seynem Stuhl, schaffte es aber nicht, stehen zu bleyben.)

Zeuge fuhr fort: »das die besagte Lady eine grose Fackel hin und her schwenkte, wozu eine duenne Stimme schrie ›Gwandloos! Gwandloos‹ und wie sie in der Mitte des Fuhsbodens stand, ging eine groose Veraenderung mit ihr vor, ihre Gesichtszuege wurden immer aelter und aelter und ihr Haar grauer, und sie sagte in dieser ganzen Zeit mit einer sehr traurigen Stimme, ›Gwandloos, wie Ladyes nun sind, werden ihnen in den kommenden Jahren die Gewaender nicht abgehen.‹ Wobey ihr Ueberrock langsam zu schmelzen, sich in ein Gewand aus Seide zu verwandeln schien das auf und nieder Falten zu werfen begann, ja wol, und einen Spitzenbesatz bekam und keinen kleinen«; (woraufhin mein Herr der ungeduldig wurde, ihn gehoerig auf den Kopff schlug und ihn auffoderte seyne Geschichte auf der Stelle zu Ende zu bringen.)

Zeuge fuhr fort: »das das besagte Gewand dann sich von selbst auf verschiedne Weisen aenderte, welche hierauf statthaben sollen, indem es sich an dieser Stelle und jener aufschuerzte und also den Blick freygab auf einen Unterrock von aeusserst feuriger Faerbung, sogar Karmesinarttig anzuschaun, bey welchem graeslichem und blutruenstigem Anblick er so wol stoehnte wie Traenen vergos. Das schlieslich der Rock zu einer Groese anschwoll die ueber Menschenkraft hinausgeht, dabey unterstuetzt (wie er vermuthete) durch Reifen, Karrenraeder, Ballone und dergleychen die ihn mit sich hoch trugen. Das er jene ganze Kammer anfüllte und ihn, Dixon, flach auf seyn Bett drueckte bis sie den Anschein machte wieder ihrer Wege gehen zu wollen, und mit ihrer Fakel seine Haare verzenckte als sie fortging.

Das er wie er aus solchen Traeumen erwacht, daraufhin ein Stuermen hoerte und ein Licht sahe.« (Hierauf unterbrach ihn eine Magd, indem sie laut aufschrie das da wircklich ein Sturmlicht in diesem selben Zimmer brenne, und sie hätte noch mehr gesagt, aber mein Herr that ihr Einhalt und befahl ihr scharf, das zu lassen, womit er meinte, das sie Ruhe geben solle.)

Der Zeuge fuhr fort: »das er darob sehr erschrocken war, wobey seine Knochen (wie er sagte,) allesammt zitterten, und versuchte aus seinem Bett zu springen und es so zu verlassen. Doch zauderte er eine Weile, nicht, wie man meynen könnte weil er gewichtige Gründe, sondern eher einen solchen Körper hatte; und in dieser

Zeit sang sie Stückchen alter Weisen, wie Meister Wil Shakespeare sie aufweisen that.«

Hierauf fragte mein Herr welche Weisen, foderte ihn auff dieselben zu singen und sagte er wisse nur von zwey Weisen: »Zum Ende der Trafalgarreise starben Franzosen massen Weise«, und »Auf diese Weise lagen wir in der Schneise und assen den ganzen Tag Götterspeise«, welche er sogleich laut brummte, wenn auch ohne die Melodie zu halten, weshalb einige lächelten.

Zeuge fuhr fort: »das er vielleicht die besagten Weisen singen könnte mit Musik, aber ohne solche Begleitung wage er's nicht.« Darauf brachten sie ihn ins Schulzimmer, wo ein musikalisches Instrument stand, welches Paian-o-Viertzig genannt war (was bedeutete das es viertzig Noten hatte und ein Paian war, oder ein Triumph- oder Jubellied), woraufhin zwey junge Ladyes, Nichten meines Herrn, die sich dort aufhielten (und wie sie behaupteten, Lektionen lernten; aber, merkte ich, nicht wenig muesig gingen) mit vielem Klopffen eine bestimmte Musik zu seinem Gesang spielten, so gut sie konnten, sahen aber, das die Melodien von einer Art waren, wie kein Mensch sie je gehoert hatte.

Lorenzo weilt' in Heighington,
(Sein Rock aus Dimity geschafft)
Zumindest wenn nicht exakt dort,
Dann doch in naher Nachbarschaft.
Er kam vorbey – er blieb zum Tee –
Doch sprach kein Wort, nicht mal gestot-tert,
Bis ich dann fragt': »Willst du dein Brot
Trocken?« und er versetzt': »Gebot-tert.«

(Kehrreim, in den alle Anwesenden mit Inbrunst einfielen.)

Dummer Pinsel
Hat 'nen Pinselkopf
Ich hasse solche Pinsel, *ehr*lich.

Zeuge fuhr fort: »das sie ihm daraufhin in demselben loosen Umhang gewandet erschien, worinnen er sie zuerst in seinem Traume gesehen, und in einem ernsten und durchdringenden Ton ihre Geschichte erzaehlte wie folget.«

Die Geschichte der Ladye

»An einem bethauten Herbstabend haette man auf dem festen Gelaende bey Auckland Castle eine junge Ladye von steifer und stoltzer Art, doch nicht uebel, nein, man koennte sagen, in gewisser Weise huebsch anzuschauen, wenn das nicht vielleicht unwaar gewesen waere, spatzieren sehen koennen.

Diese junge Ladye, O bemitleidenswerter Mann, war ich« (worauf hin ich sie fragte, in welcher Hinsicht sie mich für bemitleidenswert hielte, und sie versetzte, es spielte keine Rolle.) »Ich bruestete mich in jener Zeit nicht so sehr dessen, Schoenheyt zu verstroemen als eine gewisse Erhabenheyt der Figur, und verlangte gar sehr danach das ein Mahler mein Bildniss mahle; doch sie waaren immer zu hoch, nicht was ihre Fertigkeyt betraf, traun! sondern ihre Foderungen.« (Darauff fragte ich hoechst demuethig, zu welchem Preiss denn die Mahler damals arbeyteten, aber sie versicherte stoltz das Gelddinge gewoehnlich seien und das sie es nicht wuste, nein, und es sie auch nicht bekuemmerte.)

»Nun aber begab es sich das ein bestimmter Kuenstler, Lorenzo geheissen, in jene Gegend kam und mit sich eine merveilleuse Maschine fuehrte die die Menschen eine Schimaere nennen (das ist, ein fabelhafftes und gaenzlich unglaubhafftes Ding;) wo mit er viele Bildnisse machte, jegliches in einem einzelnen Streich der Zeit, waehrend welchem ein Mann sagen moechte ›John, der Sohn von Robin‹ (Ich fragte sie, was ein Streich der Zeit denn wool sein moege, aber sie runtzelte die Stirn und antwortete nicht).

Er war es der mein Bildniss unternahm: von dem ich in der Hauptsach ein Ding verlangte, das es in Lebensgroesse sei, weil auf keine andere Weise meine Erhabenheyt wahrlich zum Ausdruck gebracht werden koennte. Und dennoch, ob er wol viele Bildnisse machte, fehlten sie alle darinnen: denn einige, die am Kopff begannen, reichten nicht bis zu den Fuessen; andere nahmen zwar die Fuesse auff, liessen aber den Kopff aus; wovon die ersteren ein trauriger Anblick für mich selbst waren, und die letzteren ein Anlass zum Gespoett fuer andere.

Angesichts dieser Dinge war ich zu Recht erzuernt, nachdem ich zunaechst freundlich zu ihm gewesen (ob er gleich in Wircklichkeyt dumm war), und schlug ihn mehrmahlen hefftig auf die Ohren, von seinem Koppfe einige Locken abreissend, woraufhin er aufschriee und zu sagen pflegte das ich ihm seyn Leben zu einer Last macht, was ich um so weniger bezweiffelte als es mir grooses Vergnuegen bereitete.

Schliesslich erteilte er den Rath, das ein Bild solle gemacht werden, welches soviel Rock zeige wie vernuenftigerweise hineingenommen werden kann, und eine Notiz darunter gesetzt werde des Inhalts: ›Ebenso zween Yards und ein halber des Gleichen, und dann die Fuess.‹ Aber dieses stellte mich nicht im geringsten Maase zufrieden, und daraufhin schloss ich ihn in den Keller, woselbst er drey Wochen blihb, taeglich duenner und duenner wurde, bis er schlieslich auf und ab schwebte wie eine Feder.

Nun geschah es zu dieser Zeit, als ich ihn an einem bestimmten Tag fragte, ob er mich nun in Lebensgroesse aufnehmen wuerde, und er mir antwortete, in einer kleinen klahgenden Stimme, wie eine Muecke, das einer von ungefaehr die Thuer aufmachte: woraufhin ihn der Lufftzug hochtrug in einen Riss in der Decke, und ich blieb dort und wartete auff ihn, hielt meine Fackel hoch, bis zu einer Zeit da ich auch dahinschwand zu einem Geist, jedoch an der Mauer hafften blieb.«

Dann eilten mein Herr und die Gesellschafft hinunter in den Keller, um dieses merckwuerdigen Anblicks gewahr zu werden, und als sie an jenem Ort ankamen, zog mein Herr tapfer sein Schwert und schriee laut »Tod!« (ob er gleich auch nicht erklärte wen oder was er damit meinte); dann gingen einige hinein, aber der groessere Theil hing zurueck und spornte jene in vorderster Reihe an, nicht so sehr durch ihr Beyspiel, als durch Worte der Ermunterung; aber schliesslich gingen alle hinein, mein Herr als letzter.

So dann entfernten sie die Faesser und anderen Kraam von der Mauer, und fanden den besagten Geist, schauerlich zu vermelden, aber noch vorhanden auff der Wand, bey welchem grausigen Anblick solche Schreye laut wurden wie sie in diesen Tagen selten oder nie gehoert werden; einige wurden ohnmaechtig, andere bewahrten sich durch grose Schlucke Bier vor dieser Extremitaet, aber sie waren kaum am Leben aus lauter Furcht.

So dann sprach die Ladye zu ihnen folgendermaasen:

»Hier bin ich und hier bleibe ich,
Bis zu der Zeit da es geschicht
Das eine Ladye von diesem Stammsitz,
Die mir gleicht in Nam und Antlitz,
(Wenn mein Nam auch nie bekannt,
Initialien eklatant,)
fotograffiert wird wie's die Pflicht –
Kopff so wol wie Fuess in Sicht –
Dann wird mein Antlitz auch verschwinden
Und niemand mehr hier Schreck empfinden.

So dann sagte Matthew Dixon zu ihr: »Wofuer haeltst du die Fackel hoch?« worauf sie antwortete: »Kertzen geben Licht«; aber niemand verstand sie.

Danach sagte eine duenne Stimme zu unseren Haeuptern:

»In dem Keller von Auckland Castell
Lang, lang ist's her,
schloss man mich jungen Bursch in eine Zell –
Weh, weh, ach weher!
Sie in Lebensgroesse aufzunehmen
Konnt' ich mich nie bequemen
Tempore (und also sag ich ihr)
Practerito!«

(In diesen Kehrreim wagten sie nicht einzufallen, da sie bemerckten, das Latein fuer sie eine unbekannte Zunge war.)

»Sie war hart – oh, sie war grausam –
Lang, lang ist's her,
Lies mich hungern – nicht mal Gruetzkram –
Nein, glaubt mir, nimmer mehr! –
Gäb meinen letzten Halfpenny hin
Könnt ich von Schottland fliehn, –
Holla, Jungs, grausam war die Langmadam,
Labt mich, Freunde, umso mehr!«

Dann befahl mein Herre, indem er sein Schwert (welches fortan aufbewaart wurde, zum Gedaechtnis solch grooser Tapferkeyt), in die Scheide steckte, seinem Butler ihm auff der Stell ein Gefaess mit Bier herbeyzuschaffen, von dem er, als es auf sein Nicken gebracht wurde (und nicht, wie er froehlich sagte, sein »Nicken und Blicken und verlockend Zwicken«), tuechtig trank: »Wesweegen?« fragt er, »gewislich ist ein Bach nicht länger ein Bach, wenn er lang trocken gelegen.«

Der böse Zauberer und die Prinzessin Truella

L. Frank Baum

L. Frank Baum (1856–1919) begann seine schriftstellerische Laufbahn in den achtziger Jahren des vorigen Jahrhunderts mit Essays und veröffentlichte einige Romane für Erwachsene, Berühmtheit erlangte er jedoch in erster Linie mit seinen Märchen und Fantasy-Storys für Kinder, von denen die Geschichten um das magische Land Oz zweifellos zu den bekanntesten gehören. The Wizard of Oz *(1900), dem ersten Band der Serie, folgten* The Land of Oz *(1904),* Ozma of Oz *(1907),* Dorothy and the Wizard of Oz *(1908) und weitere Bände. Die Oz-Geschichten sind wahre amerikanische Jugendbuchklassiker geworden und wurden nach Baums Tod bis in unsere Zeit von anderen Autoren fortgesetzt. Daneben veröffentlichte er zahlreiche andere Jugendbücher, darunter* American Fairy Tales *(1901),* The Master Key: An Electric Fairy Tale *(1901),* The Enchanted Island of Yew *(1903) und* The Sea Fairies *(1911), doch keine seiner magischen Schöpfungen erreichte die Popularität von Oz, dem als erster sekundärer Welt der Fantasy (ein Konzept, das bis heute eine entscheidende Rolle in fast allen Fantasy-Romanen spielt) eine immense Bedeutung für das Genre zukommt.*

Tief in den Bergen, welche Phunnyland im Osten begrenzen, lebte ein böser Zauberer in einer Höhle aus Rubinen. Sie lag viele, viele Meter unter der Erdoberfläche und vollkommen vom Rest der Welt abgeschnitten, abgesehen von einem Durchgang, der durch gefährliche Höhlen und Tunnel zur Spitze des höchsten Berges führte. Wenn er seine Höhle verlassen wollte, mußte der böse Zauberer also auf diese Bergspitze kommen und von dort in die Welt hinabsteigen.

Der Zauberer lebte allein; aber das störte ihn nicht, denn seine Gedanken galten ausschließlich seinen Büchern und Studien, und er ließ sich nur selten auf der Erdoberfläche sehen. Wenn er jedoch einmal ausging, lachten ihn alle aus, denn dieser mächtige Magier reichte mir nur bis zum Knie und war sehr alt und runzlig, so daß er neben einem gewöhnlichen Menschen wahrhaftig komisch aussah.

Der Zauberer war fast so empfindlich wie böse und bedauerte, daß er nicht so groß wie andere Leute geworden war; darum machte ihn das Gelächter wütend, das ihn stets empfing.

Nachdem er geflucht und geschnaubt und geschimpft und getobt hatte – alles vergebens –, war er schließlich fest entschlossen, eine magische Zutat zu finden, die ihn größer machen würde. Er schloß sich in seiner Höhle ein und stöberte emsig in seinen Büchern, bis er endlich die Formel eines toten und vergessenen Magiers entdeckte, durch die man jeden Tag dreißig Zentimeter wachsen konnte, solange man seine Dosis nahm. Die meisten Zutaten waren einfach zu beschaffen; es handelte sich um Sachen wie Spinnenleber, Kerosinöl und die Zähne von Kanarienvögeln, die in einem kochenden Kessel vermischt werden mußten. Aber die letzte Zutat des Rezepts war so ungewöhnlich, daß sich der Zauberer verwirrt am Kopf kratzte.

Es war der große Zeh einer jungen und bildschönen Prinzessin.

Der Zauberer dachte drei Tage über die Angelegenheit nach, aber ihm wollte keine junge und bildschöne Prinzessin einfallen, die sich freiwillig von ihrem großen Zeh getrennt hätte – schon gar nicht, damit er selbst so groß werden konnte, wie er wollte.

Da man an so etwas auf ehrlichem Wege nicht herankommen konnte, beschloß der böse Zauberer, es zu stehlen. Er ging durch alle Höhlen und Durchgänge, bis er zum Berggipfel kam. Als er auf der Felsspitze stand, legte er sich eine Hand an das Kinn und die andere auf den Nacken und rezitierte mit einer langsamen, feierlichen Stimme den folgenden Zauberspruch:

»Ich wünschte, ich sähe
Hier in der Nähe
Einer Prinzessin Zehe
Damit ich, wohl oder wehe,
Mich wachsen sehe,
Und darum gehe
Ich jetzt als Krähe!«

Kaum hatte er die Worte ausgesprochen, verwandelte er sich in eine Schwarzkrähe und flog in das Tal von Phunnyland hinab, wo er sich auf einem hohen Baum in der Nähe des Königspalastes versteckte.

Als die Prinzessin Truella an diesem Morgen länger im Bett schlief und eines ihrer rosa Füßchen unter der Decke hervorstreckte, kam eine Schwarzkrähe zum Fenster hereingeflogen, die ihr den großen Zeh abpickte und sofort wieder damit verschwand.

Die Prinzessin erwachte mit einem Schrei und mußte zu ihrem Entsetzen feststellen, daß ihr wunderschöner Fuß durch den Verlust des großen Zehs vollkommen ruiniert war. Als der König und die Königin und die Prinzen und Prinzessinnen, die ihren Schrei gehört hatten, nachsehen kamen, was vorgefallen war, waren sie ausnahmslos höchst verstimmt über den Diebstahl.

Aber wie sehr sie auch suchten, nirgendwo konnten sie die diebische Schwarzkrähe oder den Zeh der Prinzessin finden, und der ganze Hof war verzweifelt.

Schließlich machte Timtom, der mittlerweile Prinz war, den Vorschlag, daß Truella Hilfe bei der gütigen Zauberin Maëtta suchen sollte, die ihm bei seinen eigenen Problemen geholfen hatte.

Die Prinzessin dachte gründlich über diesen Vorschlag nach und beschloß, eine Reise zu ihrem Schloß auf sich zu nehmen.

Sie pfiff ihrem Lieblingsstorch, und der große Vogel kam alsbald an ihre Seite. Er war blütenweiß und von außerordentlicher Größe. Als der Storch gesattelt war, gab die Prinzessin ihrem Vater und ihrer Mutter einen Abschiedskuß und schwang sich in den Sattel des Vogels, worauf dieser sich unverzüglich in die Lüfte schwang und zum Schloß von Maëtta flog.

Auf diese angenehme Weise, hoch in der Luft, überquerte die Prinzessin den Fluß der Nadeln, die tiefe Kluft und den gefährlichen Wald und wurde schließlich wohlbehalten vor dem Tor des Schlosses abgesetzt.

Maëtta hieß die hübsche Prinzessin sehr herzlich willkommen und willigte sofort ein, ihr zu helfen, als sie von ihrem Mißgeschick erfuhr. Die Zauberin befragte ihr Orakel, das ihr alles wahrheitsgemäß verriet, was sie wissen wollte, und sagte dann:

»Dein Zeh befindet sich im Besitz des bösen Zauberers, der in der Rubinhöhle unter den Bergen lebt. Wenn du ihn wiederhaben willst, mußt du ihn selbst suchen gehen; aber ich warne dich, der Zauberer wird dir jedes erdenkliche Hindernis in den Weg legen, damit du den Zeh nicht findest und ihm wieder wegnimmst.«

»Liebe Güte!« rief Truella aus. »Ich fürchte, von so einem abscheulichen Mann werde ich meinen Zeh nie wiederbekommen.«

»Hab Mut und vertraue mir«, entgegnete die weise Dame, »denn ich glaube, meine Kräfte sind stärker als seine. Ich werde dich jetzt mit den Waffen versehen, die du brauchst, um ihn zu überwinden. Hier ist ein Zauberschirm, und in diesem Korb, den du an deinem Arm tragen mußt, findest du einen Klumpen Kitt, eine Eisenkugel, einen Spiegel, ein Päckchen Kaugummi und einen magischen Schleier, die dir allesamt sehr nützlich sein werden. Hier hast du außerdem einen geflügelten Dolch, mit dem du dich schützen mußt, sollte der Zauberer versuchen, dir ein Leid zuzufügen. Mit diesen Zauberwaffen und einem tapferen Herzen wirst du, glaube ich, Erfolg haben. Gib mir einen Kuß, mein Kind, und mach dich auf den Weg.«

Truella dankte der gütigen Zauberin, schwang sich in den Sattel ihres Storchs und flog zu dem hohen Berg, in dem der böse Zauberer hauste.

Aber der garstige Mann sah sie mittels seiner Schwarzen Magie kommen und schickte ihr einen derart starken Wind entgegen, daß der Storch in der Luft überhaupt nicht mehr vom Fleck kam. Aus diesem Grund konnte der wackere Vogel trotz seiner gewaltigen Schwingen und erstaunlichen Kraft dem Berg keinen Zentimeter näher kommen.

Als Truella das sah, spannte sie den Schirm auf und hielt ihn vor den Storch; woraufhin er, vom Wind abgeschirmt, mühelos zu dem Berg flog.

Dort stieg die Prinzessin ab, schaute in das Loch auf dem Berggipfel und entdeckte eine Treppe, die nach unten führte.

Truella nahm ihren Korb auf den Arm, wie man ihr gesagt hatte, und schritt kühn die Stufen hinab, bis sie an eine Tür kam. Dort aber blieb sie erschrocken stehen, denn vor der Tür lag zusammengerollt eine große Schlange, nicht ganz eine Meile lang und mit einem Durchmesser wie ein Baumstamm. Das Mädchen wußte, sie mußte diese schreckliche Kreatur irgendwie überwinden, und als die Schlange den Kopf hob und das Maul aufriß, um sie zu beißen, griff sie in den Korb, holte den Klumpen Kitt heraus und warf ihn der Schlange rasch in den Mund. Die Schlange klappte so heftig den Mund zu, daß ihre Zähne in dem Kitt klebenblieben, und das machte sie so wütend, daß sie so lange herumzappelte, bis sie sich zu einem festen Knoten zusammengezogen hatte und nicht mehr zappeln konnte.

Als die Prinzessin sah, daß von hier keine Gefahr mehr drohte, schritt sie durch die Tür und betrat eine große Höhle, die nur spärlich beleuchtet war. Als sie wartete, damit sich ihre Augen an die Dunkelheit gewöhnten und sie den Weg sehen konnte, drang ihr ein leises Rascheln an die Ohren, und einen Augenblick später kam ein gräßliches altes Weib auf sie zu, hager und gebückt, mit runzligem Gesicht und stechenden schwarzen Augen. Sie hatte nur einen Zahn, aber der war von enormer Größe und fast so gewaltig wie der Stoßzahn eines Elefanten; er ragte ihr gekrümmt aus dem Mund und bis unter das Kinn und endete in einer sehr scharfen Spitze. Ihre Fingernägel waren dreißig Zentimeter lang und ebenfalls sehr, sehr scharf und kräftig.

»Was machst du hier?« fragte die alte Frau mit schroffer Stimme und bewegte die scheußlichen Finger, als wollte sie Truella die Augen auskratzen.

»Ich bin gekommen, um den Zauberer aufzusuchen«, sagte die Prinzessin ruhig, »und wenn Ihr mich vorbeilaßt, werde ich Euch den Gefallen mit einem köstlichen Kaugummi vergelten.«

»Kaugummi!« krächzte die alte Frau. »Was ist das?«

»Eine Leckerei, in die alle Damen ganz vernarrt sind«, entgegnete Truella und nahm das Päckchen aus ihrem Korb. »Hier ist es.«

Die alte Frau zögerte einen Augenblick, dann sagte sie:

»Nun, ich werde den Kaugummi versuchen und feststellen, wie er ist; hinterher werde ich genügend Zeit haben, dir die Augen auszukratzen.«

Sie nahm den Kaugummi in den Mund und versuchte, ihn zu kauen, aber als sie die Kiefer zusammenbiß, bohrte sich der große Zahn mitten durch ihren Hals und kam hinten wieder heraus. Die alte Vettel stieß einen Schrei aus und hob die Hände, um den Zahn wieder herauszuziehen, aber ihre Aufregung war so groß, daß sie sich in ihrer Hast beide Augen auskratzte und nicht mehr sehen konnte, wo die Prinzessin stand.

Truella rannte durch die Höhle und kam zu einer Tür, wo sie anklopfte. Augenblicklich wurde die Tür aufgerissen, und Truella sah eine zweite Höhle vor sich, diesmal hell erleuchtet, aber voll von Messern und Dolchen, die in alle Richtungen flogen. Es war unmöglich, diese Höhle zu betreten, denn die Prinzessin sah, daß sie auf der Stelle von Dutzenden der scharfen Dolche durchbohrt werden würde. Aus diesem Grund zögerte sie eine Zeitlang und wußte nicht, was sie nun tun sollte; dann jedoch fiel ihr der Korb wieder ein, und sie nahm die Eisenkugel heraus und warf sie mitten in die Höhle der Messer. Sofort schossen die gefährlichen Waffen auf die Kugel zu, aber sobald sie sie berührten, zerbrachen sie und fielen zu Boden. Binnen kürzester Zeit waren alle Messer und Dolche durch den Kontakt mit der Eisenkugel verdorben, und Truella konnte die Höhle sicher durchqueren und kam zu einer anderen langen Treppe, die abwärts führte. Unten angelangt betrat sie die dritte Höhle und begegnete einem gräßlichen Monster.

Es hatte den Körper eines Zebras, die Beine eines Nashorns, den Hals einer Giraffe, den Kopf einer Bulldogge und drei gewellte Schwänze. Dieses Monster fing auf der Stelle an zu knurren und kam auf sie zugerannt, ließ seine furchteinflößenden Zähne sehen und peitschte mit den drei Schwänzen. Die Prinzessin zog den Spiegel aus dem Korb, und als die Kreatur nahe genug war, hielt sie ihr die glitzernde Oberfläche vor die Augen. Das Geschöpf warf einen Blick in den Spiegel und fiel tot um, weil es über seinen eigenen Anblick in dem Spiegel zu Tode erschrak.

Nun wanderte Truella durch einige weitere Höhlen und ging eine lange Treppe hinunter, die zu einer Tür führte, an der ein Schild mit folgender Aufschrift befestigt war:

E. I. N. ZAUBERER, Hochwohlgeboren
Sprechstunde:
Von 10 : 45 bis
Viertel vor 11

Die Prinzessin, die wußte, daß sie nun die Unterkunft des Zauberers erreicht hatte, der ihren großen Zeh gestohlen hatte, klopfte unerschrocken an die Tür.

»Herein!« rief eine Stimme.

Truella gehorchte und betrat eine große Höhle, deren Wände mit Rubinen besetzt waren. In jeder der vier Ecken standen große elektrische Leuchter, diese strahlten die Rubine an und erfüllten die ganze Höhle mit einem dunkelroten Leuchten. Der Zauberer selbst saß in einer Ecke an seinem Schreibtisch, und als die Prinzessin eintrat, sah er auf und rief:

»Was! Bist du das? Mit dir hätte ich wirklich nicht gerechnet. Wie ist es dir gelungen, an den Wachen vorbeizukommen, die ich in den Höhlen und Durchgängen plaziert hatte, um dich daran zu hindern, zu mir vorzudringen?«

»Oh, das war nicht schwer«, antwortete Truella, »denn du mußt wissen, ich werde von jemandem beschützt, dessen Macht größer ist als deine.«

Diese Antwort ärgerte den Zauberer doch sehr, denn er wußte, daß es stimmte und er die hübsche Prinzessin nur durch List besiegen konnte. Dennoch war er fest entschlossen, den großen Zeh nur herauszurücken, wenn es sich gar nicht vermeiden ließ, denn er brauchte ihn unbedingt, um den Zaubertrank zu brauen.

»Was willst du?« fragte er nach kurzem Nachdenken.

»Ich möchte den Zeh, den du mir im Schlaf gestohlen hast.«

Der Zauberer wußte, es war zwecklos, den Diebstahl zu leugnen, daher antwortete er: »Nun gut; nimm dir einen Stuhl, ich will sehen, ob ich ihn finden kann.«

Aber Truella fürchtete, der kleine Mann könnte sie täuschen; daher nahm sie, sobald er sich umdrehte, den magischen Schleier aus dem Korb und warf ihn sich über den Kopf. Der Schleier faltete sich unverzüglich auseinander, bis er sie von Kopf bis Fuß bedeckte.

Der Zauberer ging zu einem Schrank, den er aufmachte; und während er so tat, als suchte er nach dem Zeh, drehte er plötzlich einen großen Hahn auf, der unter einem Regal verborgen war. Auf der Stelle grollte Donner, zuckten Blitze, und von der hohen, bogenförmigen Decke der Höhle fielen Tropfen aus Feuer herab, immer dichter und dichter, bis ein Schauer brennender Tropfen die Höhle erfüllte.

Diese fielen auf Truellas Schleier, vermochten ihn aber nicht zu durchdringen, denn sie prallten alle ab und spritzten auf den Felsboden, wo sie bald erloschen. Als er das sah, stieß der Zauberer einen Seufzer der Enttäuschung aus und drehte den Hahn zu, worauf die Feuertropfen versiegten.

»Bitte entschuldige diese kleine Unterbrechung«, sagte er, als wäre er nicht selbst deren Verursacher gewesen. »Ich werde den Zeh in wenigen Minuten finden. Ich muß ihn irgendwo verlegt haben.«

Aber Truella vermutete, daß er weiteren Schabernack im Sinn hatte, und blieb wachsam. Sie sah, wie er verstohlen auf einen Knopf drückte, und im selben Augenblick tat sich auf halbem Weg zwischen der Prinzessin und dem Zauberer eine tiefe Kluft im Boden auf.

Truella wußte zuerst nicht, was das zu bedeuten hatte, es sei denn, sie daran zu hindern, auf die andere Seite des Raums zu gelangen, wo der Zeh war; aber sie bemerkte bald, daß sich ihr der Abgrund näherte, langsam, aber sicher; und da er sich von Wand zu Wand durch die ganze Höhle erstreckte, würde er mit der Zeit ganz sicher die Stelle erreichen, wo sie stand, und dann würde sie logischerweise hineinfallen.

Als sie die Gefahr sah, bekam es die Prinzessin mit der Angst zu tun und versuchte, durch die Tür zu fliehen, wo sie hereingekommen war; aber zu ihrem Schrecken stellte sie fest, daß die Tür versperrt war. Sie drehte sich um und sah den Zauberer an. Der kleine Mann hatte sich auf einen hohen Hocker gesetzt, ließ die Füße baumeln und lachte voll Wonne über die schreckliche Gefahr, in der Truella schwebte. Er glaubte, daß er endlich eine sichere Methode gefunden hatte, sie zu vernichten.

Die arme Prinzessin sah wieder in den Abgrund, der unerbittlich näher und näher rückte; sie erschauerte angesichts seiner unergründlichen Tiefe.

Ein kalter Wind wehte aus dem Abgrund herauf, und sie hörte spöttisches Gelächter und wildes Knurren von unten, als warteten böse Geister nur darauf, sie zu packen.

Als sie gerade völlig verzweifelt war und der Abgrund sich ihren Füßen fast genähert hatte, fiel Truella der geflügelte Dolch ein. Sie holte ihn aus dem Korb, richtete ihn auf den Wiedersacher und sagte:

»Erlöse mich von des Zauberers Scherz
Und fliege mitten in sein Herz.
Zerstör seinen Zauber, befreie mich,
Das ist mein Befehl an dich!«

Der Dolch flog ihr wie der Blitz aus der Hand und bohrte sich dem Zauberer tief in die Brust. Mit einem lauten Aufschrei stürzte er in den Abgrund, der sich im selben Augenblick mit einem lauten Knall schloß. Als die Felsen um sie herum nicht mehr von der Erschütterung bebten, schwang die Tür auf, und der Prinzessin stand es frei zu gehen, wohin sie wollte.

Sie durchsuchte den Schrank des Zauberers, bis sie ihren Zeh gefunden hatte, der wohlbehalten in einem kleinen Elfenbeinkästchen verborgen war. Truella verweilte gerade lange genug, um ihn wieder an ihren Fuß zu stecken, dann lief sie durch die Höhlen und die Treppen hinauf, bis sie den Berggipfel wieder erreicht hatte.

Dort fand sie ihren Storch, der geduldig auf sie wartete, setzte sich auf seinen Rücken und flog sicher und triumphierend in den Palast ihres Vaters zurück.

König und Königin waren entzückt, als sie ihnen ihr erfolgreiches Abenteuer schilderte, erschauerten aber, als sie von den schlimmen Gefahren erfuhren, denen ihre süße kleine Tochter begegnet war.

»Mir scheint«, sagte die gute Königin, »daß ein großer Zeh kaum die Mühe wert ist, die du auf dich genommen hast, um ihn zurückzubekommen.«

»Vielleicht nicht«, antwortete die Prinzessin nachdenklich; »aber ein großer Zeh ist sehr nützlich, wenn man tanzen will; und schließlich ist es mir gelungen, den bösen Zauberer zu vernichten, was mich ganz gewiß für die Prüfungen entschädigt, die ich durchmachen mußte.«

Das weiße Gewand

Eine Heiligenlegende

JAMES BRANCH CABELL

Ein breites Publikum hat der 1879 geborene und 1958 gestorbene amerikanische Schriftsteller James Branch Cabell mit seinen feinsinnigen ironischen Fantasy-Geschichten nie angesprochen, dennoch ist sein mehrbändiger Zyklus »Die Biographie von Manuel« ein Klassiker nicht nur des Genres. Der in dem Phantasieland Poictesme angesiedelte Zyklus umfaßt Gedichte, Theaterstücke, Romane und Essays. Berühmt-berüchtigt wurde Cabell mit Jurgen *(1919), als eine in New York ansässige »Society for the Supression of Vice« [Gesellschaft zur Unterdrückung des Lasters] Anzeige wegen Obszönität stellte; das Buch wurde in einem anschließenden Prozeß von Obszönitätsvorwürfen freigesprochen. Seit 1997 erscheint eine Gesamtausgabe der Chroniken von Poictesme in deutscher Übersetzung im eigens zu diesem Zweck gegründeten Storisende Verlag.*

»Gerechtigkeit wird der Gurt seiner Lenden sein,
Und der Glaube der Gurt seiner Hüften,
Die Wölfe werden bei den Lämmern wohnen.«

In dieser Geschichte, die im April 1928 beendet worden ist, habe ich versucht, Teile der »Lebensgeschichte« oder – wie sie auch bekannt ist – der »Legende von Odo des Valnères« (herausgegeben von den heiligen Vätern des Kollegs von Sankt Hoprig in Aigremont 1885; Band VI der S. Hoprigis Opera Omnia) in Bezug zu setzen zu La Vrillières kurzer Beschreibung von St. Odos Begegnungen mit Gui de Puysange (in »De Puysange et son Temps«, Seite 5-7). Denn das Manuskript aus dem siebzehnten Jahrhundert, auf dem die »Legende« beruht (Kodex 43f31 der vatikanischen Bibliothek) verschweigt natürlich den Familiennamen des alten Hexers, wie das damals noch mächtige Geschlecht der Puysange darin auch an keiner anderen Stelle genannt wird. La Vrillière, dessen Text erst nach der Französischen Revolution entstand, mußte keine Rücksichten mehr nehmen und gestattet so einen besseren Einblick in die Zusammenhänge.

Ich füge dem nur noch hinzu, daß dieser Gui de Puysange derselbe ist, der die Collyn ins Leben gerufen hat, von der – wie auch von Gui selbst – der Leser schon in »Die schönste aller Frauen« gehört hat.

James Branch Cabell, April 1928

Für Frances Newman
zwangsläufig
– diese Geschichte von toten Liebenden,
die einander treu waren

Und so beginnt die Geschichte des seligen Odo, der, so wie der Morgenstern das Innere einer dunklen Wolke erhellt, durch sein Leben und seine Lehren erglänzte; der durch seinen strahlenden Schein diejenigen ins Licht führte, die unter der dräuenden Wolke im Schatten des Todes zitterten, und der, wie der Regenbogen, wenn er den weißen Wolken das Licht spendet, durch sein gerechtes Ende den Bund mit seinem Meister bezeigte.

Sein weltliches Leben

Der selige Odo hatte fast ein Jahr lang die Schafe von Guillaume Diaz gehütet, bevor er mit Pierre de Charonne in den Wald der Druiden ging, der auch unter dem Namen Bovion bekannt ist. Dort, unter einer Ulme, begegnete der junge Odo, damals noch ein wenig vom Staub weltlicher Irrungen befleckt, zum ersten Mal dem Herrn des Waldes. Der dunkle Meister gab jedem der Jungen ein Wolfsfell und einen Tiegel einer Salbe, mit der man sich den Körper einreiben konnte, wann immer man seiner müde war. Und der Meister, nachdem sie einen Bund mit ihm geschlossen hatten und beiden seiner Gesichter die gebührende Ehrfurcht bezeigt hatten, taufte die Jungen nach der befremdlichen Sitte seiner uralten Religion auf die neuen, geheimen Namen Täubchen und Häschen. Danach jagten die beiden zusammen in der Gestalt von Wölfen, bis eines Tages in dem Eifer, mit dem sich Zank aus dem heißblütigen Spiel der Jugend ergibt, die beiden Jungen über einen besonders schönen Rehbock in Streit gerieten. Sie kämpften, und nachdem Odo sich an zwei Delikatessen statt einer einzigen gütlich getan hatte, jagte er fortan allein. Die beste Zeit für diese erquickliche Beschäftigung, so stellte er fest, war kurz vor Dämmerung, wenn der Mond sich im Niedergang befand. Die Lebensfreude seines angenommenen Meisters war dann auf dem Höhepunkt, und diese ziemlich verknöcherten Götter und Erzengel, die immer noch pathetisch im Himmel hockten, schienen nicht in der Lage, mit Rebellen fertigzuwerden. Dann bellte und jaulte Odo sein Loblied auf die gnädige Macht heraus, die ihm uneingeschränkt die tiefsten und erregendsten Genüsse gestattete. Er jubilierte, als ein loyaler Anhänger der alten Religion, und bezeugte so die Macht und die Stärke seines dunklen Herrn.

Während dieser Zeit hatte Odo eine Gestalt, die ein wenig kleiner und kräftiger war als ein echter Wolf, mit einem kleineren Kopf, dem Schwanz einer Schlange und einem rötlichen Pelz. Er vergnügte sich mit Schafen und Hunden und Viehzeug aller Art, aber die Jungen seiner eigenen Rasse fand er am delikatesten.

Diese wilde Bestie, die den Vel-Ardray-Distrikt unsicher machte, erregte einiges Aufsehen. Es gab auch offizielle Beschwerden, denn der schwarze Odo kannte in der angestammten Sorglosigkeit der Jugend keinerlei Maß in seinen Vergnügungen. Das unterernährte Vieh und die Kinder des Bauernvolks interessierten niemanden sonderlich. Aber Odo war in Nointel in das Haus des Grafen von Basardra eingedrungen, und da er dort nur das jüngste Baby der Gräfin in seiner kunstvoll bemalten und verzierten Wiege gefunden hatte, hatte er sich dieses wirklich erlesenen Adelssprosses bemächtigt und ihn davongeschleppt. Und dann hatte er das, was von dem zerstörten kleinen Körper übriggeblieben war, hinter einer Hecke liegenlassen, wo es zufälligerweise vom Grafen von Basardra selbst gefunden wurde. Kein Edelmann konnte tatenlos über solche Freiheiten mit seinem Nachwuchs hinwegsehen. Odo erregte jedoch noch mehr Aufsehen, als er bei Lisuarte die Tochter des Kastellans anfiel, ein süßes, wohlgenährtes junges Ding von elf Jahren. Auch sie befreite er von den Mühen des Lebens. Es war jedoch offensichtlich, daß mit dieser Geschichte etwas nicht stimmte, denn ihre roten und weißen Kleider waren in einer Weise zerrissen, die so kein Wolf zerrissen hätte, der im Körper eines Wolfes geboren war.

Und so lebte Odo der Schwarze eine Weile fröhlich und frei und hörte auf niemanden außer auf den Herrn des Waldes. Dieser liebende Meister brachte dem Jungen archaische und ausgefallene Handlungsweisen bei, und er versprach eine noch bessere Zukunft. »Ich habe große Dinge für dich im Sinn, mein Täubchen«, versicherte der Herr dem schwarzen Odo, »und du wirst weit kommen im Gefolge dessen, dem wir beide dienen.«

Seine innige Liebe und sein Weg zum Martyrium

In diesen Jahren lebte Ettarre am Fuße der Hügel hinter Perdigon in der Gestalt eines Bauernmädchens. Sie hatte sich in einer reetgedeckten Hütte bei einem uralten Paar niedergelassen, das sie für ihr eigenes Kind hielt und sie entsprechend behandelte. Sie liebten ihr Pflegekind und hatten nicht den geringsten Verdacht, daß sie aus den grauen Zonen jenseits des Mondes geholt worden sein könnte, um auf der Erde zu leben, in vielen Gestalten, als das ewige Opfer und die ewige Versuchung aller Männer. Und diesmal lieferte Ettarre auch keinen Anlaß zu solchen Vermutungen, auch wenn der eine oder andere behauptete, sie gehöre zu den Hexen von Amneran.

Und so wurde dann, an einem Aprilnachmittag, das Bauernmädchen Ettarre von einem Wolf angefallen, während sie die Kuh und die vier Schafe hütete. Aber sie verteidigte sich tapfer mit einem abgebrochenen Eichenknüppel. Daraufhin zog sich das gedrungene, rötlich behaarte Tier auf eine Entfernung von ungefähr zwölf Schritt zurück und setzte sich wie ein Hund auf die Hinterbeine. So sah es sie lange Zeit an. Eine Lerche zwitscherte und tirilierte über ihnen. Schließlich gähnte der Wolf und trottete davon. Beim Abendbrot erwähnte Ettarre eine seltsame Eigenschaft des Tieres – dessen geschuppten Schwanz. Kurz nach dieser Begebenheit begann der junge Odo le Noir Ettarre, die einige für eine Hexe hielten, den Hof zu machen. Der junge Mann folgte ihr auf Schritt und Tritt. »Wundervolle Ettarre! Stern meines Herzens!« so sagte er, »Kein Körper war je so weiß und zart wie der Eure!«

»Aber Ihr, schwarzer Odo, seid für meinen Geschmack viel zu finster.«

»Ich sprach nicht von Eurem Geschmack, Ettarre. Und doch blenden mich Eure strahlenden Augen so, daß ich nicht mehr weiß, wovon ich spreche.«

»Eure Augen, schwarzer Odo, sind so sonderbar und liegen so

tief in den Höhlen. Wenn Ihr, was selten genug vorkommt, mir direkt ins Gesicht seht, dann schrecken mich Eure Augen, schwarzer Odo, durch das grelle rote Leuchten, das hinter ihnen liegt.«

»Spottet meiner nicht, Ettarre, sondern laßt uns zwei zusammenliegen nach Art der anmutigen Tiere.«

»Ich spotte deiner nicht, schwarzes Tier, denn deine Zähne sind lang und scharf, und mich schaudert ihr Anblick!«

»Und doch ist mein Hunger nach dir so groß –«

»Und was kümmert das mich, deren Abscheu vor dir so viel größer ist?«

»So laßt uns dann zum Abschied einander die Hände reichen.«

»Nicht einmal deine Hand will ich freiwillig berühren, schwarzer Odo, denn deine Fingernägel sind abstoßend lang und ähneln den Klauen eines Wolfes.«

Damit floh das schöne Mädchen ihn, über eine Wiese voller Löwenzahn. Es schien Odo, als ob eine seltsame, aufwühlende Musik ihr folgte. Wie dem auch sei, diese Begegnung war nur eine von vielen ähnlichen Begegnungen. Und nicht ein einziges Mal lauschte Ettarre seinen Avancen. Der Knabe Odo jedoch begehrte dieses Bauernmädchen auch weiterhin. Aber sein leidenschaftlichstes Begehren galt dem Herrn des Waldes und den Wonnen, die sie im Inneren des Zauberwaldes teilten, und den noch größeren Wonnen, die zu gegebener Zeit die Belohnung für Odos Kühnheit sein würden.

»Ich habe große Dinge für dich im Sinn, mein Täubchen«, pflegte der Meister ihm zu versichern, »und du wirst weit kommen im Gefolge dessen, dem wir beide dienen.« Auch nachdem Odo gefangen wurde, und als er im trüben Gefängnis von Lisuarte schmachtete, kam sein Herr zu ihm in der Nacht, streichelte ihn und wiederholte seine Versprechungen.

Seine Beichte und Bekehrung

Der schwarze Odo wurde vor das Gericht in Yair gebracht. Er gestand alles und wich von der Wahrheit nur in einem Punkt ab: Er sagte, daß es Ettarre gewesen sei, die verderbte Hexe, die ihn in seiner Unschuld verführt, die ihn zum Herrn des Waldes geführt und die ihn dreimal allüberall mit der Salbe eingerieben hatte, bevor sie ihm in das Wolfsfell half. Aber Ettarre, nachdem sie ebenfalls nach Yair verschleppt worden war, wollte nicht gestehen. Ihre Starrköpfigkeit stellte die Geduld ihrer Richter auf eine harte Probe, aber diese würdigen Männer gaben nicht auf in ihren anstrengenden Versuchen, das verstockte Mädchen zu Geständigkeit und Reue zu bekehren. Sie unterwarfen ihr weißes Fleisch wieder und wieder der Folter und machten selbst vor ihrem Tod nicht halt.

Die Streckbänke, Daumenschrauben und heißen Eisen waren bei Odos Verhören nicht nötig. Er gestand bereitwillig alles, was seine talarbewehrten Richter ihm vorschlugen, und er ging sogar erfreulich weit über ihre trockenen juristischen Phantasien hinaus. Odo, genannt der Schwarze, wurde in allen Punkten für schuldig befunden.

Monseigneur Gui de Puysange, der Gerichtsvorsitzende, sprach das Urteil. Seine langen Finger spielten gedankenverloren mit dem silbernen Tintenfaß vor ihm, während er sprach. Er führte aus, daß, den Erkenntnissen der Wissenschaft sei Dank, in dem aufgeklärten Zeitalter, dessen Vorzüge sie alle miteinander teilten, die Lykantrophie oder die Form von Zwangsvorstellung, in der der Patient sich wähnte und in der er sich wie ein Wolf gebärdete, als Wahnvorstellung entlarvt worden sei, oder, wie einige Gelehrte glaubten, als eine Form chronischen Wahnsinns, und damit, im einen wie im anderen Fall, von den Gebildeten als Krankheit und nicht als Verbrechen zu behandeln sei. Der besagte Odo, genannt der Schwarze, sei daher, auch in Hinblick auf seine Jugend und den verderblichen Einfluß seiner dahingeschiedenen Gespielin, und in Anbetracht seiner dürftigen Bildung, in das Kloster von Aigremont einzuweisen, zu seiner Erziehung, zur Festigung seines Charakters und zur Wiederherstellung seiner geistigen und spirituellen Gesundheit. So sprach Monseigneur de Puysange. Die Wissenschaft, meine Herren, so sprach der Herr de Puysange, die Wissenschaft zeigt uns heutzutage in diesen fortschrittlichen Zeiten endlich, wie man vernünftig mit der Unvernunft umgehen muß.

Bei diesem ziemlich gelungenen Epigramm, das allgemein als passend gewürdigt wurde, blinzelten die Beisitzer und nickten wohlwollend wie die Eulen auf der Stange. Aber der verurteilte Junge weinte ein wenig. Die Jugend trennt sich nur schmerzlich von ihren Illusionen; und Odo sah, daß es sein verehrter Herr des Waldes war, der dort saß, in einem langen schwarzen Mantel und mit einer kolossalen Perücke auf dem Kopf, und der sein Strafmaß verlas. Und so begriff Odo, daß sein Meister nur das Oberhaupt des Hexenkreises von Amneran war; ein simpler Hexer und nicht das glorreiche Wesen, für das Odo ihn gehalten hatte.

Und so verlor der selige Odo, immer noch ein wenig vom Staub weltlicher Irrungen befleckt, sein Vertrauen in den Teufel als verläßlichen Verbündeten.

Lange Zeit lebte sich der schwarze Odo in der Abtei des St. Hoprig nicht recht ein. Er bewegte sich auf allen vieren und aß nur solche Nahrung, die er auf dem Boden fand. Er sehnte sich immer noch nach dem Sinnestaumel seiner nächtlichen Jagden, er dachte besonders häufig an kleine Mädchen und hoffte immerfort, er werde über kurz oder lang eine neue Gelegenheit finden, sich an der Speise zu laben, nach der es ihn verlockte. Und doch gewöhnte er sich im Laufe der Zeit immer mehr an das ruhige und einfache Leben im Kloster. Er entwickelte ein Interesse an religiösen Dingen. Er lauschte gebannt, wenn die braven Mönche vom Leiden der Heiligen auf dieser sündigen Erde erzählten, davon, wie diese heiligen Männer und Frauen um ihres Glaubens willen gegrillt und gehäutet und in zuckende Stücke gehauen wurden. Wenn er diesen Geschichten lauschte, saß er zusammengekrümmt da, mit fest übereinandergeschlagenen Beinen. Zu Zeiten zuckten seine Schultern unkontrolliert. Dann knurrte der Knabe und wischte sich den weißen Schaum ab, der dünn aus seinen Mundwinkeln troff.

Jung Odo wurde es auch nie müde, mit seinen religiösen Erziehern die ausgefeilten Martern zu diskutieren, die die Verdammten auf ewig erleiden mußten. Und er begann, über die intimeren Details dieser Martern mit einem Eifer zu sprechen, der wahrhaft fromm war. Und so fand sein Herz den rechten Weg, und er erbat von sich aus, ein offiziell beglaubigter Diener des Himmels zu werden. Der Orden von St. Hoprig rettete freudig diesen bemerkenswerten Scheit vor der Glut des Höllenfeuers.

Auch nachdem der Novize seine heilige Berufung erkannt hatte, kam der Herr des Waldes immer noch manchmal des Nachts zu ihm und erzählte ihm wie früher: »Ich habe Großes mit dir im Sinn, mein Täubchen.« Aber Bruder Odo konnte nicht vergessen, wie schmählich dieser Gui de Puysange ihn getäuscht hatte und wie der dunkle, gebrechliche Hexer den Glauben eines unwissenden Knaben ausgenutzt hatte, als er so tat, als sei er der allmächtige Herr des Bösen. Und so schlug Odo ein Kreuz, wiederholte die geheiligten lateinischen Worte und zwang seinen Versucher zum Rückzug.

Der alte Gui de Puysange sagte dann: »Du bist sehr grausam zu mir, mein Täubchen. Und doch liebe ich dich, und aufgrund des Bundes, den wir miteinander geschlossen haben, wird meine Liebe dir immer helfend zur Seite stehen.«

Die göttliche Gnade, derer er teilhaftig ward

Bruder Odos Heiligkeit wuchs von Tag zu Tag. Er war mit religiösen Ekstasen gesegnet, wie sie der Teufel so schlau in der Epilepsie nachahmt. In diesem Zustand ging die Nichtachtung des Fleisches, wie sie der begnadete junge Zögling an den Tag legte, so weit, daß er alle biß und kratzte, die ihm vom Boden aufhelfen wollten, auf dem er sich in frommen Zuckungen wand. Ihm ward die Galligkeit und die gestörte Verdauung gegeben, die für den unbeschränkten Eifer notwendig ist, mit dem man sich jedem Kompromiß mit den bequemen und verweichlichten Wegen des Bösen entgegenstellen muß. Ein leichter Schluckauf unterbrach in regelmäßigen Abständen seine Rede, wenn seinem Magen Gas entströmte. Ihm wurden Visionen zuteil, in denen er von vielen Heiligen beraten und belehrt wurde. Sie kamen, um den Glauben des heiligen Mannes zu stärken, indem sie ihm zeigten, aus welchen eingefleischten Sünden und Perversionen jene errettet worden waren, die jetzt als Heilige einen vorrangigen Platz im Paradies einnahmen.

»Diesen Gepflogenheiten pflegte ich in meinem verderbten Leben in Augsburg nachzugehen«, sagte St. Eutropia, »bevor mir die Gnade des Himmels zuteil ward.«

»So habe ich den Fährmann bezahlt«, sagte St. Maria von Ägypten.

»Für diese Form von verabscheuungswürdigen und unnatürlichen Ausschweifungen war ich besonders bekannt«, sagte St. Margareta von Cortona, »bevor ich zur Reue und zum wahren Glauben fand.«

All diese Widerwärtigkeiten wiederholten die Heiligen aufopfernd mit Bruder Odos Hilfe, damit er mit eigenen Augen sehe, daß aus den giftig-süßesten und betörend-verderbtesten Abgründen der Schlimmste aller Sünder noch errettet werden und durch den wahren Glauben zur ewigen Gnade gelangen konnte.

Der Himmel hatte aber für das Wohl dieses frommen und tatkräftigen Dieners des Himmels noch Besseres in petto. Denn nach einiger Zeit kam auch Ettarre zu ihm, die vermeintliche Hexe, die Bruder Odo einstmals so heftig begehrt hatte und deren Andenken auch die Gesellschaft der Heiligen nicht ganz aus seinen Gedanken verdrängen konnte. Und es war schon seltsam, wie sich mit dem Kommen Ettarres auch seine Zelle in einen Garten verwandelte. Lilien wuchsen an allen Ecken und Enden dieses Gartens, weiße Rosen rankten überall empor, und ein klares gedämpftes

Licht wie das des frühen Morgens überstrahlte alles. Weiße Kaninchen umschmeichelten Bruder Odo, und er hörte den Ruf der Tauben, die nach ihren Gefährten gurrten.

Mit einem solch zauberhaften Wunder kehrte Ettarre zu Bruder Odo zurück, aus ihrer himmlischen Heimstatt, zu der er diesem schönen Mädchen mit ihrem Märtyrertod verholfen hatte. Sie kam, um ihm auf jede denkbare Art ihre Dankbarkeit zu beweisen. Und hiernach gab es niemanden, der Nacht für Nacht glücklicher war als Bruder Odo. Und tagsüber predigte er die Dinge, die ihn diese edlen Damen, die aus dem Paradies herniedergestiegen waren, des Nachts gelehrt hatten. Vor allem wetterte er gegen die Anmaßung der Wissenschaft – der »sogenannten Wissenschaft«, wie Bruder Odo deutlich und sarkastisch diesen Trugschluß bezeichnete, mit dem das Böse der menschlichen Arroganz schmeichelt – und er lehrte, daß nur Glaube und göttliche Fügung zum Heil führen. Er war der Stolz des Klosters. Und der Abt erklärte auf seinem Totenbett, daß von allen seinen Kindern im Geiste Odo sein würdigster Nachfolger sei.

Wie er noch tiefer die Gnade erfuhr

Auch als Odo zum Abt von St. Hoprig gesalbt war und in der wollenen weißen Kutte seines Amtes wandelte, versäumte er es nicht, Übeltätern mit aller Strenge ins Gewissen zu reden. Und doch war der neue Abt so fürsorglich, daß kein Verbrecher im Stand der Sünde sterben durfte, wenn sich dies vermeiden ließ. Statt dessen ließ der Abt die härteren Argumente der Kirche so sorgfältig dosiert verabreichen, daß jeder Abtrünnige und jeder Ketzer genug Zeit hatte, seine Sünden zu bereuen und so den Qualen der nächsten Welt zu entgehen.

Demütig trug der Abt persönlich seinen Schemel in die Folterkammer, und er wachte gütig über die Torturen – zum tatsächlichen und ewigen Nutzen seines irrenden Bruders im Geiste –, auf daß der Tod sie auch nicht einen Augenblick zu früh beende. Oftmals wurde ihm sein Mahl in die Folterkammer gebracht, und er verzehrte es dort unter äußerst unappetitlichen Anblicken, Geräuschen und Gerüchen, nur um keinen Moment in seinen geistlichen Pflichten nachzulassen.

Und man fand nirgends einen beredteren Prediger. Auf allen Seiten bekehrten die Predigten des Abts die Menschen, weil er seine Zuhörer so in Angst versetzte, daß niemand die Hölle riskieren wollte, von der der gesegnete Asket so anschaulich sprach. Er sprach von den ewigen und unauslöschlichen Feuern der Hölle, von der Hölle Abgrund und Schwefel, den Kröten und Nattern, den schrecklichen heißen Dämpfen und den riesigen grauen Würmern, die sich an den gerösteten Seelen gütlich tun. Er imitierte sehr effektiv das schrille Heulen der verlorenen Seelen, die von den Teufeln auf Mistgabeln hin und her geworfen werden. Er sprach von all diesen Dingen mit der Gewißheit desjenigen, der mit solcher Abschreckung glücklich vom Unglauben abhält. Er entsetzte seine Zuhörer mit der exakten Beschreibung jedes unangenehmen Details, das den literarischen Realismus kennzeichnet.

Der Eifer des Abtes war so groß, daß in seinen Augen ein rotes Leuchten aufglomm und sich weißer Schaum auf seinen Lippen bildete, während er die Sünder zur Reue ermahnte und vom Blut des Lammes sprach. Viele der Labileren verfielen in Konvulsionen; einige starben vor Schreck. Aber die Überlebenden krochen zitternd in die beschützenden Arme von Mutter Kirche, die allein sie vor diesen Qualen bewahren konnte.

Der Abt bemühte sich auch, dem alten Gui de Puysange seine abscheulichen Praktiken nachzuweisen. Er bemühte sich um so intensiver, weil sich im Herzen des weißgewandeten Abtes immer noch ein vages Sehnen und eine unbestimmte Zärtlichkeit regten, wann immer er des dunklen, gebrechlichen Hexers ansichtig wurde. Der war jedoch zu vorsichtig, und es gelang dem seligen Odo nicht zu beweisen, daß dieses verkommene Subjekt dem alten Glauben angehörte. Da wurde der fast schon verzagende Abt durch die Güte des Himmels mit einer Vision gesegnet:

»Gutes mag sich auch aus dem ergeben, was dem bloßen menschlichen Verstand anstößig erscheinen mag«, erklärte Ettarre eines Nachts, nachdem der Abt von St. Hoprig in dumpfes Brüten versunken war, »denn die göttlich Erwählten dienen dem Willen des Himmels und dem wahren Wohl ihrer Mitmenschen mit allen ihnen zur Verfügung stehenden Mitteln. Denke nur daran, mein Liebling, der du eine dieser besonders begünstigten Personen bist, wie du zum Beispiel mir mit einem Meineid den Weg ins Paradies geebnet hast! Durch eine Tat, die viele der weniger Begnadeten für schimpflich halten könnten, hast du mir, mein teuerster Odo, zu solchen Freuden verholfen, daß ich sie manchmal beinahe widerwillig verlasse, selbst um zu dir zu kommen.«

Daraufhin peitschte und ziepte der Abt ihr zartes weißes Fleisch, jedoch nur mit seinen Händen, bis sie gestand, daß sie nirgendwo im Paradies solche Freuden gefunden hatte wie die, die sie mit ihm teilte. Aber dennoch sah Odo die Logik im Argument der himmlischen Dame. Und daher machte er sich ein oder zwei Stunden vor Sonnenaufgang auf den Weg zum Heim des alten Gui de Puysange in Ranec. Er hatte die Gestalt eines gedrungenen Tieres mit rotem Fell. Der Mond war genau richtig für seine Zwecke. Zuerst traf der selige Odo keine andere Gestalt als einen wirklichen Wolf, eine jungfräuliche Hündin, die ihn als einen ihrer Art anerkannte. So verkehrten sie miteinander, und der dankbare Abt bellte und jaulte sein Lob des gnädigen Himmels hinaus, der es ihm erlaubte, wieder und wieder, aber jetzt ohne jede Sünde, die tiefsten und erregendsten Genüsse zu erleben. Er jubilierte, als ein loyaler Mann der Kirche, und bezeugte so die Macht und die Stärke des Himmels, der so schlau seine jämmerlichen Gegner in die Schranken wies.

Sein ausdauernder Eifer und sein Erfolg

Am nächsten Tag fand man einen verstümmelten Säugling im Garten des Monseigneur de Puysange, und das Beweismaterial gegen ihn war erdrückend. Der alte Gui de Puysange wurde noch im gleichen Monat gerichtet, mit dem weißgewandeten Abt von St. Hoprig als Gerichtsvorsitzendem, und der Angeklagte wurde erwartungsgemäß als Werwolf zum Scheiterhaufen verurteilt.

Monseigneur de Puysange beklagte sich nicht. Er wußte, daß dies das vorherbestimmte neunte Jahr des Opfers war und daß er selbst dieses unvermeidliche Opfer herausgefordert hatte, als er seine Illusionen gesandt hatte, um den schlafenden Odo zu erfreuen. »Ich war so vermessen, große Dinge für dich zu planen, mein Täubchen«, sagte der dunkle, gebrechliche Hexer zum Schluß auf dem Marktplatz, während um ihn herum die Holzscheite aufgeschichtet wurden. »Aber meine Künste enden mit mir. Es wird keine Heiligen mehr geben, die dich in Stellvertretung meiner beraten und erfreuen. Nie mehr wirst du liebliche Botschaften empfangen, mein Täubchen, nicht, solange du auf Erden wandelst. Denn jetzt erhält der Prinz dieser Welt sein Opfer.«

Der Abt war aufgewühlt, denn jetzt wurde ihm bewußt, daß all die Ausgeburten seiner Frömmigkeit die Sendboten dieses hartnäckigen Hexers gewesen waren. Der Abt strich sich sein Kinn und schluckte kurz, sagte aber nichts.

Dann sah der düstere alte Guy de Puysange liebevoll zu Abt Odo hoch und sah ihn dabei mitfühlend und respektvoll an: »Nein, es werden keine Botschaften mehr da sein. Aber du, mein Lieber, in deinem weißen Gewand – das einst nicht mehr war als das Kleid eines dummen Schafes –, du brauchst meine Hilfe nicht länger, um im Gefolge dessen, dem wir beide dienen, Größeres zu leisten, als ich es jemals konnte.«

Und wieder quälte den weißgewandeten Abt eine fürchterliche, eine verräterische und verdammenswerte Sehnsucht und Zärtlichkeit, als er jetzt zum letzten Mal auf das angekettete Häuflein Elend blickte, das ihn einstmals so bitter getäuscht hatte, als es vorgab, der allmächtige Meister des Bösen zu sein, und das ihn jetzt wiederum getäuscht hatte mit Visionen in der Gestalt von Heiligen. Aber man muß in jeder Lage die Fassung bewahren … Und so ward berichtet, daß der weißgekleidete Abt auf seinem Ehrenplatz nur leicht die Stirn runzelte ob dieser unziemlichen Unterbrechung des eindrucksvollen Schauspiels, das zu beobachten so viele Gläubige angereist waren. Dann gab er den Fackelträgern das Signal. Er lehnte sich in seinem hochlehnigen Polsterstuhl aus geschnitztem Teakholz und jemenitischem Leder zurück, im Schatten des blaugelben Baldachins, den dieser ungewöhnlich heiße Tag erforderte, und beaufsichtigte gedankenverloren das Ende von allem, das er je geliebt hatte.

Die heilsamen Auswirkungen seiner Lehre

Danach stellte der Abt fest, daß Monseigneur de Puysange tatsächlich die Wahrheit gesagt hatte. Der Trost der Religion blieb dem Abt Odo nun versagt. Er wurde nicht mehr von Visionen aus dem Paradies heimgesucht. Keine Heiligen berieten und belehrten ihn mehr. Er begriff, daß all diese verschwenderischen Illusionen von den liebenden Künsten des dunklen, gebrechlichen Gui de Puysange erzeugt worden waren. Der Abt erkannte, daß er nicht unsterblich war, daß es keinen Himmel und keine Hölle gab, daß es kein Jüngstes Gericht geben würde und daß sein Schicksal statt dessen im Nichts enden würde. Sein Gallenleiden verschwand, und seine Verdauung war hervorragend, jetzt, wo er begriff, daß der Mensch vergeht, so wie die Tiere vergehen, und wo er jetzt wußte, daß die Religion nur eine großartige Hilfsleine ist, an der sich die Menschen während der Mühen und Beschwerlichkeiten ihres irdischen Daseins festhalten können.

Denn er konnte sehr wohl den Wert menschlichen Glaubens ermessen, jetzt, wo er ihn verloren hatte. Allüberall sprach er von Gottes Liebe für alle Menschen und wie glorreich man mit dem Himmel belohnt wurde, wenn man nur bereute und ungehörige Angewohnheiten ablegte. Er ließ in diesen Tagen nur noch wenig foltern, denn im Abt Odo war der Eifer des schöpferischen Künstlers erwacht, der dem Medium seiner Kunst Respekt entgegenbringt … Der werte Gui war so etwas wie ein Künstler gewesen auf dem begrenzten Gebiet, das dem armen Kerl zur Verfügung gestanden hatte, mit seinem begrenzten Publikum von einer einzigen Person. Ja, Gui hatte völlig überzeugende Heilige erschaffen, bis ins kleinste Detail hinein … Aber die Kunst eines von sich überzeugten Kirchenmannes reichte weiter und verfolgte edlere Ziele, denn sie sprach all die Unbedarften und die Unglücklichen an. Vor Hunderten von staunenden Zuschauern lenkte Abt Odo sein Publikum, wie es ihm gefiel, und er beschwor Freude und Glauben herauf, nicht mit den Tricks der Schwarzen Künste, auch nicht mehr mit Eisenstangen und Daumenschrauben, sondern mit angenehmen Worten. Da er wußte, daß es keine Hölle gab, schreckte er seine Zuhörer nicht mehr mit den Beschreibungen der Höllenqualen; statt dessen wandte er sich vom Realismus zur Romance, und er improvisierte brillant über die unergründliche Liebe und die ewigen Freuden des Himmels, die der Menschheit zum Erbe gegeben waren und die jeden Gläubigen direkt hinter der Schwelle zum Grab erwarteten. Seine Reden sprachen nur die reinsten und edelsten Gefühle in seinen Zuhörern an.

Sein Bekanntheitsgrad wuchs. Er wurde zum Hof berufen. Der König war stark beeindruckt von den schönen Predigten des Abtes Odo und schwor bei den Lenden von St. Gris, daß dieser heilige Mann Feuer in denselben habe. Die Damen des Hofes rümpften die Nase über diese Metapher, aber sie alle fanden den Abt von St. Hoprig anbetungswürdig.

»Besonders …«, so sagte eine von ihnen.

»Aber meine Liebe«, rief ihre Freundin, »willst du damit sagen, daß du auch …«

»Ich meine doch nur, wenn auch andere Männer –«

»Aber nur ein Mann der Kirche, meine Teuerste, kann dir die Absolution erteilen –«

»– Prinzip: Abführmittel –«

»Ja, aber man speist so herzerfrischend mit dem lieben Abt –«

So schnatterten diese Damen unter ihren kleinen Hermelinhäubchen und ihren dreieckigen Haarnetzen und den glitzernden Schleiern aus Silberdraht. Der Abt von St. Hoprig war ein großer gesellschaftlicher Erfolg; er erhielt überall Zugang, und die Bekehrten liefen ihm in Scharen zu. Die Königin selbst beichtete bei ihm, und nachdem er sich tiefgehend in die persönlichen Angelegenheiten dieser Tochter der Medici hineingearbeitet und ihr innig die Absolution erteilt hatte, sorgte sie umgehend dafür, daß dieser wundervolle Mann zum Bischof von Valnères ernannt wurde.

Die positiven Regungen seiner Frömmigkeit

Im bischöflichen Palast lebte der selige Odo sehr angenehm und voller Zufriedenheit. Er vermißte die Gesellschaft der Heiligen nicht mehr, jetzt, wo so viele seiner Schäfchen den Trost und den Zuspruch eines Bischofs benötigten, der nun auch nicht mehr der Jüngste war. Und der Verlust seines Glaubens war eine große Hilfe für ihn, nun, da er seine Aufgabe darin sah, den Glauben in so vielen anderen anzufachen. Dieser Verlust gestattete ihm ein unfehlbares Taktgespür ohne jeden Anflug von Dogmatik. Sein Verlust hatte ihn auf ewig von den Zweifeln befreit, für die der Klerus manchmal anfällig ist.

Denn Odo von Valnères sah sich jetzt als Künstler. Hierin fand er seine innere Zufriedenheit. Und er trug es nach außen, indem er im Leben aller Personen um ihn herum für Zufriedenheit sorgte.

Im ganzen Naimousin und Piémontais kümmerte er sich um seine kleine Herde wie ein Vater um seine Kinder oder ein Künstler um sein Publikum. Er achtete auf ihr körperliches Wohlbefinden, er achtete aber vor allem auf ihren Glauben. Denn das Los der niederen Stände, so wußte er, war auf diesen Glauben angewiesen, der nun einmal für die alles andere als beneidenswerte Situation eines Bauern oder Krämers einerseits zur Betäubung diente, andererseits aber auch ein notwendiges Kontrollinstrument darstellte. Ein Altruist würde daher versuchen, die Menschen mit böser Gesinnung von allen gesellschaftsschädigenden Handlungen wie Mord oder Vergewaltigung, Diebstahl oder Brandstiftung abzuhalten. Selbst wenn diese auf internationaler Ebene und unter dem

Schutz der Kirche geschahen, so störten sie doch immer das Gleichgewicht der Gesellschaft empfindlich. Ein Altruist würde seine Phantasie bis zum äußersten beanspruchen, um die Mutlosen und die Schwachen im Geiste, die Alten und Kranken und von Armut Gezeichneten und all die anderen Personen zu beschützen, die hilflos dem normalen Gang der Gesetze des Lebens und der menschlichen Natur ausgeliefert waren. Ein Altruist würde diese unglücklichen Wesen mit den angemessenen Romances über ein kommendes Erbe aufrechterhalten, das – im rechten Licht betrachtet – die jetzigen, vergänglichen Unbequemlichkeiten im Leben dieser unglücklichen Wesen unbedeutend erscheinen ließ. Daher war es, wenn der alternde Bischof jetzt seine Mitra und seine weiße Robe anlegte, für ihn ein Privileg und eine Freude, seiner kleinen Herde Glauben und Hoffnung und Gnade zu predigen. Diese ängstlichen, schlichten und doch eigentlich liebenswerten Männer und Frauen brauchten in ihrem trostlosen, verpfuschten Leben die allgegenwärtige Drohung und das allgegenwärtige Versprechen des wahren Glaubens, um sie bei der Stange zu halten oder anders gesagt, um sie zu erträglichen Mitmenschen zu machen. Und der Bischof diente seiner Kunst vorbildlich; denn er hatte erkannt, daß religiöse Überzeugungen zum Wohlergehen der niederen Stände notwendig waren, und wenn man ins richtige Alter gekommen war, dann waren sie auch für den Mittelstand ganz brauchbar und bequem.

Er bedauerte nicht viel. Manchmal dachte er wehmütig an Ettarre, die entschwundene Hexe. Nie war ihm eine Christin begegnet, wie freigebig und eifrig auch immer, die den Charme dieses kleinen Satansbratens erreicht hätte, mit dem sie vorgegeben hatte, eine Heilige zu sein, die direkt aus dem Paradies kam. Es tat ihm auch leid, daß er kein Vergnügen mehr daraus zog, in Wolfsgestalt durch die Gegend zu streifen. Dann und wann war das natürlich noch notwendig – wenn die großherzige Güte und die üblichen Almosen von Suppe und Decken gescheitert waren –, um einem deutlichen Fall von falscher Religion und schamlosem Leben ein Ende zu setzen, der ein wirklich gefährliches Beispiel für die Diözese darstellen konnte. Aber diese Sünder waren fast immer so anämisch und halb verhungert, daß der Bischof diese Seite der Seelsorge mittlerweile von Herzen verabscheute. Und so gestand er sich vorbehaltlos ein, daß auch für Odo von Valnères die besten Jahre langsam zu Ende gingen und daß er sich in Zukunft wohl hauptsächlich auf seine Kunst konzentrieren sollte. Und manchmal bedauerte er auch, daß sich seine Kunst nicht auf andere Mythologien ausdehnen ließ. Er bewunderte die klarere Charakterzeichnung der Götter, die ihm in diesen anderen Mythologien begegneten. Da gab es gute Ansatzpunkte für den imaginativen Künstler in den exaltierten Handlungen von Zeus, dem Wolkensammler, dem Donnerschleuderer, der auch Muscarius hieß, weil er die Fliegen verscheuchte; und die zoologischen Liebschaften von Zeus boten viel Raum für leuchtende, helle romantische Farbgebung, bei der sich die fleischlichen Farbtöne besonders gut herausarbeiten ließen ... Und dann die heroische Konzeption von Ragnarök, diese endgültige und größte aller Schlachten zwischen Gut und Böse, in der die nordischen Götter und mit ihnen die gesamte skandinavische Kirche unerschrocken für die gerechte Sache in den Untergang ging – dies war eine Idee, die den Bischof bis ins Mark erschütterte.

Andererseits war es natürlich auch eine gefährliche Sache, wenn man die Religion so als schließlich doch unprofitables Geschäft darstellte, das in einem kosmischen Bankrott endete. Natürlich würde er seiner kleinen Herde in dieser Welt nie den tragischen Heroismus Ragnaröks nahebringen können. Nein, man mußte die Bourgeoisie mit Versprechungen von übertrieben glanzvollen Belohnungen bei der Stange halten, die ewig sein würden, in einer goldenen Stadt, die durch ein Tor aus Perlmutt betreten wurde. Aber der Bischof fühlte sich schon von Ragnarök als Thema angesprochen.

Und dann, so überlegte der Bischof weiter, wie nett wäre es doch, wenn man irgendwann einmal – vielleicht sogar die ganze trübsinnige Fastenzeit über – sich mit den so überaus wunderlichen Ideen der afrikanischen oder polynesischen Mythologie auf der Kanzel beschäftigen könnte. An diesem distinguierten und bedeutungsschweren Ort hatte man so selten die Gelegenheit, dem stillen Humor und der Naivität freien Lauf zu lassen, denen nur die begabtesten Künstler wahrhaft gerecht werden können. Ja, es wäre wirklich mal ganz nett, wenn man seiner kleinen Herde von Gajjimarê, dem Schlangengott, erzählen könnte oder von den peinlichen Abenteuern von Barin Mütum, nachdem sich dieses Halbwesen für fleischliche Genüsse einen Körper geliehen hatte. Oder die seltsamen Dinge, die Maui-in-der-Form-von-Tarangas-Haarknoten mit dem Kieferknochen seiner Urgroßmutter anstellen konnte …

Aber der Künstler war nun einmal auf das Material angewiesen, das er vor sich hatte. Und schließlich hatte auch das Christentum in sich viele verwertbare Aspekte und nützliche Verbesserungen aufgesogen, seit sein Gründer dahingeschieden war. Und als Thema – wenn dieses Thema mit Kompetenz angegangen wurde und einen Hauch wahrer Inspiration erkennen ließ – dann war dieses Thema völlig ausreichend, um seiner kleinen Herde zu genügen, indem es ihnen zukünftige Belohnungen für angemessenes und respektables Verhalten versprach. Kein Altruist konnte mehr verlangen – der Bischof lächelte und kehrte zu seiner Weihnachtspredigt zurück.

Alles in allem gab es in diesen Landen nie einen angeseheneren und beliebteren Bischof. Und so war es ein großer Verlust für Naimousin und das ganze Piémontais, als der selige Odo eines Morgens seinen bischöflichen Palast aufgab. Wie, das blieb ihm selbst unbegreiflich.

Die ihm bestimmte Belohnung

Es war sogar ein ziemlicher Schock für ihn, als Odo plötzlich in so unklerikalen Umständen erwachte. Im Nachthemd auf offener Straße wäre schon schlimm genug gewesen; aber in diesem Zustand durch ein graues Nichts zu schweben, auf einer dicken, weichen und farbenfrohen Decke, die er dann auch noch mit einer jungen Frau teilte, das widersprach jeder Vernunft.

»Könntet Ihr mich unter Umständen darüber aufklären, Madame«, so erkundigte er sich mit der Höflichkeit, für die er zu Recht berühmt war, »welchen Sinn dieser Ausflug ins Surreale haben soll? Und wer war so unverfroren, mir dies anzutun?«

»Reg dich nicht auf, mein armer Odo«, so antwortete sie. »Es ist nur so, daß auch du, mein Liebling, jetzt gestorben bist.«

Und da erkannte der Bischof sie. Da wußte er, daß irgendein Wunderwerk, das nicht hoch genug gelobt werden konnte, ihn zurück zu dem Mädchen Ettarre gebracht hatte. Und in diesem Moment schien alles andere bedeutungslos. Denn dieses anbetungswürdige Geschöpf schien schöner und liebenswerter als je zuvor; sie war nah bei ihm, und das Alter und die damit einhergehenden Ermüdungserscheinungen schienen auf einmal vom guten Bischof von Valnères gewichen zu sein. Aber gleichzeitig war seine elegante Erscheinung doch ein bißchen irritiert, und er schien nicht ganz glücklich, als er so auf seiner gold- und lachsfarbenen Wolke saß. »Nichtsdestotrotz«, sagte der Bischof, »nichtsdestotrotz ist dies eine paradoxe Situation. Ich erinnere mich, in der letzten Nacht leichte Verdauungsprobleme gehabt zu haben. Ein wahrer Atheist liegt mir immer schwer im Magen. Und in meinem Alter – na ja ... Ja, daß ich im Schlaf entschlafen sein soll, hört sich vernünftig an. Aber dieses verlängerte Fortdauern meines Bewußtseins – wie überraschend und angenehm auch das Ergebnis dieses Bewußtseins ist –«, so fügte er mit einem galanten Nicken zu der verführerischen Liebe seiner Jugend hinzu, »– ist doch ein schwerer Schlag für die Wissenschaft. Es stellt alle Philosophie auf den Kopf und es beleidigt meinen gesunden Menschenverstand.«

»Mein Lieber«, antwortete Ettarre, »du hast jetzt solche Albernheiten wie gesunden Menschenverstand und Philosophie und Wissenschaft hinter dir gelassen. Und wenn ich nicht um alter Zeiten willen eingeschritten wäre, dann bliebe für dich nur, wie ich dir ganz offen sagen muß, die eine oder andere himmlische Belohnung.«

»Liebste Ettarre! Stern meines Herzens!« sagte der Bischof. »Laß uns nicht über berufliche Dinge scherzen, zumindest nicht zur Zeit, denn alles scheint mir hier ein wenig auf den Kopf gestellt, und mir ist gerade nicht nach eleganten Dialogen zumute. Sage mir lieber, wohin wir auf dieser Wolke entschweben!«

Das Mädchen betrachtete ihn nun mit einem amüsierten, aber dennoch sehr zärtlichen Blick. »Wohin – so fragst du mit der sprachlichen Eleganz, die für so lange Zeit als Markenzeichen deiner Predigten galt – entschweben wir auf dieser Wolke? Nun, das muß man differenzieren. Ich begleite dich nur während der Reise. Aber du, mein lieber, verdammter Odo, du bist in diesem Moment auf dem Weg in den Himmel, den du immer deinen Gemeindemitgliedern versprochen hast. Du kannst sogar da drüben schon die Amethystmauern der Heiligen Stadt sehen.«

»Das verschlägt mir die Worte«, sagte Odo von Valnères. »Aber das ist ja schrecklich!« Und Ettarre stimmte nüchtern zu: »Du wirst da drüben nicht eben viel finden, was dir zusagt, mein Liebling. Statt dessen wirst du feststellen, daß dein ganzer komischer Himmel aus dem Häuschen ist, in froher Erwartung deiner Ankunft. Denn in den eloquenten Exzessen deiner soeben zu Ende gegangenen Karriere hast du viele Menschen bekehrt. Wie dem offiziellen Report des Erzengels Oriphiel von heute morgen zu entnehmen war, hast du nicht weniger als eintausendeinhundertundsieben Seelen zum ewigen Heil verführt. Und daher laufen jetzt überall die Vorbereitungen der Seligen, um den starken Fürsprecher des Himmels zu Hause willkommen zu heißen, mit Harfen und Psaltern und dem vollen Einsatz der himmlischen Chöre.«

»Aber«, so sagte der selige Odo jetzt zum zweiten Mal, »das ist ja schrecklich!« Und damit zupfte er gedankenverloren seinen Schlafrock zurecht, er zog seine roten Flanellfußwärmer wieder über die Knöchel und versank für einen Moment in verstörtes Grübeln. In all seiner allgemein gerühmten Bescheidenheit hätte er niemals gedacht, daß die Summe vierstellig sein würde, aber seine Beredsamkeit und seine deutliche Bildsprache hatten natürlich hier und da einige Personen dazu bewogen, die tröstlichen Versicherungen der Religion zu akzeptieren. Und auch jetzt konnte der Bischof eigentlich nichts Falsches in seinen Handlungen erkennen.

Nein, er hatte folgerichtig gehandelt. Das Los der niederen Stände in der Welt, die Odo von Valnères soeben verlassen hatte, war ganz bestimmt auf diesen Glauben angewiesen, der nun einmal, für ein Wesen in der wenig beneidenswerten Situation eines Bauern oder Krämers, einerseits zur Betäubung, andererseits aber auch als Kontrollinstrument unverzichtbar war ... »Nun, diese Situation ist verwirrend«, sagte der Bischof laut, »und sie führt zu Schlußfolgerungen, mit denen kein Mann der Kirche je gerechnet hat. Trotzdem bin ich überzeugt, daß – auch wenn ich nur gelogen hätte – mein Verhalten trotzdem richtig gewesen ist.«

Und das bezaubernde Mädchen, das sich an ihn geschmiegt hatte, als sei die Wiedervereinigung mit ihrem geliebten Odo alles, was ihr treues Herz begehrte, sagte nichts – noch nicht ...

Aber für einen gutsituierten Bischof, körperlos im Raum schwebend und nur in sein Nachthemd und seine roten Flanellfußwärmer gekleidet, schien es ein wenig irritierend, wie seine religiösen Ideen ihre ihnen zugestandene Funktion überschritten und ihn noch jenseits des Grabes verfolgten.

Und bei näherer Betrachtung war die Absurdität in diesem Ende seiner langen und ehrenhaften Karriere nicht sein einziges Problem. Denn Odo von Valnères sah nun, wie sich ihm der riesige weiße Kai näherte, über dem sich der Eingang zum Himmel erhob. Dieser Eingang war tatsächlich eine riesige Perle, in der ein Loch einen Durchgang bildete. Über diesem Loch, so konnte man jetzt sehen, war der Name »Levi« eingemeißelt.

Odo von Valnères erinnerte sich an seine Bibelstudien, und so pikste er mit wachsender Nervosität in die gutgepolsterten, samtweichen Rippen seiner Begleiterin auf der kleinen, gold- und lachsfarbenen Wolke. »Wach auf, meine geliebte Ettarre, und sag mir, ob dieser Ort der biblischen Beschreibung ähnelt!«

Das süße Mädchen setzte sich folgsam auf. »Aber natürlich!« sagte Ettarre, und ihr versonnenes Lächeln hätte auf den weniger verführerischen Lippen einer anderen Person gefühllos gewirkt.

»Ah ja, aber, es ist doch bestimmt so, daß, äh, daß die Heilige Stadt modernisiert worden ist – daß sie sich, wenn man so will, mit dem Fortschritt weiterentwickelt hat?«

»Im Himmel gibt es keinen Wandel und nicht den Schatten einer Veränderung, wie du genau wissen müßtest, denn du hast diesen Text immer mit Vorliebe zitiert.«

»Oh, mein Gott!« sagte Bischof Odo da aus reiner Gewohnheit. Und die Sanftmut entschwand aus seinem wohlgenährten Gesicht.

Denn jetzt, zu guter Letzt, hatte ihn wahrhaftige Reue ergriffen. Er dachte an seine Gemeindemitglieder, seine fehlgeleitete verirrte Herde, all die ehrlichen, freundlichen, wohlmeinenden Meßgänger, die nur durch seine übertriebene Freude an der Rhetorik in diesem schrecklichen Hort von vielköpfigen Drachen und den verschiedensten Monstrositäten gefangen waren. Denn diese albernen Monster, so schien es jetzt, waren nicht nur Gleichnisse. Direkt vor ihm war eine der zwölf Perlen, durch die seinen Versprechungen zufolge die Frömmsten seiner Gemeinde einen glorreichen Einzug in den Himmel halten würden. Aber wenn man die Offenbarung des heiligen Johannes im Licht buchstäblicher Deutung betrachtete, dann war sie sehr viel schrecklicher als dieses salbungsvolle Orakel, bei dem man so tun mußte, als würde man es bewundern.

Innerhalb dieser schimmernden Mauern kümmerte sich kein gnädiger Bischof um die unglückseligen Bauern und Krämer, die er mit seiner Redekunst betrogen hatte. Statt dessen waren sie den Launen unbegreiflicher Herrschaften ausgesetzt, mit Haaren wie Wolle und Füßen aus Erz, die sich den ganzen Tag damit beschäftigten, auf Trompeten zu blasen, Phiolen voller tödlicher Krankheiten zu öffnen und Siegelwachs auf die Stirnen der wehrlosen Toten zu kleben. Seine kleine Herde war jetzt in Gesellschaft von riesigen Heuschrecken mit menschlichen Köpfen, von wilden Pferden mit Schlangenschwänzen und von Kälbern, die ihre Augen im Hinterteil hatten. Und diese seltsamen Sitten und die zusammengestückelte Fauna ihres Gefängnisses wurde auch nicht durch angenehme klimatische Bedingungen ausgeglichen, denn alle paar Minuten gab es – wenn der Bischof sich richtig an die Heilige Schrift erinnerte – irgendein Erdbeben oder einen besonders heftigen Hagelschauer. Andauernd wurde die Sonne schwarz oder der Mond rot, oder die Sterne purzelten vom Firmament wie die Früchte von einem geschüttelten Feigenbaum. Und sieben Donner wetterten und sprachen fortwährend miteinander, hauptsächlich über Themen, über die man eigentlich nicht redete. Und auch Odo von Valnères, selbst er, für den doch eine friedliche und kultivierte Umgebung so wichtig war, auch er würde in Kürze an diesem schrecklichen Ort eingesperrt sein, und das, obwohl er es gar nicht recht verdient hatte, sondern nur großzügig versucht hatte, das Leben seiner kleinen Herde angenehmer und übersichtlicher zu gestalten. Bei diesem Gedanken hatte die teuflische automatische Wolke aber schon angelegt …

Sein gerechtes Ende

Die teuflische automatische Wolke hatte schon am strahlenden Pier des Himmels angelegt. Der Bischof und die Hexe waren notgedrungen ausgestiegen, weil sie keine andere Wahl hatten. Und jetzt war hinter und unter dem unglücklichen Odo von Valnères nichts weiter als nur ein endloser, grauer Abgrund. Unter sich sah er große, glänzende Fliesen wie aus gelblichem und bläulichem Glas, und vor ihm dräute unverrückbar das in eine riesige Perle eingelassene Tor.

»Aber, aber!« sprach da ein leicht verzweifelter Prälat laut zu sich selbst, »es muß doch selbst jetzt noch einen Weg geben, dieser Existenz zu entgehen, die ich in den Zeiten meines voreiligen Unglaubens als Belohnung angepriesen habe?«

»Es gibt einen«, antwortete Ettarre sehr stolz und glücklich, während sie ein Gähnen unterdrückte, »denn gegen die Liebe kann nichts bestehen. Ach, du willst mich nicht verstehen! Es ist mir erlaubt, dich zu versuchen. Auf einer Wolke fühlt man sich natürlich ein wenig gehemmt. Aber hier stehen wir auf festem Jaspis und Lapislazuli. Und jetzt, mit all meinen Künsten, die du, mein wundervoller, kraftstrotzender Liebling, wie ich doch hoffe, noch nicht ganz vergessen hast, werde ich dich vor allen Arten von himmlischen Schrecken bewahren.«

»Und so kann also ein Gerechter selbst zum Schluß noch seinem Verhängnis entgehen? Gibt es doch noch einen anderen passenderen Ort, an dem sich ein wohlgelittener Bischof bei entsprechender postmortaler Reue niederlassen kann?« Und da sagte das liebe Kindchen, immer noch mit dieser anrührenden Zärtlichkeit in der Stimme, die er seiner Meinung nach gar nicht verdiente: »Zum Preis einer einzigen kleinen lustvollen Indiskretion kannst du, mein alleiniger Liebling, jetzt noch mit mir ins fröhliche Paradies der Heiden zurückkehren. Und das ist kein ewiggestriges Königreich des Himmels, sondern eine Demokratie, der es in nichts an den modernen Annehmlichkeiten fehlt, die Kultur und Zivilisation zu bieten haben.«

Daraufhin begann Ettarre mit dem Überschwang eines jungen Dichters, von ihrem augenblicklichen Wohnort zu erzählen. Und der gute Bischof Odo, wie er sie so mit der alten Zärtlichkeit und dem unvergessenen Entzücken an ihrem Liebreiz ansah, war sich sicher, daß das, was er in diesen großen, leuchtenden Augen sah, niemand in dieser scheußlichen orientalischen Phantasmagorie vor ihm jemals ermessen konnte. Dort würde es niemand mit der gleichen Anteilnahme betrachten, die in ihm nun einmal rebellisch brodelte. Zweifellos übertrieb Ettarre einige ihrer Details. Bei solchen beschreibenden Passagen tendiert man nun einmal dazu. Und er erinnerte sich noch gut daran, wie dieser kleine Fratz, als sie sich für eine Heilige ausgegeben hatte, ihn Nacht für Nacht mit dem Ernst eines Grabredners belogen hatte. Und doch hatte Odo von Valnères in seiner alles andere als frommen Jugend diese bezaubernde und anschmiegsame Hexe geliebt, damals, als er noch an Heilige geglaubt hatte, mit einem Eifer und einer Variationsbreite, die er nie ganz aus seinem Gedächtnis streichen konnte. Und was den Rest anging, so fühlte sich Odo gerade in der Lage –

wo doch all die mit dem Alter einhergehenden Ermüdungserscheinungen so wunderbar aufgehoben waren –, die warme Loyalität seiner Ettarre zu belohnen, in den kultivierten und liberalen und intelligenten Kreisen, von denen sie erzählte … Man mußte sich nur mit dieser kleinen mädchenhaften Schwäche zur Flunkerei abfinden …

So wägte der Bischof das Für und Wider gegeneinander ab. Während er so überlegte, schlug er gedankenverloren mit der einen Hand ein Kreuz und liebkoste halb väterlich die liebreizende kleine Hand der Liebe seiner lang vergangenen, frommen, heißblütigen Jugend. Für einen Moment riß er seine Augen von den großen glänzenden Augen Ettarres und blickte nieder. Und sie schmiegte sich immer näher an ihn heran und wand sich sehr aufreizend in ihrer offensichtlichen und ziemlich schmeichelhaften Bewunderung.

Gerade in diesem angenehmen Augenblick wurde die Freude ihrer Wiedervereinigung durch die Ankunft einer weiteren Wolke überschattet. Sie legte an, und ein Kind stieg aus, ein Junge von vielleicht sieben Jahren, der gerade gestorben war und jetzt allein durch das graue Nichts zwischen Himmel und Erde segelte. Dieser kleine Geist schritt an ihnen vorbei, als das Kind zögerlich, aber brav in die Heilige Stadt ging. Die schmalen Schultern hingen ein wenig herab, denn die großen Fliesen aus Jaspis und Lapislazuli waren für die kleinen, bloßen Füße kälter als der braune Teppich seines Kinderzimmers und die weichen Arme der Mutter, die das Kind weit hinter sich gelassen hatte.

Und auch Odo von Valnères erhob seine allgemein gerühmten Augen vom Sitz seiner roten Flanellfußwärmer und musterte die riesige, auf so wunderbare Weise durchstochene Perle. »Weißt du«, sagte er liebevoller, als es der Kontext gerade erforderte. »Weißt du, ich komme, wie man so sagt, ganz gut mit Kindern zurecht. Meine Leute waren sogar so schmeichelhaft, zu sagen, ich hätte ein Händchen dafür. Ich hätte, und das glaube ich wirklich, diesen verlorenen kleinen Jungen mit einer meiner simplen Firmungsansprachen erheblich aufmuntern können, wenn wir zusammen über diesen Abgrund gereist wären. Eigentlich müßte jeder Kirchenmann, der auch nur ein bißchen taugt und über meine ausgedehnten Erfahrungen verfügt, jede Seele da drüben aufheitern können, so wie es da um den allgemeinen Grad an Frohsinn bestellt sein muß –«

»Das könntest du zweifellos, mein wundervoller, menschenfreundlicher, kluger Liebling«, antwortete Ettarre ein bißchen ungehalten, wenn auch nicht wirklich verärgert. »Aber mit diesem schrecklichen Ort, mein Lieber, mußt du dich gar nicht weiter abgeben.« Odo von Valnères jedoch lächelte mit der Begeisterung des Fanatikers. Und dann sah er für einen kurzen Augenblick noch einmal herab, mit dem Gehabe eines Mannes, der noch verwirrt und unentschlossen ist. Erneut bekreuzigte er sich und holte tief Luft, was ihn durch und durch mit unerschütterlicher Gewißheit zu erfüllen schien.

Sanft schob er die Liebe seiner Jugend von sich, und mit der aufrechten männlichen Haltung, die immer seine beruflichen Kundgebungen begleitet hatte, sprach er: »Nein, Liebling, nein. Jemand meiner Profession darf nicht völlig selbstsüchtig sein, und wenn es hart auf hart kommt, dann muß ein wohlangesehener Bischof sich für das entscheiden, was ihm die sicherere und edlere Investition scheint. Und das ist nicht das Glück, das du mir versprichst. Ich hatte die Religion nur für ein Betäubungsmittel und eine Kontrollinstanz für die menschlichen Leiden auf Erden gehalten. Ich habe mich geirrt. Ich gebe das zu, zutiefst zerknirscht. Und mein Herz brennt, Ettarre, und das ist kein unedles Feuer, jetzt, wo ich feststelle, daß für die Berufung, der ich all meine spärlichen Fähigkeiten gewidmet habe – so wie sie nun mal sind, meine Liebe –, nicht nur ein weltlicher Bedarf besteht, sondern ein zeitloser. Ich stelle fest, daß ich sogar nach dem Tode noch der geistige Führer und Tröster meiner kleinen Herde bin.«

»Aber Liebling, deine armen Schafe sind schon rettungslos erlöst. Daher ist das, was du da sagst, Unsinn.«

»Das liegt nur daran, daß du voreilige Schlüsse ziehst, meine Süße. Da drüben, hinter diesen schimmernden Wällen, brauchen mich meine Leute dringender als je zuvor. Sie haben die Überzeugung viel nötiger als zu ihren Lebzeiten, daß es eine geeignete und taktvolle Person gibt, die zwischen ihnen und dem unerfreulich nahen Schöpfer ihres Umfeldes vermittelt. Jetzt, wie nie zuvor in ihrem irdischen Dasein, brauchen sie die beredte Versicherung, daß ihre Unannehmlichkeiten bedeutungslos sind und im Laufe der Zeit vergehen werden. Sie brauchen an diesem unhygienischen, von Untieren heimgesuchten, katastrophenbefrachteten und zweifellos abscheulichen Ort, der so ganz anders ist als die beschauliche Atmosphäre, die ich in meiner Diözese immer gepflegt habe, jemanden, der in ihnen den heilsamen Glauben an zukünftige Belohnungen für gutes und rechtschaffenes Benehmen aufrechterhält. Du mußt zugeben, mein Liebling, daß ich meine kleine Herde jetzt nicht im Stich lassen kann, nachdem ich in gewisser Weise an ihrer jetzigen Lage schuld bin. All diese schlagenden Argumente gehen mir durch den Kopf, mein Liebling, und sie werden noch durch meine feste Überzeugung gestützt, daß die Ettarre, an die ich mich erinnere, egal ob als Bauernmädchen oder als Heilige, keine gespaltenen Hufe hatte, wie eine – wie soll ich sagen? – ausnehmend rehäugige und sehr bezaubernde Gazelle.«

Daraufhin rückte Ettarre, die in ihrem letzten irdischen Leben eine der hübschesten Hexen von Amneran gewesen war, und einer der appetitlichsten Köder Satans, offenkundig enttäuscht und entmutigt von Odo von Valnères ab.

»Du bist, Odo«, so stellte sie fest, »und du warst es immer schon, eine hinterhältige und mißtrauische Kreatur, und ein schwatzhafter alter Heuchler. Und du kannst jetzt von mir aus bis zum Jüngsten Gericht weitererzählen, aber so ein Kreuz zu schlagen, wo ich doch mein Bestes versucht habe, um dir zu Gefallen zu sein, das war gemein.«

»Noblesse oblige«, antwortete der brave Bischof Odo mit der Feierlichkeit, die jede seiner Bemerkungen begleitete, von der er das Gefühl hatte, daß sie keinen Sinn machte. Dann ging er langsam, aber stetig zu dem Tor, das die Aufschrift »Levi« trug.

Und doch sah er noch einmal zurück, durch einen Schleier

von ungeweinten, unklerikalen, aber allzu menschlichen Tränen, zurück auf das Leid dieser süßen und so liebenswerten Ettarre. Ihre Verzweiflung über diese endgültige Trennung war so immens, daß das anbetungswürdige Kind darüber ganz schwarz und schuppig wurde und in verschiedenfarbigen Flammen keuchte. Und Odo seufzte bei dem Anblick dieses Verfalls in ihrem Aussehen und Benehmen, denn seine verlorene Liebe nahm eine beklagenswert drachenartige Gestalt an und schwang sich mit wildem Peitschen ihres Schwanzes in den Abgrund.

Danach entledigte er sich seiner roten Flanellfußwärmer, die eine unpassende farbliche Note abgaben, er faltete sein weißes Nachthemd zu einer Robe, und so schritt dann der Bischof von Valnères mit geziemender Würde durch das helle, einladende Tor.

Er war jedoch ein bißchen überrascht, als eine dunkle Stimme zu ihm sagte: »Willkommen zu Hause, mein Täubchen!« Der schwarze Odo sah, daß diese unüberwindlichen Torflügel jetzt hinter ihm geschlossen wurden – von einem dunklen, gebrechlichen, aber zufrieden dreinblickenden Gui de Puysange.

Explicit

Der Satyr

Clark Ashton Smith

Clark Ashton Smith (1893–1961), von H. P. Lovecraft hoch geschätzter zeitgenössischer Schriftsteller, verfaßte im Lauf seiner Karriere Gedichte, Prosagedichte und eine große Anzahl von Kurzgeschichten in einem barocken, eindringlichen Stil, dessen erotische Anspielungen nicht selten zu gewagt für ihre Zeit waren. Seine Storys, die in direkter Nachfolge der Literatur der Decadence stehen, erschienen größtenteils in den einschlägigen Pulp-Magazinen und weisen ihn mit ihren Manierismen und ihrer ungewöhnlichen Sprache als einen der herausragenden Stilisten des Genres aus. Ein Großteil seiner Fantasy- und Horror-Storys ist in den Phantasieländern Averoigne, Atlantis und Hyperborea angesiedelt. Deutsch liegen zahlreiche Erzählugen in den Bänden Saat aus dem Grabe *(1970),* Planet der Toten *(1971),* Poseidonis *(1985) und* Das Haupt der Medusa *(1988) vor.*

Raoul Comte de la Frênaie war von Natur aus wahrlich kein mißtrauischer Ehemann. Sein mangelndes Mißtrauen war möglicherweise zu einem Teil auf mangelnde Phantasie zurückzuführen; zum anderen Teil darauf, daß die schweren Weine von Averoigne seine Beobachtungsgabe getrübt hatten. Wie dem auch sei, er hatte nie etwas Ungebührliches an der Freundschaft seiner Frau Adèle mit Olivier du Montoir gesehen, einem jungen Dichter, der mit der Zeit vielleicht Ronsard als eines der leuchtendsten Gestirne der Plejaden übertroffen haben könnte, wäre es nicht zu einem unvorhersehbaren und fatalen Zwischenfall gekommen. Tatsächlich empfand M. le Comte mehr Stolz als alles andere ob des Interesses, welches dieser gelehrte und attraktive junge Mann, der seine Lippen bereits am Brunnen des Helicon benetzt hatte und in anderen Provinzen über Averoigne hinaus wegen seiner melodischen Villanelles und anmutigen Balladen gerühmt wurde, für Mme. la Comtesse empfand. Noch machte Raoul die Tatsache stutzig, daß viele besagter Villanelles und Balladen einzig geschrieben worden waren, um Adèles Vorzüge zu preisen und höchst freizügig ihre dunkelroten Locken, ihre goldenen Augen und mannigfaltige, nicht weniger verführerische, einem makellosen Weibe unerläßliche Einzelheiten zu beschreiben. M. le Comte gab nicht vor, etwas von Dichtung zu verstehen; er betrachtete sie, wie so viele andere, als etwas fernab von gesundem Menschenverstand und Bedeutung für die Welt; sein Denkvermögen wurde jedesmal vollkommen gelähmt, wenn es mit etwas in Reimen und Metrik konfrontiert wurde. Derweil wurden sowohl die Balladen wie auch ihr Verfasser zunehmend kühner.

In diesem Jahr war der Schnee eines strengen Winters binnen einer Woche halkyonischer Wärme geschmolzen; das ganze Land erstrahlte im zarten Grün und Chrysolit und Chrysopras des Frühlingsanfangs. Olivier besuchte das Château de Frênaie immer häufiger und häufiger, und er und Adèle waren oft allein, da sie so viel zu bereden hatten, was das Interesse und Verständnis von M. le Comte überstieg. Und nun kam es auch vor, daß sie lange Spaziergänge im Wäldchen rings um das Château unternahmen – dem

Wäldchen, das sein Meer von Frühlingsvegetation fast bis zu den grauen Mauern und dem Wachtturm erstreckte und auf dessen von der Sonne gewärmten Wiesen der Duft der ersten Wildblumen zart die stillen Lüfte tönte. Wenn die Leute redeten, dann diskret und außer Hörweite von Raoul oder Adèle und Olivier.

Da dies alles so war, ist schwer zu verstehen, weshalb M. le Comte mit einem Male Zweifel an der Unversehrtheit seiner ehelichen Ehre kamen. Vielleicht war ihm in einem Intervall zwischen Jagen und Trinken, die fast seine gesamte Zeit beanspruchten, einmal aufgefallen, daß seine Frau immer jünger und hübscher wurde und erblühte, wie eine Frau stets nur im magischen Sonnenschein der Liebe erblüht. Vielleicht hatte er einen feurigen oder zärtlich wissenden Blick zwischen Adèle und Olivier bemerkt; vielleicht war es auch der Einfluß des zeitigen Frühlings, welcher den weinseligen Dämmerzustand seines Gehirns mit einer obskuren Regung vergessener Gedanken und Gefühle durchbohrte und ihm so eine blitzartige Erleuchtung hatte zuteil werden lassen. Wie auch immer, er verspürte Besorgnis, als er eines Nachmittags Anfang April zum Château zurückkehrte und von seiner Dienerschaft erfuhr, daß Mme. la Comtesse und Olivier du Montoir wenige Minuten zuvor zu einem Spaziergang im Wäldchen aufgebrochen waren. Sein mürrisches Gesicht indessen verriet wenig. Er schien einen Moment nachzudenken. Dann:

»Welchen Weg haben sie eingeschlagen? Ich habe Gründe, Mme. la Comtesse unverzüglich zu sprechen.«

Seine Diener nannten ihm die gewünschte Richtung, worauf er sich auf den Weg machte und gemächlich den Fußspuren folgte, welche die beiden hinterlassen hatten, bis er außer Sichtweite des Châteaus war. Danach schlug er eine schnellere Gangart an und betastete den Griff seines Degens, während er durch den zunehmend dichteren Wald schritt.

»Ich bin ein wenig ängstlich, Oliver. Sollen wir noch weiter gehen?«

Adèle und Olivier hatten die Grenzen ihres üblichen Spaziergangs längst hinter sich gelassen und näherten sich einer Region des Waldes von Averoigne, wo die Bäume älter und höher waren als alle anderen. Hier, sagte man, datierten manche der gewaltigen Eichen noch aus heidnischen Tagen. Nur wenige Menschen schritten je in ihrem Schatten dahin; eigentümliche Überzeugungen und Legenden kursierten schon seit Urzeiten unter der hiesigen Bevölkerung. Man hatte seltsame Dinge in diesen Gefilden gesehen, deren alleinige Existenz als Affront gegen die Wissenschaft und als Blasphemie gegen die Religion anzusehen war; böse Einflüsse, behauptete man weiter, kamen über alle, die es wagten, ins düstere Laubwerk der unsterblichen Sümpfe und Dickichte vorzudringen. Die Überzeugungen variierten, und die Legenden waren alles andere als deutlich; aber alle stimmten darin überein, daß der Wald von einer den Menschen feindlich gesonnenen Wesenheit beherrscht wurde, einem urzeitlichen Geist des Bösen, der älter war als Christus oder Satan. Panik, Wahnsinn; dämonische Besessenheit oder abscheuliche, unvernünftige Leidenschaften, die zum Untergang führten, waren das Schicksal aller, die sich in den Einflußbereich dieser Wesenheit vorwagten. Es gab Leute, die flüsternd erzählten, um was für einen Geist es sich handelte, die unglaubliche Geschichten über seine wahre Natur zu berichten wußten und seine wahre Erscheinungsform beschrieben; aber derlei Geschichten waren nicht für die Ohren gläubiger Christenleute bestimmt.

»Teuerste, laßt uns weitergehen«, sagte Olivier. »Schaut her, Madame, und seht, wie die uralten Bäume die smaragdgrüne Frische des April übergestreift haben, wie unschuldig sie der Sonne Licht genießen.«

»Aber die Geschichten, die die Leute erzählen, Olivier.«

»Das sind Ammenmärchen, um Kinder zu erschrecken. Laß uns weitergehen. Es gibt nichts hier, das uns ein Leid zufügen könnte, aber viel Schönes anzuschauen.«

Wahrhaftig erstrahlten die kräftigen Gliedmaßen der Eichen und ehrwürdigen Buchen in ihrem neugeborenen Blättergewand. Den ganzen Wald durchzog eine Aura von Unbekümmertheit und sorgloser Fröhlichkeit, so daß es schwerfiel, den alten Aberglauben und die Legenden zu glauben. Es war einer jener Tage, an denen Herzen, welche das Drängen einer uneingestandenen Liebe verspüren, sich endloser Wanderschaft hingeben können. Und so ließ sich Adèle nach einem gewissen femininen Zaudern und viel gutem Zureden schließlich von Olivier überzeugen, und sie gingen weiter.

Füße von Tieren, wenn nicht von Menschen, hatten den Pfad ausgetreten, dem sie folgten, und so einen leichten Zugang zum Wald des legendären Bösen geschaffen. Die herabhängenden Zweige umfingen die Wanderer mit Armen zarter Vegetation und schienen sie tiefer hineinzuziehen; Schächte gelben Sonnenscheins spalteten die hohen Bäume und hüllten die liebreizenden heimlichen Lilien ein, welche zwischen den dunkel verschlungenen Wülsten gewaltiger Wurzeln wuchsen. Die Bäume waren verkrüppelt und knotig, waren schwer von jahrhundertealten Verkrustungen der Rinde, waren bucklig und ungeschlacht durch das Wachstum ungezählter Jahre; aber eine Aura uralten Wissens umgab sie, ebenso wie eine abgeklärte Freundlichkeit. Adèle stieß Rufe des Entzückens aus; und weder sie noch Olivier bemerkten etwas Bedrohliches oder Fragwürdiges an der Einheit von erlesener Schönheit und knotiger Fremdheit, die der alte Wald ihnen darbot.

»Hatte ich nicht recht?« wollte Olivier wissen. »Gibt es etwas zu fürchten an harmlosen Bäumen und Blumen?«

Adèle lächelte, antwortete aber nicht weiter. In dem Kreis hellen Sonnenscheins, wo sie nun standen, sahen sie und Olivier einander nun mit einer neuen und durchdringenden Intimität an. Ein seltsames Aroma, das in langsamen Wellen von einer unbestimmbaren Quelle kam, lag in der windstillen Luft – ein Aroma, das hinterlistig von Liebe und Verlangen und amouröser Hingabe zu sprechen schien. Keiner kannte die Blume, die es verströmte, denn mit einem Mal sahen sie viele unbekannte Blüten zu ihren Füßen; schwere, fleischige Glocken, weiß und rosa, gekrümmte und gewundene Blütenblätter oder Herzen gleich rosigen Wunden. Als sie einander ansahen, erblickten sie sich wie in einem plötzlichen Flammenlodern, und beide verspürten eine heftige Steigerung des Pulsschlags, als hätten sie einen konzentrierten Zaubertrank getrunken. Derselbe Gedanke fand seinen Ausdruck im kühnen Eifer von Oliviers Augen und der schamhaften Röte auf den Wangen von Mme. la Comtesse. Die lange gehegte Liebe, die bis zu dieser Stunde keiner offen verkündet hatte, pochte unüberhörbar in beider Adern. Sie setzten ihren Spaziergang fort, und beide schwiegen im einhelligen Gefühl von Verlegenheit und Zurückhaltung.

Sie wagten nicht, einander anzusehen; keiner hatte Augen für die zunehmenden Veränderungen des Waldes, durch den sie schritten; keiner sah die widerlichen, obszönen Deformationen der grauen Baumstämme auf beiden Seiten oder die anstößigen und monströsen Pilze, die in ihrer fleckigen Blässe im Schatten wuchsen, oder die roten, kränklichen Blumen, die sich in der Sonne zur Schau stellten. Der Bann ihrer Begierde erfüllte die Liebenden; sie waren im Drogenrausch der Leidenschaft; und alles außerhalb ihrer Leiber, ihrer eigenen Herzen, des Pochens ihres trunkenen Blutes, war flüchtiger als ein Traum.

Der Wald wurde dichter, die gekrümmten Äste über ihnen bildeten ein Geflecht mannigfacher Düsternis. Die Augen wilder Tiere spähten mit leuchtend scharlachrotem Glanz oder kaltem, grausamem Beryll aus verborgenen Höhlen; der Modergeruch stehender Gewässer, die unter dem Laub vergangener Herbste erstickten, schlug Adèle und Olivier entgegen und brach den gefährlichen kleinen Zauber, der über sie gekommen war.

Sie verweilten am Ufer eines mit Steinen gesäumten Tümpels, über dem uralte Erlen ihre verdorrten Wipfel erhoben, als wollten sie für alle Zeiten die Pose einer vergessenen Wut beibehalten. Und da, zwischen den untersten Ästen der Erlen, in einem Rahmen frischen Laubs, sahen sie das Gesicht, das sie gierig betrachtete.

Die Erscheinung war unglaublich; den Zeitraum eines langen Atemzugs über konnten sie nicht glauben, daß sie es tatsächlich gesehen hatten. Zwei Hörner in einer verfilzten Masse rauhen, tierähnlichen Haars über einem halb menschlichen Gesicht mit schrägen Schlitzaugen und einem Mund voller Fangzähne in den Eberborsten eines Vollbarts. Das Gesicht war alt, undenklich alt; seine Falten und Runzeln waren die ungezählter Jahre der Lust; das gesamte Antlitz war gezeichnet von der trägen, unablässigen Aufeinanderhäufung aller Bosheit und Korruption und Grausamkeit vergangener Zeitalter. Es war das Gesicht von Pan, wie er aus seinem heimlichen Wald auf Reisende herabsah, die er überrascht hatte.

Adèle und Olivier wurden von alptraumhaftem Entsetzen überkommen, als sie der alten Legenden gedachten. Der Zauber ihrer leidenschaftlichen Besessenheit war gebrochen, die Droge der Begierde lockerte ihren Würgegriff, mit dem sie die Sinne der beiden umfing. Sie sahen das Gesicht wie Menschen, die aus tiefem Schlaf erwachen, und hörten durch das Tosen ihres Blutes den Mißklang eines wilden und bösen und furchteinflößenden Gelächters, als die Erscheinung zwischen den Zweigen verschwand.

Erschauernd warf sich Adèle zum erstenmal in die Arme ihres Geliebten.

»Hast du das gesehen?« flüsterte sie, während sie sich an ihn klammerte.

Olivier zog sie an sich. In dieser köstlichen Nähe schien das gräßliche Ding, das sie gesehen hatten, irgendwie unwahrscheinlich und unwirklich zu sein. Ein zweifacher Zauber mußte am Werk gewesen sein, sein Grauen derart zu beschwichtigen; aber er vermochte nicht zu sagen, ob das Ding eine vorübergehende Halluzination, ein Trugbild der Sonne zwischen den Erlenblättern oder der Dämon gewesen war, der der Legende zufolge in Averoigne hausen sollte, und der Schrecken, den er verspürt hatte, war etwas ohne Sinn oder Grund. Er konnte sogar Dankbarkeit für die Erscheinung empfinden, was immer sie sein mochte, weil sie Adèle in seine Arme gelockt hatte. Er konnte an nichts anderes mehr denken als an die Nähe dieses warmen, verlockenden Mundes, nach dem er sich so lange gesehnt hatte. Er beruhigte sie damit, daß er sich über ihre Angst mokierte und so tat, als könne sie gar nichts gesehen haben; und seine Beschwichtigungen gingen in leidenschaftliche Liebesschwüre über. Er küßte sie ... und sie vergaßen beide die Vision des Satyrs ...

Sie lagen auf einem Flecken goldenen Mooses, auf den die Sonne durch eine einzige Lücke im hohen Laub fiel, als Raoul sie fand. Sie sahen und hörten ihn nicht, wie er verweilte und mit gezücktem Degen vor dem Anblick ihres unzüchtigen Glücks stand.

Er war im Begriff, sich auf sie zu stürzen und beide mit einem einzigen Hieb seines Degens zu durchbohren, wo sie lagen, als etwas Unerwartetes und kaum Denkbares geschah. Mit einer übernatürlichen Schnelligkeit sprang ein braunes, haariges Geschöpf, ein Wesen, weder ganz Mensch noch ganz Tier, sondern eine höllische Kombination von beiden, zwischen den Ästen der Erlen hervor und riß Adèle aus Oliviers Umarmung. Olivier und Raoul sahen es nur einen Augenaufschlag lang, und keiner hätte es hinterher genau beschreiben können. Aber das Gesicht war dasjenige, welches die Liebenden aus dem Unterholz hervor beobachtet hatte, und die zotteligen Beine und der Leib waren die einer Kreatur uralter Legenden. Das Wesen verschwand so unvorstellbar, wie es aufgetaucht war, und trug die Frau auf den Armen davon; ihre Angstschreie wurden von gellendem, diabolischem Gelächter übertönt.

Schreie und Gelächter verhallten in einem entlegenen Winkel im Schweigen des Waldes, und kein weiteres Geräusch folgte. Raoul und Olivier konnten einander nur in vollkommener Fassungslosigkeit ansehen.

Die Drohne

Abraham Merritt

Abraham Merritt (1884–1943) begann seine schriftstellerische Laufbahn als Journalist, wandte sich jedoch bald dem Verfassen eskapistischer Fantasy-Abenteuer zu und wurde zu einem der populärsten Verfasser von Pulp-Literatur in den USA. Von 1949 bis 1950 erschien das eigens nach ihm benannte Abraham Merrit's Fantasy Magazine. The Ship of Ishtar *(1924) kann als Vorläufer der »Heroic Fantasy« (Schwert & Magie) angesehen werden, während* Dwellers in the Mirage *(1932) eine von Henry Rider Haggard beeinflußte »lost race«-Geschichte ist.*

An einem Tisch im Forscher-Club saßen vier Männer – Hewitt, der gerade nach zwei Jahren botanischer Forschungen aus Abessinien zurückgekehrt war; Caranac, der Ethnologe; MacLeod, von Berufung her Dichter und im Beruf der gelehrte Kurator des Asiatischen Museums; Winston, der Archäologe, der mit dem Russen Kosloff die Ruinen von Khara-Kora durchstöbert hatte, jener Stadt der Schwarzen Steine in der Nördlichen Gobi, die einst die Reichshauptstadt des Dschinghis Khan gewesen war.

Das Gespräch hatte sich Werwölfen, Vampiren, Fuchsfrauen und ähnlichen abergläubischen Märchen zugewandt. Anlaß dafür war ein gekabelter Bericht über Maßnahmen gegen die Leoparden-Gesellschaft gewesen, gegen jene mörderischen Fanatiker, die Leopardenfelle anlegten, sich wie ihre Vorbilder auf Baumäste kauerten, von dort aus ihre Opfer ansprangen und ihnen mit stählernen Krallen die Kehlen aufrissen. Ein weiterer Anlaß war der Bericht über einen »Hexenmord« in Pennsylvania; man hatte eine Frau totgeschlagen, weil man dachte, daß sie die Gestalt einer Katze annehmen konnte und üble Zaubersprüche über jene Häuser verhängte, auf deren Dächern sie in Katzengestalt umherschlich.

Caranac sagte: »Es gibt da diesen unermeßlich alten, tiefverwurzelten Glauben, daß ein Mann oder eine Frau die Gestalt eines Tieres annehmen kann, einer Schlange, eines Vogels, sogar die eines Insekts. In alter Zeit glaubte man überall daran, und allerorten gibt es immer noch einige, die daran glauben – Fuchsmänner und Fuchsfrauen in China und Japan, Wolfsmenschen, die Dachsleute und Vogelwesen unserer Indianer. Stets war da diese Idee, daß ein Grenzland zwischen den Bewußtseinswelten von Mensch und Tier existiert – ein Grenzland, in dem Gestalten verändert werden können, der Mensch zum Tier oder das Tier zum Menschen wird.«

MacLeod sagte: »Die Ägypter hatten schon ihre guten Gründe, als sie ihre Gottheiten mit den Köpfen von Vögeln und Bestien und Insekten ausstatteten. Warum stellten sie Khepher, den Ältesten Gott, mit dem Kopf eines Käfers dar? Warum verliehen sie Anubis, dem Psychopompos, dem Führer der Toten, den Kopf eines

Schakals? Oder Thoth, dem Gott der Weisheit, den Kopf eines Ibis, und Horus, dem göttlichen Sohn der Isis und der Osiris, den Kopf eines Falken? Set, dem Gott des Bösen, den eines Krokodils, oder der Göttin Bast den einer Katze? Für all das gab es einen Grund. Doch diesen Grund kann man nur erraten.«

Caranac sagte: »Ich glaube, an dieser Grenzland- oder Grenzlinienidee ist etwas dran. Etwas, mal mehr, mal weniger, von Säugetier, Reptil, Vogel oder Insekt findet sich in jedem. Ich habe Männer gekannt, die wie Ratten aussahen und die Seelen von Ratten besaßen. Ich habe Frauen gekannt, die den Pferden zuzurechnen waren und es in Stimme und Gesicht auch zeigten. Ganz besonders kann man Vogelmenschen erkennen – mit Falkengesichtern, mit Adlergesichtern – räuberisch. Die Eulenmenschen scheinen meistens Männer zu sein, die Zaunkönigmenschen eher Frauen. Ebenso kann man Wolfs- und Schlangentypen unterscheiden. Nehmen wir einmal an, daß einige dieser Art über ein so stark entwickeltes tierisches Element verfügen, daß sie diese Grenzlinie überschreiten können – manchmal gar zu diesen Tieren werden? Da hätten wir dann die Erklärung für den Werwolf, die Schlangenfrau und all die anderen. Was könnte wohl einfacher sein?«

Winston fragte: »Aber das meinen Sie doch nicht ernst, Caranac?«

Caranac lachte. »Halb und halb wohl schon. Ich hatte einmal einen Freund, der diese Tiereigenschaften mit unheimlicher Genauigkeit bei anderen Menschen wahrnehmen konnte. Er sah die Menschen weniger als Menschen denn vielmehr als Tier oder Vogel an, er sah jenes tierische Bewußtsein, das entweder ebenfalls auf dem Thron des menschlichen Bewußtseins oder in unterschiedlichem Maße darüber oder darunter sitzt. Es war keine Gabe, die ihm Freude bereitete. Man konnte ihn mit einem Arzt vergleichen, der die Fähigkeit der visuellen Diagnose so sehr entwickelt hat, daß er Männer und Frauen und Kinder nicht als sie selbst, sondern als Krankheiten sieht. Für gewöhnlich vermochte er diese Fähigkeit zu beherrschen. Aber manchmal (so beschrieb er es mir), wenn er mit der Untergrundbahn fuhr oder in einem Bus saß oder das Theater besuchte – oder eben ein angenehmes Treffen mit einer hübschen Frau hatte –, schien sich eine Art Nebel vor seinen Blick zu schieben, und wenn dieser sich wieder hob, befand er sich unter Ratten und Füchsen, Wölfen und Schlangen, Katzen und Tigern und Vögeln, die alle menschliche Kleidung trugen, aber nichts Menschliches mehr an sich hatten. Dieses klare Bild dauerte immer nur einen Augenblick an – aber dieser Augenblick war zutiefst aufwühlend.«

Winston sagte ungläubig: »Wollen Sie etwa damit andeuten, daß von einem Augenblick zum nächsten die Muskulatur und das Skelett eines Menschen zur Muskulatur und zum Skelett eines Wolfes werden können? Daß die Haut Fell hervorbringt? Oder, im Fall Ihrer Vogelmenschen, Federn? Flügel und jene besonderen Muskeln, die zu ihrer Nutzung notwendig sind? Daß Reißzähne wachsen ... und daß aus Nasen Rüssel werden ...«

Caranac feixte. »Nein, ich meinte nichts dergleichen. Allerdings will ich schon nahelegen, daß unter bestimmten Bedingungen der tierhafte Teil der menschlichen Natur den rein menschlichen Teil in einem solchen Grade zu überlagern vermag, daß ein entsprechend empfindsamer Beobachter glaubt, eben jenes Geschöpf zu sehen, das dem jeweiligen Typus zugehörig ist. Gerade so wie im Falle meines Freundes, dessen ähnlich gelagerte Empfindsamkeit ich eben beschrieben habe.«

In spöttischer Bewunderung hob Winston die Hände gen Himmel. »Ah, endlich hat die moderne Wissenschaft eine Erklärung für Circe! Circe, die Zauberin, die Männern einen Trank reichte, der sie in wilde Tiere verwandelte. Ihr Trank verstärkte die tierischen oder sonstigen Eigenschaften der Seele in ihnen, so daß Augen und Gehirne von Beobachtern nicht länger die menschliche Gestalt wahrnahmen. Ich stimme Ihnen zu, Caranac – was könnte in der Tat einfacher sein? Wobei ich das Wort ›einfach‹ nicht ganz in der gleichen Bedeutung verwende, wie Sie es taten.«

Caranac gab erheitert zur Antwort: »Dennoch, warum nicht? In den Geschichten gehen Tränke der einen oder anderen Art, Riten der einen oder anderen Art mit eben diesen Verwandlungen einher. Ich habe Tränke und Drogen gesehen, die so ziemlich das gleiche bewirkten, und das ohne jede Magie oder Zauberei – das ging fast bis an den Bereich der visuellen Sinnestäuschung heran.«

»Aber –«, brauste Winston auf.

Hewitt fiel ihm ins Wort. »Wenn der Anwalt der Gegenseite mal freundlicherweise die Klappe halten könnte, um die Aussage eines Experten anzuhören. Caranac, ich bin Ihnen dankbar. Sie haben mir den Mut gegeben, von etwas zu berichten, das ich um nichts in Gottes weiter Welt erzählen würde, wenn ich nicht gehört hätte, was Sie gerade sagten. Ich weiß nicht, ob Sie recht haben oder nicht, aber, Mann – Sie haben mir eine Last von den Schultern genommen, die da seit Monaten kauert! Die Sache passierte etwa vier Monate vor meiner Abreise aus Abessinien. Ich war auf dem Rückweg nach Addis Abeba. Meine Träger und ich durchquerten den Dschungel im Westen. Wir erreichten ein Dorf und schlugen dort unser Lager auf. In dieser Nacht kam mein Vormann zu mir. Seine Nerven waren zerrüttet. Er flehte mich an, daß wir bei Morgengrauen den Ort verlassen sollten. Eigentlich wollte ich einen oder zwei Tage Rast einlegen und fragte nach dem Warum. Er sagte, daß in diesem Dorf ein Priester wohne, der ein mächtiger Zauberer sei. In den Vollmondnächten verwandelte sich der Priester in eine Hyäne und ging auf die Jagd. Nach Menschenfleisch: So raunte der Vormann. Die Dorfbewohner befanden sich in Sicherheit, weil sie unter seinem Schutz standen. Aber Außenseiter waren nicht sicher. Und die kommende Nacht war die erste Vollmondnacht. Die Männer hatten Angst. Würde ich am Morgen aufbrechen?

Ich lachte ihn nicht aus. Den Glauben des Buschlandes herabzusetzen bringt einen nirgendwohin. Ich hörte ihm ernsthaft zu und versicherte ihm dann, daß mein Zauber größer sei als der des Hexers. Er war damit nicht zufrieden, aber er hielt den Mund. Am folgenden Tag suchte ich den Priester auf. Als ich ihn schließlich ausfindig machte, glaubte ich zu wissen, wie er dieses hübsche Märchen in Gang gebracht hatte und warum die Eingeborenen es ihm immer noch abnahmen. Wenn je ein Mensch wie eine Hyäne ausgesehen hatte, dann war er es. Außerdem hing über seinen Schultern das Fell des größten Hyänenbiestes, das ich je gesehen hatte, und sein Kopf grinste mich über seinem Schädel an. Man konnte kaum seine Zähne und die des Tieres auseinanderhalten. Ich vermutete, daß er sich die Zähne spitzgefeilt hatte, damit sie dazu paßten. Und er stank wie eine Hyäne. Da dreht sich mir jetzt noch der Magen um. Das lag natürlich an dem Fell – oder jedenfalls dachte ich das.

Nun, ich hockte mich also vor ihn hin, und wir sahen uns eine Zeitlang an. Er sagte nichts, und je länger ich ihn ansah, desto weniger wirkte er wie ein Mensch und mehr wie das Biest auf seinen Schultern. Es gefiel mir nicht – ich sage ganz ehrlich, daß es mir nicht gefiel. Irgendwie ging es mir unter die Haut. Ich gab schließlich nach. Ich stand auf und klopfte auf mein Gewehr. Ich sagte: ›Ich kann Hyänen nicht leiden. Du verstehst mich.‹ Und wieder klopfte ich auf das Gewehr. Falls er daran dachte, meinen Männern mit irgendeiner Art Hokuspokus noch mehr Angst einzujagen, wollte ich diese Idee schon im Keim ersticken. Er gab keine Antwort, sondern sah mich nur weiter an. Ich ging.

Die Männer waren den ganzen Tag ziemlich unruhig, und als die Nacht hereinbrach, wurde es noch schlimmer mit ihnen. Mir fiel auf, daß sich nicht das fröhliche Dämmerungstreiben einstellte, das sonst in Eingeborenendörfern herrscht. Die Menschen zogen sich schon früh in die Hütten zurück. Eine halbe Stunde nach Einbruch der Nacht wirkte das Dorf wie verlassen. Mein Lager befand sich auf einer Lichtung innerhalb der Einfriedung. Meine Träger kauerten sich dicht um das Feuer zusammen. Ich saß auf einem Kistenstapel, von dem aus ich die gesamte Lichtung überblicken konnte. Ein Gewehr lag auf meinen Knien, ein weiteres lehnte neben mir. Ob es die Angst war, die wie ein Odem von den Männern um das Feuer zu mir herüberkroch, oder ob es die sonderbare Vorstellung war, die mich überkommen hatte, als ich vor dem Priester auf dem Boden hockte: daß ein Mensch die Gestalt eines Tieres annehmen konnte, das weiß ich nicht – aber trotzdem fühlte ich mich ausgesprochen unbehaglich. Neben mir kauerte der Vormann, in der Hand hielt er ein langes Messer umklammert.

Nach einer Weile stieg der Mond hinter den Bäumen auf und beleuchtete die Lichtung. Dann sah ich plötzlich am Waldrand, keine hundert Fuß von mir entfernt, den Priester. Sein plötzliches Auftauchen hatte etwas Entnervendes. Zuerst war da nichts – und dann war er da. Das Mondlicht fing sich in den Zähnen der Hyäne und in seinen. Von dem Fell einmal abgesehen war er splitterfasernackt, und seine Zähne schimmerten wie eingeölt. Ich spürte, wie der Vormann neben mir zitterte wie ein verängstigter Hund, und ich hörte seine Zähne klappern.

Und dann war da ganz plötzlich ein Nebel – das war es, was mich an dem Bericht von Ihrem sensitiven Freund so sehr bis ins Mark getroffen hatte, Caranac. Rasch hob dieser Nebel sich wieder, und der Priester war nicht mehr da. Aber an seiner Stelle stand nun eine riesige Hyäne wie ein Mensch auf den Hinterbeinen – und sie sah mich an. Ich konnte den haarigen Körper sehen. Sie hatte die Vorderbeine über der zottigen Brust wie zum Gebet gekreuzt. Und ihre Witterung wehte dick zu mir herüber. Ich griff nicht nach meinem Gewehr – ich dachte nicht einmal daran, mein Verstand war in einer ungläubigen Faszination gefangen.

Das Tier öffnete die Schnauze. Es grinste mich an. Dann ging es – gehen ist genau der richtige Ausdruck dafür –, es ging also sechs Schritte, ließ sich auf alle viere nieder, trabte gemächlich in den Busch und verschwand.

Ich schaffte es, seinen Bann von mir abzuschütteln, griff mir die Taschenlampe und mein Gewehr und ging zu der Stelle, an der ich die Bestie gesehen hatte. Der Boden war weich und feucht. Da waren Spuren von den Händen und Füßen eines Menschen. Als ob der Mensch auf allen vieren aus dem Busch gekrochen wäre. Zwei Fußabdrücke lagen dicht beieinander, als ob er aufrecht gestanden hätte. Und dann – dann waren da noch die Abdrücke von Hyänenpfoten.

Sechs davon in gleichem Abstand, als ob das Tier sechs Schritte auf den Hinterbeinen gelaufen sei. Und danach war da nur noch die Fährte einer Hyäne mit ihrem unverwechselbaren seitlichen Gang auf allen vieren. Menschenfährten waren dort keine mehr – auch nicht von der Stelle, an der der Priester gestanden hatte.«

Hewitt hielt inne. Winston fragte: »Und ist das alles?«

Hewitt fuhr fort, als ob er ihn nicht gehört hätte: »Nun, Caranac, würden Sie sagen, daß die Tierseele in dem Priester eine Hyäne war? Und daß ich diese Tierseele gesehen habe? Oder daß er mir, als ich am Nachmittag bei ihm gesessen hatte, die Suggestion eingegeben hatte, daß ich an einem solchen Ort ihn als Hyäne sehen würde? Und daß ich dies auch tat?«

Caranac antwortete: »Beides wäre eine Erklärung. Ich richte mich lieber nach der ersten.«

Hewitt fragte: »Wie erklären Sie dann die Verwandlung der menschlichen Fußabdrücke in die der Bestie?«

Winston fragte: »Hat außer Ihnen sonst noch jemand diese Fährten gesehen?«

Hewitt sagte: »Nein. Aus einleuchtenden Gründen hatte ich sie dem Vormann nicht gezeigt.«

Winston sagte: »Dann halte ich es eher mit der Hypnosetheorie. Die Fußabdrücke waren Teil derselben Sinnestäuschung.«

Hewitt sagte: »Sie fragten, ob das alles gewesen sei. Nun, das war nicht alles. Als der Morgen heranbrach und die Männer durchgezählt wurden, fehlte einer. Wir entdeckten ihn – seine Überreste – eine Viertelmeile weit im Busch. Ein Tier war in das Lager eingedrungen – hatte ihm fein säuberlich die Gurgel zerdrückt und ihn davongeschleppt, ohne daß jemand wach wurde. Ohne daß ich es überhaupt bemerkt hätte – und ich hatte nicht geschlafen. Um die Leiche fanden wir die Fährte einer ungewöhnlich großen Hyäne. Zweifellos hatte sie ihn getötet und teilweise aufgefressen.«

»Zufall«, brummte Winston.

»Wir folgten der Spur des Tieres«, fuhr Hewitt fort. »Wir entdeckten einen Teich, an dem es getrunken hatte. Wir folgten der Spur bis zum Rand des Teiches. Aber –«

Er zögerte. Winston fragte ungeduldig: »Aber –?«

»Aber wir fanden keine Spuren, die davon wegführten. Da waren Spuren von nackten Menschenfüßen, die zurückgingen. Aber keine Spuren von Menschenfüßen, die zum Teich hinführten. Außerdem waren die Fußabdrücke von genau der gleichen Art wie die, die in der Fährte der Hyäne am Rand der Lichtung geendet hatten. Das weiß ich, weil bei beiden der linke große Zeh fehlte.«

Caranac fragte: »Und was taten Sie dann?«

»Nichts. Wir packten unsere Sachen und verschwanden. Der Vormann und die anderen hatten die Spuren gesehen. Danach gab es für sie kein Halten mehr. Ihre Hypnoseidee ist also hier nicht stichhaltig, Winston. Ich bezweifle, daß mehr als ein halbes Dutzend den Priester gesehen hatte. Aber sie sahen alle die Spuren.«

»Massenhalluzination. Falsche Beobachtungen. Ein Dutzend vernünftige Erklärungen«, sagte Winston.

MacLeod erhob das Wort. Die präzise Diktion des geachteten Kurators verschwand unter dem gälischen Singsang und den Redewendungen, die immer dann zu Tage traten, wenn ihn etwas zutiefst bewegte.

»Und ist das so, Martin Hewitt? Nun, dann werde ich Ihnen auch mal eine Geschichte erzählen. Etwas, das ich mit meinen eigenen Augen gesehen habe. Ich halte es mit Ihrer Ansicht, Alan Caranac, aber ich gehe noch weiter. Sie sagen, daß das Bewußtsein eines Menschen das Gehirn mit einem anderen Bewußtsein teilt – eines Tieres oder eines Vogels oder sonst etwas. Ich sage, daß vielleicht alles Leben eins ist. Eine einzige Kraft, aber eine denkende und bewußte Kraft, von der die Bäume, die Tiere, die Blumen, Bazillen und Menschen und alles andere, das lebt, Teile sind, so wie die Milliarden lebendiger Zellen in einem Menschen Teile von ihm sind. Und daß unter bestimmten Bedingungen diese Teile vielleicht untereinander austauschbar sind. Und dies ist vielleicht auch die Quelle für die uralten Geschichten von den Dryaden und den Nymphen, von den Harpyien und den Werwölfen und den anderen ihrer Art.

Nun hört mir gut zu. Meine Leute kamen von den Hebriden, wo man mehr über bestimmte Dinge weiß, als Bücher einem beibringen können. Als ich achtzehn war, ging ich an ein kleines College im Mittelwesten. Mein Zimmergenosse war ein Junge namens – na, ich werde ihn mal Ferguson nennen. Da gab es einen Professor, der Ideen hatte, die man da draußen nicht zu finden erwartet.

›Sagt mir, wie sich ein Fuchs fühlt, der von der Meute gehetzt wird‹, sagte er zum Beispiel. ›Oder der Hase, der vom Fuchs beschlichen wird. Oder gebt mir die Gartenansicht eines Wurmes. Geht aus euch heraus. Vorstellungskraft ist die größte Gabe der Götter an uns‹, sagte er, ›und sie ist auch ihr größter Fluch. Aber sei sie Segen oder Fluch, es ist gut, wenn man sie hat. Reicht mit eurem Bewußtsein hinaus, und schreibt mir auf, was ihr seht oder fühlt.‹

Ferguson nahm den Auftrag in Angriff wie eine Fliege den Zuckerklecks. Das, was er schrieb, war nicht von der Art, als ob ein Mensch von Fuchs oder Hase oder Falke spricht – es *waren* Fuchs und Hase und Falke, die mittels eines Menschen Hand zu uns sprachen. Er beschrieb nicht nur die Gefühle dieser Geschöpfe, sondern auch, was sie sahen und hörten und rochen und wie sie es sahen und hörten und rochen. Und was sie – dachten.

Die Klasse lachte darüber oder war wie in Bann geschlagen. Aber der Professor lachte nicht. Oh nein. Nach einiger Zeit machte er ein besorgtes Gesicht, und er führte unter vier Augen lange Gespräche mit Ferguson. Und ich sagte zu ihm: ›In Gottes Namen, Ferg, wie machst du das bloß? Du läßt es so verdammt wirklich erscheinen.‹

›Es ist wirklich‹, sagte er zu mir. ›Ich jage mit den Hunden, und ich renne mit dem Hasen. Ich richte meinen Geist auf ein Tier, und nach einer Weile werde ich mit ihm eins. Bin in ihm. Im wahrsten Sinne des Wortes. Als ob ich aus mir selbst herausgehe. Und wenn ich wieder zu mir zurückkehre – dann erinnere ich mich daran.‹

›Jetzt sag mir nicht, daß du glaubst, du kannst dich in ein Tier verwandeln!‹ sagte ich. Er zögerte. ›Nicht körperlich‹, antwortete er schließlich. ›Aber ich weiß, daß mein Verstand ... meine Seele ... mein Geist ... wie auch immer du es nennen willst – es muß.‹

Weiter sprach er nicht darüber. Und ich wußte, daß er mir nicht alles gesagt hatte, was er wußte. Und plötzlich stellte der Professor diese eigenartigen Tätigkeiten ohne irgendeine Erklärung ein. Einige Wochen später verließ ich das College.

Das war vor über dreißig Jahren. Vor etwa zehn Jahren saß ich gerade in meinem Büro, als meine Sekretärin mir sagte, daß ein Mann namens Ferguson mich sprechen wollte; er sagte, daß er ein alter Schulfreund sei. Ich wußte sofort wieder, wer er war, und bat ihn herein. Als er eintrat, mußte ich zweimal hinsehen. Der Ferguson, den ich gekannt hatte, war ein schlanker drahtiger, dunkelhaariger Bursche mit Kurzhaarschnitt und energischem Kinn gewesen. Dieser Mann war nichts dergleichen. Seine Haare hatten eine eigenartig goldene Färbung und waren außerordentlich dünn – fast wie ein dünner Pelz. Sein Gesicht war oval und flach mit fliehendem Kinn. Er trug eine Brille mit übergroßen dunklen Gläsern, die an ein Paar Fliegenaugen unter einem Mikroskop denken ließen. Oder an die einer Biene – dachte ich plötzlich. Doch ich erschrak wirklich erst dann, als ich seine Hand ergriff. Sie fühlte sich weniger wie die Hand eines Menschen denn wie der Fuß eines Insekts an, und als ich einen Blick darauf warf, sah ich, daß sie ebenfalls mit diesem feinen goldenen Haarflaum bedeckt war. Er sagte:

›Hallo, McLeod, ich fürchtete schon, daß du nicht mehr wüßtest, wer ich bin.‹

Es war Fergusons Stimme, wie ich mich an sie erinnerte, und dennoch war sie es nicht. Ein sonderbares gedämpftes Summen und Surren lag darunter.

Aber es war schon der echte Ferguson. Das bewies er recht rasch. Er sprach mehr als ich, weil mich die sonderbare unmenschliche Eigenschaft seiner Stimme irgendwie verstörte, und ich konnte kaum meinen Blick von seinen Händen mit dem gelben Flaum oder seinen bebrillten Augen und dem feinen gelben Haar wenden. Offenbar hatte er sich eine Farm drüben in New Jersey gekauft. Nicht so sehr zu Zwecken der Landwirtschaft, sondern für seine Imkerei. Er hatte sich der Bienenzucht zugewandt. Er sagte: ›Ich habe alle Arten von Tieren durchprobiert. Tatsächlich habe ich es mit mehr als nur mit Säugetieren versucht. Weißt du, Mac –

Mensch zu sein bringt nichts. Nichts außer Kummer. Und die Säugetiere sind auch nicht so glücklich. Also konzentriere ich mich derzeit auf die Biene. Eine Drohne, Mac. Ein kurzes Leben, aber ein außerordentlich fröhliches.‹

Ich sagte: ›Wovon zur Hölle redest du eigentlich?‹

Er stieß ein summendes dröhnendes Gelächter aus. ›Das weißt du doch verdammt genau. Du warst immer an meinen kleinen Ausflügen interessiert. Auf intelligente Weise interessiert. Damals hatte ich dir nicht den hundertsten Teil der ganzen Wahrheit erzählt. Aber komm am nächsten Mittwoch vorbei, und sieh es selbst, und vielleicht wird deine Neugier dann befriedigt. Ich denke, du wirst feststellen, daß es sich für dich lohnen wird.‹

Nun, das Gespräch ging dann noch eine Weile weiter, und dann ging er. Er hatte mir peinlich genaue Anweisungen gegeben, wie ich zu seinem Haus kommen würde. Als er zur Tür ging, hatte ich den vollkommen irrwitzigen Eindruck, daß ihn ein Summen und Brummen wie von einem gewaltigen gedämpften Dudelsack umgab.

Natürlich war meine Neugier oder auch etwas anderes Tieferliegendes auf das Äußerste erregt. An dem besagten Mittwoch fuhr ich zu seinem Anwesen hinaus. Ein hübscher Ort – lauter Blumen und blühende Bäume. In einem weiten Obstgarten waren ein paar hundert Bienenkörbe aufgestellt. Ferguson kam mir entgegen. Er sah noch flaumiger und gelber aus als bei unserer letzten Begegnung. Das Brummen und Summen seiner Stimme schien sich außerdem noch verstärkt zu haben. Er führte mich in sein Haus. Ein reichlich sonderbarer Ort. Es bestand aus einem einzigen hohen Raum, und bei sämtlichen Fenstern waren die Läden vorgelegt worden – bis auf eines. Ein schwaches weiß-goldenes Licht schien hindurch. Sein Flügel war auch nicht von der gewöhnlichen Art, sondern eher niedrig und breit. Plötzlich fiel mir ein, daß dies wie das Innere eines Bienenstocks aussah. Das freie Fenster sah auf die Bienenstöcke hinaus. Es war mit einem Gazestreifen verhängt.

Er brachte mir etwas zu essen und zu trinken – Honig und Honigmet, Honigkuchen und Obst. Er sagte: ›Ich esse kein Fleisch.‹

Dann begann er zu erzählen. Vom Leben einer Biene. Von der schieren Glückseligkeit einer Drohne, die durch das Sonnenlicht flitzt, nach Belieben aus Blumen schleckt, von ihren Schwestern gefüttert wird, aus den Honigtöpfen im Stock trinkt ... frei und sorglos, und ihre Tage und Nächte nur eine sanfte Aneinanderreihung verzückter Sekunden ...

›Und wen schert es schon, wenn du zum Schluß getötet wirst?‹ sagte er. ›Du hast dann gelebt – jeden Sekundenbruchteil dieser Zeit gelebt. Und dann die Verzückung des Hochzeitsfluges. Drohne um Drohne rast durch die Luft auf der Spur der Jungfrau! Stärker und stärker durchpulst dich das Leben mit jedem Flügelschlag! Und schließlich ... die Ekstase ... die flammende Ekstase des feurigen innersten Kerns des Lebens ... die den Tod betrügt. Wohl streckt dich der Tod hernieder, wenn du die Spitze der Flamme erreicht hast ... aber sein Streich kommt zu spät. Du stirbst – aber was schert es dich? Du hast den Tod betrogen. Du weißt nicht, daß dich der Tod niederstreckt. Du stirbst im Herzen der Ekstase ...‹

Er hielt inne. Von draußen erklang ein fernes stetes Dröhnen, das immer lauter wurde. Das Schlagen Tausender und Abertausender Bienenflügel ... das Brummen Hunderttausender kleiner Flugzeuge ...

Ferguson sprang zum Fenster.

›Die Schwärme! Die Schwärme!‹ schrie er. Ein Beben durchfuhr ihn, noch eins und noch eins – schneller und immer schneller – es wurde zu einem Rhythmus, der immer schneller pulsierte. Seine ausgestreckten Arme bebten ... und schlugen dann immer schneller auf und ab, bis sie wie die Flügel eines Kolibris verschwammen ... wie die Flügel einer Biene. Ich hörte seine Stimme ... wie sie summte und brummte ... ›Und morgen fliegen die Jungfrauen ... auf den Hochzeitsflug ... ich muß dabeisein ... muß ... mußßß ... mssssb ... bsss ... bssssss ... sssmmmmm ...‹

Einen Augenblick lang war es kein Mensch mehr, der da am Fenster stand. O nein! Nur eine große Drohne, die summte und brummte ... die den Gazevorhang durchbrechen wollte... frei sein wollte ...

Und dann neigte sich Ferguson nach hinten. Er stürzte zu Boden. Die dicken Gläser wurden beim Aufprall davongeschleudert. Zwei riesige schwarze Augen, keines Menschen Augen, sondern die vielfach unterteilten Augen einer Biene, starrten mich an.

Ich neigte mich zu ihm herunter, immer näher, ich horchte nach seinem Herzschlag. Da war nichts. Er war tot.

Dann öffnete sich langsam, so langsam der tote Mund. Zwischen den Lippen schob sich der suchende Kopf einer Drohne hervor ... ihre Fühler zitterten ... die Augen sahen mich an. Sie kroch zwischen den Lippen hervor. Eine hübsche Drohne ... eine starke Drohne. Sie ruhte sich einen Atemzug lang auf den Lippen aus, dann begannen die Flügel zu schlagen ... schneller, immer schneller ...

Sie stieg von Fergusons Lippen auf und umkreiste einmal, zweimal, dreimal meinen Kopf. Sie huschte zum Fenster und klammerte sich an der Gaze fest, summte, schlug mit den Flügeln dagegen.

Auf dem Tisch lag ein Messer. Ich nahm es auf und zerfetzte den Vorhang. Die Drohne huschte hinaus – und war verschwunden – Ich wandte mich um und sah zu Ferguson herunter. Seine Augen starrten mich an. Tote Augen. Aber nicht länger mehr schwarz ... blau, wie ich sie von früher her kannte, und menschlich. Sein Haar war nicht mehr der weiche goldene Bienenflaum – es war so schwarz wie damals, als ich ihm das erste Mal begegnet war. Und die Hände waren weiß und sehnig und – unbehaart.«

Die Suche nach dem Sternenstein:

C. L. MOORE & HENRY KUTTNER

C. L. Moore (1911–1987) erlangte bereits mit Veröffentlichung ihrer ersten Story, »Shambleau« (1933), schlagartig Berühmtheit. Die Geschichte bildet den Auftakt einer Reihe von Storys um den Protagonisten Northwest Smith, die der Science Fantasy zuzuordnen sind. Eine zweite bedeutende Serie aus ihrer Feder sind die Abenteuer der Amazone Jirel von Joiry (ein Auswahlband erschien in Deutsch unter dem Titel Jirel, die Amazone *(1973). 1940 heiratete sie den SF/Fantasy-Autor Henry Kuttner (1915–1958) und verfaßte in der Folge eine Vielzahl Geschichten in Zusammenarbeit mit ihm. Wie Moore gehörte auch Kuttner zu den Stammautoren des Magazins* Weird Tales. *Die nachfolgende Geschichte führt die beiden klassischen Helden Moores, Northwest Smith und Jirel, erstmals zusammen.*

Jirel von Joiry prescht heran mit ihren gesetzlosen Mannen,
Und allüberall herrscht nur Zagen und Bangen;
Des Zauberers Truhen sind mit Schätzen voll, bewacht von seiner Gier,
Und Jirel sagt: »Wenn er so viel hat, dann soll er doch teilen mit mir!«
Und die Flammen züngeln am Altar empor und wollen ihr die Schätze verwehren,
Und ein mächtiger Zauber allüberall widersetzt sich ihrem wilden Begehren.
Doch der Zauber hält nicht stand gegen Joirys stählerne Klingen:
Die Übermacht des Schwertes kann den Schatz der Schätze erringen;
Doch der Zauberer preßt einen letzten Fluch hervor.
Grausamste Rache zu üben für das, was er verlor!

Die nietenbeschlagene Eichentür flog krachend auf, zersplitterte unter den unerbittlichen Stößen der Speerschäfte, deren donnernde Echos noch immer von den Wänden der winzigen steinernen Kammer widerhallten, die hinter der zertrümmerten Tür zum Vorschein kam. Jirel, die verruchte Kriegsherrin von Joiry, sprang über die hölzernen Trümmer herein und schüttelte sich grinsend das rote Haar aus ihrer Stirn, ihre beiden Hände fest um ihr zweischneidiges Schwert geklammert. Doch was sie dort in der Kammer sah, ließ sie abrupt innehalten. Die in Kettenpanzer gekleideten Männer hinter ihr drängten um sie herum durch den zerstörten Eingang wie eine Woge aus bläulich schimmerndem Stahl und blieben dann ebenfalls starrend stehen.

Denn Franga der Zauberer kniete in seiner Kapelle, und Franga auf den Knien zu sehen war so, als würde man den Teufel ein Vaterunser aufsagen sehen. Doch es war kein geheiligter Altar, vor dem der Hexenmeister kauerte. Der mächtige Koloß aus schwarzem Stein ragte drohend in der winzigen, kahlen Kammer auf, die noch immer vom Lärm des Schlachtgetümmels widerhallte, und in dem kurzen Augenblick zwischen dem Zersplittern der Tür und Jirels ungestümem Eindringen hatte Franga in seiner Verzweiflung versucht – was hatte er versucht?

Seine knochigen Schultern unter der kostbaren schwarzen Robe hoben sich in hektischer Bewegung, während er an den kleinen Jettsteinen nestelte, die den Altarsockel rundherum zierten. Plötzlich tat sich eine Öffnung in der Seite des Altars auf. Doch im selben Moment bemerkte der Zauberer, daß der Feind bereits auf Schwerteslänge herangekommen war, und er wirbelte herum und kauerte sich angespannt wie ein wildes Tier zusammen. Ein kaltes, überirdisches Licht schien gleißend aus der Öffnung im Altar.

»Da hast du ihn also versteckt!« sagte Jirel gefährlich sanft.

Franga fauchte sie über seine Schulter hinweg an, seine bleichen Lippen gebleckt, so daß man seine gelben Zähne sehen konnte. Er hatte körperliche Angst vor ihr, und diese Angst lähmte ihn. Jirel sah ihn zögern, offenkundig hin- und hergerissen zwischen seinem Verlangen, den im Altar verborgenen Schatz in Sicherheit zu bringen, und seiner panischen Furcht vor ihrem Schwert, von dem Blut auf den Steinboden tropfte.

Jirel setzte seiner Unentschlossenheit ein Ende.

»Du schwarzer Teufel!« donnerte sie und stürzte sich blitzschnell auf ihn, so daß die triefende Klinge pfeifend die Luft zerschnitt.

Franga stieß einen heiseren Schrei aus und warf sich unter dem herabsausenden Schwert zur Seite. Die Klinge traf mit solcher Wucht auf den Altar, daß Jirels Arm einen Augenblick lang wie betäubt war, und während sie einen erstickten Laut des Schmerzes und des Zorns ausstieß, huschte der Zauberer gebückt in eine Ecke, wobei seine lange Robe ihn seltsam mißgestaltet anmuten ließ. Jirel setzte ihm sogleich nach. Sie rieb sich ihren betäubten Arm, doch ihr Schwert hielt sie dennoch fest umklammert in ihrer Hand, und in ihren gelben Augen loderte noch immer Mordlust.

Der Hexenmeister preßte sich gegen die Wand und streckte seine dürren Arme aus.

»*Werhi-yu-io!*« schrie er verzweifelt. »*Werhi! Werhi-yu!*«

»Was für ein teuflisches Kauderwelsch soll das sein, du Hund?« wütete Jirel. »Ich werde dich –«

Jirels Stimme erstarb abrupt, ohne daß sich ihre roten Lippen schlossen. Sie starrte auf die Wand hinter dem Zauberer, und ein fast ehrfürchtiger Blick verdrängte für einen Moment die Blutgier in ihren Augen. Denn über die Ecke, in der Franga kauerte, hatte sich ein Schatten gelegt, so wie man einen Vorhang zuzieht.

»*Werhi!*« schrie der Zauberer abermals mit brüchiger, gepreßter Stimme und – wie hatte sie zuvor jene Tür übersehen können, die er nun rücklings aufstieß, so daß man die Finsternis dahinter ausmachen konnte? Das war schwarze Magie, Teufelswerk.

Jirel starrte verwirrt auf die Tür und ließ ihr Schwert sinken. Unwillkürlich hob sie ihre freie Hand an ihre Brust und schlug dort das kirchliche Zeichen zum Schutz gegen das Böse. Die Tür knarrte leise, dann schwang sie weit auf. Die pechschwarze Finsternis dahinter war ebenso blendend wie gleißendes Licht – eine Dunkelheit, die Jirel blinzeln ließ und sie zwang, ihre Augen abzuwenden. Sie erhaschte einen letzten Blick auf Frangas hageres, bleiches Gesicht, jene grinsende, verzerrte Maske des blanken Hasses. Dann schloß sich die Tür auch schon knarrend.

Das Geräusch riß Jirel aus der Trance, in die sie versunken war. Zorn wallte in ihr hoch und spülte jegliche Ehrfurcht fort. Mit einem erstickten Fluch auf den Lippen sprang sie auf die Tür zu. Sie holte mit ihrem Schwert aus und wappnete sich gegen das urgewaltige Zusammentreffen von Metall und Holz, wenn die mächtige Klinge die Eichenpaneele zerteilen würde, die so geheimnisvoll von dem gespenstischen Schatten in jener Ecke verborgen wurden.

Die Klinge traf erzitternd auf unnachgiebigen Stein. Zum zweiten Mal vibrierte die Wucht des Zusammenpralls von Stahl und Felsgestein unerbittlich durch die Klinge und schoß wie ein loderndes Feuer bis in Jirels Schultern hinauf. Die Tür war spurlos verschwunden. Jirels taube Hände ließen das Schwert fallen, und sie wich taumelnd aus der leeren Ecke zurück, schluchzend vor Zorn und Schmerz.

»M-memme!« schleuderte sie dem stummen Stein entgegen. »V-verkriech dich in deinem Loch, du feiger Teufel, und schau zu, wie ich mir den Sternenstein nehme!« Sie wirbelte zum Altar herum.

Ihre Männer standen dicht zusammengedrängt auf der Schwelle der eingeschlagenen Tür, und nur ihre noch von dem Zauberschauspiel benommenen Augen folgten Jirel mit einer Mischung aus Faszination und Furcht.

»Ihr weibischen Hunde!« keifte sie die Männer über ihre Schulter hinweg an, während sie sich auf dieselbe Stelle kniete, auf der der Zauberer gekauert hatte. »Sagte ich weibisch? Ha! Solche Schmeichelei verdient ihr nicht! Muß ich denn alles alleine machen? Dann seht nur her – hier ist er!«

Sie reckte ihre Hände in die Öffnung im Altar, aus der jenes fahle, überirdische Licht schien, stieß unwillkürlich einen erstickten Laut aus und holte dann etwas heraus, das wie ein Block aus loderndem Feuer anmutete.

Sie hielt ihn in ihren bloßen Händen, während sie dort kniete, und mehrere Minuten lang rührte sich keiner. Der Sternenstein war fahl, erfüllt von einem kalten, überirdischen Feuer, facettenreich, doch nicht funkelnd. Er erinnerte Jirel an das Zwielicht über dem Meer, wenn das Land sich verdunkelt und die spiegelglatte Wasseroberfläche das schimmernde Licht des Meeres und des Himmels einfängt. Just so fing auch dieser erhabene Stein das Licht der Kapelle in seiner fahlen Oberfläche ein, so daß die Kammer noch dunkler schien, und reflektierte es dann als jenes kalte, stete Gleißen.

Jirel hielt sich den Stein dicht vor ihr Gesicht und spähte in seine durchscheinenden Tiefen. Sie konnte verzerrt ihre eigenen Finger sehen, die den Edelstein hielten, so als würde sie durch Wasser schauen – und doch war da Bewegung zwischen ihrer Hand und der Oberfläche des Juwels. Es war, als würde man in ein Gewässer schauen, in dessen Tiefen sich ein Schatten regte – ein lebendiger Schatten –, eine rastlose Gestalt, die gegen die einkerkernden Wände schlug und ein Flackern durch das kalte, blauweiße Gleißen des Lichts hindurch entsandte. Es war …

Nein, es war der Sternenstein, mehr nicht. Aber den Sternenstein zu besitzen! Ihn endlich in ihren Händen zu halten, nach Wochen der Belagerung, Wochen des verzweifelten Kämpfens! Es war der Sieg selbst, den sie hier in ihrer Hand hielt. Unwillkürlich schnürte ihr ekstatisches Gelächter die Kehle zu, während sie aufsprang und den erhabenen Edelstein triumphierend der leeren Ecke entgegenreckte, durch deren Wand der Hexenmeister entschwunden war.

»Ha, schau nur her!« schrie sie den stummen Stein an. »Sohn eines Dämons, schau her! Das Glück des Sternensteins ist nun mein, jetzt, da ein besserer Mann ihn dir entrissen hat! Bekenne, daß Joiry dich geschlagen hat, du heimtückischer Teufel! Wagst du es, deine Fratze zu zeigen? Wagst du es?«

Abermals legte sich wie aus dem Nichts der Schatten über jene leere Ecke. Aus der plötzlichen Dunkelheit drang das Knarren von Türangeln, dann tönte die wuterstickte Stimme des Zauberers:

»Bels Fluch soll dich holen, Joiry! Glaube ja nicht, daß du mich besiegt hättest! Ich werde ihn mir zurückholen, und wenn ich ... wenn ich ...«

»Wenn du was? Denkst du, ich würde mich vor dir fürchten, du verruchter Hexer? Wenn du was?«

»Mich magst du vielleicht nicht fürchten, Joiry«, erwiderte die vor Zorn bebende Stimme des Zauberers, »aber bei Set und Bubastis, ich werde schon jemanden finden, der dich zähmt, und wenn ich bis an das Ende von Raum und Zeit gehen muß, um ihn zu finden! Und dann – hab nur acht!«

»Hol ihn nur, deinen Recken!« Jirels Gelächter troff von Hohn. »Durchforste die Hölle, und hol den obersten aller Teufel herbei! Ich werde ihm den Kopf von den Schultern schlagen, mit einem einzigen Hieb meines Schwertes, so wie ich dir auch deinen abgeschlagen hätte, wenn du nicht geflohen wärst.«

Doch die einzige Antwort war das Knarren einer sich schließenden Tür in den Tiefen jenes Schattens. Und dann verblaßte der Schatten wieder, und abermals starrten sie nur die kahlen, stummen Steinwände an.

Mit dem Sternenstein in der Hand, der – wie die Legende besagte – seinem Besitzer Glück und Reichtum jenseits jedes Vorstellungsvermögens brachte, zuckte Jirel mit den Achseln und wandte sich zu ihren Soldaten um.

»Was gafft ihr so?« wütete sie. »Bei allem, was heilig ist, ich bin wahrlich der beste Mann hier! Hinaus, hinaus – plündert das Schloß – die Schätze jenes Teufelsdieners Frangas versprechen reiche Beute! Worauf wartet ihr noch?« Und schon scheuchte sie die Männer mit der flachen Seite ihres Schwertes aus der Kapelle.

»Bei Pharol, Smith, schmeckt dir plötzlich der *Segir* nicht mehr? Eher hätte ich erwartet, daß dem alten Marnak Beine wachsen!«

Yarols engelsgleiches Gesicht schaute verwirrt drein, während er mit einem Nicken auf den Kellner deutete, der sich flink durch die kleine, abgeschiedene Nische aus poliertem Stahl an der hinteren Wand der marsianischen Kneipe bewegte und Drinks vor den beiden Männern abstellte, ohne daß ihn dabei seine künstlichen Gliedmaßen – verloren während eines heimlichen amourösen Besuchs in den verbotenen Höhlen der Spinnenfrauen, wie es hieß – zu behindern schienen.

Northwest Smith runzelte versonnen die Stirn und schob das Glas beiseite. Sein vernarbtes, dunkles Gesicht, in dem fahl stahlgraue Augen leuchteten, war mürrisch. Er zog tief an der braunen marsianischen Zigarette, die zwischen seinen Fingern qualmte.

»Ich roste langsam ein, Yarol«, sagte er. »Ich bin dieses ganze Geschäft leid. Warum kommt nicht mal was, das die Mühe wirklich lohnt? Schmuggeln … Waffenschieberei … ich bin es leid, sag ich dir! Selbst *Segir* schmeckt nicht mehr so wie früher.«

»Das ist das Alter«, erklärte Yarol weise über den Rand seines Glases hinweg. »Ich sag dir, was du brauchst, N. W. – einen Schluck von dem grünen Mingolikör, den der alte Marnak auf dem obersten Bord versteckt. Der wurde aus *Pani*beeren gebrannt, und nach einem Schluck fühlst du dich wieder wie ein junger Welpe. Bleib sitzen, ich schau mal, ob ich ein Gläschen für uns abstauben kann.«

Smith hockte mit verschränkten Armen da und starrte auf die glänzende Stahlwand hinter Yarols leerem Stuhl, während der kleine Venusianer aus der Nische eilte. Stunden wie diese waren die Strafe der Verbannten und Gesetzlosen. Selbst die Härtesten von ihnen kannten Augenblicke, wenn der Heimatplanet sie schmerzlich über die endlosen Weiten des Weltraums rief und alle anderen Orte öd und langweilig schienen. Er hätte keiner lebenden Seele gegenüber Heimweh eingestanden, doch während er hier mutterseelenallein saß und mürrisch auf sein fahles Spiegelbild in der Stahlwand stierte, summte er doch leise jenes alte, liebliche Lied all jener, die von der Erde verbannt worden waren:

Über die Meere der Dunkelheit
Leuchtet uns der Erde trautes Grün –
O Stern, der meine Heimat war
Strahle für mich heute nacht …

Die Worte und die Melodie waren nichtig und schmalzig, aber irgendwie hatten sich über die Zeit so viele wehmütige Assoziationen daran geheftet, daß die Stimmen, die sie sangen, lieblicher und weicher wurden, wenn sie die vertrauten Zeilen, die vertrauten Bilder der Heimat heraufbeschworen. Smiths überraschend guter Bariton traf hervorragend die Untertöne eines sentimentalen Heimwehs, das er im Leben niemals eingestanden hätte:

All mein Sehnen gilt der Heimat,
mein Herz durchstreift den Weltenraum,
wissend, daß jenseits der endlosen
Weiten die grünen Hügel der Erde warten …

Was würde er in diesem Moment nicht dafür geben, heimkehren zu können? Für die Freiheit, die blauen Meere der Erde zu durchstreifen, die warmen Gartenkontinente des schönsten Planeten der Sonne, ohne daß ein Kopfgeld auf ihn ausgesetzt war? Er summte ganz leise vor sich hin:

– kein Preis und Tribut ist zu hoch,
um noch ein einz'ges Mal in all der Dunkelheit
die grünen Hügel der Erde zu sehen …

und dann erstarben die Worte unwillkürlich auf seinen Lippen, während er mit angestrengt zusammengekniffenen stahlgrauen Augen auf die polierte Wand starrte, von der ihn noch einen Moment zuvor sein eigenes schemenhaftes Spiegelbild angeschaut hatte. Jetzt verdunkelte sich die Wand, ein Schatten waberte über die glänzende Oberfläche, verdichtete sich, überlagerte sein reflektiertes Gesicht. Und die Wand – war sie aus Metall oder – oder aus Stein? Der Schatten war zu undurchdringlich, um es erkennen zu können, und Smith stand auf und beugte sich über den Tisch, während seine Hand zu der Strahlenwaffe an seinem Schenkel wanderte. Eine Tür öffnete sich knarrend in jenem Schatten – eine schwere Tür, halb gesehen, halb geahnt, und gab den Blick auf eine Dunkelheit dahinter frei, die zu schwarz war, als daß man in sie hätte hineinschauen können – Dunkelheit und ein Gesicht.

»Sind Eure Dienste käuflich, Fremder?« fragte eine zittrige, brüchige Stimme, die in einer Sprache sprach, die Smiths Herz schneller schlagen ließ, als er sie erkannte. Französisch, irdisches Französisch, altertümlich und kaum verständlich, aber zweifelsohne eine Stimme aus der Heimat.

»Wenn der Preis stimmt«, gestand er, und seine Finger schlossen sich fest um seine Waffe. »Wer sind Sie, und warum fragen Sie? Und wie, in aller …«

»Es wird sich für Euch lohnen, keine Fragen zu stellen«, erwiderte das brüchige Krächzen. »Ich suche einen Recken, dessen Tapferkeit und Stärke meinen Zwecken genügt, und ich denke, Ihr seid der Richtige. Schaut her, könnte Euch das hier verlocken?«

Eine klauengleiche Hand reckte sich aus dem Schatten und ließ vor seiner Nase eine doppelreihige Kette aus Perlen von so reiner blau-weißer Färbung baumeln, wie Smith sie selbst in seinen kühnsten Träumen noch nicht gesehen hatte. »Die sind ein Vermögen wert«, krächzte die Stimme. »Und sie gehören Euch, wenn Ihr es nur wollt. Werdet Ihr mich begleiten?«

»Wohin?«

»Zum Planeten Erde ... in das Land Frankreich ... in das Jahr 1500.«

Smith klammerte sich mit einer Hand an die Tischkante und fragte sich im stillen, ob ihn der *Segir*, den er getrunken hatte, irgendwie in das Reich der Träume versetzt hatte. Es war unmöglich, daß er tatsächlich hier stand, in dieser Nische in einer marsianischen Kneipe, während ihn aus einer Tür, die sich auf pechschwarze Finsternis öffnete, eine brüchige Stimme in die Vergangenheit einlud. Natürlich träumte er das alles, und in einem Traum lag keine Gefahr darin, seinen Stuhl zurückzuschieben, um den Tisch herumzugehen, dichter an jene wundersame, von dichten Schatten verhüllte Tür heranzutreten und die ausgestreckte Hand zu ergreifen, über deren Handgelenk die leuchtend schimmernden Perlen hingen ...

Der Raum stolperte und stürzte in die Dunkelheit. Von irgendwo aus weiter Ferne hörte er Yarols Stimme verzweifelt rufen: »N. W.! Warte! N. W., wo gehst du hin ...« Und dann blendete eine Nacht von gleißender Schwärze seine Augen, und eine unvorstellbare Kälte brannte in seinem Gehirn, und – und –

Er stand auf der grünen Kuppe eines Hügels, dessen sanfter Hang sich nach unten zu einer Wiese erstreckte, durch die sich ein plätscherndes, klares Bächlein schlängelte. Jenseits davon, auf einem hoch aufragenden, zerklüfteten Felsen, stand eine mächtige graue Burg. Der Himmel war strahlend blau, die Luft war geschwängert vom lieblichen Duft grüner, wachsender Dinge. Und überall um ihn herum erhoben sich einladende, grasige Hügel. Er atmete tief, tief ein. »Die grünen Hügel der Erde!«

»N. W., was zum ... bei Pharol, ich ... Teufel auch, Mann, was ist passiert?« Yarols stammelnde Verwunderung riß ihn aus seiner Glückseligkeit.

Smith drehte sich um. Der kleine Venusianer stand neben ihm

auf dem weichen Gras, in den Händen zwei kleine Gläser mit einer hellgrünen Flüssigkeit und auf seinem gutaussehenden, engelsgleichen Gesicht ein Ausdruck tiefster Verwirrung. »Ich komme mit dem *Pani*saft zurück an den Tisch«, murmelte er benommen, »und da bist du gerade dabei, durch eine Tür zu treten, die – verdammt noch mal! – die nicht da gewesen ist, als ich hinausgegangen bin! Und als ich versuche, dich zurückzuziehen, da werde ich ... ich ... nun, was ist passiert?«

»Du bist durch das Portal gestolpert – ungebeten«, sagte eine brüchige Stimme drohend hinter ihnen.

Die beiden Männer wirbelten herum und griffen nach ihren Waffen. Einen benommenen Moment lang hatte Smith ganz die Stimme vergessen, die ihn in die Vergangenheit gelockt hatte. Jetzt sah er zum ersten Mal seinen Gastgeber – einen kleinen Mann, grauhaarig, dunkel, gebeugt unter seiner Robe aus kostbarem schwarzen Samt, so als ob das Böse, das sich in seinem runzligen Gesicht widerspiegelte, zu schwer auf seinen Schultern lasten würde, als daß er hätte aufrecht stehen können. Das Wissen um unheilige Dinge blitzte in seinen Augen, während er Yarol wütend anstarrte.

»Was sagt er da, N. W.?« fragte der kleine Venusianer.

»Französisch – er spricht französisch«, murmelte Smith geistesabwesend, während er gebannt das faltige, böse Gesicht ihres Gastgebers betrachtete. Und dann, an den Zauberer gerichtet: *»Qui êtes-vous, m'sieur? Pourquoi ...«*

»Ich bin Franga«, schnitt ihm der alte Mann ungeduldig das Wort ab. »Franga der Zauberer. Und ich bin erzürnt über diesen tölpelhaften Fremden, der uns durch die Tür gefolgt ist. Seine Sprache ist ebenso ungehobelt wie seine Manieren. Hätte ich meine Zauberkräfte nicht, würde ich nicht eine Silbe von dem verstehen können, was er sagt. Hat er denn niemals eine zivilisierte Sprache erlernt? Ach, egal – egal.

Hört mir nun gut zu. Ich habe Euch hierhergeholt, damit Ihr meine Niederlage durch die Hand der Lady von Joiry rächt, deren Burg Ihr dort auf jenem Hügel sehen könnt. Sie hat mein magisches Juwel, den Sternenstein, gestohlen, und ich habe geschworen, einen Mann zu finden, der sie bezähmt, und wenn ich dafür außerhalb meiner eigenen Welt suchen müßte. Ich selbst bin zu alt, zu schwach für diese Aufgabe. Einst, als ich noch jung und heißspornig war wie Ihr, da habe ich den Edelstein einem Rivalen abgerungen, wie es sich geziemt, in einer blutigen Schlacht, denn sonst sind seine Zauberkräfte für seinen Besitzer verloren. Er kann auch aus freien Stücken verschenkt werden und seine Kräfte behalten. Doch ich werde ihn weder auf die eine noch auf die andere Art von Joiry erhalten, und so müßt Ihr hinauf zu der Burg gehen und den Stein auf Eure Art erringen.

Ich kann Euch helfen – ein wenig zumindest. Eins kann ich für Euch tun – ich kann es so einrichten, daß Euch die Speere und Schwerter von Joirys Männern nichts anhaben können.«

Smith zog eine Augenbraue hoch und legte seine Hand locker auf seine Strahlenpistole, deren tödlicher Feuerstoß eine angreifende Armee hätte niedermähen können wie eine Sense den reifen Weizen. »Ich bin bewaffnet«, erklärte er knapp.

Franga runzelte die Stirn. »Eure Waffen würden Euch nicht gegen einen Dolchstoß in den Rücken schützen. Nein, Ihr müßt genau tun, was ich Euch sage. Ich habe meine Gründe. Ihr müßt ... durch das Portal gehen.«

Kalte, blasse Augen trafen auf den verschleierten Blick des Zauberers und hielten ihn einen Moment lang. Dann nickte Smith.

»Ihr müßt die Lady von Joiry durch das Portal bringen – dasselbe Portal, durch das Ihr hierhergekommen seid. Doch es wird Euch in ein anderes Land bringen, wo ... wo« – er zögerte kurz – »wo die Mächte mir – und somit auch Euch – wohlgesonnen sind. Täuscht Euch nicht; es wird nicht leicht werden, Joiry den Sternenstein abzuringen. Sie kennt sich nur zu gut mit den schwarzen Künsten aus.«

»Wie sollen wir das Portal öffnen?«

Frangas linke Hand hob sich in einer flinken, seltsam altertümlich anmutenden Geste. »Durch dieses Zeichen – merkt es Euch gut – so, und so.«

Smiths waffenschwielige Hand ahmte die sonderbare Bewegung nach. »So?«

»Ja – und den dazugehörigen Zauberspruch müßt Ihr Euch ebenfalls einprägen.« Franga murmelte irgendein Kauderwelsch, und Smith wiederholte es mit verknoteter Zunge, denn derart fremdartige Worte hatte er noch niemals ausgesprochen.

»Gut.« Der Hexenmeister nickte, und abermals kamen jene seltsamen Silben über seine schmalen Lippen, abermals bewegte sich seine Hand und verlieh den Gesten einen sonderbar kadenzierten Rhythmus. »Wenn Ihr den Zauberspruch abermals aufsagt, wird sich das Portal für Euch öffnen – so wie es sich jetzt für mich auftut!«

Lautlos legte sich ein Schatten über sie und verdunkelte die sonnenbeschienenen Hügel. In der Mitte formte sich ein schwärzeres Rechteck, dann hörte man leise das Knarren einer Tür, wie aus weitester Ferne.

»Bringt Joiry durch das Portal«, krächzte der Zauberer, und es stahl sich ein bösartiges Blitzen in seine kalten Augen, »und folgt ihr. Dann könnt Ihr Euch den Sternenstein holen, denn die Mächte in dieser … dieser anderen Welt werden Euch beistehen. Aber nicht so hier, nicht in Joiry. Ihr müßt mir folgen … Soweit es diesen kleinen Mann betrifft, der irrtümlich durch mein Portal der Dunkelheit gestolpert ist …«

»Er ist mein Freund«, erklärte Smith hastig. »Er wird mir helfen.«

»Ähm … nun, dann wird sein Leben die Geisel Eures Erfolges sein. Bringt mir den Stein, und ich werde vielleicht davon absehen, ihn mit meinem ganzen Zorn für seine törichte Einmischung zu bestrafen. Aber denkt immer daran – das Schwert meiner Zauberkräfte schwebt über Eurem Haupt …«

Ein Schatten waberte über die schwarzgekleidete Gestalt des Zauberers. Seine Umrisse begannen zu verzerren, so wie ein Spiegelbild auf aufgewühltem Wasser bebend verschwimmt, und dann waren Schatten wie Mann von einem Moment zum nächsten verschwunden.

»Beim mächtigen Pharol«, brachte Yarol in gemessenen Silben heraus, »würdest du mir bitte sagen, was hier vorgeht? Trink das – du siehst aus, als könntest du es brauchen. Soweit es mich betrifft« – er drückte Smith ein kleines Glas in die Hand und leerte sein eigenes in einem Zug –, »wenn all dies ein Traum ist, dann hoffe ich, daß Schnaps darin vorkommt. Würdest du mir bitte erklären ...«

Smith legte den Kopf in den Nacken und kippte den *Pani*schnaps in seine dankbare Kehle. Dann umriß er in knappen Sätzen die Lage, doch obgleich seine Worte barsch waren, ruhte sein Blick doch wie eine Liebkosung auf den warmen, duftenden Hügeln der Heimat.

»Hmmm«, sagte Yarol, als Smith fertig war. »Nun, worauf warten wir dann noch? Wer weiß, vielleicht gibt es einen Weinkeller in der gemütlich aussehenden Burg dort drüben.« Er leckte sich gedankenverloren die Lippen, um den letzten Tropfen des grünen Likörs auszukosten. »Auf geht's. Je früher wir diese Frau treffen, desto früher wird sie uns einen Drink anbieten.«

Und so marschierten sie den langgezogenen Hang hinunter, fühlten das weich federnde grüne Gras der Erde unter ihren Raumfahrerstiefeln, während ihnen die warme Juni-Brise der Erde zärtlich über ihre marsverbrannten Gesichter strich.

Die grauen Zinnen von Joiry ragten schon über den beiden auf, bevor sich irgendwo in der sonnigen Mittagsstille dieses verlorenen Jahrhunderts ein Anzeichen von Leben regte. Dann rief hoch oben auf den Wehrmauern ein Mann, und bald darauf kamen unter lautem Hufgetrappel und Kettenpanzerklirren zwei Reiter über die herabgesenkte Zugbrücke geprescht. Yarols Hand griff nach seiner Strahlenpistole, und auf seinem Gesicht lag ein Ausdruck von unnachahmlicher Unschuld. Der Venusianer sah einem von Raphaels Engeln nie ähnlicher als in dem Moment, wenn er seinen Finger erwartungsvoll am Abzug seiner todbringenden Waffe hatte. Doch Smith legte ihm seine Hand auf den Arm und hielt ihn zurück.

»Noch nicht.«

Die Reiter kamen mit geschlossenen Visieren auf sie zu. Einen Moment lang glaubte Smith, sie würden von den Pferdehufen zu Tode getrampelt werden, und seine Hand griff nach seiner Waffe, doch die beiden Männer brachten ihre Rosse dicht neben ihnen zum Stehen, und einer der Ritter fixierte sie mit grimmigem Blick durch die Streben seines Visiers und donnerte drohend eine Frage.

»Wir sind Fremde«, antwortete Smith ihm, zuerst etwas stockend, doch dann flüssiger, als er sich immer mehr des langvergessenen Französisch erinnerte. »Aus einem anderen Land. Wir kommen in Frieden.«

»Nur wenige kommen in Frieden nach Joiry«, gab der Mann schroff zurück und befingerte den Knauf seines Schwerts, »und wir mögen hier keine Fremden. Habt Ihr vielleicht Gold dabei?« Ein begehrliches Funkeln regte sich in seinen halb vom Visier verborgenen Augen. »Oder Edelsteine?«

»Das soll Eure Lady entscheiden.« Smiths Stimme war so kalt wie die stahlgrauen Augen, mit denen er den Blick des Mannes erwiderte. »Bringt uns zu ihr.«

Der Mann zögerte einen Moment, und die Unentschlossenheit in den Augen hinter dem Visier sprach Bände. Hier war ein staubiger Fremder, zu Fuß, ohne Schwert, unbewaffnet, ein Mann, wie ihn Joirys Männer gedankenlos unter den Hufen ihrer Pferde zertrampeln würden, wenn sie ihm zufällig auf der Straße begegneten. Doch seine Augen waren die Augen eines – eines – er hatte noch nie zuvor solche Augen gesehen. Und seine kalte, barsche Stimme ließ einen Mann erkennen, der gewohnt war, Befehle zu erteilen. Der Soldat zuckte unter seiner Rüstung mit den Achseln und knurrte grimmig durch die Streben seines Helms:

»In Joirys Kerkern ist immer Platz für einen weiteren armen Hund, wenn Ihr unserer Herrin nicht gefallt«, erklärte er philosophisch. »So folgt mir denn.«

»War das irgendeine Sprache, die er da gesprochen hat, N. W., oder hat er einfach nur wie ein Wolf geheult?« fragte Yarol flüsternd, während sie über die Zugbrücke marschierten.

»Halt den Mund«, gab Smith zischelnd zurück. »Ich versuche nachzudenken. Wir müssen eine überzeugende Geschichte parat haben für diese – diese Amazone.«

»Irgendeine muskelbepackte Schnepfe mit einem Gesicht zum Weglaufen«, mutmaßte Yarol.

Und so betraten sie Joiry, über die Zugbrücke, unter dem Fallgitter hindurch kamen sie in den hohen, rußgeschwärzten Bankettsaal, wo Jirel am Tisch beim Mittagsmahl saß. Smith schaute blinzelnd durch das schummrige Licht zu dem erhöhten Podest am Kopf der ausladenden T-förmigen Tafel, auf dem die Lady von Joiry thronte.

Sie sah in Smiths Augen.

Klar und blaß und kalt wie Stahl waren sie, und Joirys gelbe Augen blitzten auf, als sich ihre Blicke trafen, wie der Funke beim Aufeinanderschlagen zweier Klingen. Einen Moment lang herrschte Schweigen zwischen ihnen, und eine sonderbare Inbrunst loderte in jenem stummen Starren. Ein mächtiger Mastiff sprang mit gebleckten Zähnen an Smiths Knie hoch und knurrte ihn tief aus seiner pelzigen Kehle an. Ohne hinzuschauen, streckte ihm Smith seine Hand hin, und der Hund schnüffelte einen Moment lang daran und ließ sich dann von dem Mann sein zotteliges Fell kraulen. Schließlich brach Jirel das Schweigen.

»Tigre – ici!« Ihre Stimme war kräftig und plötzlich tiefer im Timbre, so als würden sich ungebetene Gefühle in ihr regen. Der Mastiff kehrte zu ihrem Stuhl zurück, legte sich hin und machte sich daran, einen abgenagten Knochen zu zerkauen. Doch Jirels Augen waren noch immer starr auf Smith gerichtet, und eine leichte Röte kroch in ihre Wangen.

»Pierre – Voisin«, sagte sie. »Wer ist das?«

»Wir bringen Euch Nachricht von einem Schatz«, erklärte Smith, bevor die beiden Männer sprechen konnten. »Mein Name ist Smith, und ich komme aus – aus einem fernen Land.«

»Smiet«, murmelte sie. »Smiet ... nun, was ist das für ein Schatz?«

»Davon würde ich Euch lieber unter vier Augen erzählen«, erwiderte er verhalten. »Da sind Edelsteine und Gold, bewacht von Dieben zwar, doch reif für die Ernte. Und ich glaube, daß Joiry … nun, zu ernten versteht.«

»*C'est vrai*. Mit dem Glück des Sternensteins …« Sie zögerte und wischte sich mit dem Rücken ihrer schmalen Hand über den Mund. »Lügt Ihr mich an? Ihr, der Ihr so seltsam gekleidet seid, der Ihr unsere Sprache in so sonderbarer Weise sprecht – ich kann mich rühmen, immer die Lüge in den Augen eines Mannes erkennen zu können. Aber bei Euch …«

Urplötzlich und so blitzschnell, daß Smith unwillkürlich blinzeln mußte, war sie auch schon mit einem Satz auf den Tisch gesprungen und reckte sich, auf ein Knie gestützt, vor, während die schlanke Klinge ihres Dolches durch die Luft tanzte. Sie drückte die Spitze der Klinge gegen Smiths nackte braune Kehle, genau dort, wo ein kräftiger Puls unter der sonnenverbrannten Haut schlug. Smith beobachtete sie ohne Regung, ohne mit der Wimper zu zucken.

»In Euren Augen kann ich nicht lesen – Smiet … Smiet … Doch wenn Ihr mich anlügt« – die Dolchspitze drückte sich tiefer in seinen muskulösen Hals –, »wenn Ihr mich anlügt, dann werde ich Euch in Joirys Kerkern die Haut in Streifen vom Leib schneiden. Dessen seid gewiß!«

Abrupt ließ sie die Klinge sinken. Etwas Feuchtes rann klebrig an Smiths Hals hinab unter seinen Lederkragen. Die Klinge war so scharf, daß er nicht einmal bemerkt hatte, daß er geschnitten worden war.

»Warum sollte ich lügen?« fragte er kühl. »Ich kann mir den Schatz nicht allein holen – Ihr könnt mir helfen, ihn zu erringen. Ich bin hergekommen, um Euch um Hilfe zu bitten.«

Sie steckte ihren Dolch zurück in die Scheide und beugte sich über den Tisch zu Smith. Ihr Körper, noch immer auf ein Knie gestützt, war eine einzige fließende Bewegung, Anmut und Kraft vereint, so schlank wie eine Schwertklinge. Zweifel trübte den Blick ihrer gelben Augen.

»Ich glaube, da steckt noch mehr dahinter«, sagte sie leise, »etwas, das Ihr vor mir verbergt. Und mir kommt die Erinnerung an einen keifenden Hexenmeister, der vor meiner Klinge floh und dabei gewisse … Drohungen ausstieß …«

Die gelben Augen waren so kalt wie die Polarmeere. Schließlich zuckte sie mit den Achseln und sah sich an dem langen Tisch um, wo Männer und Frauen damit beschäftigt waren, sich die Bäuche vollzuschlagen und gleichzeitig wie gebannt das Schauspiel am Kopf des Tisches zu beobachten.

»Bringt ihn in meine Gemächer«, sagte sie zu Smiths Häschern. »Ich will mehr erfahren über diesen … Schatz.«

»Sollen wir dort bleiben und ihn bewachen?«

Jirels Lippen verzogen sich zu einem verächtlichen Grinsen.

»Gibt es hier einen Mann, der mich mit Stahl oder irgend etwas sonst bezwingen kann?« fragte sie mit donnernder Stimme. »Bewacht euch selbst, ihr Memmen! Wenn ihr es geschafft habt, ihn hierherzubringen, ohne daß ihr von einem Dolch aufgespießt wurdet, dann kann ich beruhigt mit ihm im Herzen von Joirys Festung reden. Und jetzt steht nicht so da und stiert mich an – schafft ihn fort!«

Smith schüttelte die Hand, die sich schwer auf seine Schulter legte, mit einem Achselzucken ab.

»Wartet!« sagte er barsch. »Dieser Mann begleitet mich.«

Jirels Augen musterten Yarol abschätzend und samten-drohend. Yarol ließ sich nicht einschüchtern.

»Hatte ich ›muskelbepackte Schnepfe‹ gesagt?« murmelte er in den fließenden Kadenzen des Hochvenusisch. »Die holden Minga-Maiden können ihr nicht das Wasser reichen. Ich werde diesen hübschen Mund küssen, bevor ich in meine eigene Zeit zurückkehre, Lady! Ich werde …«

»Was redet er da – er plätschert wie ein Bach!« schnitt ihm Jirel ungehalten das Wort ab. »Ist er Euer Freund? So bringt sie beide fort, Voisin.«

Jirels Gemächer befanden sich in der Spitze des höchsten Turms von Joiry, am Kopf einer steinernen Wendeltreppe. Die mit kostbaren Wandbehängen geschmückte und mit Fellen ausgelegte

Kammer mutete für Smith zugleich fremdartig als auch seltsam anheimelnd und vertraut an. Viele staubige Jahrhunderte mochten diese Kammer von seiner eigenen Zeit trennen, doch sie war erdgezeugt, erdgeboren, erdgewachsen auf den grünen Hügeln seines Heimatplaneten.

»Ich brauche dringend mehr Mingalikör«, bemerkte Yarol leise. »Hast du gesehen, wie diese Wildkatze mich angeschaut hat? Schwarzer Pharol, ich weiß nicht, ob ich sie eher küssen oder töten möchte! Diese verfluchte Hexe würde mich, ohne mit der Wimper zu zucken, mit ihrem Schwert durchbohren – nur weil es ihr gerade Spaß macht!«

Smith stieß ein kehliges Kichern aus. »Sie ist gefährlich. Sie …«

»Warte vor der Tür, Voisin«, sagte Jirels barsche Stimme hinter ihm. »Diese beiden Fremden werden unserem Kerker vielleicht doch noch einen Besuch abstatten. Dieser Kleine hier – wie heißt du noch gleich?«

»Sein Name ist Yarol«, antwortete Smith knapp.

»Ja – Yarol. Nun, wir werden vielleicht Mittel finden, dich etwas zu strecken, Yarol. Würde dir das gefallen? Wir haben da ein nettes Gerät – eine Leiter, die mir der Baron von Görz bei seinem Besuch im letzten Sommer schenkte … und der Baron versteht sich auf derartige Dinge.«

»Er spricht Eure Sprache nicht«, unterbrach Smith sie.

»Nein? Das wundert mich nicht – er sieht aus, als ob er aus einem wirklich sehr weit entfernten Land stammt. Einen Mann wie ihn habe ich noch nie gesehen.« Ihr Blick verriet Verwirrung. Sie wandte ihnen die Schulter zu und spielte mit dem Schwert, das neben ihr auf einem Tisch lag, dann sagte sie schließlich, ohne aufzublicken: »Nun gut, zu Eurer Geschichte. Laßt sie mich hören. Und – ja, ich werde Euch eine weitere Chance gewähren, am Leben zu bleiben – wenn Ihr mich anlügt, dann geht jetzt. Niemand wird Euch aufhalten. Ihr seid Fremde. Ihr kennt Joiry nicht – ebensowenig wie Joirys Rache.«

Sie warf Smith über ihre Schulter einen Blick zu, der ihn wie ein sengender Blitz durchbohrte. Höllenfeuer loderte darin, und

Smith lief es unwillkürlich kalt den Rücken herunter. Yarol verstand zwar die Worte nicht, aber er stieß dennoch einen leisen Pfiff aus. Einen Herzschlag lang sprach keiner von ihnen. Dann flüsterte ganz leise eine Stimme in Smiths Ohr:

»Sie hat den Sternenstein. Sagt den Zauberspruch für das Portal auf!«

Erschreckt schaute er sich um. Jirel rührte sich nicht. Ihre löwengelben Augen fixierten ihn noch immer mit einem sengenden Blick. Yarol beobachtete sie fasziniert. Und Smith erkannte schlagartig, daß er allein jenen Befehl gehört hatte – ausgesprochen in Frangas brüchiger, krächzender Stimme! Franga der Zauberer, der durch irgendeine halbgeöffnete Tür in der Unendlichkeit wisperte. Ohne Yarol anzuschauen, sagte Smith in Hochvenusisch: »Mach dich bereit – paß auf die Tür auf, und laß sie nicht raus.«

Jirels Miene verfinsterte sich. Sie wirbelte herum und starrte ihn drohend an. »Was flüstert Ihr da? Welch Teufelswerk führt Ihr im Schilde?«

Smith kümmerte sich nicht um sie. Fast gegen seinen Willen hob sich seine linke Hand und vollführte die sonderbare Beschwörungsgeste. Worte in der fremdartigen Sprache, die Franga ihn gelehrt hatte, kamen ihm so mühelos über die Lippen wie seine Muttersprache. Magie umgab ihn, führte seine Lippen und seine Hände.

Schrecken funkelte in Jirels gelben Augen. Sie stieß einen geharnischten Fluch aus, während ihre Faust blitzschnell das Schwert packte, mit dem sie gespielt hatte. Yarol grinste. Die Strahlenpistole tanzte in seiner Hand und brannte eine weißglühende Feuerlinie in den Teppich zu Jirels Füßen. Sie verschluckte den Fluch, den sie bereits auf ihren roten Lippen hatte, und brachte sich mit einem entsetzten Sprung nach hinten vor dem Höllenfeuer in Sicherheit. Die Tür hinter ihr wurde krachend aufgestoßen, und Männer in Rüstung stürmten mit Geschrei in die Kammer und zückten ihre Schwerter.

Und dann senkte sich mit einem Mal der Schatten über die lärmerfüllte Kammer herab. Finster wie die Schwingen des Todesengels verdunkelte er die hereinscheinende Sonne, so daß der Strahl von Yarols Waffe noch gleißender erstrahlte. Wie in den verschwommenen Tiefen eines Spiegels sah Smith die Männer in der Tür zurückschrecken und scheppernd ihre Schwerter fallen lassen. Er nahm kaum Notiz von ihnen, denn in der gegenüberliegenden Wand, wo einen Augenblick zuvor noch ein hohes, schmales Fenster Ausblick auf den Sonnenschein und die grünen Hügel der Erde geboten hatte – war jetzt eine Tür. Ganz langsam und leise schwang sie auf, und jenseits ihrer Schwelle lag das Schwarz vollkommener Unendlichkeit.

»*Hai – s'lelei* – Smith!« rief Yarols warnende Stimme in der Dunkelheit, und Smith machte einen mächtigen Satz zurück, während er im selben Moment spürte, wie ihn eine Schwertklinge an der Schulter streifte. Jirel stieß einen gepreßten Fluch aus und stürzte nach vorn, ihr Schwert und ihr Schwertarm ausgestreckt. Yarols Waffenhand bewegte sich, und ein Feuerstrahl zuckte durch die Kammer. Jirels Schwert zischte, leuchtete gleißend hell auf und prasselte dann in einem Schauer aus glühenden Tropfen auf den Steinfußboden. Ihr Schwung trug Jirel nur mit dem Heft und einer zusammengeschmolzenen Handbreit Stahl in ihrer Faust weiter, so daß sie gegen Smiths breite Brust stürzte und mit dem Schwertstumpf zustieß.

Seine Arme hielten sie fest umklammert, diese strampelnde Furie, die wütende Flüche zischte und sich wie ein Tiger gegen ihn wehrte. Er grinste und drückte fester zu, bis sie keine Luft mehr bekam und er fühlte, wie ihre Rippen nachzugeben drohten.

Dann übermannte ihn mit einem Mal ein Schwindelgefühl. Benommen bemerkte er, daß sich die Arme der Frau in einem verzweifelten Griff um seinen Hals gelegt hatten, während die Kammer zu schwanken begann – seitwärts kippte, sich drehte, so als würde sie um ihre eigene Achse kreisen – oder als ob sich die schwarzen Tiefen des Portals unter ihm auftun würden … er vermochte weder zu sagen noch je zu verstehen, was genau in jenem irrealen Moment geschah, als die Naturgesetze von seltsamen Zaubermächten außer Kraft gesetzt wurden. Der Boden unter seinen Füßen war nicht mehr fest. Smith sah, wie Yarol sich drehte wie eine kleine, flinke Katze, während er stolperte und fiel – hinabstürzte in die Leere, seine Waffenhand hilfesuchend hochgereckt. Auch Smith fiel, stürzte hinab in die finsteren Abgründe, seine Arme um eine Frau geklammert, deren rotes Haar im Luftsog ihres Falls flatterte.

Sterne wirbelten um sie herum. Sie fielen ganz langsam zwischen den Sternen hindurch, während die blendende Luft um sie herum tanzte. Smith hatte Zeit, wieder zu Atem zu kommen und die Muskeln seines Schenkels anzuspannen, um sich zu vergewissern, daß seine Waffe sich noch tröstlich dagegenpreßte, bevor sie auf dem weichen, sumpfigen Boden aufsetzten. Sie fielen wie Menschen in einem Alptraum, langsam und schwerelos, landeten sanft auf der seltsamen, dunklen Oberfläche des Landes jenseits des Portals.

Yarol landete katzengleich auf seinen Füßen, die Waffe noch immer umklammert und schußbereit, während er blinzelnd in die sternenübersäte Dunkelheit starrte. Smith, immer noch mit der verängstigten Jirel in seinen Armen, sank mit alptraumgleicher Leichtigkeit auf den Boden und federte kurz auf dem sumpfigen Untergrund nach. Durch den sanften Ruck des Aufsetzens öffneten sich unwillkürlich die Finger der Frau, und sie ließ den Schwertstumpf fallen, und Smith schlug ihn mit einer geschickten Handbewegung in die blendende, sternendurchsetzte Dunkelheit, bevor er ihr auf die Füße half.

Wohl zum ersten Mal in ihrem Leben war Jirel völlig hilflos. Der Schock, mit ansehen zu müssen, wie ein Höllenfeuer ihr das Schwert in der Hand hatte schmelzen lassen, das Erlebnis, von einem Mann überwältigt zu werden, und der schwindelerregende Sturz in die Unendlichkeit hatten ihr für den Moment jeglichen Kampfgeist genommen, und sie konnte nur erstaunt dastehen und sich in der unfaßbaren sternenübersäten Dunkelheit umschauen.

So weit sie sehen konnten, umgab sie ein wabernder Sternennebel, winzige Lichtpunkte, die um sie herumtanzten, als ob Tausende von Glühwürmchen gleichzeitig blinken würden. Halb geblendet von jenem merkwürdigen, funkelnden Gleißen, konnten sie keine vertraute Topographie von Hügeln oder Tälern ausmachen, sondern nur den sumpfigen dunklen Boden unter ihnen und jenes Flackern der Sterne.

Plötzlich kam ein Stück weiter Bewegung in das allgegenwärtige Funkeln, und Jirel fauchte, als sich Frangas dunkelgekleidete Gestalt einen Weg durch die Sterne bahnte, die sich hinter ihm in den Falten seines wallenden Umhangs fingen. Sein runzliges Gesicht verzog sich zu einem feisten Grinsen, als er die benommenen drei sah.

»Ah – Ihr habt sie!« krächzte er. »Nun, worauf wartet Ihr? Nehmt Euch den Stein! Sie trägt ihn bei sich.«

Smith fixierte den Zauberer durch die Dunkelheit mit seinen stahlgrauen Augen und kniff die Lippen zusammen. Irgend etwas stimmte nicht. Das spürte er überdeutlich – Gefahr lag in der Luft. Denn warum hätte Franga sie herbringen sollen, wenn das Problem schlicht und einfach darin bestand, einer Frau einen Edelstein zu entreißen? Nein – es mußte einen anderen Grund dafür geben, sie in diese sternendurchsetzte Dunkelheit zu holen. Was hatte Franga gesagt – es gäbe hier Mächte, die ihm wohlgesonnen waren? Irgendein dunkler, namenloser Gott, der inmitten der Sterne wohnte?

Die Augen des Hexenmeisters blitzten Jirel in blanker Mordlust an, und plötzlich begriff Smith einen Teil des Puzzles. Sie würde sterben, sobald der Edelstein sie nicht mehr beschützen konnte. Hier konnte Franga ungehindert Rache üben, wenn er den Sternenstein erst einmal in seinen Händen hielt. Hier war Jirel allein und hilflos – und der lodernde Haß in den Augen des Zauberers konnte durch nichts anderes als die rote Flut ihres blutigen Todes gelöscht werden.

Smith blickte zu Jirel, die, wenn auch kreidebleich und noch immer verstört von den gerade durchlebten Schrecken, den Zauberer mit unbezwingbarer Wildheit anstarrte, und ihre Unerschrockenheit ging ihm zu Herzen, wie es Hilflosigkeit niemals vermocht hätte. Und er erkannte schlagartig, daß er sie niemals Frangas Haß überlassen könnte. Der Wechsel des Schauplatzes hatte auch eine Veränderung in ihrem Verhältnis bewirkt, so daß die drei Sterblichen – er konnte Franga einfach nicht als gänzlich menschlich betrachten – gemeinsam gegen Franga und seine Bösartigkeit und seine Zauberkräfte standen. Nein, er konnte Jirel nicht verraten.

Er warf Yarol einen kurzen Blick zu, und die Botschaft in seinen Augen sprach deutlicher als jeder Warnruf. Der Körper des kleinen Venusianers spannte sich in erwartungsvoller Vorfreude an, und die beiden Männer griffen gleichzeitig fast lässig nach ihren Waffen.

»Bringt uns nach Joiry zurück, und ich werde Euch den Stein geben: Hier – nein.«

Die schwarzen Augen des Zauberers schwenkten von Jirel zu Smith und durchbohrten ihn mit ihrem haßerfüllten, mordlüsternen Blick.

»Nimm ihn ihr auf der Stelle ab – oder stirb!«

Smith wollte instinktiv seine Waffe zücken, doch ein erstickter Laut, wie das Knurren eines wütenden Tieres, ließ ihn innehalten. Jirel stürmte an ihm vorbei, ihr rotes Haar flatternd wie ein Banner, ihre Finger zu Krallen gebogen, während sie sich mit bloßen Händen auf den Hexenmeister stürzte. Zorn hatte den lähmenden Schrecken verdrängt, und ihr Angriff wurde von geharnischten Flüchen begleitet.

Franga wich zurück; er fuchtelte kurz mit der Hand, und der Sternennebel zwischen ihm und der heranstürmenden Furie verdichtete sich – wurde zu einer festen Barriere, wie aus dickem Glas gemacht. Jirel warf sich dagegen und prallte zurück, so als ob sie gegen eine steinerne Wand gelaufen wäre. Der silberne Nebel der Barriere löste sich auf, während sie wutschnaubend nach hinten taumelte, und Franga stieß ein heiseres Lachen aus.

»Dies hier ist mein Reich, Wildkatze«, erklärte er ihr. »Hier fürchte ich weder dich noch sonst einen Menschen. Wer sich mir widersetzt, ist des Todes – und es ist ein grausamer Tod. Gib mir den Stein.«

»Ich werde dich mit meinen bloßen Händen in Stücke reißen!« fauchte Jirel. »Ich werde dir die Augen auskratzen, du Teufel! Ha – selbst hier fürchtest du mich! Komm hinter deinem Schutzwall hervor, damit ich dich erschlagen kann!«

»Gib mir den Stein.« Die Stimme des Zauberers war ruhig und gelassen.

»Bring uns nach Joiry zurück, und ich denke, sie wird dir versprechen, dir den Stein zu überlassen.« Smith fixierte Jirel mit einem vielsagenden Blick. Sie schlug seinen besonnenen Rat wütend in den Wind.

»Niemals! Ja – wart nur ab!« Mit einem Satz war sie neben Yarol, und während er noch mit einem mißtrauischen Blick auf ihre langen, spitzen Fingernägel nervös zurückwich, hatte sie sich auch schon das kleine Messer gegriffen, das er in seinem Gürtel trug. Sie preßte die Klinge gegen ihren festen, vollen Busen und lachte Franga ins Gesicht. »Nun denn – töte mich, wenn du kannst!« verhöhnte sie ihn trotzig. »Versuch nur, Hand an mich zu legen – und ich werde mich eigenhändig umbringen! Und dann ist der Stein auf immer für dich verloren!«

Franga biß sich auf die Lippe und starrte sie mit zornesloderndem Blick durch den Sternennebel an. Sie würde nicht zögern, und das wußte er. Sie würde ihre Drohung wahr machen und …

»Der Stein verliert seine Kraft, wenn er nicht gewaltsam genommen oder aus freien Stücken gegeben wird«, gestand er. »Der Leiche eines Selbstmörders abgenommen, würde er wertlos sein. Also werde ich mich auf einen Handel mit dir einlassen, Jirel.«

»Es wird keinen Handel geben! Laß mich gehen, oder verliere den Stein auf immer.«

Franga fixierte Smith mit einem durchdringenden Blick. »Ich wäre in jedem Fall der Verlierer, denn wenn sie erst einmal wieder in ihrem eigenen Land ist, würde Jirel eher sterben, bevor sie den Stein hergibt, nicht anders als hier. Du! Erfülle dein Versprechen – bring mir den Sternenstein!«

Smith zuckte mit den Achseln »Deine Einmischung hat alles verdorben. Ich kann nichts tun.«

Die lodernden schwarzen Augen durchbohrten ihn mit ihrem zornigen Blick. Dann richteten sie sich auf Yarol. Beide Männer standen in der gelassenen, doch schußbereiten Haltung da, die den erfahrenen Schützen auszeichnet, die Hände locker auf ihren Waffen ruhend, der Blick entschlossen und tödlich. Sie waren zwei sehr gefährliche Männer, und Smith erkannte, daß Franga selbst hier kein Risiko mit ihren fremdartigen Waffen eingehen wollte. Hinter ihnen fauchte Jirel wie eine wütende Katze. Schließlich zuckte der Zauberer unvermittelt mit den Achseln.

»Dann bleibt hier und verrottet!« knurrte er und schwenkte seinen Umhang so, daß die Sterne ihn in einem blendenden Wirbel umkreisten. »Bleibt hier und hungert und dürstet, bis ihr euch ergebt. Ich werde nicht länger mit euch handeln.«

Sie standen blinzelnd im plötzlichen Strudel jenes sternendurchsetzten Nebels, und als sich ihr Blickfeld wieder klärte, war die gebeugte Gestalt verschwunden. Sie schauten einander hilflos an.

»Was jetzt?« sagte Yarol. »*Shar*, ich könnte wirklich was zu trinken gebrauchen! Warum mußte er von Durst reden?«

Smith starrte versonnen in das wirbelnde Gleißen. Vielleicht zum ersten Mal in seinem Leben wußte er sich keinen Rat. Der Zauberer war ihnen in dieser dunklen, blendenden Einöde, in der sein Gott herrschte, haushoch überlegen.

»Nun, was haben wir zu verlieren?« sagte er schließlich achselzuckend. »Er ist noch nicht mit uns fertig, aber wir können nichts tun. Ich bin jedenfalls dafür, daß wir uns ein wenig umschauen.«

Yarol schaute zweifelnd in die sternenfunkelnde Dunkelheit. »Schlimmer kann es wirklich nicht mehr werden«, pflichtete er bei.

»*Comment?*« knurrte Jirel und ließ ihren Blick argwöhnisch von einem zum anderen wandern.

»Wir werden auf Entdeckungsreise gehen«, erwiderte Smith knapp. »Wir denken, daß Franga noch etwas im Schilde führt. Wir wären dumm, wenn wir hierbleiben und darauf warten würden, daß er zurückkommt. Wir – oh, einen Moment mal!« Er schnippte mit den Fingern und wandte sich mit verblüfftem Gesicht zu seinen beiden erstaunten Gefährten um. Das Portal! Er kannte den Zauberspruch, der es öffnete – Franga hatte ihn den gelehrt. Warum sollte er die Beschwörungsformel nicht jetzt aufsagen und mal sehen, was passierte? Er atmete kurz durch und öffnete seinen Mund zum Sprechen – und stockte dann, als ihm die auswendig gelernten Worte einfach nicht über die Lippen kommen wollten. Seine Finger hoben sich halbherzig zu der komplizierten Beschwörungsgeste, während er angestrengt sein Gedächtnis nach der unvermittelt vergessenen Formel durchforstete. Franga verfügte in der Tat über beachtliche Zauberkräfte.

»Bist du übergeschnappt?« fragte Yarol und musterte seinen Verbündeten mit einem verwunderten Blick. Smith grinste hilflos.

»Ich dachte, ich hätte eine Idee«, gestand er ein. »Aber es funktioniert nicht. Kommt jetzt.«

Der sumpfige Boden machte das Gehen beschwerlich. Sie stolperten gegeneinander, verfluchten in den verschiedensten Sprachen die blendende Dunkelheit, durch die sie sich tasteten, das unwegsame Gelände, das nagende Unbehagen, das sie sich immer wieder nervös umschauen ließ.

Es war Jirel, die als erste das vertrocknete braune Ding entdeckte. Um genau zu sein, stolperte sie fast darüber – eine mumifizierte Leiche, zusammengekauert auf der Seite liegend, so daß die knochigen Knie fast die braune, fleischlose Stirn berührten. Smith wirbelte herum, als er Jirels erschreckten Laut hörte, sah das Ding und blieb stehen, um es sich staunend näher zu betrachten.

Es war kein schöner Anblick. Die Haut, die sich stramm über die Knochen spannte, war pergamentbraun und widerwärtig schuppig, beinahe so, als ob die Haut einer Riesenechse über ein Menschenskelett gespannt worden wäre. Das Gesicht war verborgen, aber die Hände waren schlanke Klauen, weißlich an den Stellen, wo die blanken Knochen freilagen. Hier und dort hingen noch immer einzelne Strähnen strohgleichen Haars an dem verschrumpelten Schädel.

»Kommt weiter«, drängte Yarol ungeduldig. »Der kann uns ganz sicher nicht helfen, und was anhaben kann er uns auch nicht.«

Smith pflichtete ihm stumm bei und machte auf dem Absatz kehrt. Doch irgendein Instinkt – ein leises Warnsignal, das sich im Hinterkopf des Raumfahrers meldete – brachte ihn dazu, daß er sich noch einmal umdrehte. Die Position der liegenden Gestalt hatte sich verändert. Sie hatte den Kopf gehoben und starrte Smith mit vorgequollenen, glasigen Augen an.

Dieses Ding hätte tot sein müssen. Daran bestand für Smith keinerlei Zweifel. Das Gesicht war ein brauner Totenkopf, der in seiner Form ganz entfernt an einen Hundeschädel erinnerte, und die Nase, wenn auch gebrochen und an einigen Stellen angenagt, glich erschreckend einer Tierschnauze.

Die Gliedmaßen jenes Monstrums zuckten und bewegten sich langsam, und die skelettierte, zerfetzte Leiche stand auf. Sie schleppte sich durch den wirbelnden Sternennebel vorwärts, und Smith wich instinktiv zurück. Es war etwas so unbeschreiblich Träges an jener Gestalt, trotz der grauenhaften, hungrigen Gier, mit der sie ihren Schädel vorreckte, daß Smith unwillkürlich übel wurde. Jirel stieß einen angewiderten Laut aus, den sie jedoch eilig erstickte.

»Wir sollten hier besser verschwinden«, erklärte Smith barsch.

»Da sind noch mehr von den Dingern, N. W. Siehst du, da?«

Verborgen von den sternendurchsetzten Nebelschwaden dicht über dem Boden mußten sich die abscheulichen Dinger schon seit etlichen Minuten mit ihren entsetzlich trägen Bewegungen herangepirscht haben. Sie kamen immer näher, Dutzende von ihnen, unendlich langsam, doch unerbittlich zielstrebig, und keiner von ihnen stand aufrecht. Von allen Seiten krochen sie heran, und die tanzenden Sterne verliehen ihnen etwas Alptraumgleiches, Unwirkliches.

Die meisten krochen auf Händen und Knien heran, während sie die drei mit ihren braunen Totenköpfen und haßerfüllten, glasigen Augen blind anstarrten. Denn es schien Smith so, daß sie blind waren; die vorquellenden Augen waren weißlich und pupillenlos. Es waren Monstren, eine abscheuliche Karikatur des Lebens, und ihr einziger Antrieb schien der unerbittliche Hunger, der aus ihrem unaufhaltsamen Vorrücken sprach, doppelt widerwärtig durch die Tatsache, daß jene verwesten Kiefer und vertrockneten Bäuche diesen Hunger niemals auf normale Art und Weise stillen konnten.

Die mißgestalteten Schnauzen zuckten, und Smith erkannte schlagartig, welcher Instinkt sie angelockt hatte. Sie jagten anscheinend durch Witterung. Und ihr Kreis zog sich immer enger, so daß die drei Menschen, die vor jenen kriechenden, schuppig raschelnden Schrecken zurückwichen, jetzt sehr dicht zusammenstanden, Schulter an Schulter. Smith spürte, wie die Frau neben ihm erschauderte und ihm dann einen kurzen lodernden Blick zuwarf, erzürnt darüber, auch nur einen Moment lang Schwäche gezeigt zu haben.

Smith zog etwas zögernd seine Strahlenpistole. Es war fast schon etwas Lächerliches an dem bloßen Gedanken, auf diese bereits toten Dinger zu schießen. Doch sie kamen immer näher, und die Aussicht auf Körperkontakt mit diesen braunen, schuppenden Leichen war so ekelerregend, daß seine Finger fast aus eigenem Antrieb den Abzug drückten.

Eins der heranpirschenden Monstren brach zusammen, der linke Arm abgetrennt durch den Feuerstrahl. Dann fand die Kreatur ihr Gleichgewicht wieder und kroch krebsgleich weiter, ließ den verbrannten Arm vergessen hinter sich zurück, obgleich die Skelettfinger noch zuckten und sich ballten. Die Kreatur gab keinen Laut von sich, und es floß kein Blut aus der Wunde.

»*Shar!*« entfuhr es Yarol. »Können die denn nicht sterben?« Seine Waffe tanzte in seiner Hand. Der Kopf des vordersten Monstrums verwandelte sich in einen schwarzen, verkohlten Stumpf, aber das Ding zeigte kein Anzeichen von Schmerz. Es kroch langsam und stetig weiter, während die wirbelnden Sterne wie ein verderbter Heiligenschein um die verbrannten Überreste des Kopfes kreisten.

»Yarol!« rief Smith. »Doppelte Feuerkraft – wir schießen uns einen Weg durch sie hindurch frei. Folg uns, Jirel.« Ohne auf eine Antwort zu warten, legte er den Schalter am Lauf seiner Strahlenpistole um und entsandte einen sengenden Flammenstrahl in die Dunkelheit.

Die Sterne tanzten schneller, aufgescheucht. Smith spürte eine plötzliche, ungreifbare Bedrohung in ihren aufgebrachten Bewegungen. Es war, als ob plötzlich etwas Schläfriges, Träumendes aus seinem Schlummer erwacht wäre, um sich den Eindringlingen in diesem fremden Land entgegenzustellen. Aber nichts geschah; die Sterne flohen vor dem Feuerstrahl, doch die kriechenden Monstren scherten sich nicht darum. Die vertrockneten, monströsen Horden rückten unbeirrt geradewegs in die Schußlinie der Strahlenpistolen vor und verbrannten – und zerbröckelten unter den Füßen ihrer Vernichter raschelnd in Fragmente, die weiterhin zuckten und sich wanden, animiert von etwas, das zu abscheulich war, um es Leben zu nennen.

Yarol und Smith und Jirel stiegen vorsichtig über schwarze Dinger hinweg, die sich unter ihren Füßen noch immer bewegten und vorwärts krochen. Die beiden Strahlenpistolen zischten leise, während sie mit ihrem Feuer einen Weg durch die vorrückenden Monstren bahnten. Jirels gelbe Augen waren abschätzend auf Smiths Rücken geheftet, und einmal griff sie nach Yarols Dolch, der nun in ihrem Gürtel steckte. Doch sie zückte ihn nicht.

Und so gelang es ihnen schließlich, sich aus dem Bannkreis jener verschrumpelten braunen Schrecken zu befreien, obgleich Smith die Alptraumhorde noch langsam und unerbittlich hinter ihnen herkriechen sehen konnte, bis der sich verdichtende Sternennebel sie endlich verhüllte. Und die Sterne tanzten und folgten ihren seltsamen Bahnen und schienen die drei auf ihrem Marsch spöttisch zu beobachten.

Das neblige Gleißen verdichtete sich manchmal so sehr um sie herum, daß sie einander nicht mehr sehen konnten; manchmal lichtete es sich so sehr, daß sie bis weit in die Ferne schauen konnten, durch lange Korridore aus Leere, die sich zwischen den Sternen erstreckten. Am Ende eines dieser Korridore erhaschten sie endlich einen flüchtigen Blick auf einen ansteigenden Hang und wandten sich aus einer hoffnungslosen Hoffnung auf Flucht heraus in jene Richtung.

Der sumpfige Boden wurde immer fester, je weiter sie vordrangen, bis sie schließlich, als sie die Anhöhe erreichten, auf schwarzem, schartigem Fels gingen, aus dem sich eine Art sternenverhangener Berg in den Nebel erhob. Hier verdichteten sich die Sterne abermals um sie herum und nahmen den dreien die Sicht, doch sie stolperten blind den zerklüfteten Hang hinauf, klammerten sich mit rutschigen Fingern an den Felsen fest, während sie einander von einem Vorsprung zum nächsten halfen.

Während Smith den schwierigen Hang erklomm, erwachte in ihm ein so brennender Entdeckerdrang, daß jeder Gedanke an die Gefahr, in der sie sich befanden, davon verdrängt wurde. Was lag vor ihnen, welche unvorstellbaren Höhen erhoben sich dort zwischen den Sternen, was lag hinter dem Berg? Er sollte es nie erfahren.

Der Hang war mit jedem Schritt steiler und zerklüfteter geworden. Es gab kein Vorankommen, außer durch mühsames Klettern. Und dann, als er gerade Yarols strampelnde Stiefel abstützte, während sich der kleine Venusianer zum nächsten Vorsprung hochhangelte, stießen Smiths Arme gegen ein sonderbares, festes Hindernis im sternendurchsetzten Nebel über ihnen. Angespornt von dem Verlangen zu erfahren, was jenseits des Berges lag, und ganz konzentriert darauf, Yarol auf den Vorsprung über ihnen zu helfen, bemerkte er es kaum, bis jenes Hindernis sich so weit verdichtet hatte, daß er kaum noch seine Hände bewegen konnte.

Entsetzen packte ihn, denn augenblicklich erinnerte er sich an jene undurchdringliche Nebelwand, die zwischen Franga und Jirel aufgetaucht war. Er wollte seinen Arm blitzschnell zurückreißen, doch er war nicht schnell genug. Der Nebel hatte sich bereits um seine Handgelenke herum zu einer stählernen Fessel verdichtet, und nachdem Smith einen Moment lang verzweifelt dagegen angekämpft hatte, lehnte er sich kapitulierend gegen den Fels und reckte sich schmerzhaft, so daß er kaum noch mit den Zehenspitzen den Vorsprung, auf dem er stand, berührte, während er seinen Blick auf der Suche nach Franga durch die gleißende Dunkelheit schweifen ließ.

Er erkannte jetzt mit erschreckender Klarheit, daß die Gefahr im Nebel immer dicht an ihrer Seite gewesen war. Franga mußte unsichtbar neben ihnen einhergegangen sein und geduldig darauf gewartet haben, daß die Hände der Männer sich weit genug von ihren Waffen entfernten, um ihnen seine Fesseln anzulegen, bevor sie ihre Strahlenpistolen zücken konnten. Nun, das hatte er jetzt erreicht.

Yarols Stimme drang gedämpft durch den Sternennebel herab und beschwor inbrünstig alle bekannten Götter und Teufel. Smith hörte Stiefel strampelnd gegen den Felsen schlagen und erkannte, daß der kleine Venusianer mit seinen eigenen Fesseln kämpfte. Smith seinerseits stand mit ausgestreckten Armen da, den Rücken zum Berg und das Gesicht zur sternendurchsetzten Leere gewandt, die Stiefel gegen den steilen Felshang gestemmt.

Er sah Jirels Rücken ein Stück weiter den Hang hinunter, wo sie auf Smiths Ruf wartete, daß der nächst höhere Vorsprung erreicht worden sei. »Jirel!« sagte er leise und grinste sie etwas verlegen an, als sie sich zu ihm umdrehte.

»Was ist los?« Noch bevor die Frage ganz über ihre Lippen war, war sie bereits an seiner Seite und bedachte ihn mit einem lodernden Blick, als sie sah, was passiert war. »Gut so!« bemerkte sie bissig. »Das kommt davon, wenn man sich mit Zauberern einläßt! Mögt Ihr dort hängen, bis Ihr verrottet!«

»Hähä!« ertönte ein krächzendes Kichern hinter ihr. »Genau das wird er auch tun, Jirel, wenn er sich meinen Befehlen widersetzt!« Franga kam den Hang herauf, trat aus den Sternen wie aus einem dichten Nebel. Er betrachtete die beiden gefangenen Männer mit hämischem Blick, während Yarol den ungerührten Zauberer von oben mit wüsten venusianischen Beschimpfungen überschüttete.

Jirel stimmte mit einem geharnischten französischen Fluch in seine Tirade ein und drehte sich herausfordernd zu Franga herum.

Er wich einen Schritt zurück und fuchtelte mit den Händen. Abermals verdichtete sich die neblige Barriere in der Dunkelheit. Und durch sie hindurch rief Frangas triumphierende Stimme zu Smith:

»Wirst du jetzt deinen Teil der Abmachung erfüllen und Jirel den Edelstein entreißen?«

Smith preßte seinen Hinterkopf gegen den Stein und erwiderte gelassen:

»Bring uns zuerst nach Joiry zurück – vorher nicht.«

Der Hexenmeister starrte ihn in einer Mischung aus Zorn und Verblüffung an, und Smith vermeinte, in jenem Blick den wahren Grund zu erkennen, weshalb sie hierhergebracht worden waren. Franga hatte nie vorgehabt, Smith den Lohn für seine Dienste zu bezahlen oder einen von den dreien lebend entkommen zu lassen. Wenn er den Stein erst einmal in seiner Hand hielt, würden sie hier sterben, auf irgendeine grausame Weise, und ihre Knochen würden bis zum Jüngsten Tag in der Dunkelheit am Fuße des Berges bleichen. Ihre einzige Hoffnung auf Rettung bestand darin, Franga mit der Aussicht auf den Sternenstein zu einem Handel zu überreden. Also schluckte Smith die Weigerung, die ihm auf den Lippen lag, herunter und bewegte seine Schultern etwas, um seine schmerzenden Arme zu entlasten. Der Druck seiner Waffe gegen seinen Schenkel war wie ein grausamer Hohn, so nah und doch gleichzeitig so hoffnungslos weit von seinen gefangenen Händen entfernt.

»Ich denke, ich kann dich dazu bewegen, deine Meinung zu ändern«, erklärte Franga.

Er fuchtelte abermals mit den Händen, und die Sterne, die zwischen ihm und Smith tanzten, veränderten ihre Bahn. Sie sausten wie ein Schwarm von Glühwürmchen auf Smith zu und wirbelten schwindelerregend und blendend um ihn herum, so daß das Auge ihren Bewegungen nicht mehr zu folgen vermochte. Und während sie ihn so umkreisten, verwandelten sie sich in züngelnde Flammen, und dann streifte die erste seine Wange.

Die Berührung ließ Smith unwillkürlich zusammenfahren, und er riß den Kopf zurück, um der Flamme auszuweichen. Schmerz durchzuckte ihn, sengender als jeder Treffer mit einer Strahlenpistole. Über sich hörte er, wie Yarol scharf den Atem einsog, und wußte, daß auch er von den flammenden Sternen gemartert wurde. Smith biß die Zähne zusammen und fixierte den Zauberer durch den wirbelnden Nebel mit seinen stahlgrauen Augen. Die tanzenden Flammen zogen sich enger um ihn, leckten mit Dutzenden winziger Zungen über seinen Körper, und bei jeder Berührung durchzuckte ihn der glühende Schmerz ihrer Folter, bis es ihm vorkam, als würde jeder Zentimeter seines Körpers brennen.

Durch den brennenden Schmerz und das blendende Gleißen krächzte Frangas Stimme: »Wirst du meinen Befehlen gehorchen?«

Smith schüttelte trotzig den Kopf, klammerte sich selbst unter der Folter der Flammen an die verzweifelte Hoffnung, die ihm als einziges geblieben war – daß Franga nicht wagen würde, sie zu töten, solange er den Sternenstein nicht in seiner Hand hatte. Smith hatte schon früher Schmerzen ertragen müssen; er konnte sie jetzt lange genug ertragen, um Franga einen Handel abzuringen. Und Yarol mußte die Schmerzen eine Weile lang mit ihm ertragen. Der Venusianer besaß eine Art schamloser Tapferkeit gegenüber körperlichen Schmerzen, und zwar aus dem simplen Grund, daß er sie nicht ertragen konnte und alsbald ohnmächtig wurde, wenn er sie erdulden mußte. Smith hoffte, daß er diesen Punkt bald erreichen würde. »Nein«, erklärte er mit zusammengebissenen Zähnen und preßte seinen Hinterkopf wieder gegen den Felsen. Schweißtropfen standen ihm auf der Stirn, während die lodernden Flammenzungen über seinen Körper leckten und jede Berührung von neuem unerträgliche Qualen brachte.

Franga stieß ein kehliges Kichern aus und fuchtelte kurz mit der Hand. Urplötzlich begannen die wirbelnden Sterne vor Smiths Augen wie Messer zu blitzen. Wenn sie zuvor wie Flammen gelodert hatten, so funkelten sie jetzt so gleißend, daß sie das Auge blendeten. Die tiefe, unerbittliche Folter ihres Flackerns brandete wie eine Woge der Qual über ihn hinweg, so daß die Marter jeden

Gedanken an Franga oder Jirel oder Yarol oder sonst etwas außer seinem eigenen gepeinigten Leib fortspülte. Er merkte nicht, daß seine Hände oberhalb der Fesseln zu Fäusten geballt waren oder daß die Muskeln an seinen Kiefern verkrampft vortraten, während er mit aller Macht darum kämpfte, den Schmerzen keine Stimme zu verleihen. Die Welt war eine einzige Hölle aus unerträglicher Folter, die ihn auf einer glühenden Woge aus Schmerz in die Ohnmacht trug. Er fühlte nicht einmal den Ruck an seinen Handgelenken, als seine Knie unter ihm nachgaben.

Jirel hatte mit gemischten Gefühlen zugeschaut, als die wirbelnden Sterne sich um ihren hochgewachsenen Feind herum in Flammen verwandelten. Ein Gefühl des Triumphes stand dabei an vorderster Stelle, da sie in jenem Moment vor allem Abneigung und Zorn empfand. Doch irgendwie verspürte sie, die sie schon so oft zuvor reglos Folterungen zugeschaut hatte, nun eine sonderbare Schwäche in sich aufsteigen, als die Flammen über ihn züngelten und sie sah, wie Schweißperlen auf Smiths Stirn traten und sich seine Fäuste gegen den Felsen preßten.

Dann befahl Frangas verhaßte Stimme ihm, daß er ihr mit Gewalt ihren Edelstein entreißen sollte, und sie hatte sich unwillkürlich für den Kampf gewappnet, bevor sie Smiths gequältes, doch entschiedenes »Nein« hörte. Da starrte sie ihn überrascht an, während sie sich verwirrt fragte, welche Gründe ihn dazu bewogen haben mochten. Und während sie ihn so beobachtete, begann sich in ihr eine leise, zögernde Bewunderung für ihn zu regen. Jirel war eine erfahrene Kennerin von Folterungen, und sie konnte sich an keinen Mann erinnern, der diese entschlossener als Smith ertragen hätte. Ebensowenig hörte man einen Laut von Yarol, halb verborgen im Sternennebel über ihnen, obgleich auch dort die kleinen Flammen züngelten.

Dann sah sie, wie Smiths Knie nachgaben und sein Körper erschlaffte, sah ihn gegen den Berg sacken und reglos an seinen gefangenen Handgelenken baumeln. Und mit einem Mal wallte eine zornige Woge des Mitgefühls in ihr hoch, so als würden seine Schmerzen auch sie treffen. Ohne wirklich sagen zu können, wie es dazu kam, trommelte sie plötzlich mit geballten Fäusten gegen die Barriere, die sie von Franga trennte, und hörte ihre eigene Stimme rufen:

»Hör auf! Hör auf! Laß ihn gehen – ich gebe dir den Sternenstein!«

Smith hörte jenen schrillen, inbrünstigen Ausruf in den Tiefen seiner gemarterten Ohnmacht. Die Worte erinnerten ihn daran, daß außerhalb seiner brennenden Qual eine Welt existierte, und mit unsäglicher Mühe hob er seinen Kopf, fand abermals einen Fußhalt auf dem felsigen Hang und tauchte aus den Tiefen seiner Bewußtlosigkeit auf. Er öffnete seinen Mund und rief mit heiserer Stimme:

»Jirel! Jirel, du Närrin, tu es nicht! Er wird uns alle umbringen! Jirel!«

Wenn sie ihn gehört hatte, so schenkte sie ihm keine Beachtung. Sie zerrte mit beiden Händen am Kragen ihres ledernen Waffenrocks, während Franga die Barriere auflöste und gierig seine Klauen ausstreckte.

»Tu es nicht – Jirel, tu es nicht!« schrie Smith verzweifelt durch die flirrenden Flammen, als das Leder zerriß und mit einem Mal der Sternenstein blendend in ihren Händen aufflammte.

Smith starrte auf den Sternenstein, und einen Moment lang waren seine sengenden Qualen vergessen. Franga beugte sich mit angehaltenem Atem vor, die Augen gebannt auf die erhabene, bleiche Pracht des Edelsteins gerichtet. Kein Laut war zu hören an jenem seltsamen, dunklen Ort, während der Sternenstein mit seinem kalten, fahlen Licht in Jirels Fingern loderte wie ein Block aus gefrorenem Feuer. Auch Jirel starrte auf den Edelstein, sah abermals ihre Finger verzerrt durch den durchscheinenden Stein, sah abermals jenes merkwürdige Flackern, so als würde sich in den Tiefen des Steins ein Schatten regen.

Einen Moment lang schien es ihr so, als ob jene glatten, kühlen Oberflächen in ihren Händen einen Raum umschlossen, der so weit wie der Himmel war. Ein unvermitteltes Schwindelgefühl packte sie, so als würde sie in die Tiefen einer Unendlichkeit blicken, durch dessen lautlose Weiten sich etwas bewegte, das sich von einem Rand zum anderen erstreckte. War es eine Welt, die sie hier festhielt, in ihren Dimensionen so grenzenlos wie der Weltraum selbst, obgleich Jirel sie mit ihren schlanken Händen umschließen konnte? Und gab es da einen Bewohner jenes weiten, leuchtenden Orts – einen sich bewegenden Schatten, der …

»Jirel!« Smiths schmerzensheisere Stimme riß sie aus ihrer träumerischen Trance. Sie hob den Kopf und ging auf ihn zu, hielt dabei den Edelstein wie eine Lampe in ihren Händen. »Tu … tu es nicht!« flehte Smith, während der flammende Schmerz ihn durchzuckte und er sich mit aller Kraft am Bewußtsein festklammern mußte.

»Laß ihn frei!« befahl sie Franga und spürte, wie sich ihre Kehle unerklärlich zusammenzog, als sie Smiths schmerzverzerrtes vernarbtes Gesicht sah.

»Gibst du mir den Stein freiwillig?« Die Augen des Zauberers waren gierig auf ihre Hände fixiert.

»Ja – ja, aber laß ihn frei!«

Verzweiflung übermannte Smith, als er sah, wie Jirel dem Hexenmeister den Edelstein hinhielt. Er wußte, daß er sie um jeden Preis davon abhalten mußte, daß er um jeden Preis verhindern mußte, daß Franga den Stein in seine Finger bekam, und für seinen von Schmerz betäubten Verstand gab es nur einen Weg, dies zu erreichen. Er nahm sich nicht erst lange Zeit zu überlegen, wie genau es helfen sollte, sondern verlagerte sein ganzes Gewicht auf seine gefesselten Handgelenke und schwang seinen langen Körper in einem weiten Bogen durch die lodernden Sterne, während er den Edelstein aus Jirels ausgestreckten Händen trat.

Jirel stieß einen erschreckten Laut aus; Franga kreischte schrill, ein zitternder Aufschrei des Entsetzens, während der Sternenstein aus ihren Händen gegen den Bergfels geschleudert wurde. Ein lautes Splittern wie von Glas ertönte, und dann …

Und dann breitete sich vor ihnen eine bleiche, leuchtende Pracht aus, so als würde das Licht, das in dem Edelstein lebte, aus seinem zerstörten Gefängnis herausströmen. Die blinkenden

Sterne wurden von dem gleißenden Schein verschluckt, die Dunkelheit erstrahlte und hellte sich auf, die ganze Bergseite wurde in jenes friedliche, tröstliche Gleißen getaucht, das einen Moment zuvor noch in den Tiefen des Sternensteins gelodert hatte.

Franga plapperte hektisch Zaubersprüche und fuchtelte mit seinen Händen, doch nichts geschah. Es war, als wäre all seine Macht mit den erlöschenden Sternen und der vertriebenen Dunkelheit dahingeschmolzen, und er stand nun ungeschützt im gleißenden Schein jenes fremden Lichts.

Smith bemerkte es kaum. Denn als jene erhabene bleiche Pracht ihn umfing, erlosch die lodernde Marter der Sterne, so wie auch ihre Flammen erloschen, und ihn erfaßte eine derart tiefe Erleichterung ob des Endes seiner Qualen, daß er, als sich die Fesseln um seine Handgelenke auflösten, hilflos gegen den Felsen sackte und beinahe abermals in die Tiefen der Ohnmacht hinabgesunken wäre.

Ein lautes Rascheln und Scharren ertönte über ihm, und Yarols kleinwüchsige Gestalt rutschte in der völligen Entspannung der Bewußtlosigkeit vor seinen Füßen auf den Boden. Völlige Stille hüllte sie ein, während Smith tief ein- und ausatmete und seine Kräfte sammelte, während Yarol sich in den Anfängen des Erwachens regte und Franga und Jirel sich im immer heller erstrahlenden Licht des Sternensteins entgeistert umschauten.

Und mit einem Mal sauste etwas, das sich nur als ein Schatten aus Licht bezeichnen läßt, auf sie herab – ein tieferes Gleißen in der gleißenden Pracht des bleichen Tages um sie herum. Smith starrte geradewegs in das strahlende Herz hinein, doch er wurde nicht geblendet, obgleich er nicht mehr als die schemenhaften Umrisse eines Wesens ausmachen konnte, das unmenschlich und gänzlich fremdartig – doch nicht furchteinflößend oder bedrohlich – über ihnen schwebte. Eine Präsenz, so greifbar wie Feuer – und ebenso ungreifbar.

Und Smith spürte, wie er gemustert wurde, spürte einen erhabenen, abschätzenden Blick, der bis in die Tiefen seines Verstands und seiner Seele einzudringen schien. Er starrte angestrengt in das

Herz jenes gleißenden Lichts und versuchte, die Natur jenes Wesens, das ihn musterte, zu ergründen. Es war wie das anmutige Schneckenhaus eines Nautilus geformt – und doch ahnte Smith, daß seine Augen die überirdischen Kurven und Spiralen, die dem unbeschreiblichen, unerklärlichen System irgendeiner fremden Geometrie folgten, nicht gänzlich zu erfassen vermochten. Doch die Schönheit dieses Wesens konnte er erkennen, und eine tiefe Ehrfurcht erfüllte ihn sowie ein endloses Gefühl der Freude ob seiner Einzigartigkeit und Schönheit.

Franga stieß einen schrillen, heiseren Schrei aus und fiel auf die Knie, um seine Augen vor der gleißenden Pracht zu schützen. Die Luft zitterte, der Schatten aus Licht zitterte, und gleichzeitig regte sich ein wortloser Gedanke in den Köpfen der drei Menschen am Fuß des Berges.

»Wir sind dankbar für Unsere Freilassung«, sagte eine stimmlose Stimme, die so tief und ruhig und strahlend wie das Licht war, aus dem sie kam. »Wir, Die vor langer Zeit von einem mächtigen Zauber im Sternenstein gefangen wurden, gewähren euch einen letzten Gefallen, bevor Wir wieder in unsere eigene Welt zurückkehren. Bittet Uns darum.«

»Oh, bringt uns wieder heim!« rief Jirel, bevor Smith den Mund aufmachen konnte. »Bringt uns fort von diesem verwünschten Ort und schickt uns heim!«

Augenblicklich hüllte der Schatten aus Licht sie ein. Der Berg unter ihren Füßen verschwand, und mit einem Mal war alles um sie herum eine strahlende Leere. Es war, als würden sich die Wände von Zeit und Raum öffnen.

Smith hörte Frangas verzweifelten Schrei – sah Jirels Gesicht mit einer leidenschaftlichen Botschaft in ihren gelben Augen an sich vorbeisausen, während ihr rotes Haar wie ein Banner im Wind flatterte –, und dann verwandelte sich das leuchtende Gleißen um ihn herum unvermittelt in das matte Schimmern von Stahlwänden, und die polierte stählerne Oberfläche preßte sich kalt gegen seine Wange.

Er hob mühsam den Kopf und starrte stumm in die Augen von

Yarol, der ihm in der kleinen Nische der marsianischen Kneipe, die er eine Ewigkeit zuvor verlassen hatte, gegenübersaß. Der Venusianer erwiderte seinen Blick ebenso schweigend.

Schließlich lehnte Yarol sich auf seinem Stuhl zurück und rief: »Marnak! Schnaps – schnell!«, dann drehte er sich wieder um und brach in ein leises irres Gelächter aus.

Smith tastete nach dem Glas mit *Segir*-Whiskey, das er beiseite geschoben hatte, als er vor einer Ewigkeit von diesem Tisch aufgestanden war. Er legte den Kopf in den Nacken und kippte sich die Flüssigkeit mit einer blitzschnellen, steifen Handbewegung in seine Kehle, dann schloß er die Augen, als sich die vertraute Wärme in ihm auszubreiten begann. Hinter seinen geschlossenen Lidern blitzte kurz die Erinnerung an ein schönes, blasses Gesicht auf, in dessen Augen unvermittelte Leidenschaft gelodert hatte, irgendeine Botschaft, die er nie erhalten würde. Das Gesicht einer Frau, seit zweitausend Jahren tot in der Zeit, Lichtjahre entfernt im Raum, deren Staub längst von den Winden der Erde verweht war.

Smith zuckte mit den Achseln und leerte sein Glas.

Hok besucht das Land der Legenden

MANLY WADE WELLMAN

Der amerikanische Schriftsteller Manly Wade Wellman (1903–1986) schrieb Science-fiction, Fantasy, Western und Kriminalromane (die teils preisgekrönt wurden), aber seine größten Leistungen liegen im Bereich Horror/Fantasy. Zu seinen Horror-Werken gehört eine Serie um Judge Pursuivant, einen Detektiv des Okkulten. Ebenfalls erwähnenswert ist die Serie um »John the Baladeer«, einen umherziehenden Minnesänger, der es in den Bergen von North Carolina mit übernatürlichen Phänomenen zu tun bekommt. Wellman war in seiner Heimat ein angesehener Autor; in Deutschland blieb ihm eine größere Bekanntheit bis heute leider versagt.

Nur Hok konnte es vollbringen – nur Hok der Mächtige, der Stärkste und Weiseste und Tapferste des Feuersteinvolkes, dessen Häuptling er war. Denn in jenen Tagen war Gragru, das Mammut, das edelste Wild unter all jenen Tieren, die von Menschen gejagt wurden – eines zur Strecke zu bringen war ein Unterfangen, das die gesamte Jagdstärke eines Stammes erforderte. Außer Hok hätte kein Mensch daran gedacht, Gragru ganz allein zu töten.

Aber Hok hatte daran gedacht. Und bei Hok bedeutete der Gedanke schon die Tat. Als die heftigsten Schneefälle des Winters die Weiden und Wälder bedeckten, die sich Hoks Volk von den halbtierischen Gnorrls erkämpft hatte, setzte er seinen Plan in die Tat um.

Es war nicht so, daß das Essen knapp gewesen wäre. Ein verspäteter Gänsezug war erschöpft vor dem Lehmhüttendorf auf dem zugefrorenen Fluß niedergegangen, und Hoks starker junger Sohn Ptao hatte die anderen Kinder beim Fang angeführt. Hoks Bruder Zhik hatte eine Herde Elche zu ihrer plattgetretenen Lichtung in einem Weidendickicht verfolgt und plante einen Jagdausflug dorthin. Aber Hoks großer blonder Kopf war von einem Geist beseelt, der weiter dachte als der seiner Leute. Wild der genannten Art sah er bereits als alltäglich an.

An einem wolkenverhangenen, grauen und nicht allzu kalten Tag sprach er vor seinem Höhleneingang im Steilufer über den Hütten. »Ich gehe allein auf Jagd«, sagte er zu seinem Stamm. »Vielleicht dauert es ein paar Tage, bis ich wiederkomme. Während meiner Abwesenheit ist Zhik euer Häuptling.« Dann umarmte er seine hübsche Frau Oloana, daß sich ihr die Rippen bogen, und befahl dem jungen Ptao, ordentlich zu wachsen, solange er weg war. Er verließ das Dorf über den Pfad am Fluß und machte sich auf den Weg nach Süden in das Mammutland.

Seine breite hohe Gestalt war vom Hals bis zu den Zehen in Fell gekleidet. Seine langen Beine waren mit eng verschnürten Wolfsfelleggings versehen, deren Pelz nach innen gewendet war. Seine Mokassins aus doppeltem Bisonleder hatten Schäfte, die beinahe bis zu den Knien reichten, und waren ordentlich gegen Nässe eingefettet. Sein Rumpf war in das Fell eines Höhlenlöwen eingehüllt, die Arme paßten in die feingehäuteten Vorderbeine, die Mähne wärmte ihm Hals und Brust. Handschuhe aus Fuchsfell schützten seine Hände. Alle Öffnungen und losen Ecken waren stramm mit Lederschnüren zugezogen. Nur sein großer Kopf mit der goldenen Haar- und Bartmähne trotzte in seiner Blöße dem Winter.

Hinter dem Dorf hielt Hok an und schnallte sich grobe Schneeschuhe über die Füße[1]. Das Feuersteinvolk hatte diese Dinge entwickelt, als es beobachtet hatte, wie die Natur die Füße von Hasen, Schneehühnern und Luchsen breit machte, damit diese über Schneeflächen gleiten konnten. Hoks Bewaffnung bestand aus einem großen Eibenbogen, einem Köcher voller Pfeile, einer großen scharfen Axt aus blauem Feuerstein. An seiner Seite hing ein großer Rehfellbeutel, der mit Jagdgerät und Vorräten angefüllt war.

Und weiter stapfte er; seine blauen Augen suchten den Horizont ab. In weiter Ferne steckte ein Bison im Schnee fest, und die Wölfe kamen näher. Näher heran rissen dürre Raben an einem Reh, das der Frost niedergestreckt hatte. Der Winter war die Hungerzeit – fressen oder gefressen werden lautete sein Motto. Hoks Volk würde an Gragrus Kadaver reichlich zu essen haben ... Hok ging weiter nach Westen und Süden, wo er einst einen Hain aus Tannen und Wacholder entdeckt hatte.

Der Morgen wurde zum Mittag und der Mittag schon zum Nachmittag, bevor Hok den Hain erreichte. Er lächelte, als er Mammutfährten entdeckte, die groß genug waren, daß er zusammengerollt hineingepaßt hätte. Die Jagdbeute war hier gewesen. Sie würde wiederkommen. Er begann mit seinen Vorbereitungen.

Sein Lager errichtete er in der Mitte des Haines; er scharrte ein Loch in den Schnee und legte Zweige als Dach darüber. Seinen Bo-

[1] Unter anderem hat Professorin Katherine E. Dopp auf die unbedingte Notwendigkeit der Erfindung von Schneeschuhen für die Steinzeitjäger in Hoks Zeit hingewiesen.

gen und die Pfeile hängte er an einen dicken Tannenstamm, so daß sie aus der Feuchtigkeit heraus waren. Mit der Axt in der Hand suchte er eine biegsame rote Zeder aus, fällte sie und schlug die Zweige ab. Hok zerrte den Stamm zu seinem Lager und hackte und schnitzte ihn emsig zu einem langen Bogenstab zurecht, der zweimal so lang wie er selbst und in der Mitte so dick wie seine muskulöse Wade war und zwei anständig zugespitzte Enden aufwies.

Den Bogen zurechtzubiegen bedeutete selbst für Hok eine gewaltige Anstrengung. Aus seinem Beutel zog er ein langes Rohledertau hervor. Mit einem Stück davon befestigte er den Bogen quer an der großen Tanne. An jedem Bogenende befestigte er ein weiteres Seil und band diese an einem dahinterstehenden Baum fest. Danach mühte er sich wacker ab, erst das eine und dann das andere Ende zu biegen, er wandte all seine Hebelkraft auf, setzte sein Gewicht ein und band jeden Seilgewinn kürzer. Stück für Stück bog sich die starke Zeder zu einer ansehnlichen Kurve.

Als nächstes befestigte Hok seine zuvor in Schneematsch angefeuchtete Bogensehne. Als sie so stramm saß, wie er sie spannen konnte, entzündete er mehrere Feuer in einer Reihe nah daran. In der Hitze trocknete und schrumpfte die Sehne, und der Bogen spannte sich noch mehr.

Währenddessen schnitt sich Hok einen Pfeil zurecht, der zu diesem Bogen paßte; es handelte sich dabei um einen Tannensproß, der dreimal so lang wie sein Bein war. Aus seinem Beutel holte er einen langen zugespitzten Feuerstein, der länger als sein eigener Fuß und zu einer schmalen scharfen Spitze zugeschnitten war. Den verkeilte und verschnürte er in der gespaltenen Spitze der Tanne und hackte mit seiner Axt eine Kerbe mit dickerem Unterende. Den fertigen Pfeil legte er auf seinen großen Bogen.

»Meine Waffe ist zum Spannen bereit, auf daß ich damit töte«, sagte er fröhlich und machte sich an die neue Aufgabe. Ein weiterer Seilschlag hielt den Pfeil auf dem Bogen, und Hok zog das Schlagende zu einem Stumpf, der direkt dahinter aufragte. In breitbeiniger Haltung, mit schwellenden Muskeln und keuchenden Lungen zerrte und ackerte und übertraf er sich selbst, bis der Bogen zum Äußersten gespannt und das Zugseil fest um die Verankerung befestigt war. Er trat zurück und betrachtete sein vollendetes Werk. »Gut!« lobte er sich.

Er hatte einen Bogen gemacht und gespannt, der für einen Riesen aus den Kindermärchen seiner Mutter, die sie ihm vor langer Zeit erzählt hatte, passend gewesen wäre. Die starke Tanne, an der er den Bogen befestigt hatte, stellte die feste Greifhand des Schützen dar. Das Seil, das von der Pfeilkerbe ausging, war die Zughand. Nun war nur noch ein Ziel davor vonnöten.

Und dafür sorgte Hok.

Er schnitt grüne junge Wacholderzweige ab und machte daraus im Abstand von drei Schritten zwei Haufen. Dann hackte er alle Zweige und Büsche ab, die den Flug des Pfeiles beeinträchtigen mochten. Nunmehr war es Abend geworden. Hinter dem gespannten Bogen errichtete er sein Feuer, nahm etwas gedörrtes Fleisch aus seinem Beutel zu sich und legte sich schließlich zur Ruhe.

Er erwachte mit dem Morgengrauen. Es schneite. Hok erhob sich und spähte durch die kleine Gasse vor dem Pfeil.

Da kam seine Beute heran.

Gragru, das Mammut, das größer als alle Vorstellungskraft aufragte, marschierte mit schwerfälliger Würde auf das leckere Frühstück zu, das Hok ihm bereitet hatte. Der Bulle war ein Hügel aus rotschwarzen Haaren und überragte Hoks Körperlänge noch einmal in der Schulterhöhe[2]. Gewaltige gewundene Stoßzähne, von denen jeder einzelne das Gewicht eines Menschen etliche Male aufgewogen hätte, ragten aus seinem Schädel. In seinem Kopf, der wie ein pelziger Felsklotz wirkte, ragten aus einer gewaltigen Stirn kleine kluge Augen hervor. Sein langer schlauer Rüssel beschnüffelte einen Wacholderhaufen und machte sich daran, ihn dem Maul zuzuführen[3].

[2] Hierbei handelte es sich um ein Kaisermammut, das etwa vier Meter hoch aufragte. Die Überreste eines solchen Riesen können im Nationalmuseum von New York besichtigt werden.

[3] Als bei eingefrorenen Mammutüberresten die Mageninhalte untersucht wurden, stellten Wissenschaftler fest, daß Wacholder tatsächlich die bevorzugte Speise zu Winterzeiten gewesen war.

Hok zog seinen Dolch aus Rentierhorn. Das Mammut fraß weiter, verspeiste den ersten Haufen und wandte sich dann dem zweiten zu.

Hok spähte ein letztes Mal den Pfeilschaft entlang. Er zielte genau auf die Stelle, die er sich erhofft hatte, auf die haarige Flanke des Tieres. Hok setzte sein Messer an dem Zugseil an – durchtrennte die Sehnen –

Honng! Mit einem Aufjauchzen, das von freigelassener Kraft sprach, sandte der Bogen den Pfeil voran. Ein dumpfer Aufschlag erscholl, und Gragru gab ein erschrockenes Schmerzensgebrüll von sich.

»Dein Fleisch gehört mir!« brüllte Hok.

Gragru wirbelte herum und raste auf die Stimme zu. Hok riß Bogen und Pfeile von ihrem Baumhaken, packte sich die Schneeschuhe unter den Arm und tänzelte gewandt beiseite. »Ich habe dich erlegt!« schrie er. »Ich, Hok!«

Gragru stampfte durch das Unterholz und spähte wütend nach rechts und links, wo denn sein Feind sei, doch Hok hatte sich schlauerweise hinter ihn begeben. Ein wütendes Durchstöbern des Unterholzes brachte kein Ergebnis – dann strebte Gragru wieder der Weite entgegen. Sein Blut strömte zu beiden Seiten aus den Wunden, wo ihn der Tannenstamm durchbohrt hatte, aber immer noch stand er sicher auf seinen großen baumstumpfähnlichen Beinen.

Hok trat an den Rand des Wacholderhaines. »Du wirst mir nicht entkommen!« schrie er zum Mammut hinüber. »Hok wird dich fressen!«

Diesmal griff Gragru nicht an. Er wußte, daß der Tod ihn durch Haar und Haut und Knochen bis in seine Lungen hinein durchbohrt hatte. Keine Zeit blieb mehr für Kampf oder Rache – nur für das eine, das jedes Mammut in seiner letzten Stunde tun muß …

Er wandte sich um und stapfte durch den Schnee gen Süden.

Hok behielt ihn im Auge. Er erinnerte sich an die Geschichten seiner Vorväter.

»Gragru geht zum Totenplatz des Mammuts, zum Grab seines

Volkes, das noch kein Mensch gefunden oder gesehen hat[4]. Ich werde ihm an diesen Ort folgen – und das große Geheimnis entdecken, wo das Mammut seinen Sterbeplatz hat!«

Rasch zog er sich die Schneeschuhe über, stapfte die Schneewehen hinan und folgte Gragru, der nur noch ein schrumpfender bräunlicher Klecks in mittlerer Entfernung war.

Gragrus Sterbeplatz

Sogar der Elefant, der heruntergekommene neuzeitliche Neffe aus Gragrus Volk, kann ein gutes Pferd im Spurt oder während eines Tagesmarsches einholen; und das Tier, dem Hok folgte, gehörte zu den größten und ausdauerndsten seiner Art. Trotz der Wunde, des Schaftes in seinem Körper und des tiefen Schnees stampfte Gragru schneller voran, als Hok es zu seinen besten Zeiten vermocht hätte.

Allerdings hatte der hochgewachsene Häuptling auch eine deutliche Spur, der er folgen konnte – eine tiefe Furche im Schnee, die mit Blutstropfen und -spritzern gesprenkelt war. »Gragru wird nicht entkommen«, schwor er sich und beschleunigte seinen Schritt. Der aufkommende Wind trieb Schneeflocken vor sich her, wehte ihm um die breiten Schultern und half ihm voran. Vor ihm lag eine Schlucht, deren zentraler Wasserlauf viele Mannslängen tief unter altem Schnee floß. Gragru hielt sich wohlweislich an einer Hangseite und drang in ein Gebiet vor, das von Hoks Dorf mehr als eine Tagesreise weit entfernt lag. Hok hatte hier bisher nur wenige Male gejagt.

Und so strebten sie weiter, der Jäger und die Beute, durch den Morgen und durch den Nachmittag. Der Abend nahte, und Hok

[4] Ähnliche Legenden werden von neuzeitlichen Elefanten und ihren »Friedhöfen« berichtet – tatsächlich findet man nur selten die Kadaver von Elefanten, die auf natürliche Weise gestorben sind. Die großen Mammutfossilstätten in Rußland, aus denen in vorsowjetischer Zeit jährlich bis zu 100 000 Pfund Elfenbein gewonnen wurden, können als Beleg für Hoks Glauben stehen.

hielt sich nicht mit einem Lagerfeuer auf, sondern kaute während seines Laufes an einem Streifen aus Trockenfleisch. Am längsten hielt er inne, um in seinen bloßen Händen Schnee zu schmelzen und ihn zu trinken. Dann ging es weiter in die Abenddämmerung. Die Wolken lockerten sich ein wenig auf, und das Licht des Halbmondes zeigte ihm Gragrus Fährte.

Mit Einbruch der Nacht hörte er auch das Heulen von Wölfen, die winterlicher Hunger peinigte. Natürlich waren sie hinter ihm her[5]. Das Gebot der Vorsicht hätte nach einem sicheren Baum oder wenigstens einem hohen Felsen verlangt, der ihm den Rücken deckte; aber Hok war nur äußerst selten vorsichtig. Er hielt gerade lange genug inne, um einen geraden Eschenstab abzuschneiden, der noch um einiges länger als er selbst war. Dann trabte er weiter und spitzte derweil den Stab mit seinem Hirschhornmesser zu. Diesen improvisierten Spieß trug er dann in der rechten Hand so, daß die Spitze nach hinten wies.

Das Geheul der Wölfe kam näher, wurde lauter. Als sie Hok erspähten, wurde es noch lauter und unheimlicher. Nach seiner Schätzung waren es etwa fünf oder sechs magere und wilde Tiere. Ohne anzuhalten, behielt er den Pfad hinter sich aus dem Augenwinkel im Blick. Als sie näher kamen, wurden einige vorsichtig und hielten sich zurück. Nicht so der Rudelführer – er raste auf Hok zu und sprang ihn an.

Darauf hatte Hok gewartet. Sein umgekehrter Spieß zuckte nach hinten. Die starke Eschenspitze traf den Wolf mitten in der Luft in die Brust, und der eigene Schwung trieb den Schaft nur noch tiefer in den Körper der Bestie. Ein wilder Todesschrei erklang, Hok ließ die Waffe los und trabte weiter. Hinter ihm erhob

[5] Zur gleichen Zeit wie Hoks Volk lebte auch *Cyon alpinis fossils*, eine Wolfsart, die größer, stärker und wahrscheinlich auch aggressiver als neuzeitliche Wolfsarten war. Tiere dieser Art hatten das größere Wild jener Zeit verfolgen und zur Strecke bringen müssen, und vor einem Kampf mit Menschen wären sie nicht unbedingt zurückgeschreckt. Unter den bemerkenswerten steinzeitlichen Kunstwerken befindet sich mindestens eine Wolfsdarstellung – ein lebensechtes mehrfarbiges Bild an der Wand der Höhle zu Font-de-Gaume, ehemals Heimat und Kunststätte einer Gruppe der prächtigen Cromagnons, also von Hoks Volk.

sich ein gieriges Getümmel – wie er es geplant hatte, waren die anderen Wölfe zurückgeblieben und verzehrten nun ihren dahingegangenen Anführer.

»So enden oft die Tapfersten«, sagte Hok weise und beschleunigte den Schritt, um die verlorene Zeit aufzuholen.

Die lange Schlucht endete in einem zugefrorenen See. Dahinter, in südlicher Richtung, lagen buschbewachsene Hügel. Gragrus schwankende Fährte machte deutlich, wie schwer es ihm fiel, diese Hügel zu ersteigen, und Hok holte einen Teil der Entfernung auf, die er auf der Ebene eingebüßt hatte. Als der Mond kurz vor Tagesanbruch unterging, holte Hok ihn ein. Gragru hatte sich ausgeruht und wirkte wie ein großer buckliger Felsen mit einem zottigen Pelz. Hok heulte triumphierend auf, Gragru wurde aus seiner Ruhe aufgeschreckt und setzte seinen Weg nach Süden fort.

Ein weiterer Tag – der zweite der Verfolgungsjagd, der dritte der Abwesenheit vom heimischen Herd. Selbst Hoks wundersam ausgebildete Beine begannen allmählich unter dem ständigen Stapfen in den Schneeschuhen zu ermüden, und sogar Gragrus gewaltige Kraftreserven mußten sich vor Schmerz und Mühsal erschöpfen. Wenn er die Gelegenheit gehabt hätte, sich auszuruhen und sich zu pflegen, hätte die Luft die Wunden verschlossen und verschorft, aber der Schaft steckte immer noch in ihm, regte sich und verursachte weitere Blutungen. Der Pfad führte nun durch dichter werdende Büsche, und nachdem Gragru einmal kurz vorgeprescht war, hatte Hok einen weiteren Vorteil für sich: Nunmehr konnte er auf der vorgetretenen Spur dem Mammut leichter durch das schneewehenbedeckte Unterholz folgen. Am Nachmittag fiel weiterer Schnee in schon fast stürmischer Stärke.

Damit er die Fährte nicht ganz verlor, setzte Hok seinen Weg nun unmittelbar in Gragrus Fährtenstapfen fort, anstatt die festeren Schneewehen daneben zu beschreiten.

»Er wird schwächer«, sprach Hok zu sich selbst und betrachtete frische Blutspuren. »Hier hat er sich auf den Knien ausgeruht. Da drüben fiel er auf die Seite. Tapferes Tier, daß er wieder aufgestanden ist! Wird er den Sterbeplatz erreichen?«

Hok bewunderte Gragru aus ganzem Herzen und wünschte sich beinahe, daß das Tier den Sieg davontragen würde, aber er wurde nicht langsamer. Hok war müde, aber erwärmt von den Anstrengungen und noch lange nicht am Ende seiner Kraft.

Und wieder die Nacht. In der Finsternis marschierte Hok beharrlich weiter. Irgendwo vor ihm mußte Gragru anhalten. Seine Wunde mühte sich grimmig und nach Kräften zu heilen. Ein- oder zweimal langte der Rüssel des Mammuts nach hinten und befühlte den Schaft. Aber in dem gewaltigen Schädel war zuviel Weisheit, als daß Gragru das schmerzende Ding herausgezerrt hätte – dann wäre das Tier sofort verblutet. Als die tiefste Finsternis die Morgendämmerung ankündigte, schloß Hok wieder zu seiner riesigen Beute auf. Erneut setzte Gragru sich in Bewegung und machte sich am dritten Tag der Jagd einmal mehr auf den Weg.

Mittlerweile zitterten und stolperten die gewaltigen Beinsäulen. Wieder und wieder stürzte Gragru zu Boden. Nach jedem Sturz erhob er sich mühsam, stöhnte und keuchte, blieb jedoch stur. Ein ausgeruhter Jäger hätte ihn nun eingeholt – aber so wenig Hok es auch zugeben wollte, war er doch nun selbst fast am Ende. Seine breite Brust pumpte wie die eines Brüllfrosches. Er atmete durch den Mund, und die Feuchtigkeit hinterließ Eiszapfen in seinem goldenen Bart. Der Frost biß in sein Gesicht, und er rieb es sich mit Schnee ab. Nur seine bewußte Erfahrung hielt ihn davon ab, sich seiner Felle als überflüssiges Gewicht zu entledigen. Gegen Mittag machte er das erste Mal Rast. Anstatt sich hinzusetzen und, wie er wohl wußte, zu versteifen, lehnte er sich gegen einen Felsen und rang nach Atem. Nach einer kurzen Pause und einem Happen Trockenfleisch war er gerade eben noch in der Lage, die Verfolgung in störrischem Wandergang wiederaufzunehmen.

»Gragru«, sagte er zu dem Flüchtling weit vor ihm, »du bist stark und tapfer. Jeder Mann außer Hok würde sagen, daß du gesiegt hast. Aber ich habe noch nicht aufgegeben.«

Die Reise führte bis zum Nachmittag über eine weite flache Ebene, die in der Ferne von weißgipfeligen Bergen gesäumt wurde und keine oberhalb des Schnees sichtbaren Wasserläufe oder

Bäume aufwies. Beinahe an ihrem anderen Ende stieg das Land zu einem Felskamm auf, hinter dem ein sonderbarer Schattenstreifen zu sehen war. Vor sich erblickte Hok Gragru. Das Mammut konnte kaum noch durch die Schneewehen kriechen, taumelte und zitterte vor Schwäche. Hok griff auf seine letzten Kraftreserven zurück, zwang seine schmerzenden Füße in den Schneeschuhen zu schnellerem Gang. Tatsächlich holte er auf.

Die Entfernung zwischen ihnen verringerte sich. Hok zog die Axt aus dem Gürtel und wog sie in der behandschuhten Linken. Wenn er ihn erreichte, so sagte er sich, würde er die Sehne von Gragrus Hinterbein durchtrennen und ihn so endgültig zu Boden zwingen. Danach mußte er nahe genug kommen, um den Schaft herauszuzerren, so daß ein letzter Blutverlust das Leben des Tieres beenden würde. Dann – aber Hok wünschte sich nur noch ein Lager, ein Feuer, Schlaf.

Er arbeitete sich näher heran. Und näher. Gragru war nur noch fünfzig Schritte vor ihm und stolperte auf den Felskamm hinter dem Hang zu. Auf dem Grat drehte er sich langsam und unbeholfen um. Sein Kopf erbebte zwischen seinen großen zottigen Schultern, schlaff hingen die Ohren und der Rüssel herunter. Seine geröteten, gequälten Augen richteten sich auf Hok wie die eines Kriegers, der den Tod vor sich sieht. Hok hob ehrerbietig die Axt.

»Gragru, dieses Abenteuer gereicht mir zur Ehre«, keuchte er. »Wenn ich dein Herz esse, werde ich mehr Kraft und Schläue und Mut erhalten, als ich je erlebt habe. In mir wirst du weiterleben. Jetzt mache ich ein Ende.«

Er schüttelte die Schneeschuhe von sich, um rascher auf Gragus kraftloses Hinterteil zurennen zu können. Doch bevor er losrennen konnte, handelte Gragru von sich aus. Er langte mit dem Rüssel zu dem Schaft in der Wunde.

Hok entspannte sich lächelnd. »Was denn, du willst aus eigenem Willen sterben? Dann sei es so! Dir sei die Ehre zuteil, Gragru zu töten!«

Mit letzter Kraftanstrengung schwoll der Rüssel des Mammuts an. Er legte sich um das Ende der Lanze, riß und zerrte, zog den

Schaft ganz hindurch und heraus. Mit einem Schlenker des Rüssels flog die rotverkrustete Waffe hinter den Felskamm außer Sicht. Dann, während ihm zu beiden Seiten das Blut aus den Wunden sprudelte, schleppte sich Gragru in die gleiche Richtung. Hinter dem Felskamm brach er offenbar zusammen.

»Er gehört mir«, flüsterte Hok in die Eiszapfen in seinem Bart und hob die Axt. Im Jagdfieber rannte er los. Er war so schnell, daß er erst zu spät sah, was sich auf der anderen Seite des Felskamms befand.

Eigentlich gab es keine andere Seite. Hinter diesem höchsten schneebedeckten Punkt fiel der Boden senkrecht in ein weites tiefes Tal hinab. Acht oder zehn Schritte ging es lotrecht in die Tiefe, dann neigte sich ein steiler schlammiger Hang hervor. Hok spürte, wie feuchte Wärme zu ihm aufstieg, als ob ihm Luft aus einer Höhle, in der viele Feuer brannten, entgegenschlug. Weit unter ihm sah er dichtes weites Grün und einen blauen Dunst darüber, als ob er Regenwolken von einer Bergspitze beobachtete. Das alles gewahrte er in einem kurzen Augenblick.

Dann glitten unter ihm die Mokassins vom Rand, und er stürzte hinab.

Mit wirbelnden Gliedern traf er auf dem Hangansatz auf und rutschte dann wie ein Otter über ein Flußufer hinunter. Vielleicht schlug er dabei mit dem Kopf gegen etwas Hartes. Vielleicht schloß er bei der Rutschfahrt auch nur die Augen.

Jedenfalls glitt Hok in den Schlaf wie in warmes Wasser. Er spürte nicht einmal mehr, wie er auf ein festes Hindernis traf, das seine Rutschfahrt unterbrach.

Der Dschungel unter dem Schnee

Hok streckte sich, gähnte, öffnete die Augen. »Wohin bin ich gestürzt?« wollte er von der Welt wissen und sah sich um, um sich die Frage selbst zu beantworten.

Er war in ein großes dichtes Immergrüngebüsch geplumpst und

hatte dort so behaglich wie in einer Hängematte gelegen. Aus Zufall oder durch Instinkt hielt er immer noch seine große Feuersteinaxt umklammert. Über ihm stieg der Hang steil an, und darüber sah er den schneebedeckten Gratsaum. Aber er selbst hielt sich in frühlingshafter Wärme auf, und es lag nicht der geringste Schnee – es gab nur Feuchtigkeit.

Hok rappelte sich aus seinem Bett aus Zweigen auf und machte eine Bestandsaufnahme von sich selbst. Sein Sturz hatte seine Kleidung völlig mit Schlamm verdreckt. »Pah!« sprach er angewidert zu sich selbst und wischte mit seinen Handschuhen Gesicht, Haar und Waffen ab. Ein Blick in den Himmel verriet ihm, daß es Morgen war – er hatte seine vierte Nacht seit Beginn dieser Reise verschlafen.

Dann sah er nach unten. Das Tal schien zu dampfen und zu flimmern. Weit unten machte er dichtes Laub und hohe Baumwipfel aus. Ein oder zwei Vögel huschten durch den Dunst. Hok verzog das Gesicht.

»Der Sommer verschläft wohl die Kälte wie ein Höhlenbär«, stellte er fest. »Ich werde hinuntersteigen und nach Gragrus Leiche suchen.«

Triebe, Büsche und Buschgruppen lieferten ihm Halt für Hände und Füße, sonst wäre er wieder hinuntergerutscht. Je tiefer er hinabstieg, desto wärmer wurde es. Ab und zu hackte er einen tiefen Schnitt in einen größeren Baum, um seinen Rückweg zu markieren. Ihm fiel auf, daß es sich dabei häufig um Sommerbäume handelte, die dichter und grüner bewachsen waren als alle anderen, die er je gesehen hatte.

»Ist das denn das Alte Land des sicheren und leichten Lebens?[6]« fragte er sich.

Er legte die Leggings und die Handschuhe und die verdreckte

[6] Der dänische Dichter und Gelehrte Johannes V. Jensen begründet seine gefeierte »Saga von der Langen Reise« auf den uralten Mythos eines warmen Verschwundenen Landes – Menschen der Eiszeit erinnerten sich an die tropischen Umgebungen, in der sich die ersten Menschen entwickelten, die dann von den Gletschern verdrängt wurden.

Löwenhaut ab und verschnürte sie zu einem Tragebündel. Als er weiter hinabstieg, stieg die Temperatur in noch tropischere Höhen, und er hängte die überflüssige Kleidung in einen Zweig eines Farngebüschs. »Ich hole sie mir auf dem Rückweg wieder«, beschloß er bei sich und setzte seinen Abstieg in Schurz und Mokassins fort. Bogen, Köcher und Beutel hängte er sich über die Schultern; den Hirschhorndolch hatte er sich in den Ledergürtel gesteckt. Die große Axt behielt er in der Rechten, um auf alles vorbereitet zu sein, was sich ihm in den Weg stellte.

Der erste Herausforderer kam nicht aus dem Tal herauf, sondern stieß aus der dunstigen Luft auf ihn hernieder. Hok erblickte graugrüne Schwingen, die viermal länger waren als seine beiden ausgestreckten Arme, und zwischen ihnen etwas, das aussah wie der Alptraum eines Storches. Die Schwingen flatterten tosend – als sie auf ihn hinabstießen, sah er, daß sie unbefiederte Spannhäute waren, wie sie Fledermäuse aufwiesen –, und zwei schuppige Fußfänge schlugen nach ihm[7].

»*Khaa!*« schrie Hok angewidert auf und machte sich zur Verteidigung bereit. Den Ansturm parierte er mit seiner Axt. Nur die flache Seite des Feuersteins statt der Schneide traf das Ungeheuer und fing den Angriff ab. Der lange dürre Hals zuckte herunter, und die scharfen Zähne des Schnabels schlossen sich um Hoks Haar. Einen Augenblick später umklammerten die Eidechsenkrallen den Axtstiel. Hok merkte, wie er taumelnd in die Höhe gezerrt wurde.

Sie rangen um die Axt. Das Wesen konnte kaum Hoks Gewicht vom Boden heben, und es war auf Töten aus und nicht auf lebendige Beute. Ein langer Schwanz drosch keulengleich auf ihn ein, häßliche handähnliche Klauen an den Flügelgelenken kratzten und fuhren ihm über Brust und Hals. Hok baumelte in der Luft und stieß schließlich ein wildes Gelächter aus.

»*Ahai!* Du willst Hok fressen, du Untier? Das ist schon anderen

[7] Die Pterodaktylen (dieses Wesen gehörte wohl zu den letzten seiner Art) hatten Flügelspannweiten von bis zu fünfundzwanzig Fuß (etwa 7,50 Meter), und die Schnäbel wurden bis zu vier Fuß (etwa 1,20 Meter) lang.

nicht bekommen!« Eine Hand löste sich von der Axt und zog den Dolch aus seinem Gürtel. Er stieß empor und durchbohrte den schuppigen Hals bis zum Knochen.

Die Kiefer lösten sich aus Hoks Haar und stießen ein erschrockenes Kreischen aus. Nach Schlangen stinkendes Blut überschüttete Hok, und die beiden stürzten hinab. Die Schwingen flatterten zwar unbeherrscht, fingen den Fall jedoch teilweise auf, und Hok war geistesgegenwärtig und stark genug, seinen Feind unter sich zu bringen und auf ihn zu stürzen. Sie trafen einige Schritte unterhalb der Stelle, an der der Kampf begonnen hatte, auf dem Abhang auf. Hok hielt das zappelnde Ungeheuer mit dem Fuß fest und hieb es mit seiner Axt beinahe in zwei Teile. Dann trat er zurück und rümpfte angewidert die Nase.

»Khaa!« schnaubte er wieder und wischte sich das übelriechende Blut mit Farnwedeln ab. »Wenn diese Vogelschlange mich gefressen hätte, dann wäre ich zweifach gestorben. Sind da noch mehr?«

Seine Frage wurde sogleich beantwortet. Trockenes Flattern, schrilles Gekreische – Hok flüchtete sich in ein Gebüsch und sah ein Dutzend weiterer Vogelschlangen herabstoßen, um ihren getöteten Bruder zu zerreißen und zu verschlingen. Der Anblick hätte sogar einem Gnorrl den Magen umgedreht. Hok zog sich über den Abhang zurück.

Nun wurde der Hang weniger steil, und die Bäume wurden größer. An diesem Morgen setzte Hok seine Reise ohne weitere Fährnisse fort. Als er Hunger bekam, aß er einige fremde Früchte von den Bäumen oder Ranken, an denen er Vögel picken sah. Einmal schalt ihn auch ein seltsames Wesen, das wie ein kleiner Mann mit einem Schwanz aussah[8], ihn mit schriller hoher Stimme aus und warf mit einer großen rauhfaserigen Nuß nach ihm. Hok wich dem Geschoß aus, spaltete es und genoß das weiße Fleisch und den milchigen Saft.

[8] In Hoks heimischem Europa sind keine Affenarten entdeckt worden, die aus jüngerer Zeit als dem Pliozän stammen; aber der Paläontologe Osborn weist darauf hin, daß die baumbezogenen Lebensgewohnheiten dieser Tiere das Auffinden vollständiger Überreste erschwert.

»Danke, kleiner Bruder!« rief er dem zwergenhaften Nußwerfer zu.

Gegen Mittag hatte Hok eine Stelle erreicht, von der aus er den Boden des Tales erspähen konnte.

Und mit dem Spähen hatte er seine Schwierigkeiten, denn dämmriges Dunkel herrschte dort. Dämpfe, Nebelwolken, erdige Gerüche stiegen daraus auf. Es war ein Sumpf, aus dem die dicksten und höchsten Bäume aufragten, die Hok jemals gesehen hatte. Sie wuchsen dicht an dicht, waren mit den Wurzeln von Ranken und Kriechgewächsen miteinander verflochten, dunkle Schimmelketten verknüpften sie, und schmutzige Teiche umgaben ihre Stämme. Bissige Insektenschwärme stiegen auf, und Hok zog sich schimpfend zurück.

»Ich sehe hier keine Spur von Gragru«, sagte er. »Ich gehe seitwärts weiter.«

Er schlug einen Baum ab, um seinen Wendepunkt zu kennzeichnen, und blieb auf gleicher Höhe am Hang. Er hatte auch nicht mehr weit zu gehen, bis er Gragru entdeckte.

Hier befand sich die Grabesstätte der Mammuts. Über ihm war ein Durchgang durch Dickicht und Baumbestand, der von den stürzenden rollenden Massen toten oder sterbenden Mammutfleisches gerissen worden war. Am Boden des Durchgangs erhob sich ein stinkender Haufen von Überresten. Hok hätte sie nicht zählen können – dort mußten Tausende von verwesten und verfaulten Kadavern mit grauen Knochen und weißen gebogenen Stoßzähnen liegen. Auf dem höchsten Punkt lag das frischeste von ihnen, Gragru, seine Beute. Und daneben befand sich etwas, das Hok beim Töten zuvorgekommen war.

»Erst Vogelschlangen«, brummte Hok, »und jetzt auch noch Elefantenschweine.«

Denn das Wesen war größer als ein Elefant und häßlicher als ein Wildschwein. Sein gewaltiger schiefergrauer borstiger Rumpf hockte über dem Kadaver. Der schmale breitschnauzige Schädel senkte sich, und mächtige Reißzähne fetzten Gragru die Haut vom Leibe und legten das zarte Fleisch darunter frei. Der Kopf, größer als der eines Flußpferdes, hob sich, als Hok in seinem Gesichtsfeld erschien. Zwei kleine verschleierte Augen starrten ihn mit dem bleichen kalten Blick einer Eidechse an. Das Maul kaute schlürfend an blutigen Fetzen, und Hok entdeckte nach unten gerichtete messerscharfe Stoßzähne. Auf der niedrigen Stirn, der Schnauzenkrümmung und der Maulspitze ragten hornähnliche Vorsprünge in die Höhe – drei Paare[9].

Die gewaltige Bestie starrte Hok mit ihrem Eidechsenblick an, setzte die Vorderbeine auf Gragrus Kadaver und schob sich nach vorne. Die blutigen zahngesäumten Kiefer schienen sich in Vorfreude auf andersartiges Fleisch zu einem Grinsen zu verziehen.

»Bestie«, richtete Hok das Wort an das Ungeheuer, »ohne Einladung bist du gekommen, um meine Beute zu fressen. Du selbst wirst mein Fleisch werden, damit du das ersetzt, was ich getötet habe.«

Er hob den bereits gespannten Bogen und langte über die Schulter nach einem Pfeil. In diesem Augenblick setzte sich das Elefantenschwein in Bewegung.

Trotz seiner ungeschlachten Masse kam es mit der Geschwindigkeit einer Antilope heran; den gewaltigen Rachen hatte es aufgerissen, um ihn zu packen und zu zerreißen. Hok zog rasch den langen Pfeil in voller Länge zurück und schoß ihn mitten in die lange heraushängende Zunge. Das Ungeheuer blieb mitten im Lauf stehen, stieß einen schrillen gurgelnden Schrei aus, hob eine hornzehige Pfote und tastete nach der Wunde. Hok zog sich in ein dichtes Gebüsch zurück und legte einen neuen Pfeil auf.

Das Gebüsch hätte ihn vor dem Angriff eines Büffels oder eines Löwen beschirmt; aber die Masse dieses Feindes verhielt sich zu der eines Büffels oder eines Löwen wie die eines Fuchses zu der ei-

[9] *Dinoceras ingens*, eines der größten und häßlichsten der Dinocerata, hatte seine Blütezeit im Eozän und kann auch später noch überlebt haben. Es vereinigte Eigenschaften von Rhinozeros und Schwein auf sich, und anhand der Zähne läßt sich sagen, daß es tierische und pflanzliche Nahrung zu sich nahm. Die vielen Kopfbuckel können primitive Hörner gewesen sein. Man hat Exemplare gefunden, die zwölf Fuß (etwa 3,60 Meter) lang waren und eine Schulterhöhe von acht Fuß (etwa 2,40 Meter) aufwiesen.

nes Kaninchens. Das Biest brach durch das Unterholz und knickte starke Äste wie Schilfhalme. Der leichtgewichtigere Hok hatte Schwierigkeiten, seinem ersten blindwütigen Ansturm auszuweichen. Er brach aus dem Dickicht heraus, und das Elefantenschwein tat es ihm nach. Es erspähte ihn, wirbelte herum und griff ein weiteres Mal an.

Er feuerte einen weiteren Pfeil genau auf eines der starren Augen ab. Der sechsbuckelige Kopf zuckte in diesem Augenblick zur Seite, und der Schaft bohrte sich in eine Nüster. Wieder gellte ein furchtbarer Schrei aus Wut und Schmerz. Hok tauchte dem Vieh regelrecht unter den Füßen weg, als es auf ihn zuraste, und stellte fest, daß er zum sumpfigen Talboden abgedrängt wurde. Zwischen den Bäumen erhob sich eine große säulenähnliche Masse, ein Stamm, den nicht einmal dieses scheußliche Ungeheuer niederreißen konnte. Hok rannte darauf zu und versuchte über die rauhen Borkenfurchen hinaufzuklettern.

»Du kannst nicht schnell genug klettern«, sagte eine Stimme aus dem Baum. »Komm herein, damit ich dich sehen kann.«

Der Mann im Baum

Selbst einem so klugen und scharfsichtigen Jäger wie Hok passiert so etwas oft. Ehe die Stimme in der Spache der Menschen[10] zu ihm sprach, hatte er nicht bemerkt, daß in dem riesigen Stamm ein großes Loch klaffte, pechschwarz und groß genug, daß er hineinschlüpfen konnte.

[10] Die alte Legende, die im Buch Genesis und anderen Stellen erwähnt wird, daß nämlich »einst alle Menschen eine Sprache sprachen«, mag sehr wohl auf Tatsachen beruhen – man denke nur an die Ähnlichkeiten bestimmter Schlüsselwörter zwischen so weit verstreuten Völkern wie Walisern, Persern und Mandanindianern. Selbst in der Steinzeit hat es Handel und Bündnisse gegeben, was bedeutet, daß die Menschen einander verstanden haben mußten. Damals waren die Sprachen einfach. Nur sehr unterschiedliche Völker wie die tierhaften Gnorrls oder die Neandertaler verwendeten eine deutlich andere Sprache, die schwerer auszusprechen und schwerer zu verstehen war, was auf Strukturunterschiede der Kiefer, der Gehirne und der Lebensweisen zurückzuführen war.

Der Baum selbst war gar kein Baum. Denn Bäume sind aufrechte starke Pflanzengewächse – bei diesem hier schien es sich um eine hohe enggewundene Spirale zu handeln, als ob jemand ein Tau aufgerollt oder ein Wurm einen großen Kokon gesponnen hätte. Zwischen zwei aufeinanderliegenden Holzschlingen klaffte das Loch.

»Beeile dich«, bat die Stimme aus dem Loch.

Hok sah, daß das Elefantenschwein sich nach einem kurzen Moment des Ausspähens und Ausschnüffelns behäbig drehte und wieder auf ihn losstürmte. Eine dritte Einladung wartete er nicht mehr ab, sondern stürzte sich Hals über Kopf in das Loch. Mit einem heftigen Tritt und etwas Gezappel fand er sich in bequemer Düsternis wieder, die von festem Schutz um ihn zeugte. Einen Augenblick später krachte das große Vieh mit einer Wucht dagegen, die sämtliche Fasern des sonderbaren starken Gewächses erbeben ließ, in dem Hok Zuflucht gefunden hatte.

»Er kann nicht hindurchbrechen«, versicherte ihm die Stimme aus nächster Nähe. »Diese Ranken sind stärker als Rmanth, der Töter, selbst.«

Hok entdeckte einen dunklen, schlanken stillen Umriß. »Ranken?« wiederholte er. »Aber das ist doch ein Baum, ein toter ausgehöhlter Baum.«

»Der Baum, der einst hier stand, ist nicht nur tot, er ist verschwunden«, unterrichtete ihn die Stimme gelassen. »Wenn hier Licht wäre, könntest du es selbst sehen.«

Einen Augenblick lang herrschte Schweigen, während Hok über diese Behauptung nachdachte. Draußen schnüffelte das Elefantenschwein, das offenbar Rmanth genannt wurde, an der Öffnung wie ein Schakal am Rattenloch.

»Du klingst nicht wie ein Spötter«, verkündete Hok seine Einschätzung. »Und es ist wahr, daß uns ein seltsames Gewächs umgibt. Was das Licht angeht, warum machen wir kein Feuer?«

»Feuer?« wiederholte der andere unsicher. »Was ist das?«

Hok konnte ein Schmunzeln nicht unterdrücken. »Das weißt du nicht? Feuer gibt Licht und wärmt dich.«

»Wärme, nun, hier ist es niemals kalt. Und Licht – das mag ich nicht besonders.«

»In dieser Finsternis braucht man Licht«, beschloß Hok gewichtig. »Wenn du wirklich kein Feuer kennst, dann kann ich es dir besser zeigen, als ich es erklären kann.«

Mit den Händen tastete er über den Boden der Höhle. Er schien aus Erde zu sein, und allerlei Zeug lag darauf. Er fand etwas verfaultes Holz, dann einige größere Stücke und fegte sich einen Feuerplatz frei. Aus seinem Beutel holte er, was nötig war – einen flachen Kienspan mit einer Einbuchtung, einen geraden spitzen Stock aus hartem Holz, einen Klumpen aus trockenem Moos.

»Und so«, verkündete Hok, »macht man Feuer.«

In der Dunkelheit nahm er den Stock zwischen beide Hände und drehte ihn rasch. In der Einkerbung des Spanes erhitzte sich die Spitze durch die Reibung. Innerhalb weniger Augenblicke roch Hok Sengendes und dann Rauch. Ein schwaches Glühen war in der Dunkelheit zu erkennen. Er nahm den Stab fort und hielt seinen Mooszunder an die kleine Holzmehlglut. Die aufsteigende Flamme nährte er mit Splittern, dann mit größeren Stücken. Das Feuer wuchs. »Da!« rief Hok und hatte nun Zeit und Licht, um sich umzusehen.

Sein erster kurzer Blick zeigte ihm seine Zuflucht – eine kreisförmige Höhle von zwei Mannslängen Durchmesser, deren Wände aus den dicken holzigen Spiralen bestanden. Die Höhlung erstreckte sich weit in die Höhe, und an einem fernen Gipfelpunkt blinkte eine Art weißer schimmernder Stern. Der Boden bestand aus gestampftem Ton und Lehm, und uralte Holzspäne lagen überall verstreut. Sein zweiter Blick zeigte ihm seinen Gefährten.

Sein Leib war schlanker und kleiner als der eines Angehörigen des Feuersteinvolkes. Die Schultern waren gekrümmt, die Muskeln waren drahtig, anstatt zu schwellen, Hüften oder Waden waren nicht zu sehen. Um die schlanke Lende hing ein aus groben Pflanzenfasern gewebter Schurz, an dessen Gürtel eine kleine Axt von sonderbarer Machart sowie eine Art Messer hingen. Die Füße, die Hok entgegengestreckt wurden, sahen wie Hände aus. Der große Zeh stand weit zurück und konnte offenbar selbständig greifen. Auf der Brust – die im Verhältnis zu ihrer Schlankheit eine ansehnliche Tiefe aufwies – sowie auf den Außenseiten der Arme und Beine wuchs langes dünnes Haar von rotbrauner Farbe. Das Gesicht konnte Hok nicht sehen, denn der Mann kauerte sich an der Wand zusammen und verbarg den Kopf in seinen langen Armen.

»Nicht«, erklang sein gedämpftes Flehen. »Nicht ...«

»Es tut dir nicht weh«, erwiderte Hok verblüfft.

»Ich kann nicht hinsehen, es versengt meine Augen. Es gab eine Zeit, als der Wald von diesem Zeug gefressen wurde, das aus dem Himmel kam ...«

»Blitze«, sagte Hok nachdenklich. »O ja, Feuer kann furchtbar sein, wenn es zu groß wird. Aber wir halten es klein und füttern es nur wenig. Dann ist es gut. Sieh, ich habe keine Angst. Ich verspreche dir, daß es dir nicht weh tun wird.«

Sein Tonfall beruhigte den Mann, der schließlich aufblickte, obwohl er immer noch wachsam war. Hok musterte sein Gesicht.

Lange bewegliche Lippen, eine kleine und eher flache Nase und kein nennenswertes Kinn unter einem spärlichen braunen Bartgestrüpp. Aus dem breiten Mund stachen Zähne hervor – Hok sah kräftige Reißzähne im oberen und unteren Kiefer, die furchtbare Bisse zu verteilen vermochten. Das waren sichtlich tierische Züge von unangenehm gnorrlhafter Art. Aber weder die Zähne noch der flache Kiefer konnten von der ersichtlichen Intelligenz des oberen Gesichtes ablenken.

Denn darin waren große dunkle Augen unter glatten Brauen. Die Stirn war zwar nicht hoch, aber breit und glatt, und der Schädel sah aus, als ob darin Intelligenz und heiteres Gemüt zu finden wären.

»Habe keine Angst«, beharrte Hok. »Du warst so freundlich, mich in diesen Unterschlupf zu bitten. Ich bin dankbar, und ich werde es beweisen.«

Draußen schnüffelte und schabte Rmanth, das Ungeheuer, am Eingang. Es schien verdattert. Hok lehnte sich gegen die Wand. »Wie heißt du?« fragte er.

Der andere sah ihn mit scheuem Blick an. Hok konnte die großen leuchtenden Augen sehen und vermutete, daß dieser Mann wohl einigermaßen im Dunkeln sehen konnte. »Soko«, erklang die Antwort. »Und du?«

»Hok der Mächtige.« Das war mit ehrlichem Stolz gesprochen. »Ich bin aus dem Schneeland von oben gekommen. Ich hatte ein Mammut verwundet und folgte ihm hierher.«

»Die Mammuts kommen immer hierher«, sagte Soko. »Rmanth und vor ihm seinesgleichen – denn er ist der letzte eines mächtigen Volkes – fraßen ihr Fleisch und gediehen. Wenn wir es wagen, die Bäume hinabzusteigen, tötet und frißt Rmanth auch uns. In den oberen Zweigen – sind die Stymphen!«

»Stymphen?« wiederholte Hok. »Was sind Stymphen?«

Nun war Soko an der Reihe, sich ob solcher Unwissenheit überrascht zu zeigen. »Sie fliegen wie Vögel, sind aber größer und hungriger – mit Zähnen in den langen Kiefern – Menschen können sie nicht bezwingen –«

»Ach, die Vogelschlangen! Eine hat mich angegriffen, als ich hierherkam. Ich tötete sie und kletterte hinunter, bevor ihre Freunde kamen.«

»Du klettertest nach unten«, erinnerte Soko ihn. »Unten gab es Deckung. Aber wenn du die Deckung verläßt, um nach oben zu klettern, wirst du auf freier Strecke von vielen Stymphen getötet werden. Nicht einmal Rmanth traut sich aus dem Unterholz heraus.«

»Was deinen Elefanteneber Rmanth angeht«, fuhr Hok fort, »der hat meine Pfeile zu schmecken bekommen.«

Das war ein weiteres neues Wort für Soko, und Hok reichte ihm seinen Bogen und den Köcher zur Besichtigung herüber. »Einen Schaft schoß ich in seine Zunge«, fuhr er fort, »und noch einen in sein Nasenloch.«

»Aber du mußtest hier Zuflucht suchen. Und nun werden ihn seine Wunden nur noch mehr nach deinem Blut dürsten lassen. Er wird weder dein Aussehen noch deinen Geruch jemals vergessen. Wenn du dich hervorwagst, wird er dir bis zum Ende folgen. Mit ihm und den Stymphen in den Höhen, welche Hoffnung hast du da noch?«

»Welche Hoffnung habe ich noch?« wiederholte Hok mit klingender Stimme. »Hoffnung auf Kampf! Auf Abenteuer! Auf Sieg!« In Vorfreude auf diese Dinge lachte er fröhlich auf. »Ich bin froh, daß ich hierherkam – sich diesen Gefahren zu stellen ist weite Reisen wert ... aber erzähle mir von einem anderen Wunder. Dieser Baum, der kein Baum ist, aber uns trotzdem in seinem Herzen Schutz gewährt ...«

»Oh, das ist ganz einfach«, gab Soko zurück. Allmählich gefiel ihm die Kameradschaft am hellen Feuer. Er ließ sich Hok gegenüber nieder, schlanke Hände legten sich um seine knubbeligen Knie, und er lächelte. »Vor langer Zeit wuchs hier ein echter Baum, hoch und stark. An seiner Wurzel stieg eine Ranke auf, die sich wie eine Schlange eng um den Stamm legte. Mit der Zeit wuchs die Ranke bis zum Wipfel. Ihre Schlingen und die saftschlürfenden Saugnäpfe töteten den Baum, der in ihrem Griff verfaulte und starb. Die Ranke behielt jedoch die Gestalt bei, in der sie gewachsen war, und als wir vom Baumvolk einen Span um den anderen das verfaulte Holz ausgruben, da gab sie eine sichere Röhre, in der wir zum Waldesboden hinabsteigen konnten.«[11]

»Das muß viel Arbeit gekostet haben«, meinte Hok.

»Und auch viel Zeit. Der Vater meines Vaters erinnerte sich kaum noch daran, wann dieses Graben begonnen hatte.«

»Du sprichst so, als ob ihr dort oben wohnt«, sagte Hok.

»So ist es auch«, sagte Soko. »Komm, töte das Feuer, damit es nicht den Wald abbrennt, und ich werde dich zur Heimstatt meines Volkes führen.«

Er stand auf und begann zu klettern.

[11] Mehrere tropische Rankenarten in Afrika und Südamerika wachsen auf diese sonderbare Weise, indem sie die von ihnen erkletterten Bäume abtöten und an ihrer Stelle aufragen.

Die Welt in den Ästen

Rasch trat Hok das Feuer aus.

In seinem letzten Licht sah er eine Art grobe Leiter – Bolzen und harte Holzäste, die zwischen den Schlingen dieser erstaunlichen Ranke verkeilt worden waren. Soko huschte ihm voraus schon weit über dem Boden in die Höhe. Hok hängte sich seine Waffen in den Gürtel und die Schulterschlingen und folgte ihm.

Hok war stets ein emsiger und kühner Kletterer gewesen, der seinen Stammeskameraden an Baum und Fels stets voraus gewesen war. Aber Soko blieb ihm voraus wie ein Eichhörnchen einem Bären. Der Baummann hüpfte förmlich die Leiter hinauf.

»Auch auf diese Weise unterscheiden sich Sokos Leute von den Gnorrls«[12], brummte Hok.

Die Kletterstäbe waren für Menschen von Sokos bescheidenem Gewicht gemacht, und ein- oder zweimal knarrten sie gefährlich unter dem weit schwereren Hok. Die Gefahr eines Absturzes verringerte er dadurch, daß er Hände und Füße immer auf verschiedenen Stellen ansetzte und so die Belastung auf vierfache Weise verteilte. Währenddessen wurde das Licht von oben stärker und flackerte, wenn Sokos behende Gestalt hier und dort den Strahl durchbrach. Schließlich vernahm er Geräusche und geschäftiges Treiben, und eine neue Stimme sagte:

»Soko! Du bist hinuntergegangen, um Rmanth auszuspähen. Was –«

»Ein Mann«, gab Soko zur Antwort. »Ein fremder Mann, wie ihr ihn noch nie gesehen habt.«

Hok nahm das als Kompliment auf. Selbst unter Leuten seiner eigenen Art wurde er gewissermaßen als einzigartiges Exemplar angesehen.

»Er ist Herrscher über den Heißen Hunger«, fuhr Soko fort, und

[12] Die Neandertaler waren von massigem und unbeholfenem Wuchs – offensichtlich schlechte Kletterer.

Hok erriet, daß er damit Feuer meinte. »Er sagt, daß er eine Stymphe getötet hat, und er hat Rmanth verwundet.«

Oben erklang aufgeregtes Geplapper. Dann: »Wird er uns töten?«

»Ich glaube nicht«, sagte Soko und schob sich durch eine Art Lücke in die Höhe. »Komm heraus, Hok«, rief er hinunter. »Meine Freunde möchten dich gerne sehen.«

Nun hatte Hok die Öffnung erreicht. Für seine große Gestalt war sie fast zu eng, und er hatte Schwierigkeiten, sich hindurchzuzwängen. Er richtete sich auf einigen verschränkten und verwobenen Zweigen auf und sah Sokos Leute an.

Während des gesamten Aufstiegs hatte er Soko für zerbrechlich und klein gehalten; nun begriff er, wie schon so oft, daß Zerbrechlichkeit und Kleinheit nur im Vergleich etwas bedeuten. Soko war einen Kopf kleiner als er und schlank im Vergleich mit ihm, doch unter dem Baumvolk wirkte er stämmig und hochgewachsen – fast wie ein Riese. Von allen Anwesenden seiner Art war er der größte. Hok lächelte insgeheim. Während er Soko als schüchternen Zauderer in einem Loch angesehen hatte, mußten sich die Zweigbewohner am Mut ihres starken Bruders ergötzt haben, der sich so nahe an das schlammige Reich des gefräßigen Rmanth herangewagt hatte.

Als Hok sich zu voller Höhe streckte, wich die Versammlung – vielleicht dreißig Leute von Sokos Art, Männer, Frauen und Kinder – unter leisem Aufkeuchen und erschrockenen Ausrufen vor ihm zurück. Der Häuptling des Feuersteinvolkes konnte sich ein unziemliches Auflachen kaum verbeißen. Wenn Soko unter ihnen ein gewaltiger Kämpe war, so mußte Hok ein gewaltiger Schrecken von sonderbarer Gestalt, Färbung und Ausrüstung sein. Er lächelte so freundlich, wie er es konnte, und ließ sich auf dem Zweiggewirr nieder.

»Soko spricht die Wahrheit«, verkündete er. »Ich habe kein Verlangen nach Kampf oder danach, jemanden zu töten, der in Frieden zu mir kommt.«

Trotzdem hielten sie sich noch fern von ihm zwischen den Blättern. Er bemerkte, daß sie sich so rasch und sicher bewegten, weil sie die Zweige mit den Füßen festhalten konnten. Er konnte auch eine rasche aufmerksame Musterung der Welt, in der sie lebten, durchführen.

Obwohl ihn Soko über einen Aufstieg von mehr als zwanzig Mannslängen Höhe geführt hatte, war das Oberloch der Rankenspirale bei weitem nicht auch der Wipfel des Waldes. Laubwerk verschloß ihm den Blick nach oben in den Himmel und auf das Sumpfland in der Tiefe. In diesem mittleren Astbereich der mächtigen, dicht beieinanderstehenden Bäume hatte sich so etwas wie ein Hochboden entwickelt – die Äste und ineinander verschlungenen Ranken hatten sich zu einer gewaltigen überspannenden Brückenplattform verwoben, die sich zwar schwankend bewegte, jedoch sicher und fest war. Schichten aus verfaulten Blättern, vermischt mit vom Wind herangetragenem Staub, Moos und abgestorbenem Holzmehl, bedeckten weite Teile dieses Gewebes. Dieser luftige Boden trug Gras und Pflanzen mit leuchtenden Blüten, als ob sie auf der Erde statt in der Luft wüchsen. Vögel pickten nach Körnern. Zwischen hohlkegeligen Blüten hörte Hok Bienen summen. Es war ein großartiges Wunder[13].

»Ich fragte mich, wie ihr Baummenschen so fern vom Boden leben könnt«, sagte er mit aufrichtiger Bewunderung. »Jetzt frage ich mich, wie ihr jemals an einem anderen Ort würdet leben wollen.« Er seufzte aus voller Brust. »Unsere alten Männer berichten von solchen schönen Orten in den Legenden vom Alten Land.«

Diese freundliche Ansprache brachte die Baumbewohner dazu, sich dem großen Fremden zu nähern. Ein halbwüchsiger Junge war der Kühnste: Er kam dicht an Hok heran und betastete seine ledernen Mokassins. Hoks erster Gedanke war, wie rasch doch der junge Ptao daheim am zugefrorenen Fluß einen Jungen von so schmächtiger Gestalt verprügeln und besiegen könnte – sein zweiter Gedanke war die Hoffnung, daß Ptao einem so harmlosen Ex-

[13] Die obige Beschreibung ist keine Erfindung. Der Autor und viele andere haben solche Himmelsgärten in den Zweigen der neuzeitlichen Regenwälder in Westafrika gesehen.

emplar Geduld und Freundlichkeit entgegenbringen würde. Allmählich faßten auch die anderen Mut und kamen näher. Sie begannen Fragen zu stellen. Allen kam es sonderbar vor, daß ein Mensch große Tiere um ihres Fleisches und ihres Fells willen töten würde, und die Männer brachten Hoks Feuersteinwaffen ganz besonderes Interesse entgegen.

»Auch wir kennen Geschichten über die alten Zeiten, als unsere Väter Dinge aus Stein machten«, berichtete Soko. »Nun geben wir uns mit den Knochen zufrieden, die wir von dem großen Mammuthaufen stehlen können, wenn Rmanth sich dort nicht den Wanst vollschlägt.« Er holte seinen Dolch hervor, der kleiner als Hoks Waffe aus Rentierhorn, aber fein aus einem Knochensplitter herausgearbeitet war. »Schließlich müssen wir nicht wie du mit Ungeheuern kämpfen.«

»Wenn ihr alle zusammen wie ich und mit Klugheit und Mut kämpfen würdet, dann würde Rmanth euch nicht in den Bäumen festhalten«, sagte Hok geradeheraus. »Vielleicht kann ich euch gegen ihn helfen. Aber erzählt mir zuerst mehr von euch selbst. Ihr haltet es für seltsam, daß ich Häute trage. Was sind diese Geflechte, die ihr tragt?«

»Das hat uns der Wald gelehrt«, verkündete Soko gewichtig. »So wie die Zweige sich verweben und verwachsen, so überkreuzen und verknüpfen wir starke Ranken und Fäden aus Blättern und Gräsern. Aus ihnen machen wir Kleidung und Dinge zum Tragen unserer Besitztümer. Ist das denn so wundersam? Vögel machen es mit ihren Nestern genauso.«

»Nester?« wiederholte Hok. »Und wie nistet ihr?«

»Wie die Vögel – in aus Zweigen verwobenen Betten, die mit weichen Blättern und Fasern ausgelegt sind. Darüber natürlich ein Dach, das den Regen abhält.« Soko zeigte auf eine kleine Ansammlung solcher Unterkünfte, die nicht weit entfernt an einem Baum in der Nähe angebracht waren[14].

»Außer Schlafen und Spielen tut ihr nichts?«

[14] Die großen Affen verfertigen solche Nester, einschließlich der Dächer.

»Wir sammeln Früchte und Nüsse«, meldete sich ein anderer Baummann zu Wort. »Dazu braucht es Zeit und Mühe, denn ein Mann, der viel gesammelt hat, muß seinen Freunden zu essen geben, die vielleicht nur wenig gesammelt haben.«

»So ist es auch bei meinem Volk, wenn ein Jäger viel Fleisch gemacht hat und andere mit leeren Händen zurückkehren«, nickte Hok. »Was noch?«

»Große Mühe bereitet auch das Flicken dieses Bodens«, gab Soko zur Antwort und zeigte mit dem Fuß auf die Pattform. »Zweige verfaulen und brechen. Nach solchen Stellen suchen wir, damit unsere Kinder beim Spielen nicht herunterfallen, und weben neue starke Zweige ein oder binden und verknüpfen kräftige Ranken darüber.«

Wieder sah Hok auf. »Und was ist dort oben?«

Ein Schauern durchwanderte den Kreis der Baummenschen. »Stymphen«, raunte Soko leise, als ob er befürchtete, durch ihre Nennung einen Schwarm der Vogelschlangen heranzulocken.

»Häßliche Viecher«, sagte Hok. »Vielleicht kann ich mit denen auch etwas anstellen. Aber jetzt habe ich erst einmal Hunger …«

Bevor er zu Ende sprechen konnte, flitzte die gesamte Runde wie Eichhörnchen durch die Zweige davon und brachte Hände voller Nüsse, Früchte und Trauben zurück. Hok nahm alles an, was er essen konnte, und dankte seinen neuen Freunden aus vollem Herzen.

»Ich meinte nicht, daß ihr mich füttern müßt«, sagte er zu ihnen. »Ihr solltet warten, bis ich ausgesprochen habe. Aber da ihr mir diese Früchte gebracht habt, sollen sie meine Mahlzeit sein. Ihr bekommt dafür meine Vorräte.«

Aus seinem Beutel kramte er die Reste seiner Trockenfleischvorräte hervor. Für die Baummenschen war das noch etwas Neues, an dem sie knabberten, es kommentierten und sich darüber stritten. Gelegentlich aßen sie schon Fleisch – kleine Klettertiere, Küken, sogar Insekten –, aber kein größeres Wild, und sowohl Kochen als auch Trocknen von Nahrung waren jenseits ihres Verständnisses. Hok schmunzelte über ihre Naivität.

»Ein Gelöbnis!« rief er aus. »Ich werde euch Rmanth selbst als Festspeise erlegen, und ich werde ihn über einem Feuer rösten – das ist das, was ihr den heißen Hunger nennt. Doch laßt jetzt Soko neben mir sitzen. Ich will erfahren, wie ihr an diesen Ort gekommen seid.«

Soko hockte sich auf ein Rankengestrüpp. »Wer kann das schon sagen? Es ist schon so lange her. Kaltes Wetter vertrieb uns aus der Oberwelt«, und er deutete nach Norden. »Die, die zurückblieben, wurden getötet. Unsere alten Männer erzählen Geschichten und singen Lieder darüber, wie die Überlebenden des fliehenden Stammes hier hineinstolperten und hierblieben, weil sie sich als Gefangene erachteten.«

»Warum folgte das Eis euch nicht hierher?« fragte Hok.

»Das mußt du die Götter fragen, die es rechts und links an unserem Tal vorbei trieben. Jedenfalls fanden wir Zuflucht hier, obwohl es hier viele wilde Tiere gab. Aber die Kälte war noch wilder – wir konnten uns ihr nicht stellen – und hier sind wir geblieben.«[15]

»Von Rmanth in die Bäume gejagt und von diesen Stymphen-Vogelschlangen aus der Luft gepeinigt«, faßte Hok zusammen. »Ihr seid glücklich, aber ihr könntet noch glücklicher mit ein wenig guter Planung und etwas Kampfgeist sein. Wer ist euer Häuptling?«

»Ich bin ihr Häuptling«, knurrte jemand hinter ihm, »und du solltest besser – und zwar rasch – erklären, warum du Unfrieden unter mein Volk bringst.«

[15] Die Piltdown-Menschen scheinen ihre Blütezeit während der dritten Zwischeneiszeit gehabt zu haben, einem warmen Zeitabschnitt, währenddessen sogar in Nordeuropa ein so angenehmes und gemäßigtes Klima wie im heutigen Italien herrschte. Afroasiatische Tiere wie Flußpferde und Tiger gediehen Seite an Seite mit diesen Vorläufern der Menschen. Als die Vierte Eiszeit Europa mit Eis und Schnee bedeckte, konnten die robusten Neandertaler und die späteren größeren Menschen von Hoks Volk überleben und sich anpassen; aber weniger kräftige Vormenschen der Piltdown-Art mußten flüchten oder untergehen.

Ein Häuptling spricht sein Urteil

Durch die Reihen der Baummenschen erklang ein plötzliches Aufkeuchen, und alle, sogar der vergleichweise kraftvolle Soko, duckten sich zusammen. Hok drehte sich zu dem Sprecher um; er erwartete einen fürchterlichen Herausforderer zu sehen.

Über die Rankensäule kam eine kleine zottige Gestalt daher. Dieser Baummensch war alt und schwächlich, und sein Bart an seinem kinnlosen Kiefer war fast zur Gänze weiß. Er pustete und schnaufte, als ob die Anstrengung zuviel für ihn wäre. Vielleicht lag das an seinem Gewicht, denn er war der fetteste Baumbewohner, den Hok bis jetzt zu Gesicht bekommen hatte. Sein Bauch hing wie eine Tasche herunter, seine Backen waren die reinsten Wammen. Doch an der Kraft in seinen großen, dicht beieinanderstehenden, leuchtenden Augen war nichts Altes oder Hinfälliges.

Der Alte setzte sich neben den Baummann, der ihm am nächsten gewesen war, streckte gelassen die Hand aus und riß ihm einen anständigen Brocken von dem getrockneten Fleisch weg, das Hok zuvor verteilt hatte. Obwohl der Beraubte ein lebhafter junger Mann war, wehrte er sich nicht, erhob auch nicht die Stimme, sondern wich eingeschüchtert zurück. Der alte Mann biß von dem Stück ab – seine Zähne machten ebenfalls einen jugendlichen Eindruck und waren größer und schärfer als die der anderen – und grunzte beifällig. Dann richteten sich seine Augen in gutberechneter Feindseligkeit auf Hok.

Doch Hok hatte dem Blick der wildesten Bestien und Menschen standgehalten, und seine Augen waren nicht diejenigen, die sich zuerst senkten. Der alte Baumhäuptling sah schließlich zur Seite. Hok lächelte in einer Mischung aus Gutmütigkeit und Verachtung.

»Nun?« erhob der Alte endlich das Wort. »Weißt du, wie man sich vor denen benimmt, die über dir stehen?«

Hok wußte nicht, was er davon halten sollte. Es war einfach so, daß Hok von Jugend an niemanden als ihm überlegen anerkannt hatte.

Als vor Jahren – er selbst war noch ein kaum ausgewachsener Knabe gewesen – sein Vater von Gnorrls getötet wurde, war er Häuptling seiner Sippe geworden. Kaum war er zum Mann geworden, da hatte er eben jene tierhaften Gnorrls aus ihren reichen Jagdgebieten der Wiesen und Wälder vertrieben und an ihrer Stelle ein Bündnis mehrerer Sippen begründet, das ihn als Oberhäuptling anerkannte. Seinetwegen war das mächtige Reich Tlanis im Meer versunken. Die Fischer, die in den Stockdörfern am Meer wohnten, hatten aus auf traurige Weise erworbener Achtung vor Hok ihre Verehrung des Wassergottes zu der des Sonnengottes umgewandelt. Falls er jemals rangniedriger oder in jeder beliebigen Versammlung nur der Zweitgrößte gewesen war, so hatte er mittlerweile reichlich Zeit gehabt, es zu vergessen.

Und gerade spuckte er träge durch ein Loch im Zweiggeflecht.

»Zeige mir die, die größer sind als ich«, verlangte er mit aufgesetzter Geduld. »Ich kenne niemanden auf zwei Beinen oder auf vier.«

»Ich bin Krol!« quiekte der andere und schlug sich mit einer fetten Faust auf den graubepelzten Brustkorb. »Erzittere, du ungeschlachter gelbhaariger Fremder!«

»Männer der Bäume«, wandte sich Hok an die Zuhörer, »ist es bei euch Brauch, daß ihr euch Narren zur Belustigung haltet? Dieser Mann hat weißes Haar, er sollte sich ruhig und würdig verhalten. Er gibt den Jungen ein schlechtes Beispiel.«

Das war ganz klar Lästerung. Soko und die anderen zogen sich von Hok zurück, als ob sie befürchteten, von dem schrecklichen Schicksal, das ihn dahinraffen würde, ebenfalls niedergestreckt zu werden. Der Häuptling, der sich Krol nannte, tastete an seinem gedrehten Fasergürtel herum und zog eine Axt aus Mammutelfenbein hervor, die an einem Hartholzgriff befestigt war. Er wirbelte sie um den Kopf und schleuderte sie auf Hok.

Mit solcher Selbstsicherheit, daß die Bewegung schon fast träge wirkte, hob Hok eine große ruhige Hand. Die Axt raste genau auf seinen Kopf zu, aber er pflückte sie aus der Luft wie die Zunge eines Frosches eine Fliege. Ohne innezuhalten, wirbelte er sie selbst einmal und warf sie zurück. Mit einem hellen *Chock* schlug sie in einen dicken Ast über Krols Kopf ein.

»Versuch es noch einmal«, meinte Hok wie zu einem Kind, das er im Axtwerfen unterrichtete.

Krols große Zähne knirschten, und Schaum spritzte auf seine Lippen und in seinen Bart. Er schüttelte die Fäuste gegen sein Volk.

»Auf ihn!« schrie er. »Packt ihn, schlagt ihn, fesselt seine Arme!«

Hok stand von seinem Platz auf und nahm einen sicheren Stand ein. Gelassen sah er auf das halbe Dutzend der größten Männer, die dem Befehl Folge leisten wollten.

»Greift mich an, und ihr werdet glauben, daß Rmanth selbst zu euch heraufgeklettert ist«, warnte er sie. »Ich mag es nicht, wenn man grob mit mir umspringt.«

Krol kläffte einen weiteren Befehl, den er mit einer Drohung unterlegte. Widerwillig stürmten die Männer vor.

Hok lachte wie ein Kämpfer, der mit Kindern spielt. Tatsächlich wirkten die Baummänner im Vergleich zu ihm wie Kinder. Den ersten beiden schlug er die flache Hand ins Gesicht, daß sie das Gleichgewicht verloren und beinahe durch das Zweiggewirr abstürzten. Einen dritten Angreifer fing er ab, hob ihn hoch und klemmte ihn in einer Astgabel fest. Ängstlich wichen die anderen vor dieser mühelosen Kraft zurück. Hok lachte wieder und behielt sie im Auge.

Doch Krol hätte er ebenfalls im Auge behalten sollen. Der fette alte Despot hatte sich unbemerkt an ihn herangeschlichen. Er hielt eine große Faserschalennuß von der gleichen Art, die Hok zuvor am Tag verspeist hatte, in der Hand. Er holte aus und schlug zu, und Hok taumelte, von dem Schlag auf den Schädel halb benommen. Sofort stürmten die Baummänner wieder vor, und bevor Hok sich wieder besinnen und sie abwehren konnte, ging er unter dem Angriff zu Boden. Mit rasch losgezerrten Rankensträngen, die so stark wie Lederstreifen waren, banden sie seine Hände, seine Füße, seinen Körper zusammen.

Krol nahm sich die Zeit, einem Kind eine Frucht wegzunehmen

und sie mit den Zähnen zu schälen. »Nun, Fremder«, kicherte er boshaft, »wirst du erfahren, daß ich hier der Häuptling bin.«

Hok hatte sich von dem Schlag erholt. Er verwendete weder Kraft noch Würde darauf, sich gegen seine starken Fesseln zu stemmen.

»Ein Häuptling, der heimtückisch ist und andere Männer für sich kämpfen läßt«, erwiderte er. »Ein Häuptling, der seine Feinde feige von hinten niederschlägt.«

Krol hatte seine Elfenbeinaxt wieder an sich genommen. Mit einer wütenden Geste hob er sie, als ob er sie in Hoks Schädel schlagen wollte. Doch dann senkte er sie und grinste bösartig.

»Ich hörte dein Geprahle, als ich hinaufkam«, sagte er. »Da ging es um Kampf. Wen willst du denn bekämpfen?«

»Ich sprach von Rmanth, dem Elefantenschwein«, erwiderte Hok. »Ach ja, und den Stymphen. Dein Volk hat Angst vor ihnen. Ich nicht.«

»Mmmm!« Krol sah zu Boden, dann wieder auf. »Für mächtige Krieger wie dich sind das nur kleine Fische, eh? Du hast keine Angst vor ihnen? Hok – so heißt du doch, glaube ich –, ich werde dir einen Gefallen tun. Du wirst mit den Stymphen nähere Bekanntschaft schließen.«

Die Erwähnung der gräßlichen Vogelschlangen ließ das Baumvolk erschauern, und Krol bleckte seine Reißzähne, als er sich zu ihnen wandte.

»Ihr Feiglinge!« schalt er sie. »Ihr verhöhnt mich vor diesem prahlerischen Fremden. Und dennoch wißt ihr, daß die Stymphen fressen müssen, wenn sie uns in Frieden leben lassen sollen. Schafft diese Beute hinauf zu ihnen.«

»Gefesselt und wehrlos?« wollte Hok wissen. »Das ist Teil deiner eigenen Feigheit, Krol. Dafür wirst du wehklagen.«

»Aber wehklagen wirst du zuerst und am lautesten«, versicherte ihm Krol. »Ihr da, ihr Größten, kommt her und tragt ihn hoch. Ja, hinauf!«

Der letzte Befehl sollte die unwilligen Glieder seiner Kameraden beleben, die Hok zu mögen schienen, aber weniger die Aussicht, in die oberen Zweige aufzusteigen.

Auf diese Weise zum Gehorsam gezwungen, banden vier der größten Männer weitere Ranken um den Gefangenen und fertigten eine Art Hängematte um ihn und seine Waffen. Soko bückte sich, zog einen Knoten fest und sah Hok fest an. Ein großes helles Auge Sokos schloß sich für einen Moment in dem uralten und allgemeinen Zwinkern des Bündnisses, der Warnung und des Versprechens.

Die vier stiegen mit Hok zwischen sich hoch und immer höher. Nun kam der Himmel in Sicht, diesig und feucht, aber warm. Offenbar war das Tal ständig – zumindest teilweise – in leichten Nebel gehüllt. Der große Gefangene wurde in einen hohen Baumwipfel gehoben und dort wie ein baumelnder Kokon festgebunden. Krol keuchte schnaufend, als er zu ihm hinaufkletterte. Die anderen zogen sich auf sein Kopfrucken zurück. Als Krol an Hok vorbeikam, stieß er gegen die dicken gefesselten Handgelenke. Hok merkte, wie sich etwas gegen seine Handfläche drückte, und schloß die Finger darum.

Das Heft von Sokos Knochenmesser! Mühsam unterdrückte er ein triumphierendes Lächeln ...

Dann war er mit Krol im Baumwipfel allein.

»Sieh dort hinauf, du Spötter«, befahl Krol ihm. »Im Dunst – siehst du etwas?«

»Ganz schwach kann ich fliegende Umrisse erkennen«, erwiderte Hok gelassen. »Zwei – drei – nein, viele.«

»Sie können dich sehr genau erkennen«, erläuterte Krol. »Wie mein Volk können auch die Stymphen an düsteren Tagen oder in dunklen Löchern oder sogar in der Nacht weit sehen. Sie haben auch einen feinen Geruchssinn. Wahrscheinlich riechen sie Beute in der Nähe und fragen sich jetzt, ob ich etwas für sie aufgehängt habe.«

»Du hängst Nahrung für die Stymphen aus?« wollte Hok wissen .

»Ja, die Männer, die mir mißfallen – starr mich nicht so fragend an. Ich bin Häuptling meines Stammes. Ich muß mich mit anderen Mächten gutstellen.«

Krol blinzelte hinauf, wo die Stymphen in den Nebelschwaden

dahinglitten. Aus dem breiten Mund stieß er einen durchdringenden Schrei aus, der halb Aufheulen und halb ein langer Pfiff war. Die Vogelschlangen schlugen wie zur Antwort darauf mit den Flügeln.

»Sie kennen meine Stimme, sie werden kommen«, verkündete Krol. Mit ausgesprochen boshaftem Grinsen schwang er sich hinab in die Sicherheit des Unterlaubs.

Kaum war er verschwunden, da setzte Hok das Knochenmesser ein, das Soko ihm heimlich zugesteckt hatte. Die Arbeit war schwierig, aber er drückte die gutgeschärfte Kante heftig gegen die Rankenschlingen um seine Gelenke. Teilweise wurden sie durchtrennt, so daß er sie aus eigener Kraft zerreißen konnte. Als die kühnste Stymphe aus dem Nebel hinausglitt und langsam tiefer kreiste, hatte Hok die Arme frei. Einige mächtige Hiebe, und er befreite sich von den restlichen Schnürfesseln.

Die Baumleute hatten seine unvertrauten Waffen mit ihm zusammen festgebunden. Hok stemmte sich auf einen dicken waagerechten Ast, spannte den großen Bogen und zog einen Pfeil aus dem Köcher.

»Ich habe das Gefühl«, sagte er laut zu dem fremden Land um ihn herum, »daß ich – von Göttern oder Geistern oder durch Zufall – hierhergeschickt wurde, um mich den Stymphen zu stellen und sie zu vernichten.«[16]

Die Stymphen

Hok war sich so sicher, mit der Lage fertigzuwerden, daß er tatsächlich mit aufgelegtem Pfeil wartete, bis das Ziel näher herankam. Schließlich hatte er eine solche Vogelschlange bereits

[16] Die Leser, die mit der altgriechischen Mythologie vertraut sind, werden mittlerweile eine Verbindung zwischen den überlebenden Pterodaktylen, eben den Stymphen, und den Stymphaliden hergestellt haben; letztere wurden als »große Vögel« beschrieben, die Menschen fraßen. Die alten Griechen sagten, daß das Gefieder der Stymphaliden aus Metall war, was sich sehr nach reptilischen Schuppen anhört. Man schreibt Herakles, der griechischen Erinnerung an Hok, die Vernichtung dieser Ungeheuer als eine seiner zwölf von den Göttern gestellten Aufgaben zu.

schon mit einem einzigen raschen Messerstoß getötet. Warum sollte er dann viele fürchten, wenn er Pfeile, eine Axt und zwei Messer hatte? Eine große Stymphe drehte sich im Nebel und kam wie ein Otter auf einer Schlammbank heruntergestoßen. Der lange dreieckige Kopf, der wie der Alptraum eines Storches aussah, hing weit an dem schlangenähnlichen Hals herunter. Der mit eckigen Zähnen bewehrte Schnabel klappte auf.

Hok ließ sie so nahe herankommen, daß er schon den Reptilgeruch in die Nase bekam; dann zog er den Pfeil bis zum widerhakenbewehrten Sandsteinkopf durch und schoß ihn auf die schuppige Brust ab. Hoks Bogen war der stärkste unter denen aller Menschen seiner Zeit, und ein aus nächster Nähe damit abgefeuerter Pfeil schlug wie eine Keule ein. Die Spitze fetzte durch den Körper, durch Fleisch, Schuppen und Knochen und trat auf der anderen Seite wieder aus. Der Flug der Stymphe kam abrupt zum Stehen, als ob sie mitten in der Luft gegen einen Felsen geprallt sei. Sie wirbelte Hals über Kopf durch die Luft und fiel dann flatternd und kreischend auf das Grün hinunter.

»Ahai!« Hok ließ seinen Kriegsschrei ertönen und verlachte dröhnend die anderen Stymphen. »So tut Hok jene ab, die sich ihm entgegenstellen. Schickt mir noch einen Kämpfer!«

Einige Untiere waren ihrem abstürzenden Gefährten kurz hinterhergeflogen. Aber bevor sie ihre kannibalischen Schnäbel in den durchbohrten Körper schlagen konnten, war er schon hinter den Zweigen verschwunden, und sie stiegen wieder auf und strebten auf das freistehende Fleisch im Baumwipfel zu. Zwei griffen zur gleichen Zeit und in weit auseinanderliegenden Winkeln an.

Hok hatte einen zweiten Pfeil aufgelegt und jagte ihn einem Vieh in die Brust. Bevor er einen dritten Schaft ergreifen konnte, war die andere Stymphe über ihm. Ihre Krallen schlugen zu und zogen Furchen durch seine Schulter. Er verfluchte sie und drosch mit dem Bogen auf sie ein, so daß ihr Flug ins Stocken kam. Er umklammerte den Trageast mit den Beinen, riß die Axt aus der Gürtelschlaufe und gerade rechtzeitig in die Höhe, um dem neuen Vorstoß des Biestes zu begegnen. Die Stymphe trug einen üblen Hieb über das schmale böse Gesicht davon, stürzte hinab und versuchte vergeblich die Beherrschung über ihre Flügel wiederzuerlangen und erneut aufzusteigen.

Weitere Stymphen umkreisten Hoks drittes Opfer und rissen mehrere blutige Maulbissen herunter. Über Hok erscholl wildes Gekreische – der Blutgeruch trieb den Schwarm zum Wahnsinn. Er steckte die rechte Hand durch die Griffschlaufe seiner Axt und spähte nach oben.

Der Himmel füllte sich allmählich mit Stymphen. Hok war nie jemand gewesen, der allzu große Achtung vor irgendeiner Gefahr gehabt hätte, doch nunmehr mußte er sie wohl oder übel anerkennen. Während er davon ausgegangen war, sich mit einem Dutzend oder zwanzig dieser Ungeheuer zu messen, kamen sie nunmehr wie Schwalbenschwärme herangezogen – seine Zählweise, die auf zehn und zehn mal zehn beruhte, ließ eine genaue Einschätzung ihrer Stärke nicht zu, selbst wenn er die Zeit gehabt hätte.

Denn nun waren sie alle zur gleichen Zeit auf ihn herabgestoßen.

Ein zahnbewehrter Kiefer schloß sich um seinen linken Ellbogen. Bevor der Biß bis zum Knochen durchdringen konnte, wirbelte er die Axt herum und drosch mit der flachen Klinge den schmalen Schädel ein. Aus der Rückhand heraus streckte er mit der Axt einen weiteren Angreifer nieder. Axt und Bogen schlugen nach rechts und links, und mit jedem Schlag ging eine weitere Stymphe zu Boden. Die Getroffenen wurden von ihren ausgehungerten Genossen angegriffen und zerfetzt, was zu einem gewaltigen verwirrenden Tumult führte und vielleicht Hok vor der sicheren Vernichtung durch den Schwarm rettete. Dennoch erkannte er, daß die Zahl der Stymphen für ihn zu groß war.

Das Ende dieses wütenden Kampfes im freien Obergehölz des Dschungels ereignete sich mit einem plötzlichen Höhepunkt, an den sich Hok später stets nur ungern erinnern mochte. Er hatte sich auf seinen Ast heruntergeduckt, um dem Sturzangriff einer großen Stymphe auszuweichen, und dabei einen Augenblick lang den Sattelgriff seiner Beine gelockert. Im gleichen Augenblick landete eine weitere Bestie schwer auf seinen Schultern und schlug ihm die Krallen in das Fleisch. Ihr Gewicht riß ihn los. Hok verlor jeglichen Halt und stürzte hinab in die laubbedeckten Tiefen.

Seine Rechte ließ die Axt fahren, die mit der Schlaufe an seinem Handgelenk hängen blieb. Während des Sturzes langte er nach oben und hinter sich, packte die Stymphe an ihrem dürren Hals, riß sie mit einem kraftvollen Ruck von seinen Rippen los und brachte sie unter sich. Die mächtig schlagenden Flügel bremsten den Sturz, obwohl ein Aufstieg unter der Last seines Gewichtes unmöglich war. Einen Augenblick später krachten die beiden auf die Masse aus Zweigen und Blättern und schlugen schwer auf einem vorragenden Ast auf.

Die Stymphe fing die Hauptwucht des Aufpralls ab. Ihre sämtlichen Rippen mußten gebrochen sein. Im Augenblick des Aufschlags hatte Hok geistesgegenwärtig den Griff um ihren Hals gelöst, und es gelang ihm, den Arm um den Ast zu werfen. Mit strampelnden Beinen hing er daran, während die Stymphe kreischend in die mittleren Zweige fiel.

Einmal mehr war er für den Augenblick in Sicherheit. Er sah hinauf. Sofern er sie durch die grünbestandenen Zweige erkennen konnte, suchten die Stymphen kreisend nach ihm wie Seefalken über der Wasseroberfläche.

»Ahai! Hier bin ich, ihr Vogelschlangen!« brüllte er herausfordernd und kletterte den Ast entlang zu einer breiteren Gabel, wo er sich ohne Halt aufrecht hinstellen konnte. Und hier fand er auch Zuflucht vor den mörderischen Schnäbeln und Krallen.

Ein großes Schmarotzergewächs, verwandt mit Riesenkleber oder vielleicht auch Mistel, bildete einen großen gelbblättrigen kreisrunden Schirm über ihm, der breiter als zwei anständige Mannslängen war. Man konnte hindurchsehen, aber die zähen Ranken und Triebe konnten wohl schwereren Angriffen standhalten, als der Stymphenschwarm aufzubieten vermochte.

»Kommt schon und kämpft!« reizte er sie wieder. »Ich habe viele von euch getötet, und ich lebe immer noch! Ahai, ich bin

Hok der Mächtige, der Stymphen und Schlimmeres als Stymphen zum Vergnügen tötet!«

Die flachen verfinsterten Gehirne der Stymphen verstanden den Ton, wenn auch nicht die trotzigen Worte. Auf flatternden schuppigen Schwingen kamen sie herunter und suchten und spähten nach ihm. »Hier, genau unter euch!« schrie er, um ihnen den Weg zu weisen. Dann schlang er sich den Bogen auf den Rücken, machte die Axt bereit und spuckte auf Hand und Heft, damit sein Griff fester wurde.

Rasch stießen sie herab und flatterten und zwängten sich durch die obere Schicht aus kleinen Zweigen. Wieder lachte er laut auf, und eine Stymphe erspähte ihn durch den verworrenen Schirm. Sie stieg auf, packte die Ranken mit den Klauen und durchstieß mit einem einzigen raschen Hieb des geschlossenen Schnabels eine dünne Stelle des Schildes. Hok starrte in ihre kalten grauen Augen und hüpfte zur Seite, um einem Schnappen auszuweichen.

»Wenn du Hok gegenüberstehst, dann stehst du dem Tod gegenüber«, sagte er zu ihr und schlug ihr mit der Axt den häßlichen Kopf ab. Der Körper flatterte und zappelte hinter seinem schützenden Pflanzengestrüpp, und drei weitere Stymphen kamen herab, um sich daran zu laben.

Das hatte Hok gewollt. »So viele Gäste kommen, um mit Hok zu speisen?« spottete er. »Dann muß der Gastgeber noch mehr Fleisch bringen.«

Er legte seinen längsten Pfeil auf den Bogen. Einen Augenblick lang kauerten die drei Vogelschlangen dicht beieinander auf der Beute, so dicht, daß er sie fast hätte berühren können. Er setzte die Spitze des Pfeils an eine Öffnung in den Schlingen und Knoten an und schoß ihn zum richtigen Zeitpunkt ab.

Schrille Schmerzensschreie erhoben sich aus drei Kehlen, und Hok wurde mit übelriechendem Blut bespritzt. Die drei Stymphen, aneinandergeheftet wie Wildbret auf einem Bratspieß, taumelten, überschlugen sich und stürzten hinab, immer noch durch Hoks Pfeil in einer Fessel aus Todesqualen aneinandergekettet. Zum ersten Mal wichen unverletzte Stymphen wie von Furcht ergriffen zurück. Kühn zeigte sich Hok im Freien und kletterte auf seinen Schutzschirm.

»Wollt ihr schon gehen?« fragte er. »Bin ich denn so unappetitlich?«

Sie kamen wieder, und behende brachte er sich wieder in Sicherheit. Weitere Pfeile – ein Dutzend hatte er noch übrig. Diese holte er hervor und stach sie durch dicke Blätter in seiner Nähe, auf daß er sie schneller ergreifen und abschießen konnte. Als dann die Stymphen schwer gegen seinen natürlichen Flechtschild krachten, begann er sie zu töten.

So dicht gedrängt, wie sie auf ihn einstürmten, und aus dieser Nähe konnte er sie nicht verfehlen. Seine Pfeile holten sie zu zweit oder zu dritt mit je einem Schuß herunter. Selbst der kleine Reptilverstand dieser fliegenden Ungeheuer kam allmählich nicht mehr umhin, die tödliche Gefahr zu bemerken. Einzelne Überlebende strebten nach oben in den freien Himmel über den Zweigen und zogen sich in den Dunst zurück. Hok brüllte ihnen Schmähungen und Beleidigungen hinterher und kletterte wieder einmal auf den Schirm, um die verletzten Biester mit der Axt zu erschlagen und seine Pfeile aus dem Leichengewirr herauszuziehen.

Stets auf gutes Benehmen bedacht, nahm er sich die Zeit, um dem sonderbaren Wirrwuchs zu danken, der ihn als Bollwerk beschirmt hatte. »Meinen Dank an dich, der du mir einen Schild machtest, hinter dem ich diesen Sieg errang«, sprach er zu ihm. »Du wurdest von dem Leuchtenden geschickt, den ich verehre. Er wußte, daß ich hier unten im Nebel, wo seine Strahlen mich nicht erreichen können, Hilfe brauchte. Meine Kinder werden seine Freundlichkeit niemals vergessen.«[17]

Weiter unten war ein unbeholfenes Geknister zu vernehmen, und Krol, der Häuptling des Baumvolkes, kletterte in Hoks Sichtfeld.

[17] Aus dem überlieferten Mythos geht hervor, daß Herakles (Hok) vom Schild der Pallas Athene vor den Stymphaliden beschirmt wurde, so daß er mühelos den Sieg davontrug.

»Sei gegrüßt«, schmunzelte Hok. »Sieh, welchen Spaß ich mit deinen Freunden, den Vogelschlangen, gehabt habe.«

Krol hätte sich vor dem hochgewachsenen blutverschmierten Häuptling des Feuersteinvolkes gefürchtet, wenn er nicht so besorgt wegen des Rückzugs der Stymphen über ihm gewesen wäre.

»Sie werden fortziehen«, plapperte er. »Sie werden nie zurückkehren, weil sie dich fürchten. Wenn ich das gewußt hätte –«

»Wenn du das gewußt hättest, dann hättest du mich nicht aufgehängt, damit sie mich fressen«, beendete Hok den Satz für ihn. »So habe ich jedoch deine häßlichen Verbündeten verjagt, mit deren Drohung du dein Volk beherrscht hast. Diese Drohung und die Angst werden verschwunden sein. Du ebenfalls, glaube ich.«

Hok schwang sich zu einem Ast über Krol hinab und täuschte einen schädelspaltenden Hieb mit seiner Axt vor. Dann lachte er, als der Baumhäuptling jeglichen Halt fahrenließ und sechs Mannslängen tief in die Leere stürzte. Unten fing er sich an einem Ast auf.

»Du und ich sind verfeindet!« fauchte er in die Höhe. »Obwohl du meine Stymphen geschlagen hast, bleiben mir noch andere Dinge – sogar Rmanth! Ich werde dich tot vor mir liegen sehen, und deine Leiche wird von Rmanths Stoßzähnen zerfetzt werden, Hok, der Einmischer!«

Und obwohl Hok rasch hinabkletterte, war der alte Krol dann doch schneller und sicherer. So stiegen sie nacheinander durch immer dichter werdendes Laubwerk hinab zum verflochtenen Wohnort des Baumvolkes.

Krol wird abgesetzt

Als der langsamere Hok auf der gewaltigen Hängeplattform angekommen war, hatte Krol schon kostbare Minuten lang seine Gefolgsleute versammelt und Befehle und Anschuldigungen in ihre Ohren geplärrt.

»Ah, da kommt er, um uns zu verspotten, der zu groß gewachsene Eindringling!« schrie Krol und zeigte mit wütend bebendem

Finger auf den sich nähernden Hok. »Er hat die Stymphen abgeschlachtet, die uns beschützt haben!«

»Ich habe die Stymphen abgeschlachtet, die sich an jedem Baummann gütlich taten, der in die freie Luft über den Wald hinaufkletterte«, erwiderte Hok auf hochmütige Weise, als ob er Krols Behauptung lediglich berichtigte. »Ich habe euch geholfen, nicht geschadet.«

Krol starrte ihn mit einem wütenden Blick an, der regelrecht Funken auf Hok sprühte. »Ihr Größten da«, richtete er aus dem Winkel seines breiten Mundes das Wort an die anderen Baumleute, »packt ihn und fesselt ihn ein zweites Mal.«

Hok lehnte sich mit den Schulterblättern an einen Baumstamm. Er sah die Baummänner an. Sie machten einen verlegenen Eindruck und wirkten wie Kinder, die eine Speisekammer plünderten. Soko, der größte unter ihnen, war sichtlich auch derjenige, dessen Unbehagen am stärksten war. Hok beschloß, sich ihre Unentschlossenheit zunutze zu machen.

»Ihr habt mich gefangennehmen können, weil ich mit euch nur spielte«, sagte er. »Hok macht niemals den gleichen Fehler zweimal. So, wie ich hier stehe, kann man mich nicht von hinten niederschlagen. Und nun«, und rasch spannte er seinen Bogen und legte einen Pfeil auf, »werde ich jeden, der mich angreift, nicht nur niederschlagen, sondern totschlagen.«

»Gehorcht mir!« tobte Krol, und einer hob eine schwere Milchnuß zum Wurf. Hok schoß ihm das Wurfgeschoß glatt aus der Hand.

»Nichts da mit Werfen«, warnte er. »Greift mich an, wenn ihr wollt, aber kommt an mich heran. Die Überlebenden werden auf ewig eine gute Geschichte zu erzählen haben.« Er warf einen Seitenblick auf eine Lücke im Geflecht. »Aber den ersten, der mir zu nahe kommt, werfe ich dort hinunter. Krol, hat Rmanth, dein anderer Verbündeter, Hunger?«

Trotz Krols sich überschlagenden Befehlen, Hok nun endlich anzugreifen, blieben die halb entschlossenen Angreifer stehen. Als der alte Baumhäuptling innehielt, um nach Atem zu ringen, richtete Hok das Wort wieder an die Versammlung:

»Ihr könnt im Kampf gegen mich nicht bestehen, ihr Dünnen. Die Stymphen, die euch so lange in Angst und Schrecken gefangenhielten, fielen wie Fliegen im Winter tot vor mir nieder. Von uns beiden – Hok oder Krol – wer ist der Größte?«

»Hok ist der Größte«, verkündete Soko plötzlich.

Offensichtlich hatte seit Anbeginn der Zeit niemand einen Aufstand gegen Krol auch nur in Erwägung gezogen.

Krol war ebenso verdattert wie die übrigen Zuhörer. Soko wandte sich Krol zu, und der alte Häuptling kauerte sich tatsächlich zusammen.

»Er gibt zu, daß er die Stymphen getötet hat, er gibt es zu!« plapperte Krol und deutete mit bebender Hand auf Hok. »Wenn sie erst fort sind, wie sollen dann Fremde aus unserem Land ferngehalten werden?«

Hok vermutete, daß dieses Argument schon uralt und allgemein akzeptiert war. Natürlich fürchteten sich die Baumleute vor Eindringlingen und hatten wahrscheinlich von Kind auf gelernt, daß die Stymphen ihre Wächter gegen eine solche Gefahr waren. Er schnaubte in erheiterter Verachtung.

»Der alte Lügner spricht von ›eurem Land‹«, wiederholte er. »Wie kann es euer Land sein, Männer der Bäume, wenn ihr weder über seine Erde wandern noch in den Himmel sehen könnt – wenn Vogelschlangen von oben euch als Beute jagen und ein Elefantenschwein den Grund durchstreift, so daß ihr für immer wie Baumfrösche in diesen mittleren Bereichen leben müßt?« Er hielt inne und entschied, daß seine Frage ziemlich genau an der Stelle eingeschlagen war, wo diese Menschen ihre Gedanken hegten. »Ich bin euer Wohltäter gewesen«, faßte er zusammen. »Die freie Luft ist nun euer, denn Krol sagt, daß die Stymphen geflohen sind. Der nächste Schritt besteht darin ...«

»Rmanth zu töten?« schlug ein kühner Sprecher aus den Reihen der Zuhörer vor.

»Der nächste Schritt«, vollendete Hok, »besteht darin, diesen Tyrannen Krol loszuwerden.«

Krol hatte sich in ein Gewirr aus Zweigen und Ranken zurückgezogen, das ihm zum Teil Schutz gegen jeden Angriff gewährte. Er stieß einen Wutschrei aus und hob seine Elfenbeinaxt mit einer Hand.

»Du sprichst die Wahrheit, Hok«, sagte Soko noch beherzter als zuvor. »Geh und töte Krol.«

Aber Hok schüttelte seine goldene Mähne. »Nein. Das hätte ich schon vorhin mit einem schnellen Pfeil oder einem Schlag meiner Axt tun können. Aber ich habe ihn verschont, damit ihr ihn selbst vernichten könnt. Er ist euer Elend, eure Schande. Er sollte auch euer Opfer sein.«

Krol fuchtelte mit seiner Axt. »Ich werde euch alle in kleine Stücke hacken!« drohte er mit hoher erstickter Stimme. Soko erkannte als erster, wie verängstigt der alte Despot war. Er richtete das Wort an seine Kameraden.

»Männer meines Volkes, wenn ich Krol töte, werde ich dann euer Häuptling sein?« fragte er. »So ist es Sitte.« Einige machten zustimmende Gesten, und Soko war zufrieden.

»Dann fordere ich ihn jetzt heraus.« Ohne sich weiter mit Etikette aufzuhalten, streckte Soko eine schlanke, sichere Hand aus und zog eine Waffe aus dem Flechtgürtel seines Nachbarn. Es war eine Art Spitzhacke, ein schweres scharfes Knochenstück, das quer in die Kerbe eines langen biegsamen Stabes eingebunden war. Er ging auf Krol zu.

»Komm her und stirb«, sagte Soko in einer Art Sprechgesang zu seinem Häuptling. »Komm her und stirb. Komm her und stirb. Komm her und …«

Krol kam hervor, denn vor einem ausgewogenen Kampf hatte er offenbar keine allzu große Angst. Hok, ein Riese und ein Fremder, hatte ihn in Furcht versetzt. Die Zurückweisung durch den ganzen Stamm hatte ihn entmannt. Aber wenn Soko ihm allein gegenübertrat, beabsichtigte Krol seinen Part durchzustehen.

In seinem fetten alten Arm steckte immer noch Kraft, als er mit der Elfenbeinaxt nach Soko ausholte. Der jüngere Krieger parierte den Schlag eine Handbreit vor seinem Gesicht, sein Gegenschlag mit der Hacke verfehlte das Ziel. Dann waren sie in einem wilden und geschickten Gefecht verstrickt und sprangen auf dem schwankenden Untergrund vor und zurück. Hok sah dem Kampf mit dem Interesse des Kriegers zu, der Zweikampftaktiken zu schätzen weiß.

»Guter Kampf!« gab er seinen Beifall kund. »Schlag weiter unten zu, Soko, seine Deckung ist oben! Paß auf deinen Kopf auf! Nicht stolpern, oder – hai! Jetzt hast du ihn!«

Das schien tatsächlich so zu sein. Krol hatte durch eine Finte Soko zu einem Abwärtsschlag mit der Hacke verleitet und sich dann aus dem Gefahrenbereich zurückgezogen. Als Soko kurz das Gleichgewicht verlor, schlug Krol mit der Axt zu; aber ein rascher Schlag Sokos mit dem Schaft seiner Waffe landete auf dem Gelenk des Alten und lähmte es. Die Axt fiel in den Laubmoder auf dem Flechtboden. Krol stand Soko waffenlos gegenüber.

Nun machte die Verzweiflung den herausgeforderten Häuptling erst wahrhaft gefährlich. Krol sprang los, bevor Soko einen letzten und tödlichen Schlag landen konnte. Er warf die Arme um Sokos Rumpf und versenkte seine scharfen Zähne in Sokos Fleisch an der Stelle zwischen Hals und Schulter. Die beiden schwankten, stürzten und rollten immer wieder übereinander, bis sie gefährlich nahe an einen schrecklichen Abgrund gerieten. Die schnatternden Zuschauer hüpften auf und ab und gestikulierten in ihrer freudigen Aufregung.

Hok, dessen eigene Zähne wegen ihrer Ebenmäßigkeit als Waffen denkbar ungeeignet waren, wollte gerade eine Bemerkung darüber machen, daß Beißen ihm doch abscheulich unfair vorkam, als der Kampf entschieden wurde. Soko riß sich mit einem Ruck aus Krols Griff los und brachte den alten Mann unter sich. Krol zog ein Bein an und versuchte Sokos Bauchdecke mit den Nägeln seiner starken, biegsamen Zehen aufzureißen, aber gleich darauf hatte Soko seine eigenen Daumen in Krols Mundwinkel vergraben. Er drückte den Kopf seines Feindes immer weiter und weiter zurück, bis der Hals kurz vor dem Bruchpunkt stand. Mit einer Art winselndem Aufhusten entließ Krol seinen Gegner aus seinem Griff, riß sich los und rannte im nächsten Augenblick um sein Leben.

Sofort schrien die Zuschauer los und nahmen die Verfolgung auf. Hok folgte ihnen über das schwankende Zweiggeflecht und hörte hundert gleichzeitig gebrüllte Schmähungen. Offenbar hatten sämtliche Männer und Frauen und die meisten Kinder des Baumvolkes schwere Rechnungen mit dem bösartigen alten Schwindler zu begleichen, der sie beherrscht hatte. Soko rannte an der Spitze der Meute und holte Krol fast ein. Doch Krol wich seinem Griff aus und verschwand in irgend etwas. Hok schloß auf und drängte sich zwischen den schreienden Baummenschen hindurch. Er sah eine weitere Sonderbarkeit – Krols Festung.

Es war wie das Nest einer Schlammwespe erbaut, ein großes eiförmiges Lehmgebilde in den dickeren Ästen eines hohen Baumes. Offenbar hatte Krol beträchtliche Zeit und lange Gedanken auf seine Zuflucht verwendet, die er wohl für einen Notfall wie diesen erbaut hatte. Hok vermutete, daß sich drinnen ein Korbgeflecht aus ausgesuchten Zweigen befand, auf das von außen der Lehm dick und glatt aufgeschmiert worden war. Das gesamte Rund war zweimal so hoch wie Krol und hatte fast den gleichen Durchmesser. Es war zwischen etlichen starken Astgabeln verkeilt und hatte nur eine Öffnung, einen dunklen Eingang, der gerade breit genug war, daß Krol hindurchschlüpfen konnte, und für Schultern von der Breite, wie Soko sie aufwies, vielleicht einen Hauch zu schmal war.

»Krols Nest ist gut gebaut«, stellte Hok in offener Bewunderung fest. »Manchmal errichten die Leute meines Stammes ihre Hütten auf gleiche Weise – mit Zweigen und einer Erdschicht darauf. Warum sind nicht alle eure Häuser so gebaut?«

Das Geschrei war allmählich verstummt. Sokos große Augen waren auf den Eingang zum Lehmnest gerichtet, und er antwortete: »Nur Krol konnte Lehm holen. Wir wagen es nicht, im Talboden danach zu suchen.«

»Nein«, erklang ein Knurren aus dem Inneren. »Und ihr wagt es ebenfalls nicht – *Wasser zu holen*!«

Dieser Hinweis verängstigte alle Zuhörer. Sie zogen sich von Krols Behausung zurück, sahen einander und dann wieder Soko an.

»Was meint er damit?« wollte Hok wissen. »Sagt er Wasser? Wo wir gerade dabei sind, woher bekommt ihr euer Wasser?«

Soko zeigte auf die Öffnung. »Er holt es. Krol.« Sokos Hals, immer noch wund und zerbissen von dem Kampf, arbeitete und schluckte heftig. »Daran hätten wir denken sollen. Ohne Krol bekommen wir nichts zu trinken.«

Ein oder zwei Zuhörer gaben Stöhnlaute von sich und leckten sich über die Lippen, als ob sie schon ausgetrocknet und durstig seien. Hok stellte Soko weitere Fragen. Allmählich kam heraus, daß das Baumvolk große Kürbisgefäße besaß, die aus den Früchten der hochwachsenden Ranken hergestellt wurden, und diese ließ es an Faserseilen herunter. Krol, der einzige, der sich bis zum Boden vorwagte, schöpfte dort Wasser aus einem Bach, und die anderen zogen die Gefäße wieder in die Höhe und verwendeten das Wasser nach Belieben. Hok nickte; in Gedanken zollte er Krols Klugheit Beifall.

»Noch eine weitere Weise, mit der er seine Herrschaft über euch aufrechterhielt«, meinte er. »Aber Krol muß doch eines Tages sterben. Wie bekommt ihr dann zu trinken?«

»Wenn ich sterbe, werdet ihr alle sterben«, verkündete Krol aus seiner Festung heraus. »Ich erkläre euch alle als vom Tod gefährdet. Wenn ich eure Gefäße nicht in den Bach leite, wird der Durst euch einen nach dem anderen verschlingen.«

Schweigen. Dann stellte ein zusammengekrümmer kleiner Mann eine andere Frage:

»Was ist dein Wille, mächtiger Krol?«

Krol verharrte einen Augenblick lang in majestätischem Schweigen und sagte schließlich:

»Ihr alle werdet schwören, meinen Regeln und meinen Gedanken zu gehorchen, sogar meinen unausgesprochenen Wünschen. Ihr werdet weit reisen, um mir die Früchte zu pflücken, die ich mag, und sie mir bringen. Ihr werdet Soko als Opfer darbringen –«

»Wartet, ihr Baumleute!« platzte Hok angewidert heraus. »Ich merke, wie ihr schwankend werdet! Wollt ihr wirklich zulassen, daß dieser Mörder Soko vernichtet, der unter euch der Beste ist?«

Niemand antwortete. Hok sah, wie sie unglücklich zu Boden starrten. Krol fuhr fort:

»Ich war noch nicht fertig. Soko als Opfer, sage ich. Und auch diesen aufrührerischen Fremdling Hok. Ihr Blut wird meine Mauern stärken.«

Der Heiße Hunger ist zu Gefallen

Einen Augenblick lang hatte Hok das überwältigende Gefühl, sich geirrt zu haben.

Er hatte die Wahrheit gesagt, als er verkündete, daß die Tötung Krols in der Verantwortlichkeit der Baummänner lag, nicht in der seinen. Gewaltsamer Tod war nichts Neues in seinem Leben, und er hatte genug davon an große starke Gegner ausgeteilt, um zu zögern, wenn es darum ging, schwache unwürdige Widersacher anzugreifen. Außerdem hegte er nicht den Wunsch, sich die Herrschaft über Krols Volk als zusätzliche Bürde aufzuerlegen. Falls Soko, der ihm recht häuptlingsmäßig vorkam, die Tötung vornahm, würde Soko sich damit als Anführer bestätigen. Hok konnte sich dann ruhigen Gewissens aus diesem Alten Land zurückziehen.

Aber jetzt brachte ihn seine gelassene Geduld in eine weitere unangenehme Lage. Drei oder vier Männer tuschelten miteinander, und die Kämpfer des Klans rückten heimlich, aber in ihrer Gesamtheit gegen Soko vor. Sofort drängte Hok vor und sich dazwischen. Rasche Schläge mit den flachen Händen zerstreuten sie wie Späne im Wind.

»Narren!« schalt er sie. »Schwachköpfe! Ihr verdient es nicht besser, als euer Leben hier in den Bäumen abzusitzen. Soko und ich haben euch bis zum Rand der Freiheit geführt, und ihr könnt sie nicht ergreifen!«

»Gut gesprochen!« fiel Soko mit beträchtlicher Standhaftigkeit ein. »Krol ist vor mir davongelaufen. Da er nicht kämpfen will, bin ich der Häuptling. Ein jeder von euch, der anders denkt, soll vortreten und sich gegen mich stellen.«

Die halb begonnene Erhebung war damit beigelegt. Ein oder zwei Männer regten sich unruhig. Einer sagte: »Aber wer wird uns Wasser holen?«

»Wer außer Krol?« krähte der alte Schuft hinter seiner Lehmmauer. »Ich mache keine Angebote mehr, bis ihr nicht mit durstigen Kehlen und bettelnd zu mir kommt.«

Der Sprecher warf einen schnellen Seitenblick auf Hok. Er flüsterte: »Krol will das Blut von Soko und dem Fremden ...«

»Blut kann er dick und reichlich bekommen, wenn du auch nur ans Kämpfen denkst«, fiel Hok ihm grob ins Wort. »Krol sprach davon, es ›für die Verstärkung seiner Mauern‹ zu verwenden. Was meinte er damit?«

Soko zeigte auf die Behausung. »Er vermischt Erde mit Blut, und sie werden zu Stein.«

Hok ging an das große Lehmei heran und sah, daß Soko die Wahrheit sagte. Bei dieser Festung handelte es sich um mehr als nur einfachen getrockneten Schlamm. Hok stieß mit dem Finger dagegen, dann mit einer Messerspitze, schließlich schlug er mit der Axt darauf ein. Er schaffte kaum mehr als eine Einkerbung. Selbst seine Kraft und seine Waffen konnten die Schale von Krol nicht entfernen.[18]

»Hai, der alte Feigling, hat gut gebaut«, gab er zu. »Nun, die Vordertür ist offen. Soll ich ihn herausholen?«

Soko nickte eifrig, und Hok schnitt einen langen geraden Zweig von einem Ast in der Nähe. Mit diesem stocherte er durch das Eingangsloch. Er traf auf etwas Weiches, und Hok grinste, als er das Fauchen aus dem Innern hörte. Dann wurde das andere Stockende auf einmal festgehalten, und sein Grinsen verbreiterte sich noch.

[18] Blut und Erde, die zu einem primitiven Zement vermischt werden, datieren bis in die früheste Vorgeschichte zurück. Unter den einfachen Völkern der Welt ist er praktisch allgemein verbreitet und wird in Afrika und Südamerika zur Herstellung fester Hüttenböden verwendet. Die Mischung verlangt beträchtliche Erfahrung und Arbeitsaufwand. Der Autor hat selbst Beispiele zu Gesicht bekommen und auch versucht, sie für eigene Zwecke selbst herzustellen, hatte dabei jedoch nur mäßigen Erfolg.

»Willst du mit Hok um die Wette ziehen?« fragte er. »Ein einziger Ruck, und du kommst zu uns herausgeflogen.«

Seinen Worten ließ er die Tat folgen und zog heftig an seinem Ende. Krol ließ los, und Hok fiel fast auf den Rücken, als der Stock wieder zum Vorschein kam.

Aber auf dem Stock war etwas, das die Baumleute wie ein Mann erschrocken aufschreien ließ, während Hok ein kalter Schauer des Entsetzens über den Rücken lief.

Krol hatte sein Stockende nur so lange festgehalten, wie er brauchte, um eine eigene sonderbare und scheußliche Waffe daranzuheften, eine kleine aufgeregte, in Schwarz und Rot gestreifte Schlange. Diese Kreatur kam um den Stock geschlungen auf Hok zugeglitten, sie war sichtlich wütend und wollte dies an jemandem auslassen. Hok ließ den Stock fallen und griff nach seinem Bogen. Als die Schlange zu Boden fiel, wandte sie sich von ihm ab und Soko zu, der ihr im Augenblick am nächsten war. Soko krabbelte mit einem Angstschrei von ihr fort.

Aber da hatte Hok schon einen Pfeil nach ihr ausgesandt und sie an einen moosbedeckten Baumstumpf genagelt, der aus der Plattform aufragte. Das häßliche kleine Geschöpf zuckte hierhin und dorthin wie ein Wurm am Angelhaken. Der flache Kopf mit den geschwollenen Giftsäcken stieß immer wieder auf den Schaft des Pfeiles zu.

»*Wagh!*« schrie Hok und spuckte angewidert aus. »Im Biß dieses Zahnes liegt der Tod. Lebt Krol mit solchen Freunden zusammen?«

»Schlangen beißen Krol nicht«, offenbarte Soko, der zitternd herankam.

»Das kann ich ihnen nicht verübeln«, erwiderte Hok. »Nun, er scheint auf jeden Angriff vorbereitet zu sein. Die andere Möglichkeit ist eine Belagerung.«

»Ich habe Durst«, meldete sich ein Kind hinter seiner Mutter zu Wort. Hok befahl, nach Milchnüssen zu suchen, und der halbe Stamm schwang sich zum Sammeln durch die Zweige davon. Soko blieb an Hoks Seite.

»Hok! Nur der Tod Krols wird uns retten. Im Stamm gibt es solche, die uns töten werden, wenn wir schlafen, wenn wir unachtsam werden und ...«

»Und euer Blut wird frische Tünche für meine Mauern werden«, gelobte Krol, der dies gehört hatte.

Noch einmal untersuchte Hok Krols Verteidigungsanlage aus nächster Nähe, wobei er aufpaßte, daß Krol nicht noch weitere Schlangen auf ihn ansetzte. Er tat ein paar prüfende Schläge auf die Stützäste um das Gebilde, aber sie waren zäh und dick, und sie zu durchtrennen würde Tage dauern. Kurz darauf kam ihm die Erleuchtung. Er durchstöberte das Unterholz in der Nähe, suchte nach Zweigen und dünnen Ästen und achtete besonders auf trockenes totes Holz. Schon bald hatte er die meisten kleinen Zweige um die Behausung zusammengesammelt und legte sie sorgsam auf einen Haufen.

»Wie willst du ihn herauszwingen?« fragte Soko.

»Ich werde ihn gar nicht herauszwingen«, erwiderte Hok geheimnisvoll. »Das macht mein Freund, der Heiße Hunger.«

»Der Heiße Hunger!« wiederholte Krol mit dumpfer Stimme.

Als die Nußsammler zurückkehrten, gab Hok ihnen einen weiteren Auftrag, daß sie nämlich kleine Reisigbündel aus trockenen Zweigen sammelten. Bereitwillig gehorchten sie, denn Krol stieß keine Drohungen mehr aus, und Soko verhielt sich, wie es einem Häuptling angemessen war. Als die kleinen Zunderbündel angeliefert wurden, verkeilte und befestigte sie Hok an der Außenseite der Behausung. Als schließlich alle mit großäugiger Bewunderung um ihn versammelt waren, holte er sein Feuergerät hervor.

Auf einem dicken Teppich aus grünen Blättern entzündete er ein winziges Feuer. Bis auf Soko, der schon einmal gesehen hatte, wie man Feuer macht, schrien alle erschrocken auf und wichen zurück. Das war Hok nur recht, denn er wollte nicht, daß durch das Gedränge und die Erschütterung der Äste die Baumwipfel in Brand gerieten. Er suchte sich eine passende Fackel aus, zündete sie an, trat das restliche Feuer mit der Ferse seines Mokassins aus und wandte sich wieder dem zunderbepackten Unterschlupf von Krol zu.

Er zündete das gesplitterte Ende eines Zweiges an. Es flammte auf, und andere Holzstückchen fingen ebenfalls Feuer. Hok nickte; er war mit seinem Werk zufrieden.

»Schaut, bald wird es Nacht«, verkündete er. »Bringt mir jemand etwas zu essen? Ich werde hier weiter beobachten.«

»Was denn beobachten?« fragte einer der Baumleute.

»Krols Unbehagen. Wo habt ihr ein paar Milchnüsse?«

Die Dämmerung setzte ein, und der Abend kam. Die meisten Baummänner brachten ihre Familien in die abseits gelegenen Nester und warfen verängstigt fragende Blicke zurück. Soko blieb an Hoks Seite.

»Du willst Krol verbrennen«, riet Soko, aber im Feuerschein schüttelte Hok den Kopf und befestigte weitere Stöcke an dem mit Blut vermischten Lehm.

»Hilf mir beim Ausstreuen dicker feuchter Blätter, damit wir das Feuer auffangen, wenn etwas davon herunterfällt. Nein, Krol wird nicht darauf warten, daß er verbrennt. Irgendwann kommt er heraus und stellt sich uns.«

Aus der Behausung erklang ein sonderbarer Laut, halb Schniefen, halb Fauchen.

»Du bist ein Teufel, Hok«, brummte Krol. »Hier wird's heiß.«

Soko faßte Mut. »Komm her und stirb«, begann er sein Kampflied. »Komm her und stirb. Komm her und stirb.«

Krol gab wieder das schniefende Fauchen von sich und verfiel in Schweigen. Hok nährte sein Feuer mit Bedacht. Der Blutlehmzement war sengend heiß unter seinen Fingerspitzen. Aus dem Abend wurde rasch Nacht.

»Hok, höre«, sagte Krol nach einer Weile zögernd. »Du und ich, wir sind vernünftige Männer. Vielleicht irrte ich, daß ich dich mir zum Feind machte. Du irrst dich, wenn du mein Feind bleibst. Ich stelle mir vor, daß du und ich große Dinge vollbringen könnten. Deine Kraft gepaart mit meinem Verstand ...«

»Dieses Gerede soll kein Verhandeln sein, sondern uns unvorsichtig machen«, belehrte Hok Soko.

Soko spähte in die finstere Öffnung der Behausung. »Komm her und stirb«, forderte er Krol auf.

Krol schniefte erneut und fügte diesmal eine Art Schluchzer hinzu.

»Eure Herzen sind so hart wie Elfenbein«, klagte er mit bebender Stimme. »Ich bin alt und schwach. Die Dinge, die ich tat, mögen falsch gewesen sein, aber ich versuche, meinem Volk zu helfen. Nun muß ich den schrecklichen Tod durch den Heißen Hunger erleiden, weil ein großer gelbhaariger Fremder keine Gnade kennt.«

Hok umwickelte eine weitere Handvoll Zunder mit einer grünen Ranke, befestigte sie an einem Pflock, den er in den Lehm getrieben hatte, und setzte das frische Bündel in Brand.

»Meiner Ansicht nach ist Krol nunmehr am gefährlichsten«, sagte er zu Soko. »Hüte dich vor jenen, die bei dir um Mitleid für sich heischen. Tränen trüben den Blick.«

»Komm her und stirb«, wiederholte Soko.

Er war ziemlich dicht an die Öffnung herangetreten, und Krol tat seinen letzten Einsatz für Sieg und Sicherheit.

Er sprang so rasch und tödlich hervor wie die kleine Korallenschlange, die er gegen Hok verwendet hatte. Der Aufprall seines untersetzten kleinen Körpers reichte aus, um den unvorbereiteten Soko zu Boden zu schleudern.

Er umklammerte seinen jüngeren Rivalen mit einem Arm und beiden Beinen und langte nach einem langen Knochenmesser.

Hok kam gerade rechtzeitig von der anderen Seite der feurigen Behausung hervor, um zwei miteinander kämpfende Gestalten zu einer Lücke im Flechtwerk rollen und hineinstürzen zu sehen. Zwei Schreie gellten durch die Nacht – Sokos Stimme klang erschrocken und schmerzgepeinigt, Krols erhob sich in wildem Triumph. Als Hok das Loch erreichte, erklang nur noch eine Stimme:

»Da, Soko, bleibe wie ein Käfer am Dorn hängen! Dort kannst du über meine Macht nachdenken, bis du stirbst! Ich, Krol, werde zu Rmanth gehen, meinem einzigen Freund, den ich mit den Leichen meines rebellischen Volkes mästen werde!«

Hok nimmt eine Herausforderung an

In vollständiger Finsternis wäre Klettern außerordentlich gefährlich gewesen; aber das Feuer, das immer noch um Krols verlassene Festung loderte, warf auch Licht nach unten. Hok konnte sicheren Halt in den Ästen fassen und so mit gewisser Geschwindigkeit heruntersteigen.

Etwa zwanzig Schritte unterhalb des geflochtenen Dschungelhochbodens fand er Soko. Sein Freund schien halb über einer schwankenden Zweigspitze zu baumeln, und seine Arme und Beine rührten sich schwach und ziellos. Von Krol war nichts zu sehen oder zu hören.

»Soko, du lebst noch!« rief Hok aus. »Komm mit mir, wir werden Krol gemeinsam jagen!«

»Aber ich kann nicht kommen«, keuchte Soko.

Ein plötzliches Aufflammen des Feuers über ihnen gab ihnen mehr Licht, und Hok erkannte Sokos üble Lage.

Offenbar waren Krol und Soko auf den Ast geprallt, wobei Soko unten zu liegen kam. Wie es schon vorher am Tag mit Hok und der Stymphe gewesen war, so war auch in diesem Fall der unten Liegende von dem Aufschlag vorübergehend benommen gewesen. Krol, der oben lag, hatte diesen Moment genutzt und mit aller Kraft mit dem großen Knochenmesser zugestochen.

Der Dolch hatte Sokos Leib auf der linken Seite durchbohrt, war hinten ausgetreten und tief in das Holz des Astes eingedrungen. Wie Krol es schon gesagt hatte, wirkte Soko wie ein Käfer auf einem Dornspieß. »Ich kann nicht kommen«, stöhnte er und hielt sich, so gut es ging, mit beiden Händen am Ast fest, um den Zug auf die Wunde zu lindern.

Hok ließ sich auf den Ast herunter und arbeitete sich zu dem unglückseligen Baummann vor. In der Nähe war kein Zweig, an dem er sich hätte festhalten können oder der Hoks Gewicht ausgehalten hätte. Der Ast ächzte und schwankte unter ihm. Er zog sich in eine sicherere Umgebung zurück.

»Ich muß einen anderen Weg finden, um zu ihm zu gelangen«, brummte Hok und zupfte sich an dem goldenen Bart. Dann fiel ihm ein solcher Weg ein, und er kletterte wieder in die Höhe.

»Laß mich nicht allein«, flehte Soko jammervoll.

»Mut«, gab Hok zur Antwort und suchte in den Zweigen nach dem, was er benötigte. Fast sofort entdeckte er es auch – eine verworrene Rankenmasse, deren Stränge so stark und elastisch wie Lederschnüre waren. Rasch durchtrennte er einige der dicksten Stränge und knotete sie zusammen. Dann entdeckte er einen stärkeren Ast über dem, der Soko gefangenhielt. Er rutschte darauf vor und befestigte ein Ende seines improvisierten Seils.

»Ich habe Schmerzen«, keuchte Soko mit schwacher und bebender Stimme.

»Mut!« ermunterte Hok ihn wieder. Er hängte Axt, Bogen, Köcher und Beutel an einen kräftigen Stumpen des Hauptastes. Dann ließ er sich an den verknoteten Ranken eine Hand unter der nächsten zu Soko hinunter.

Er gelangte mit dem unglücklichen Gefangenen des verkeilten Messers auf gleiche Höhe und fast in seine Reichweite. Durch Verlagerung seines Gewichtes brachte er das Seil zum Schwingen und konnte ein Knie über den unteren Ast legen. Mit einer Hand hielt er sich über einem Knoten in der Ranke fest und griff mit der anderen Hand nach dem Messer, an dem Soko hing.

Als er es berührte, erzitterte Soko und erschlaffte. Er hatte das Bewußtsein verloren.

Das war Hok eigentlich nur recht, und sogleich zerrte er mit aller Kraft an der festgerammten Waffe. Sie glitt aus dem Holz und mühelos auch aus Sokos Fleisch. Als ihn nichts mehr an dem Zweig festhielt, fiel Soko in den Abgrund.

Hok machte einen raschen Scherengriff mit beiden Beinen und hielt Soko wie in einem Ringkampf zwischen seinen Knien fest. Fast löste sich seine andere Hand aus dem Griff an der Ranke, aber er zwang sie verbissen zum Tragen des doppelten Gewichts. Den Knochendolch klemmte er sich zwischen die Zähne. Dann hangelte er sich, den bewußtlosen Soko immer noch zwischen den

Knien, Hand über Hand in die Höhe. Er erreichte einen Platz auf dem dicken Ast und legte Soko auf einen sicheren Platz aus mehreren weitausholenden Zweigen.

Soko blutete, jedoch nicht allzu heftig. Trotz aller böser Absicht hatte Krol doch zu hastig zugestoßen, und das Messer hatte die Muskeln an Brust und Achselhöhle durchbohrt und war an den Rippen abgeglitten, ohne ein lebenswichtiges Organ zu verletzen. Hok sammelte rasch einige Handvoll Blätter, legte sie auf die doppelte Verletzung und ließ das Blut sie zu einem Verband verkleben. Dabei öffnete Soko die großen Augen.

»Du hast mich gerettet, Hok«, sagte er mit einer Stimme, die vor Dankbarkeit schwankte. »Das wäre jetzt das zweite oder dritte Mal. Krol –«

»Er lebt noch«, versetzte Hok grimmig und nahm seine Waffen wieder an sich. »Vielleicht beschleicht er uns gerade.«

Sokos leuchtende Augen huschten umher und durchdrangen die Nacht. »Ich glaube nicht«, sagte er. »Ich habe mich wieder in der Gewalt. Wollen wir nach oben steigen?«

Seine Verletzung behinderte ihn, und er kletterte etwas steif, aber er erreichte den Ort des sterbenden Feuers lange vor Hok. »Ich habe Durst«, beklagte er sich.

»Weil du Blut verloren hast«, erklärte Hok ihm und beleuchtete mit einem brennenden Stock das Innere von Krols verlassener Behausung. Unter den zahlreichen Besitztümern entdeckte er auch mehrere Kürbisflaschen. Eine davon war mit Wasser gefüllt, das zwar warm geworden, aber noch gut war. Er reichte sie an den dankbaren Soko weiter.

Soko trank und reichte die Flasche an Hok weiter. »Wie können wir Krol jetzt töten, mein Freund?« fragte er. »Denn töten müssen wir ihn. Das verstehst du.«

Hok nickte und nahm selbst einen Schluck. »Du wirst das ohne meine Hilfe tun, damit du gemäß der Gebräuche Häuptling wirst. Meine Aufgabe besteht darin, Rmanth zu vernichten und ihn für dein Volk zu braten. Ich habe dieses Versprechen gegeben.«

»Versprechen?« wiederholte Soko. »Wer kann sowas halten?«

»Ich habe noch nie in meinem Leben ein Versprechen gebrochen, Soko. Hier, hilf mir dabei, dieses Feuer zu löschen, damit nicht ein paar Kohlen den Dschungel vernichten. Und sage mir, wie wir Rmanth finden können.«

Das konnte Soko nicht. Seine einzigen Vorstöße zum Boden waren über die Rankenröhre verlaufen, in der Hok ihm zum ersten Mal begegnet war. Er wiederholte, daß Krol und nur Krol über den Mut und das Wissen verfügt hatte, um sich Rmanth zu stellen und unverletzt davonzukommen.

»Nun, wo laßt ihr die Kürbisflaschen zum Wasserholen herunter?«

»In der Nähe der hohlen Röhre. Warum?«

»Morgen werden alle Baumbewohner frisches Wasser haben. Das ist ein weiteres Versprechen von Hok. Hältst du Wache, während ich schlafe, Soko? Später wecke mich auf und schlafe selbst.«

Soko war einverstanden, und Hok streckte sich müde auf farnigem Laubwerk aus. Er schloß die Augen und schlief sofort ein.

Im Schlaf träumte er.

Er dachte, daß vor ihm all seine alten Feinde aufmarschierten. Offenbar stand er allein gegen eine haßerfüllte Meute. Allen voran stand Kimri, der schwarzbärtige Riese, von dem er die liebliche Oloana errungen hatte. Dann war da auch Cos, ein dickbäuchiger Bursche mit tückischen Augen, der über die ummauerte Stadt Tlanis geherrscht hatte, bis Hok während seiner Abenteuer dort eintraf und das alles geändert hatte. Über Cos' Kopf sah Romm herüber, der einst den schlechten Einfall gehabt hatte, daß der verräterische Übertritt zu den Gnorrls ihm den Sieg über Hoks Feuersteinvolk gewähren würde. Djoma der Fischer blieb ziemlich zurück, denn er war niemals sonderlich begeistert dabei, wenn es galt, sich Hok Mann gegen Mann im Kampf zu stellen. Eine köstliche Versammlung von Schurken.

»Ich werde das Vergnügen haben, euch alle ein zweites Mal zu töten«, sagte Hok zur Begrüßung und stürmte los. Eine Hand schwang die Axt, die andere führte einen Wurfspieß, schlug und stach. In seinem Traum kam ihm dieses zweite Töten viel leichter vor als das erste Mal. Die alten Feinde fielen vor ihm hernieder wie Wildreisstengel vor dem Sumpfbüffel. Er holte tief Luft und wollte schon aus voller Brust einen Triumphschrei ausstoßen, als …

Sie lösten sich scheinbar auf und verwandelten und verdichteten sich zugleich zu einer anderen Gestalt. Diese war haarig, fett, borstig, aber lebhafter. Tierhafte Lippen bewegten sich und zitterten, große Augen, die in der Finsternis sehen konnten, starrten ihn böse an.

»Ha, du großer gelbhaariger Klotz!« knirschte eine Stimme, die er kannte, außer sich vor Wut. »Ich finde dich unbewaffnet, und so töte ich dich!«

Hok warf sich unter dem Streich einer undeutlich erkennbaren Waffe nach vorne. Seine Fäuste trafen auf weiches Fleisch, und er hörte, wie die drohenden Flüche zu einem schrillen Aufkreischen wurden. Dann wurde der Traum zur Wirklichkeit.

Die Morgendämmerung war herangezogen. Der verletzte und erschöpfte Soko war bei seiner Wache eingeschlafen, und Krol war zurückgekehrt, um Rache zu nehmen. Nur Hoks Sinn für Gefahren, der ihn wachgerüttelt hatte, hatte ihm auch den Augenblick verschafft, den er benötigt hatte, bevor ein Streich fiel. Krol hatte eine große Keule zum Schlag erhoben, einen Dornholzstock, der stark genug war, um einem Pferd den Schädel zu spalten. Diese Waffe fegte nun durch leere Luft, als Hok den grauen alten Sünder packte und überwältigte.

»Soko! Soko!« rief Hok laut aus.

Soko sah auf und wischte sich den Schlaf aus den Augen. »Hä?« gähnte er, dann wurde ihm die Gefahr bewußt. Er sprang auf.

»Soko«, sagte Hok, »ich schwor, daß du diesen Mann töten und an seiner Stelle Häuptling werden würdest. Tue das jetzt. Laß ihn nicht noch einmal entkommen.«

Soko zog ein Messer hervor. Hok ließ Krol los.

Der abgesetzte Herrscher des Baumvolkes versuchte ein letztes Mal die Flucht, aber Hok verstellte ihm den Weg. Dann packte

Soko Krol an seinem langen Haar. Das Messer in seiner Hand – es war dieselbe lange Knochenklinge, die Soko in der letzten Nacht an den Ast genagelt hatte – zuckte mitten in Krols Brust. Blut sprudelte hervor. Sterbend brach der alte Despot zusammen.

Die Baummenschen erwachten und kamen von allen Seiten heran, machten große Augen und stellten Fragen. Hok schlug Soko auf die unverletzte Schulter.

»Gehorcht eurem neuen Häuptling«, beschwor er die Versammlung. »Fürchtet ihn, folgt ihm, achtet ihn. Er ist euer Vater und euer Anführer.«

Krol blickte auf. Blut stand in seinem breiten Mund. »Was ist mit dem Wasser?« krächzte er höhnisch und starb mit einem hustenden Röcheln.

Schweigen senkte sich herab, und Soko konnte in diesem ersten Augenblick seiner neuen Würde nur zu Hok als Leitgestalt aufsehen.

»Volk der Bäume«, sagte Hok, »man hat mich herausgefordert. Krol war schlecht, und er verdiente den Tod. Aber er sprach die Wahrheit, als er uns daran erinnerte, daß es kein Wasser gibt, solange Rmanth dort unten frei umherstreift. Mit anderen Worten, Rmanth muß vernichtet werden. Das habe ich euch versprochen, oder nicht?« Er wog seine Axt in der Hand und nickte Soko zu. »Komm mit mir, Häuptling. Wir werden uns darum kümmern.«

Soko folgte ihm und versuchte keinen allzu zaudernden Eindruck zu machen. Hok erhob seine Stimme. »Ihr anderen geht zum üblichen Ort und laßt eure Flaschen herunter. Euch soll das Wasser gehören, jetzt und in alle Zukunft.«

Er und Soko erreichten die Röhre, die ihnen geschützten Abstieg bis zum Boden gewährte. Hok stieg als erster hinein und schwang sich an den groben Leitersprossen in die Tiefe. Dieses eine Mal war Soko nicht schneller als er. Hok erreichte den Boden der Höhlung, zwängte sich, ohne zu zögern, durch die niedrige Öffnung ins Freie und richtete sich auf der feuchten Erde des Talbodens auf. Soko mußte zweimal gerufen werden, bevor er ihm folgte.

»Sieh dich einmal nach diesem Bach um«, sagte Hok. »Da, ist

er das nicht, dahinten, weiter unten zwischen den Stengeln? Komm schon, Soko. Du bist jetzt ein Häuptling.«

Bei diesem Wort reckte sich Soko in die Höhe. »Ja, ich bin ein Häuptling«, sagte er standhaft. »Ich werde tun, was ein Häuptling tun sollte, auch wenn Rmanth mich fressen wird.«

»Statt dessen wirst du Rmanth fressen«, sagte Hok selbstsicher. »Aber zuerst kümmern wir uns um das Wasser.«

Sie erreichten das Bachufer. An langen Rankenseilen baumelten Kürbisflaschen herunter. Hok und Soko füllten sie im Wasser auf und zupften dann an den Ranken, damit sie hochgezogen werden konnten. Aus den oberen Zweigen erklangen Freudenschreie, als die Ziehenden das tröstliche Gewicht der Behälter spürten.

»Die Stimmen werden Rmanth anlocken«, sagte Soko mit dumpfer Stimme.

Hok warf einen Blick über die Schulter. »Er ist schon hier. Überlaß ihn mir. Mach weiter, fülle die Flaschen.«

Er ließ Soko zurück und drang weiter zwischen die Bäume vor zu der grauen Masse mit den sechs buckeligen Hörnern und den hungrigen Stoßzähnen.

»Ich hab das Gefühl, daß dies für uns beide so vorherbestimmt war«, richtete Hok das Wort an das Elefantenschwein. »Dann komm. Wir werden rennen, spielen und kämpfen, und es wird erst enden, wenn einer von uns tot ist.«

Die Vernichtung des Rmanth

Mehrere Berichte sind uns überliefert worden, wie Hok an diesem Tag rannte, spielte und kämpfte[19]. Aber es sind Namen verändert worden, und einige Tatsachen sind um des Rituals oder der Romantik willen abgewandelt worden. Jedenfalls sprach Hok nur wenig über diese Sache, denn das war nicht seine Art. Die einzigen Erzähler waren die Baumleute, und die sahen nicht viel von dem, was geschah. Das macht diese Geschichte insofern wertvoll, weil sie neues Licht auf eine alte, alte Wahrheit wirft.

Hok bemerkte, daß Rmanth wenigstens sechsmal so wütend war wie bei ihrer letzten Begegnung. Offenbar war der Pfeil in seiner Zunge abgebrochen oder war herausgewandert, obwohl rosiger Schaum Rmanths große herausragende Stoßzähne befleckte. Der Pfeil in seinem Nasenloch steckte immer noch darin, und das häßliche Maul war angeschwollen und wund. Der Blick seiner Augen war immer noch kalt und schlau, aber als Hok näher kam, trat in sie ein schwaches Leuchten des Wiedererkennens.

»Du weißt also, wer ich bin«, sagte Hok. »Was haben wir einander zu sagen, was uns anzutun?«

[19] Der Mythos, der dem Gedächtnis der Leser wohl am nächsten ist, betrifft Herakles und seine Unterwerfung des mächtigen wilden Ebers von Eurymanthis. Sonderbar – oder auch nicht so sonderbar – ist die Tatsache, daß die griechischen Legenden ein und dieselbe Geschichte auf verschiedene Weisen berichten. Und so vernichtet in seiner Jugend Theseus, der eine weitere Erinnerung an Herakles oder Hok darstellen mag, ein ebensolches Wildschwein während der Reise zu seines Vaters Hof. Meleager jagt und tötet den Kalydonischen Eber. Und ein tuscanischer Held, der in den »Sagen aus dem alten Rom« als Widersacher des Horatius bezeichnet wird, erlangte Ruhm, als er einen Eber tötete, »der Felder verwüstete und Menschen dahinmetzelte«.

Diese Riesenschweine werden als undenkbar groß und stark beschrieben, als unbeholfen, aber schnell, und ihre wilde und gefräßige Art machte sie zur Bedrohung von Gemeinden und Landstrichen. Nicht einmal der europäische Wildeber konnte sich an Wesensart und Leistungsfähigkeit, trotz seiner Eigenschaft als bösartiger Kämpfen, mit diesen Tieren messen. Es gilt als zunehmend gesichert, daß Rmanth, der Eurymanthische Eber und die anderen Legenden sich auf Geschichten um das nunmehr ausgestorbene *Dinoceras* zurückführen lassen.

Die Antwort Rmanths bestand in der Tat, einem plötzlichen direkten Angriff.

Zwischen ihnen sprossen Baumsträucher in die Höhe, aber Rmanth fegte und fetzte durch sie hindurch, wie ein Stier durch Schilf stürmt. Sein wütender Angriff kam so plötzlich, so ohne Warnung, so rasch, daß Hoks seitlicher Hechtsprung ihn gerade eben so rettete. Und selbst dann streifte ihn die borstige Flanke des Biestes noch leicht, als es vorbeistürmte. Rmanth verpaßte diese erste Gelegenheit, seinem verhaßten Feind den Garaus zu machen, und wirbelte mit umherstoßendem Kopf auf den breiten Schultern und geweitetem Maul rasch herum; die furchtbaren Fänge bleckten, um einen zermalmenden Biß zu landen.

Eilig unterdrückte Hok den instinktiven Drang, durch einen Sprung auszuweichen – ein solcher Sprung hätte ihn nur im Gebüsch landen lassen, und Rmanths nächster Angriff hätte ihn erwischt. Schlauer war es, näher heranzukommen, und das tat Hok. Er legte eine Hand auf Rmanths gewaltiges bebendes Hinterbein, mit der anderen Hand umklammerte er den Bogen. Als das große Biest herumwirbelte, um nach ihm zu schnappen, folgte Hok den Hinterbeinen. Rmanth kam nicht nahe genug an ihn heran, um ihn zu packen. Als die beiden umeinander kreisten, entdeckte Hok einen Weg auf eine Lichtung und schlug ihn sofort ein. Er schlüpfte um einen großen Baum herum und versteckte sich dahinter. Rmanth raste wütend hinterher und krachte heftig gegen den Baum. Hok lachte und lief dann zu dem Hang, den er am Vortag erklommen hatte.

Rmanths dicker Kopf mußte von dem Anprall gegen den Baum immer noch brummen. Er blieb mit ausgebreiteten Vorderbeinen stehen und schüttelte versuchsweise den Schädel. Hok hatte all diese Manöver mit einem Pfeil über dem Bogen vollführt, den er mit dem linken Zeigefinger festhielt. Nun hatte er die Zeit, um ihn voll durchzuziehen und schwirrend auf Rmanths Kopf abzuschießen.

Wie schon zuvor zielte er auch diesmal auf das Auge. Diesmal ging sein Schuß nicht fehl. Der Schaft senkte sich tief in einen kalten häßlichen Augapfel, und Rmanth stellte sich plötzlich auf seine massigen Hinterbeine, haschte mit den Vorderbeinen durch die Luft und stieß ein furchtbares Schmerzensgebrüll aus. Ein solcher Schrei ist bisher nur einmal in der Vorstellungskraft eines Menschen der Neuzeit aufgetaucht, und dieser Mensch war sowohl ein Gelehrter als auch ein meisterhafter Märchenerzähler.[20] Hok bestätigte erneut, daß er den Ruf der Standhaftigkeit zu Recht führte. Er lachte ein zweites Mal.

»Noch einen Pfeil in dein anderes Auge, und du wirst meiner Gnade ausgeliefert sein!« sagte er und griff über seine Schulter nach einem weiteren Pfeil in seinem Köcher.

Aber in seinem Köcher war kein Pfeil mehr.

Die Kämpfe mit den Stymphen, der Prellschuß gegen die Hand eines Angreifers, die eine Milchnuß hielt, die hastige Tötung von Krols bunter Schlange, all das hatte seinen Pfeilvorrat aufgezehrt. Rmanth war zwar halb geblendet, aber Hok hatte keine Pfeile mehr. Einen Augenblick lang empfand er kaltes Entsetzen, aber auch nur einen Augenblick lang.

»Vielleicht habe ich nicht edel gedacht, als ich einen Feind durch Hacken und Stechen zu Tode bringen wollte«, sagte er sich. »So ist der Kampf ausgewogener. Jedenfalls hat Rmanth vergessen, daß Soko die Wasserflaschen füllt. So soll ich doch weiter mit ihm spielen. Da kommt er schon!«

Und da kam er auch in einer weiteren unbändigen Kraftentfaltung, so rasch und so rücksichtslos wie ein aufwärts strebender Erdrutsch.

Hok wagte es diesmal, noch ein wenig länger zu warten, denn Rmanth mußte den Hügel aufwärts stürmen. Rasch hatte er den Bogen in die Schulterschlaufe zurückgesteckt und umfaßte nun mit festem Griff seine Axt. Als das klaffende zahnbewehrte Maul mit der entzündeten herabhängenden Zunge ihn schon fast berührte, sprang er wie schon zuvor beiseite und schlug nach

[20] »...etwas zwischen Bellen und Pfeifen, mit einer Art Niesen dazwischen ..., und wenn du es einmal gehört hast, hast du *allerdings* genug davon« – Lewis Carroll, *Alice hinter den Spiegeln.*

Rmanths verbliebenem gesunden Auge. Er schlug daneben und traf statt dessen die graue Backenhaut. Seine schwere Feuersteinklinge prallte wie Hagel von einem Hüttendach ab. Hok drehte sich um und rannte los, sprang hin und her, um seinen Gegner zu verwirren, und blieb in der Nähe der langen Rutschbahn stehen, die von den sterbenden Mammuts gezogen worden war. Aasgeruch stieg ihm in die Nase, und ihm fiel sein ursprünglicher Streit mit Rmanth wieder ein.

»Du hast meine Beute gefressen«, klagte er den gewaltigen Leib an, der sich störrisch umwandte, um ihn weiter zu verfolgen. »Ich habe Gragru eine Falle gestellt, ihn verwundet und gejagt. Er gehörte mir. Er erkannte meinen Sieg an. Aber du kamst heranspaziert und schlugst dir an meiner Beute den Wanst voll. Du schuldest mir Fleisch, Rmanth, und ich beabsichtige, diese Schuld einzutreiben.«

Wie immer versetzte der Klang seiner Stimme das Elefantenschwein in Raserei. Als Hok den Hang rückwärts gehend erstieg, machte sich Rmanth mit gewaltigen Schritten seiner mächtigen Beine an das Erklimmen des Hügels.

Doch nun lag der Vorteil auf Hoks Seite. Er war leichter und gewandter und konnte so den Hang schneller ersteigen als sein mörderischer Gegner. Tatsächlich hätte er vermutlich die schneebedeckte Ebene über ihm erreichen und sich in Sicherheit bringen können. Aber er vergaß sein Versprechen an Sokos Volk nicht. Sieg statt Flucht mußte sein Ziel sein.

»Komm zu mir, Rmanth«, lockte er ihn, während er rückwärts hinaufschritt. »Ich will einen guten Schlag anbringen.«

Rmanth gehorchte und raste den schrägen Pfad mit einem plötzlichen Kraftausbruch hinauf. Hok machte sich bereit und drosch mit der Axt auf Rmanths Nase. Die Klinge schlug mitten zwischen den beiden vorderen Hörnern ein, und wieder stieß Rmanth einen wütenden Schmerzensschrei aus. Aber der Schlag schrammte nur die dicke Haut auf, anstatt sie zu durchdringen. Rmanth blieb stehen, und Hok wich wieder zurück.

»Dieser Alptraum kann nicht verletzt werden«, dachte er laut nach. »Wenigstens nicht an der Flanke oder auf dem Kopf oder am Maul wie jedes anständige Tier. Wie dann? Am Hals wie ein Stier?«[21]

Aber an Rmanths Hals war nicht heranzukommen. Er griff nicht mit gesenktem Kopf wie ein Hirsch oder ein Bison oder ein Nashorn an, sondern wie ein Raubtier mit erhobener Nase und offenem Maul. Hok wünschte sich, daß er einen langen starken Speer hätte. Der hätte ihm jetzt gute Dienste geleistet. Aber er hatte nur die Axt, und die durfte ihn jetzt nicht im Stich lassen. Er setzte seinen Rückzug entlang des Pfades fort, an den er sich von seinem vorherigen Abstieg erinnerte.

So ging es eine Zeitlang weiter und in ansehnliche Höhen. Dann bedrängte Rmanth Hok auf einmal nicht mehr. Hok blieb stehen und verzog trotzig das Gesicht.

»Bist du müde?« höhnte er. »Oder hast du Angst?«

Offenbar war es letzteres, aber Rmanths Furcht war nicht auf Hok bezogen. Er ließ sein gesundes Auge hierhin und dorthin wandern und sah hinauf zum Himmel, der hier nicht besonders neblig war. Er schnaubte und kräuselte eine sehr häßliche graue Lippe, die Hok an Krol erinnerte.

Dann fiel es Hok wieder ein. »Ach ja, die Stymphen. Krol sagte mir, daß du dich nicht weit aus dem Schutz der Bäume vorwagtest, damit sie dich nicht erwischten. Aber denke nicht mehr an sie, Rmanth. Ich habe die meisten von ihnen getötet. Die Überlebenden sind fortgeflogen. Vielleicht wird sie der Schnee vernich-

[21] Man kann die stärksten Tiere dadurch töten, daß man das Rückgrat in der Nackenbeuge angeht. Der bekannteste Angriff dieser Art ist wahrscheinlich der Schwertstreich des Matadors im spanischen Stierkampf. Der Stier wird dazu gebracht, den Kopf zu senken, wodurch eine verwundbare Stelle von Handflächengröße an der Verbindung zwischen Hals und Schultern freigelegt wird. Auch Elefanten und Nashörner können durch einen guten Stich an jener Stelle getötet werden, da das Rückgrat trotz der dicken festen Haut dicht an der Körperoberfläche verläuft. Wissenschaftler sind der Ansicht, daß die abwärts zeigenden Vorderzähne des Säbelzahntigers – der zu Hoks Zeit ausgestorben oder bereits schon sehr selten war – von der Natur für ebendiese Tötungsart eingerichtet worden waren.

ten – sie scheinen ihn für einen freundlicheren Nachbarn als Hok zu halten.«

Kühn wagte er sich auf eine freie Stelle am Hang. Rmanth schnaubte und schniefte und schien darauf zu warten, daß das Verhängnis über den frechen Menschen hereinbrach. Dann spähte er wieder zum Himmel, war offenbar beruhigt und folgte Hok schließlich weiter hinauf.

»Gut gemacht, Elefantenschwein!« lobte Hok. »Hier geht es nur um dich und mich. Keine Stymphe wird den Sieger betrügen.«

Mensch und Bestie stiegen weiter in weniger tropische Höhen hinauf. Hok merkte, wie er in ein Farndickicht geriet. An dieser Stelle war es – ja, in einer Astgabel war seine verschnürte Winterkleidung festgeklemmt.

Als er sie entdeckte, schien es so, als habe er auch eine Idee entdeckt, die wie die Kleidung hier für seine Bedürfnisse gewartet hatte. Er verspürte den Drang, ein lautes Freudengelächter auszustoßen, unterdrückte ihn jedoch, damit Rmanth weiterhin in Sicherheit gewiegt wurde. Statt dessen griff er nach dem Bündel und schüttelte das große Löwenfell aus, das sein größter Schutz gegen Schneestürme war. Der zottige Pelz war hellblond wie sein eigenes Haar.

»Schau her, Rmanth«, brüllte er, »ich fliehe nicht mehr! Fang das hier!« Er schleuderte den Pelz direkt in Rmanths Gesicht.

Im nächsten Augenblick hatten sich die mächtigen Hauer um das Fell geschlossen. Der furchtbare Kopf stieß die Beute zu Boden und hielt sie dort fest, als ob er sie dort zu Tode schütteln wollte. Der Hals war vorgeneigt, die dicke Haut war straff gespannt … Hok stürmte zum Angriff los.

Bevor Rmanth merkte, daß die Haut zwischen seinen Zähnen leer war, war Hok schon losgesprungen und setzte einen Mokassin auf seine Nase, mitten zwischen die vorderen Hörner. Rmanth stieß ein pfeifendes Grunzen aus und warf den Kopf wie ein Stier in die Höhe. Hok spürte, wie er durch die Luft gewirbelt wurde, und einen Augenblick lang befand er sich über der Nackenbeuge in jener Lage, auf die er gehofft hatte.

Noch im Flug zuckte seine Axt herunter. Hart, fest und an genau der richtigen Stelle traf sie quer auf Rmanths Rückgrat hinter dem flachen Schädel. Hoks Arme kribbelten unter dem Rückprall dieses Schlages, und er wurde davon beiseite geschleudert.

Aber Rmanth war gelähmt oder bewußtlos zu Boden gegangen. Er sank auf die Knie. Mit gezogenem Messer rannte Hok auf ihn zu. Ein Stich, ein heftiger ziehender Schnitt, und die dicke Haut klaffte weit auf. Wieder hob und senkte sich die Axt. Die freigelegte Wirbelsäule zerbrach unter dem Streich mit einem Geräusch, das an das Splittern eines Baumes in einer Frostnacht erinnerte.

Rmanth erschlaffte und rollte plötzlich den Hang hinunter, wie die toten Mammuts es taten. Anstatt seinen üblichen Siegesschrei auszustoßen, sparte sich Hok seinen letzten Atem. Er raffte seinen zerknitterten Löwenhautmantel auf und rannte rasch dem großen Fleischbrocken hinterher, den er getötet hatte.

Das Festmahl und der Abschied

Die Männer, Frauen und Kinder, die Sokos Baumvolk gewesen waren, saßen endlich auf dem festen Boden, aus dem die mächtigen Dschungelbäume aufragten und über dem der undurchdringliche Schirm aus Laubwerk, Ranken und Schimmel hing, der einst ihr Boden und ihr Halt gewesen war. Sie saßen im Kreis in der Nähe des Bachufers, und in der Mitte des Kreises prasselte fröhlich ein Kochfeuer, das Hok angezündet hatte. In der Luft hing schwer der Duft von geröstetem Fleisch.

Es hatte für alle genug und mehr als genug von Rmanths Fleisch gegeben. Als Hok erst einmal zu Soko zurückgefunden und ihm den Kadaver gezeigt hatte, war es möglich geworden, wenngleich nicht einfach, die anderen Männer zum Boden herunterzulocken. Und es hatte der Muskelkraft des gesamten Stammes bedurft, der müde an starken Rankenschnüren zerrte, um Rmanth bis zum Wasser zu schleppen. Danach kamen weitere Mühen und das

Stumpfwerden zahlreicher Knochenmesser, um ihm seinen dicken Hautpanzer abzusäbeln. Aber als das gewaltige rote Fleisch freigelegt war und Hok die Geschicktesten des Stammes in der Kochkunst unterwiesen hatte – ah, danach erfüllten sich die ältesten Träume von Paradies und Fülle.

Im verstreuten Kohlenbecken rösteten drei oder vier Stammesangehörige die letzten Leckerbissen an grünen Zweigen. Andere räkelten sich behaglich oder schliefen sogar in praller Sättigung und in der Gewißheit, daß kein großer stampfender Feind sie überfallen und vernichten würde. Die Kinder, die keine noch so reichliche Speise zum Schweigen bringen konnte, plapperten und spielten das uralte Fangspiel. Daneben saß Soko auf einem Felsen, der zwischen knorrigen Wurzeln verkeilt war, in der Haltung eines wohlwollenden Herrschers.

Eine hübsche junge Frau seines Volkes legte frische Ziehpflanzen und Blätter auf die Wunde, die Krol in der Nacht zuvor geschlagen hatte. In seiner Großartigkeit tat Soko so, als ob er die Schmerzensstiche oder die anziehenden Eigenschaften seiner Pflegerin nicht beachtete. In geziemender Würde besprach er sich mit Hok, der in seiner Nähe mit dem Rücken an einen Baum gelehnt saß und sich seine große Feuersteinaxt quer über den Schoß gelegt hatte.

»Es ist mehr Fleisch da, als mein Volk je aufessen kann«, stellte Soko fest.

»Macht Feuer mit grünem Holz, das dicken Rauch gibt«, wies Hok ihn an. »In den Rauch hängt ihr dann dünne Streifen von dem restlichen Fleisch. Dann wird es getrocknet und bleibt lange haltbar und wird weitere Mahlzeiten für deinen Stamm hergeben.«

Soko betrachtete Hoks Bogen, der neben ihm am Baum lehnte. »Dein Stockwerfer ist eine wunderbare Waffe«, meinte er. »Ich habe zwei Schäfte, die immer noch gut sind, aus Rmanths Leib gezogen. Wenn ich einen solchen Bogen machen kann …«

»Nimm den hier«, sagte Hok großmütig und reichte ihn weiter. »In meinem Heimatdorf habe ich noch viele, die genauso gut oder noch besser sind als dieser. Sieh dir an, welches Holz dafür verwendet wird, wie er geformt und aufgezogen ist, und mache es sorgfältig nach. Deine Männer können dann mehr Fleisch jagen. Ein Dschungel dieser Art muß Hirsche und Schweine und vielleicht auch Rinder beherbergen. Da dein Volk einmal gebratenes Fleisch gekostet hat, werden sie mehr wollen, um stärker zu werden.«

»Wir werden Glut vom Kochfeuer aufbewahren«, sagte Soko.

»Macht mehr als nur das«, ermunterte Hok ihn. »Du hast meine Feuerstäbe gesehen und wie ich sie verwendet habe. Mach dir selbst welche, damit das Feuer herbeigerufen werden kann, wenn du es brauchst.« Er sah sich um. »Schau, Soko. Da und weiter weg sind harte Steingrate. Ich sehe Granit, etwas Jaspis und da und dort guten Feuerstein. Nehmt zum Werkzeug- und Waffenmachen diese statt Knochen oder Elfenbein.«

Sokos Wundverband war vollendet. Soko entließ die junge Frau mit einer herrschaftlichen Geste, sah ihr jedoch anerkennend nach, als sie sich bescheiden entfernte. Dann wandte er sich wieder seinem Gast zu. Sein Lächeln nahm seinem Gesicht das seltsam tierhafte Aussehen, das ihm die breiten schlaffen Lippen und das fliehende Kinn verliehen.

»Hok«, sagte er, »wir werden niemals die Wundertaten vergessen, die du für uns vollbracht hast und die du uns gelehrt hast. In Zukunft, wenn du wieder zu uns kommst ...«

»Aber ich werde nicht wieder zu euch kommen«, sagte Hok zu ihm.

Soko machte ein überraschtes und gekränktes Gesicht. Hok fuhr fort:

»Du und ich, wir sind Freunde, Soko. Es ist unsere Art, uns freundlich zu zeigen, falls sich jemand nicht als Feind erweist. Aber dein Volk und mein Volk sind zu verschieden. Es gäbe Streitereien und Schwierigkeiten zwischen ihnen und dann Zank und Ärger. Wenn ich gehe, wird es für immer sein. Ich werde nicht sofort berichten, was ich gesehen habe. Was ich später erzähle, wird nur ein Teil der Wahrheit sein. Denn ich glaube, daß du und dein Volk ungestört und unerkannt in diesem Tal ein besseres Los haben werdet.«

Soko nickte langsam mit nachdenklichem Blick. »Ich hatte von Zeit zu Zeit mit deiner Hilfe gerechnet«, gab er zu. »Vielleicht wird mir aber bald die Erfahrung helfen. Was werden wir hier tun, wenn du fort bist?«

»Bleibt im Verborgenen«, sagte Hok gewichtig. »Die Stymphen scheinen fortgeflogen zu sein, aber ihr Ruf wird weiter über euch schweben. Ich schätze, daß kaum Wild hierherkommt, und nur das Mammut kennt dieses Tal – um sich hineinzustürzen und zu sterben. Falls je ein Jäger meiner Art auch nur in die Nähe kommt, wäre es ein außerordentlicher Zufall.

So hast du die Gelegenheit, dein Volk stark und weise werden zu lassen. Sie haben das volle Recht erworben, auf dem Boden zu gehen und die Luft unter freiem Himmel zu atmen, und dieses Recht war ihnen von Krol verweigert worden. Ich behaupte einmal, daß ihr in zukünftigen Zeiten als ein großes Volk in die Außenwelt eintreten werdet. Bis dahin bleibt verborgen. Euer Geheimnis ist bei mir sicher.«[22]

Er stand auf, und Soko tat es ihm nach. Sie reichten sich die Hand.

»Jetzt willst du schon gehen, da die Dinge doch erst ihren Anfang nehmen?« meinte Soko.

»Das Abenteuer und der Kampf haben zumindest ihr Ende gefunden«, rief Hok ihm ins Gedächtnis. »Mich quält eine Krankheit des Verstandes, Soko, die einige Neugier nennen. Sie gedeiht an Kampf, an Reisen und Abenteuern. Und so gehe ich wieder heim in den Norden, um zu sehen, ob mein Volk nicht solche Dinge hat, die mir Linderung verschaffen. Lebe wohl, Soko. Ich wünsche euch Freude an eurem Alten Land.«

Er nahm seine Felle und seine Axt auf und lenkte seine Schritte zu dem Hangpfad. Er hörte, wie hinter ihm Sokos Volk einen fröhlichen Radau anstimmte, der vermutlich seine Art des Singens war.

[22] In den griechischen Mythen findet sich die Sage, in der Herakles den Gärten der Hesperiden nahe kam, einem reich gesegneten Paradies, das von Drachen bewacht wurde. Nun kennen wir auch den Ursprung dieser Geschichte.

Der Zwerg Holóbolos und das Schwert Schweinestecher

LORD DUNSANY

Edward John Moreton Drax Plunkett, der 18. Lord Dunsany (1878–1957), gehört zu den bekanntesten und einflußreichsten Autoren der Fantasy. Mit seinen Erzählungen und Romanen lieferte er vielfach Blaupausen, nach denen Genre-Fantasy bis auf den heutigen Tag konstruiert wird. Die Encyclopedia of Fantasy geht sogar so weit, seine Story »The Fortress Unvanquishable, Save for Sacnoth« als Grundstein für das gesamte Sub-Genre der »Heroic Fantasy« zu bezeichnen. Zu seinen wichtigsten Büchern gehören The King of Elfland's Daughter *(1924), worin erstmals unserer Welt und der sekundären Fantasy-Welt, in die der Held reisen muß, damit er um die Hand der Königstochter anhalten kann, gleiches Gewicht eingeräumt wird.* The Charwoman's Shadow *(1926) ist ein Märchen, dessen Held eine Braut gewinnt, indem er ihren Schatten aus den Klauen eines bösen Zauberers befreit.*

Es begab sich, daß der König von Ödland gegen den König von Birkenland in den Krieg zog, weil er dessen goldene Barthaare begehrte. Und die Armee des ersteren Königs, dessen Name Thlog war, marschierte westwärts, bis sie an einen Wald kam. Aus hundert Mann bestand die Armee, und sie kamen an einen finsteren Wald, in dem es schon früh Nacht wurde; und als die Nacht hereinbrach, schlugen sie unter den Buchen ihr Lager auf. Und die Sterne zogen langsam über den Wipfeln der Bäume ihre Bahn, und die Amseln sangen, und es wurde Morgen, und die Armee erwachte. »So weit, so gut«, sagten die Hauptmänner am Morgen. »Birkenland ist nicht mehr fern. Doch nun müssen wir uns genauer nach dem Weg erkundigen, auf daß wir nicht die Grenzen des Königreichs Birkenland verfehlen und auf die Armee irgendeines anderen Königreichs stoßen, gegen das unser Herr keinen Krieg führt.« Und so kamen sie alle überein, zu diesem Zwecke Späher auszuschicken.

Es begab sich, daß in dem Wald eine Hütte stand, in der eine alte Frau mit ihrem Sohn, einem Köhler, lebte. Und die Späher kamen an ihre Tür und klopften daran, und der junge Mann öffnete die Tür und sah die Soldaten und rief freudig seiner Mutter zu, daß Soldaten gekommen wären; denn er hatte noch nie zuvor Soldaten gesehen. Und sie baten ihn, ihnen den Weg zum Königreich Birkenland zu weisen.

Doch er erwiderte, daß es keine Straßen durch den Wald gäbe, so daß niemand im Wald den Weg nach irgendwohin kannte, ausgenommen die Hexen; daher müßten die Soldaten, wenn sie den Weg wissen wollten, zum Haus einer Hexe gehen. Also fragten sie ihn, wo sie das Haus einer Hexe finden könnten, und er antwortete: »Tief im Wald.« Und sie baten ihn, ihnen den Weg tief in den Wald zu weisen, und er nahm seinen Hut und seinen Stock, und gemeinsam machten sie sich auf.

Es begab sich, daß der Weg tief in den Wald leicht zu finden war, denn sie mußten sich nur in die Richtung wenden, wo die Bäume immer dichter und dichter standen, und als sie an die Stelle kamen, wo die Stämme so eng zusammenstanden, daß ein Mann sich kaum hindurchzuzwängen vermochte, da hatten sie ihr Ziel erreicht. Und sie alle schauten sich eine Weile um und konnten nichts sehen, und dann roch einer von ihnen Rauch, und sie folgten dem Geruch und kamen an eine Hütte, die älter und seltsamer war als alles, was ihnen je unter die Augen gekommen war. Die Wände bestanden aus knorrigen Stämmen, und die Tür war aus krummen Balken gezimmert, und die Fenster waren aus dunklem, glasigem Blau gemacht, durch das man ebensowenig hindurchschauen konnte, wie man zum Meeresgrund blicken kann. »Dies«, sagte einer der Späher, »ist zweifelsohne das Haus einer Hexe.«

»So ist es«, tönte die Stimme der Hexe aus der Hütte.

Und die Tür schwang knarrend auf, und die alte Hexe trat heraus. Und einer der Späher fragte sie höflich, ob sie eine Hexe wäre.

»Die Weisen glauben es«, erwiderte sie, »und die Narren fürchten es, und die Tiere des Waldes, die niemandem etwas verraten, wissen es.«

»Würden Sie unserer Armee dann bitte den Weg zum Königreich Birkenland weisen?« bat der Späher sie.

»Und zu welchem Zwecke sucht ihr den Weg zu jenem Königreich?« fragte die Hexe ihn.

»Wir werden dem König jenes Landes seine goldenen Barthaare abschlagen«, erwiderte er. »Denn unser König führt Krieg gegen ihn und begehrt seine Barthaare und hat dem, der ihm diese goldenen Barthaare bringt, die Hand seiner ältesten Tochter versprochen.«

»Wißt ihr denn nicht«, gab die Hexe zurück, »daß diese Barthaare nur mit dem Schwert Schweinestecher und keiner anderen Waffe abgeschlagen werden können?«

»Das wußten wir nicht, bis Ihr es uns sagtet«, erwiderte der Späher.

»Aber so ist es«, erklärte die Hexe.

»Dann seid so freundlich, und sagt uns, wo wir das Schwert Schweinestecher finden können, auf daß wir es uns holen und damit die goldenen Barthaare abschlagen können, damit einer von uns der Königstochter Hand bekommt«, baten sie.

»Es steckt aufrecht im Herzen der ältesten Eiche des Waldes«, erklärte sie.

»Und wo finden wir diese Eiche?« fragten sie die Hexe.

»Tief im Wald«, erwiderte sie, »nicht weit von hier. Ihr werdet sie an ihrer Größe erkennen.«

Daraufhin machten sich die Späher ungeduldig auf, um nach der ältesten Eiche zu suchen. Doch der junge Köhler, dessen Name Igdrathion war, blieb bei der Hexe zurück, da er sich überlegt hatte, daß es eine Sache war, die mächtigste Eiche zu finden, doch eine gänzlich andere, sie zu fällen. Und so sagte er zu ihr, sobald die Späher von dannen gezogen waren: »Gnädige Hexe, ich bitte Euch, sagt mir, wie man jene älteste Eiche fällen kann?«

»Ahh«, erwiderte sie. Und in der Stille, die ihrer Antwort folgte, hörten sie alsbald ein lautstarkes Hacken, denn die Späher hatten die Eiche gefunden und hieben darauf ein.

»Die Eiche ist dicker als das Haus eines reichen Mannes«, sagte die Hexe, »und ihre kleinen Schwerter werden in einem Jahr nicht zur Mitte des Baums vordringen.«

»Und wie könnte man das früher bewerkstelligen?« fragte der junge Igdrathion.

»Nur mit der Axt des Zwerges Holóbolos«, erwiderte sie.

»Und wo lebt der?« fragte er sie.

»Er lebt dort, wo niemand ihn findet«, erklärte sie, »außer man ruft seinen Namen dreimal laut in den Tiefen des Waldes, bei Morgengrauen, wenn die Amseln singen.«

»Und was wird er dafür verlangen?« fragte er.

»Er wird es allein um der Liebe zum Hacken willen tun«, erwiderte sie, »und um meinetwillen, wenn du ihm meinen Namen nennst.«

»Und wie lautet Euer Name, gnädige Hexe?« fragte er sie.

»Ich bin die Zauberin Lirila«, antwortete sie.

Und Igdrathion dankte ihr überschwenglich und kehrte zurück zur Hütte seiner Mutter. Und den ganzen Tag über scholl das lärmende Hacken der Schwerter vom Stamm der ältesten Eiche herüber.

Und früh am nächsten Morgen, bevor die Amseln ihr Lied anstimmten, als im Wald noch alles still war und es schien, daß die Nacht noch nicht zu Ende war, da brach Igdrathion von der Hütte auf, und plötzlich erscholl eine wilde, klare Stimme, so wild und schrill, daß Igdrathion nicht wußte, woher sie wohl rühren mochte; doch bevor sie verhallte und während er sich noch darüber wunderte, begannen alle Amseln zu singen und stimmten mit ein, und er erkannte, daß es nur die Stimme der ersten Amsel gewesen war. Und während die Amseln um ihn herum sangen, rief er dreimal laut den Namen des Zwergs Holóbolos.

Und der Zwerg antwortete mit einem schauerlichen Grunzen und kam aus dem Unterholz auf Igdrathion zugewatschelt. Er maß zwei Meter, nicht in der Höhe, denn er war ein Zwerg, sondern in der Schulterbreite. Und er trug eine Axt in Form des fünf Tage alten Monds. Und Igdrathion rief ihm in der Dunkelheit des Waldes zu: »Um der Zauberin Lirila willen.« Und der Zwerg antwortete: »Für sie tue ich alles.«

Und Igdrathion sagte zu ihm: »Ich möchte, daß du hackst.«

Und Holóbolos erwiderte: »Das Hacken liebe ich mehr als alles andere.«

»So laß uns eilen«, erklärte Igdrathion, »gehen wir zur ältesten Eiche des Waldes. Denn es befindet sich eine Armee im Wald, die jene Eiche zu fällen sucht.«

»Sie werden jene Eiche in einem Jahr nicht fällen«, gab der Zwerg zurück.

»Wie lange würdest du brauchen, um bis zu ihrer Mitte vorzudringen?« fragte Igdrathion.

»Zehn Minuten«, erwiderte der Zwerg.

»Dann haben wir Zeit genug«, sagte Igdrathion. »Wollen wir heute nacht zu der Eiche gehen, während die Armee schläft?«

»So soll es sein«, grunzte Holóbolos.

»Bis dahin ist noch Zeit«, wiederholte Igdrathion. »Was wollen wir damit anfangen?«

»Schlafen«, sagte Holóbolos, »denn du hast mich aus meinem Schlaf gerissen.« Und er rollte sich abermals inmitten des Farns und der Haselnußsträucher und Schößlinge zusammen, grunzte dreimal und war auch schon wieder eingeschlafen. Und durch den Wald hallte leise das Geräusch der Schwerter, die gegen die Eiche schlugen. Igdrathion seinerseits kehrte zur Hütte seiner Mutter zurück.

»Was hast du mit dem Zwerg Holóbolos vor?« fragte seine Mutter, denn sie hatte das Grunzen des Zwerges gehört.

»Er wird für mich das Schwert Schweinestecher aus dem Herzen der ältesten Eiche holen«, erwiderte er.

»Und was hast du mit dem Schwert Schweinestecher vor?« fragte sie ihn.

»Damit werde ich die goldenen Barthaare des Königs von Birkenland abschlagen«, erwiderte er.

»Und was hast du mit diesen Barthaaren vor?« fragte sie.

»Die Armee will sie haben«, erklärte er ihr, »die Armee, die in den Wald kam.«

Doch die alte Frau ließ es damit nicht bewenden, sondern hakte weiter nach. »Und was will die Armee mit den goldenen Barthaaren des Königs von Birkenland?«

»Sie wollen sie ihrem König bringen, denn ihr König hat dem, der ihm die Barthaare bringt, die Hand seiner Tochter versprochen«, erwiderte er.

»Die Hand seiner Tochter!« sagte sie. »Und die soll einer von ihnen bekommen?«

»Wer sonst?« gab Igdrathion zurück.

»Warum nicht du, wenn sie deiner wert ist«, erwiderte seine Mutter.

Doch dergleichen war Igdrathion noch nicht in den Sinn gekommen.

»Soll ich den Sonnenaufgang heiraten?« fragte er. »Oder einen der Sterne?«

»Warum nicht?« erwiderte seine Mutter. »Wenn sie deiner wert wären.«

Und während er darüber nachsann, sprach sie: »Wisse, mein Sohn, die goldenen Barthaare des Königs von Birkenland gehören zu den sieben Weltwundern, die nach den ersten sieben kommen werden. Darüber hinaus sind sie die Grundfeste und der Stolz von Birkenland, und Ödland ist sehr neidisch darauf. Wenn sie dem König abgeschlagen werden, wird Birkenland seine Stärke verlieren, und seine Armee wird sich ergeben. Doch wenn sie gegen Birkenland mit Waffen kämpfen, die seinen Grundfesten nichts anhaben können, werden sie Birkenland niemals bezwingen, sondern davon bezwungen werden. Daher rate ich dir, hilf ihnen nicht, sondern warte ab, welch Nutzen dir das Schwert Schweinestecher noch bringen mag.«

Und Igdrathion antwortete nicht, sondern dachte im stillen an die Tochter des Königs von Ödland.

Es begab sich, daß der Tag verging wie alle anderen Tage, und es kam die Stunde, wenn die Vögel singen und die Zwerge aus dem Schlaf erwachen und die Hexen aus ihren Häusern kommen. Und Igdrathion hörte, wie der Lärm des Hackens, der von der Eiche herüberscholl, schwächer wurde, bis er schließlich ganz verstummte. Und sobald sich die Stille um die entfernte Eiche herabgesenkt hatte, ging Igdrathion abermals ins Unterholz und weckte den Zwerg Holóbolos, und gemeinsam wanderten sie durch den Wald; und sie bewegten sich lautlos wie Füchse und alle nächtlichen Jäger, und so erreichten sie schließlich die älteste Eiche.

»Da steht sie«, sagte Igdrathion.

Und der Zwerg Holóbolos sagte nichts, sondern holte nur einmal tief Luft und hob die Axt in der Form des Mondes an seinem fünften Tag. Der Griff war aus Eisen gemacht, aber die mächtige Klinge war aus Stahl und schimmerte wie Mondschein auf dem Wasser eines Sees. Und er holte mit der Axt aus und hielt sie einen Moment lang hoch erhoben, und der gesamte breite Brustkorb spannte sich an, als er die Axt herabsausen ließ, und sie drang in die Eiche ein, wie eine Schaufel in Schnee eindringt. Die nächsten zehn Minuten über bearbeitete der Zwerg die Eiche, und die geschliffene Klinge der Axt schimmerte noch immer so strahlend wie der Mond, und es waren kein Kratzer und keine Delle darauf zu erkennen.

Und am Ende der zehn Minuten zog er die Axt nach einem seiner mächtigen Hiebe zurück, und in der glänzenden Klinge prangte eine Scharte, so als wäre sie ein Melonenstück, das man gegen ein Messer geschlagen hatte. Und der Zwerg sah es sich an und wußte, daß er das Schwert Schweinestecher getroffen hatte, denn es gab auf der Erde nichts anderes, das seiner Axt etwas anhaben konnte. »Siehe!« sagte er. »Wir haben das Schwert Schweinestecher gefunden.«

»Paß bitte auf«, bat Igdrathion, »daß du dem Schwert mit deiner Axt keinen Schaden zufügst.«

»Schweinestecher kann nichts etwas anhaben«, erklärte der Zwerg, »außer dem Kometen, der das Ende der Welt bringen wird, wenn er das Schwert genau in der Mitte trifft; und die Stunde des Kometen ist noch nicht gekommen.«

»Und wann wird der Komet kommen?« fragte Igdrathion.

Doch der Zwerg hatte ihm bereits den Rücken gekehrt und sich wieder seiner Arbeit zugewandt und schlug mit seinen mächtigen Axthieben das Holz um das Schwert Schweinestecher heraus. So verstrichen weitere fünf Minuten; und am Ende dieser fünf Minuten fiel das Schwert aus der Eiche.

»Was sollen wir nun tun?« fragte Igdrathion. Denn obwohl er nun das Schwert hatte, befand sich doch eine ganze Armee im Wald und suchte nach ebendiesem Schwert.

»Sie wird es wissen«, sagte der Zwerg Holóbolos, und er zeigte auf das Haus der Hexe, das verborgen in den Tiefen des Waldes stand. Also nahm Igdrathion das Schwert und ging mit Holóbolos zum Haus der Hexe. Das Schwert war lang und gerade und nicht so wuchtig und grob wie die Axt, und in seinem Knauf schimmerten Saphire, und die gerade Klinge leuchtete wie ein Sonnenstrahl in einer Gewitterwolke, und es war ein Anblick, der das Herz erfreute.

Und als sie zu dem Haus der Hexe kamen, das zwischen den Buchenstämmen stand, und Igdrathion an der Tür geklopft hatte und die Tür aufgegangen war und die Hexe in ihrem schwarzen Umhang vor ihnen stand, da fiel der Zwerg Holóbolos tief vor ihr auf die Knie. Und Igdrathion verbeugte sich und sagte: »Gnädige Zauberin, ich habe hier das Schwert Schweinestecher. Was soll ich damit machen?«

Und sie sagte: »Behalt es.«

Und er sagte: »Was ist mit der Armee?«

Und sie wandte sich zum Zwerg Holóbolos, der noch immer ehrfürchtig auf dem Moos kniete, und sagte zu ihm: »Was ist Usus bei Armeen? Denn ich verstehe mich nicht auf militärische Dinge.«

Und er hob seinen Kopf vom Boden und sagte: »Die Späher, die heute die Eiche zu fällen suchten, werden sich ausruhen, und morgen werden andere die Arbeit übernehmen.«

»Dann mußt du ein anderes Schwert in der Eiche verstecken«, erklärte sie, »auf daß sie es finden und damit gegen den König von Birkenland kämpfen, und nicht mit Schweinestecher.«

»Und wo, o Zauberin, sollen wir ein anderes Schwert finden?« fragte der Zwerg Holóbolos.

Und die Zauberin lächelte und sagte: »Es kam einst ein Ritter in diesen Wald, und er kam zu meinem Haus und vergaß die Welt und scherte sich nicht mehr um ihren Lauf, und als er ging, ließ er sein Schwert zurück. Hier ist es, und dieses Schwert könnt ihr im Baum verstecken.«

Der Zwerg und Igdrathion dankten ihr und gingen mit den beiden Schwertern zurück zu der Eiche. Und die Hexe ging zurück in ihre Hütte und schloß die Tür, so daß das warme Licht ihrer Kerzen nicht mehr in den Wald hinausschien, und Igdrathion und Holóbolos eilten durch die Dunkelheit, denn sie wollten das Schwert in der ältesten Eiche verstecken, bevor es im Wald hell wurde und die Armee erwachte und zu dem Baum zurückkehrte.

»Die Späher werden sich damit brüsten, sie wären weiter vorgedrungen, als sie es tatsächlich taten«, sagte Holóbolos, während er die riesigen Holzblöcke, die er aus der Eiche geschlagen hatte, wieder in den ausgehöhlten Stamm pfropfte, »und die neuen werden, wenn sie erkennen, wie mühelos ihnen die Arbeit von der Hand geht, dies ihrem eigenen Einsatz zuschreiben.«

Und so pfropfte er die herausgeschlagenen Blöcke wieder in die Höhlung der ältesten Eiche und versteckte darin das Schwert, das der Ritter vergessen hatte, und Igdrathion schaute ihm dabei zu. Und lange bevor die erste Amsel noch das Morgengrauen ahnte, war das Werk vollendet, wenn auch eilig und ohne große Sorgfalt, doch als die Späher an jenem Morgen zum Baum kamen, machten sie sich sogleich an die Arbeit, ohne zu bemerken, daß das Holz bereits aus dem Stamm geschlagen worden war. Und so fanden sie das Schwert, und es war ein gutes Schwert, aber eben ohne Zauberkräfte.

Und als Igdrathion zum Haus seiner Mutter zurückkehrte, schnitt er zuallererst zwei Lederstreifen von der Länge des Schwertes aus einer Tierhaut, und er legte sie aufeinander, und seine Mutter nähte sie zusammen, und fertig war die Scheide. Und seine Mutter machte ihm aus einem weiteren Lederstreifen einen Gürtel und befestigte die Scheide daran, und er gürtete sich damit und war bereit, sich auf den Weg zu machen. Er sagte seiner Mutter und dem Zwerg Holóbolos Lebewohl und brach nach Ödland auf, während die Armee mit dem gefundenen Schwert weiterzog, jedoch in die andere Richtung. Und in jener Richtung kamen sie zur Grenze von Birkenland, doch Igdrathion sah den Sonnenuntergang auf den Türmen des Palastes jenes Königs funkeln, der die Armee in den Krieg geschickt hatte.

Es begab sich, daß Igdrathion, während er über das sonnenbeschienene Gras von Ödland wanderte, nur zu gut wußte, daß er nur ein einfacher Mann war, gekleidet in die rauchigen Gewänder eines Köhlers. Doch er wußte auch, daß er nur das Schwert Schweinestecher zu ziehen bräuchte, damit dessen leuchtender Schein ihn erstrahlen ließe und die Augen aller Umstehenden blendete, so daß sie seine einfachen Köhlergewänder gar nicht sehen würden. Und so schritt er trotz seiner Kleider mit einem Gebahren einher, das selbst bei den kleinen Tieren im Gras nicht unbemerkt blieb, so daß sie wußten, daß er sich auf einer Reise befand, die noch große Ereignisse bringen würde.

Doch Igdrathion wußte nicht, welche Ereignisse noch kommen

würden. Er wußte nur, daß die Hand der ältesten Prinzessin des Hauses von Ödland jenem Mann versprochen war, der dem König jenes Landes die goldenen Barthaare des Königs von Birkenland brachte. Doch er wußte nicht, was für eine Frau sie war, vermochte nicht zu sagen, ob sie menschlich oder göttlich war oder ob sie zu den unerreichbaren Mächten wie Schluchten, Eisberge oder die Aurora, die im Norden erstrahlte, zählte. Daher hatte er beschlossen, sie in Augenschein zu nehmen, etwas, das er nun, da er das Schwert Schweinestecher an seiner Seite hatte, zu tun wagte. Und als die Sonne hinter dem Horizont von Ödland versank und sich das grüne Gras verdunkelte wie ein erlöschendes Lächeln, doch die Türme des Palastes noch immer glänzten und blitzten und funkelten, kam Igdrathion an das Palasttor.

Es begab sich nun aber, daß es die Gewohnheit der ältesten Prinzessin jenes Königreiches war, mit ihren Hofdamen auf einem Balkon zu sitzen und den Abend zu genießen, zu ebendieser Stunde, wenn die Motten umherflatterten und der Duft der Blumen am süßesten war und die Vögel sangen und der Westen eine einzige leuchtende Pracht war, denn sie liebte diese Dinge von Herzen. Und so sah Igdrathion sie zum ersten Mal, wie sie inmitten ihrer Hofdamen saß und hinaus in den Abend schaute. Und die Prinzessin schaute von ihrem Balkon herunter, und ihr Blick fiel auf ihn, einen Jüngling, noch unberührt von der Zeit und unvertraut mit den Städten. Und er schaute hinauf und sah sie strahlend im Kreise ihrer Hofdamen sitzen, doch er konnte ihre Augen nicht erkennen, obwohl das Leuchten in ihnen die abendlichen Schatten durchdrang. Und obgleich er ihre Schönheit sah, vermochte er noch nicht zu sagen, ob es allein menschliche Schönheit war oder von anderen, durchaus irdischen Dingen herrührte.

Doch in jenem Moment sagte die älteste Prinzessin, deren Name Bourodilla war, zu ihren Hofdamen: »Er hat ein Schwert. Vielleicht bringt er uns Nachricht über den Krieg. Eine von euch soll hingehen und ihn fragen, wie es steht und ob es schon Schlachten gegeben hat.«

Also eilte eine ihrer Hofdamen durch die Balkontür und drei

Räume des Palastes und dann hinaus zu Igdrathion. Und sie sagte zu ihm: »Prinzessin Bourodilla wünscht zu erfahren, welche Neuigkeiten Ihr über den Krieg bringt, den die Armee führt.«

Und er sagte zu der Hofdame: »Ich werde es der Prinzessin persönlich erzählen.«

Und sie sagte zu ihm: »Das ist nicht nötig. Erzählt mir die Neuigkeiten, und ich werde sie dann der Prinzessin berichten.«

Und er antwortete: »Die Nachrichten über einen Krieg sind nichts für die Ohren von Hofdamen. Doch ich werde der Prinzessin persönlich Bericht darüber erstatten, wie es um die Armee und deren Taten steht.«

Und als sie feststellen mußte, daß sie ihn nicht umstimmen konnte und daß er ihr nicht Bericht erstatten würde, führte die Hofdame ihn durch das prächtige Portal in den Palast und die Treppe hinauf und durch die drei Räume und hinaus auf den Balkon, wo die Prinzessin Bourodilla saß.

Und er sah, daß sie schön war, doch das waren auch die Hofdamen um sie herum. Dann wandte sie ihren Kopf um und richtete ihren Blick auf ihn, und im strahlenden Glanz ihrer Augen erkannte er, was wahre Schönheit war. Und jene strahlende Schönheit drang ihm in Verstand und Herz ein, wie das erste strahlende Licht der Morgensonne in den Wald dringt, wenn es sich im Frühling über den Tau auf den reglosen Ästen stiehlt, um die Anemonen leuchten zu lassen, und es lag dieselbe Erhabenheit darin und weckte in ihm dasselbe ehrfürchtige Staunen; und er wartete darauf, daß sie sprach, so wie er manchmal darauf wartete, den Gesang der Amseln zu hören, bevor der Wald erwachte. Er bemerkte kaum, daß ihre Augen blau waren, denn er war so gebannt von ihrem Leuchten, so wie das Sonnenlicht den Wald in seinem Bann hält, wenn alles Leben darin erwacht ist. Und so wie die Vögel sich im Licht der Sonne emporschwingen und Schmetterlinge erwachen und Blumen sich öffnen und blühen, so erwachten auch in ihm neue Gedanken und neue Visionen, und er träumte von Abenteuern und davon, was er mit dem Schwert tun würde.

»Wo kommt Ihr her?« sprach sie ihn an.

Und er sagte: »Aus dem Wald.«

»Und ist der Wald schön?« fragte sie.

»Schön wie die lieblichste Muschel, aus der Menschen in den Tiefen des schönsten Meeres Perlen sammeln«, antwortete er.

»Schön wie eine Perle?« sagte sie.

»Nein. Schön wie eine Muschel, der die Perle genommen wurde«, erwiderte er.

Und sie wußte, daß er damit meinte, daß der Wald schön war, doch daß er nicht mit ihrer Schönheit zu vergleichen wäre.

»Und hat die Armee noch Gefallen an ihrem Krieg?« fragte sie.

Und er erzählte ihr davon, wie das Heer durch den Wald marschiert war und daß in jedem Mann die Hoffnung brannte, dem König von Birkenland seine goldenen Barthaare abzuschlagen. Doch von dem Schwert Schweinestecher erzählte er nichts.

»Und würdet Ihr Euch gern diese Barthaare holen?« fragte sie ihn da.

Als sie das sagte, pulsierte das Schwert Schweinestecher in seiner Scheide, denn die Zauberkraft des Schwertes konnte Worte verstehen. Doch Igdrathion sagte nichts, da er nicht wußte, was Worte zu sagen vermochten, und so stand er nur da und dachte an das Schwert und träumte davon, was sich vielleicht damit bewirken ließe. Noch immer in seinen Träumen versunken, verbeugte er sich und drehte sich um und ging vom Balkon und durch die drei Räume und die Treppe hinunter und fort aus dem Palast, dessen Turmspitzen noch immer über Ödland funkelten.

Es begab sich an jenem Tag, an dem Igdrathion sich zum Palast des Königs von Ödland aufmachte, daß die Armee eben dieses Königs weit entfernt im Wald beim ersten Morgengrauen erwachte, und es wurden zwanzig der Männer zu der alten Eiche ausgeschickt, und dort hieben sie auf den Stamm ein und fanden das Schwert, obgleich es nicht das echte Schwert Schweinestecher war, wie ich es schon erzählt habe. Und es war noch nicht Mittag, als sie es aus dem Baum holten; und sie brachten es zu ihren Hauptmännern, die, in der Annahme, es wäre Schweinestecher, triumphierend damit gen Birkenland marschierten.

Und sie marschierten den Rest des Tages und den größten Teil des nächsten Tages und schliefen zwei weitere Nächte im Wald, doch im ersten Morgenlicht des dritten Tages kamen sie an ein Land jenseits des Waldes, ein weitläufiges, sonniges Land, in dem leuchtend weiße Bäume aufragten. Am Tag darauf, ob nun durch Glück oder sorgfältige Planung, denn wer vermag schon zu sagen, welche Rolle das Glück bei den Geschicken des Krieges spielt, erreichten sie das Königreich Birkenland, ein einladendes, sonnenbeschienenes, sanft gedüntes Flachland, und weit entfernt auf einer jener sanften Kuppen ragte die kleine Hauptstadt des Landes auf.

Da zog der Oberhauptmann das Schwert, das er für Schweinestecher hielt, und alle Hauptmänner zogen ihre Schwerter, und die Soldaten machten ihre Speere bereit, während die Armee ihre Marschordnung auflöste und sich in Schlachtordnung verteilte; und in dieser Ordnung, dieser strengen Formation, rückten sie auf die Stadt vor, von der aus der König über Birkenland herrschte. Und während sie vorrückten, sammelte sich die Armee von Birkenland auf den Wällen, und überall in der Stadt sah man helle Lichter, wie das gleißende Aufflammen eines Blitzes, das von den Wolken reflektiert wird, wenn das Gewitter noch weit entfernt ist. Diese Blitze, die immer wieder fahl in der Stadt aufleuchteten, rührten von den Umtrieben des Königs her, der seine Hauptstadt bedroht sah, und von den Zauberkräften, die in seinen Barthaaren zu leuchten begannen.

Es kam zu Gefechten an den Toren, als die Armee diese erreichte, aber es waren kaum mehr als Scharmützel, denn die stärkste Verteidigung der Stadt und des ganzen Landes befand sich innerhalb der Palastmauern; es waren die mächtigen, unzerstörbaren, magischen goldenen Barthaare des Königs. Es gibt viele gewichtige Zauberbücher auf der Welt, eingebunden in dunkles, altes Leder, und ich habe nicht alle gelesen; daher vermag ich nicht zu sagen, ob nun jene Barthaare oder die Axt des Zwerges Holóbolos stärker waren. Ich glaube, daß sie über das genau gleiche Maß an Zauberkraft verfügten und daß, obgleich die Axt von Holóbolos sie nicht abschlagen konnte, die Barthaare doch ihrerseits niemals eine Scharte in die Klinge der Axt brechen könnten.

Aber gewiß ist, daß keine andere Waffe auf der Welt den goldenen Barthaaren an Härte und Stärke gleichkam und daß nur eine Waffe sie durchtrennen konnte, und jene Waffe war nicht das Schwert, das der Oberhauptmann hochreckte, als er sich dem König näherte, der, umgeben vom Leuchten seiner Zauberkräfte, vor seinem Thron stand. Und auf diese Barthaare vertraute die Armee von Birkenland nun in ihrem Verteidigungskampf, so wie eine Armee auf die Uneinnehmbarkeit eines mächtigen Bollwerks vertraut, das den Feind für einen Tag aufhalten und in den Geschichtsbüchern noch für Jahrhunderte gerühmt werden soll. Und die Armee von Ödland zauderte im Angesicht jener Barthaare, doch der Oberhauptmann trat mutig ganz allein vor, in der Hand das Schwert, das er für den Schweinestecher hielt. Und der König von Birkenland stand dort vor ihm in seiner Rüstung, die von Zwergen in tage- und nächtelanger Arbeit gehärtet worden war, um jedem Schwerthieb standzuhalten. Nur seine Barthaare und sein Mund und seine Augen waren nicht hinter der Rüstung verborgen, doch selbst vor seinem Mund und seinen Augen waren stählerne Streben, die ein Gitter bildeten, durch das kein Schwert eindringen konnte; nur seine Barthaare ragten vollkommen nackt und strahlend aus dem Stahl, denn sie waren härter als jede Rüstung auf der Welt; und dort leuchteten sie und ließen die Rüstung blitzen, und ihre Zauberkräfte erstreckten sich in all ihrer Macht ungehindert über die ganze Stadt; und die gegnerische Armee spürte diese Kraft wie ein Reisender die Stärke eines mächtigen Windes spürt, der von den Bergen herabweht. Auch der Oberhauptmann spürte es, wie alle anderen, doch er reckte das Schwert, das er für den Schweinestecher hielt, hoch und ließ es mit aller Kraft auf die goldenen Barthaare an der linken Wange des Königs herabsausen.

Obgleich ich hier von einem Weinglas spreche, das auf einem Marmorfußboden zersplittert, oder von einem Blumentopf, der im Zorn gegen eine Gartenmauer geworfen wird, oder vom Eis eines zugefrorenen Sees, das unter der Last des Gerölls einer Lawine einbricht, werde ich davon Abstand nehmen, en detail zu beschreiben, wie das Schwert zitterte, als es auf das goldene Barthaar traf. Und der König von Birkenland schmunzelte unter seiner Rüstung, und die goldenen Barthaare leuchteten. Und im leuchtenden Schein der goldenen Barthaare ergriff das Heer des Königs von Ödland tiefes Unbehagen, und die Zauberkraft, die gegen sie wirkte, wurde stärker, und sie wichen zurück, und die Armee von Birkenland setzte ihnen nach. So wurde die Armee, die gegen Birkenland in den Krieg gezogen war, geschlagen, und ob nun durch Zauberkraft oder Kampfeskunst kümmert keinen Historiker, denn es zählt nur, daß es eine Niederlage gab, wie immer es dazu gekommen war, und daß Birkenland den Sieg davontrug. Dann blies die Armee von Ödland zum Rückzug und kam abermals an den Wald und marschierte durch das dunkle Unterholz und nach Hause in ihre Kaserne und erzählte allen die reine Wahrheit, daß sie einzig von Magie besiegt worden waren; obgleich es keinen Geschichtsschreiber schert, wie sie besiegt wurden.

Nun begab es sich, daß, während die Armee nach dem Fund des Schwertes einen halben Tag lang marschierte, Igdrathion einen Tag lang in die entgegengesetzte Richtung marschierte; und da er bei Nacht zurückmarschierte, war er bei Morgengrauen des nächsten Tages nur einen halben Tagesmarsch hinter ihnen. Bei Anbruch der Morgendämmerung machte er eine Rast; dann aß er Haferkuchen, den er in einem Beutel bei sich trug, und trank aus einem Bach und setzte sich später als die Armee wieder in Marsch, aber er kam schneller voran als die Soldaten, wie ein allein reisender Mann es nun einmal tut. Hier und dort erhaschte er einen Blick auf aufgescheuchte Vögel und verschrecktes Vieh, aber ansonsten sah er keine weiteren Anzeichen von der fliehenden Armee. Am frühen Morgen des Tages nach der Schlacht erreichte er eines der Tore der Stadt, von der aus der König über Birkenland herrschte, und an allen Türmen flatterten Fahnen zu Ehren des Sieges, und alle Glocken läuteten jubilierend. Das Tor stand offen, und die Wachen feierten, und Igdrathion ging ungehindert zwischen ihnen hindurch und schritt die breiteste Straße der Stadt entlang. Niemand schenkte ihm in seiner derben, einfachen Kleidung Beachtung, und ebensowenig beachteten sie Schweinestecher, das in seiner ledernen Scheide verborgen war.

Und so kam er ungehindert zu den Marmorstufen des Palastes und erklomm diese und kam so an das Hauptportal, welches offenstand, so daß die Melodie, die die Musikanten zur Feier des Sieges spielten, hinaus auf die überfüllten Straßen schallen konnte. Und während die Höflinge tanzten, ging Igdrathion immer weiter und kam so zum König von Birkenland, der auf seinem Thron saß und die wohlbringenden Zauberkräfte seiner goldenen Barthaare über sein Reich aussandte. Und der König trug noch immer die Rüstung, in der er seinen Sieg errungen hatte, und die goldenen Barthaare ragten glitzernd aus den beiden Schlitzen im Helm und schimmerten wie Bächlein im goldenen Licht des Morgens, die über Brocken aus Eisen strömen.

Und Igdrathion sagte: »Es ist Krieg«, und er ging auf den König zu und hob dabei das Schwert Schweinestecher. Und der König von Birkenland zog im gleichen Augenblick sein eigenes Schwert und hob es, um den Hieb zu parieren, doch er hob es gelassen und lächelte dabei, ein Lächeln, das in der Dunkelheit seines Helmes verborgen blieb; doch die goldenen Barthaare leuchteten, so als teilten sie die unerschütterliche Überzeugung ihres Königs, daß nichts gegen sie standhalten könnte. Und während sie strahlten wie zwei Sonnenaufgänge und den Palast und die Straßen der Stadt jenseits davon erhellten, ließ Igdrathion sein Schwert auf das linke Barthaar herabsausen, und der Schweinestecher ging glatt durch das Schwert hindurch, das der König zur Abwehr hochhielt, so wie eine gutgeführte Sense glatt durch den Stengel einer Narzisse geht, und es zog seinen Bogen weiter und kam zu dem Barthaar und ging auch durch dieses hindurch und hielt erst an der Rüstung inne, aus der jenes Barthaar ragte, denn nach der gewaltigen Anstrengung, das abzuschlagen, was von keinem anderen Schwert auf der Welt abgeschlagen werden konnte, war nun keine Kraft mehr in der Klinge.

Als das Barthaar fiel, hob Igdrathion abermals sein Schwert und schlug mit einem rückhändigen Hieb das rechte Barthaar ab, welches nun nicht einmal mehr durch ein Schwert verteidigt wurde, so nutzlos diese Verteidigung auch gewesen wäre. Und während er dieses Barthaar durchtrennte, fiel das andere auf den Marmorboden, und ein gewaltiges Scheppern erscholl, so wie von mächtigen eisernen Maschinen, und gleich darauf fiel auch das rechte Barthaar unter ebenso lautstarkem Scheppern; und im Palast und überall in der Stadt war es, als würde ein Licht verlöschen, und über das ganze Königreich von Birkenland legte sich eine Stimmung wie in jenem Moment, wenn die Sonne hinter dem Horizont versinkt und alles Licht mit sich nimmt, denn die Sonne ist das Licht der Welt, aber das Königreich Birkenland hatte sein eigenes Licht verloren, denn die Zauberkraft, die es erstrahlen ließ, war mit den goldenen Barthaaren verlorengegangen. Und mit dem Verlust jener Zauberkraft wurde die Armee von Mutlosigkeit übermannt, und die Höflinge hörten auf zu tanzen, und die Freudenrufe auf den Straßen verstummten, und alle Musikanten hielten mitten in ihrem Lied inne.

Und Igdrathion hob die goldenen Barthaare auf, und die Zauberkräfte, die seine Gegner gewesen waren, gehörten nun ihm, denn Zauberkräfte scheren sich nicht darum, wem sie dienen. Und er verließ den Palast, in den Händen die goldenen Barthaare, und es umgab ihn ein Leuchten, während er so einherschritt. Es mochte einige gegeben haben, die ihr Schwert gegen den Schweinestecher erhoben hätten, doch als sie das schimmernde Schwert in Igdrathions rechter Hand sahen und die funkelnden goldenen Barthaare in seiner linken, da wußten sie, und konnten noch deutlicher fühlen, daß sie es hier mit zuviel Magie für einen simplen Menschen zu tun hatten. Darüber hinaus war die Zauberkraft, die Igdrathion nun in seiner linken Hand hielt, ebenjene Zauberkraft, die seit Jahrhunderten über das Königreich geherrscht hatte, denn die goldenen Barthaare ihres Königs waren erblich.

Und so ging Igdrathion von dannen, und selbst die Hunde flohen vor ihm, aus Angst vor den Zauberkräften der goldenen Barthaare oder jenen des Schwertes Schweinestecher. Die goldenen Barthaare waren das einzige, was er nahm, denn er lebte vor langer Zeit, ein schlichtes Gemüt, das Kind einer einfacheren Zeit, das einen einfachen Krieg führte. Es war noch immer früher Morgen, als er die Stadt verließ, und als die Mittagssonne hoch über jenem Land stand, war er schon weit entfernt, folgte mit munteren Schritten und einem fröhlichen Lied auf den Lippen seinem Weg. Und so wanderte er durch Birkenland, bis er kurz vor Sonnenuntergang am fernen Horizont die dunklen Wipfel des Waldes ausmachen konnte. Es war bereits Zeit für eine Rast, doch er marschierte weiter, obgleich er müde war, damit er im Wald schlafen konnte, dessen dunkle Lichtungen sein Zuhause waren. Und die Nacht senkte sich herab, und die Sterne funkelten bereits am Himmel, bevor er den Waldrand erreichte, und er ging nur noch ein kurzes Stück weiter, bevor er sich niederlegte und im Farn einschlief.

Als der Morgen anbrach und der Gesang der Vögel ihn weckte, fühlte Igdrathion, noch bevor er die ersten Strahlen der Sonne sah, ein Leuchten in seinem Herzen, geboren aus seiner hehren Leistung. Er aß eine Mahlzeit aus seinem Beutel, erhob sich und machte sich auf die Suche nach Holóbolos. Und er wanderte weit, um ihn zu finden, und die Sonne versank hinter den Ästen, und abermals legte er sich im Farn nieder und schlief, bis die Amseln sangen. Da dies die Stunde war, in der man den Zwerg herbeirufen konnte, rief Igdrathion viele Male seinen Namen, bis schließlich die monströse Gestalt von Holóbolos aus dem Unterholz kroch.

»Was führt dich diesmal her?« fragte Holóbolos.

»Dankbarkeit«, erwiderte Igdrathion. »Denn durch deine Axt erhielt ich Schweinestecher, und siehe, mit dem Schweinestecher habe ich die goldenen Barthaare errungen.«

Und er zeigte dem Zwerg jene unbeugsamen, unzerbrechlichen Barthaare, die strahlend in seiner Hand funkelten. Und Holóbolos wich einen Schritt zurück und sagte: »Laß sie nicht an meine Axt kommen, auf daß sie nicht die Klinge stumpf machen.«

Denn obwohl eine tiefe Scharte in der Klinge war, von ihrem

Zusammentreffen mit dem Schweinestecher, war die Klinge noch immer schärfer als alles andere auf der Erde, abgesehen einzig von jenem Schwert. Und Igdrathion zog seine Hand mit den Barthaaren zurück, wie Holóbolos ihn gebeten hatte. Und so waren nun die vier härtesten Dinge auf der Welt versammelt, an erster Stelle das Schwert Schweinestecher, dann die beiden goldenen Barthaare des Königs von Birkenland, dicht gefolgt von Holóbolos' Axt.

»Wohin führt dich dein Weg jetzt?« fragte Holóbolos.

»Zuerst zur Hexe, zur mächtigen Zauberin Lirila, um ihr zu danken«, erwiderte Igdrathion. »Dann zur Hütte meiner Mutter und dann zum Palast von Ödland.«

»Ich bleibe lieber im Unterholz«, murmelte Holóbolos. »Denn das Holzhacken ist süßer als Reisen, und der Wald ist schöner als die Städte.«

Und Igdrathion sagte ihm Lebwohl und machte sich auf und kam schon bald zum Haus der Hexe und klopfte an ihrer Tür, um ihr zu danken und ihr zu erzählen, daß er die goldenen Barthaare errungen hatte. Doch das wußte sie bereits, bevor er an ihrer Tür klopfte, denn das strahlende Leuchten der goldenen Barthaare schien durch die Ritzen, und magische Dinge erkennen andere magische Dinge immer, und die Hexe erkannte, daß dieses Leuchten von den goldenen Barthaaren stammte.

»Bring sie nicht herein«, sagte sie, als sie die Tür öffnete, »denn es gibt hier einiges an Zauberkräften in meinem bescheidenen Haus, aber keine, die gegen die der goldenen Barthaare standhalten könnten, und sie würden meiner Magie nur die Kraft und das Licht rauben.«

Und so blieb er mit den Barthaaren draußen und dankte ihr von dort aus. Und dann ging er zur Hütte seiner Mutter, und als er hereinkam, sah er sie in einem alten Stuhl aus Eichenholz neben dem Feuer sitzen, und er zeigte ihr die goldenen Barthaare, und um ihres Sohnes willen bewunderte sie sie und sagte, daß es beeindruckende Barthaare wären, obgleich sie selbst keinen Bedarf an Magie hatte, da ihr die einfachen Dinge des Waldes genügten. Und sie bereitete ihm eine Mahlzeit aus Eiern, die ihre Hennen gelegt hatten, und aus Gemüse, das sie in ihrem Garten unter den Eichen gezüchtet hatte. Und sie fragte ihn, wohin ihn sein Weg nun führen würde, und er erwiderte, zum König von Ödland, um ihm die goldenen Barthaare zu bringen, und sie warnte ihn vor dem König.

Doch er schlug ihre Warnung in den Wind, denn er sagte: »Er hat dem, der ihm die goldenen Barthaare des Königs von Birkenland bringt, die Hand seiner ältesten Tochter versprochen. Was bleibt ihm also anderes übrig?«

Doch die alte Frau kannte und vertraute dem Wald und allem, was darin lebte, und hatte wenig Vertrauen in die Menschen, die in den Landen jenseits der Grenzen aus Buche und Eiche lebten. Nichtsdestotrotz machte sich Igdrathion, nachdem er seiner Mutter Lebwohl gesagt hatte, frohen Mutes genau in jenes Land auf, und da er den ganzen Tag im Schatten der mächtigen Äste wanderte, sah er abermals den Sonnenuntergang auf den Turmspitzen des Palastes funkeln, in dem König Thlog auf seinem Thron saß und über Ödland herrschte. Und es war abermals die Stunde, in der Prinzessin Bourodilla gewöhnlich im Kreise ihrer Hofdamen auf ihrem Balkon saß und im sanften Abendlicht dem Treiben auf den Straßen der Stadt zuschaute; und sie sah Igdrathion eine dieser Straßen entlangkommen, mit dem Schwert Schweinestecher in der Lederscheide an seiner Seite, und die goldenen Barthaare glitzerten in seiner Hand und erhellten mit ihrem leuchtenden Glanz die dunklen Straßen, die jüngst der Sonne verlustig gegangen waren. Und Prinzessin Bourodilla sagte im stillen den funkelnden Turmspitzen ihres Vaters und allen Straßen der Stadt Lebwohl.

Und Igdrathion kam an das Palasttor, und die Wachen hätten ihn aufgehalten, doch er hielt die goldenen Barthaare hoch, so daß sie ihnen ins Gesicht leuchteten, und die Zauberkräfte, die jenen Barthaaren innewohnten, schüchterten sie ein. Und so ging er an den Wachen vorbei und schritt umgeben vom strahlenden Leuchten dieser Magie einher, und schon kurz darauf stand er vor dem König dieses Landes, König Thlog höchstpersönlich, der in all seiner Pracht und Herrlichkeit auf seinem Thron saß. Und er sagte zum König: »Sehet her, die goldenen Barthaare.«

Und König Thlog nahm sie gnädig entgegen. Und nachdem der König die goldenen Barthaare von Igdrathion, der vor ihm kniete, entgegengenommen hatte und nichts weiter sagte, erinnerte Igdrathion ihn an seine älteste Tochter und das Versprechen, das er gegeben hatte. Doch der König von Ödland hatte sein Versprechen vergessen. Und als nichts, was der junge Mann sagte, es ihm wieder zurück ins Gedächtnis rufen konnte, erhob Igdrathion sich und zog das lange Schwert Schweinestecher, dem kein anderes Schwert etwas anhaben konnte, aus seiner schlichten Lederscheide, und die Zauberkräfte, die den Barthaaren innewohnten, waren schwächer als jene des Schwertes. Und der König reckte ihm die goldenen Barthaare entgegen, und sie leuchteten, aber sie leuchteten vergebens gegen das Schwert Schweinestecher.

Und der König öffnete seinen Mund, um einige geharnischte Worte zu sprechen, doch als er sah, daß die Barthaare vergebens leuchteten, vergaß er, was er hatte sagen wollen, aber er behielt seinen Mund offen, während er sich darauf zu besinnen versuchte, und er behielt ihn auch noch offen, als Igdrathion von dannen ging. Er ging durch die Räume, die zu dem Balkon führten, auf dem Prinzessin Bourodilla im Kreise ihrer Hofdamen saß und in den Abend hinausschaute. Und im Gehen überlegte er, was er sagen würde. Doch als er zum Balkon kam und die Augen der Prinzessin ihn ansahen, sagte er nichts; und auch die Prinzessin Bourodilla sagte nichts, und ihre Hofdamen saßen schweigend neben ihr. Und gemeinsam verließen Igdrathion und die Prinzessin Bourodilla den Palast, er mit dem Schwert Schweinestecher hoch erhoben in seiner rechten Hand, sie angeschmiegt an seinen linken Arm, und keiner, der das gleißende Leuchten des Schwertes Schweinestecher sah, hielt sie auf.

Gemeinsam wanderten sie tief in den Wald, um dort ein Königreich zu gründen, das sie so lange als König und Königin regierten, daß jeder Historiker viele gewichtige Seiten darauf verwandte, von ihrer glücklichen und ruhmvollen Regentschaft und den erstaunlichen Dingen, die der Wald in dieser Zeit zu sehen bekam, zu berichten. Ihr Palast wurde vom Zwerg Holóbolos gebaut, teils aus verwurzelten Bäumen, wo die Buchen tief im Wald am dichtesten zusammenstanden, und teils aus den mächtigen Stämmen, die er mit seiner Axt in der Nähe fällte und aufrecht zwischen ihnen aufstellte, nachdem er sie ganz allein dorthin geschleppt hatte. Und all dies tat er mit unvorstellbarer Flinkheit, denn er fällte die Eichen und Buchen mit seiner Axt, so wie ein anderer Mann Mohnblumen und Korn mit einer Sense mäht. Und nachdem er sie mit Krampen zusammengefügt hatte, verlegte er die Dielenbretter des Fußbodens, die er mit seiner Axt aus den Eichen geschnitten hatte, wie ein anderer Mann mit einem Messer einen Käse in Scheiben schneidet.

Und als die Wände und die Dächer und die Treppen durch die Kraft des Zwerges Holóbolos und die Kraft seiner flinken Axt alle an ihrem Platz waren, kam die Zauberin Lirila aus ihrer Hütte und betrat den neuen Palast und schuf mit ihren Zauberkräften kleinere Dinge, die der Palast benötigte, entweder durch die Macht ihrer Beschwörungsformeln oder indem sie die Waldgeister, über die wir nichts Näheres wissen, herbeirief, damit sie Wandbehänge webten und die Böden mit wunderschönen Teppichen auslegten.

Gewiß ist, daß sie für den Bau der Kamine und Schornsteine gewisse Kobolde tief aus dem Wald herbeirief. Und das ganze Gebäude wurde durch die Kraft des Zwerges und die Magie der Zauberin und den Eifer der Kobolde mit unvorstellbarer Schnelligkeit errichtet. Einige sagen, daß es Tage dauerte, diesen Palast zu bauen, während andere wiederum nur von wenigen Stunden schreiben. Gewiß ist, daß dieser Palast schön war und daß Igdrathion und die Prinzessin Bourodilla anschließend sehr lange glücklich darin lebten und daß ihre Kinder und Enkel zu einer Dynastie wurden.

Von der Pracht jenes Palastes und seiner Brunnen und der Gärten, die um die Brunnen herum unter den Eichen blühten, von dem Frühling, der sie liebkoste, und dem Sommer, in dem sie träumten, und dem Herbst, der die Buchen in überirdischer Pracht leuchten ließ, von den Sonnenaufgängen und den Mittagen und den Sonnenuntergängen, die diese Dinge sahen, und den Schmetterlingen, die sich darin vergnügten, von den Tieren, die im Wald lebten und ihre Baue verließen, um sie zu bewundern, und von den heiteren Jahren, die dort verstrichen und sie noch lieblicher machten, sollen die Dichter singen.

Mir soll es genügen zu sagen, daß zwischen Birkenland und Ödland ein Königreich erstand, das glücklicher war als jedes von ihnen und auf das beide mit Ehrfurcht blickten. Und der König von Ödland zog nicht mehr gegen Birkenland in den Krieg, denn er fürchtete das Schwert von Igdrathion, das unzerstörbare Schwert Schweinestecher, das im Wald zwischen den beiden Reichen lauerte; und die Zauberkräfte, die in den Barthaaren leuchteten, die im Krieg gegen Birkenland errungen worden waren, verloren sich nach und nach; mit jedem Sonnenaufgang wurden sie schwächer, und mit jedem Sonnenuntergang noch schwächer wie eine alte Uhr, die niemand aufzieht.

Doch nach und nach, so wie die Sterne am Himmel aufgehen, erst einer, dann drei, dann Hunderte auf einmal und dann Millionen, wuchsen die goldenen Barthaare des Königs von Birkenland nach.

Blatt von Tüftler

J. R. R. Tolkien

John Ronald Reuel Tolkien (1892 – 1973), Schriftsteller und Philologe, wurde in Südafrika geboren, lebte aber seit seinem dritten Lebensjahr in Großbritannien. 1925 wurde er Professor in Oxford. 1937 erschien The Hobbit or There and Back Again, *ein Jugendbuch, doch die Veröffentlichung des dreibändigen Zyklus* »The Lord of the Rings« *(1954 – 1955) machte ihn zum bekanntesten und bedeutendsten Fantasy-Autor des zwanzigsten Jahrhunderts. Weitere Werke sind* The Silmarillon *(1977) und* Unfinished Tales of Numenor and Middle Earth *(1980), die nach Tolkiens Tod von seinem Sohn Christopher herausgegeben wurden.*

Es war einmal ein kleiner Mann, der hieß Tüftler. Er sollte eine lange Reise machen. Er wollte gar nicht fahren; die Sache war ihm ausgesprochen zuwider, aber er konnte sich ihr nicht entziehen. Obwohl er wußte, daß er irgendwann würde aufbrechen müssen, beeilte er sich nicht gerade mit seinen Vorbereitungen.

Tüftler war Maler. Kein sehr erfolgreicher, was teilweise daran lag, daß er viele andere Dinge zu tun hatte. Die meisten dieser Dinge fand er sehr lästig; aber er erledigte sie einigermaßen gut, wenn es nicht anders ging (was seiner Ansicht nach viel zu oft der Fall war). Die Gesetze in seinem Lande waren sehr streng. Und es gab auch noch andere Abhaltungen. Zum einen war er manchmal einfach träge und tat überhaupt nichts. Zum anderen war er gewissermaßen gutherzig. Sicher kennen Sie diese Art von Gutherzigkeit: Oft genug machte sie ihn einfach unglücklich, und weniger oft brachte sie ihn dazu, etwas zu tun; und selbst wenn er etwas tat, hinderte ihn das nicht zu murren, die Geduld zu verlieren und zu fluchen (meist still für sich). Immerhin halste er sich eine ganze Menge Gefälligkeiten damit auf, die er seinem Nachbarn, Herrn Paris, erweisen mußte, einem Mann mit einem lahmen Bein. Gelegentlich half er sogar anderen Leuten aus, die weiter weg wohnten, wenn sie kamen und darum baten. Hin und wieder fiel ihm dann auch seine Reise ein, und lustlos begann er ein paar Sachen einzupacken; zu solchen Zeiten malte er nicht sehr viel.

Er hatte eine Reihe Bilder in Arbeit; die meisten waren zu groß und anspruchsvoll für seine Begabung. Er gehörte zu den Malern, die Blätter besser malen als Bäume. Er pflegte viel Zeit auf ein einziges Blatt zu verwenden und zu versuchen, seine Form, seinen Glanz und das Glitzern der Tautropfen an seinen Rändern einzufangen. Und doch wollte er einen ganzen Baum malen, alle Blätter sollten im selben Stil und doch jedes verschieden sein.

Insbesondere ein Bild machte ihm Kummer. Es hatte angefangen mit einem Blatt, das im Winde wehte, und es wurde ein Baum; und der Baum wuchs, er streckte unzählige Äste aus und bekam ganz phantastische Wurzeln. Seltsame Vögel kamen angeflogen und setzten sich auf seine Zweige und mußten auch betreut werden. Dann begann überall um den Baum herum und hinter ihm und in den Lücken zwischen den Blättern und dem Geist eine Landschaft sich auszubreiten; undeutlich sah man einen Wald, der sich über das Land hinzog, und Berge mit schneebedeckten Gipfeln. Tüftler verlor das Interesse an seinen anderen Bildern; oder er nahm sie und befestigte sie an den Rändern seines großen Bildes. Bald wurde die Leinwand so riesig, daß er eine Leiter brauchte; und er kletterte hinauf und hinunter, tupfte hier einen Pinselstrich hin und rieb dort ein Fleckchen wieder weg. Wenn Leute zu Besuch kamen, schien er recht höflich, wenngleich er ein bißchen mit den Bleistiften auf seinem Schreibtisch herumspielte. Er hörte sich an, was sie sagten, aber insgeheim dachte er die ganze Zeit nur an sein großes Bild in dem hohen Schuppen, der draußen in seinem Garten eigens dafür gebaut worden war (auf einem Stück, wo er früher Kartoffeln gezogen hatte).

Er konnte seine Gutherzigkeit nicht ablegen. »Ich wollte, ich wäre aus härterem Holz«, dachte er manchmal bei sich und meinte damit, er wünsche, daß anderer Leute Kummer ihn nicht unglücklich mache. Aber lange Zeit wurde er nicht ernstlich gestört. »Jedenfalls werde ich dieses eine Bild noch fertigbekommen, mein ureigenes Bild, ehe ich auf diese abscheuliche Reise gehen muß«, pflegte er zu sagen. Und doch sah er allmählich ein, daß er die Abfahrt nicht unbegrenzt verschieben konnte. Das Bild mußte aufhören zu wachsen und fertig werden.

Eines Tages stand Tüftler in einiger Entfernung von seinem Bild und betrachtete es ungewöhnlich aufmerksam und unparteiisch. Er konnte sich nicht schlüssig werden, wie er es eigentlich fand, und er wünschte, er hätte einen Freund, der ihm sagen würde, was er davon halten sollte. Tatsächlich schien es ihm völlig unbefriedigend zu sein und doch wiederum sehr reizvoll, das einzige wirklich schöne Bild auf dieser Welt. In dem Augenblick hätte er den Freund gern hereinkommen und ihm auf die Schulter klopfen sehen, der dann (offenbar ganz aufrichtig) sagen würde: »Absolut großartig! Ich sehe genau, worauf Sie hinauswollen. Machen Sie nur weiter und kümmern Sie sich um sonst gar nichts! Wir werden dafür sorgen, daß Sie eine Staatspension bekommen, damit Sie nicht Not leiden.«

Indes war es nichts mit der Staatspension. Und eins sah er ganz deutlich: Konzentration würde nötig sein, etwas *Arbeit*, harte, ununterbrochene Arbeit, um das Bild zu vollenden, selbst wenn es nicht größer würde als jetzt. Er krempelte die Ärmel auf und begann sich zu konzentrieren. Mehrere Tage versuchte er, sich nicht um andere Dinge zu kümmern. Aber dann gab es einen ganzen Wust von Störungen. In seinem Haus ging alles schief; er mußte in die Stadt fahren und als Geschworener an einer Gerichtssitzung teilnehmen; ein entfernter Freund wurde krank; Herr Paris lag an Hexenschuß darnieder; und immerzu kamen Gäste. Es war Frühling, und sie wollten irgendwo auf dem Lande umsonst Tee trinken. Tüftler wohnte in einem hübschen kleinen Haus, meilenweit von der Stadt. Im stillen verfluchte er die Besucher, aber er konnte nicht leugnen, daß er sie selbst eingeladen hatte, schon vor langer Zeit, im Winter, als er es noch nicht als »Störung« empfunden hatte, einen Schaufensterbummel in der Stadt zu machen und mit Bekannten Tee zu trinken. Er versuchte, hartherziger zu werden; aber das mißlang. Es gab viele Dinge, bei denen er es nicht über sich brachte, nein zu sagen, ob er sie nun als eine Pflicht ansah oder nicht; und einiges mußte er einfach tun, was immer er auch darüber dachte. Manche seiner Gäste machten Andeutungen, sein Garten sei ziemlich vernachlässigt und er könne vielleicht Besuch von einem Inspektor bekommen. Natürlich wußten sehr wenige von ihnen über sein Bild Bescheid; aber auch wenn sie es gewußt hätten, wäre es nicht viel anders gewesen. Ich zweifle, ob sie es für sehr wichtig gehalten hätten. Vermutlich war es wirklich kein sehr gutes Bild, obwohl es einige gelungene Stellen gehabt haben mag. Der Baum jedenfalls war kurios. Ganz einzigartig auf seine Weise. Und Tüftler ebenso, auch wenn er ein ganz gewöhnlicher und ziemlich alberner kleiner Mann war.

Schließlich wurde Tüftlers Zeit wirklich kostbar. Seine Bekannten in der fernen Stadt erinnerten sich, daß der kleine Mann eine ärgerliche Reise unternehmen mußte, und manche begannen zu spekulieren, wie lange er sie wohl bestenfalls würde hinauszögern können. Sie fragten sich, wer wohl sein Haus übernehmen und ob der Garten dann besser gepflegt sein würde.

Es wurde Herbst und sehr regnerisch und windig. Der kleine Maler war in seinem Schuppen. Er stand auf der Leiter und versuchte, den Schein der untergehenden Sonne auf dem schneeigen Gipfel eines Berges zu erhaschen, der just links von der blättrigen Spitze eines der Äste seines Baumes hindurchschimmerte. Er wußte, bald würde er abreisen müssen: vielleicht kurz nach Neujahr. Er könnte das Bild wohl gerade noch fertigbekommen, aber dann nur soso lala: An manchen Stellen würde er nur eben noch andeuten können, was er eigentlich meinte.

Es klopfte. »Herein!« rief er scharf und kletterte die Leiter herab. Unten blieb er stehen und zwirbelte seinen Pinsel. Sein Nachbar war es, Paris: sein einziger richtiger Nachbar, alle anderen wohnten ein gutes Stück Wegs weiter. Gleichwohl mochte er den Mann nicht sehr: teilweise, weil er so oft in Schwierigkeiten geriet und Hilfe brauchte; und dann auch deshalb, weil er nichts fürs Malen übrig hatte, aber sehr kritisch beim Gärtnern war. Wenn Paris Tüftlers Garten betrachtete (was oft geschah), sah er hauptsächlich Unkraut; und wenn er Tüftlers Bilder betrachtete (was selten geschah), sah er nur grüne und graue Flecken und schwarze Linien, die ihm sinnlos vorkamen. Er scheute sich nicht, das Unkraut zu erwähnen (eine Nachbarspflicht), aber er enthielt sich jeder Meinungsäußerung über die Bilder. Er fand, das war sehr freundlich, und erkannte nicht, daß es, selbst wenn es freundlich war, nicht freundlich genug war. Beim Unkrautjäten helfen (und vielleicht die Bilder loben) wäre besser gewesen.

»Nun, Paris, was gibt's?« fragte Tüftler.

»Ich weiß, ich sollte Sie eigentlich nicht stören«, sagte Paris (ohne einen Blick auf das Bild). »Sie haben sicher viel zu tun.«

Tüftler hatte selbst etwas Derartiges sagen wollen, aber die Gelegenheit war verpaßt. So antwortete er nur: »Ja.«

»Aber ich habe niemanden, an den ich mich sonst wenden könnte«, fuhr Paris fort.

»Genau«, seufzte Tüftler: Es war einer jener Seufzer, die eigentlich ein stummes Selbstgespräch sind, aber doch nicht ganz unhörbar. »Was kann ich für Sie tun?«

»Meine Frau ist schon ein paar Tage krank, und ich fange an, mir Sorgen zu machen. Und der Wind hat mir das halbe Dach abgetragen, und im Schlafzimmer regnet es durch. Ich glaube, ich sollte den Arzt holen. Und den Dachdecker auch, aber der braucht so lange, bis er kommt. Ich frage mich, ob Sie wohl etwas Holz und Leinwand übrig hätten, um mir auszuhelfen, damit ich über die nächsten paar Tage hinwegkomme.« Jetzt schaute er doch auf das Bild.

»Du liebe Güte«, meinte Tüftler, »Sie sind aber wirklich vom Pech verfolgt. Ich hoffe, es ist nur eine Erkältung, die Ihre Frau hat. Ich komme sofort rüber und helfe Ihnen, die Patientin nach unten zu bringen.«

»Danke vielmals«, sagte Paris ziemlich kühl. »Aber sie hat keine Erkältung, sondern Fieber. Wegen eines Schnupfens hätte ich Sie nicht behelligt. Und meine Frau liegt schon unten im Bett. Ich kann doch nicht dauernd mit dem Tablett rauf und runter rennen, nicht mit meinem Bein. Aber wie ich sehe, haben Sie zu tun. Entschuldigen Sie, daß ich Sie gestört habe. Ich hatte eigentlich gehofft, Sie würden sich die Zeit nehmen können, den Arzt zu holen, wenn Sie sehen, in welcher Lage ich bin; und den Dachdecker auch, wenn Sie wirklich keine Leinwand übrig haben.«

»Natürlich«, sagte Tüftler; obwohl er andere Wörter auf dem Herzen hatte, das im Augenblick bloß weich war und kein bißchen gütig. »Ich könnte hinfahren. Ich werde hinfahren, wenn Sie sich wirklich Sorgen machen.«

»Ich bin besorgt, sehr besorgt. Ich wollte, ich wäre nicht lahm«, sagte Paris.

Also machte Tüftler sich auf den Weg. Es war schon sehr mißlich. Paris war sein Nachbar, und sonst gab es weit und breit keine Seele. Tüftler hatte ein Fahrrad, Paris hatte keins und konnte überdies nicht radeln. Und Paris hatte ein lahmes Bein, ein wahrhaft lahmes Bein, das ihm viel Schmerzen bereitete: Das mußte man bedenken, und auch seine saure Miene und seine weinerliche Stimme. Natürlich, Tüftler hatte ein Bild und kaum Zeit, es fertig zu machen. Aber offenbar war das etwas, das Paris in Betracht zu ziehen hatte und nicht Tüftler. Paris zog indes Bilder nicht in Betracht; und Tüftler konnte es nicht ändern. »Verflixt noch mal!« sagte er bei sich, als er sein Rad herausholte.

Es war naß und windig, und die Dämmerung brach herein. »Heute wird's nichts mehr mit der Arbeit«, dachte Tüftler, und auf dem ganzen Weg fluchte er entweder vor sich hin oder malte sich seine Pinselstriche auf dem Berg aus und auf dem Zweig mit Blättern daneben, den er sich schon im Frühjahr ausgedacht hatte. Die Finger zuckten ihm auf der Lenkstange. Jetzt, da er nicht im Schuppen war, sah er es ganz genau vor sich, wie der schimmernde Zweig, der den fernen Blick auf den Berg einrahmte, ausgeführt werden müßte. Aber ihm wurde das Herz schwer, es war, als ob ihn die Angst bedrückte, daß er niemals mehr Gelegenheit haben würde, sich an seinem Bild zu versuchen.

Tüftler fand den Arzt zu Hause und hinterließ beim Dachdecker einen Zettel. Das Büro war geschlossen, also war der Dachdecker wohl heimgekehrt zum häuslichen Herd. Tüftler wurde naß bis auf die Haut und holte sich einen Schnupfen. Der Arzt machte sich nicht ebenso schnell auf den Weg wie Tüftler. Er kam erst am nächsten Tag, was recht bequem für ihn war, denn nun hatte er zwei Patienten in zwei benachbarten Häusern. Tüftler lag mit hohem Fieber im Bett, und wundervolle Muster von Blättern und den dazugehörigen Zweigen bildeten sich in seinem Kopf und an der Decke. Es tröstete ihn nicht, als er hörte, daß Frau Paris nur eine Erkältung gehabt hatte und wieder aufstehen konnte. Er drehte sich zur Wand und begrub sich unter Blättern.

Einige Zeit blieb er im Bett. Der Wind wütete immer noch. Er trug weitere Ziegel von Paris' Dach ab, und auch ein paar von Tüftlers: Jetzt regnete es auch bei ihm durch. Der Dachdecker kam nicht. Tüftler machte sich nichts draus; ein oder zwei Tage lang. Dann krabbelte er aus dem Bett, um sich etwas zu essen zu holen (Tüftler hatte keine Frau). Paris kam nicht herüber: Sein Bein war wetterfühlig und tat weh; und seine Frau war vollauf damit beschäftigt, Wasser aufzuwischen, und fragte sich, ob »dieser Herr Tüftler« eigentlich vergessen hatte, den Dachdecker zu bestellen. Hätte sie eine Möglichkeit gesehen, sich etwas Nützliches zu borgen, dann hätte sie Paris hinübergeschickt, Bein hin, Bein her, aber da ihr nichts einfiel, blieb Tüftler sich selbst überlassen.

Nach einer Woche wankte er zum erstenmal wieder zu seinem Schuppen. Er versuchte, auf die Leiter zu klettern, aber ihm wurde schwindlig. Er setzte sich hin und betrachtete das Bild, doch stand ihm an jenem Tag der Sinn nicht nach Blättern und Aussichten auf Berge. Den Blick auf eine weit entfernte Sandwüste hätte er malen können, wenn er sich dazu hätte aufraffen können.

Am nächsten Tag fühlte er sich erheblich besser. Er stieg auf die Leiter und begann zu malen. Gerade war er wieder so richtig in Schwung gekommen, da klopfte es.

»Verdammt!« sagte Tüftler. Genausogut hätte er höflich »Herein!« sagen können, denn die Tür öffnete sich gleichwohl. Diesmal kam ein sehr großer Mann herein, der Tüftler absolut unbekannt war.

»Das ist hier ein privates Atelier«, sagte Tüftler. »Ich habe zu tun. Gehen Sie bitte!«

»Ich bin Inspektor für Häuser«, erklärte der Mann und hielt einen Dienstausweis hoch, so daß Tüftler auf seiner Leiter ihn sehen konnte.

»Oh«, sagte er.

»Das Haus Ihres Nachbarn ist gar nicht in Ordnung«, erklärte der Inspektor.

»Ich weiß«, antwortete Tüftler. »Ich habe den Dachdecker schon vor längerer Zeit verständigt, aber er ist einfach nicht gekommen. Dann war ich krank.«

»Aha«, sagte der Inspektor. »Jetzt sind Sie aber nicht krank.«

»Aber ich bin kein Dachdecker. Paris müßte sich beim Stadtrat beschweren und die technische Nothilfe anfordern.«

»Die ist bei schlimmeren Schäden als hier oben eingesetzt«, erwiderte der Inspektor. »Unten im Tal hat es eine Überschwemmung gegeben, und viele Familien sind obdachlos. Sie hätten Ihrem Nachbarn helfen sollen, den Schaden wenigstens provisorisch auszubessern, damit die Reparatur nicht unnötig teuer wird. So will es das Gesetz. Hier ist haufenweise Material: Leinwand, Holz, Ölfarbe.«

»Wo?« fragte Tüftler entrüstet.

»Da!« Der Inspektor wies auf das Bild.

»Mein Bild!« rief Tüftler aus.

»Schon recht. Aber Häuser haben Vorrang. So will es das Gesetz.«

»Aber ich kann doch nicht ...« Weiter kam Tüftler nicht, denn in diesem Augenblick erschien noch ein Mann. Ganz ähnlich wie der Inspektor sah er aus, fast sein Doppelgänger: groß und schwarz gekleidet.

»Kommen Sie«, sagte er. »Ich bin der Fahrer.«

Tüftler stolperte die Leiter hinunter. Er schien wieder Fieber zu haben, und alles schwamm ihm vor den Augen; ihm war kalt von Kopf bis Fuß.

»Fahrer? Fahrer?« stieß er zähneklappernd hervor. »Was fahren Sie denn?«

»Sie und Ihren Wagen«, erklärte der Mann. »Der Wagen war schon lange bestellt. Jetzt ist er endlich gekommen. Morgen beginnt nämlich Ihre Reise.«

»Da haben wir's«, sagte der Inspektor. »Sie werden fahren müssen. Aber es ist schlecht, daß Sie auf Ihre Reise gehen und ungetane Arbeit zurücklassen. Immerhin können wir jetzt wenigstens etwas mit der Leinwand anfangen.«

»Ach du lieber Himmel!« sagte der arme Tüftler und begann zu weinen. »Und das Bild ist noch nicht einmal fertig!«

»Nicht fertig?« warf der Fahrer ein. »Na, was Sie betrifft, Sie jedenfalls sind damit fertig. Kommen Sie!«

Tüftler ging mit, ganz still. Der Fahrer ließ ihm keine Zeit zum Packen und sagte, das hätte er früher machen müssen und sie würden den Zug verpassen; so konnte sich Tüftler nur eine kleine Tasche in der Diele schnappen. Er stellte dann fest, daß nichts drin war als ein Malkasten und ein Skizzenblock: weder etwas zu essen noch Kleidung. Den Zug erreichten sie zur Zeit. Tüftler war ganz erschöpft und schläfrig; er merkte kaum, was vor sich ging, als sie ihn in sein Abteil stopften. Ihm war es einerlei: Er hatte vergessen, wohin er eigentlich sollte oder weshalb. Der Zug fuhr fast sofort in einen dunklen Tunnel.

Tüftler erwachte auf einem großen, düsteren Bahnhof. Ein Schaffner ging den Bahnsteig entlang und rief, aber nicht den Namen der Station rief er aus. Er rief: *Tüftler!*

Tüftler stieg eilig aus und merkte dann, daß er seine kleine Tasche vergessen hatte. Er drehte sich um, aber der Zug war schon abgefahren.

»Ah, da sind Sie ja!« sagte der Schaffner. »Hier lang. Was? Kein Gepäck? Da werden Sie ins Armenhaus gehen müssen.«

Tüftler fühlte sich mit einemmal sehr schlecht und wurde auf dem Bahnsteig ohnmächtig. Sie legten ihn in eine Ambulanz und brachten ihn zur Krankenstation des Armenhauses.

Die Behandlung gefiel ihm überhaupt nicht. Die Medizin, die sie ihm gaben, war bitter. Die Beamten und Krankenwärter waren unfreundlich, schweigsam und streng; und niemals sah er irgend jemanden außer einem sehr grimmigen Arzt, der gelegentlich Visite machte. Eigentlich war es eher, als ob er im Gefängnis und nicht im Krankenhaus wäre. Zu bestimmten Stunden mußte er schwer arbeiten: graben, schreinern und kahle Bretter alle in einer Farbe anstreichen. Niemals durfte er nach draußen, und die Fenster waren alle von innen verriegelt. Stundenlang hintereinander ließen sie ihn im Dunkeln, »um ein bißchen nachzudenken«, sagten sie. Er verlor jedes Zeitgefühl. Es ging ihm nicht einmal allmählich besser, jedenfalls nicht, wenn es sich danach beurteilen läßt, ob ihm irgend etwas, das er tat, Spaß machte. Nichts machte ihm Spaß, nicht einmal ins Bett zu gehen.

Zu Anfang, während der ersten hundert Jahre (ich gebe nur seine Eindrücke wieder), pflegte er sich sinnlose Gedanken über die Vergangenheit zu machen. Etwas wiederholte er ständig, wenn er im Dunkeln lag: »Ich wollte, ich hätte mich bei Paris gemeldet an jenem ersten Morgen, nachdem der Sturm gekommen war. Ich hatte es eigentlich vorgehabt. Die ersten losen Ziegel hätte man leicht wieder befestigen können. Dann hätte sich Frau Paris nicht erkältet. Dann hätte auch ich mich nicht erkältet. Dann hätte ich eine Woche mehr gehabt.« Aber mit der Zeit vergaß er, wozu er überhaupt eine Woche länger hatte haben wollen. Seitdem machte er sich, wenn überhaupt, nur noch Gedanken über seine Arbeit im Krankenhaus. Er plante sie genau und dachte darüber nach, wie schnell er es wohl schaffen könnte, daß das Brett nicht mehr knarrte, wie er die Tür einhängen oder das Tischbein reparieren könnte. Wahrscheinlich wurde er wirklich nützlich, obwohl niemand ihm das jemals sagte. Aber das kann natürlich nicht der Grund gewesen sein, warum sie den armen kleinen Mann so lange dort behielten. Vielleicht haben sie darauf gewartet, daß es ihm bessergehe, und haben das »besser« nach irgendwelchen seltsamen medizinischen Maßstäben eigener Prägung beurteilt.

Jedenfalls hatte der arme Tüftler keinen Spaß am Leben, nicht das, was er Spaß zu nennen pflegte. Er fand es bestimmt nicht amüsant. Aber es ließ sich nicht leugnen, daß er ein Gefühl von – nun ja, Befriedigung empfand: eher Schwarzbrot als Kuchen. Er konnte eine Aufgabe in Angriff nehmen, sobald eine Glocke läutete, und sie prompt beiseite legen, wenn die nächste Aufgabe kam, alles ordentlich und bereit, um zur rechten Zeit fortgesetzt zu werden. Er schaffte jetzt eine ganze Menge an einem Tag; Kleinigkeiten erledigte er sehr säuberlich. Er hatte keine »Zeit für sich« (außer, wenn er allein in seiner Schlafzelle lag), und doch wurde er Herr seiner Zeit; allmählich wußte er, was er mit ihr anfangen konnte. Er hatte nicht das Gefühl von Hetze. Innerlich war er jetzt ruhiger, und zur Ruhezeit konnte er wirklich ruhen.

Dann änderten sie plötzlich seinen ganzen Zeitplan; sie ließen ihn überhaupt kaum ins Bett gehen; sie nahmen ihn von der Schreinerei weg und beschäftigten ihn nur noch mit Graben, Tag für Tag. Er ertrug es einigermaßen gut. Es dauerte eine ganze Weile, bis er auch nur begann, sich das Hirn zu zermartern wegen der Flüche, die er praktisch vergessen hatte. Er grub weiter, bis ihm der Rücken schier brach und seine Hände wund waren und er das Gefühl hatte, daß er keinen einzigen Spatenvoll mehr heben könne. Niemand dankte ihm. Aber der Arzt kam und sah ihn sich an.

»Aufhören!« sagte er. »Völlige Ruhe – im Dunkeln.«

Tüftler lag im Dunkeln und ruhte völlig; so völlig, daß er, da er überhaupt nichts fühlte oder dachte, nicht hätte sagen können, ob er Stunden oder Jahre dort gelegen hatte. Aber jetzt hörte er Stimmen: keine Stimmen, die er jemals gehört hatte. Vielleicht war eine Sanitätskommission gekommen, oder ein Untersuchungsausschuß tagte ganz in der Nähe, möglicherweise im Nebenzimmer, und die Tür war offen, obwohl er kein Licht sehen konnte.

»Nun dieser Fall Tüftler«, sagte eine *Stimme,* eine strenge Stimme, strenger als die des Arztes.

»Was war denn mit ihm los?« fragte eine *zweite Stimme,* eine Stimme, die man hätte sanft nennen können, wenngleich sie nicht weich war – es war eine gebieterische Stimme, und sie klang zugleich hoffnungsvoll und traurig. »Was war mit Tüftler los? Sein Herz hatte er doch auf dem rechten Fleck.«

»Ja, aber es funktionierte nicht richtig«, sagte die *erste Stimme.* »Und viel Grips im Kopf hat er auch nicht gehabt: nachgedacht hat er überhaupt kaum. Schauen Sie nur, wieviel Zeit er verschwendet hat, und dabei hat er sich nicht einmal amüsiert! Auf die Reise hat er sich überhaupt nicht richtig vorbereitet. Er war einigermaßen wohlhabend, und doch kam er hier fast mittellos an und mußte im Armeleuteflügel untergebracht werden. Ein schlimmer Fall, fürchte ich. Mir scheint, er sollte noch eine Weile hierbleiben.«

»Vielleicht würde es ihm nichts schaden«, meinte die *zweite Stimme.* »Aber natürlich ist er nur ein kleiner Mann. Er war nie dazu ausersehen, sehr viel zu werden, und er war nicht sehr kräftig. Sehen wir uns doch einmal die Akte an. Ja, da sind doch ein paar günstige Punkte.«

»Mag sein«, gab die *erste Stimme* zu, »aber sehr wenige, die einer Prüfung wirklich standhalten.«

»Nun«, sagte die *zweite Stimme,* »einige zählen immerhin. Er war der geborene Maler. Keiner von den ganz großen natürlich; und doch hat ein *Blatt von Tüftler* seinen eigenen Reiz. Er hat sich unerhört viel Mühe mit Blättern gegeben, just um ihrer selbst willen. Er hat niemals geglaubt, das würde ihn bedeutend machen. In der Akte ist nichts vermerkt, daß er jemals – und sei es nur sich selbst gegenüber – so getan hätte, als sei das eine Entschuldigung, wenn er die vom Gesetz vorgeschriebenen Dinge vernachlässigte.«

»Dann hätte er nicht so viele vernachlässigen sollen«, fand die *erste Stimme.*

»Immerhin hat er einer ganzen Menge Bitten entsprochen.«

»Einem winzigen Bruchteil, meist solchen, die leicht zu erfüllen waren, und er nannte sie ›Störungen‹. In der Akte wimmelt es nur so von diesem Wort und von allen möglichen Klagen und albernen Verwünschungen.«

»Richtig; aber natürlich empfand er sie auch als Störungen, der arme kleine Mann. Und noch etwas kommt hinzu: Er erwartete niemals eine Gegenleistung, wie so viele seines Schlages das nennen. Dann der Fall Paris, der Mann, der nach ihm kam. Paris war Tüftlers Nachbar, rührte keinen Finger für ihn und bezeigte selten überhaupt Dankbarkeit. Aber in der Akte ist nichts vermerkt, daß Tüftler von Paris Dankbarkeit erwartete. Der Gedanke scheint ihm gar nicht gekommen zu sein.«

»Ja, das ist ein Gesichtspunkt«, sagte die *erste Stimme,* »aber kein sehr wichtiger. Ich nehme an, Tüftler wird es schlichtweg vergessen haben. Was er für Paris tun mußte, empfand er als lästig und schob es einfach von sich.«

»Schließlich ist da noch der letzte Bericht«, gab die *zweite Stimme* zu bedenken, »über die Radfahrt im Regen. Dem messe ich eigentlich ziemlich viel Bedeutung bei. Das war eindeutig ein echtes Opfer: Tüftler ahnte, daß er seine letzte Chance für sein Bild aufs Spiel setzte, und er ahnte auch, daß sich Paris unnötig Sorgen machte.«

»Ich glaube, Sie legen zuviel Gewicht darauf«, sagte die *erste*

Stimme. »Aber Sie haben das letzte Wort. Es ist natürlich Ihre Aufgabe, die Tatsachen möglichst günstig auszulegen. Manchmal halten sie stand. Was schlagen Sie vor?«

»Ich möchte meinen, der Fall ist jetzt für eine etwas freundliche Behandlung reif«, sagte die *zweite Stimme.*

Tüftler glaubte, noch niemals etwas so Großzügiges wie diese Stimme gehört zu haben. Wenn sie *freundliche Behandlung* sagte, dann klang das wie ein voller Gabentisch oder eine Einladung zum Fest des Königs. Dann fühlte sich Tüftler plötzlich beschämt. Daß er als ein Fall für freundliche Behandlung angesehen wurde, überwältigte ihn und ließ ihn im Dunkeln erröten. Es war, wie wenn man öffentlich gelobt wird, während man selbst weiß und alle Zuhörer wissen, daß das Lob unverdient ist. Tüftler versteckte seine Schamröte unter der kratzigen Bettdecke.

Es trat Schweigen ein. Dann sprach die *erste Stimme* zu Tüftler, ganz nah. »Sie haben gelauscht.«

»Ja«, antwortete Tüftler.

»Nun, was haben Sie zu sagen?«

»Könnten Sie mir etwas von Paris berichten? Ich würde ihn so gern wiedersehen. Ich hoffe, er ist nicht sehr krank. Können Sie sein Bein heilen? Es hat ihm immer so viele Beschwerden gemacht. Und bitte sorgen Sie sich nicht um ihn und mich. Er war ein sehr guter Nachbar und hat mir immer ausgezeichnete Kartoffeln ganz billig abgegeben, wodurch ich eine Menge Zeit sparte.«

»So, hat er das?« fragte die *erste Stimme.* »Das höre ich gern.«

Dann trat wieder Schweigen ein. Die *Stimmen* schienen sich zu entfernen. »Gut, ich bin einverstanden«, hörte Tüftler die *erste Stimme* von weit her sagen. »Lassen Sie ihn die nächste Stufe beginnen. Morgen, wenn Sie wollen.«

Als Tüftler aufwachte, war seine Jalousie hochgezogen, und seine kleine Zelle war voll Sonnenschein. Er stand auf und fand, daß ein bequemer Anzug für ihn hingelegt worden war, keine Anstaltskleidung. Nach dem Frühstück behandelte der Arzt seine wunden

Hände und strich Salbe drauf, die sie sofort heilte. Er gab Tüftler ein paar gute Ratschläge und ein Stärkungsmittel (falls er es brauchte). Mitten am Vormittag gaben sie Tüftler einen Keks und ein Glas Wein; und dann gaben sie ihm eine Fahrkarte.

»Sie können jetzt zum Bahnhof gehen«, sagte der Arzt. »Der Schaffner wird sich um Sie kümmern. Auf Wiedersehen.«

Tüftler schlüpfte durch das große Tor und blinzelte ein bißchen. Die Sonne war sehr hell. Auch hatte er erwartet, er würde, wenn er herauskäme, gleich in einer großen Stadt sein, die den Ausmaßen des Bahnhofs entspräche; aber dem war nicht so. Er stand auf der Höhe eines grünen, kahlen Hügels, über den ein frischer, belebender Wind strich. Weit und breit war nirgends eine Menschenseele. Unten am Fuß des Hügels konnte er das Dach des Stationsgebäudes schimmern sehen.

Forsch, aber ohne Hast, ging er hinunter zum Bahnhof. Der Schaffner erspähte ihn sofort.

»Hier lang!« sagte er und führte Tüftler zu einem abseits liegenden Kopfbahnsteig, wo ein sehr lustiger kleiner Lokalzug stand: ein Wagen und eine kleine Lokomotive, beide blitzblank und frisch gestrichen. Es sah aus, als ob es ihre erste Fahrt wäre. Selbst das Gleis vor der Lokomotive sah neu aus: Die Schienen glänzten, die Schienenstühle waren grün gestrichen, und die Schwellen rochen in der warmen Sonne köstlich nach frischem Teer. Der Wagen war leer.

»Wohin fährt der Zug, Schaffner?« fragte Tüftler.

»Den Namen haben sie wohl noch nicht bestimmt«, sagte der Schaffner. »Aber Sie werden es schon finden.« Er schloß die Tür.

Der Zug fuhr sofort ab. Tüftler lehnte sich auf seinem Sitz zurück. Die Lokomotive dampfte in einem Durchstich zwischen hohen grünen Böschungen unter einem blauen Himmel dahin. Es dauerte nicht lange, da pfiff sie, die Bremsen wurden angezogen, und der Zug stand. Es war keine Station und auch kein Bahnhofsschild zu sehen, nur ein paar Stufen führten die grüne Böschung hinauf zu einem Pförtchen in einer gestutzten Hecke. Neben dem

Pförtchen stand sein Fahrrad; wenigstens sah es wie seines aus, und an der Lenkstange war ein gelber Zettel befestigt, darauf stand in großen schwarzen Buchstaben: *Tüftler.*

Tüftler stieß das Pförtchen auf, sprang aufs Fahrrad und flitzte im Frühlingssonnenschein bergab. Bald merkte er, daß der Weg, auf dem er losgefahren war, verschwunden war, und jetzt rollte das Rad über einen wundervollen Rasen. Er war grün und dicht; und dennoch konnte Tüftler jeden Halm genau erkennen. Er glaubte sich zu erinnern, daß er diese Grasfläche irgendwann einmal gesehen oder von ihr geträumt hatte. Die Landschaft war ihm seltsam vertraut. Ja, nun wurde das Gelände eben, wie es auch sollte, und jetzt begann es natürlich wieder zu steigen. Ein großer grüner Schatten trat zwischen ihn und die Sonne. Tüftler schaute auf und fiel vom Rad.

Vor ihm stand der Baum, sein *Baum,* fertig. Wenn man das von einem lebenden Baum sagen kann, dessen Blätter sich entrollen, dessen Äste wachsen und sich im Wind biegen, was Tüftler so oft gespürt oder geahnt und so oft nicht hatte einfangen können. Er starrte auf den Baum, hob langsam die Arme und breitete sie weit aus.

»Es ist eine Gabe!« sagte er. Damit meinte er seine Kunst und auch das Ergebnis; aber er gebrauchte das Wort ganz buchstäblich.

Noch immer betrachtete er den Baum. Alle Blätter, mit denen er sich abgemüht hatte, waren da, und eher so, wie er sie sich vorgestellt, als wie er sie gemalt hatte; und da waren noch andere, die nur in seinem Geist gesprossen waren, und viele, die hätten sprießen können, wenn er nur Zeit gehabt hätte. Nichts stand auf ihnen geschrieben, sie waren nichts als vortreffliche Blätter, und doch waren sie so eindeutig datiert wie ein Kalender. Bei einigen der schönsten (und zwar den charakteristischsten, den vollendetsten Beispielen des Tüftler-Stils) sah man, daß sie in Zusammenarbeit mit Herrn Paris entstanden waren; anders konnte man es nicht ausdrücken.

Vögel nisteten in dem *Baum.* Erstaunliche Vögel: wie sie sangen! Sie paarten sich, brüteten, ihre Flügel wuchsen, und singend flogen sie in den *Wald,* während er ihnen noch zuschaute. Denn jetzt sah er, daß auch der Wald da war, der sich auf beiden Seiten hinzog und sich in der Ferne verlief. Die *Berge* schimmerten von weit her.

Nach einer Weile wandte sich Tüftler zum *Wald.* Nicht, weil er des *Baumes* überdrüssig gewesen wäre, aber er hatte ihn seinem Geist jetzt ganz klar eingeprägt, er war sich seiner bewußt und seines Wuchses, selbst wenn er ihn nicht anschaute. Als er weiterwanderte, entdeckte er etwas Seltsames: Der *Wald* war natürlich ein ferner Wald, und doch konnte er auf ihn zugehen, ja, er konnte sogar in ihn hineingehen, ohne daß er diesen besonderen Zauber verlor. Niemals zuvor hatte Tüftler in die Ferne wandern können, ohne sie in bloße Umgebung zu verwandeln. Dieser Zauber machte es beträchtlich reizvoller, das Land zu durchwandern; denn während man wanderte, erschlossen sich neue Fernen; so daß man doppelte, dreifache und vierfache Fernen hatte, doppelte, dreifache und vierfache Verzauberung. Man konnte weiter und weiter gehen und hatte ein ganzes Land in einem Garten oder in einem Bild (wenn man es lieber so nennen wollte). Man konnte weiter und weiter gehen, aber vielleicht nicht ewig. Denn da waren ja die *Berge* im Hintergrund. Ganz langsam kamen sie näher. Sie schienen nicht zu dem Bild zu gehören oder nur als ein Verbindungsglied zu etwas anderem, das flüchtig zwischen den Bäumen sichtbar wurde, eine weitere Stufe: ein neues Bild.

Tüftler wanderte weiter, aber er schlenderte nicht einfach einher. Er blickte aufmerksam um sich. Der *Baum* war fertig, allerdings war Tüftler noch nicht mit ihm fertig – »Genau umgekehrt, als es zu sein pflegte«, dachte er –, aber im *Wald* gab es ein paar nicht überzeugende Bereiche, die noch Arbeit und Nachdenken erforderten. Nichts mußte mehr geändert werden, nichts war soweit falsch gewesen, aber es mußte fortgesetzt werden bis zu einem bestimmten Punkt. Tüftler sah den Punkt, in jedem einzelnen Fall.

Er setzte sich unter einen sehr schönen fernen Baum – eine Variation des *großen Baumes,* aber doch von ganz eigener Art, oder er würde von ganz eigener Art sein, wenn man ihm ein wenig mehr Aufmerksamkeit schenkte –, und Tüftler überlegte, wo er mit der

Arbeit anfangen und wo er mit ihr auflhören sollte und wieviel Zeit wohl dafür nötig wäre. Er kam mit seinem Plan nicht so richtig voran.

»Natürlich!« rief er aus. »Ich brauche Paris! Er weiß so vielerlei über Bodenbeschaffenheit, Pflanzen und Bäume, und ich nicht. Dieser Fleck hier kann nicht einfach mein Privatpark bleiben. Ich brauche Hilfe und Rat: Die hätte ich schon früher haben sollen.«

Er stand auf und ging zu der Stelle, wo er mit der Arbeit beginnen wollte. Er zog seinen Rock aus. Dann sah er unten in einer kleinen geschützten Mulde, dem ferneren Blick entzogen, einen Mann, der etwas verwirrt um sich schaute. Er stützte sich auf einen Spaten, wußte aber offensichtlich nicht, was er tun sollte. Tüftler rief zu ihm hinunter: »Paris!«

Paris schulterte seinen Spaten und kam zu ihm herauf. Er hinkte immer noch ein wenig. Sie sagten nichts, sondern nickten nur, wie sie es früher zu tun pflegten, wenn sie sich auf der Straße trafen; aber jetzt wanderten sie gemeinsam umher, Arm in Arm. Ohne zu reden, waren sich Tüftler und Paris darüber einig, wo genau das kleine Haus mit dem Garten stehen sollte, das nötig schien.

Als sie zusammen arbeiteten, zeigte es sich deutlich, daß Tüftler jetzt besser als Paris seine Zeit einteilen und Dinge erledigen konnte. Seltsamerweise war es Tüftler, der ganz im Bauen und Gärtnern aufging, während Paris oft umherwanderte und Bäume betrachtete, und besonders den *Baum.*

Eines Tages war Tüftler damit beschäftigt, eine Weißdornhecke zu pflanzen, und Paris lag nahebei auf dem Rasen und betrachtete aufmerksam eine hübsche und schöngeformte gelbe Blume, die in dem grünen Gras wuchs. Vor langer Zeit hatte Tüftler eine Menge dieser Blumen zwischen die Wurzeln seines *Baumes* gesetzt. Plötzlich schaute Paris auf: Sein Gesicht glänzte in der Sonne, und er lächelte.

»Es ist großartig!« sagte er. »Eigentlich sollte ich gar nicht hier sein. Danke, daß Sie ein Wort für mich eingelegt haben.«

»Unsinn«, antwortete Tüftler. »Ich erinnere mich nicht, was ich gesagt habe, aber jedenfalls war es bei weitem nicht genug.«

»O doch, das war es«, sagte Paris. »Ich bin dadurch erheblich schneller herausgekommen. Diese *zweite Stimme*, wissen Sie: Er hat mich hergeschickt; er sagte, Sie hätten mich gern sehen wollen. Ihnen verdanke ich es.«

»Nein, Sie verdanken es der *zweiten Stimme*«, sagte Tüftler. »Wir beide verdanken es ihm.«

Sie lebten und arbeiteten weiterhin zusammen: Wie lange, weiß ich nicht. Es ist nicht zu leugnen, daß sie zuerst gelegentlich uneins waren, besonders, wenn sie müde wurden. Denn zuerst wurden sie manchmal müde. Sie stellten fest, daß sie beide das Stärkungsmittel mitbekommen hatten. Beide Flaschen trugen das gleiche Etikett: *Ein paar Tropfen vor dem Ausruhen mit Wasser aus der Quelle einnehmen.*

Sie fanden die *Quelle* im Herzen des *Waldes*; nur einmal vor langer Zeit hatte Tüftler sie sich ausgemalt, aber er hatte sie niemals gezeichnet. Jetzt begriff er, daß sie die Quelle des Sees war, der weit entfernt schimmerte, und daß alles, was im Lande wuchs, von ihr gespeist wurde. Die paar Tropfen gaben dem Wasser eine zusammenziehende Wirkung, machten es ziemlich bitter, aber belebend; und sie ließen den Kopf klar werden. Nachdem sie getrunken hatten, ruhte jeder für sich; und dann standen sie auf, und alles ging fröhlich weiter. Zu solchen Zeiten fielen Tüftler wundervolle neue Blumen und Pflanzen ein, und Paris wußte immer genau, wo sie hingesetzt werden mußten und wo sie am besten gediehen. Lang ehe das Stärkungsmittel alle war, hatten sie aufgehört, es zu brauchen. Paris hinkte nicht mehr.

Als sich ihre Arbeit dem Ende näherte, gönnten sie sich immer mehr Zeit zum Spazierengehen, und sie betrachteten die Bäume und die Blumen und Licht und Schatten und die Lage der Dinge. Manchmal sangen sie zusammen; aber Tüftler merkte, daß er jetzt seine Blicke immer öfter auf die *Berge* richtete.

Und es kam die Zeit, da das Haus in der Mulde, der Garten, der Rasen, der Wald, der See und das ganze Land auf ihre eigene Weise fast vollendet waren. Der *große Baum* stand in voller Blüte.

»Heute abend werden wir fertig werden«, sagte Paris eines Tages. »Danach wollen wir einen richtig langen Spaziergang machen.«

Am nächsten Tag machten sie sich auf den Weg, und sie gingen durch die Fernen, bis sie zum *Rand* kamen. Er war natürlich nicht sichtbar: Es gab keine Linie, keinen Zaun und keine Mauer; aber sie wußten, daß sie die Grenze jenes Landes erreicht hatten. Sie erblickten einen Mann, der wie ein Schäfer aussah, er kam ihnen entgegen, herab über die grasigen Abhänge, die zu den *Bergen* führten.

»Wollen Sie einen Führer?« fragte er. »Wollen Sie weitergehen?«

Für einen Augenblick fiel ein Schatten zwischen Tüftler und Paris, denn Tüftler wußte, daß er jetzt weitergehen wollte und (in einer Beziehung) auch weitergehen sollte. Aber Paris wollte nicht weitergehen und war auch noch nicht bereit zum Gehen.

»Ich muß auf meine Frau warten«, sagte Paris zu Tüftler. »Sie wird einsam sein. Ich hatte eigentlich angenommen, sie würden sie mir irgendwann nachschicken, wenn sie bereit wäre und ich alles für sie bereit hätte. Das Haus ist jetzt fertig, so gut wir es machen konnten; ich würde es ihr gern zeigen. Sie wird es noch besser machen können, nehme ich an: heimeliger. Ich hoffe, ihr wird dieses Land auch gefallen.« Er wandte sich an den Schäfer. »Sie sind ein Führer?« fragte er. »Könnten Sie mir sagen, wie dieses Land heißt?«

»Das wissen Sie nicht?« wunderte sich der Mann. »Es ist Tüftlers Land. Es ist Tüftlers *Bild,* oder das meiste davon: Ein wenig ist es jetzt auch Paris' Garten.«

»Tüftlers *Bild!*« sagte Paris erstaunt. »Haben Sie sich das alles ausgedacht, Tüftler? Ich wußte gar nicht, daß Sie so klug sind. Warum haben Sie mir das nicht gesagt?«

»Er hat schon vor langer Zeit versucht, es Ihnen zu sagen«, erklärte der Mann, »aber Sie wollten es nicht sehen. Damals hatte er nur Leinwand und Farbe, und Sie wollten Ihr Dach damit ausbessern. Sie und Ihre Frau pflegten das Tüftlers *Unsinn* zu nennen, oder *Diese Farbenkleckserei.*«

»Aber es sah auch nicht aus wie das hier, nicht *wirklich*«, meinte Paris.

»Nein, damals war es nur eine Andeutung«, erwiderte der Mann. »Aber Sie hätten die Andeutung verstehen können, wenn Sie jemals geglaubt hätten, daß der Versuch sich lohnen würde.«

»Ich habe Ihnen nicht viele Gelegenheiten gegeben«, sagte Tüftler. »Niemals habe ich versucht, es Ihnen zu erklären. Ich pflegte Sie *Alter Erdwühler* zu nennen. Aber was macht das schon? Jetzt haben wir zusammen gelebt und gearbeitet. Die Dinge hätten anders sein können, aber nicht besser. Immerhin fürchte ich, daß ich jetzt weitergehen muß. Wir werden uns wiedersehen, denke ich: Es muß noch vieles geben, was wir gemeinsam tun können. Leben Sie wohl!« Er schüttelte Paris herzlich die Hand: Eine gute, feste, ehrenhafte Hand schien es ihm zu sein. Er wandte sich um und schaute einen Augenblick zurück. Die Blüten des *Großen Baumes* leuchteten wie Flammen. Alle Vögel waren in den Lüften und sangen. Dann lächelte er, nickte Paris zu und ging mit dem Schäfer von dannen.

Jetzt würde er alles über Schafe lernen und über die Weiden im Hochland, er würde größere Himmelsweiten sehen und, stetig emporsteigend, den *Bergen* näher und näher kommen. Was dann aus ihm wurde, kann ich nicht erraten. Selbst in seinem alten Haus konnte der kleine Tüftler die fernen *Berge* ahnen, und sie fanden einen Platz in den Grenzen seines Bildes; aber wie sie wirklich sind und was hinter ihnen liegt, können nur jene sagen, die sie erklommen haben.

»Ich glaube, er war ein alberner kleiner Mann«, sagte Stadtrat Schulze. »Ein Taugenichts; ohne jeden Nutzen für die Gesellschaft.«

»Ach, ich weiß nicht«, meinte Müller, der nichts Bedeutendes war, bloß ein Schulmeister. »Ich bin nicht so sicher; es kommt darauf an, was Sie unter Nutzen verstehen.«

»Eben kein praktischer oder wirtschaftlicher Nutzen« sagte Schulze. »Allerdings hätte er wohl zu einem brauchbaren Rädchen von irgendeiner Art gemacht werden können, wenn ihr Schulmeister euer Geschäft besser verstündet. Aber das tut ihr nicht, und so bekommen wir nutzlose Leute von seiner Sorte. Wenn ich in diesem Lande etwas zu sagen hätte, würde ich ihm und seinesgleichen irgendeine Arbeit zuweisen, für die sie geeignet sind, Tellerwaschen in der Gemeindeküche oder derlei, und ich würde schon dafür sorgen, daß sie das richtig erledigen. Oder ich würde sie abschieben. *Ihn* hätte ich schon viel früher abschieben sollen.«

»Abschieben? Sie meinen, Sie haben ihn die Reise antreten lassen, ehe seine Zeit gekommen war?«

»Ja, wenn Sie diesen bedeutungslosen alten Ausdruck unbedingt gebrauchen müssen. Ihn durch den Tunnel auf den großen Müllhaufen befördern: Das habe ich gemeint.«

»Dann glauben Sie also, daß Malen gar nichts wert ist, nicht wert, erhalten oder verbessert zu werden oder auch nur Gebrauch davon zu machen?«

»Natürlich kann Malen auch nützlich sein«, sagte Schulze. »Aber mit seinem Malen konnte man nichts anfangen. Es gibt haufenweise Möglichkeiten für kühne junge Männer, die sich nicht vor neuen Ideen und neuen Methoden fürchten. Aber für dieses altmodische Zeug nicht. Heimlicher Träumer. Er hätte kein wirkungsvolles Plakat malen können, und wenn es dabei um sein Leben gegangen wäre. Immer bloß mit Blättern und Blumen herumspielen. Ich fragte ihn einmal, warum. Er sagte, er finde sie hübsch. Können Sie sich das vorstellen? *Hübsch*, sagte er! ›Was, Verdauungs- und Geschlechtsorgane von Pflanzen?‹ fragte ich ihn, und darauf wußte er nichts zu antworten. Alberner Fummler!«

»Fummler«, seufzte Müller. »Ja, der arme kleine Mann machte niemals etwas fertig. Nun ja, seine Leinwand wurde für ›bessere Zwecke‹ verwandt, nachdem er fort war. Aber ich bin nicht so sicher, Schulze. Erinnern Sie sich an das große Bild, das sie nach den Stürmen und Überschwemmungen benutzt haben, um das beschädigte Haus nebenan auszuflicken? Ich fand eine abgerissene Ecke davon in einem Feld. Sie war beschädigt, aber ein Berggipfel und ein Zweig mit Blättern waren noch zu erkennen. Es will mir nicht aus dem Kopf.«

»Aus was, bitte schön?« fragte Schulze.

»Von wem sprechen Sie eigentlich?« wollte Meier wissen, der um des lieben Friedens willen eingriff: Müller war nämlich ziemlich rot angelaufen.

»Es lohnt sich nicht, den Namen zu wiederholen«, sagte Schulze. »Ich weiß gar nicht, warum wir überhaupt von ihm sprechen. Er wohnte nicht in der Stadt.«

»Nein«, sagte Müller, »aber Sie hatten trotzdem ein Auge auf sein Haus geworfen. Darum sind Sie auch immer hingegangen und haben ihn besucht und sich über ihn lustig gemacht, während Sie seinen Tee tranken. Na ja, jetzt haben Sie sein Haus, und das in der Stadt auch, und so brauchen Sie ihm wirklich nicht seinen Namen zu mißgönnen. Wir sprachen von Tüftler, wenn Sie es wissen wollen, Meier.«

»Ach, der arme kleine Tüftler!« sagte Meier. »Ich wußte gar nicht, daß er gemalt hat.«

Das war wahrscheinlich das letzte Mal, daß Tüftlers Name in einer Unterhaltung vorkam. Müller hob indes den abgerissenen Fetzen auf. Das meiste davon zerfiel; aber ein schönes Blatt blieb heil. Müller ließ es rahmen. Später vermachte er es dem Städtischen Museum, und lange Zeit hing dort »Blatt, von Tüftler« in einem stillen Winkel, und ein paar Besucher bemerkten es. Aber schließlich brannte das Museum ab, und das Blatt und Tüftler waren in seinem Heimatland völlig vergessen.

»Es erweist sich in der Tat als sehr nützlich«, berichtete die *zweite Stimme.* »Für Ferien und zur Erholung. Für Rekonvaleszenten ist es großartig; und das nicht allein, denn für viele ist es die beste Einführung in die Berge. In manchen Fällen wirkt es Wunder. Ich schicke immer mehr Leute dahin. Es geschieht selten, daß sie zurückkommen müssen.«

»Ja, wirklich«, sagte die *erste Stimme.* »Ich glaube, wir müssen der Gegend einen Namen geben. Was schlagen Sie vor?«

»Das hat der Schaffner schon vor einiger Zeit getan«, sagte die *zweite Stimrne.* »›Zug nach Tüftlers Paris auf dem Kopfbahnsteig‹:

so hat er es jetzt schon eine ganze Weile ausgerufen. Tüftlers Paris. Ich habe den beiden eine Nachricht geschickt, damit sie es erfahren.«

»Und was haben sie gesagt?«

»Sie haben gelacht – gelacht, daß es von den Bergen widerhallte!«

Aus dem Hantempel

Jack Vance

Jack Vance, geboren 1916, gilt als einer der großen Altmeister von Science-fiction und Fantasy gleichermaßen. Sein 1950 erschienenes Buch The Dying Earth *(dt:.* Die Sterbende Erde*) machte ihn berühmt und gilt heute als einer der großen Klassiker der Fantasy. Ebenfalls zum Zyklus der »Sterbenden Erde« gehören die Bände* The Eyes of the Overworld *(1966; dt.:* Die Augen der Überwelt*),* Cugel's Saga *(1983; dt.:* Cugel der Schlaue*) und* Rhialto the Marvellous *(1984; dt.:* Rhialto der Wunderbare*). Vance verbindet in seinen besten Geschichten farbenprächtige, exotische Schilderungen mit feinsinnigen, ironischen Betrachtungen. Sein barocker, manierierter Stil weist ihn als einen der herausragenden Stilisten des Genres aus.*

In der Hektik der unvorhergesehenen Geschehnisse war Briar Kelly nicht mehr dazu gekommen, sich seiner Verkleidung zu entledigen. Das Abenteuer hatte eine unerfreuliche Wendung genommen. Er war nicht auf das Inferno vorbereitet gewesen, das losbrach.

Auf dem Weg zu dem merkwürdigen, düsteren Tempel in der Nordstadt war die Verkleidung wirkungsvoll genug gewesen. Kein Han hatte sich nach ihm umgedreht. Im Tempel aber war er allein und Maskerade überflüssig.

Es war ein seltsam beeindruckender Ort. Ein gotisches Strebewerk stützte die Decke; Statuen aller Arten füllten die Nischen entlang der Wände. Dicke schwarze Vorhänge dämpften das Licht der roten und grünen Lampen.

Kellys Nerven hatten vibriert, als er langsam den Mittelgang zu dem hohen schwarzen Spiegel am vorderen Tempelende entlangschritt. Mit fast hypnotischer Faszination beobachtete er sein größer werdendes Spiegelbild, das ihm aus klaren Tiefen entgegenkam. Kelly hätte genauer hingesehen, wäre da nicht das Juwel gewesen: eine Kugel kühlen grünen Feuers auf einem schwarzen Samtkissen.

In ehrfürchtigem Staunen hatte Kelly sie hochgenommen, hatte sie umgedreht – und plötzlich war die Hölle los. Rote und grüne Lichter flackerten, ein Alarmhorn brüllte wie ein wütender Stier. Rachgierige Priester strömten aus den Nischen hervor, und seine Verkleidung wurde zum Hemmnis. Der schwarze Röhrenmantel behinderte seine Schritte, während er den Gang entlang, die abgetretenen Stufen hinab und durch die übelriechenden Gassen zu seinem Flieger rannte. Als er sich jetzt über die Kontrollen beugte, brach der Schweiß unter der weißen Schminke hervor. Seine Haut juckte schier unerträglich.

Zehn Fuß unter ihm fiel die Schlammebene rasch zurück. Schmutziges gelbes Schilf peitschte gegen den Rumpf. Kelly drückte einen Ellbogen auf die Hüfte und spürte das harte Juwel. Die Berührung weckte gemischte Gefühle, vorrangig Besorgnis. Er ging noch etwas tiefer mit dem Flieger. »Weitere fünf Minuten so dicht über dem Boden, und ich kann nicht mehr geortet werden«, dachte Kelly. »In Bucktown bin ich einer von fünfzigtausend. Sie können mich wohl kaum aufspüren, außer Herli hält nicht den Mund oder Mapes …«

Er riskierte einen flüchtigen Blick auf den Bildschirm. Nordstadt war noch zu sehen, der Mont St. Michel hob sich schroff aus dem tristen Salzsumpf. Einzelheiten verloren sich in den Dunstschwaden, wie er so in den Himmel ragte, und schließlich verschwand er am Horizont. Kelly richtete die Nase des Fliegers auf, stieg tangential von der Planetenoberfläche, der heißen weißen Sonne Magra Taratempos entgegen.

Die Atmosphäre wurde dünner, der Himmel immer schwärzer, Sterne erschienen. Dort in der Ferne glänzte Sol, die gute alte Sonne, ein gelber Stern zwischen Sadal Suud und Sadal Melik im Aquarius – nur dreißig Lichtjahre bis nach Hause …

Kelly vernahm ein schwaches Rauschen. Das Licht wechselte von Weiß auf Rot. Er blinzelte, sah sich verwirrt um.

Magra Taratempos war verschwunden. Links berührte eine gigantische rote Sonne fast den Horizont; die Salzsümpfe unter ihm glühten in einem ungewohnten Weinrot.

Erstaunt schweifte Kellys Blick von der roten Sonne zum Planeten und zurück zum Firmament, wo noch Sekunden zuvor Magra Taratempos geschienen hatte.

»Ich bin verrückt geworden«, entfuhr es Kelly. »Oder …«

Vor etwa zwei oder drei Monaten hatte in Bucktown ein merkwürdiges Gerücht die Runde gemacht. Weil es nichts Besseres zum Lachen gab, witzelten die Neunmalklugen der Stadt darüber, bis es keiner mehr hören wollte.

Kelly, der als Computertechniker in der Astrogationsstation arbeitete, kannte das Gerücht. Demnach war einer dieser schwarzgewandeten, abweisenden, ewig mürrischen Hanpriester von einem betrunkenen Pollensammler angerempelt worden und in den Salzsumpf gestolpert. Wie eine Schildkröte hatte der Priester das weiße Gesicht aus der Mantelkapuze geschoben und im Kauderwelsch des Planeten gekrächzt: »Ihr beleidigt Hans Priester; ihr verhöhnt uns und den Namen des Großen Gottes. Die Zeit ist nah. Das Siebente Jahr steht bevor, und ihr gottlosen Erdlinge werdet versuchen zu fliehen, doch ihr werdet euch nirgendwo hinwenden können.«

So lautete die Geschichte. Kelly erinnerte sich an die selbstgefällige Begeisterung, mit der sie erzählt worden war. Er verzog das Gesicht und betrachtete besorgt den Himmel.

Die Fakten vor seinen Augen waren unleugbar. Magra Taratempos war verschwunden und eine neue Sonne in einem anderen Teil des Alls erschienen.

Ohne auf Radarerkennung zu achten, stieß er völlig aus der Atmosphäre. Die Sternbilder hatten sich verändert. Schwärze bedeckte das halbe Firmament, da und dort blitzte der einsame Funke eines Sternes oder schimmerte der Hauch einer fernen Galaxis. In der anderen Richtung erstreckte sich ein gewaltiger Lichtklecks über den Himmel, ein schmales, längliches Leuchten mit einer Wölbung in der Mitte, das Ganze mit einer unendlichen Zahl von winzigen Lichtpünktchen besprüht.

Kelly schaltete den Antrieb ab. Der Flieger glitt schwerelos dahin. Der leuchtende Klecks war eine Galaxis, wie man sie nur vom äußersten Rand aus sehen konnte. Mit wachsender Bestürzung blickte Kelly wieder hinab auf den Planeten. Im Süden sah er das dreieckige Plateau aus dem Sumpf ragen, und den Lenoresee bei Bucktown. Unten lag der Salzsumpf und weit oben im Norden der schroffe Felskomplex, wo die Han ihre Stadt hatten.

»Sehen wir den Tatsachen ins Auge«, murmelte Kelly. »Wenn ich nicht den Verstand verloren habe – und das habe ich meines Erachtens wirklich nicht –, wurde der ganze Planet zu einer neuen Sonne gebracht ... Ich habe ja schon viel Verrücktes gehört, doch das...«

Mit neuerlich flauem Gefühl spürte er das Gewicht des Juwels in seiner Tasche. Er war ziemlich sicher, daß die Hanpriester ihm nicht auf der Spur waren. Trotzdem ... Es waren Herli und Mapes in Bucktown gewesen, die ihn zu dieser Eskapade überredet hatten. Sie würden gewiß den Mund halten. Offiziell war er zu seinem Haus am Seeufer geflogen, und dort gab es niemanden, der ihn kommen und gehen sah … Er steuerte den Flieger hinunter nach Bucktown und landete eine halbe Stunde später bei seinem Haus am Lenoresee. Die Schminke hatte er inzwischen vom Gesicht gewischt, den Röhrenmantel über dem Sumpf abgeworfen, das Juwel aber drückte in der Tasche noch schwer gegen seinen Körper.

Das Haus, ein länglicher Aluminiumbau mit Flachdach und Glasfassade, erschien ihm seltsam und fremd in dem neuen Licht. Wachsam schritt er zur Tür. Er blickte nach rechts und links. Niemand, nichts Ungewöhnliches, war zu sehen. Er preßte das Ohr an die Tür. Nichts zu hören. Er schob sie auf, trat ein und überflog das Zimmer dahinter mit raschem Blick. Alles war, wie er es verlassen hatte.

Er ging auf den Videoschirm zu, dann blieb er abrupt stehen.

Das Juwel!

Er holte es aus der Tasche und betrachtete es zum erstenmal eingehend. Es war eine Kugel von der Größe eines Golfballs. In der Mitte loderte ein grelles grünes Feuer, das zur Oberfläche hin schwächer wurde. Es war unnatürlich schwer, ungewöhnlich faszinierend, bezaubernd schön. Wenn er es sich um den Hals von Lynette Mason vorstellte …

Das war jetzt wirklich nicht der Augenblick! Kelly wickelte es in Papier und stopfte es in ein leeres Dreiviertelliterglas. Hinter dem Haus wuchs eine alte Zottelrinde schräg aus dem schwarzen Humus und ragte wie ein grauer, zerfetzter Strandschirm über das Dach. Kelly scharrte ein Loch unter einer der gewölbten Wurzeln und vergrub darin das Juwel.

Im Haus trat er an den Schirm und streckte die Hand nach dem Schalter aus, um die Station anzurufen. Der Summer erklang … Kelly zog die Hand zurück.

Besser, wenn er sich nicht meldete.

Wieder ertönte der Summer – und wieder. Kelly hielt Atem an und blickte auf den dunklen Schirm.

Stille.

Er wusch sich den letzten Rest Schminke vom Gesicht, zog sich um, rannte hinaus, sprang in seinen Flieger und nahm Kurs nach Bucktown.

Bei der Landung auf dem Parkstreifen der Station sah er Herlis Wagen auf seinem gewohnten Platz. Mit einemmal fühlte er sich weniger verwirrt und elend. Die Station mit ihrer irdischen Technik und Verwaltung strahlte Sicherheit aus, ein Gefühl der Normalität. Gewiß würden die Erfindungsgabe und Dynamik, die den Menschen zu den Sternen gebracht hatten, auch das gegenwärtige Problem lösen können.

Oder nicht? Erfindungsgabe befähigte die Menschen, durchs Weltall zu reisen, würde aber versagen, wenn es galt, einen Planeten hunderttausend Lichtjahre entfernt in einer unbekannten Richtung zu orten. Und Kelly hatte immer noch sein eigenes Problem: das Juwel. Vor sein inneres Auge schob sich ein Bild: das Haus am See, der arg mitgenommene graue Schirm der Zottelborke und das glühende grüne Auge des heiligen Juwels unter der Wurzel. In seiner Vision sah er die schwarzvermummte Gestalt eines Hanpriesters vor dem Haus, und er erschrak beim Anblick des teigigen Gesichts …

Mit einem besorgten Blick auf die gigantische rote Sonne betrat Kelly die Station.

Das Verwaltungsbüro war unbesetzt; Kelly stieg die Treppe hinunter zur technischen Abteilung.

An der Tür hielt er an und blickte in den Raum, der das gesamte Obergeschoß einnahm. Rundum an den Wänden standen Arbeitstische, und darüber waren Fenster. Ein glänzender Zylinder führte durch die Decke herab und darunter befand sich der Projektionsschirm.

Vier Männer standen am Sternenkatalog und spielten Aufzeichnungen ab. Herli hob flüchtig den Kopf und wandte sich sofort wieder dem klickenden Mechanismus zu.

Merkwürdig. Herli müßte eigentlich interessiert sein und hätte ihn zumindest begrüßen sollen.

Kelly fühlte sich nicht wohl in seiner Haut, als er in den Raum trat. Er räusperte sich. »Also – ich habe es geschafft. Ich bin zurück.«

»Das sehe ich«, brummte Herli.

Kelly verstummte. Er warf einen Blick durchs Fenster hinauf zu der roten Sonne. »Was haltet ihr davon?«

»Wir haben nicht die leiseste Ahnung, wie es dazu gekommen ist. Wir gehen die Bänder durch in der unwahrscheinlichen Hoffnung, daß es aufgezeichnet ist.«

Wieder setzte Schweigen ein. Sie hatten sich unterhalten, ehe er den Raum betrat; Kelly sah es ihnen an.

Schließlich fragte Mapes mit gezwungenem Gleichmut: »Hast du die Nachrichten gesehen?«

»Nein«, erwiderte Kelly. »Nein, noch nicht.« Mapes Stimme klang vorwurfsvoll, und das hatte nichts mit der Versetzung des Planeten zu tun. Nach kurzem Zögern trat Kelly an den Schirm und betätigte den Nachrichtenkode.

Der Schirm leuchtete auf und zeigte einen Ausschnitt des Sumpfes. Kelly beugte sich vor. Von zwölf Schülern der Bucktown High School ragten dort nur die Köpfe heraus. Zahllose der kleinen, dreibeinigen Salzkrabben krochen eifrig auf ihnen herum; weitere tauchten aus dem Schlamm auf oder bahnten sich Tunnels zu den sich windenden Leibern.

Kelly konnte die Schreie nicht ertragen. Er streckte die Hand aus …

»Laß es an!« sagte Herli heftig – schärfer als Kelly ihn je hatte reden hören. »Gleich kommt die Meldung!«

Sie erfolgte umgehend – im raspelnden, tonlosen Pidgin der Hanpriester.

»Unter den fremden Eindringlingen befindet sich ein ruchloser Dieb. Er hat das Siebenjahrauge geraubt! Er soll sogleich herkommen und auf sich nehmen, was er verdient. Bis zu dem Zeitpunkt, da der Dieb das Siebenjahrauge eigenhändig zum Heiligen Tempel Hans zurückgebracht hat, wird stündlich ein weiterer der fremden Eindringlinge im Krabbensumpf eingegraben. Zaudert der Dieb, werden alle dieses Geschick erleiden, und das Ende der Erdlinge auf unserer Welt ist gekommen!«

Mapes fragte angespannt: »Hast du ihr Siebenjahrauge genommen?«

»Ja.« Kelly nickte benommen.

Herlis Kehle entrang sich ein würgender Laut. Er wandte sich ab.

»Ich weiß nicht, was über mich gekommen ist«, murmelte Kelly elend. »Da lag es – glühend wie ein kleiner grüner Mond ... Ich konnte nicht widerstehen.«

Herli quetschte hervor: »Worauf wartest du noch?«

Kelly drückte auf Knöpfe. Das Bild auf dem Schirm wechselte, ein Hanpriester blickte ihn durchdringend an.

»Ich habe euer Juwel gestohlen«, gestand Kelly. »Tötet keine weiteren Menschen. Ich bringe es euch zurück.«

Der Priester entgegnete: »Stündlich, bis zu deiner Ankunft, wird ein Erdling qualvoll sterben.«

Kelly beugte sich vor und schaltete mit heftiger Geste den Schirm aus. Zornig drehte er sich um.

»Starrt mich nicht so an! Gerade du bist nicht ganz unschuldig daran, Herli! Du hast gewettet, daß ich es nicht einmal bis in den Tempel schaffen würde! Und wenn irgendeiner von euch dort gewesen wäre, hätte auch er es genommen.«

Mapes brummte etwas Unverständliches. Herli ließ die Schultern hängen und wandte die Augen ab. »Vielleicht hast du recht, Briar.«

»Sind wir denn wirklich so hilflos? Warum haben wir uns nicht zur Wehr gesetzt, als sie sich diese zwölf Schüler holten?« fragte Kelly wütend. »Es gibt hier zwar etwa eine Million Han, aber immerhin auch fünfzigtausend von uns – und soviel ich weiß, verfügen sie über keine Waffen.«

»Sie haben das Kraftwerk besetzt«, erklärte Herli. »Ohne Energie können wir kein Wasser destillieren, können wir unsere Hydrokulturen nicht versorgen. Wir befinden uns in einer denkbar schlechten Lage.«

Kelly drehte sich um. »Lebt wohl, Freunde.«

Niemand antwortete. Langsam schritt er die Treppe hinunter und über den Parkstreifen zu seinem Flieger. Er spürte die Blicke im Rücken, die ihm aus dem Fenster folgten.

Er stieg ein, startete und verschwand in den Himmel mit Kurs zu seinem Haus am See, um das Siebenjahrauge unter der Zottelborke zu holen und dann im Orbitalflug in Süd-Nord-Richtung zur grauen Festung der Nordsiedlung zu fliegen, in deren Zentrum der dunkle Tempel stand.

Kelly landete den Flieger direkt vor dem Tempeleingang. Zur Vorsicht gab es keinen Grund mehr.

Er kletterte auf den Boden und schaute sich in dem seltsamen purpurnen Zwielicht um, das die Elendshütten der Stadt einhüllte. Ein Paar Han schlurften vorbei, und Kelly sah das Weiß ihrer Gesichter.

Er stieg schleppend die Tempelstufen hinauf und blieb unentschlossen am Tor stehen. Es wäre unklug, die Priester weiter zu provozieren. Sicher hatten sie vor, ihn zu töten; am besten, er reizte sie nicht weiter.

»Hallo!« rief er in das dunkle Innere und bemühte sich, seiner Stimme einen festen Klang zu geben. »Jemand da? Priester! Ich habe das Juwel zurückgebracht …«

Es erfolgte keine Antwort. Angespannt lauschend vernahm er ein fernes Murmeln. Die gedämpfte rote und grüne Beleuchtung trug nicht gerade dazu bei, daß er etwas zu erkennen vermochte, im Gegenteil. Der Boden war eigentümlich uneben. Er machte einen Schritt vorwärts – einen zweiten – noch einen – und trat auf etwas Weiches. Einen Augenblick lang sah er in ein weißes Gesicht. Der Boden war mit schwarzgekleideten Priestern bedeckt, die auf dem Bauch lagen.

Der Priester, auf den er getreten war, gab keinen Laut von sich. Kelly zögerte. Zeit verging … Er verdrängte seine Zweifel, seine Ängste, seine Unsicherheit in einen Winkel seines Gehirns und schritt vorwärts, ohne zu achten, worauf er trat.

Mit dem grünen Juwel in der Hand folgte er dem Mittelgang. Vor sich sah er das Schimmern des hohen schwarzen Spiegels, und dort, auf dem schwarzen Kissen, lag ein zweites Juwel, das dem in seiner Hand wie ein Ei dem anderen glich. Ein Hanpriester stand daneben, in seinem schwarzen Gewand einem Geist gleich, und beobachtete reglos den näher kommenden Erdling. Kelly legte das Juwel neben sein Pendant auf das Kissen.

»Da ist es. Ich habe es zurückgebracht. Tut mir leid, daß ich es nahm. Ich – nun, ich handelte unüberlegt.«

Der Priester hob das Juwel auf, drückte es unter das Kinn, als wolle er die Wärme des grünen Feuers spüren.

»Deine Unüberlegtheit hat fünfzehn Erdlingen das Leben gekostet.«

»Fü-fünfzehn?« stammelte Kelly. »Es waren doch zwölf …«

»Zwei Stunden sind vergangen, dafür mußten zwei weitere zum Krabbensumpf«, erklärte der Han. »Und du bist der fünfzehnte!«

Mit einer nicht sehr überzeugenden Arroganz sagte Kelly: »Ihr erlaubt euch viel – diese Morde …«

»Ich bin nicht mit deinen fremdartigen Ausdrücken vertraut«, entgegnete der Priester, »doch glaube ich, einen törichten, drohenden Unterton herauszuhören. Was könnt ihr paar Erdlinge gegen den Großen Gott Han ausrichten, der unseren Planeten nun durch die Galaxis versetzt hat?«

Kelly blinzelte benommen. »Euer Gott Han – hat den Planeten versetzt?«

»Gewiß. Er hat uns weit und für immer von der Erde zu dieser milden Sonne gebracht. Derart ist seine Dankbarkeit für unsere Gebete und den Tribut des Auges.«

Mit gespieltem Gleichmut sagte Kelly: »Ihr habt euer Juwel zurück; ich verstehe nicht, wieso ihr so aufgebracht seid …«

»Sieh her!« forderte der Priester ihn barsch auf. Kelly folgte seiner Geste und sah ein rechteckiges schwarzes Loch mit einer rechteckigen Einfassung aus glänzenden Steinen. »Dieser Schacht ist achtzehn Meilen tief. Jeder Priester Hans steigt einmal die Woche hinab zu seinem Grund und bringt einen Korb voll kristallisiertem Stellit herauf. Hin und wieder, in sehr seltenen Glücksfällen, stoßen sie auf einen Augenstein. Dann herrscht große Freude in der Stadt ... Ein solches Juwel hast du gestohlen!«

Kelly wandte den Blick vom Schacht. Achtzehn Meilen ... »Es war mir natürlich nicht bewußt, daß ...«

»Tut nichts zur Sache. Das Verbrechen wurde begangen. Jetzt befindet der Planet sich anderswo, und die ganze Macht der Erde kann die Bestrafung nicht verhindern, die wir für dich auserkoren haben.«

Kelly bemühte sich um eine feste Stimme. »Bestrafung? Was habt ihr vor?«

Hinter sich hörte er ein Rascheln und Schlurfen. Er blickte über die Schulter. Die schwarzen Mäntel schienen mit den Tempelvorhängen eins zu werden und die Hangesichter in der Luft zu schweben.

»Du mußt sterben«, antwortete der Priester. Kelly starrte in das weiße Gesicht. »Falls dich die Art deines Dahinscheidens interessiert ...« Der Priester zählte Einzelheiten auf, die Kellys Blut stocken und seinen Mund trocken werden ließen. »Dein Tod wird andere Erdlinge abschrecken, ähnliche Untaten zu begehen.«

»Ihr habt euer Juwel wieder«, protestierte Kelly, obwohl er wußte, wie sinnlos es war. »Dort ist es ... Wenn ihr mich töten müßt, dann tut es, aber ...«

»Seltsam«, sagte der Hanpriester. »Ihr Erdlinge fürchtet Schmerz mehr als alles andere. Diese Angst ist euer tödlichster Feind. Wir Han fürchten nichts ...«, er blickte zu dem hohen schwarzen Spiegel auf und verbeugte sich flüchtig, »... nichts außer unseren Großen Gott Han.«

Kelly blickte auf die schimmernde schwarze Oberfläche. »Was hat dieser Spiegel mit eurem Gott Han zu tun?«

»Das ist kein Spiegel, sondern das Portal ins Reich der Götter, und alle sieben Jahre muß ein Priester hindurchtreten, um Han das geweihte Auge darzubringen.«

Kellys Blick versuchte in die dunklen Tiefen des Spiegels einzudringen. »Was liegt dahinter? Welche Art von Reich?«

Der Priester würdigte ihn keiner Antwort.

Kelly entfuhr ein schrilles Lachen, das ihm selbst fremd war. Er warf sich nach vorn und schwang die Faust mit aller Kraft. Sie traf den Priester dort, wo sich beim Menschen das Kinn befand. Es gab einen knirschenden Laut. Der Priester wirbelte herum und sank in die Röhre seines Mantels.

Kelly wandte sich den Priestern auf dem Mittelgang zu, die sich wütend erhoben. Der Mut der Verzweiflung erfüllte ihn nun. Wieder lachte er schrill, bückte sich und nahm beide Juwelen vom Kissen. »Der Große Gott Han lebt hinter dem Spiegel, und für Juwelen versetzt er Welten. Ich habe zwei Juwelen, vielleicht wird Han einen Planeten für mich versetzen …«

Er sprang dicht an den schwarzen Spiegel heran, streckte die Hand aus und spürte einen weichen Widerstand wie einen Vorhang aus Luft. In plötzlicher Angst hielt er inne. Jenseits war das Unbekannte …

Die vordersten Hanpriester hatten ihn fast erreicht.

Da gab es kein Zaudern mehr. Wenn er durch den schwarzen Spiegel trat und starb, wenn er in luftleerem Raum erstickte – würde es wenigstens ein schneller, sauberer Tod sein.

Er lehnte sich vor, schloß die Augen, hielt den Atem an, trat hindurch …

Kelly hatte eine ungeheure Entfernung überwunden, die sich nicht in Meilen oder Stunden messen ließ, sondern in Maßeinheiten wie abstrakte, irrationale Vorstellungen.

Er öffnete die Augen. Sie funktionierten. Er war nicht tot … Oder doch …? Er machte einen Schritt vorwärts, spürte festen Boden unter den Füßen. Er blickte hinab, sah einen glasigen, schwarzen Grund, in dem winzige Funken sprühten und erloschen. Konstellationen? Universen? Oder lediglich – Funken?

Er tat einen neuerlichen Schritt: einen Fuß weit, eine Meile, ein Lichtjahr? Er wandelte mit der Leichtigkeit eines Träumers zum Rand eines Amphitheaters, eines Kessels wie ein Mondkrater. Ein weiterer Schritt, und er stand in der Mitte dieses Kessels. Er blieb stehen und versuchte sich klar zu werden, ob er auch wirklich wach war. Das Blut rauschte in seinen Adern. Er schwankte, wäre vielleicht gefallen, hätte es eine Schwerkraft gegeben. Doch es gab hier keine Gravitation. Seine Füße hafteten an der Oberfläche durch eine mysteriöse Kraft weit jenseits seiner Vorstellung. Das Rauschen des Blutes verstärkte sich. Es pochte in seinen Ohren. Er lebte!

Rasch schaute er hinter sich. Sein Blick verschwamm und er konnte nicht erkennen, was er sah. Er wandte sich wieder nach vorn und machte einen Schritt weiter ...

Nun spürte er die plötzliche, verärgerte Aufmerksamkeit gigantischer, überwältigender Wesenheiten.

Er sah sich auf dem glasigen Boden um. Ein minimaler Hauch wäßrig grauen Lichts von oben sammelte sich in der Höhlung, in der er stand. Der Raum war gewaltig, endlos, ohne Perspektive.

Jetzt nahm Kelly die Wesenheiten wahr, die er gestört hatte, das heißt, er *spürte* sie mehr, als er sie sah: Zwölf riesenhafte Formen ragten undeutlich vor ihm auf.

Eine dieser Wesenheiten sandte einen Gedanken aus, der den Raum überwand, sich in Kellys Bewußtsein drängte und sich in Worte wandelte:

»Was ist dieses Ding? Von wessen Welt kam es?«

»Von meiner.« Kelly blickte von Gestalt zu Gestalt, um vielleicht zu erkennen, welcher Gott Han war.

»Entferne es rasch ...« Ein Chaos von Eindrücken überschwemmte Kelly, für deren Deutung ihm die Worte fehlten. »Wir haben Wichtigeres ...« Erneut erfolgte eine Reihe von Vorstellungen, die in Kellys Verstand keine Bedeutung hatten. Er spürte, wie sich Hans Aufmerksamkeit auf ihn richtete. Wie gelähmt stand er und wartete auf den Tod, der zweifellos unmittelbar bevorstand.

Aber er hielt die Juwelen in den Händen, und ihr grünes Licht schien durch seine Finger. Hastig rief er: »Wartet, ich bin aus einem Grund hier. Ich möchte, daß ein Planet dorthin zurückversetzt wird, wohin er gehört, und ich habe Juwelen, um dafür zu bezahlen ...«

Er spürte den wachsenden Druck von Hans haßerfülltem Willen in seinem Kopf und stöhnte in hilfloser Pein.

»Warte«, kam ein ruhiger Gedanke, durch und durch klar und friedlich.

»Ich muß es vernichten«, wehrte Han ab. »Es ist der Feind meiner Juwelenbringer.«

»Warte«, äußerte sich ein weiterer der Schatten, und Kelly spürte einen Hauch von Widerstand gegenüber Han. »Wir müssen gerecht vorgehen.«

»Weshalb bist du hier?« fragte der friedvolle Führer.

Kelly antwortete: »Die Hanpriester morden Menschen meiner Rasse.«

»Ah!« kam ein gedanklicher Ausruf vom Antagonisten. »Hans Juwelenbringer begehen böse und widernatürliche Taten.«

Kelly spürte den ungeduldigen Gedanken eines weiteren Wesens. »Das ist nebensächlich. Han muß seine Juwelenbringer schützen.«

Und Kelly entnahm daraus, daß das Juwelenbringen eine große Bedeutung hatte und die Juwelen für die Existenz dieser Götter notwendig waren.

Der Antagonist beschloß, die Sache zum Streitfall zu machen. »Der Mißstand der Ungerechtigkeit, den Han herbeiführte, muß beseitigt werden!«

Der Führer dachte nach. Und dann empfing Kelly vom Antagonisten, wie er annahm, eine listige Idee. »Fordere Han zu einem ... heraus.« Das unverständliche Wort konnte nur »Zweikampf« bedeuten. »Ich werde dir helfen. Entspanne deinen Geist.« Kelly gelang es tatsächlich, sich allmählich zu entspannen, woraufhin er spürte, daß etwas wie ein nebelhafter Schatten in sein Gehirn drang, absorbierte, analysierte – nur den Bruchteil einer Sekunde lang. Dann endete die Berührung.

Kelly spürte, daß des Führers Geist zugunsten Hans schwankte. Hastig improvisierte er, so gut er konnte: »Führer, in einer Sage der Erde verirrte sich ein Mensch in das Land der Riesen. Als sie ihn töten wollten, forderte er einen von ihnen zum Zweikampf auf

Leben und Tod heraus. *»Mit drei Aufgaben«*, riet ihm ein fremder Gedanke. »Mit drei Aufgaben«, fügte er hinzu. »In der Sage siegte der Mensch und durfte in seine Heimat zurückkehren. Gewährt mir, mich auf ähnliche Weise mit Han in drei Aufgaben zu messen.«

Eine Gedankenflut brach los – beißende Verachtung von Han, selbstzufriedene Ermutigung vom Antagonisten, Belustigung vom Führer.

»Das ist ein barbarisches Konzept«, sagte der Führer. »Doch logisch betrachtet, ein gerechter Vorschlag, den wir annehmen. Du darfst dich in drei Aufgaben mit Han messen.«

»Warum so viel Zeit vergeuden?« fragte Han unwirsch. »Ich kann ihn in seine Atome auseinandernehmen.«

»Nein«, wehrte der Führer ab. »Die Entscheidung darf nicht auf der Basis eines reinen Machtkampfs fallen. Du und dieser Mensch seid unterschiedlicher Meinung über eine Sache, in der es kein fundamentales Recht oder Unrecht gibt. Das Wohlergehen seiner Mitmenschen steht gegen das Wohlergehen deiner Juwelenbringer. Da dies gleichwertig ist, wäre ein ungleicher Zweikampf nicht gerecht. Die Entscheidung muß auf einer Basis fallen, die keinen der Kontrahenten bewußt benachteiligt.«

»Stellen wir eine Aufgabe«, schlug der Antagonist vor. »Derjenige, der sie als erster löst, gewinnt.«

Han schwieg voll Verachtung. So formulierte der Führer eine Aufgabe – ein hochgestochenes Konzept mutipler Dimensionen und Quasizeit und einer Unzahl von Formeln, die weit über Kellys Verstand gingen.

»Das ist wohl kaum eine faire Aufgabe«, warf der Antagonist ein, »sie liegt ganz und gar außerhalb des Kenntnisstandes des Menschen. Laßt mich eine Aufgabe stellen.« Er legte Parameter dar, die Kelly zunächst verwunderten und ihm alsdann Hoffnung machten.

Vor einem Jahr hatte er sich diesem Problem in der Station gegenübergesehen. Es ging darum, fünfundzwanzig verschiedene Kommunikationsfrequenzen in einem Kanal unterzubringen, und es war erforderlich, einen Protonenstrahl an einem Satz aus fünfundzwanzig wechselwirkenden Magneten vorbei zum hinteren Ende eines Frequenzfilters zu lenken. Die Lösung war denkbar einfach – Abgleichung des Gleichrichteroutputs und ein Spannungspotential – und doch hatte sie die Stationscomputer zwei Monate lang beschäftigt. Kelly war diese Lösung so vertraut wie sein Name.

»Beeil dich!« drängte der heimliche Gedanke des Antagonisten.

Kelly sprudelte die Antwort heraus, was eine Welle des Erstaunens auslöste. Er konnte ihre mißtrauischen Blicke spüren.

»Du bist wahrlich flink«, stellte der Führer verblüfft fest.

»Die zweite Aufgabe!« rief der Antagonist. Wieder formulierte er eine aus Kellys Erfahrung. Diese betraf das Verhalten von Positronen in der sekundären Schicht eines Sternes aus einem Haufen von sechs, alle mit vorgegebener Temperatur und Masse. Und diesmal reagierte Kelly sogar noch schneller. Die Lösung kam wie aus der Pistole geschossen – trotzdem nur knappe Sekunden vor Han.

Han entrüstete sich. »Wie kann dieses kleine, fleischliche Gehirn schneller sein als mein kosmisches Bewußtsein?«

»Wie kommt das?« fragte der Führer. »Wie kannst du so schnell rechnen?«

Kelly suchte verzweifelt nach einer Erklärung und brachte schließlich die lahme Behauptung zuwege: »Ich muß nicht rechnen. Mein Gehirn enthält eine Masse von Zellen, deren Moleküle die Aufgaben simulieren. Sie bewegen sich augenblicklich, lösen das Problem und formulieren es.«

Besorgt hielt er den Atem an, doch die Antwort schien die Gruppe zufriedenzustellen. Diese Wesen – oder Götter, falls sie das waren –, konnten sie wirklich so naiv sein? Nur der Antagonist ließ komplexe Motive erkennen. Han war alt, spürte Kelly, von gewaltiger Macht und einem harten, unbeugsamen Wesen. Der Führer war absolut ehrfurchtgebietend, von unendlichem Gleichmut wie das All selbst.

»Was jetzt?« fragte der Antagonist. »Wird eine dritte Aufgabe gestellt, oder soll der Mensch zum Sieger erklärt werden?«

Kelly wäre durchaus zufrieden gewesen, es dabei zu belassen, doch das war nicht im Sinne des Antagonisten.

»Nein!« Hans Gedanken donnerten fast hörbar. »Wegen der lächerlichen Abnormität im Gehirn dieser Kreatur soll ich sie als mir überlegen anerkennen? Ich kann sie mit einem Gedanken durch tausend Dimensionen schleudern, sie auslöschen und jede Erinnerung daran ...«

»Vielleicht, weil du eine Wesenheit bist«, spottete der Antagonist, »und aus purem ...« – ein weiteres verwirrendes Konzept, eine Mischung aus Energie, Göttlichkeit, Macht, Intelligenz. »Der Mensch dagegen ist nur eine Kombination von Atomen und bewegt sich aufgrund der Oxydation von Kohlenstoff und Wasserstoff. Wenn du wie er wärst, könnte er sich dir auf ebenbürtigerer Ebene stellen. Mann gegen Mann, beispielsweise.«

Eine plötzliche Spannung ließ die Atmosphäre erstarren. Hans Gedanken kamen grübelnd, zum erstenmal von Zweifel begleitet.

»So möge dies denn die dritte Aufgabe sein«, bestimmte der Führer gemessen. Han zuckte mental die Schultern. Einer der gigantischen Schatten schrumpfte, verdichtete sich, wirbelte in menschliche Gestalt, wurde fest und stand schließlich Kelly in menschlicher Form gegenüber, doch in grüner Phosphoreszenz glühend wie das Herz des Siebenjahrauges.

Der geheime Gedanke des Antagonisten erreichte Kelly: »Nimm das Juwel an seinem Nacken an dich!«

Kelly musterte die sich langsam nähernde Gestalt. Sie war genau von seiner Größe und seinem Körperbau und nackt, aber sie strahlte ein übermenschliches Selbstvertrauen aus. Das Gesicht war verschwommen, und Kelly war später nie imstande, es zu beschreiben. Er riß den Blick davon los.

»Wie wollen wir kämpfen?« fragte er, während Schweiß von seinem Körper tropfte. »Nach festen Regeln – oder ist alles erlaubt?«

»Mit allen Waffen des Körpers«, bestimmte der Führer ruhig. »Han hat nunmehr genau wie du ein körperliches Empfindungsvermögen. Wenn du seinen Körper tötest oder bewußtlos schlägst, gewinnst du. Verlierst du dagegen, werden wir über dein Geschick entscheiden.«

»Aber angenommen, er tötet mich« protestierte Kelly, doch niemand schien es zu hören.

Mit funkelnden Augen stürmte Han auf ihn zu. Kelly machte einen Schritt zurück und ließ versuchsweise die Linke vorschnellen. Han griff an. Kelly schlug heftig zu, rammte dem Gegner das Knie in den Leib, hörte ihn ächzen. Han fiel, war jedoch sogleich wieder auf den Beinen. Ein befriedigendes Prickeln rann über Kellys Rücken. Zuversichtlicher tänzelte er vorwärts und verteilte Schläge mit der Linken und der Rechten. Han sprang heran und klammerte die Arme um Kellys Oberkörper. Er begann zu drücken, und Kelly bekam die übermenschliche Kraft in diesen grünglühenden Armen zu spüren.

»Das Juwel!« erinnerte ihn ein verstohlener Gedanke. Funken explodierten vor Kellys Augen, seine Rippen knackten. Er schlang verzweifelt einen Arm um Hans Hals. Seine Finger spürten einen harten Auswuchs am Nacken, er krallte die Nägel darunter und es gelang ihm, das Juwel herauszureißen.

Ein schriller Schrei unendlichen Schmerzes und Entsetzens – und der Gott-Mensch verpuffte in schwarzen Rauch, der wild in der Dunkelheit hin und her wogte. Er wallte um Kelly, und dünne, winzige Schwaden schienen der Hand das Juwel entreißen zu wollen. Doch sie hatten keine große Kraft, und Kelly stellte fest, daß er sie allein mit der Macht seines Geistes vertreiben konnte.

Plötzlich erkannte er die Funktion des Juwels. Es war der Brennpunkt für den Gott. Es zentralisierte die unzähligen Kräfte. Ohne das Juwel war der Gott ein orientierungsloser Geist, ein Chaos irrationaler Impulse, machtlos.

Kelly spürte die triumphierenden Gedanken des Antagonisten. Und er selbst empfand einen Stolz, wie er ihn bisher noch nie gekannt hatte. Der unbewegte Kommentar des Führers brachte ihn wieder zu sich.

»Du hast offenbar den Kampf für dich entschieden.« Eine Pause setzte ein. »Da keine Opposition mehr besteht, brauchst du deine

Wünsche nur zu äußern, und wir werden sie erfüllen.« Kein Bedauern für den dezentralisierten Han schwang aus den Gedanken. Der schwarze Rauch löste sich auf. Han war nur noch eine Erinnerung. »Du hast uns schon zu lange aufgehalten. Wir müssen dieses Problem lösen …« Kelly verstand nun vage das inzwischen vertraute Gewirr von Ideen. Es schien, daß ein Universenhaufen, der von einer ebenso mächtigen oder sogar noch mächtigeren Bewußtheit als diese Wesenheiten bewohnt war, sich auf tangentialem Kurs bewegte, der gegenseitiges Eindringen ermöglichte.

»Nun«, sagte Kelly, »ich möchte, daß ihr den Planeten, von dem ich gerade kam, in seinen alten Orbit um Magra Taratempos zurückversetzt.«

Der Führer machte eine kaum merkliche Geste. »Die Welt, von der du sprichst, ist in ihre ursprüngliche Laufbahn zurückgekehrt.«

»Aber angenommen, die Hanpriester kommen hierher und bitten euch, sie wieder zu ändern?«

»Das Portal gibt es nicht mehr. Han hat es offengehalten. Als Han sich auflöste, schloß es sich … Ist das alles, was du dir wünschst?«

Kellys Gedanken überschlugen sich. Dies war seine große Chance. Reichtum, Unsterblichkeit, Macht, Wissen … Doch irgendwie blieben die Gedanken vage – unnatürliche Gaben waren fluchbeladen.

»Ich würde gern sicher nach Bucktown zurückkehren …«

Übergangslos befand Kelly sich im grellen Licht der äußeren Welt. Er stand auf dem Hügel von Bucktown und atmete die salzige Luft der Sümpfe. Über allem strahlte eine heiße, weiße Sonne – Magra Taratempos!

Er wurde sich etwas Hartem in seiner verkrampften Hand bewußt: das Juwel, das er aus Hans Nacken gerissen hatte. Zwei ähnliche Steine befanden sich in seiner Tasche.

Über die Dächer der Stadt hinweg sah er den hellblauen Stahlkomplex der Station. Was sollte er Herli und Mapes erzählen? Würden sie ihm die Wahrheit glauben? Er blickte auf die drei Juwelen. Zwei konnte er auf der Erde für ein Vermögen verkaufen. Das eine aber, das im hellen Sonnenschein gleißte, war für Lymette Masons anmutigen sonnengebräunten Hals.

Rump-Titty-Titty-Tum-Tah-Tee

FRITZ LEIBER

Fritz Leiber (1910–1992) ist für die Entwicklung der Science-fiction wie der Fantasy von Bedeutung, in beiden Genres wurde er mehrfach mit Preisen ausgezeichnet. Am bekanntesten im Fantasy-Bereich dürfte fraglos der sogenannte Schwerter-Zyklus mit den ungleichen Verbündeten Fafhrd, einem nordischen Barbaren, und seinem listenreichen Helfer, dem Grauen Mausling, sein. Intelligenz und Witz heben diesen Zyklus weit über die Masse anderer Heroic-Fantasy-Sequenzen hinaus. Daneben verfaßte Leiber herausragende SF-Romane, für die stellvertretend The Wanderer *(1964) erwähnt werden soll, die Geschichte eines Planeten, der von außerirdischen Intelligenzen ins Sonnensystem gesteuert wird – mit verheerenden Folgen für die Zivilisation. Als Leibers bester Roman gilt der mit dem World Fantasy Award ausgezeichnete* Our Lady Of Darkness *(1977).*

Einst, als just einen Augenblick lang alle Moleküle auf der Welt und im kollektiven Unterbewußtsein sehr instabil wurden, so daß für einen Moment etwas aus der Vergangenheit oder der Zukunft oder von anderen Orten herüberschlüpfen konnte, waren sechs sehr bedeutende Intellektuelle im Studio von Simon Grue, dem Improvisationskünstler, versammelt.

Da war Tally B. Washington, der Jazz-Schlagzeuger. Er trommelte leise auf einer aus einem ausgehöhlten Baumstamm gefertigten afrikanischen Buschtrommel und sinnierte über eine Komposition, die er »Duett für Wasserhammer und pfeifenden Wasserhahn« nennen wollte.

Da waren Lafcadio Smits, der Innenarchitekt, und Lester Phlegius, der Industriedesigner. Sie plauderten höchst intellektuell miteinander, während sich beide gleichzeitig von Herzen wünschten, ihnen würde ein wirklich gefälliges Muster für modernistische Tapeten beziehungsweise ein wirklich neues Motiv für industrielle Werbung einfallen.

Da waren Gorius James McIntosh, der klinische Psychologe, und Norman Saylor, der Kulturanthropologe. Gorius James McIntosh trank Whisky und wünschte sich, es gäbe einen psychologischen Test, der einen Patienten bedeutend weiter öffnen würde als der Rorschach, während Norman Saylor Pfeife rauchte und nichts Spezielles dachte oder trank.

Es war ein sehr langes, sehr breites, sehr hohes Studio. Das mußte es auch sein, damit auf dem Fußboden genügend Platz für eine von Simon Grues Riesenleinwänden war – um Längen und Breiten die beeindruckendsten Exponate jeder Ausstellung – sowie genügend Platz unter der Decke für ein sehr hohes, sehr stabiles Gerüst.

Auf der derzeitigen Leinwand prangte nicht ein Klecks Farbe, kein Fleck, kein Spritzer, kein Tropfen, abgesehen von der weißen Grundierung. Oben auf dem Gerüst befanden sich Simon Grue und siebenundzwanzig große Farbeimer und neun Pinsel, jeder davon 20 Zentimeter breit. Simon Grue stand kurz davor, einen weiteren Zufall zu produzieren – einen halb gesteuerten Zufall, genauer gesagt. Jeden Moment würde er einen Pinsel in einen der Farbeimer tauchen, damit über seine rechte Schulter ausholen und ihn locker aus dem Handgelenk nach vorn und unten schnellen lassen, so als würde er mit einer Peitsche knallen, und dann würde – platsch – ein riesiger Farbkleks auf der Leinwand landen und sich dort zu einem willkürlichen, beliebigen, unvorhersehbaren, spontanen und daher fünffach zufälligen Muster ausbreiten, das das Kernstück der Komposition bilden und Form und Rhythmus vieler, vieler weiterer Kleckse und vielleicht sogar einiger impulsiver Pinselstriche bestimmen würde.

Als sich der Rhythmus von Simon Grues Schritten beschleunigte, blickte Norman Saylor auf, allerdings ohne sich besorgt zu zeigen. Gewiß, Simon war dafür bekannt, gelegentlich nicht nur seine Leinwände, sondern auch seine Freunde vollzuklecksen, aber aus diesem Grunde trug Norman in weiser Voraussicht ein ausgeblichenes Hemd, alte Turnschuhe und einen abgewetzten Tweedanzug aus seinen Tagen als Doktorand, während nur eine Armeslänge entfernt sein Anglerhut lag. Norman Saylor und sein Sessel hielten sich dicht an der Wand, wie auch die anderen vier Intellektuellen es taten. Die derzeitige Leinwand war außergewöhnlich groß, selbst für Simon.

Simon seinerseits, der hoch oben auf seinem Gerüst auf und ab tigerte, erlebte gerade die überwältigende schöpferische Trunkenheit und visionäre Befreiung, die nur ein Improvisationskünstler in der großen Tradition von Wassily Kandinsky, Robert Motherwell und Jackson Pollock erleben konnte, während er gute sechs Meter über einer leeren, perfekt vorbereiteten Leinwand stand. In Augenblicken wie diesen war Simon ganz besonders dankbar für diese wöchentlichen Zusammenkünfte. Dafür, daß seine fünf engen Freunde halfen, die richtige intellektuelle Umgebung zu schaffen. Er lauschte freudig dem hohl klingenden, rhythmischen Getrommel von Tallys Musik, dem vielsilbigen Auf und Ab von Lesters und Lafcadios Unterhaltung, dem Gluckern von Gorius' Whiskyflasche und beobachtete ebenso freudig die mystisch wabernden Rauchschwaden aus Normans Pfeife. Sein ganzes Wesen,

Emotionen wie Verstand, war eine leere Tafel, bereit für den Kuß des Universums.

Zur selben Zeit rückte der Augenblick, in dem alle Moleküle auf der Welt und im kollektiven Unterbewußtsein instabil wurden, immer näher und näher.

Tally B. Washington, der noch immer auf seiner Buschtrommel trommelte, war gefangen in einem Gefühl der Bedrückung und angespannten Erwartung, das man fast schon (aber nicht ganz) als düstere Vorahnung hätte bezeichnen können. Einer von Tallys Vorfahren, sieben Generationen zurück, war ein Medizinmann der Dahomey gewesen, was das afrikanische Äquivalent eines Intellektuellen mit künstlerischen und psychiatrischen Neigungen war. Wie die Familienfama halb scherzhaft, halb ernsthaft zu berichten wußte, hatte dieser Ur-ur-ur-ur-urgroßvater von Tally eine Beschwörungsformel erfunden, die die ganze Welt »fesseln« und in ihren Zauberbann schlagen konnte, doch er war dahingeschieden, bevor er diesen Zauber ausprobieren oder an seine Söhne weitergeben konnte. Tally war höchst skeptisch, was derartige Eingeborenenmagie anging, aber er dachte natürlich doch von Zeit zu Zeit wehmütig daran, besonders wenn er auf seiner afrikanischen Buschtrommel trommelte und nach einem neuen Rhythmus suchte. Dieses wehmütige Gefühl übermannte ihn auch jetzt, geboren aus der Bedrückung und angespannten Erwartung, die er empfand, und sein Verstand wurde zu einer ebenso leeren Tafel wie Simons.

Der instabile Augenblick kam.

Simon griff sich einen Pinsel und tauchte ihn tief in den Eimer mit schwarzer Farbe. Gewöhnlich benutzte er Schwarz, wenn überhaupt, nur für den letzten Klecks, aber diesmal verspürte er den impulsiven Drang, es einmal umzukehren.

Unvermittelt hoben sich Tallys Handgelenke in die Höhe, die Hände selbst schlaff herunterbaumelnd, beinahe wie bei einer Marionette. Es folgte eine dramatische Pause. Dann sausten seine Hände ebenso unvermittelt wieder herab und schlugen laut und voller Inbrunst eine Phrase auf der Buschtrommel.

Rump-titty-titty-tum-TAH-tee!

Simon ließ seinen Pinsel vorschnellen, und Farbe segelte im freien Fall durch die Luft und landete in einer schnellen Folge von Platsch-platsch-Platschern, der exakten Kopie von Tallys Trommelphrase, auf der Leinwand.

Rump-titty-titty-tum-TAH-tee!

Fasziniert vom Gleichklang der beiden Geräusche, aber auch mit einem etwas unbehaglichen Kribbeln im Nacken, erhoben sich die fünf Intellektuellen von ihren Sesseln und starrten auf die Leinwand, während Simon von seinem Gerüst herabschaute wie Gott nach dem ersten Schöpfungsakt.

Der fette schwarze Spritzer auf dem weißen Untergrund war in sich selbst eine exakte Kopie von Tallys Phrase, Bild gewordener Ton, Musik transponiert in ein visuelles Muster. Zuerst war da ein fetter, rundlicher Klecks – das war das Rump. Dann folgten zwei zarte, vielzüngige Spritzer – das waren die Tittys. Dann noch mal ein kleineres Rump, das das Tum darstellte. Anschließend folgte ein fetter Klecks in Form einer verbogenen Speerspitze, nicht so groß wie das Rump, aber wesentlich nachdrücklicher – das TAH. Als letztes folgte ein unbeschreiblich kringeliger und weit gestreuter kleiner Spritzer, der irgendwie genau auf das Tee zu passen schien.

Das gesamte Klecksmuster glich der getrommelten Phrase wie ein eineiiger Zwilling, der in einer anderen Umgebung aufgewachsen war, und war so faszinierend wie ein urzeitliches Symbol, das neben den Büffelzeichnungen in einer Cro-Magnon-Höhle entdeckt wurde. Die sechs Intellektuellen vermochten kaum, ihren Blick davon loszureißen, und als sie es schließlich taten, dann nur, um sich in anderer Weise damit zu beschäftigen, während sich in ihren Köpfen alle möglichen neuen Projekte tummelten.

Es war gänzlich undenkbar, daß Simon auch nur noch einen weiteren Kleckser auf die Leinwand brachte, bis diese erste, atemberaubende Leistung nicht gänzlich verdaut und ausgelotet war.

Simons Weitwinkelkamera kam auf dem Gerüst zum Einsatz,

und die Negative wurden umgehend entwickelt, damit sogleich in der Dunkelkammer, die an das Studio angrenzte, Abzüge davon gemacht werden konnten. Jeder von Simons Freunden trug wenigstens ein Foto bei sich, als sie schließlich nach Hause aufbrachen. Sie grinsten einander an wie Männer, die ein unerklärliches, doch bedeutsames Geheimnis teilten. So mancher von ihnen holte auf dem Heimweg seinen Abzug aus der Manteltasche hervor und betrachtete ihn eingehend.

Bei der Zusammenkunft in der nächsten Woche gab es viel zu erzählen. Tally hatte die Phrase bei einer privaten Jam-Session und bei seinem Live-Radio-Jazzkonzert vorgestellt. Die Jam-Session hatte geschlagene zwei Stunden über diese Phrase improvisiert, und die Musiker waren ganz aus dem Häuschen gewesen, als Tally ihnen schließlich das Foto dessen, was sie gespielt hatten, zeigte, während die Reaktion auf das Radiokonzert Tally einen neuen Sponsor mit einer dicken Brieftasche einbrachte.

Gorius McIntosh hatte phänomenale Resultate damit erzielt, den Klecks als Rorschach-Test einzusetzen. Seine Starpatientin hatte ihr eingebildetes inzestuöses Baby darin gesehen und in dieser einen Sitzung mehr von sich preisgegeben als in allen einhundertvierzig vorangegangenen zusammen. Bei zwei weiteren Analysen waren hartnäckige Blockaden endlich erfolgreich durchbrochen worden, während drei Katatoniker in einer staatlichen Irrenanstalt aufgestanden waren und getanzt hatten.

Lester Phlegius erklärte verhalten, daß er »etwas in der Art des Kleckses, aber nicht wirklich ähnlich« (wie er sagte) als Blickfang bei einer demnächst erscheinenden Werbekampagne für Industriedesign im Alltag benutzte.

Lafcadio Smits, der schon weit länger und schamloser Muster von Simon stahl, verkündete unverfroren, daß er den Klecks als Siebdruckmuster auf Leinen kopiert hätte. Das Muster verkaufte sich in fünf exklusiven Geschenkboutiquen wie warme Semmeln, und just in diesem Moment schufteten in Lafcadios Loft drei Frauen, um Nachschub herzustellen. Er wappnete sich gegen eine Schimpfkanonade von Simon, indem er im Geiste noch einmal das verlockende Angebot aufsagte, das er ihm zu machen gedachte und bei dem es um Prozente von Prozenten ging, doch der Improvisationskünstler schien mit seinen Gedanken ganz woanders. Er mutete seltsam bedrückt an.

Das neue Bild war seit jenem ersten Klecks nicht mehr vorangekommen.

Norman Saylor nahm ihn beiseite und fragte ihn danach.

»Ich habe eine Art künstlerische Blockade«, gestand ihm Simon erleichtert. »Wann immer ich zum Pinsel greife, bekomme ich es mit der Angst zu tun, ich könnte die packende Wirkung dieses ersten Kleckses zunichte machen, und dann lasse ich es sogleich wieder.« Er machte eine kurze Pause. »Da ist noch etwas – ich habe einige Blatt Papier ausgelegt und ein paar kleine Probekleckse versucht. Sie sahen alle haargenau wie der große aus. Wie es scheint, will mir mein Handgelenk einfach keinen anderen geben.« Er lachte nervös. »Und wie setzt du dieses Ding nutzbringend ein, Norm?«

Der Anthropologe schüttelte den Kopf. »Ich studiere es einfach nur, versuche, es in das Kontinuum primitiver Zeichen und universeller Traumsymbole einzuordnen. Es reicht sehr weit zurück. Aber was deine Blockade betrifft und deine ... ähm ... eingebildete Limitierung – ich würde einfach jeden Morgen dort hinaufklettern und fröhlich herumklecksen. Der große Klecks wurde fotografiert, du kannst ihn nicht verlieren.«

Simon nickte zweifelnd, dann schaute er auf sein Handgelenk und umfaßte es eilig mit seiner anderen Hand, um es ruhig zu halten. Es hatte in einem vertrauten Rhythmus gezuckt.

Wenn die Stimmung bei jener Zusammenkunft nach der ersten Woche enthusiastisch war, so war sie nach der zweiten Woche euphorisch. Tallys neues Trommelthema hatte einen musikalischen Trend mit dem Namen »Drum 'n' Drag« geboren, der versprach, ein ernstzunehmender Konkurrent des Rock 'n' Roll zu werden, während der Schlagzeuger selbst in zwei Tagen als Gast bei einer Fernsehshow auftreten sollte. Seine einzige Sorge war, daß ihm bislang kein neues Thema eingefallen war. Alle Drum 'n' Drag-

Stücke basierten auf Wiederholungen oder bestenfalls Weiterentwicklungen der ursprünglichen Trommelphrase. Tally erwähnte außerdem mit einer gewissen scheuen Zurückhaltung, daß einige hartgesottene Jazzer dazu übergegangen waren, einander mit einem vierhändigen Klatschspiel mit dem Rhythmus Rump-titty-titty-tum-TAH-tee zu begrüßen.

Gorius McIntosh sorgte in psychiatrischen Kreisen für Wirbel mit seinen erstaunlichen Erfolgen bei der Öffnung von hartnäckigen Fällen, bei denen bislang eine Lobotomie als einzig nutzbringende Therapie gegolten hatte. Kollegen mit Doktortiteln hörten auf, das schlichte »Mister« in seinem Namen zu betonen, während andere ihn spontan als »Doktor« ansprachen, wenn sie ihn um Kopien des McSPAT (McIntosh's Splatter Pattern Apperception Test oder auch Klecksmuster-Apperzeptionstest) anbettelten. Sein Name wurde in Verbindung mit der stellvertretenden Direktorenstelle der Klinik erwähnt, in der er als einfacher Psychologe arbeitete. Man hatte ihm außerdem berichtet, daß einige Patienten in der staatlichen Irrenanstalt angefangen hätten, spielerisch mit ihren Fäusten aufeinander einzutrommeln, während sie fröhlich eine Kauderwelschvariante der ursprünglichen Phrase, zum Beispiel »Bump-biddy-biddy-bum-TAH-be!«, plapperten. Die Ähnlichkeit mit dem Verhalten von Tallys Jazzern wurde von den sechs Intellektuellen durchaus bemerkt und angesprochen.

Der erste von Lester Phlegius' Blickfängern (natürlich identisch mit dem Klecks) war mittlerweile erschienen und auf eine höchst positive Resonanz gestoßen, was vornehmlich bedeutete, daß das Sekretariat seines Kunden mindestens ein Dutzend neugierige Anrufe von Direktoren und Präsidenten anderer Unternehmen aus der Branche erhalten hatte. Lafcadio Smits konnte berichten, daß er einen zweiten Loft angemietet hatte, seine Produktpalette auf Kleiderstoffe, Seidenkrawatten, Lampenschirme und Tapeten ausweitete und derzeit höchst profitable Lizenzverträge mit mehreren Herstellern aushandelte. Abermals überraschte Simon Grue ihn damit, daß er nicht Zeter und Mordio schrie und seinen zustehenden Anteil verlangte. Der Improvisationskünstler schien diesmal noch geistesabwesender als in der Woche zuvor.

Als er sie aus dem Wohnzimmer hinüber in das Studio führte, verstanden sie auch, warum.

Es war, als hätte der ursprüngliche große Klecks Junge bekommen. Dutzende von kleineren Klecksen umgaben und überlagerten ihn. Alle Farben des sorgfältig ausgewählten künstlerischen Spektrums waren vertreten, vermischten sich miteinander und betonten einander aufs Vortrefflichste. Aber jeder einzelne war eine haargenaue, wenn auch auf die Hälfte oder weniger verkleinerte Kopie des ursprünglichen großen Kleckses.

Lafcadio Smits wollte zuerst nicht glauben, daß Simon sie locker aus dem Handgelenk vom Gerüst aus erschaffen hatte. Selbst als Simon ihm Details zeigte, die bewiesen, daß es sich nicht um eine Schablonenvorlage gehandelt haben konnte, wollte Lafcadio es immer noch nicht so recht glauben, denn er war nur zu gut mit den Methoden vertraut, um Massenprodukten den Anschein von Handarbeit und Spontanität zu verleihen.

Doch als Lafcadio widerstrebend das Gerüst erklomm und, ohne wirklich hinzuschauen, einige Kleckser haargenau nach dem Muster der anderen fabrizierte, mußte selbst er eingestehen, daß etwas Wundersames und Beängstigendes mit Simons Handgelenk geschehen war.

Gorius James McIntosh schüttelte den Kopf und murmelte etwas von »stereotypem Zwangsverhalten auf der künstlerisch-kreativen Ebene. Ich habe allerdings noch nie davon gehört, daß es derart stereotyp wird«.

Später an jenem Abend sprach Norman Saylor abermals mit Simon und führte auch eine lange, vertrauliche Unterhaltung mit Tally B. Washington, während der er dem Schlagzeuger die ganze Geschichte seines Vorfahren entlockte. Nach dem Stand seiner eigenen Studien befragt, erwiderte der Kulturanthropologe nur, daß sie »vorangingen«. Er hatte jedoch einen konkreten Rat, den er den anderen fünf mit auf den Weg gab, als sie an jenem Abend auseinandergingen.

»Dieser Klecks besitzt etwas Obsessives, genau wie Gory gesagt hat. Er besitzt jene irritierende Aura des Unvollständigen, die förmlich nach Wiederholung schreit. Es wäre gut, wenn jeder von uns, wann immer er das Gefühl hat, dieses Ding hätte ihn zu sehr gepackt, sich umgehend irgendeiner fesselnden Aktivität zuwendet, die so wenig wie möglich mit zufallsgenerierten Bildern oder Tönen zu tun hat. Spielt Schach, oder riecht an Parfüms, oder eßt Bonbons, oder schaut euch durch das Teleskop den Mond an, oder starrt auf einen Lichtpunkt in der Dunkelheit, und versucht, euren Verstand zu leeren – irgend etwas in der Art. Versucht, mit einer anderen obsessiven Beschäftigung dagegen anzugehen. Einer von uns könnte dabei sogar auf ein Gegenrezept stoßen – ein spezielles Gegengift – wie Chinin bei Malaria.«

Wenn auch vielleicht nicht alle sofort die unterschwellige, ominöse Warnung in Normans Ratschlag erkannten, so taten sie es spätestens im Verlauf der nächsten sieben Tage, denn der Geisteszustand, in dem die sechs Intellektuellen sich nach der dritten Woche zu der Zusammenkunft einfanden, war von paranoider Begeisterung und hysterischer Verzweiflung gekennzeichnet.

Tallys Fernsehauftritt war ein riesiger Erfolg gewesen. Er hatte eine Kopie des großen Kleckses mit ins Studio genommen, und obgleich er (wie er sagte) keine diesbezügliche Absicht gehegt hatte, zeigte er sie nach seinem Schlagzeugsolo angelegentlich dem Moderator und seinem unsichtbaren Publikum. Die sofortige Reaktion via Telefon, Telegramm und Brief war eher überwältigend denn beängstigend gewesen, darunter auch ein Brief von einer Frau aus Smallhills, Arkansas, in dem sie Tally dafür dankte, ihr »das wundersame Bild von Gott« gezeigt zu haben.

Drum 'n' Drag war zu einer nationalen und sogar internationalen Welle geworden. Die vierhändig geklatschte Begrüßung war zu einem Markenzeichen unter Tallys schnell wachsender Horde von Fans geworden und beinhaltete nun einen kräftigen Schulterklopfer zur Betonung des TAH. (An dieser Stelle trank Gorius McIntosh einen Schluck aus seiner Flasche und unterbrach Tallys Schilderung, um von einer spontanen, rhythmischen Gleichschritt-Prozession in der staatlichen Irrenanstalt zu berichten, die sich durch eine noch heftigere Variante des TAH-Schlags ausgezeichnet hatte. Die verrückte Parade mußte mit Gewalt von den Pflegern beendet werden, und zwei der Patienten mußten anschließend auf der Krankenstation wegen Gehirnerschütterung behandelt werden.) Die New York Times brachte einen Korrespondentenbericht aus Südafrika, in dem beschrieben wurde, wie die Polizei einen aufständischen Mob von University-of-Capetown-Studenten aufgelöst hatte, die »Shlump Shliddy Shliddy Shlump SHLAH Shlee!« intonierten – was, wie der Korrespondent in Erfahrung gebracht hatte, ein Anti-Apartheidsruf in Pidgin-Afrikaans sei.

Mittlerweile waren sowohl die Trommelphrase als auch der große Klecks, entweder direkt oder indirekt, ein Teil der täglichen Nachrichten geworden, was Simon und seine Freunde abwechselnd schmunzeln oder erschaudern ließ. Eine Kleinstadt in Indiana hatte mit einem Jugendphänomen namens »Drum-Samstag« zu kämpfen. Eine Rundfunk-und-Fernseh-Kolumnistin erwähnte, daß Klecks-Karten der letzte Schrei unter den Studiomitarbeitern wären; entweder in der Handtasche oder in der Hemdtasche getragen, so daß man sie jederzeit zücken und anstarren konnte, galten jene Karten als unfehlbares Allheilmittel gegen Langeweile oder plötzliche Attacken von Wut und Niedergeschlagenheit. Berichte über einen Penthouse-Einbrecher führten in der Liste der gestohlenen Gegenstände »einen jüngst erworbenen Leinenwandbehang mit Klecksmuster« auf; die Wohnungsinhaberin erklärte, daß ihr alle anderen Gegenstände egal wären, aber sie bat flehentlich um die Rückgabe des Wandbehangs, »da er höchst beruhigend auf die Psyche meines Ehemanns gewirkt hat«. Buntgesprenkelte Regenmäntel waren der letzte Schrei an den Highschools, wobei das Beklecksen feierlich bei Drum 'n' Drag-Partys vollzogen wurde. Ein englischer Prälat hatte eine flammende Predigt gegen »diese ohrenbetäubende amerikanische Verrücktheit mit ihren schwarzen Untertönen von Aufruhr und Zerstörung« gehalten. Bei einem Presseinterview hatte Salvador Dali sich geweigert, den Reportern etwas anderes als den kryptischen Satz: »Die Zeit ist gekommen« zu sagen.

Gorius McIntosh berichtete mit stockender und schon leicht lallender Stimme, daß es derzeit in der Klinik hoch hergehe. Während der vergangenen Woche war er zweimal gefeuert und glorreich wieder zurückberufen worden. Nach recht ähnlichem Muster waren die »Bump«-Partys in der staatlichen Irrenanstalt abwechselnd verboten und ermutigt worden, zumeist auf die Bitten von begeisterten psychiatrischen Betreuern hin. Kopien des McSPAT waren in die Hände von Allgemeinmedizinern gelangt, die sie in völliger Zweckentfremdung als Ersatz für Elektroschocktherapie und Beruhigungsmittel benutzten. Eine Gruppe progressiver Psychiater, die sich selbst »Die Jungen Rebellen« nannten, gab einen offenen Brief heraus, dem zufolge der McSPAT die schlimmste Bedrohung für die klassische Freudsche Psychoanalyse seit Alfred Adler darstelle, und verwiesen finster auf den Veitstanz-Wahn im Mittelalter. Am Ende seiner Schilderung starrte Gorius seine fünf Freunde beinahe verängstigt an und drückte sich trostsuchend seine Whiskyflasche an die Brust.

Lafcadio Smits schien ebenso erschüttert, selbst als er von den Profiten seiner immer weiter gestreuten Unternehmungen berichtete. In einen seiner vier Lofts war eingebrochen worden, während in einen anderen am hellichten Tag eine Gruppe von rotbärtigen Greenwich Village-Satanisten eingedrungen war, die behaupteten, der Klecks wäre ein taoistisches Symbol von großer Macht, dessen unerlaubte Benutzung nur Unheil brächte. Außerdem erhielt Lafcadio anonyme Drohbriefe, die seiner Ansicht nach von einem Drogensyndikat stammten, das die Klecks-Karten für seine höchsteigene Schöpfung hielt und als eine harte Konkurrenz für Heroin und andere Rauschgifte betrachtete. Er erschauderte sichtlich, als Tally beisteuerte, daß seine Fans dazu übergegangen waren, Lafcadios Klecksmusterkrawatten und -hemden zu tragen.

Lester Phlegius erzählte, daß alle Ausgaben des teuren und seriösen Industriemagazins, in dem seine Werbeanzeige erschienen war, vergriffen waren und daß viele aus Büros und Privathäusern verschwunden seien oder ihnen schlicht die betreffende Seite herausgerissen worden wäre.

Norman Saylors zwei Fotos von dem großen Klecks waren aus seinem abgeschlossenen Büro in der Universität entwendet worden, und eine riesige Kopie des Kleckses, ausgeführt in einer wasserfesten schwarzen Farbe, war über Nacht auf dem Boden des Swimmingpools in der Sporthalle für Frauen aufgetaucht.

Je eingehender sie ihre Erlebnisse verglichen, desto deutlicher trat zutage, daß die sechs Intellektuellen noch weit beunruhigter darüber waren, welchen Einfluß die Trommelphrase und der große Klecks auf jeden einzelnen von ihnen persönlich hatte, sowie darüber, daß sie selbst unter Befolgung von Normans Ratschlag nicht in der Lage gewesen waren, dieser Besessenheit Herr zu werden. Tally hatte sich bei einem sonntagnachmittäglichen Barkonzert volle zehn Minuten in jene Phrase verbissen, wie eine Plattenspielernadel, die in einer Rille festhängt, bevor er schließlich imstande gewesen war weiterzuspielen. Was ihn besonders beunruhigte, war die Tatsache, daß anscheinend niemand im Publikum es bemerkt hatte, und er war der festen Überzeugung, wenn nicht etwas ihn aufgehalten hätte (die Trommelbespannung war gerissen), dann hätten seine Zuhörer weiter erstarrt dagesessen, bis er vor Erschöpfung tot umgefallen wäre.

Norman selbst, der Zuflucht im Schach gesucht hatte, hatte seinen Gegner in einem Blitzspiel (bei dem jeder Spieler seinen Zug ohne Zögern machen mußte) geschlagen, indem er seine Figuren im Rump-Titty-Rhythmus setzte – und sein Unterbewußtsein hatte es so abgezirkelt, daß der letzte Zug genau auf das Tee kam; es war ein kleiner Bauernzug nach einem entscheidenden Damenschach auf dem TAH. Lafcadio, der sich dem Kochen zugewandt hatte, hatte feststellen müssen, daß er den Salat mit einem Rump-Titty-Schwung durchmischte. (»… und einen Verrückten, um es zu mischen, wie das alte spanische Rezept sagt«, bemerkte er mit einem verzweifelten Kichern.) Lester Phlegius, der Ablenkung in der Gesellschaft einer Spiritistin gesucht hatte, mit der ihn seit zehn Jahren eine rein platonische Liebesbeziehung verband, hatte beschämt erkennen müssen, daß er die eine keusche Umarmung, die sie sich bei jeder Begegnung erlaubten, mit dem Rump-Titty-Rhythmus belebte. Phoebe hatte sich losgerissen und ihm eine schallende Ohrfeige versetzt. Was Lester am meisten entsetzte, war die Tatsache, daß der Schlag genau auf das TAH kam.

Simon Grue, der sich die ganze Woche über nicht aus seinem Apartment bewegt hatte, sondern, nur in einen schmutzigen alten Bademantel gekleidet, zitternd von Fenster zu Fenster getigert war, war in einem kaputten Sessel eingeschlafen und hatte eine furchterregende Vision gehabt. Er sah sich selbst inmitten der Ruinen von Manhattan, angekettet an die eingestürzten Mauern (bevor er eingenickt war, hatte er seine beiden Handgelenke fest mit Schals und Tüchern umwickelt, um das Zucken zu unterdrücken), während die gesamte Menschheit in einem endlosen Treck durch die zerklüftete Trümmerlandschaft wanderte und dabei jene vermaledeite Phrase skandierte und immer wieder Gruppen von ihnen vorbeikamen und riesige Plakate hochhielten (»... wie bei diesen sowjetischen Paraden«, sagte er), auf denen der große Klecks in finsterstem Schwarz prangte. In seinem Alptraum hatte Simon weiter gesehen, wie sich jene schreckliche Infektion durch Raumschiffe von der Erde zu Planeten in anderen Sternensystemen ausbreitete.

Als Simon mit seiner Geschichte zu Ende war, erhob sich Gorius McIntosh mühsam aus seinem Sessel und torkelte, an seine Whiskyflasche geklammert, nach vorn.

»Das ist es!« preßte er mit zusammengebissenen Zähnen heraus, sein Gesicht zu einem entsetzlichen Grinsen verzerrt. »Das ist es, was mit uns allen passiert. Wir kriegen es einfach nicht mehr aus dem Kopf. Wir kriegen es nicht mehr aus unserem Körper. Psychosomatischer Zwang!« Er torkelte auf Lester zu, der ihm im Kreis der Intellektuellen gegenübersaß. »Mit mir passiert es auch. Ein Patient sitzt vor mir und fleht mich weinend an: ›Helfen Sie mir, Doktor McIntosh‹, und ich erkenne sein Problem sofort ganz deutlich und weiß genau, wie ich ihm helfen kann, und ich stehe auf und gehe um den Schreibtisch herum« – er stand jetzt vor Lester, die Flasche hoch über der Schulter des Industriedesigners erhoben – »und ich beuge mich zu ihm hinunter, so daß mein Gesicht dem seinen ganz nah ist, und dann brülle ich RUMP – TITTY – TITTY – TUM – TAH – TEE !«

An dieser Stelle entschied sich Norman Saylor, das Heft in die Hand zu nehmen, während er es Tally und Lafcadio überließ, Gorius zu packen, der allerdings jetzt, da sein Anfall vorüber war, lammfromm und recht benommen aussah, zumindest für den Augenblick. Der Kulturanthropologe trat in die Mitte des Kreises und wirkte dabei sehr selbstsicher mit seiner rauchenden Pfeife und seinem markanten Kinn und seinem alten Tweedanzug, obgleich er seine Hände hinter dem Rücken verschränkt hielt, die Finger fest um seine Pfeife geklammert.

»Männer«, erklärte er nachdrücklich, »meine Studien in dieser Sache sind noch längst nicht abgeschlossen, aber meine Recherchen sind weit genug fortgeschritten, um zu erkennen, daß wir es hier mit etwas zu tun haben, das man als das ultimative Symbol bezeichnen könnte, ein Symbol, das die Summe aller Symbole darstellt. Es umfaßt alles – Geburt, Tod, Fortpflanzung, Mord, göttliche und dämonische Besessenheit, das gesamte Leben, einfach alles –, und zwar in einem solchen Maß, daß man, nachdem man es eine Zeitlang angesehen oder gehört oder gemacht hat, das Leben schlicht und einfach nicht mehr braucht.«

Im Studio war es schlagartig mucksmäuschenstill. Die fünf anderen Intellektuellen sahen ihn an. Norman wippte auf seinen Absätzen, wie man es von Collegeprofessoren kannte, doch seine Arme versteiften sich deutlich, als er seine Hände noch fester hinter dem Rücken verschränkte, um gegen einen heftigen Drang anzukämpfen.

»Wie ich schon sagte, sind meine Studien noch nicht abgeschlossen, aber es bleibt eindeutig keine Zeit mehr, sie weiter zu betreiben – wir müssen anhand der Schlußfolgerungen handeln, die ich aus den bislang gesammelten Beweisen gezogen habe. Hier nun in knappen Worten, wie sich mir die Sache darstellt: Wir müssen davon ausgehen, daß die Menschheit ein kollektives Unterbewußtsein besitzt, das sich Tausende von Jahren zurück in die Vergangenheit und, soweit ich sagen kann, nach vorn in die Zukunft erstreckt. Dieses kollektive Unterbewußtsein kann man sich als einen riesigen dunklen Raum vorstellen, in dem manchmal, wenn auch unter großen Schwierigkeiten, Funkbotschaften übertragen werden können. Wir müssen außerdem annehmen, daß die Trommelphrase, ebenso wie der große Klecks, uns durch diesen inneren Funkverkehr erreichte, und zwar von einem Menschen, der vor über einem Jahrhundert lebte. Wir haben guten Grund zu der Annahme, daß es sich bei dieser Person um einen direkten männlichen Vorfahren siebter Generation von Tally handelt. Er war ein Medizinmann. Er war ausgesprochen machthungrig. Um genau zu sein, suchte er sein gesamtes Leben lang nach einer Beschwörungsformel, die die ganze Welt mit einem Zauberbann belegen würde. Wie es scheint, hat er diese Formel am Ende tatsächlich gefunden, doch er starb, bevor er sie anwenden – oder sie in Ton oder Bild festhalten konnte. Stellt euch nur einmal vor, wie frustriert er gewesen sein muß!«

»Norm hat recht«, erklärte Tally und nickte verdrossen. »Wie man mir erzählt hat, war er ein sehr bösartiger Mann und sehr beharrlich.«

Normans Nicken war heftiger und diente gleichzeitig als Bitte um ungeteilte Aufmerksamkeit. Schweißperlen standen ihm auf der Stirn. »Dieses Ding hat uns erreicht – oder genauer gesagt, es erreichte Tally und durch ihn Simon –, weil unsere sechs Gehirne, die sich gegenseitig in ihrem geistigen Potential verstärken, für einen kurzen Moment lang offen waren, Botschaften aus dem kollektiven Unterbewußtsein zu empfangen, und weil es auf der anderen Seite einen Absender gibt – gab –, der schon lange darauf wartete, seine Botschaft an einen seiner Nachfahren zu übermitteln. Wir können nicht mit Bestimmtheit sagen, wo sich dieser Absender befindet – ein wissenschaftlich orientierter Mensch würde vielleicht sagen, daß er sich in einem undefinierbaren Winkel des

Raum-Zeit-Kontinuums befindet, während ein religiöser Mensch vielleicht sagen würde, daß er im Himmel oder in der Hölle ist.«

»Ich stimme für letzteres«, bemerkte Tally. »Das würde zu seinem Charakter passen.«

»Bitte, Tally«, sagte Norman. »Wo immer er auch ist, wir müssen von der Hoffnung ausgehen, daß es eine Gegenformel oder ein negatives Symbol – ein Yang für sein Yin – gibt, das er ebenfalls übermitteln wollte – etwas, das diesem Wahnsinn, den wir auf die Welt losgelassen haben, Einhalt gebieten wird.«

»Da muß ich dir widersprechen, Norm«, unterbrach ihn Tally und schüttelte seinen Kopf noch verdrossener, als er zuvor genickt hatte, »wenn der alte Urahn es tatsächlich geschafft hat, etwas Böses in Gang zu setzen, dann würde er niemals wollen, daß es aufhört, besonders, wenn er gewußt hätte, wie man es aufhalten kann. Ich sage euch, er war wirklich mächtig bösartig und …«

»Bitte, Tally! Der Charakter deines Vorfahren könnte sich in seiner neuen Umgebung geändert haben, es könnten stärkere Mächte auf ihn einwirken – aber egal, jedenfalls besteht unsere einzige Hoffnung darin, daß er die Gegenformel kennt und sie uns übermitteln wird. Um das zu erreichen, müssen wir künstlich versuchen, abermals die Bedingungen herzustellen, die in diesem Studio zum Zeitpunkt der ersten Übertragung herrschten.«

Unvermittelt verzerrte sich sein Gesicht vor Schmerz. Er öffnete seine Finger und riß seine Hände nach vorn. Seine Pfeife fiel zu Boden. Er betrachtete die große Brandblase, die der heiße Pfeifenkopf auf einer seiner Handflächen hinterlassen hatte. Dann verschränkte er mit einer krampfartigen Bewegung, die Lafcadio unwillkürlich zusammenzucken ließ, seine Hände vor dem Körper und sprach mit großem Nachdruck weiter.

»Männer, wir müssen auf der Stelle handeln und eben das benutzen, was wir auf die Schnelle besorgen können. Es ist sehr wichtig, daß jeder von euch mir vertraut und tut, was ich ihm sage. Tally, ich weiß, daß du es nicht mehr rauchst, aber könntest du trotzdem Gras für uns besorgen, richtig guten Stoff? Gut, wir brauchen vermutlich genug für zwei oder drei Dutzend Joints. Gory, du holst bitte diese Selbsthypnose-Litanei, die so wirkungsvoll ist – nein, ich möchte mich nicht auf dein Gedächtnis verlassen, und wir brauchen wahrscheinlich Kopien für alle. Lester, wenn du dich hinlänglich davon überzeugt hast, daß Gory dir mit seiner Whiskyflasche nicht das Schlüsselbein gebrochen hat, dann geh doch bitte mit Gory mit, und sorg dafür, daß er eine Kanne schwarzen Kaffee trinkt. Auf dem Rückweg besorgt ihr dann einige Knoblauchzöpfe, ein paar Rollen Dimes und ein Dutzend rote Gleisfackeln. Ach ja, und ruf deine spiritistische Freundin an, und bring sie irgendwie dazu, daß sie herkommt – ihre Fähigkeiten könnten uns noch gut zupaß kommen. Laf, du saust rüber in deine Wohnung und holst die selbstleuchtende Farbe und die schwarzen Samtvorhänge, die du und dein rotbärtiger Exfreund – ja, ich weiß über diese Beziehung Bescheid! – benutzt habt, als ihr mit schwarzer Magie herumexperimentiert habt. Simon und ich werden hier im Studio alles herrichten. Also gut, dann …» Unvermittelt verzerrte sich sein Gesicht, und die Adern an seinen Schläfen und die Sehnen an seinem Hals traten vor, und seine Arme zuckten von der Kraftanstrengung, mit der er gegen den Zwang ankämpfte, der ihn zu übermannen drohte. »Also gut, dann – Rump-Titty-Titty-Tum-AUF-GEHT'S!«

Eine Stunde später roch es im Studio wie bei einem Feuer in einem Eukalyptushain. Das fahle Licht, das sich noch einen Weg an den mit kabbalistischen Symbolen verzierten Vorhängen vor den Fenstern und dem Oberlicht vorbei bahnen konnte, beleuchtete die schemenhaften Umrisse von Simon, oben auf dem Gerüst, und die anderen fünf Intellektuellen, die entlang der Wand hockten und tief den Rauch der Joints inhalierten, die sie pafften. Durch ihre Marihuana-benebelten Gehirne hallten noch die letzten beschwörerischen Worte von Gorys Hypnoselitanei, die Lester Phlegius in seiner sonoren Baßstimme vorgelesen hatte.

Phoebe Saltonstall, die das Gras mit einem schlichten »nein danke, ich habe immer mein eigenes Meskalin dabei« abgelehnt hatte, hatte eine ganze Wand für sich allein. Sie lag mit geschlossenen Augen ausgestreckt auf drei Kissen, ihr plissiertes griechisches Gewand so weiß wie ein Leichentuch.

Über die vier Wände zog sich in Hüfthöhe eine fahl leuchtende Linie mit sechs stumpfen Winkeln zusätzlich zu den vier Ecken; Norman sagte, dadurch würde die Linie zum topologischen Äquivalent eines Drudenfußes oder Pentagramms. Die Knoblauchzöpfe, die an alle Türen genagelt worden waren, sowie die winzigen Silberplättchen, die auf dem Boden verstreut lagen, waren kaum sichtbar.

Norman schnippte sein Feuerzeug an, und der Lichtschein der kleinen blauen Flamme verband sich mit den sechs glühenden, roten Spitzen der Joints. »Die Stunde naht!« rief er mit heiserer Stimme aus, dann ging er eilig umher und entzündete die zwölf Gleisfackeln, die durch die große Leinwand in den Boden gesteckt worden waren.

In dem roten Höllenschein muteten sie alle wie Teufel an. Phoebe wälzte sich stöhnend hin und her. Simon hustete, als die dichten Rauchschwaden am Gerüst hinauf zur Decke waberten.

»Das ist es!« rief Norman Saylor.

Phoebe stieß einen schwachen Schrei aus und bäumte sich auf, als hätte man ihr einen Elektroschock verabreicht.

Taliaferro Booker Washingtons Gesicht verzerrte sich urplötzlich zu einem Ausdruck schmerzhafter Verblüffung, so als wäre er von unten mit einer Nadel oder einem heißen Schüreisen gestochen worden. Er hob mit einer gewichtigen Geste seine Hände und schlug eine kurze Phrase auf seiner Buschtrommel.

Eine Hand, die einen bunt tropfenden Anstreicherpinsel hielt, schnellte aus den höllengleichen Rauchwolken über ihm hervor und verspritzte einen riesigen Klacks Farbe, die mit einem Geräusch auf der Leinwand landete, das die exakte visuelle Kopie von Tallys kurzer getrommelter Phrase darstellte.

Augenblicklich brach im Studio allgemeine Hektik aus. Durch dicke Handschuhe geschützte Hände pflückten die Gleisfackeln aus dem Fußboden und warfen sie in strategisch plazierte Eimer mit Wasser. Die Vorhänge wurden herunter- und die Fenster aufgerissen. Zwei elektrische Ventilatoren wurden angestellt. Simon rutschte halb ohnmächtig die letzten Sprossen der Leiter herunter und wurde eilig zum Fenster geschleppt, wo er nach Luft ringend quer über der Fensterbank liegenblieb. Phoebe Saltonstall wurde bedeutend sanfter zu einem zweiten Fenster getragen und davor auf den Boden gelegt. Gory überprüfte ihren Puls und nickte zuversichtlich.

Dann versammelten sich die fünf Intellektuellen um die Leinwand und starrten darauf. Nach einer Weile gesellte Simon sich zu ihnen.

Der neue Klecks, diesmal in Zinnoberrot, war gänzlich anders als alle darunterliegenden und gleichzeitig der eineiige Zwilling der neuen Trommelphrase.

Nach einer Weile machten sich die sechs Intellektuellen daran, den Klecks zu fotografieren. Sie taten es methodisch, doch recht lustlos. Wenn ihr Blick zufällig auf die Leinwand fiel, schienen sie nicht einmal wahrzunehmen, was darauf zu sehen war. Ebensowenig verschwendeten sie einen Blick auf die Schwarz-auf-Weiß-Abzüge (der Hintergrund des jüngsten Kleckses war wegretouchiert worden), während sie sie in ihre Manteltaschen steckten.

In jenem Moment raschelten die Gardinen an einem der offenen Fenster. Phoebe Saltonstall, von allen vergessen, setzte sich auf. Sie schaute sich etwas angewidert um.

»Bring mich nach Hause, Lester«, bat sie mit schwacher, doch nachdrücklicher Stimme.

Tally, der schon halb aus der Tür heraus war, blieb abrupt stehen. »Wißt ihr«, sagte er verwirrt, »ich kann immer noch nicht glauben, daß mein alter Urahn so viel Gemeinsinn besessen hat, das zu tun. Ich frage mich, ob sie wohl herausgefunden hat, was ihn dazu ...«

Norman legte eine Hand auf Tallys Arm und einen Finger der anderen Hand auf seine eigenen Lippen. Die beiden Männer gingen gemeinsam hinaus, gefolgt von Lafcadio, Gorius, Lester und Phoebe. Wie Simon muteten alle fünf Männer an wie Betrunkene, die nach einem heftigen Delirium tremens und einer ebenso heftigen Dosis Paraldehyd in einem seligen Genesungsrausch dahindämmerten.

Dieselbe Wirkung zeigte sich, als der neue Klecks und die Trommelphrase sich über die ganze Welt verbreiteten und nach und nach die ursprünglichen Versionen verdrängten. Jeder, der es sah oder hörte, wiederholte es nur ein einziges Mal (produzierte es, zeigte es herum oder gab es in irgendeiner anderen Art und Weise weiter) und vergaß es dann – und gleichzeitig vergaßen sie auch die erste Trommelphrase und den ersten Klecks. Jeglicher Zwang, jegliche Besessenheit fiel von ihnen ab.

Drum 'n' Drag ging ebenso schnell unter, wie er aufgetaucht war. Die Klecks-Karten verschwanden aus Hand- und Hemdtaschen, so wie die McSPATs I und II aus Arztpraxen und psychiatrischen Anstalten verschwanden. In den Irrenanstalten fanden keine weiteren Bump-Partys statt. Die jungen Rebellen kehrten zu ihrem Kreuzzug gegen Psychopharmaka zurück. Bekleckste Regenmäntel waren out und wurden mit grün-purpurnen Blockstreifen übermalt, die jetzt als letzter Schrei galten. Satanisten und Drogensyndikate setzten, ungehindert von allen außer Gott und dem Fiskus, ihre Umtriebe fort. In Capetown kehrte wieder der übliche Friede ein. Hemden, Krawatten, Kleider, Lampenschirme, Tapeten und Wandbehänge mit Klecksmuster waren gänzlich passé. Niemand hörte je wieder etwas von einem Drum-Samstag. Lester Phlegius' zweite Werbeanzeige riß niemanden vom Hocker.

Simons riesiges Gemälde wurde schließlich bei einer Ausstellung gezeigt, aber es erregte nur wenig Aufmerksamkeit, selbst bei den Kritikern, einmal abgesehen von einigen vernichtenden Sätzen in der Art von: »Simon Grues jüngste künstlerische Bemühung wird außer dem trägen Klatschen der Farbkleckse, aus denen es besteht, wohl nie eine andere Form von Applaus zu hören bekommen.« Besucher der Galerie schienen außerstande, mehr als einen kurzen benommenen Blick darauf zu werfen, bevor sie weitergingen, so wie dies recht häufig bei modernen Gemälden der Fall ist.

Der Grund dafür war klar. Zuoberst auf all den anderen, identischen Klecksen prangte einer in Zinnoberrot, der die Negation aller Symbole darstellte, ein Symbol, das für nichts stand – der neue Klecks, der der eineiige Zwilling der neuen Trommelphrase war, die wiederum die Negation und Vollendung der ersten war, jener Phrase, die in den wallenden roten Rauchschwaden aus Tallys Buschtrommel ertönt und von Simons Pinsel gekleckst war, jener Phrase, die alles verstummen und enden ließ (und die daher auch an dieser Stelle nur einmal wiedergegeben werden kann): »Tah-titty-titty-tee-toe!«

Die sechs Intellektuellen setzten ihre wöchentlichen Zusammenkünfte fort, als wäre nichts geschehen, außer daß Simon seine Kleckstechnik durch eine Methode ersetzte, bei der er die Farbe mit vollen Händen und geschlossenen Augen auf die Leinwand brachte und dann anschließend mit den Füßen auseinandertrat. Manchmal bat er seine Freunde, ihn bei diesen Impromptu-Märschen zu begleiten, wobei er ihnen Holzschuhe stellte, die er extra zu diesem Zweck aus Holland importiert hatte.

Eines Nachmittags, etliche Monate später, brachte Lester Phlegius einen Gast mit – Phoebe Saltonstall.

»Miss Saltonstall war auf einer Weltreise«, erklärte er. »Ihre Psyche war vollkommen erschöpft von ihrem Erlebnis in diesem Apartment, wie sie mir sagte, und sie brauchte dringend einen Luftwechsel. Glücklicherweise ist sie nun vollständig erholt.«

»Das bin ich in der Tat«, bestätigte sie in Antwort auf die allgemeinen mitfühlenden Erkundigungen nach ihrem Befinden mit einem strahlenden Lächeln.

»Wo wir gerade dabei sind«, sagte Norman, »haben Sie zu dem Zeitpunkt, als Ihre Psyche in diesen Räumlichkeiten erschöpft wurde, zufällig eine Botschaft von Tallys Vorfahren empfangen?«

»Das habe ich in der Tat«, erwiderte sie.

»Nun, was hatte der alte Urahn zu sagen?« fragte Tally eifrig. »Was immer es war, ich vermute, daß er es recht rüde ausgedrückt hat.«

»Das hat er in der Tat«, bestätigte sie und errötete züchtig. »Derart rüde sogar, daß ich nicht wagen würde, diesen Aspekt seiner

Botschaft wiederzugeben. Ich bin übrigens überzeugt, daß es die abgrundtiefe Verderbtheit und die unaussprechlichen Visionen seines Zorns waren, die meine Psyche derart auszehrten.« Sie machte eine Pause.

»Ich weiß nicht, woher er seine Botschaft sandte«, fuhr sie schließlich nachdenklich fort. »Ich fühlte einen warmen Ort, einen extrem warmen Ort, obwohl das natürlich auch nur die Hitze der Gleisfackeln gewesen sein mag.« Ihre Miene hellte sich auf. »Die eigentliche Botschaft war kurz und schlicht:

›Lieber Nachfahre, sie haben mich gezwungen, es zu beenden. Es griff langsam sogar hier unten um sich.‹«

Die letzte Verzauberung

Michael Moorcock

Michael Moorcock (geboren 1939 in London) ist speziell für die Entwicklung der Science-fiction von größter Bedeutung, begründete er doch Ende der sechziger Jahre die sogenannte »new wave«, die mit überkommenen Traditionen brach und dem Genre durch Einführung avantgardistischer Techniken neue stilistische Ausdrucksmöglichkeiten erschloß. Neben Science-fiction verfaßte Moorcock von Anfang an Fantasy. Am bekanntesten wurde sein Zyklus um Elric von Melniboné, zu dem auch die nachfolgende Geschichte gehört. Moorcocks Werk ist umfangreich und fast unüberschaubar; neben SF und Fantasy umfaßt es historische Romane, Essays und politische Schriften. Seit Anfang der neunziger Jahre lebt er in den USA, in Texas.

Der weißhäutige Krieger Elric[1] ist der letzte Herrscher von Melniboné, einem sterbendem Reich. Ein Mann von finsterem, melancholischem Gemüt, so wandert er als Verbannter von Land zu Land, von Abenteuer zu Abenteuer, begleitet von seinem Dämonenschwert Sturmbringer und seinen eigenen quälenden Träumen.

Durch die von bläulichem Nebel durchzogene Nacht lief ein Mann, der vor Furcht zitterte. Er umarmte den Schrecken mit blutunterlaufenen Augen. Hinter sich und dann vor sich glaubte er das hungrige Gekicher, die mit hohem Zischen geflüsterten Worte zu hören.

»Hierher, Leckerbissen. Hierher, Süßigkeit.«

Aufstöhnend schlug er hasengleich eine andere Richtung ein. Er wirkte wie eine große Hülle, wie eine hohle Verzierung dünner Knochen, sein großer wackelnder Kopf schwankte wie ein eingefangener Ballon auf seinen Schultern umher, die nasse Höhle seines breiten Mundes stand keuchend offen, und seine gelben langen Zähne schlugen klappernd aufeinander.

Unbeholfen rannte er weiter, manchmal krabbelte er hastig über den Boden wie eine verletzte Spinne, manchmal taumelte er auch und klagte blökend zu sich selbst, während er zwischen den hohen Bäumen des alten Waldes dahineilte und seine Füße in den Teppich aus nassem stinkenden Unterholz und verfaulenden Wurzeln einsanken. In der Hand hielt er die lange weiße, metallschimmernde Kralle mit dem düster leuchtenden schwarzen Talisman, streckte sie von sich und schrie auf:

»Oh, Teshwan – steh mir bei, Teshwan. Steh mir bei …«

In der trägen Brühe in seinem Schädel schienen einige Worte aufzusteigen, die an der Oberfläche schwammen und nur den Gezeiten seines Verstandes folgten. Und die Stimme dieser Worte klang sardonisch: *»Wie kann Teshwan dir zu Hilfe kommen, kleiner Sterblicher?«*

[1] Die nachfolgende Geschichte spielt zwischen den Erzählbänden *Im Banne des Schwarzen Schwertes* und *Sturmbringer.*

Doch diese haltlosen fleischlichen Überreste konnten keinen klaren Gedanken fassen, konnten außer in furchtsamen Schreien nicht antworten. Daher zog sich Teshwan zurück, und somit war es der Reiter, der den vor Furcht irrsinnigen Mann entdeckte.

Elric von Melniboné hörte die Stimme und erkannte den Namen. Er spürte, daß andere unheilvollere Bewohner den Wald um ihn herum durchschlichen.

Mürrisch nahm er die Zügel seines Pferdes fest in die Hand und zog dessen Kopf herum, in die Richtung, aus der die Schreie kamen. An Hilfe für den Unglücklichen dachte er nur flüchtig, und er lenkte sein Pferd mehr aus Neugier denn aus einem anderen Beweggrund dorthin. Die Schrecken dieses Waldes beunruhigten Elric nicht; sie bedeuteten ihm das, was einem anderen Mann üblicherer Art das allgegenwärtige Vogelgezwitscher und das Rascheln kleiner Nager im Unterholz bedeutet hätten.

Slorgs verwüstete Gestalt wurde von heftigen Schauern durchzogen, und immer noch hörte er das scharfe Flüstern. Wurde es von der Luft herangetragen, oder glitt es in seinem Gehirn herum?

Er keuchte auf, als er sich umdrehte und den Reiter mit dem weißen Gesicht wie einen grimmigen hübschen Gott auf die mondlichtüberflutete Lichtung kommen sah.

Der lange, scharfumrissene Schädel des Reiters war aussätzig weiß, als ob er vom Fleisch entblößt sei, und seine leicht schrägstehenden Augen leuchteten blutrot. Er trug ein Wams aus schwarzem Samt, das am Hals mit einer dünnen silbernen Kette zusammengehalten wurde. Seine Hosen waren ebenfalls aus schwarzem Stoff, und seine ledernen Stiefel waren hoch und glänzten. Über den Schultern lag ein roter Umhang mit hohem Kragen, und ein schweres Langschwert regte sich an seiner Seite, als er sein Roß zum Halten brachte. Sein langes Haar war so weiß wie sein Gesicht. Der Reiter war ein Albino.

Der Schock, dieser neuen und faßbareren Gestalt gegenüberzustehen, brachte Slorg wieder einigermaßen zu Verstand, und abgerissene Worte drangen zwischen seinen Lippen hervor.

»Wer seid Ihr? Steht mir bei! Ich flehe Euch an, steht mir bei!«

Elric lachte leise. »Nun, warum sollte ich, mein Freund? Sagt mir das.«

»Ich bin – bin geschändet worden – ich bin Slorg. Einst war ich ein Mensch – aber jene …« Er schwankte hin und her und warf den wackelnden Kopf zurück, seine runden Lider senkten sich und verbargen die hervortretenden Augen. »Ich bin geschändet worden …«

Elric stützte sich auf sein Sattelhorn und sagte träge: »Das ist nicht meine Angelegenheit, Meister Slorg.«

Der große Kopf ruckte vor, die Augen sprangen auf, und Slorgs lange Lippen bebten über seinen Zähnen wie die eines Kamels. »Sprecht mich nicht mit einem gewöhnlichen Titel an! Ich bin Siletah Slorg – Siletah von Oberlorn – nach Recht und Gesetz – nach Recht und Gesetz.«

Der Titel war Elric unbekannt.

»Um Vergebung, o Siletah«, sagte er spöttisch, »da ich nun einen Mann von Rang vor mir sehe.«

»Nicht mehr ein Mann«, flüsterte Slorg und begann zu schluchzen. »Helft mir.«

»Seid Ihr denn in Gefahr?«

»Aye, in Gefahr – meine Sippschaft hat die Hungrigen Flüsterer auf mich gehetzt, hört Ihr sie denn nicht?«

Und Elric neigte den Kopf und lauschte. Ja, jetzt hörte er zischende Stimmen. »*Wo bist du, Leckerbissen?*«

»Oh, helft mir, helft mir«, flehte Slorg und schwankte Elric entgegen. Der Albino richtete sich auf und zog sein Pferd zurück.

»Kommt nicht näher«, sagte er warnend. »Ich bin Elric von Melniboné.«

Slorgs verwüstetes Gesicht zog sich zu einer Grimasse zusammen. »Ah, der Name und das Gesicht«, nuschelte er zu sich selbst, »das Gesicht und der Name. Elric von Melniboné. *Ausge- stoßener!*«

»Wohl wahr«, lächelte Elric, »doch nicht mehr als Ihr selbst, wie mir scheint. Nun muß ich mich von Euch verabschieden und Euch den freundlichen Rat erteilen, daß Ihr Euch binnen kurzem wieder Eurer Fassung versichert. Es ist besser, in Würde zu sterben, Siletah Slorg.«

»Ich verfüge über Kräfte, Ausgestoßener von Melniboné – immer noch stehen mir Kräfte zu Gebote! Helft mir, und ich werde Euch Geheimnisse offenbaren – solche Geheimnisse!«

Elric winkte verächtlich ab. Einen Augenblick lang fing sich ein aufblitzender Mondstrahl in dem seltenen Actorios-Ring, der auf seinem Finger saß. »Wenn Ihr mich kennt, so solltet Ihr auch wissen, daß ich kein Krämer bin, mit dem man feilschen kann. Ich erbitte nichts und verschenke nichts. Lebt wohl!«

»Ich warne Euch, Elric – eine Macht bleibt mir noch. Ich kann Euch schreiend von diesem Ort – zu einem anderen senden. Dies ist die Macht, die Teshwan all seinen Dienern verleiht – die eine, die er nie zurücknimmt!«

»Warum sendet Ihr nicht Eure hungrigen Freunde an diesen anderen Ort?«

»Sie sind nicht menschlich. Aber wenn Ihr mich verlaßt, werde ich meinen letzten Zauberbann auf Euch legen.«

Elric seufzte. »Vielleicht Euer letzter, aber weder der letzte noch der erste, der mir auferlegt werden würde. Nun muß ich fort und mir einen ruhigeren Platz als diesen suchen, wo ich ungestört schlafen kann.«

Er zog sein Pferd herum, wandte den zitternden Überresten eines Mannes den Rücken zu und ritt davon.

Als er in einen anderen Teil des Waldes ritt, der weder von dem Siletah noch von jenen, die er die Hungrigen Flüsterer genannt hatte, befleckt wurde, hörte er Slorg rufen.

»Teshwan – kehrt zurück! Kehrt zurück, um mir einen letzten Dienst zu erweisen – einen Rachedienst – als Teil unseres Abkommens, Teshwar!«

Kurze Zeit später hörte Elric einen dünnen klagenden Schrei, der hinter ihm aus der Nacht heranschwebte, und dann schien der gesamte Wald ein schreckliches Gelächter auszustoßen. Gesättigt, triumphierend, kichernd.

Seine Stimmung hatte sich durch die Begegnung gewandelt, und so ritt Elric die Nacht hindurch, denn schlafen mochte er nicht mehr, und er erreichte den Waldesrand mit der Morgendämmerung und freute sich über den Anblick der grünen Ebene, die sich vor ihm erstreckte.

»Nun«, dachte er müßig, »Teshwan verschmähte es, Slorg seinen Beistand zu gewähren, und es scheint, als läge kein Zauberbann auf mir. Fast tut es mir leid. Nun wohnt Slorg in den Bäuchen jener, die er fürchtete, und seine Seele hat in der Hölle ihre Heimstatt.«

Dann wandelte sich die Ebene recht plötzlich zu grauem Fels.

Rasch riß Elric sein Pferd herum. Die Ebene und der Wald lagen hinter ihm. Er gab seinem Tier die Sporen, und die Ebene und der Wald lösten sich auf und ließen eine flache graue steinige Weite zurück. Über ihm war die Sonne verschwunden, und der Himmel war hell und weiß und kalt.

»Andererseits«, sagte Elric finster in der Stille, » scheint es, daß meine Annahme nicht zutrifft.«

Die Ebene – ihre Atmosphäre erinnerte ihn an eine andere Umgebung, in der er sich einst wiedergefunden hatte. Er erinnerte sich deutlich an eine Zeit, die schon Jahre zurücklag, als er und zwei Gefährten einem uralten Band nachgespürt hatten, den man das Buch der Toten Götter nannte. Ihre Suche hatte sie zu einer Höhle geführt, an deren Eingang das Symbol der Herrscher des Chaos gewacht hatte.

In dieser Höhle hatten sie ein unterirdisches Meer entdeckt, das unnatürliche Eigenschaften aufgewiesen hatte. Hier wie auch damals in den Höhlen des Chaos herrschte das gleiche Gefühl einer auf sardonische Weise erheiterten *Präsenz.*

Teshwan war ein Chaoslord.

Hastig zog Elric sein Runenschwert Sturmbringer aus der breiten Scheide.

Das Schwert war tot.

Normalerweise bebte die Klinge, die von nichtmenschlichen

Schmieden für Elrics Vorfahren gefertigt worden war, vor lebendiger Bewußtheit – pulsierte unter der Lebenskraft, gestohlen von den Hunderten von Männern und Frauen, die Elric erschlagen hatte. Schon einmal war sie so stumm gewesen – in den Höhlen des Chaos.

Elric preßte die Lippen zusammen und schob dann achselzuckend das Schwert in die Scheide zurück.

»In einer Welt, die vollständig von den Mächten des Chaos beherrscht wird«, sagte er, »kann ich mich nicht auf jene Kräfte verlassen, die mir für gewöhnlich bei meiner Zauberei beistehen. Dank sei Arioch, daß ich einen reichlichen Drogenvorrat mit mir führe, oder ich wäre wahrlich dem Untergang geweiht.«

Früher hatte sich Elric darauf verlassen, daß sein seelenraubendes Runenschwert ihm jene Kraft spendete, derer es ihm als Albino vom Wesen her mangelte, doch vor kurzem hatte er einen saubereren Weg gefunden, seiner Schwäche zu begegnen, indem er Pflanzen zu sich nahm, die er im Wald von Troos entdeckt hatte, wo vielerlei sonderbare Pflanzen und Tiere gediehen.

»Bei den seuchenzerfressenen Gebeinen meines Vaters«, fluchte er, »ich muß einen Weg von dieser Granitfläche finden und erfahren, wer diese Welt beherrscht, wenn sie denn beherrscht wird. Ich habe von den Kräften gehört, die Teshwans Anbetern verliehen werden – und allmählich fällt mir auch wieder ein, warum die Lords des Chaos ihnen solche sonderbaren Gaben auferlegen.«

Er erschauerte.

Er stimmte ein jodelndes Haßlied aus dem alten Melniboné an. Elrics Vorfahren waren schlaue Hasser gewesen. Und weiter ritt er unter dem sonnenlosen Himmel.

Er hätte nicht sagen können, wieviel Zeit verstrichen war, bevor er die Gestalt vor dem formlosen Horizont entdeckte.

Nun gab es zwei Punkte auf der flachen steinernen Wüste, an denen die Eintönigkeit durchbrochen wurde.

Elric – in Weiß, Schwarz und Rot auf einem grauen Wallach.

Der düstere Mann, dessen schwarzes Haar wie eine schimmernde Schutzschicht an seinem runden Schädel lag, gekleidet in

Grün und mit einem silbernen Schwert, das er in der schlaffen Hand hielt.

Elric ritt näher heran, und der Mann hob den Blick zu dem Albino auf.

»Dies ist ein einsamer Ort«, sagte der Fremde, sog fleischige Wangen ein und starrte wieder zu Boden.

»Das ist wahr«, erwiderte Elric und brachte sein Pferd zum Stehen. »Ist dies Eure Welt, oder wurdet auch Ihr hierhergesandt?«

»Oh, das ist schon meine Welt«, sagte der Mann, ohne aufzusehen. »Wohin wollt Ihr?«

»Nirgendwohin, obgleich ich etwas suche. Wohin reist Ihr?«

»Ich – oh, natürlich nach Kaneloon zu den Riten.«

»Man sagt, daß in der Welt des Chaos alles möglich sei«, murmelte Elric, »und dennoch scheint mir dieser Ort ungewöhnlich lebensleer zu sein.«

Der Mann sah rasch auf, verzog die Lippen zu einem Lächeln, lachte laut auf.

»Die Riten werden das ändern, Fremder. Wußtet Ihr denn nicht, daß dies die Zeit der Verwandlung ist, in der die Lords des Chaos ruhen, bevor sie die Welt in neue Muster ordnen?«

»Das wußte ich nicht«, sagte Elric. »Ich bin erst vor kurzem hier eingetroffen.«

»Wünscht Ihr zu bleiben?«

»Nein.«

»Die Lords des Chaos sind wankelmütig. Falls Ihr zu bleiben wünschtet, ließen sie das vielleicht nicht zu. Da Ihr nun zum Gehen entschlossen seid, behalten sie Euch vielleicht hier. Lebt denn wohl. Ihr werdet mich dort drinnen finden!« Er hob sein Schwert und deutete voraus. Im gleichen Augenblick erschien eine Burg aus grünem Stein. Der Mann verschwand.

»Wenigstens rettet mich das hier vor der Langeweile«, sagte Elric in philosophischer Gelassenheit und ritt zu der Burg.

Das vieltürmige Gebäude ragte gewaltig vor ihm auf; seine höchsten Giebel waren verschwommen und schienen vielerlei Gestalten zu besitzen, die sich wie unter einem Wind wanden. Am großen Bogen des Einganges versperrte ihm ein durchscheinender Riese mit roter funkelnder Haut den Weg. Über dem Torbogen hing, als ob es über dem stolzen Kopf des Riesen schwebte, das Symbol des Chaos, ein Kreis, von dem viele Pfeile in alle Richtungen zeigten.

»Wer sucht die Burg Kaneloon zur Zeit der Verwandlung auf?« fragte der Riese, dessen Stimme wie die Musik des Limbus klang.

»Ich denke, daß mich deine Herren kennen werden – denn sie standen ihrem Diener Slorg bei, der mich hierhersandte. Aber sage ihnen trotzdem, daß es Elric von Melniboné ist – Elric, der Vernichter des träumenden Imrryr, Sippentöter und Ausgestoßener. Sie werden mich kennen.«

Der Riese schien zu schrumpfen, sich zu verfestigen und dann als roter Nebel davonzuwehen; er schwebte wie lebendiger Rauch durch das Portal und in die Burg. An seiner Stelle entstand ein Fallgitter, um während der Abwesenheit des Riesen Wache zu stehen.

Elric wartete geduldig, bis das Fallgitter schließlich verschwand und der Riese sich neu bildete.

»Meine Herren befahlen mir, Euch zu sagen, daß Ihr eintreten dürft, aber wenn Ihr die Burg Kaneloon erst einmal betreten habt, dürft Ihr sie außer unter bestimmten Bedingungen nicht mehr verlassen.«

»Und diese Bedingungen wären?«

»Sie werden sie Euch sagen, sobald Ihr eintretet. Seid Ihr wagemutig – oder werdet Ihr in Nachdenklichkeit verharren?«

»Ich werde ihre Großzügigkeit in Anspruch nehmen«, lächelte Elric und drängte sein nervöses Pferd mit den Sporen vorwärts.

Als er den Hof betrat, schien es, als sei das Innere des Palastes größer als sein Äußeres. Elric bemühte sich nicht, eine weltliche Erklärung für diese Erscheinung in einer Welt zu finden, die von den Lords des Chaos beherrscht wurde, stieg statt dessen von seinem Pferd und marschierte beinahe eine Viertelmeile drauflos, bis er den Eingang des Hauptgebäudes erreichte. Rasch erklomm er die Stufen und fand sich in einem großen Saal wieder, dessen Wände aus wabernden Flammen bestanden.

Im Schimmer der feurigen Wände saßen an einem Tisch am anderen Ende des großen Saales neun Männer – oder jedenfalls hatten sie, ob Männer oder nicht, die Erscheinungen von Männern angenommen. Obgleich ihre Gesichter unterschiedliche Züge aufwiesen, umgab sie jedoch die gleiche sardonische Ausstrahlung. In der Mitte der neun saß jener, der Elric als erster angesprochen hatte. Er beugte sich vor und sprach sorgfältig gewählte Worte von roten Lippen.

»Seid gegrüßt, Sterblicher«, sagte er. »Seit langer Zeit seid Ihr der erste, der zur Zeit der Verwandlung am Tisch der Herrscher des Chaos sitzt. Sehet – hier sind andere, die dieses Vorrecht genossen haben!«

In der Flammenwand entstand ein Riß, der den Blick auf etwa dreißig menschliche Gestalten freigab, einige waren Männer, einige Frauen. Sie waren in vielerlei Stellungen erstarrt, aber in aller Augen standen Wahnsinn und Schrecken – und Elric wußte, daß sie noch am Leben waren.

Er hob den Kopf.

»Ich wäre nicht so impertinent, meine Lords, mich mit Euch gleichzusetzen, was Macht angeht, aber Ihr wißt, daß ich Elric von Melniboné bin und daß mein Volk alt ist; mein schwaches Blut ist das Herrscherblut der Könige der Träumenden Stadt. Ich habe wenig Mitleid oder andere Gefühle in mir, denn Gefühle, seien es Liebe oder Haß, haben mir in der Vergangenheit schlecht gedient. Ich weiß nicht, was Ihr von mir verlangt, und ich danke Euch dennoch für Eure Gastlichkeit, aber ich glaube, daß ich mich in den meisten Dingen besser benehmen kann als jeder andere Sterbliche.«

»Das wollen wir hoffen, Elric von Melniboné, denn laßt Euch gesagt sein: Wir wünschen nicht, daß Ihr versagt. Außerdem seid Ihr nicht zur Gänze sterblich, wie die Menschen den Begriff verstehen. Nun wisset, daß ich Teshwan bin, und die hier brauchen nicht genannt zu werden und können einzeln oder zusammen als Lords des Chaos angesprochen werden.«

Elric verneigte sich höflich. »Lord Teshwan – meine Lords des Chaos.«

Sie erwiderten seine Verbeugung, indem sie leicht die Köpfe neigten und ihr sardonisches schiefes Lächeln ein wenig breiter wurde.

»Kommt«, sagte Teshwan geschäftig, »setzt Euch neben mich, und ich werde Euch darüber in Kenntnis setzen, was wir von Euch erwarten. Ihr seid begünstigter, als andere es gewesen sind, Elric, und wahrlich hieß ich die Gelegenheit willkommen, die mir mein rachsüchtiger Diener Slorg verschaffte, bevor er starb.«

Elric erklomm den Podest und ließ sich auf dem Sessel nieder, der neben Teshwan auftauchte. Um ihn herum erhoben sich die Feuerwände, loderten, murmelten und tosten. Mal umgab sie Schatten, mal wurden sie von Licht überflutet. Eine Zeitlang saßen alle in nachdenklichem Schweigen da.

Schließlich ergriff Teshwan das Wort.

»Nun«, sagte er entschlossen. »Dies ist die Lage, in die Euch zu versetzen wir uns entschlossen. Ihr dürft erst dann gehen, wenn Ihr etwas erschaffen habt, das zu erschaffen uns noch niemals eingefallen ist.«

»Aber sicherlich seid Ihr doch die Herren der Schöpfung?« sagte Elric verdutzt. »Wie soll ich das anstellen?«

»Eure erste Behauptung entspricht nicht ganz der Wahrheit, und indem ich sie näher erläutere, gebe ich Euch einen Hinweis auf die Antwort auf Eure Frage. Wir vom Chaos können nichts Neues erschaffen – wir können nur Kombinationen erproben mit dem, was bereits erschaffen worden ist. Versteht Ihr?«

»Ich verstehe«, sagte Elric.

»Nur die Allergrößte Macht, von der wir wenig wissen, wenngleich auch mehr, als es den Menschen vergönnt ist, kann unverbrauchte Ideen erschaffen. Die Allergrößte Macht hält Ordnung und Chaos im ewigen Gleichgewicht und läßt uns nur dann Krieg führen, wenn sich die Schalen zu sehr nach einer Seite neigen. Uns verlangt es nicht nach Macht – nur nach Vielfalt, also lassen wir jedes Mal, wenn wir unserer Domäne müde werden, unsere alten Schöpfungen verschwinden und entwerfen neue. Wenn Ihr ein frisches Element in unsere Domäne bringt, dann lassen wir Euch frei. Wir erschaffen Witze und Widersprüche. Bringt einen besseren

Witz und einen besseren Widerspruch zu unserer Unterhaltung zustande, und Ihr könnt gehen.«

»Sicher erwartet Ihr das Unmögliche von mir?«

»Ihr allein könnt die Wahrheit Eurer Frage beurteilen. Nun beginnen wir.«

Und Elric saß zurückgelehnt, dachte über sein Problem nach und sah zu, als die großen Lords des Chaos ihre gewaltigen Experimente begannen.

Die Feuerwände flackerten und erstarben langsam, und wieder erblickte er die gewaltige öde Ebene aus flachen Steinen. Dann verfinsterte sich die Luft, und seufzend wehte ein stöhnender Wind über die Ebene. Am Himmel entstanden Wolken in tausenderlei Gestalten, fremd, finster, unvertraut in Schwarz und rauchigem Orange, und doch zur gleichen Zeit vertraut …

Der Felsen verformte sich wie Lava, verflüssigte sich und bäumte sich auf, und im Aufbäumen wurde er zu Riesen, Bergen, Tieren aus grauer Vorzeit, Ungeheuern, Greifen, Basilisken, Chimären, Einhörnern. Wälder brachten riesige und exotische Blumen hervor, Elefanten flogen, und große Vögel zermalmten überkochende Berge unter ihren Füßen. Grellfarbene Finger erklommen den Himmel, kreuzten sich und blendeten. Eine Schar laut singender Löwen stürzte vom Firmament herab auf den Wald und stieg unter klagend einsamer Musik wieder empor.

Der Wald zerschmolz und wurde zu einem Ozean, und ein gewaltiges Heer runzeliger Menschlein stampfte aus seinen Tiefen herauf und zog Boote hinter sich her. Für kurze Zeit marschierten sie über das sprudelnde Wasser und erklommen dann im Gleichschritt den wetterleuchtenden Himmel. Als alle den Ozean hinter sich gelassen hatten, machten sie ihre Boote klar, setzten die Segel, lachten und schrieen und riefen, winkten, kletterten in die Boote und strebten mit phantastischer Geschwindigkeit dem Horizont entgegen.

Die gesamte Schöpfung wallte und tropfte in allen Formen in der Domäne des Chaos. Alles war Lust, Irrsinn und brüllender Schrecken, Liebe, Haß und Musik miteinander vermischt.

Der Himmel erbebte unter vielfarbigem Vergnügen und erblühte in Weiß, durchschossen mit Adern in Blau, Purpur und Schwarz, brennendem Rot, das mit sich öffnenden gelben Blumen besprenkelt war, verschmiert mit kränklich-fahlem Grün. Vor diesem brodelnden Hintergrund rasten bizarre Umrisse vorbei.

Die Chaos-Lords schrien und besangen ihre unheimliche Schöpfung, und Elric schrie ebenfalls und dachte, daß die erstarrten Statuen, die er zuvor erblickt hatte, gleichzeitig weinten und lachten.

Eine groteske Verbindung aus Mensch und Baum sandte ihre Wurzeln in die Erde und zerrte Berge aus ihren Höhlen, woraufhin sie sie mit dem Gipfel nach unten wie umgedrehte Pyramiden auf den Boden setzte. Auf den platten Oberflächen erschienen Tänzer in grellen Lumpen, die um sie herumflatterten und aufleuchteten. Sie waren verkrümmt, unmenschlich, so bleich wie tote Schönheit und grinsten starr, und dann entdeckte Elric die Schnüre an ihren Gliedern und den lautlos lachenden Puppenspieler, der bärenhaft aufragte und sie beherrschte. Aus einer anderen Richtung raste eine kleine blinde Gestalt heran; sie trug eine Sense, die hundertmal größer war als ihr Träger. Mit einem Streich kappte er die Schnüre, und mit dieser Bewegung verschwand die Szenerie und wurde von einer aufspritzenden Lichtflut aus grünen und orangefarbenen Flammen abgelöst, die sich in verworrenen Zickzackmustern auflöste.

All dies geschah zu allen Seiten. Die Lords des Chaos lächelten, während sie erschufen, aber Elric runzelte die Stirn, sah staunend und nicht ohne einiges Vergnügen zu, fragte sich jedoch, wie er solchen Leistungen gleichkommen könnte.

Das Freudenfest der Lords des Chaos ging über viele Stunden, und die Lords nahmen die Bestandteile von Elrics Welt auf, schüttelten sie durcheinander, wendeten sie von innen nach außen, stellten sie auf den Kopf, erzeugten erschreckende, sonderbare, schöne unheilige Kombinationen, bis sie der ständig wechselnden Szenerie, der fortwährenden Verwandlungen und Verschiebungen um sie herum überdrüssig wurden. Sie hatten ein Muster festgesetzt, das kein Muster war, das so lange währen würde, bis ihre

Domäne sie wieder langweilte und sie eine neue Zeit der Verwandlungen herbeiführen würden.

Dann wandten sie sich um und sahen Elric erwartungsvoll an.

Teshwan sagte mit leicht erschöpfter Stimme: »Da – Ihr habt gesehen, was wir vollbringen können.«

»Fürwahr, ihr seid Künstler«, sagte Elric, »und das, was ich erblickte, hat mich so erstaunt, daß ich ein wenig Zeit brauche, um darüber nachzudenken. Werdet Ihr sie mir gewähren?«

»Ein wenig Zeit – nur ein wenig Zeit –, wir wollen sehen, was Ihr uns darbietet, noch während die Erregung uns umfängt.«

Und Elric stützte den weißen Albinokopf auf seine Faust und dachte konzentriert nach. Viele Ideen fielen ihm ein und wurden wieder verworfen, aber schließlich richtete er sich auf und sagte: »Gebt mir Schöpfungskraft, und ich werde erschaffen.«

Lächelnd erwiderte Teshwan: »Die Macht ist Euer – nutzt sie wohl. Ein Witz und ein Widerspruch sind alles, was wir verlangen.«

»Und der Lohn, wenn ich versage?«

»Ewige Bewußtheit.«

Bei diesen Worten erschauerte Elric, sammelte seinen Geist und durchstöberte sein Gedächtnis, bis sich vor ihm eine menschliche Gestalt bildete. Dann verlieh er dem Gesicht Züge und bekleidete den Körper, bis vor Elric und den Lords des Chaos ein vollkommenes Abbild – von Elric selbst stand.

Verwirrt sagte Teshwan: »Wahrlich eine prächtige Frechheit, so viel sei Euch zugestanden – aber das ist nichts Neues – Ihr sitzt bereits an unserer Tafel.«

»Wohl wahr«, erwiderte Elric, »doch blicket in den Verstand dieses Mannes.«

Sie runzelten die Stirnen und taten wie geheißen. Dann nickten sie lächelnd. »Der Widerspruch ist erlesen«, sagte Teshwan, »und wir erkennen, worauf Ihr hinauswollt. Seit einer Ewigkeit haben wir die Wirkung erschaffen. In Eurem Stolz und Eurer Arglosigkeit habt Ihr die Ursache erzeugt. Im Verstand dieses Mannes war alles, was jemals existieren konnte.«

»Also habt Ihr den Widerspruch bemerkt?« fragte Elric; er war ängstlich darauf bedacht, daß sein Werk richtig interpretiert worden war.

»Natürlich. Denn obgleich dieser Verstand jene Vielfalt besitzt, die wir vom Chaos lieben, enthält er auch die Struktur, die die öden Lords der Ordnung der Welt aufzwingen wollen. Wahrlich, junger Sterblicher, Ihr habt alles in einem einzigen Handstreich erschaffen. Und es sei Euch auch Dank für den Witz.«

»Den Witz?«

»Nun, wahrlich – der beste Witz ist lediglich eine einfache Feststellung der Wahrheit. Lebt wohl. Denkt daran, sterblicher Freund, daß die Lords des Chaos Euch dankbar sind.«

Und mit diesen Worten entschwand die Domäne, und Elric fand sich auf der Wiese wieder. In der Ferne entdeckte er die Stadt Bakshaan, die sein eigentliches Ziel gewesen war, und in der Nähe graste sein Pferd, das ihn dorthin bringen würde.

Er stieg auf, schnalzte und sagte sich, als der Wallach in Trab verfiel: »Ein Witz ist es schon, doch ist es schade, daß die Menschen nicht häufiger darüber lachen.«

Unwillig hielt er auf die Stadt zu.

Brautpreis

Marion Zimmer Bradley

Die amerikanische Schriftstellerin Marion Zimmer Bradley (geboren 1930) verfaßt seit Anfang der fünfziger Jahre Science-fiction und Fantasy. Zu ihren bedeutendsten Werken gehört der umfangreiche Science-Fantasy-Zyklus um den Planeten Darkover. Ihr 1982 erschienener voluminöser Fantasy-Roman The Mists of Avalon, *eine Neufassung der Artus-Legende, wurde zum internationalen Bestseller.*

Es war still in der Kapelle der Comyn-Burg[1], die leer war bis auf sie selbst und die auf die Wand gemalten Figuren von Camilla, Hastur und Cassilda, im alten Stil ausgeführt: Camilla, die Arme voller Sommerfrüchte, Cassilda mit Sternblumen in der Hand, Hastur, schweigend und starr vor den Frauen, so teilnahmslos wie vor ihr auf der Bahre Gabriel. Schwere Samtdecken in den Ardais-Farben, grau und scharlachrot, verhüllten den Leichnam, und Rohana, in deren Augen keine Tränen standen, erinnerte sich noch an die hauchdünnen Stoffe in denselben Farben, die am Hochzeitstag auf ihrem schmalen Bett gelegen hatten.

»Es sieht aus wie beim Begräbnis einer Hüterin«, hatte sie damals gewitzelt. »Das alles für eine Hochzeit? Und für mich?« »Rohana«, erwiderte ihre Mutter feierlich. »Es ist eine gute Heirat. Ich kann dich nicht verstehen; hätte man deinen Schwestern das Oberhaupt einer Domäne zum Mann gegeben, wären sie vor Freude außer sich gewesen. Du dagegen benimmst dich, als ginge die ganze Sache dich nichts an. Man könnte meinen –« Die Herrin Liane verstummte, und Rohana wußte, daß ihre Mutter ihr um ein Haar eine Frage gestellt hätte, auf die sie eigentlich gar keine Antwort haben wollte. *Man könnte meinen, du hättest den Rest deines Lebens im Turm von Dalereuth zubringen wollen.* Aber das hätte sich schließlich einrichten lassen. Statt dessen erkundigte sie sich: »Gefällt dir Gabriel Ardais etwa nicht, undankbares Mädchen?«

»Wie könnte er ihr nicht gefallen?« warf Frau Sarita ein, die alle drei Aillard-Töchter großgezogen und an den beiden vorherigen Hochzeiten teilgenommen hatte. »Er ist hochgewachsen und sieht gut aus, ist stark, weiß sich höflich auszudrücken –«

»Wie schade, daß *du* ihn nicht heiraten kannst, Kinderfrau, wenn er dir so gefällt«, neckte Rohana, aber sie war nicht recht bei der Sache.

»Also wirklich!« schaltete sich die Herrin Liane mit leichtem

1 Die Comyn-Burg ist eine Art zentrales Hauptquartier aller Comyn und liegt in der Stadt Thendara (A. d. Ü.).

Stirnrunzeln ein. »Ich habe geschworen, daß keine meiner Töchter gegen ihren Willen ins Brautbett gezwungen werden soll; und wenn du Gabriel nicht magst, hättest du es nur zu sagen brauchen, bevor die Dinge so weit gediehen waren.«

Rohana seufzte und erbarmte sich der betrübten Miene ihrer Mutter. »Nein, nein. Es stimmt nicht, daß ich etwas gegen Gabriel hätte; er ist ganz sicher nicht schlechter als die anderen, die um mich geworben haben. Aber du kannst mir kaum vorwerfen, daß ich das Gefühl habe, der heutige Tag sei eher ein Freudentag für meine Familie als für mich oder Gabriel. Jeden Tag, seit man unsere Hände zur Verlobung ineinandergelegt hat, ist mir von früh bis spät eingehämmert worden, wie einzigartig es doch sei, daß jetzt zwei der größten Häuser in den Domänen zusammenkommen, da der Ardais-Erbe und die Aillard-Tochter sich die Hand reichen – bis sich diese Heirat mehr nach einer Viehpaarung anhörte als nach einem Hochzeitsfest.«

Rohana blickte hinab in den Hof. Aus der Grube, in der zwei große Ochsen über den Kohlen brieten, stieg Rauch auf. Der Duft war würzig und gut, aber irgendwie verursachte er ihr heute Übelkeit. »Ich bin nur überrascht, daß ihr keine Seiltänzer und Gaukler und den dreibeinigen Mann aus Candermay herbeigeholt habt, um die Menge zu unterhalten, während man auf das große Ereignis wartet; oder wollt ihr zu den Bräuchen des Chaos-Zeitalters zurückkehren, als Braut und Bräutigam die Hauptvorstellung gaben und alle anderen um sie herumstanden und sie anfeuerten?«

»Rodi! Schäm dich!« tadelte Frau Sarita errötend.

»Nun, schließlich geht es hier ja nicht um mein Vergnügen oder um Gabriels«, sagte Rohana. »Und irgend jemand sollte doch wenigstens Spaß an der Sache haben. Hier wird Aillard mit Ardais verheiratet und nicht Rohana und Gabriel. Ich habe meine Rolle so gut gelernt wie die Schauspielerinnen auf den Bühnen von Thendara ihre Verse, und wahrscheinlich werde ich auch so gut spielen wie sie, natürlich ohne den Applaus.«

»Törichtes Geschöpf«, rügte die Kinderfrau, »an ihrem Hochzeitstag ist jede Frau eine Königin.«

»O ja«, erwiderte Rohana, »einen Tag lang darf die Braut Königin spielen.« Im leichten Hemd stand sie da, und das kupferfarbene Haar fiel lose und glatt bis zum Gürtel. Sie hob die geraden Brauen und musterte den auf ihrem Bett ausgebreiteten Putz. »Auf daß es ihr hilft zu vergessen, daß sie von ebendiesem Tage an für immer einem Mann untertan sein und sogar den eigenen Namen aufgeben muß.«

»Aber das stimmt doch gar nicht, Rohana«, wandte die Herrin Liane ein. »Oder glaubst du wirklich, ich wäre eine Untergebene deines Vaters?«

»Nein, Mutter, aber du bist eine Aillard und hast einen Mann geheiratet, von dem du wußtest, daß er dir an Rang unterlegen war; und mein Vater wußte vom Tag der Hochzeit an, daß seine Braut zugleich seine Herrin war, der er dienen und gehorchen mußte. Ich heirate einen Comyn-Edlen von Ardais, wo selbst das Erbrecht der männlichen Linie folgt; ihm wird seine Gattin nicht überlegen, ja nicht einmal gleichgestellt sein. Ich habe nicht das Herz, durch ständigen Zank mit Gabriel meinen Willen durchzusetzen, Mutter, und darum –«, sie zuckte die Achseln, »darum fürchte ich, ich werde ihn gar nicht durchsetzen.« Sie ließ sich auf einen Stuhl fallen.

»Komm doch, meine Kleine, sei nicht traurig«, tröstete Frau Sarita und tätschelte ihr die Wange. »Es wird eine Zeit kommen, in der du dich an diesen Tag als den glücklichsten deines Lebens erinnerst.«

»Bedeutet das, daß alle auf ihn folgenden Tage meines Lebens weniger glücklich sein werden?« fragte Rohana mit einem Seufzer.

»Ganz und gar nicht, Kind. Ich weiß ja, daß so eine Hochzeit anstrengend ist, aber sie geht rasch vorbei, und dann lernst du all die schönen Dinge kennen, die das Vorrecht einer Braut sind. Ich erinnere mich an meinen eigenen lieben, guten Mann …« Sie wollte sich in ihre Erinnerungen verlieren, aber die Herrin Liane unterbrach sie.

»Sarita, das Kind hat noch gar nicht richtig gefrühstückt. Geh hinunter in die kleine Küche und bereite ihr irgend etwas

Schmackhaftes, einen Becher Suppe vielleicht, du weißt doch, was sie am liebsten mag.« Als die Kinderfrau sich entfernt hatte, zog sie Rohana an sich und strich ihr über die Haare.

»Kind, ich ertrage es nicht, dich so elend zu sehen«, klagte sie. »Ich dachte wirklich, daß du Gabriel gern hast.«

»Das stimmt ja auch, Mutter; ich habe ihn so gern, wie man einen Mann haben kann, den man nur ein einziges Mal und dann auch nur für ungefähr eine Stunde gesehen hat.«

Merkwürdigerweise errötete die Herrin Liane. Mit unterdrückter Stimme sagte sie: »Tochter, weißt du eigentlich, wie viele Bräuche schon dafür verletzt wurden? Ich mußte dem Herrn von Ardais erklären, du seist eine *Leronis* und viel Freiheit gewöhnt. Wahrscheinlich hielt er dich trotzdem für schamlos, weil du darauf bestandest, deinen zukünftigen Gatten tatsächlich zu Gesicht zu bekommen.

Oder liegt es nur daran, daß es dir unangenehm ist, im Mittelpunkt der Aufmerksamkeit zu stehen? Du hast im Turm nicht gelernt, vor aller Leute Augen zu leben, wie eine Comynara es muß. Oder – Rodi, hast du vielleicht deine Frauenzeit? Wenn das der Fall ist, werde ich deinen Vater bitten, mit Gabriel unter vier Augen zu reden und ihm klarzumachen, daß er dich noch ein paar Tage unbehelligt lassen soll.«

Rohana zog eine Grimasse. »Die Kinderfrau ist dir bereits zuvorgekommen, Mutter; den letzten halben Zyklus hat sie mir schon ihr Hebammengebräu eingetrichtert, um genau das zu verhindern.«

Die Herrin Liane lächelte, und zum ersten Mal im Leben hatte Rohana das Gefühl, von ihrer Mutter als Gleichgestellte behandelt zu werden.

»Ich hätte mir damals auch so eine weitsichtige Mutter oder Kinderfrau gewünscht. Aber früher hätte niemand mit einem jungfräulichen Mädchen über solche Dinge gesprochen. Obwohl ich zugeben muß, daß dein Vater, als ich endlich den Mut aufbrachte, es ihm zu sagen, sich äußerst freundlich und verständnisvoll benahm.«

Es fiel Rohana schwer, sich ihre stattlichen Eltern als verlegene junge Braut und rücksichtsvollen Bräutigam vorzustellen. »Wie alt warst du damals, Mutter?«

»Fünfzehn«, antwortete die Herrin Liane. »Sabrina wurde geboren, bevor ich das sechzehnte Jahr vollendet hatte. Ich war so erfreut, daß mein erstes Kind eine Tochter für Aillard war; dein Vater hingegen war zutiefst enttäuscht, aber er war lieb und brachte mir Blumen. Sabrina hatte schon zwei Kinder, ehe sie noch so alt war wie du jetzt. Und deine Schwester Marelie wollte auch jung heiraten; zu jung, fand ich, und darum ließ ich sie auch erst für ein Jahr in den Turm von Dalereuth gehen, so wie dich später. Aber sie hatte keine *Laran*-Gabe. Deshalb war ich stolz, als das Talent sich bei dir zeigte; und auch der Herr von Ardais freut sich darüber, weil Gabriel anscheinend nur wenig davon besitzt. Aber wenn du dein Leben in einem Turm hättest zubringen wollen, Rohana – ein Wort hätte genügt.«

Rohana hatte mit sich selbst gewettet, daß ihre Mutter genau das – und mit eben diesen Worten – sagen würde; aber inzwischen lag ihr nichts mehr an ihrem Sieg. Sie seufzte und schüttelte den Kopf.

»Nein«, sagte sie, »ich habe die Gabe nicht. Aus unserer Gruppe war es Leonie, die sie besaß – sie und Melora.« Sie schluckte und bedeckte das Gesicht mit den Händen. Ihre Augen füllten sich mit Tränen. »Melora«, weinte sie. »Als kleine Mädchen versprachen wir einander, daß diejenige von uns, die zuerst heiratet, die andere zur Brautjungfer wählen würde. Warum will mir niemand erzählen, was mit Melora geschehen ist, Mutter? Ist sie tot? Oder ist sie mit einem Reitknecht oder Stallburschen durchgebrannt?«

Die Herrin Liane seufzte und schüttelte den Kopf. »Nein, Liebes; das hätten wir dir gesagt, damit du nicht auch so eine katastrophale Wahl treffen würdest. Du bist jetzt alt genug, es zu erfahren: sie wurde von Räubern aus den Trockenstädten entführt, und alle, die nach ihr suchten, verschwanden ebenfalls, ohne daß man je wieder von ihnen hörte. Wir hoffen, daß sie tot ist.«

Rohana zuckte entsetzt zurück, und ihre Mutter umarmte sie wieder und streichelte ihre Haare. In diesem Augenblick wäre es ihr fast möglich gewesen, alle ihre Ängste und Fragen herauszusprudeln; aber Frau Sarita betrat mit einem Essenstablett das Zimmer, und die Gelegenheit war vorüber, vielleicht für immer.

»Du mußt ordentlich essen«, drängte Sarita, »denn im Brautkleid bekommst du nur wenig. Ich habe dir einen Becher Nudelsuppe gebracht, eine Scheibe Regenvogelbraten und Schwarzfruchtkuchen. Schau her, Herzchen, hast du die *Catenas* gesehen?« Sie hielt die in wundervollem Filigran gearbeiteten, kupfernen Hochzeitsarmbänder in die Höhe.

Die Herrin Liane stand auf und küßte Rohana auf die Stirn; die momentane Vertraulichkeit war vorüber.

»Ich sehe dich wieder, wenn du angekleidet bist, Liebes«, sagte sie und zog sich zurück.

Wie eine kostbare, in die Farben von Ardais gekleidete Puppe bewegte sich Rohana durch die langwierigen Zeremonien. Die Armbänder wurden um ihre Handgelenke geschlossen, und sie tauschte einen rituellen Kuß mit Gabriel; auch seine Lippen schienen kalt wie Eis. Er übertrug ihr die Schlüssel seines Großen Hauses und stellte ihr seine Paxmänner vor; sie nahm von jedem einzelnen den rituellen Handkuß entgegen. Bei all dem schien er ebenso abwesend und in sich versunken wie sie. Hatte man ihm diese Ehe aufgezwungen? Und doch stand er ihr offensichtlich nicht gleichgültig gegenüber; immer wieder merkte sie, daß seine Blicke auf ihr ruhten.

Rohana wußte, daß sie schön war. Trotz ihrer Jugend hatten sie schon Männer begehrt. Sie hatte gelernt, so zu tun, als bemerke sie es nicht; im Turm, wo es nicht möglich war, darüber hinwegzusehen, hatte sie gelernt, sich abzuschirmen. Jetzt würde es keine Möglichkeit zum Ausweichen mehr geben. Sie wußte, daß sie sich ihrem Gatten nicht würde entziehen können, und empfand eine fast zornige Abneigung gegen die ganze Angelegenheit. Gut, sie würde tun, was man von ihr erwartete; mehr konnte niemand verlangen. Aber Gabriels eindringliche Blicke machten ihr angst.

Als es soweit war, daß man sie zu Bett brachte, fürchtete sie sich ernstlich. Sie wußte, daß die anzüglichen Scherze und Derbheiten nur ein alter Brauch waren; man erwartete, daß sie kicherte und sich sträubte, vielleicht auch weinte und sich schämte. Nun, an ihr sollten sie keinen Spaß haben; Rohana bewahrte vollendete Haltung, lächelte nur leicht bei den schlimmsten Witzen und hob, wenn sie allzu grob waren, ein wenig die Brauen. Die Zeugen und Zeuginnen hatten sich darauf eingerichtet, ihre Neckereien stundenlang fortzusetzen, aber Rohanas kühles, verschlossenes Gesicht nahm der Sache den Reiz. Nach und nach verstummten Lieder und Gelächter, und man ließ die beiden allein.

Gabriel wandte sich ihr zu und sagte: »Ich habe noch nie eine so beherrschte junge Braut gesehen; wo habt Ihr das gelernt, Herrin?«

»Ihr wißt, daß ich *Leronis* in Dalereuth war. Das erste, was man uns dort lehrt, ist Selbstbeherrschung, und zwar unter sehr viel schwierigeren Umständen als hier. Ich wollte nicht, daß sie mich behandelten wie eine Mißgeburt beim Jahrmarktsfest.«

»Mit Eurer Erlaubnis, Herrin«, bemerkte Gabriel, stieg aus dem Bett und schob den Riegel vor die Tür. Dann kam er wieder und setzte sich auf die Bettkante an ihrer Seite. Er war nicht ganz so groß, wie sie ihn in Erinnerung hatte, sondern stämmiger und breitschultriger. Sein Gesicht war blaß, und bei all ihrer eigenen Nervosität dachte sie, als sie Schweißperlen auf seiner Stirn sah, *ach, er ist ja ebenso aufgeregt*; und zum ersten Mal erschien ihr dieser unbekannte junge Mann mit den roten Locken nicht als Mitverschwörer bei der unerwünschten Hochzeit, sondern als Opfer wie sie selbst. Sie streckte ihm die Hände entgegen und fiel, ohne darüber nachzudenken, in das vertrauliche Du: »Erzähl mir ein wenig, Gabriel. Ich weiß so wenig von dir ... es kommt mir so seltsam vor, daß sich nach der Sitte Gatte und Gattin als Fremde begegnen. Ich weiß ja nicht einmal, wie alt du bist.«

»Zur Frühjahrsaussaat werde ich sechsundzwanzig«, antwortete er. »Ich weiß, daß mein Vater deinem gesagt hat, ich sei erst dreiundzwanzig, weil er fürchtete, man könnte mich als zu alt für dich ansehen; aber ich möchte ehrlich zu dir sein, Rohana.« Zum ersten Mal benutzte er ihren Namen. »Ich glaube auch nicht, daß sie dir erzählt haben, daß ich schon einmal verehelicht war. Sie starb im Kindbett; wir waren noch kein ganzes Jahr verheiratet.«

Rohana dachte: *Das kann mir auch geschehen.* Aber der Gedanke war fern und wie ein Traum, und sie wußte – durch das *Laran*, das ihr zuzeiten noch immer wie ein großes Geheimnis vorkam –, daß ihr dieser Tod nicht bestimmt war. Rohana fragte sich, ob Gabriel die Verstorbene geliebt hatte und diese neue Heirat ihm deshalb so wenig willkommen war wie ihr.

Durch die Spitzenrüschen an ihrem Handgelenk berührte er leicht ihre Finger und sagte: »Ich möchte dich bitten – ich weiß, es ist eine seltsame Bitte für eine Hochzeitsnacht – aber ...« Er verstummte.

Rohana bereitete sich auf irgendeinen unaussprechlichen Wunsch vor – wenn es *ihn* in Verlegenheit brachte, was mochte es sein? – und erwiderte sanft: »Du darfst mich um alles bitten. Sprich nur, mein Gemahl.« Es fiel ihr immer noch schwer, ihn beim Namen zu nennen.

»Worum ich dich bitten möchte – sei freundlich zu meiner Tochter. Sie ist erst zwei Jahre alt, und ich fürchte, sie hat im Leben nur wenig Liebe kennengelernt. Ich habe sie selbst nicht oft gesehen. Ich habe ihr eine Puppe geschenkt, aber vielleicht war sie dafür noch zu klein.«

»Ganz bestimmt würde ich nie unfreundlich zu einem kleinen Kind sein, das mir nichts Böses getan hat«, versicherte Rohana. »Ich weiß wenig von Kindern – im Turm hatte ich keine Gelegenheit, welche zu sehen –, und mit den Kindern meiner Schwester bin ich nur selten zusammengekommen. Aber ich verspreche dir, daß ich sie niemals grausam behandeln werde, sie weder schlagen noch ihr auch nur grobe Worte geben will – das gelobe ich dir. Wie heißt sie?«

»Cassilda«, erwiderte er zu ihrem Erstaunen; in den Ebenen von Valeron, wo sie aufgewachsen war, zollte man dem Namen Cassilda viel zuviel Ehrfurcht, als daß man ihn einem Menschenkind gegeben hätte.

»Du wurdest in einem Turm ausgebildet, Rohana? Wolltest du eine *Leronis* werden?«

»Das habe ich eine Weile gedacht; aber als es an der Zeit war, daß ich fortgehen und heiraten sollte, erhob niemand Einspruch. Meine Gabe ist nicht so groß.«

Er sagte und sah sie dabei nicht an: »Rohana, ich weiß, daß manche Frauen in den Türmen sich – Liebhaber nehmen können. Wenn du schon andere geliebt hast, werde ich es dir niemals vorwerfen, das schwöre ich. Aber sag mir offen: Gibt es einen, dem dein Herz gehört?«

»Nein«, antwortete sie verblüfft; nie hatte sie gedacht, daß ein Mann, noch dazu ein Mann aus den Bergen, das verstehen könnte. Trotzdem verwirrte sie eine Erinnerung.

Meloras Vetter Rafael. Er hatte sie begehrt, und sie waren so nahe daran gewesen, ein Liebespaar zu werden. Nicht, weil auch sie Verlangen nach ihm verspürt hätte – sie hatte kaum gewußt, was Begierde bedeutete. Er aber hatte sie so heftig begehrt, daß es sie selbst gequält, sie seinen Hunger und seine Not geteilt hatte. Sie hatte sich ihm schenken, ihn trösten wollen, betrübt über sein Leiden. Aber sie hatte zugleich einen Widerwillen empfunden, gegen den sie nicht ankonnte; und Rafael hatte seinerseits diesen Widerwillen gespürt und sie nicht gegen ihren wahren, innersten Wunsch nehmen, ihre Hingabe nicht nur als Geschenk ihrer Freundschaft empfangen wollen.

Rohana griff nach Gabriels Hand und sagte sanft: »Nein, mein Gemahl. Ich danke dir für dein Verständnis, aber nie habe ich für einen Mann etwas anderes als Freundschaft empfunden, und keiner kann sagen, er habe mehr von mir gehabt als einen Tanz im Mondlicht und meine Fingerspitzen zum Kuß.«

Gabriel drückte ihre Hand. »Fast tut mir das leid«, erwiderte er. »Denn da du einen Fremden heiraten mußtest, denke ich, es wäre vielleicht gut für dich gewesen zu erfahren, wie es ist, wenn man jemanden – liebt, den man sich selbst gewählt hat, bevor man einem Mann zur Ehe gegeben wird, von dem man nicht sicher weiß, ob man ihn ebenso lieben kann.« Gabriels Stimme war ohne jede Traurigkeit.

Merkwürdigerweise war Rohana betrübt. Sie dachte: *Ich will ihn ja gar nicht lieben. Es ist genug, daß ich meine Heimat verlassen und unter fremden Menschen leben muß, hart genug, Ehefrau in einem fernen Land zu sein, ohne daß ich auch noch diese Last auf mich nehmen muß. Ich wünschte, wir würden unsere ehelichen Pflichten erfüllen und nicht mehr voneinander verlangen. Es wäre leichter, wenn er mir immer gleichgültig bliebe und uns nichts verbände als die Kinder, die wir haben werden: Wenn ich ihm so unbeteiligt gegenübertreten könnte, so kühl und ungerührt wie jenen Mädchen, die mich geneckt haben, als man uns zu Bett brachte.* Und gleichzeitig fragte irgendein quälender Geist des Widerspruchs in ihr hartnäckig: *Warum ist er so sicher, daß ich ihn nie lieben werde?*

Einen Augenblick später sagte er, und sie fragte sich, ob er nicht doch über *Laran* verfüge und ihre Gedanken gelesen hatte: »Rohana, diese Eheschließung war nicht ganz und gar eine Vernunftheirat. Ich habe meinen Vater gebeten, für mich um deine Hand anzuhalten, obwohl ich wußte, daß du zu jung für mich warst.«

Sie blickte ihn überrascht an. Warum hatte er das getan? Sie konnte sich nicht erinnern, ihn je zuvor gesehen zu haben, obwohl sie einander vermutlich zur Zeit der Ratssitzungen begegnet sein mußten, als sie ein kleines Mädchen und er schon ein junger Mann gewesen war.

Ach, gesegnete Cassilda, ich werde das nur ertragen können, wenn ich ihm wirklich ganz gleichgültig gegenüberstehe.

Sie hörte selbst, wie feindselig ihre Stimme klang, als sie fragte: »Aber warum, Gabriel?«

Er antwortete, und seine Worte kamen zögernd: »Nicht nur, weil du schön bist, glaub das nicht.«

Also weiß er, daß mich das kränken würde, dachte sie. Wenigstens hielt er sie nicht für eine dieser Frauen, die beleidigt sind, wenn man ihnen nicht ihres Aussehens wegen schmeichelt und Komplimente macht.

»Weil«, fuhr er ein wenig stammelnd fort, »ich – dich einmal gesehen habe, als ich deinen Bruder besuchte. Du hast gesungen und auf der *Rryl* gespielt. Ich liebe Musik über alles – meine Pferde vielleicht ausgenommen –, und der Gedanke, daß wir das gemeinsam haben könnten …«

»Liebst du wirklich Musik?«

»Ich habe wenig Geschick dazu, ein Instrument zu spielen«, gestand er. »Ich bin mit ungeschickten Fingern geboren, die sich meinem Willen nicht fügen; aber bis zum Stimmbruch war ich im Chor von Nevarsin erster Sopran. Es heißt, ich hätte immer noch eine angenehme Stimme, und ich liebe das Singen. Nichts würde mir größere Freude bereiten, als wenn eines unserer Kinder musikalisch wäre. Eine solche Begabung würde ich höher schätzen als alles *Laran*.«

»Ich habe dich heute abend singen hören«, erwiderte Rohana, »eins von diesen fürchterlich rohen Trinkliedern, doch es stimmt, daß du eine schöne Stimme hast.«

»Ich freue mich, daß dir etwas an mir gefallen hat«, meinte er und betrachtete sie mit einem Lächeln, in dem eine schwache Hoffnung lag. »Ich habe noch nie eine so unglücklich aussehende Braut gesehen und könnte den Gedanken nicht ertragen, daß du mich schon jetzt haßt.«

Schnell und impulsiv sagte sie: »Ich finde nichts an dir, das ich hassen könnte.« Wieder lächelte er, und sie mußte an einen Welpen denken, der Freundschaft schließen möchte.

»Stört es dich, daß ich nicht trinken kann wie ein Mann? Meine Brüder machen sich ständig über mich lustig, weil ich keinen Wein vertrage und mir davon meist übel wird. Sie haben gesagt, ein Bräutigam kränkt seine Braut, wenn er ihr nicht zutrinkt, und ich sollte mich wenigstens am Hochzeitstag einmal richtig volllaufen lassen.«

»Meinetwegen brauchst du nie zu trinken; ich verachte die Trunkenheit«, erklärte sie und ertappte sich dabei, daß sie sich wünschte, er möge so bleiben.

Er lächelte zögernd. »Ich hatte Angst, wenn ich zuviel trinken würde, könnte ich mich vergessen und – grob mit dir umgehen«, bekannte er. »Als ich Catalina heiratete«, er wandte den Blick ab, »überredeten sie mich, betrunken zu ihr zu gehen – ich hatte zudem Angst – und es dauerte später sehr lange, bis sie ihre – ihre Furcht vor mir überwand; ich glaube, noch als sie starb, war sie nicht völlig frei davon.«

»Oh, Gabriel, wie schrecklich für dich!« rief Rohana, ohne zu überlegen.

»Und für sie, das arme Mädchen. Ich wollte das Risiko nicht eingehen, auch dich zu verschrecken.«

Sie sagte, von einem warmen Impuls getrieben: »Ich glaube nicht, daß ich jemals Angst vor dir haben könnte.«

»Verhüte Gott, daß du jemals Grund dazu haben solltest.« Und einen Augenblick später: »Wenn ein Mann einer – einer Mätresse oder einer Kurtisane – den Hof machen kann, so daß sie ihn lieb gewinnt, dann sehe ich keinen Grund, warum ein Mann nicht um seine eigene Frau werben sollte wie um eine Geliebte. Vielleicht liebst du mich eines Tages so wie den Mann, den du dir selber ausgesucht hättest.« Seine Augen waren, wie sie ungläubig feststellte, voller Tränen. »Schließlich bin ich mit der schönsten und edelsten Dame in den Domänen verheiratet – mit der, die ich mir unter allen und überall ausgesucht hätte.«

Und wie damals im Turm konnte sie die aufbrandende Woge seines Verlangens spüren, und wie damals war sie halb ängstlich, halb erregt, fortgerissen in ein tiefes Bewußtsein des anderen.

So ist es also, wenn man ohne Furcht und Zögern den Geist eines anderen Menschen berührt. Ich brauche mich nicht vor ihm zurückzuhalten; es ist mein Recht, ihn zu begehren, seine Leidenschaft zu teilen, ja, es ist sogar meine Pflicht.

Und doch empfand sie einen Anflug von Trauer. *Wie kann ich je erfahren, ob das wirklich das ist, was ich will, oder ob ich mich nur von ihm mitreißen lasse, seine Leidenschaft, seine Wünsche, sein Verlangen zu teilen? Habe ich denn nichts Eigenes mehr?* Als sie ihre Hand in die seine legte und ihm dann die Arme entgegenstreckte, fragte sie sich, ob es überhaupt darauf ankam. Wichtig war doch nur, daß sie ein Fleisch wurden; war es von Bedeutung, wer als erster begehrte?

Ja, überlegte sie betrübt, *für mich ist es von Bedeutung, wenn auch nicht so sehr, daß ich mich dieser Gemeinschaft verweigere; denn ob ich will oder nicht, man hat mich ihm gegeben. Und weil auch er mir gegeben wurde, ist es besser, wenn wir einander willig gehören anstatt unwillig.*

Ich könnte bleiben, was ich bin, und mich wehren, so wie ich es im Turm getan habe. Warum soll ich Gabriel schenken, was ich Rafael verweigert habe – nur weil unsere Familien uns vereint haben, ohne daß wir es wollten? Oder jedenfalls, ohne daß ich es wollte; denn Gabriel möchte mich lieben. Ich könnte mich von ihm fernhalten – aber dann würde es das Glück nicht geben, von dem ich glaube, daß wir es miteinander finden können. Ich könnte bleiben, was ich bin, und eine unglückliche Ehe führen. Ist das ein zu hoher Preis für meine innere Unberührtheit? Oder soll ich mich von diesem übermächtigen Gefühl fortreißen lassen, um vielleicht – zumindest für eine Weile – sehr glücklich zu werden und nie wieder zu wissen, was es bedeutet, ich selbst zu sein?

Wie aber kann ich etwas anderes sein als ich selbst? Ist das hier nicht auch »ich selbst«? So grübelte sie, bis Gabriel sie küßte und sie vergaß, was alle diese Fragen bedeuteten.

Und nun lag er vor ihr und war tot, und sie fragte sich, ob sie jemals gewußt hatte, was Liebe hieß, oder ob es überhaupt so etwas gab. Dieser Mann, dem sie ein Heim gegeben, den sie gepflegt und dem sie Kinder geboren, der Mann, mit dem sie mehr als ein halbes Leben verbrachte hatte …

Jetzt, dachte sie, *bin ich allein, und zwar für immer. Aber ich bin wieder ich selbst – wenn ich mich überhaupt noch erinnern kann, wer ich eigentlich bin.*

Die letzte Belohnung

Terry Pratchett

Der Brite Terry Pratchett (geboren 1948) gehört speziell in seiner Heimat zu den meistverkauften Autoren aller Zeiten – angeblich sollen 1 % aller in Großbritannien verkauften Bücher aus seiner Feder stammen. Sein Ruhm basiert weitgehend auf dem Scheibenwelt-Zyklus, einer Serie von Romanen, die auf einer scheibenförmigen, von vier Elefanten getragenen Welt angesiedelt sind. Pratchetts humorvolle Fantasy-Romane haben zahlreiche Nachahmer gefunden. Von den serienunabhängigen Romanen sei der in Zusammenarbeit mit Neil Gaiman geschriebene Roman Good Omens *(1990) erwähnt, eine Verulkung der Omen-Filme.*

Dogger war noch im Morgenmantel, als er die Tür öffnete. Auf der Türschwelle stand etwas absolut Unglaubliches.

»Dafür gibt es eine ganz einfache Erklärung«, dachte Dogger bei sich. »Ich bin verrückt geworden.«

Um sieben Uhr morgens erschien ihm das recht einleuchtend. Er schloß deshalb die Tür wieder und schlurfte zurück durch die Eingangshalle, während draußen vor dem Küchenfenster ein Zug der Nordlinie vorbeiratterte, mit Waggons voller Menschen, die – entgegen allem Anschein – nicht verrückt waren. Es gibt jene glückselige Zeit des Daseins, die von den Yen-Buddhisten[1] »plinki« genannt wird. Sie beginnt, wenn man aufwacht und sämtliche Probleme, deretwegen man in der Nacht nicht schlafen konnte, mit der Wucht eines Vorschlaghammers auf einen einstürmen, und sie endet, wenn man feststellen muß, daß es der Morgen ist, an dem alles rosiger aussehen sollte und es nicht tut.

Dogger erinnerte sich daran, daß er Krach mit Nicky gehabt hatte. Na ja, keinen *richtigen* Krach. Eher so etwas wie wütendes Schweigen ihrerseits und immer gereizteres Gequassel seinerseits. Abgesehen davon wußte er nicht einmal genau, wie es angefangen hatte. Ihm fiel ein, daß er etwas über ihre Freunde gesagt hatte: daß sie aussähen, als würden sie selbst ihr Brot weben und ihre Ziegen backen, und dann war es vermutlich bis zu einem Punkt gekommen, an dem er Dinge gesagt hatte wie: »Wenn du schon fragst, ich bin fest davon überzeugt, daß grüne Enten schon im Werk einen Anti-AKW-Sticker auf die Heckscheibe gepappt kriegen.« Wenn er in der für ihn nach einer knappen Flasche Weißwein üblichen Verfassung gewesen war, hatte er möglicherweise auch noch etwas über Frauen in Latzhosen gesagt. Es war eben einer jener Abende gewesen, bei dem jeder scherzhafte Versuch, sich aus der Affäre zu ziehen, nur einen neuen Abgrund unter seinen Füßen auftat.

Und dann hatte sie das Schweigen gebrochen, nein, zertrümmert, mit diesen Bemerkungen über »Erdan« als die »Macho-

[1] Das gleiche wie Zen-Buddhisten, aber mit größeren Sammelbüchsen.

Wunscherfüllung für Pubertierende«, und sie hatte etwas von »Rambo« gesagt, und dann hatte er feststellen müssen, daß er Leute verteidigte, die er, in nüchternem Zustand betrachtet, ebensosehr verabscheute, wie sie es tat.

Dann war er nach Hause gekommen und hatte das letzte Kapitel von *Erdan und die Schlange von Rim* geschrieben, und aufgrund seiner Gereiztheit, des Alkohols und allgemeiner Auflehnung hatte er seinen Helden auf der letzten Seite umgebracht. Unter einer Lawine begraben. Die Fans würden ihn dafür hassen, aber er hatte sich anschließend besser gefühlt, wie befreit von etwas, das ihn all diese Jahre eingeschränkt – und ihn nebenbei auch recht wohlhabend gemacht hatte. Das lag an den Computern, denn die Hälfte aller Fans, die er heutzutage kennenlernte, arbeitete mit Computern, und auf dem Gebiet scheffelte man haufenweise Geld. Science-fiction-Fans hatten zwar vielleicht von Zeit zu Zeit ein Faible für Spitzohren, aber sie kauften stapelweise Bücher und lasen rund um die Uhr.

Jetzt mußte er sich etwas anderes für sie ausdenken, richtige SF schreiben, etwas über Schwarze Löcher und Quanten lernen …

Aber da nagte noch etwas an seiner Erinnerung, während er gähnend in die Küche zurückging. Ach ja. »Erdan der Barbar« hatte auf seiner Türschwelle gestanden. Komische Sache, das …

Diesmal sorgte das Gehämmere an der Tür dafür, daß der Putz von der Wand bröckelte, ein ungewöhnlicher Spezialeffekt bei einer Halluzination. Dogger öffnete erneut die Tür.

Erdan stand geduldig neben der Milch. Die Milch war weiß und befand sich in der Flasche. Erdan war über zwei Meter groß und trug einen winzigen Lendenschurz aus Kettengliedern, sein Rumpf sah aus wie ein Sack voller Fußbälle. In einer Hand hielt er etwas, das Dogger mit Sicherheit als »Skung« erkannte, das Schwert der Eisgötter.

Dogger war sich deswegen so sicher, weil er es Tausende von Malen beschrieben hatte. Was er nie wieder tun würde.

Erdan brach das Schweigen.

»Ich bin gekommen, um meinen Schöpfer kennenzulernen.«

»Wie bitte?«

»Ich bin gekommen«, wiederholte der Barbarenheld, »um meine letzte Belohnung zu erhalten.« Er spähte erwartungsvoll in Doggers Eingangshalle, wozu er sich ziemlich verrenken mußte.

»Du bist ein Fan, was?« fragte Dogger. »Starkes Kostüm ...«

»Was«, fragte Erdan, »ist Fan?«

»Ich will dein Blut trinken«, erklärte Skung im Plauderton.

Über die Schulter des Riesen hinweg – bildlich gesprochen, denn tatsächlich blickte er durch seine gewaltige Armbeuge – sah Dogger den Briefträger kommen. Der Mann ging, vor sich hin summend, um Erdan herum, drückte einige Rechnungen in Doggers widerstandslose Hand, äußerte trotz gegenteiliger Anzeichen die Ansicht, daß es ein schöner Tag werden würde, und schlenderte wieder den Weg hinunter.

»Ich will auch sein Blut trinken«, meinte Skung.

Erdan blieb gelassen stehen und machte damit nur zu deutlich, daß er dort zu bleiben gedachte, bis die Schneemammuts von Hy-Kooli nach Hause kamen.

Die Weltgeschichte berichtet von vielen törichten Bemerkungen wie z. B.: »Keine Gefahr in Sicht« oder »Indianer? Welche Indianer?«, und Dogger ergänzte diese Liste um jenen beliebten Satz, mit dessen Hilfe schon mehr Lexika und Lebensversicherungen verkauft wurden, als Sie für möglich halten würden: »Vielleicht«, sagte er, »solltest du besser hereinkommen.«

Kein Mensch konnte dermaßen wie Erdan aussehen. Sein Lederwarms sah aus, als hätte er es in einem Komposthaufen aufbewahrt. Die Fingernägel waren purpurn, die Hände voller Schwielen, die Brust ein Gitternetz von Narben. Ein Wesen mit einem Maul wie ein Scheunentor schien einmal seinen Arm zu fassen bekommen zu haben, hatte aber wohl keinen Geschmack daran gefunden.

Ganz einfach, sagte Dogger sich, ich externalisiere meine Phantasien. Vielleicht schlafe ich auch noch. Wichtig ist jedenfalls, daß ich mich ganz natürlich benehme.

»Äh, nun«, machte er.

Erdan ging in den Raum, den Dogger sein Arbeitszimmer nannte (ein weiteres Wohnzimmer, in dem jedoch ein Computer auf dem Tisch stand), und ließ sich im Sessel nieder. Die Federn quietschten warnend. Dann sah er Dogger erwartungsvoll an.

Natürlich konnte es auch, überlegte Dogger, einfach der ganz normale wahnsinnige Mörder sein.

»Deine letzte Belohnung?« fragte er schwach.

Erdan nickte.

»Äh. Und wie genau sieht die aus?«

Erdan zuckte die Achseln. Verschiedene Muskeln mußten Platz machen, damit die riesigen Schultern sich heben und senken konnten.

»Es heißt«, sagte er, »daß jene, die im Kampfe fallen, für immer in deiner Halle endlose Festgelage genießen.«

»Oh.« Dogger blieb unschlüssig im Türrahmen stehen. »In meiner Halle?«

Wieder nickte Erdan. Dogger blickte sich um. Mit Telefon und Garderobe war die Halle schon ziemlich überfüllt. Die Gegebenheiten für Festgelage schienen recht beschränkt zu sein.

»Und, äh«, meinte er, »wie lange genau ist für immer?«

»Bis die Sterne sterben und das Große Eis die Welt bedeckt«, erwiderte Erdan.

»Ah. So etwas hatte ich mir fast gedacht.«

Cobhams Stimme knatterte im Hörer.

»Du hast *was*?« tönte es.

»Ich sagte, ich habe ihm ein Bier und eine Hähnchenkeule gegeben und ihn vor den Fernseher gesetzt«, antwortete Dogger. »Und weißt du was? Am meisten hat ihn der Kühlschrank beeindruckt. Er sagt, ich hätte die nächste Eiszeit in ein Gefängnis gesperrt, wie findest du das? Und mit dem Fernseher spioniere ich die Welt aus, sagte er. Er sieht sich gerade die ›Schwarzwaldklinik‹ an und lacht.«

»Und was erwartest du nun von mir?«

»Sieh mal, niemand könnte sich so exakt wie Erdan verhalten.

Es würde allein Wochen dauern, um den Gestank hinzubekommen. Ich meine, er ist es wirklich. Genau so, wie ich ihn mir immer vorgestellt habe. Und jetzt sitzt er in meinem Arbeitszimmer und guckt sich Unterhaltungssendungen an! Du bist mein Agent, was soll ich jetzt machen?«

»Beruhige dich erst einmal.« Cobhams Stimme klang besänftigend. »Erdan ist *deine Schöpfung*. Du hast *Jahre* mit ihm verbracht.«

»Jahre, stimmt! Jahrelang war er in meinem Kopf. Aber jetzt ist er in meinem Haus!«

»... und er ist sehr beliebt, und es ist nur natürlich, wenn du einen so entscheidenden Schritt unternimmst und ihn umbringst ...«

»Du weißt, daß ich es tun mußte. Ich meine, sechsundzwanzig Bücher!« Erdans Gelächter dröhnte von nebenan durch die Wand.

»Genau, und deswegen bedrückt es dich. Ich kann das verstehen. Er ist nicht wirklich da. Du hast gesagt, der Milchmann konnte ihn nicht sehen.«

»Der *Briefträger*. Ja schon, aber er ist um ihn herumgegangen! Ron, ich habe ihn *erschaffen*! Er hält mich für *Gott*! Und jetzt, wo ich ihn getötet habe, ist er gekommen, um mich kennenzulernen.«

»Kevin?«

»Ja? Was ist?«

»Nimm ein paar Tabletten oder so. Er wird schon verschwinden. Das ist bei solchen Dingen so.«

Dogger legte behutsam den Hörer auf.

»Herzlichen Dank«, sagte er bitter.

Zumindest versuchte er es. Er ging zum Supermarkt hinunter und tat so, als ob die riesige Gestalt, die ihm folgte, nicht da wäre.

Es war nicht etwa so, daß Erdan für andere Leute unsichtbar war. Ihre Augen nahmen ihn schon wahr, aber irgendwie schienen ihre Hirne ihn zu löschen, ehe er irgendwelche höheren Zentren beeinflussen konnte. Das hieß, sie gingen um ihn herum und entschuldigten sich sogar automatisch, wenn sie gegen ihn stießen, aber anschließend waren sie nicht in der Lage zu erklären, um was sie herumgegangen waren und bei wem sie sich entschuldigt hatten.

Dogger ließ ihn in dem Labyrinth von Regalen zurück, verzweifelt an der Theorie arbeitend, daß sich Erdan schon in Luft auflösen würde, wie Rauch, wenn er nur eine Weile außer Sicht blieb. Er raffte ein paar Sachen zusammen, hastete durch eine Gott sei Dank leere Kasse und stand schon wieder auf dem Bürgersteig, als ein fröhlicher Ruf ihn erstarren ließ. Er drehte sich langsam um, als stünde er auf Rollen.

Erdan hatte gelernt, mit Einkaufswagen umzugehen. Natürlich war er ziemlich helle. Er hatte schließlich das Labyrinth des »Wahnsinnigen Gottes« in wenigen Stunden durchschaut; ein Drahtkasten auf Rädern war dagegen eine Kleinigkeit. Er war sogar mit den Gefrierschränken zurechtgekommen. Kein Wunder, dachte Dogger. *Erdan und der Gipfel der Welt*, Kapitel 4: Er hatte überlebt dank 10 000 Jahre alter Wollmammuts, die er zufällig in der gefrorenen Tundra entdeckt hatte. Dogger hatte sogar einige diesbezügliche Recherchen angestellt. Daraus hatte er gelernt, daß so etwas zwar eigentlich unmöglich war – aber zur Hölle damit. Soweit es Erdan betraf, hatte Tesco der Zauberer diese Mammuts eben einfach in handlichen Portionen vorbereitet. »Ich beobachte alle«, erklärte Erdan stolz. »Es gefällt mir, tot zu sein.«

Dogger schlich näher an den Einkaufswagen. »Aber der gehört dir nicht!«

»Jetzt schon«, widersprach er. »Ich habe ihn genommen. Viel einfach. Kein Kampf. Ich habe zu trinken, ich habe Fleisch, ich habe ›Ich-heiße-Tracy-kann-ich-Ihnen-helfen‹, ich habe kleine Nüsse in Beutel.«

Dogger schob den Großteil eines Rindes in kleinen Polystyrol-Päckchen beiseite, und aus den Tiefen des Einkaufswagens starrten ihn Tracys irre, verängstigte Augen an. Sie hielt zitternd einen Auszeichner in beiden Händen wie Dirty Harry kurz vor dem Ende und versah seine Nase mit einem Etikett über DM 1,98 das Kilogramm.

»Seife«, erklärte Dogger. »Man nennt es Seife. Kein Seifentheater wie die Schwarzwaldklinik, das hier ist sehr nützlich. Man wäscht sich damit.« Er seufzte. »Kräftige Bewegungen mit einem nassen Lappen über den Körper«, fuhr er fort. »Ich weiß, es ist eine ganz neuartige Vorstellung für dich.

Und dies ist das Badezimmer«, setzte er hinzu. »Das ist das Waschbecken. Und das hier nennt man Toilette. Das habe ich dir schon erklärt.«

»Sie ist kleiner als die Badewanne«, beschwerte sich Erdan sanft.

»Ja. *Trotzdem.* Und das hier sind Handtücher, damit kannst du dich abtrocknen. Das hier ist eine Zahnbürste und das ein Rasierapparat.« Er unterbrach sich. »Du erinnerst dich doch bestimmt noch«, meinte er, »als ich dich in den Serail des Emirs vom Weißen Berge geschickt habe? Ich bin ziemlich sicher, daß du damals auch ein Bad und eine Rasur bekommen hast. Das hier ist genauso.«

»Wo sind die Huris?«

»Hier gibt es keine Huris. Du mußt es schon selbst machen.«

Ein Zug fuhr kreischend vorbei, und von den Erschütterungen fiel die Handbürste ins Waschbecken. Erdan knurrte böse.

»Das ist nur ein Zug«, erklärte Dogger. »Ein Kasten, in dem man reisen kann. Er tut dir nichts. Bitte versuche nicht, einen davon umzubringen.«

Zehn Minuten später saß Dogger da und lauschte Erdans Gesang, wenn der auch nicht das eigentliche Problem darstellte; man konnte sich vorstellen, wie dieser Klang bei Sonnenuntergang über die Taiga hallte. Wasser tropfte aus der Lampenfassung, aber auch das war nicht das Problem. Das Problem war Nicky. Wie immer. Er sollte sie heute nach der Arbeit in der »Tofu-Kate« treffen. Er befürchtete, daß Erdan mitkommen wollte. Und das war mit Sicherheit keine gute Idee. Seine Aktien waren bei Nicky schon vor dem gestrigen Abend auf einem Tiefstand gewesen, wegen einer unpassenden Bemerkung über schwarze Strümpfe, die er letzte Woche gemacht hatte, als er noch auf Bewährung war für eine

Äußerung darüber, was man seiner Ansicht nach mit Pantomimen machen sollte. Nicky stand auf »Neue Männer«, obwohl der Begriff wahrscheinlich schon wieder veraltet war. Himmel, er hatte sogar die *Emma* gelesen, um mitreden zu können, und ein weiteres Minus dafür kassiert, daß er erklärt hatte, die Kinderseite würde sich lesen, als ob jemand eine Parodie auf Kinderseiten in der *Emma* schreiben wollte …

Erdan war bestimmt kein »Neuer Mann«. Sie würde ihn garantiert bemerken. Sie hatte eine Art Radar für solche Sachen.

Er mußte einen Weg finden, um ihn zurückzuschicken.

»Ich will dein Blut trinken«, tönte Skung hinter dem Sofa hervor.

»Ach, halt die Klappe.«

Er versuchte es mit positivem Denken: »Es ist einfach unmöglich, daß eine Figur, die ich mir ausgedacht habe, oben ein Bad nimmt. Das sind Halluzinationen, hervorgerufen durch Überarbeitung. Natürlich habe ich nicht das Gefühl, verrückt zu sein, aber das würde ich ohnehin nicht haben, oder? Er … er ist eine *Projektion*. Ja, das ist es. Ich hatte in letzter Zeit eine schlechte Phase – na gut, genaugenommen, seit ich zehn bin –, und Erdan ist nur die Projektion des Machotyps, der ich gern wäre. Nicky behauptet, ich würde die Bücher nur aus diesem Grund schreiben. Ich käme nicht mit der Welt zurecht, also hätte ich alle meine Probleme in Ungeheuer verwandelt und eine Gestalt erfunden, die damit fertig wird. Erdan ist *meine* Art, mit der Welt fertig zu werden. Das hatte ich mir selbst nie klargemacht. Ich müßte jetzt einfach nur *positiv* sein, dann würde er einfach aufhören zu existieren.«

Er beäugte den Manuskriptstapel auf dem Tisch.

»Ich frage mich, ob Conan Doyle je dieses Problem hatte? Vielleicht hatte er sich gerade zum Tee niedergelassen, als Sherlock Holmes an die Tür klopfte, noch triefend naß von den Reichenbach-Fällen oder sonstwas, und der dann anschließend im Haus herumlungerte und kluge Bemerkungen machte, bis Doyle ihn wieder zwischen den Seiten einsperrte.«

Er erhob sich halb aus seinem Sessel. Das war es. Er mußte es einfach *umschreiben* …

Erdan stieß die Tür auf.

»He!« sagte er und steckte seinen kleinen, jedenfalls verhältnismäßig kleinen Finger in ein Ohr und gab Geräusche von sich, als würde eine Flasche entkorkt. Er war nur in ein Badetuch gehüllt. Irgendwie sah er ordentlicher aus, weniger vernarbt. Erstaunlich, was heißes Wasser alles bewirken konnte, dachte Dogger.

»Meine Sachen kratzen alle«, erklärte Erdan fröhlich.

»Hast du etwa versucht, sie zu waschen?«

»Beim Trocknen werden sie steif wie ein Brett«, sagte Erdan. »Ich möchte auch Kleider haben wie die Götter, mächtiger Kevin.«

»Von meinen Sachen wird dir nichts passen«, meinte Dogger. Er betrachtete Erdan. »Nicht mal halbwegs«, setzte er hinzu. »Egal, du gehst ohnedies nirgends hin. Ich geb's auf. Ich schreibe das letzte Kapitel neu. Du kannst nach Hause gehen.«

Er strahlte. Das war genau der richtige Weg. Wenn er den Wahnsinn ernst nahm, würde dieser sich selbst verzehren. Er brauchte einfach nur die letzte Seite zu ändern, mußte gar nicht mal ein weiteres »Erdan«-Buch schreiben, nur klarmachen, daß Erdan noch irgendwo am Leben war.

»Ich schreibe dir auch ein paar neue Kleider«, sagte er. »Ist ja auch albern, nicht wahr«, fuhr er fort, »daß ein starker Kerl wie du in einer Lawine umkommt! Du hast doch schon Schlimmeres überstanden.«

Er zog das Manuskript zu sich heran.

»Ich meine«, blubberte er selig, »erinnerst du dich daran, als du die Wüste Grebor ohne Wasser durchqueren mußtest, und du ...«

Eine Hand schloß sich um sein Handgelenk, sanft, aber fest. Dogger fiel einer dieser Science-fiction-Filme ein, in dem ein Industrieroboter einen Druck von zwei Tonnen auf einen Quadratzentimeter ausüben konnte und dann ganz sanft ein Ei aufhob. Sein Handgelenk wußte jetzt, wie sich das Ei gefühlt hatte.

»Mir gefällt es hier«, sagte Erdan.

Er bestand darauf, daß er Skung zu Hause ließ. Skung war kein Schwert vieler Worte, und keins von ihnen paßte in ein Vollwertkost-Restaurant, in dem selbst die Bohnenkeime vom Biobauern stammten. Erdan wollte es jedoch nicht zurücklassen. Wo kann ein zwei Meter großer Barbarenheld hingehen? überlegte Dogger. Wohin auch immer er will. Er versuchte auch, Erdan neue Kleider zu schreiben, war dabei aber nur teilweise erfolgreich. Erdan war von der Natur bzw. von ihm nicht dafür gebaut, ein Sportsakko zu tragen. Er sah letztendlich so aus, wie Dogger ihn sich immer vorgestellt hatte: wie ein großer und überenthusiastischer »Motorhead«-Fan.

Erdan schien augenfälliger zu werden. Welche mentalen Antikörper die Leute auch erst daran gehindert hatten, Erdan zu sehen, sie nutzten sich anscheinend nach einer Weile ab. Ihm wurden einige fragende Blicke zugeworfen.

»Wer ist Tofu?« fragte Erdan auf dem Weg zur Bushaltestelle.

»Ah. Es ist kein Er, sondern ein Es. Eine Art Mischung aus Lebensmittel und Fugenkitt. So etwa wie ... nun, manchmal ist es grün, manchmal aber auch nicht«, erklärte Dogger. Das brachte ihn nicht weiter. »Na ja«, meinte er, »erinnerst du dich noch daran, als du dem Dogen von Tenitti zu Hilfe eilen mußtest? Ich bin ziemlich sicher, daß ich geschrieben habe, du würdest Nudeln essen.«

»Ja.«

»Verglichen mit Tofu sind Nudeln eine Geschmacksexplosion. Zweimal Stadtmitte, bitte«, sagte er, zu dem Schaffner gewandt.

Der Mann blinzelte Erdan an. »Rockkonzert, wie?« fragte er.

»Und mit diesem Tofu feiert ihr Gelage?« fragte Erdan, als sie ausstiegen.

»Man kann keine biodynamischen Gelage feiern. Mein Mädchen, eine junge Dame, die ich kenne, arbeitet dort. Sie glaubt an solche Dinge. Und, sieh mal, ich möchte nicht, daß du es verdirbst, okay? Mein Liebesleben ist im Moment nicht ganz unkompliziert.« Ein Gedanke durchfuhr ihn. »Und bitte keine Ratschläge von dir, wie man es einfacher gestalten könnte. Eine Frau quer über den Sattel zu werfen und mit ihr in die Nacht davonzureiten wird hier nicht geschätzt. Wahrscheinlich gibt es dafür auch wieder einen Ismus«, setzte er finster hinzu.

»Für mich ist es so«, meinte Erdan.

»Ja«, brummte Dogger. »Für dich immer schon. Komisch. Du hattest nie irgendwelche Schwierigkeiten, darauf habe ich schon geachtet. Sechsundzwanzig Bücher, ohne sich umzuziehen, und nie hat dir ein Mädchen gesagt, es müsse sich noch die Haare waschen.«

»Nicht meine Schuld. Sie werfen sich einfach …«

»Habe ich ja auch nicht behauptet. Ich sage ja nur, daß ein Kerl nur soundsoviel davon hat, und was ich hatte, habe ich dir gegeben.«

Erdan runzelte heftig die Stirn, als er sich bemühte nachzudenken. Seine Lippen bewegten sich, als ob er sich ein-, zweimal die Sätze wiederholte. Dann schien er zu einem Schluß gekommen zu sein.

»Was?« fragte er.

»Und morgen früh gehst du wieder zurück.«

»Es gefällt mir hier. Du hast Farbfernsehen, Süßigkeiten und weiche Sessel.«

»Dir hat es in Chimera auch gefallen! Die Schneefelder, der frische Wind, die endlose Taiga …«

Erdan warf ihm einen Seitenblick zu.

»Oder etwa nicht?« fragte Dogger verunsichert.

»Wenn du es sagst.«

»Außerdem siehst du zuviel Weit-Seh-Kasten.«

»*Fernsehen*«, korrigierte Erdan. »Kann ich es mit zurücknehmen?«

»Was denn, nach Chimera?«

»Zwischen zwei Büchern fühle ich mich in der endlosen Taiga immer einsam.«

»Aha, du hast also Kanal 4 gefunden, wie ich sehe.« Dogger dachte darüber nach. Die Vorstellung besaß einen gewissen Reiz. Erdan der Barbar mit seinem bluttrinkenden Schwert, dem Kettenhemd, tragbarem Fernseher und Heizdecke.

Nein, das ging nicht. Es war ja schließlich nicht so, daß es in Chimera viele Programme gab, und eines der wenigen Dinge, die man in den geheimnisvollen Basaren von Ak-Terezical nicht kaufen konnte, waren ein paar nette kleine Nickel-Cadmium-Batterien.

Er schauderte. Worüber dachte er überhaupt nach? Er wurde wirklich verrückt. Die Fans würden ihn umbringen. Außerdem wußte er, daß er nie imstande wäre, Erdan zurückzuschicken. Nicht jetzt. Etwas hatte sich verändert, er würde es nie wieder tun können. Es hatte ihm Spaß gemacht, Chimera zu entwerfen. Er mußte nur seine Augen schließen und konnte das Shemark-Gebirge sehen, jeden hochragenden Gipfel mit seinen Häubchen aus Schnee. Er kannte das Prades-Delta wie seine Hand. Besser sogar. Und jetzt verschwand alles, floß davon wie der Gezeitenstrom.

Er, der sich entwickelte.

»Hier steht ›Tofu-Kate‹«, sagte Erdan.

Er, der lesen gelernt hatte. Dessen Kleider irgendwie weniger zottig wirkten, dessen Gang weniger schwerfällig geworden war.

Und Dogger wußte auch, wenn sie durch diese Tür schritten, daß Erdan und Nicky sich prächtig verstehen würden. Sie würde ihn sehen. Sie schien zwar immer durch Dogger hindurchzusehen, aber ihn würde sie sehen.

Sein Haar war kürzer. Seine Kleidung war schlicht modisch. Während der paar Schritte von der Bushaltestelle hatte Erdan erreicht, wofür die meisten Barbaren 10 000 Jahre gebraucht hätten. War ja auch logisch. Schließlich war Erdan der absolute Heldentyp. Egal in welcher Umgebung er landete, er würde sich anpassen. Nach zwei Stunden mit Nicky würde er Walfangschiffe torpedieren und im Alleingang AKWs dichtmachen.

»Geh schon mal vor«, sagte er.

»Probleme?«

»Ich muß mir noch was durch den Kopf gehen lassen. Ich komme später nach. Aber denk dran: Ich habe dich zu dem gemacht, was du bist.«

»Vielen Dank«, sagte Erdan.

»Hier ist der Ersatzschlüssel für meine Wohnung, falls ich nicht da sein sollte. Du weißt schon. Aufgehalten werde oder so.«

Erdan nahm den Schlüssel mit ernster Miene entgegen.

»Geh schon. Und hab keine Angst. Ich schicke dich nicht zurück nach Chimera.«

Erdan warf ihm einen Blick zu, in dem sich Überraschung mit einem Anflug von Belustigung mischte.

»Chimera?« fragte er.

Der Computer erwachte zum Leben.

Und der Monitor war ohne Gestalt, und Leere und Finsternis herrschten auf dem Bildschirm – abgesehen natürlich von dem auffordernden Flackern des Cursors.

Doggers Hände berührten die Tastatur.

Es mußte eigentlich in beide Richtungen funktionieren. Wenn der Glaube der Antrieb für alles war, dann mußte es auch möglich sein, auf die Reise zu gehen, wenn man nur verrückt genug war, es zu versuchen.

Aber wo anfangen? Eine Kurzgeschichte würde reichen, um den Charakter zu entwerfen. Chimera existierte bereits in einer Luftblase gebrochener Realität, geschaffen von diesen zehn Fingern.

Er begann zu tippen, zu Anfang zögernd, dann immer schneller, als seine Ideen Form annahmen.

Kurze Zeit später öffnete er das Küchenfenster. Hinter ihm, in der Dunkelheit, begann der Drucker mit seiner Arbeit.

Der Schlüssel drehte sich im Schloß.

Der Cursor blinkte sanft, als die beiden hereinkamen, sich unterhielten, Kaffee kochten und in der eindeutigen Körpersprache der Menschen redeten, die feststellen, daß sie wirklich viel gemeinsam haben. Gesprächsfetzen wie »ganzheitlicher Ansatz« trieben an seinem unkritischen Flackern vorbei.

»So was macht er immer«, sagte sie. »Das kommt vom Trinken und vom Rauchen. Er lebt nicht gesund. Er kann einfach nicht auf sich achtgeben.«

Erdan hielt inne. Er fand den Ausdruck, der sich vom Tisch herabringelte, und legte das kurze Manuskript halbgelesen nieder. Draußen heulte eine Sirene, kam näher, brach ab.

»Wie bitte?« fragte er.

»Ich sagte, er gibt nicht acht auf sich.«

»Das kann er lernen, denke ich«, erwiderte er. Er nahm einen Bleistift, betrachtete nachdenklich dessen Ende, bis die notwendigen Fähigkeiten in seinem Kopf präzise einrasteten, und fügte dann ein paar Wörter in den Text ein. Der Narr hatte noch nicht einmal festgelegt, welche Kleidung er trug. Wenn man wirklich in der ersten Person schreiben will, kann man sich auch ebensogut warm halten. In der Steppe konnte es verdammt kalt werden.

»Dann kennst du ihn also schon lange?«

»Jahre.«

»Du siehst ganz anders aus als seine anderen Freunde.«

»Wir haben uns einmal sehr nahegestanden. Ich glaube, ich kümmere mich am besten um seine Wohnung, bis er zurückkommt.« Er fügte mit Bleistift ein: *aber der einladende Feuerschein eines Skryling-Lagers schimmerte durch die froststarrenden Bäume.* Skrylings waren in Ordnung, sie hielten Verrückte für große Schamanen. Kevin würde dort gut zurechtkommen.

Nicky stand auf. »Ich sollte jetzt wohl besser gehen.«

Der Ton ihrer Stimme ließ einige Schalter in seinem Kopf umspringen.

»Du brauchst nicht ...«, sagte er. »Aber die Entscheidung liegt natürlich ganz bei dir ...«

Es entstand eine lange Pause. Sie stellte sich hinter ihn und sah ihm etwas ungeschickt über die Schulter.

»Was ist das?« fragte sie, bemüht, das Gespräch von seinem logischen Gang abzulenken.

»Nur eine seiner Geschichten. Ich werde sie lieber morgen abschicken.«

»Oh! Bist du auch Schriftsteller?«

Erdan betrachtete den Computer. Verglichen mit den »Bronzenen Horden von Merkle« sah er nicht allzu furchterregend aus. Ein ganz neues Leben wartete auf ihn, er konnte es fühlen, er konnte in es einfließen. Und sich anpassen. »Ich fange gerade erst an«, antwortete er.

»Ich meine, ich mag Kevin wirklich«, sagte sie rasch. »Aber er hatte irgendwie nie so ganz eine richtige Beziehung zu dieser Welt.« Sie wandte sich ab, um ihre Verlegenheit zu verbergen, und starrte aus dem Fenster.

»Unten auf den Schienen sind ganz viele blaue Lichter.«

Erdan nahm ein paar weitere Veränderungen im Manuskript vor. »Wirklich?«

»Und viele Leute laufen da herum.«

»Oh!« Erdan änderte den Titel in *Der Reisende des Falkenliedes*. Es mußte noch weiter entwickelt werden, erkannte er. Er würde über das schreiben, was er kannte.

Nach kurzem Überlegen schrieb er *Buch Eins der Chroniken von Kevin dem Barden* hinzu.

Das war das mindeste, was er tun konnte.

Nachweise

Gene Wolfe: Vom Wesen des Elfenlands. Eine Einführung in die vielen Welten der Fantasy (»The Ethos Of Elfland«)

George MacDonald: Tagjunge und Nachtmädchen (»The Day Boy And The Night Girl«)
Erstmals erschienen 1879. Aus dem Amerikanischen von Hans Günther Holl. Entnommen dem Band DIE LICHTPRINZESSIN UND DAS HERZ DES RIESEN. Copyright © der deutschen Übersetzung 1984 by Robinson Verlag, Frankfurt am Main. Leider konnte der derzeitige Rechteinhaber an der deutschen Übersetzung bis zur Drucklegung nicht ermittelt werden. Er wird gebeten, sich an den Verlag zu wenden.

Lewis Carroll: Die Legende von Schottland (»The Legend of Scotland«)
Entstanden ca. 1856–60. Entnommen aus *Complete Works of Lewis Carroll,* New York 1936, The Modern Library. Aus dem Englischen von Jochen Stremmel. Copyright © der deutschen Übersetzung 1998 by Wilhelm Goldmann Verlag, München.

L. Frank Baum: Der böse Zauberer und die Prinzessin Truella (»The Wicked Wizard and the Princess Truella«)
Erstmals erschienen in A NEW WONDERLAND, 1900. Aus dem Amerikanischen von Joachim Körber. Copyright © der deutschen Übersetzung 1998 by Wilhelm Goldmann Verlag, München.

James Branch Cabell: Das weiße Gewand. Eine Heiligenlegende (»The White Robe. A Saint's Summary«)
Erstmals erschienen 1928. Copyright © by The Estate Of James Branch Cabell. Aus dem Amerikanischen von Michael Plogmann. Copyright © der